El contable hindú

David Leavitt

El contable hindú

Traducción de Javier Lacruz

EDITORIAL ANAGRAMA
BARCELONA

Título de la edición original:
The Indian Clerk
Bloomsbury
Nueva York, 2007

Ilustración: foto © Hulton Archive / Getty Images

Primera edición en «Panorama de narrativas»: octubre 2011
Primera edición en «Compactos»: enero 2022

Diseño de la colección: Julio Vivas y Estudio A

© De la traducción, Javier Lacruz, 2011

© David Leavitt, 2007

© EDITORIAL ANAGRAMA, S. A., 2011
    Pau Claris, 172
    08037 Barcelona

ISBN: 978-84-339-6095-5
Depósito Legal: B. 10373-2021

Printed in Spain

Liberdúplex, S. L. U., ctra. BV 2249, km 7,4 - Polígono Torrentfondo
08791 Sant Llorenç d'Hortons

Se recordará a Arquímedes cuando Esquilo ya esté olvidado, porque las lenguas mueren pero los conceptos matemáticos no. Puede que «inmortalidad» sea una palabra estúpida, pero seguramente un matemático tiene más posibilidades de alcanzar lo que quiera que signifique.

G. H. HARDY, *Apología de un matemático*

Primera parte

La cometa en la niebla

1

El hombre sentado al lado de la tarima parecía muy viejo, al menos a los ojos de su público, cuyos miembros eran casi todos muy jóvenes. En realidad no había cumplido aún los sesenta. La maldición de los hombres que aparentan menos años de los que tienen, pensaba a veces Hardy, es que en un determinado momento de su vida cruzan una línea y empiezan a parecer mayores de lo que son. Cuando estudiaba en Cambridge, lo confundían a menudo con un colegial que estaba de visita. Y cuando ya era catedrático, con un estudiante. Luego la edad le había alcanzado, y ahora le había adelantado, así que parecía la mismísima personificación del matemático mayor al que el progreso ha dejado atrás. «Las matemáticas son un juego de jóvenes» (escribiría a la vuelta de unos años), y a él le había ido mucho mejor que a otros. Ramanujan había muerto a los treinta y tres. Los admiradores actuales, fascinados por la leyenda de Ramanujan, hacían cábalas sobre lo que podría haber conseguido de vivir más años, pero personalmente Hardy opinaba que poco más. Se había muerto con lo mejor de su trabajo ya hecho.

Esto sucedía en Harvard, en la Nueva Sala de Conferencias, el último día de agosto de 1936. Hardy era uno más del grueso de eruditos traídos de todos los rincones del mundo para recibir sus títulos honoríficos con motivo del tercer centenario de la universidad. Sin embargo, a diferencia de la mayoría de los convocados, no estaba allí (ni tampoco había sido invitado, le daba la sensación) para hablar de su propio trabajo o de su propia vida. Eso habría decepcionado a sus oyentes. Querían saber cosas de Ramanujan.

Aunque a Hardy, en cierta forma, le resultaba familiar el olor de la sala (un olor a tiza, a madera y a humo rancio de cigarrillos), tanto ruido le chocaba y le parecía típicamente americano. ¡Aquellos jóvenes armaban mucho más jaleo que sus homólogos ingleses! Mientras hurgaban en sus maletines hacían chirriar las sillas. Y cuchicheaban, y se reían unos con otros. No llevaban toga, sino más bien chaqueta y corbata (algunos, pajarita). Entonces el profesor al que le habían encomendado la tarea de presentarlo (otro joven del que Hardy no había oído hablar nunca y al que acababa de conocer minutos antes) se puso de pie en el estrado y carraspeó, y a esa señal el público se calló. Hardy procuró permanecer impasible mientras escuchaba su propia historia, los premios y títulos honoríficos que acreditaban su renombre. Era una letanía a la que había acabado acostumbrándose, y que no despertaba en él ni orgullo ni vanidad, sólo le producía hartazgo; oír enumerar todos sus logros no significaba nada para él, porque aquellos logros pertenecían al pasado, y por lo tanto, en cierto sentido, ya no eran suyos. Lo único que le había pertenecido siempre era lo que estaba haciendo en ese momento concreto. Y ahora no hacía prácticamente nada.

Estallaron los aplausos y se subió al estrado. Había más gente de la que le había parecido al principio. La sala no sólo estaba llena, sino que había estudiantes sentados en el suelo y también de pie, apoyados en la pared del fondo. Muchos tenían cuadernos abiertos sobre el regazo y sostenían lápices, listos para tomar notas.

(Vaya, vaya. ¿Qué habría pensado Ramanujan de todo aquello?)

–Me he propuesto una tarea en estas conferencias –empezó– que es auténticamente difícil y de la que, si hubiese decidido comenzar curándome en salud ante un posible fracaso, se podría decir que resulta casi imposible. Tengo que hacer una especie de valoración razonada (como nunca la he hecho antes, la verdad), e intentar ayudarles a ustedes a hacerla, de la figura más romántica de la historia reciente de las matemáticas...

Romántica. Una palabra que raramente se empleaba en su disciplina. Había elegido aquella palabra con mucho cuidado, y pensaba utilizarla otra vez.

–Ramanujan fue un descubrimiento mío. No lo inventé yo (como otros grandes hombres, se inventó a sí mismo), pero fui la primera persona realmente capacitada que tuvo la oportunidad de ver parte de su trabajo, y aún recuerdo con satisfacción que me di cuenta inmediatamente del tesoro que había encontrado. –Sí, un tesoro. De eso no cabía duda–. Y supongo que sigo sabiendo más cosas de Ramanujan que nadie, y que sigo siendo la principal autoridad en la materia. –Bueno, alguno que otro se lo discutiría. Eric Neville, por ejemplo. O más concretamente, Alice Neville.

»Lo vi y hablé con él casi todos los días durante varios años y, además, colaboramos de verdad. Le debo más que a nadie en el mundo, con una sola excepción, y mi relación con él es el único episodio romántico de mi vida. –Miró al público. ¿Aquello había encrespado los ánimos? Eso pretendía. Algunos jóvenes levantaron la vista de las notas que estaban tomando y se quedaron mirándolo con el ceño fruncido. Un par de ellos, estaba seguro, lo miraron con simpatía. Entendían. Hasta entendían lo de "con una sola excepción".

»Y la dificultad no estriba en que no sepa suficiente sobre él, sino en que sé y siento demasiadas cosas y no puedo ser imparcial.

Pues ya la había dicho... Aquella palabra. Y aunque, evidentemente, ninguno de los dos se encontraba en la sala (ella estaba muerta, y con él llevaba décadas sin mantener ningún contacto), Gaye y Alice se quedaron mirándolo desde la última fila. Por una vez, parecía que Gaye le daba la razón. Pero Alice meneó la cabeza. No le creía.

Siento.

2

La carta llega el último martes de enero de 1913. A los treinta y cinco años, Hardy es un animal de costumbres. Todas las mañanas, después de desayunar, se da un paseo por los jardines de Trinity: un paseo solitario durante el que le pega pataditas a la gravilla de los senderos mientras trata de desentrañar los detalles de la demostración en la que está trabajando. Si hace buen tiempo, se dice: «*Dios mío, haz que llueva, porque no me apetece nada que el sol inunde hoy mis ventanas; necesito un poco de penumbra y de oscuridad para poder trabajar con luz artificial.*» Si en cambio hace malo, piensa: «*Dios mío, que no haga sol otra vez, porque me quita capacidad de trabajo, para lo que se necesitan penumbra y oscuridad y luz artificial.*»

Hoy hace buen tiempo. Al cabo de media hora, regresa a sus habitaciones, que están muy bien, de acuerdo con su categoría. Construidas sobre uno de los arcos que dan a New Court, tienen ventanas con un parteluz en medio desde las que puede observar a los estudiantes que pasan bajo él, de camino a la parte de atrás, por donde corre el río. Como siempre, su asistente ha dejado sus cartas apiladas sobre la mesita de palo de rosa que está junto a la puerta. Nada especial en el correo de hoy, o eso parece: algunas facturas, una nota de su hermana Gertrude, una postal de Littlewood, su colaborador, con quien comparte la extraña costumbre de comunicarse casi exclusivamente mediante postales, a pesar de que Littlewood vive en el patio de al lado. Pero, destacando entre ese montón de correspondencia discreta y hasta aburrida (abultada, grandona y un poco sucia, como un inmigrante que acaba de bajar del barco tras una travesía muy larga en tercera clase), ahí está la carta. El sobre es marrón y viene cubierto de toda una colección de sellos bastante raros. Al principio piensa que se han equivocado al repartirla, pero la dirección escrita en la parte delantera con una letra muy clara (el tipo de letra que le encantaría a una maestra o a su hermana) es la suya: G. H. Hardy, Trinity College, Cambridge.

Como lleva unos minutos de adelanto (ya ha leído la prensa en el desayuno, mirado los resultados del críquet australiano y maldecido un artículo que glorificaba el advenimiento del automóvil), Hardy toma asiento, abre el sobre y saca el fajo de hojas que contiene. De repente, de algún rincón en el que ha estado escondida, sale Hermione, su gata blanca, para acomodarse en su regazo. Él le acaricia el cuello mientras empieza a leer, y ella le clava un poco las uñas en las piernas.

Estimado señor:

Ruego me permita presentarme ante usted como empleado del Departamento de Cuentas de la Autoridad Portuaria de Madrás, con un salario de tan sólo 20 libras al año. Ahora mismo tengo unos veintitrés años de edad. No tengo estudios universitarios, pero he recibido la educación escolar habitual. Al salir del colegio, he empleado el tiempo libre de que disponía en las matemáticas. No he seguido los cursos normales que se suelen seguir en una carrera universitaria, pero estoy emprendiendo un nuevo camino por mi cuenta. Me he dedicado a investigar sobre todo las series divergentes en general, y los resultados que he obtenido son calificados por los matemáticos de aquí como «pasmosos».

Se salta lo demás y mira la firma (el nombre del autor es «S. Ramanujan»), y luego vuelve atrás y lee el resto. «Pasmosos» no serviría ni para empezar a describir los logros del joven, que entre otras cosas dice lo siguiente: «Hace muy poco me he topado con un artículo suyo titulado "Órdenes del Infinito", en cuya página número 36 me encuentro con la afirmación de que aún no se ha encontrado una expresión definida para el número de números primos menores que cualquier número dado. Yo he encontrado una expresión que se aproxima mucho al resultado real, con un margen de error inapreciable.» Pues, de ser así, eso significa que el muchacho ha hecho lo que ninguno de los grandes matemáticos de los últimos sesenta años ha conseguido hacer. Significa que ha perfeccionado el teorema de los números primos. Lo que sería *realmente* pasmoso.

Le suplico que revise los documentos adjuntos. Como soy pobre, si se convence de que tienen algún valor, me gustaría que se publicaran mis teoremas. No he incluido exactamente mis investigaciones ni las expresiones concretas, pero he indicado las diferentes líneas que sigo. Como no tengo experiencia, agradecería enormemente cualquier consejo que pudiese darme. Ruego disculpe las molestias que pueda ocasionarle.

¡Las molestias que pueda ocasionarle! Para fastidio de Hermione, Hardy se la quita de encima de un codazo y después se levanta y se acerca a las ventanas. Bajo él, dos estudiantes ataviados con togas se encaminan cogidos del brazo hacia el pasaje del arco. Al observarlos piensa en asíntotas, en valores que convergen a medida que se aproximan a una suma que nunca alcanzarán: quince centímetros más cerca, luego siete y medio, luego tres con setenta y cinco... En un determinado momento casi puede alargar el brazo y tocarles, pero al siguiente..., ¡fius!, han desaparecido, se los ha tragado el infinito. El sobre de la India le ha dejado un olor curioso en los dedos, a hollín y a algo que le parece curry. El papel es barato. Y la tinta se ha corrido en dos sitios.

No es la primera vez que Hardy recibe una carta de algún desconocido. Gracias a lo alejadas que están del mundo corriente, las matemáticas puras ejercen una misteriosa atracción sobre excéntricos de todo pelaje. Algunos hombres de los que le han escrito a Hardy son auténticos chiflados que alardean de poseer las fórmulas que servirían para localizar el continente perdido de la Atlántida, o de haber descubierto criptogramas en las obras de Shakespeare que apuntan a una conspiración judía para estafar a Inglaterra. La mayoría, sin embargo, son meros aficionados a los que las matemáticas les han llevado tontamente a creer que han descubierto la solución de los problemas sin resolver más famosos. *He completado la demostración que lleva tanto tiempo buscándose de la Conjetura de Goldbach...*, en la que se afirma simplemente que cualquier número par mayor que dos puede ser expresado como la suma de dos primos. *Ni que decir tiene que me resisto a enviar mi verdadera demostración, no vaya a caer en manos de alguien que pretenda publicarla como propia...* Por experiencia diría que el tal Ramanujan pertenece a esta segunda categoría. *Como soy pobre* (¡como si las matemáticas hubieran hecho a alguien rico!), *no he incluido exactamente mis investigaciones ni las demostraciones concretas,* ¡como si todos los catedráticos de Cambridge estuvieran esperando recibirlas con el corazón en un puño!

Nueve densas páginas de matemáticas acompañan la carta. Tras volver a sentarse, Hardy se pone a examinarlas. A simple vista, la compleja serie de números, letras y símbolos indica una relativa familiaridad (si no una auténtica fluidez) con el lenguaje de su disciplina. Aunque hay algo fuera de lugar en la manera que tiene el indio[1] de emplear ese lenguaje. Lo que está

---

1. Siguiendo el criterio prevalente en la actualidad, he empleado el término *indio* para los naturales de la India, así como para todo lo perteneciente o relativo a ese país asiático, y utilizado únicamente *hindú* en su sentido religioso original, también aplicable en el caso concreto de Ramanujan. *(N. del T.)*

leyendo, piensa Hardy, es el equivalente del inglés hablado por un extranjero que ha aprendido esa lengua él solo.

Mira el reloj. Las nueve y cuarto. Ya lleva un cuarto de hora de retraso. Así que deja la carta, responde a otra (una de su amigo Harald Bohr en Copenhague), lee el último número de *Cricket*, resuelve todos los acertijos de la página de «Perplejidades» del *Strand* (eso le lleva, según sus cálculos, cuatro minutos), trabaja en el borrador de un artículo que está escribiendo con Littlewood y, exactamente a la una, se pone su toga azul y se acerca andando hasta el Hall para comer. Tal como esperaba, Dios ha hecho caso omiso de sus oraciones. Hace un sol espléndido, que le templa la cara aun cuando tenga que llevar las manos metidas en los bolsillos. (¡Cómo le gustan los días fríos muy soleados!) Luego entra en el Hall, y la penumbra atenúa el sol tan completamente que a sus ojos no les da tiempo a adaptarse. Subidos a una tarima, y por encima del estruendo de doscientos estudiantes a los que contemplan los retratos de Byron, Newton y otros ilustres antiguos alumnos de Trinity, una veintena de catedráticos están sentados a una mesa de honor, cuchicheando entre sí. Planea un olor a vino picado y carne rancia.

Hay un sitio vacío a la izquierda de Bertrand Russell, y Hardy lo ocupa mientras Russell le hace una seña con la cabeza a modo de saludo. Entonces se lee una oración en latín; chirrían los bancos, los camareros sirven vino, los estudiantes empiezan a comer con muchas ganas. Littlewood, que está enfrente de él, cinco puestos a su izquierda, ha entablado conversación con Jackson, un catedrático mayor de lenguas clásicas; una pena, porque Hardy quiere contarle lo de la carta. Pero puede que sea mejor así. Si se concede algo más de tiempo para pensar, tal vez llegue a la conclusión de que no es más que una tontería y se ahorre quedar como un verdadero idiota.

A pesar de que el menú de Trinity está escrito en francés, la comida es típicamente inglesa: rodaballo cocido, seguido de una chuleta de cordero con nabos y coliflor, y un pudin al vapor con una especie de salsa de natillas cortadas. Hardy come poco. Tiene unos gustos muy particulares en materia de comida, y sobre todo detesta la carne de cordero asada, algo que se remonta a su época de Winchester, cuando parecía que no existía otra cosa en el menú. Y el rodaballo, en su opinión, es el cordero asado de los pescados.

Por lo visto, Russell no tiene ningún problema con el rodaballo. Aunque son buenos amigos, no se caen demasiado bien; una característica de la amistad que a Hardy le parece mucho más habitual de lo que normalmente se supone. Durante los primeros años en que lo conoció, Russell llevaba un bigote frondoso que, tal como señaló Littlewood, le proporcionaba a su rostro una expresión engañosamente apagada y apacible. Luego se lo afeitó, y su cara, sin más adornos, daba la medida de su personalidad. Ahora unas cejas espesas, más oscuras que su cabello, ensombrecen unos ojos que, al mismo tiempo que reflejan una gran concentración, están totalmente extraviados. La boca es fina y parece un poco peligrosa, como si te fuera a morder. Las mujeres le adoran (además de esposa tiene un montón de amantes), cosa que extraña a Hardy, dado que otro de los rasgos distintivos de Russell es una acusada halitosis. El aliento de su intelecto, y su ímpetu (su empeño no sólo en ser el experto en lógica más importante de su tiempo, sino en diagnosticar la naturaleza humana, escribir filosofía y meterse en política), impresionan y también irritan a Hardy, porque la voracidad de una mente así puede parecer a veces una veleidad. Por ejemplo, en los dos últimos años, además del tercer volumen de sus colosales *Principia Mathematica*, ha publicado una monografía titulada *Los problemas de la filosofía*. Y, sin embargo, hoy no está hablando ni de principios matemáticos ni de problemas filosóficos. En lugar de eso, se divierte (aunque a Hardy no le divierta nada) exponiendo —hasta con diagramas bosquejados en un bloc— su traducción del simbolismo lógico de la Ley de la Hermana de la Esposa Fallecida, que legitima el matrimonio de un viudo con su cuñada, mientras Hardy se pasa el rato apartando la cara para no tener que respirar su aliento acre. Cuando Russell termina (¡por fin!), Hardy cambia de tema y se pone a hablar de críquet: de lanzadores diestros y posiciones de los jugadores en el campo, de formas de batear, de estrategias imprudentes que, en su opinión, le costaron a Oxford su último partido contra Cambridge. Russell, a quien le aburre tanto el críquet como a Hardy la Ley de la Hermana de la Esposa Fallecida, se sirve otra chuleta. Pregunta si hay algún nuevo jugador en la universidad al que Hardy admire, y Hardy menciona a un indio, Chatterjee, del Corpus Christi. El verano pasado, Hardy lo vio jugar en el equipo de los novatos y le pareció muy bueno. (Y también muy guapo, aunque eso no lo comenta.) Russell come su *gâteau avec crème anglaise*. Es un gran alivio que por fin el bedel dé la bendición final, permitiendo a Hardy escapar del simbolismo lógico y acercarse andando hasta Grange Road para jugar su partido diario de tenis cubierto. Da la casualidad de que su contrincante de esta tarde es un especialista en genética llamado Punnett, con el que a veces también juega al críquet. ¿Y qué opina Punnett de Chatterjee?, le pregunta.

–Me parece estupendo –dice Punnett–. Allí se toman el críquet muy en serio, ¿sabe? Cuando estuve en Calcuta, me pasaba horas en la explanada. Veíamos jugar a los jóvenes y comíamos una cosa muy rara: una especie de arroz inflado con una salsa pegajosa por encima.

Los recuerdos de Calcuta distraen a Punnett, y Hardy le gana fácilmente. Se estrechan la mano, y él regresa a sus habitaciones, preguntándose si será la manera de jugar de Chatterjee o su atractivo físico (una belleza muy europea que el contraste de su piel oscura sólo hace aún más sorprendente) lo que le ha llamado realmente la atención. Mientras tanto, Hermione se ha puesto a gemir. La señora de la limpieza se ha olvidado de darle de comer. Así que mezcla unas sardinas de lata con arroz hervido frío y un poco de leche en un plato, mientras ella se frota un lado de la cara contra su pierna. Al echarle un vistazo a la mesita de palo de rosa, ve que el asistente le ha dejado otra postal de Littlewood, a la que no le hace caso igual que a la anterior, no porque no le apetezca leerla, sino porque uno de los principios que rigen su colaboración es que ninguno de los dos debe sentirse obligado a posponer asuntos más urgentes para responder la correspondencia del otro. Ateniéndose fielmente a esta regla, y a otras semejantes, han conseguido cimentar una de las pocas colaboraciones afortunadas de la historia de su solitaria disciplina. De ahí la ocurrencia de Bohr: «Hoy en día Inglaterra puede jactarse de tener tres grandes matemáticos: Hardy, Littlewood y Hardy-Littlewood.»

En cuanto a la carta, ahí sigue donde la dejó, sobre la mesa que está junto a su desvencijado sillón de caña. Hardy la coge. ¿Pierde el tiempo? Quizá sería mejor arrojarla al fuego. Seguro que otros lo han hecho. Probablemente su nombre es uno más de la lista (¿ordenada alfabéticamente?) de matemáticos ingleses famosos a los que el indio ha enviado su carta, uno tras otro. Y si los demás han tirado la carta al fuego, ¿por qué no va a hacerlo él? Es un hombre ocupado. G. H. Hardy apenas (*Hardy hardly*)[1] tiene tiempo para examinar las notas de un oscuro empleado indio..., tal como está haciendo ahora, un poco en contra de su voluntad. O eso cree.

Ningún detalle. Ninguna demostración. Sólo fórmulas y apuntes. La mayoría le dejan completamente desorientado; es decir, si están mal, no tiene ni idea de cómo averiguarlo. No se parecen nada a las matemáticas que ha visto toda la vida. Por ejemplo, ¿qué se supone que hay que hacer con esto?

$$1 + 2 + 3 + 4 + 5 + \ldots = -\frac{1}{12}$$

Un enunciado así es una auténtica locura. Y sin embargo en algunos sitios, entre esas ecuaciones incomprensibles y

1. Aliteración intraducible. En castellano: Hardy apenas. A lo largo del texto, el autor va recalcando en cursiva entre paréntesis los juegos de palabras que se le ocurren a Hardy con los nombres de las personas. (*N. del T.*)

esos teoremas disparatados sin demostración, también hay fragmentos que tienen sentido (los suficientes para que siga leyendo). Por ejemplo, algunas de las series infinitas que reconoce. Bauer publicó la primera, famosa por su simplicidad y belleza, en 1859.

$$1 - 5\left(\tfrac{1}{2}\right)^3 + 9\left(\tfrac{1\cdot3}{2\cdot4}\right)^3 - 13\left(\tfrac{1\cdot3\cdot5}{2\cdot4\cdot6}\right)^3 + \ldots = \tfrac{2}{\pi}$$

Pero el empleado sin estudios que dice ser Ramanujan ¿cómo iba a haberse topado con esa serie? ¿Es posible que la haya descubierto por su cuenta? Y luego viene una serie que Hardy no ha visto en su vida. Es como una especie de poema.

$$1 + 9\cdot\left(\tfrac{1}{4}\right)^4 + 17\cdot\left(\tfrac{1\cdot5}{4\cdot8}\right)^4 + 25\cdot\left(\tfrac{1\cdot5\cdot9}{4\cdot8\cdot12}\right)^4 + \ldots = \frac{2\sqrt{2}}{\sqrt{\pi}\left[\Gamma\left(\tfrac{3}{4}\right)\right]^2}$$

¿Qué clase de imaginación habría que tener para que se te ocurriera *eso*? Y lo más milagroso de todo (Hardy la comprueba en su pizarra, hasta donde puede comprobarla), parece que es correcta.

Hardy enciende su pipa y empieza a pasearse por la habitación. En cuestión de segundos, su irritación ha dado paso al asombro, y el asombro al entusiasmo. ¿Qué milagro le ha traído hoy el correo? Algo que jamás había soñado ver. ¿La genialidad en estado puro? Una forma un poco burda de expresarlo. Y sin embargo...

Hardy reconoce que él mismo ha tenido mucha suerte. Y le encanta contarle a todo el mundo que es de origen humilde. Uno de sus abuelos era un obrero que trabajaba en una fundición, y el otro era el carcelero de la prisión del condado de Northampton. (Vivía en Fetter Street.) Más tarde, este abuelo, el materno, fue aprendiz de panadero. Y Hardy (de verdad que le encanta contárselo a cualquiera) habría sido también panadero algún día, si sus padres no hubieran tomado la sabia decisión de hacerse maestros. Más o menos cuando él nació, Isaac Hardy fue nombrado tesorero de la Cranleigh School de Surrey, y allí fue donde mandaron a estudiar a Hardy. De Cranleigh pasó a Winchester, y de Winchester a Trinity, atravesando puertas que normalmente habrían estado cerradas para él porque hombres y mujeres como sus padres eran los amos de las llaves. Después de eso, nada impidió su ascenso hasta exactamente la posición que había soñado ocupar años atrás, y que de hecho se merece ocupar, porque tiene talento y ha trabajado muy duro. Y ahora resulta que aparece este joven que vive en las profundidades de una ciudad cuya inmundicia y cuyo barullo Hardy apenas se puede imaginar, y que por lo visto ha fomentado su talento por su cuenta y riesgo, a falta de escolarización o de estímulo. Hardy ya ha conocido genios. Littlewood lo es, cree, y también Bohr. Pero en ambos casos se les proporcionó la disciplina y los conocimientos desde muy temprano, dándole una forma reconocible a esa genialidad. Ramanujan es descabellado e incoherente, como una rosa trepadora que debería haber sido adiestrada a enredarse en una pérgola pero que, en cambio, crece descontrolada.

Le asalta un recuerdo. Hace años, cuando era pequeño, en su colegio se montaba un retablo, una «feria india», donde él hacía el papel de doncella revestida de joyas y envuelta en una versión escolar de sari. Un amigo suyo, Avery, era el *gurkha*[1] que lo amenazaba blandiendo un cuchillo... Curioso que no haya pensado en esa cabalgata desde hace años cuando ahora, al recordarla, se da cuenta de que ese facsímil de bisutería y papeles de colores del exótico oriente, en el que intrépidos caballeros ingleses batallaban con nativos por la causa del imperio, es la imagen que le viene a la cabeza siempre que se le menciona la India. No lo puede negar: tiene una tremenda debilidad por

---

1. Soldado nepalí que servía en el ejército inglés o indio. *(N. del T.)*

las baratijas. Una mala novela decidió su carrera. Siguiendo el curso natural de las cosas, los Wykehamists (como se denomina a los hombres de Winchester) iban al New College de Oxford, con el que Winchester tenía vínculos estrechos. Pero entonces Hardy leyó *A Fellow of Trinity*, cuyo autor, «Alan St. Aubyn» (en realidad la señora Frances Marshall), describía la trayectoria de dos amigos, Flowers y Brown, ambos estudiantes del Trinity College de Cambridge. Juntos sufren un montón de tribulaciones, hasta que al final de su estancia el virtuoso Flowers consigue un cargo docente, mientras que al tarambana de Brown, habiendo sucumbido a la bebida y arruinado a sus padres, lo expulsan del colegio y se hace misionero. En el último capítulo, Flowers se recrea melancólicamente en la figura de Brown, imaginándoselo entre salvajes en aquellas tierras lejanas, mientras él bebe oporto y come nueces en la sala de profesores.

Fue ese momento en concreto (el oporto y las nueces) lo que Hardy paladeó. A pesar de que, mientras se decía a sí mismo que esperaba ser como Flowers, con el que soñaba (el que yacía a su lado en la cama en sus sueños) era Brown.

Y, por supuesto, ésa es la paradoja: que ahora que vive en Trinity, en el auténtico Trinity, un Trinity que no se parece nada a la fantasía de «Alan St. Aubyn», nunca se acerca después de cenar hasta la sala de profesores. Nunca toma oporto y nueces. Detesta el oporto y las nueces. Eso es mucho más de Littlewood. La realidad se encarga de borrar la idea que la imaginación se hace de un sitio antes de verlo: una verdad que entristece a Hardy, que sabe que si alguna vez viajase a Madrás, si se adentrara en el extraño caldo de cultivo que debe de ser el verdadero Madrás, aquel retablo de Cranleigh, engalanado con banderolas rosas y azules y primorosos dibujos infantiles de diosas con múltiples brazos ondulantes, se borraría completamente. Avery, pavoneándose con su cuchillo de papel, se borraría también. Así que de momento sólo le produce placer imaginarse a Ramanujan, vestido de una forma bastante parecida a la de Avery, anotando sus series infinitas entre esplendores orientales, aunque tiene la sospecha de que, en realidad, el joven pierde el tiempo seleccionando y sellando documentos, seguramente en un cuarto sin ventanas de un edificio cuya penumbra inglesa ni siquiera el brillante sol del este consigue disipar.

No le queda otra cosa que hacer. Tiene que consultar a Littlewood. Y esta vez no puede ser mediante una postal. No, irá a ver a Littlewood. Con el sobre en la mano, recorrerá la distancia (cuarenta pasos) que le separa de la escalera D en Nevile's Court y llamará a la puerta de Littlewood.

3

Cada rincón de Trinity tiene una historia que contar. La escalera D de Nevile's Court es donde en su día residió Lord Byron, y donde vivía su osito, Bruin, al que paseaba con una correa en protesta por la norma del colegio de no admitir perros. Ahora Littlewood vive ahí (tal vez –Hardy no está seguro– en las mismas habitaciones en las que retozaba Bruin). Primer piso. Son las nueve de la noche (tras la cena: sopa, lenguado de Dover, faisán, queso y oporto) y Hardy está sentado en un canapé rígido delante de un fuego trémulo, viendo cómo Littlewood se aparta de su escritorio aprovechando las ruedas de su silla de madera y cómo se echa a rodar en ella por el suelo, sin levantar ni un momento la vista del manuscrito indio. ¿Va a chocar con la pared? No, se para cerca de la puerta principal y cruza los tobillos. Sólo lleva los calcetines, nada de zapatos. Tiene las gafas apoyadas en la punta de la nariz, de la que escapan algunos resoplidos, moviendo los pelos de un bigote que, en opinión de Hardy, le favorece poco. *(Little for Littlewod.)* Pero nunca se lo diría incluso si él se lo preguntara, cosa que nunca va a hacer. Aunque ya llevan colaborando unos cuantos años, ésta es solamente la tercera vez que Hardy visita a Littlewood en sus aposentos.

—«He descubierto una función que representa exactamente

el número de números primos menor que x» –lee Littlewood en voz alta–. Una pena que no la ponga.

–Yo creo que no la pone precisamente para engatusarme y que le conteste. Vamos, que es la zanahoria del burro.

–¿Y le vas a contestar?

–Me parece que sí.

–Yo le contestaría. –Littlewood deja la carta–. Al fin y al cabo, ¿qué te está pidiendo? Que le ayudes a publicar sus cosas. Bueno, pues si resulta que valen la pena, yo creo que podemos (y que debemos) ayudarle. Siempre que nos dé más detalles, claro.

–Y algunas demostraciones.

–¿Qué opinas de las series infinitas, por cierto?

–O se le ocurrieron en sueños o se guarda un teorema mucho más general en la manga.

Ayudándose con un pie enfundado en su respectivo calcetín, Littlewood vuelve rodando en su silla hasta el escritorio. Detrás de la ventana, susurran las ramas del olmo. Es esa hora en la que, hasta en un día relativamente apacible como éste, el invierno se reafirma mandando pequeñas ráfagas de viento por las esquinas, por las grietas de las tablillas del suelo, por las rendijas de las puertas. Hardy querría que Littlewood se levantara y atizara el fuego. Pero sigue leyendo. Tiene veintisiete años y, a pesar de que no es alto, da la impresión de ser un hombretón corpulento (prueba de los años que se ha pasado haciendo gimnasia). Hardy, en cambio, es delgado y de huesos largos; su aspecto atlético es más el de un enjuto jugador de críquet que el de un gimnasta ágil. Aunque muchas personas, tanto hombres como mujeres, le han dicho que es guapo, él se considera horroroso, y por eso en sus habitaciones no hay un solo espejo. Cuando se queda en algún hotel, cuenta a veces, tapa los espejos con telas.

A su manera, Littlewood es una figura byroniana, piensa Hardy, o al menos todo lo byroniana que puede ser la de un matemático. Por ejemplo, todas las mañanas templadas, cruza tranquilamente New Court con tan sólo una toalla envuelta a la cintura para bañarse en el Cam. Una costumbre que causó cierto revuelo en 1905, cuando tenía diecinueve años y acababa de llegar a Trinity. Enseguida se corrió la voz incluso en King's de que se paseaba semidesnudo, y en consecuencia Oscar Browning y Goldie Dickinson empezaron a acercarse hasta allí por las mañanas, aunque ninguno de los dos tenía fama de levantarse temprano. «¿No te encanta la primavera?», le preguntaba O. B. a Goldie mientras Littlewood les saludaba con la mano.

Evidentemente, tanto O. B. como Goldie son Apóstoles.[1] Igual que Russell y Lytton Strachey. Y John Maynard Keynes. Y el propio Hardy. Hoy en día esa sociedad secreta ya es como de chiste, gracias fundamentalmente a la reciente publicación de una historia bastante mal contada de sus años iniciales. Ahora cualquiera que se moleste un poco sabe que en sus reuniones de los sábados por la noche, los *hermanos* (cada uno de los cuales tiene un número) comen «ballenas» (sardinas con tostadas), y que uno de ellos expone un ensayo filosófico mientras permanece de pie sobre una «esterilla» ceremonial, y que esos ensayos se guardan en un viejo baúl de cedro llamado el «Arca». También es vox pópuli que la mayoría de los miembros de «esa» sociedad son de «esa» forma. La cuestión es: ¿lo sabe Littlewood? Y, de ser así, ¿le preocupa?

Ahora se levanta de su silla y se acerca, andando de esa manera tan peculiar suya, hasta el fuego. Las llamas se elevan desde los carbones cuando las aviva. Hardy ha cogido frío, además siempre se siente a disgusto en esta habitación, con sus espejos y su piano Broadwood y ese olor que impregna el aire, a cigarrillos y papel secante y, sobre todo, a Littlewood: un olor

---

1. Los Apóstoles de Cambridge eran una sociedad secreta de universitarios intelectuales, fundada por George Tomlinson en 1820. *(N. del T.)*

a lencería limpia y humo de madera, y a otra cosa, algo humano, biológico, que Hardy no acaba de identificar. Ésta es una de las razones por las que se comunican mediante postales. Se puede hablar de la función zeta de Riemann en términos de «montañas» y «valles» donde sus valores, reflejados en un gráfico, suben y bajan; pero si empiezas a imaginarte de verdad la subida, paladeando el aire, buscando agua, te pierdes. Los olores (el de Littlewood, el de la carta del indio) dificultan la capacidad de navegar por el paisaje matemático, que es por lo que de repente Hardy se encuentra mal y con unas ganas enormes de regresar a la seguridad de sus propias habitaciones. De hecho, ya se ha levantado y está a punto de despedirse cuando Littlewood le pone una mano caliente en el hombro.

–No te vayas todavía –le dice, haciendo que Hardy se siente otra vez–. Quiero que escuches una cosa. –Y pone un disco en el gramófono.

Hardy hace lo que le dice. Comienza a salir ruido del gramófono. Para él no es más que eso. Puede distinguir ritmos y pautas, una sucesión de tercetos y una especie de anécdota, pero no le proporciona ningún placer. No escucha belleza. A lo mejor es culpa de algún defecto de su cerebro. La verdad es que le frustra esa incapacidad suya para apreciar un arte que a su amigo le entusiasma tanto. Le pasa como con los perros. Que los demás ensalcen sus espléndidas virtudes, su inteligencia y su lealtad. Para él huelen mal y son un fastidio. Por otro lado, a Littlewood le encantan los perros, igual que a Byron. Y le encanta la música. De hecho, mientras la aguja va haciendo su chirriante recorrido por el disco, parece que entra en una especie de trance ensimismado, alzando las manos y jugueteando con los dedos en el aire.

Por fin se acaba el disco.

–¿Sabes lo que era? –le pregunta Littlewood, levantando la aguja.

Hardy niega con la cabeza.

–Beethoven. El primer movimiento del «Claro de luna».

–Precioso.

–Estoy aprendiendo a tocar por mi cuenta, ¿sabes? Evidentemente no soy Mark Hambourg, ni nunca lo seré. –Se sienta de nuevo, esta vez al lado de Hardy–. Sabes quién fue el primero que me habló de Beethoven, ¿no? El bueno de O. B. Cuando era estudiante, siempre me estaba invitando a sus habitaciones. A lo mejor era por el glamour que me daba ser un *wrangler*[1] en matemáticas... Tenía una pianola y me tocaba la «Waldstein» en ella.

–Ya sabía que tenía dotes musicales.

–Una personalidad curiosa, la de O. B. ¿Sabes lo de la vez en que un grupo de señoras le sorprendieron después de bañarse? Lo único que llevaba era un pañuelo, pero en vez de taparse sus partes se tapó la cara. «*Todo el mundo* en Cambridge reconocería mi *cara*», dijo.

Hardy se echa a reír. A pesar de que ya ha oído esa historia cientos de veces no quiere quitarle a Littlewood el placer de creer que él es el primero que se la cuenta. Cambridge está lleno de historias sobre O. B. que empiezan de esa manera. «¿Sabes lo de la vez que O. B. cenó con el rey de Grecia?» «¿Sabes lo de la vez que O. B. fue a Bayreuth?» «¿Sabes lo de la vez en que O. B. coincidió en el pasillo de un tren con treinta chicos de Winchester?» (Aunque Hardy duda de que Littlewood sepa lo de esa última vez.)

–El caso es que desde entonces para mí sólo existen Beethoven, Bach y Mozart. Y en cuanto aprenda, serán los únicos compositores que tocaré.

Se vuelve a levantar, quita el disco del gramófono y lo mete en su funda.

Dios mío, que saque otro disco y lo ponga en el gramófono. Tengo ganas de música, de horas y horas de música.

El truco funciona. Littlewood mira su reloj. Puede que quiera trabajar o escribirle a la señora Chase.

1. En la Universidad de Cambridge, estudiante que ha completado el tercer curso del *tripos* matemático con la máxima nota. *(N. del T.)*

Hardy alarga la mano para coger la carta de Ramanujan, pero Littlewood le dice:

–¿Te importa que me la quede esta noche? Me gustaría revisarla con más atención.

–Quédatela.

–Entonces hablamos por la mañana. O te mando una nota. Me imagino que me quedaré levantado casi toda la noche.

–Como quieras.

–Hardy, lo digo completamente en serio, tal vez deberíamos plantearnos el traérnoslo. O por lo menos investigar un poco. A lo mejor te parece que me estoy precipitando.

–No, estaba pensando en lo mismo. Puedo escribir al Ministerio de la India, y ver si tienen dinero para estas cosas.

–Quizá sea el hombre que consiga demostrar la hipótesis de Riemann.

Hardy alza las cejas.

–¿Tú crees?

–Quién sabe... Es que, si ha hecho todo esto por su cuenta, a lo mejor es capaz de moverse en direcciones que ni se nos han ocurrido hasta ahora. En fin..., buenas noches, Hardy.

–Buenas noches.

Se dan la mano. Cerrando la puerta tras él, Hardy baja rápidamente los peldaños de la escalera D, cruza Nevile's Court y sube a sus aposentos. Cuarenta y tres pasos. Su asistente ha mantenido el fuego encendido; delante está Hermione enroscada sobre su otomana favorita, la azul de terciopelo con botones. «Capitoné», llamó Gaye (que sabía de esas cosas) al acolchado. Hasta mandó hacer una funda especial para la otomana, para que Hermione pudiera arañarla sin estropear el terciopelo. Gaye adoraba a Hermione; unos días antes de morirse, habló de encargar su retrato: una odalisca felina, sin más adornos que una inmensa esmeralda colgada del cuello con una cinta de satén. Ahora incluso la funda está hecha jirones.

¿Deberían traerse al indio a Inglaterra? Mientras le da vuel-

tas a esa idea, a Hardy empieza a acelerársele el corazón. No puede negar que le excita la idea de rescatar a un joven genio de la pobreza y la oscuridad y verlo florecer... O puede que lo que le excite sea la imagen que se ha formado de Ramanujan, aun en contra de su voluntad: un joven *gurkha* blandiendo su cuchillo. Un joven jugador de críquet.

Al otro lado de la ventana se alza la luna. Enseguida vendrá el asistente con su whisky nocturno. Esta noche se lo tomará solo, leyendo un libro. Es curioso, la habitación le parece más vacía que nunca, ¿qué presencia echa de menos entonces? ¿La de Gaye? ¿La de Littlewood? Extraña sensación esta soledad que (que él sepa) no tiene objeto: al otro extremo de la cual no brilla el espejismo de ninguna cara, no le invoca ninguna voz. Y entonces se da cuenta de lo que echa de menos. Es la carta.

4

Trata de recordar cuándo empezó. Desde luego, antes de que supiera nada. Antes de que supiera que era uno de los grandes problemas, si no el mayor. Tenía once años, o tal vez doce. Y empezó con la niebla.

El párroco de Cranleigh le había llevado a dar un paseo, a petición de su madre, porque parecía que no prestaba atención en la iglesia. Afuera había niebla; ahora hasta se imagina los engranajes del cerebro del párroco girando cuando se le ocurrió la idea de emplear la niebla para explicar la fe. La niebla, y algo que a un niño le gustaría. Una cometa.

–Si echas a volar una cometa en la niebla, no puedes ver la cometa volando. Pero, aun así, sientes el tirón del cordel.

–Pero con niebla –dijo Harold– no hay viento. Así que ¿cómo vas a hacer volar la cometa?

El párroco meneó un poco la cabeza. En aquella quietud húmeda, su torso se difuminaba y fluctuaba como un fantasma. Era cierto, no había ni un soplo de viento.

–Estoy usando una analogía –dijo–. Creo que te suena bastante ese concepto.

Harold no respondió. Esperaba que el párroco interpretara su silencio como piadosa contemplación, cuando en realidad aquel joven acababa de erradicar cualquier retazo de fe que tuviera el niño. Porque no se podían negar los hechos naturales. Con niebla no había viento. Y no podían volar las cometas.

Regresaron a casa. Su hermana, Gertrude, estaba sentada en el salón, haciendo prácticas de lectura. Sólo llevaba un mes con el ojo de cristal.

La señora Hardy le preparó un té al párroco, que tenía unos veinticinco años, el pelo negro y los dedos finos.

–Como he intentado explicarle a su hijo –dijo el párroco–, la fe hay que cultivarla con tanta tenacidad como cualquier ciencia. No debemos dejar que nos la quiten a golpe de razonamientos. La naturaleza es parte del milagro de Dios, y cuando exploramos sus dominios, debe ser con intención de comprender mejor Su gloria.

–Harold es muy bueno en matemáticas –dijo su madre–. A los tres años ya era capaz de escribir cifras de varios millones.

–Para calcular la magnitud de la gloria de Dios, o la intensidad de los tormentos del infierno, hay que escribir cifras mucho mayores que ésas.

–¿Como cuánto?

–Mayores de lo que podrías averiguar en un millón de vidas.

–Eso no es mucho, matemáticamente hablando –dijo Harold–. Nada es muy grande cuando te paras a pensar en el infinito.

El párroco se sirvió un trozo de bizcocho. A pesar de su aspecto demacrado, comía con fruición, lo que llevó a preguntarse a la señora Hardy si tendría la solitaria.

–Su niño tiene talento –dijo después de tragar–. Pero también es un insolente. –Entonces se volvió hacia Harold y añadió–: Dios es el infinito.

Ese domingo, como todos los domingos, los señores Hardy llevaron a Harold y Gertrude a la iglesia. Eran creyentes, y además el señor Hardy era el tesorero de Cranleigh School; tenía su importancia que los padres de los alumnos lo viesen en los bancos. Para distraerse del canturreo del sermón del párroco, Harold descompuso los números de los himnos en sus factores primos. 68 daba $17 \times 2 \times 2$, 345 daba $23 \times 5 \times 3$. En la pizarra que tenía tras los ojos, escribió los primos, y trató de ver si su orden seguía alguna lógica: 2, 3, 5, 7, 11, 13, 17, 19... Parecía que no. Sin embargo, debía haber un orden, porque los números, por su propia naturaleza, conferían orden. Los números *suponían* orden. Aunque ese orden fuese oculto, invisible.

La pregunta era fácil de exponer. Pero eso no significaba que también lo fuese hallar la respuesta. Como iba aprendiendo rápidamente, a menudo los teoremas más fáciles de enunciar eran los más difíciles de demostrar. Por ejemplo, el Último Teorema de Fermat, que afirmaba que la ecuación $x^n + y^n = z^n$ no tenía soluciones enteras positivas para n mayor que 2. Te podías pasar el resto de tu vida probando números para esa ecuación y demostrar que, para el primer millón de *enes*, ni una sola n contradecía la regla (quizá si vivieras un millón de vidas, podrías demostrar que para el primer billón de *enes* tampoco la contradecía ninguna); no obstante, no habrías demostrado nada. Porque ¿quién se atrevería a decir que a lo largo de la fila infinita de números, más allá de la magnitud de la gloria de Dios y de la intensidad de los tormentos del infierno, no existía esa n que contradecía la regla? ¿Quién se atrevería a decir que no existía un número infinito de *enes* que contradecía la regla? Hacía falta una demostración, inmutable, irrefutable. Así que, en cuanto te parabas a mirar un poco, ¡las matemáticas resultaban muy complicadas!

Le seguían preocupando los primos. Hasta 100 (contó) había 25. ¿Cuántos habría hasta 1.000? Volvió a contar (168) pero le llevó mucho tiempo. En Cranleigh había reproducido por su cuenta la demostración asombrosamente sencilla de Euclides de que había un número infinito de primos. Sin embargo, cuando le preguntó a su profesor de matemáticas de Winchester si existía una fórmula para calcular el número de primos hasta un número n dado, el profesor no lo sabía. Incluso en Trinity, sede de matemáticos ingleses, parecía que no lo sabía nadie. Curioseó un poco, y al final consiguió averiguar gracias a Love (uno de sus compañeros de Trinity) que, en efecto, el matemático alemán Karl Gauss había publicado aquella fórmula en 1792, cuando tenía quince años, pero había sido incapaz de aportar una demostración. Más tarde, le dijo Love, otro alemán, Riemann, *había* demostrado la validez de la fórmula, aunque Love no tenía muy claros los detalles. Lo que sí sabía era que la fórmula no era exacta. Inevitablemente sobrestimaba el número de primos. Por ejemplo, si contabas los primos existentes entre 1 y 2.000.000, descubrías que había 148.933. Pero si incluías el número 2.000.000 en la fórmula, te decía que la cifra era 149.055. Y, en ese caso, la fórmula sobrepasaba el total en 122.

Hardy quería aprender más. ¿Habría algún medio, como mínimo, de mejorar la fórmula de Gauss? ¿De reducir el margen de error? Pero, ay, como estaba descubriendo, Cambridge no estaba muy interesado en semejantes cuestiones, que pertenecían al ámbito bastante desacreditado de las matemáticas puras. En cambio, hacía hincapié en las matemáticas aplicadas: la trayectoria de los planetas girando a toda velocidad por el espacio, las predicciones astronómicas, la óptica, las olas y las mareas. Newton destacaba como una especie de dios. Siglo y medio antes, había emprendido una feroz contienda con Gottfried Leibniz, en el curso de la cual había descubierto el cálculo, y aunque en América y en el continente se había aceptado hacía tiempo que Leibniz lo había descubierto primero, pero que Newton lo había hecho por su cuenta, en Cambridge la disputa seguía siendo tan amarga como en un principio. Negar la afirmación de Newton de haberse anticipado se consideraba un sacrilegio; así de firme era la lealtad de la universidad a su famoso hijo, que incluso a principios de este nuevo siglo obligaba a sus estudiantes de matemáticas, cuando se dedicaban al cálculo, a utilizar su anticuada notación de puntos, su vocabulario de fluxiones y fluones, en vez del sistema bastante más sencillo (derivado de Leibniz) que se había privilegiado en el resto de Europa. ¿Y eso por qué? Pues porque Leibniz era alemán y Newton inglés, e Inglaterra era Inglaterra. Por lo visto, el patriotismo importaba más que la verdad, incluso en el campo en que se suponía que la verdad era absoluta.

Era todo muy descorazonador. Entre sus amigos, Hardy se preguntaba en voz alta si debería haber ido a Oxford. Se preguntaba si debía abandonar completamente las matemáticas y pasarse a la historia. En Winchester había escrito un artículo sobre Harold, el hijo de Godwin, cuya muerte en 1066 en la batalla de Hastings se ilustraba en los tapices de Bayeux. El tema del artículo era el complejo asunto de la promesa de Harold a Guillermo el Conquistador de no aspirar al trono, aunque lo que en realidad fascinaba a Hardy era que, durante la batalla, a Harold le hubieran disparado una flecha en el ojo. Al fin y al cabo, eso había sido pocos años después del accidente de Gertrude, y tenía una obsesión morbosa con que a alguien le sacaran los ojos. Por supuesto, también contaba la coincidencia del nombre. En cualquier caso, a Fearon, su director, le gustó lo suficiente el artículo como para pasárselo a los examinadores de Cambridge, uno de los cuales le dijo más tarde a Hardy que podía haber obtenido una beca en historia o en matemáticas con la misma facilidad. Y él, en el fondo, lo tuvo en cuenta durante sus años de estudiante.

Sus dos primeros años en Cambridge, llevó una vida escindida. Por un lado estaba el *tripos* de matemáticas. Por el otro, los Apóstoles. El primero era un examen, los segundos una sociedad. Sólo unos pocos miembros de esa sociedad pasaban ese examen; sin embargo, la vida que llevaban en las habitaciones donde tenían sus reuniones socavaba sus propios cimientos.

Primero los Apóstoles. La elección era totalmente secreta y, una vez «nacido», al «embrión», tal como se le denominaba, se le hacía jurar que nunca hablaría de la Sociedad a los extraños. Las reuniones tenían lugar los sábados por la noche. Como miembro activo (y en calidad de «hermano»), estabas obligado a asistir a todas las reuniones del curso mientras residieras allí. Andando el tiempo, a los miembros les «salían alas» y se convertían en un «ángel», y a partir de ese momento sólo asistían a las reuniones que les apetecieran.

Hardy había sido nombrado miembro de la Sociedad en 1898. Era el número 233. Su protector o «padre» era el filósofo G. E. Moore (n.º 229). En aquel entonces los miembros activos de la Sociedad, además de Moore, eran R. C. y G. M. Trevelyan (n.º 226 y 230), Ralph Wedgwood (n.º 227), Eddie Marsh (n.º 228), Desmond McCarthy (n.º 231) y Austin Smyth (n.º 232). Los ángeles que solían acudir más a las reuniones eran O. B. (n.º 142), Goldie Dickinson (n.º 209), Jack McTaggart (n.º 212), Alfred North Whitehead (n.º 208) y Bertrand Russell (n.º 224), al que le habían salido alas sólo un año antes. Casi todos eran o de King's o de Trinity, y entre ellos solamente dos (Whitehead y Russell) habían hecho el *tripos* de matemáticas.

¿Y qué era el *tripos* de matemáticas? En esencia, era el examen que estaban obligados a realizar todos los estudiantes de matemáticas de Cambridge, y así había sido desde finales del siglo dieciocho. El término en concreto se refería al taburete de tres patas en el que, en los viejos tiempos, se sentaban los aspirantes mientras ellos y sus examinadores «discutían» sobre temas de lógica. Pero ya había pasado siglo y medio y el *tripos* seguía sirviendo para examinarse de las matemáticas aplicadas que estaban en boga en 1782. A los que obtenían las notas más altas en el examen se les seguía clasificando como *wranglers;* y luego según su nota, siendo el *senior wrangler* el que hubiera obtenido la mejor. Después de los *wranglers* venían los *senior optimes* y los *junior optimes*. La lectura ritual de los nombres y las notas (la lista de honores) tenía lugar todos los años con mucha ceremonia en el Rectorado el segundo martes de junio. Para tener algún futuro en matemáticas en Cambridge, debías estar entre los diez primeros *wranglers*. Que te nombraran *senior wrangler* te garantizaba un cargo docente o, si no querías seguir una carrera académica, un lucrativo puesto en el gobierno o la justicia. Whitehead había sido el cuarto *wrangler* de su año. Russell, el séptimo.

El *tripos* tenía algo de acontecimiento deportivo. Lo precedían las apuestas y lo seguían las juergas. La tercera semana de junio nadie de Cambridge era más famoso que el *senior wrangler*, cuya fotografía comercializaban tanto los vendedores ambulantes como los de periódicos, y a quien perseguían por las calles los estudiantes aspirantes y las chicas, pidiéndole autógrafos. A partir de los años ochenta del siglo diecinueve, se permitió a las chicas realizar el examen, aunque su nota no contaba, y cuando en 1890 una mujer logró ser *senior wrangler*, nada menos que el *New York Times* informó de su asombrosa victoria.

A algunos, normalmente a los que no habían pasado por ello, el *tripos* les parecía bastante divertido. A O. B., por ejemplo. Historiador por afición y profesión, adoraba los fastos de cualquier tipo, y por consiguiente no entendía por qué Hardy se oponía con tanto empeño a lo que para él no era más que un poco de boato. En concreto (algo muy típico de él), le encantaba lo del «cuchara de madera». Todos los años el día de la licenciatura, cuando el pobre tipo que había conseguido la peor nota (el último de los *junior optimes)* se postraba ante el rector, sus amigos le bajaban del techo del Rectorado una enorme cuchara de metro y medio de largo, pintada con mucho esmero y adornada con el escudo del *college*, además de unos cuantos versos cómicos en griego de este jaez:

En Honores Matemáticos
nadie en su Gloria lo iguala.
Senior Wrangler, llora un poco,
¡no llevarás la cuchara!

El tipo se perdía entonces en la distancia, cargando con la cuchara, con todo el sentimiento y la calma de los que fuera capaz. El resto de su vida se le conocería como el «cuchara de madera» de ese año.

Una vez, en la hora de confraternización que seguía a las reuniones de los Apóstoles, O. B. le dijo a Hardy:

–¿Qué se supone que tiene que hacer con ella? ¿Revolver el té?

–¿Quién? –le preguntó Hardy.

–El «cuchara de madera».

A Hardy no le apetecía hablar del «cuchara de madera». A esas alturas ya despreciaba el *tripos*, la preparación del cual le parecía una carga innecesaria que le apartaba de aquellos asuntos a los que hubiera preferido dedicar su energía, como los números primos. En su opinión, el *tripos* era un examen de arcaísmo. Para pasarlo, no sólo tenías que emplear el vocabulario anticuado de Newton, sino recitar también los lemas de sus *Principia Mathematica* sólo con que te dijeran sus números, como si fueran salmos. Puesto que pocos catedráticos daban clases de esas matemáticas, había surgido toda una industria casera de profesores particulares de *tripos*, con unos honorarios proporcionales al número de *senior wranglers* que hubieran «producido». Y estos profesores eran, en muchos aspectos, más famosos que sus colegas los catedráticos. Webb era el más conocido de todos, y fue a las clases de Webb adonde mandaron a Hardy.

No es una época que recuerde con ningún cariño. Tres veces a la semana, durante el curso y también durante las largas vacaciones, a las ocho y cuarto de la mañana exactamente, se sentaba junto a otros cinco jóvenes en una habitación que era húmeda en verano y helada en invierno. La habitación estaba en la casa de Webb, y Webb se pasaba el día entero en ella, hora tras hora, enseñando a sucesivos grupos de seis hasta que se ponía el sol, mientras la señora Webb, austera y silenciosa, revoloteaba por la cocina, llenando una y otra vez la tetera. La rutina no variaba nunca. La mitad de la clase la dedicaban a memorizar a base de repeticiones, y la otra mitad a practicar contra el reloj. A Hardy le parecía una colosal pérdida de tiempo, aunque lo que le provocaba más sufrimientos era la convicción de ser el único que lo pensaba. Por lo visto, la ambición había cegado a los demás, que no se daban cuenta de lo absurdo de todo aquello. No sabían entonces que, en Alemania, los profesores hacían una parodia de las preguntas del examen: «En un puente elástico hay un elefante de masa indeterminada; en la trompa tiene un mosquito de masa m. Calcular las vibraciones del puente cuando el elefante mueve al mosquito al barritar con la trompa.» Pero ése era justamente el tipo de problema que te planteaban en el *tripos*, y por mor del que generaciones de jóvenes de Cambridge habían renunciado a la oportunidad de tener una verdadera formación, en el preciso momento en que sus mentes estaban más maduras para dedicarse a investigar.

Más tarde, intentó explicarle todo eso a O. B. Gracias a los Apóstoles se habían hecho amigos a su manera. Aunque O. B. nunca le gastaba sus famosas bromas salaces a Hardy, ni trataba de tocarle nunca, sí tenía la costumbre de presentarse inesperadamente en sus habitaciones por las tardes. Solía hablarle de Oscar Wilde, que había sido amigo suyo y a quien admiraba profundamente.

–Lo vi en París justo antes de que se muriera –contaba O. B.–. Yo conducía un coche de alquiler y lo adelanté antes de darme cuenta de quién era. Pero me reconoció. Tenía una mirada muy triste...

En esa época, Hardy sabía poco de Wilde, aparte de los rumores que habían conseguido filtrarse a través de las barreras que sus profesores de Winchester habían levantado para proteger a sus custodios de las noticias del juicio. Así que le pidió a O. B. que le contara la historia completa, y O. B. le complació: sus días de gloria, la perfidia de Bosie, el célebre testimonio de las doncellas del hotel... Incluso entonces, sólo unos años después de la muerte de Wilde, el escándalo seguía lo bastante fresco como para que uno se atreviera a arriesgarse a que lo vieran con un ejemplar de algún libro suyo. Aun así, O. B. le prestó a Hardy *La decadencia de la mentira*. Cuando Hardy acarició las tapas, le pareció que desprendían calor, como si fueran de hierro. Devoró el libro, y al acabar copió con aquella letra suya tan elegante un párrafo que le había impresionado especialmente.

El arte siempre se expresa sólo a sí mismo. Tiene una vida independiente, igual que el Pensamiento, y sigue exclusivamente su propio curso. No es necesariamente realista en una época realista, ni espiritual en épocas de fe. Lejos de ser la creación de su tiempo, suele oponerse abiertamente a él, y la única historia que atesora es la de su propio progreso.

Lo mismo sucedía, pensaba, con el arte de las matemáticas. Su búsqueda no debía verse lastrada ni por la religión ni por la conveniencia. De hecho, su grandeza estribaba en su inutilidad. Supongamos, por ejemplo, que alguien probase el Último Teorema de Fermat. ¿En qué habría contribuido al bienestar mundial? En absolutamente nada. Los avances en química ayudaban a las fábricas de algodón a desarrollar nuevos procedimientos de teñido. La física podía aplicarse a la balística o a la industria de armamento. En palabras de Wilde, las matemáticas seguían «exclusivamente su propio curso». Lejos de ser una limitación, su inutilidad era la prueba de que carecían de límites.

El problema era que, siempre que intentaba verbalizar aquello para O. B., se hacía un lío; como la noche en que se quejó de que las matemáticas de las que te examinaban en el *tripos* no iban a ninguna parte.

–No te comprendo –le dijo O. B.–. Un día no paras de hablar de que la gracia de las matemáticas está en su inutilidad, y al siguiente te quejas de que las matemáticas de las que te examinan en el *tripos* son inútiles. ¿En qué quedamos?

–Es que no quiero decir lo mismo –respondió Hardy–. Las materias del *tripos* no son inútiles de la misma forma que las matemáticas en general. No se trata de que tengan aplicación práctica. Si algo tienen las materias que se estudian en el *tripos* es, sobre todo, que se pueden aplicar..., pero están anticuadas.

–El latín y el griego también están anticuados, ¿y por eso vamos a dejar de estudiarlos?

Hardy trató de explicar su postura en un lenguaje que O. B. pudiera entender:

–Mira –dijo–, imagínate que tienes que hacer un examen sobre historia de la literatura inglesa. Sólo que, en ese examen en concreto, debes escribir tus respuestas en inglés medieval. Da igual que nunca más te vayan a pedir redactar un examen ni nada parecido en inglés medieval, porque sigues teniendo que escribir tus respuestas en inglés medieval. Y no sólo eso, las preguntas a las que has de responder no son sobre autores importantes, no son sobre Chaucer o Milton o Pope, sino sobre..., yo qué sé, unos cuantos poetas desconocidos de los que jamás has oído hablar. Y tienes que aprenderte de memoria todas y cada una de las palabras que escribieron esos poetas, que además escribieron miles y miles de poemas tremendamente aburridos. Y, para colmo, también debes memorizar doce tratados del siglo dieciséis sobre la naturaleza de la melancolía y estar preparado para recitar cualquier capítulo sólo con que te digan su número. Bueno, pues si eres capaz de imaginarte algo así, tal vez puedas imaginarte lo que es tener que hacer el *tripos*.

–Pues parece bastante divertido –dijo O. B.–. De todas formas, sigo pensando que estás haciendo una distinción artificial. Entre una clase de inutilidad que alabas porque te divierte y otra que deploras porque te resulta aburrida. Pero al fin y al cabo son la misma cosa.

Hardy se quedó callado. Era evidente que O. B. no lo entendía, y que nunca lo entendería. Sólo podía hacerlo un matemático. O. B. no sabía lo que se sentía cuando te apartaban a la fuerza de algo en lo que creías apasionadamente para obligarte a fijar tu atención en algo que despreciabas. Tampoco comprendía la injusticia que suponía verse obligado a dedicar años de esfuerzo a adquirir unas habilidades que, una vez habías superado el *tripos*, nadie te iba a volver a exigir. O. B. vivía cada vez más para el espectáculo: las pastas de té que se servían y la música que se tocaba en sus «veladas caseras», donde se mezclaban los marineros con los catedráticos. No le preocupaban las ideas ni los ideales. Su cargo docente, que Hardy supiera, le importaba solamente en la medida en que le permitía permanecer eternamente refugiado en los seguros confines del King's College. Era una criatura de ese ámbito por naturaleza. Como muchos de los Apóstoles. Pocos años antes, McTaggart había escrito sobre el Cielo: «Se podría decir de un *college* (con el mismo acierto que del Absoluto) que es una unidad, una unidad de espíritu, y que nada de ese espíritu existe sino como algo personal.» Pero evidentemente: «el Absoluto es una unidad mucho más perfecta que un *college*». Aunque probablemente O. B. no habría estado de acuerdo con esa opinión, porque para él King's era la unidad perfecta.

A O. B., Hardy lo sabía de sobra, no le importaba McTaggart. Ni tampoco apreciaba su «religión», una especie de cristianismo anticristiano en el que el alma platónica ascendía a un paraíso sin Dios. A Hardy le pasaba igual. Una de las muchas excentricidades de McTaggart era caminar de lado: una costumbre que había adquirido durante sus años escolares, cuando tenía que pegarse a las paredes para evitar que le dieran patadas. Tenía la columna ligeramente desviada, y circulaba por las calles de Cambridge en un antiguo triciclo que era un auténtico armatoste. Unos años antes, había leído un ensayo en la Sociedad titulado «¿Violetas o azahar?» en el que hacía una elocuente defensa del amor entre hombres, que él consideraba superior al existente entre hombre y mujer, siempre que se estableciera una clara distinción entre «baja sodomía» y «alta sodomía». Cuando leyó su ensayo por primera vez, McTaggart se puso sin dudarlo del lado de la «alta sodomía», y seguía haciéndolo, a pesar de su reciente matrimonio con una robusta muchacha neozelandesa, Daisy Bird, a quien describía lleno de orgullo como: «nada femenina», y con la que, según les contó a los *hermanos,* lo compartía todo, incluida su pasión por los estudiantes.

Dicho esto, Hardy encontraba a G. E. Moore más agradable. *(Moore, more.)* Se conocieron durante el primer año de Hardy en Trinity. El *padre* era cinco años mayor que el *embrión,* pero parecía de la misma edad o incluso más joven, lo cual era un alivio. Hardy ya empezaba a hartarse de que la gente lo tomara por un estudiante. Aunque Moore no era guapo en el sentido convencional del término, irradiaba un aura infantil que hacía que te entraran ganas de protegerlo y darle unas palmaditas, de revolverle el pelo que le caía sobre la frente despejada y sobarle aquellas orejas sin lóbulo, de quitarle aquella expresión de sorpresa perpetua de la boca con un beso. Tampoco es que Hardy hubiera tenido ocasión de besarle. El único gesto de intimidad que se permitía Moore consistía en dar la mano. Era bastante palurdo en materia de sexo (curiosamente, ya que uno de los dogmas principales de su propia filosofía –una especie de prolongación y refutación simultáneas de la de McTaggart– era la creencia de que el placer es el bien supremo de la vida). Casi desde el momento de su integración en los Apóstoles, se le había considerado un genio, un salvador enviado por el cielo de los ángeles para despertar a los *hermanos* del letargo del *fin de siècle.* Paseando por los prados de Grantchester con Hardy, con su pequeña mano colgando fláccida y a la vez un poco cerrada, hablaba de «bondad». Para él, la bondad era indefinible, y aun así fundamental, el único terreno donde podía arraigar una teoría de la ética. ¿Y dónde residía la bondad? En el amor y la belleza. Tal vez inconscientemente, Moore les ofrecía a los Apóstoles una justificación moral para el desarrollo de actividades en las que la mayoría ya eran expertos: el trato con los chicos guapos y la adquisición de objetos bonitos. Más tarde, entresacada de su obra magna, *Principia Ethica*, el grupo de Bloomsbury, que lo adoraba, extrajo una sola frase, la puso en un pedestal y la llamó la filosofía de Moore: «... los afectos personales y los placeres estéticos abarcan *todos* los bienes más grandes (y digo más grandes *con mucha diferencia)* que podemos imaginar».

Afecto, placer... En aquellos paseos por Grantchester, Hardy intentaba (pero no lo conseguía) llevarse a Moore al huerto, en base a sus propias teorías. Cuando sus peleas concluían (como era inevitable) llenas de frustración mientras se sacudían los dientes de león de los pantalones, Moore hacía derivar la conversación a las matemáticas, y le aseguraba a Hardy que hacía muy bien en querer estudiar matemáticas puras en vez de aplicadas. Los números primos, para Moore, formaban parte del dominio de la bondad, de una forma en que el sexo nunca lo haría.

Puede que todos los primeros amores estén condenados a dejar un poso de decepción. El de Hardy y Moore sólo duró el primer año que Hardy fue miembro de la Sociedad. Después Moore conoció a Alfred Ainsworth. Se pasaron juntos por primera vez por las habitaciones de Ainsworth una tarde de invierno, para ver si Ainsworth poseía cualidades de *embrión*. Ainsworth tenía unas mejillas tiernas y un aliento que olía a humo. Mientras hablaba, tiraba cerillas encendidas sobre la alfombra. Luego, cuando él y Moore se marchaban, Hardy se fijó en las diminutas quemaduras que salpicaban el tejido, y cuya densidad iba aumentando hasta formar un círculo chamuscado cerca del sillón donde Ainsworth se entregaba a la lectura.

Fue la primera y única vez en su vida que alguien lo dejó por otra persona. Al cabo de unas semanas, el cariño que Moore sentía por Ainsworth se había convertido en una pasión con todas las de la ley, aunque, igual que con Hardy, el asunto nunca pasó de la etapa en que los amantes se cogen de la mano. Eso fue en parte porque Ainsworth, a diferencia de Hardy, veía con malos ojos la intimidad física con otros hombres. No obstante, quizás otra persona (alguien como Maynard Keynes) podría haberlo convencido a fuerza de insistir en el tema. Una vez más, la mojigatería de Moore era el punto de fricción. Cuando, en las reuniones de la Sociedad, le pedían a Moore que cantara algún *lieder* de Schubert (tenía una preciosa voz de tenor) atacaba la pieza con entusiasmo, mirando siempre a Ainsworth con ojos soñadores. Pero luego les leía un ensayo sobre si era posible enamorarse de alguien simplemente por sus «cualidades mentales». ¡Se armaba unos líos! «Aunque, por consiguiente, podamos admitir que el aprecio de la actitud de una persona hacia otras, o (por poner un caso concreto) el amor al amor, es de lejos el bien más preciado que conocemos, y mucho más preciado que el mero amor a la belleza, sólo lo podemos admitir si se entiende que el primero *engloba* al segundo en diversos grados.» Lo que, básicamente, era una manera de decir que él nunca podría enamorarse de alguien feo.

Si Hardy no se hubiese considerado feo (y Moore no lo hubiera dejado por Ainsworth, que a él también le parecía guapo), tal vez su traición le habría indignado o hasta le habría hecho gracia. En cambio, asistió indiferente al triste espectáculo de Moore socavando su propio deseo. Moore adoraba a Ainsworth, y era evidente que quería acostarse con él, pero (incluso habiendo llegado hasta el extremo de mudarse a Edimburgo para poder vivir con Ainsworth, que daba clases allí) no estaba dispuesto a admitirlo. Entonces Ainsworth se casó con la hermana de Moore, y Moore regresó a Cambridge. Hardy no supo qué decirle cuando se volvieron a encontrar. ¿Enhorabuena por que tu hermana se haya casado con tu gran amor? ¿Siento que te haya dejado? ¿Es lo que te mereces?

Daba igual. Había aprendido algo importante de Moore: seguir su propio camino. Su nombre, pensaba a menudo, era providencial.[1] Por naturaleza, Hardy era correoso, pertinaz. Se

---

1. *Hardy:* «resistente, duro, robusto». *(N. del T.)*

atenía a sus principios. Si los Apóstoles podían pasar por alto el cristianismo, las convenciones, «las normas», entonces su atención también podía *pasar por alto,* por así decirlo, la estupidez inglesa, incluso aquella necedad que se creía autoridad y aquella ignorancia que se creía superioridad. Si le apuraban, hasta el emblemático canal. ¿Y dónde acabaría aterrizando su atención después de haber emprendido aquel viaje portentoso? En la Baja Sajonia, en la pequeña ciudad de Gotinga, la famosa capital de las matemáticas puras, la ciudad de Gauss y Riemann. Gotinga, un lugar en el que nunca había estado, era el ideal de Hardy. Mientras los quioscos de Cambridge vendían fotos del *senior wrangler,* en Gotinga las tiendas vendían postales con fotografías firmadas de los grandes maestros. Y por las fotos de la propia ciudad, se veía que era bonita y antigua y recargada. Desde la *rathaus*[1] con sus arcos góticos y su noble aguja, se extendían las calles adoquinadas con aquellas pequeñas casas de ladrillo guiñando los ojos igual que abuelas, sus balcones blancos sobresaliendo como barrigas con delantal. En una de aquellas casas, hacía un par de siglos, los Siete de Gotinga, dos de los cuales eran los hermanos Grimm, se habían rebelado contra la soberanía de los reyes de Hanover, mientras en otra el gran matemático Georg Friedrich Bernhard Riemann se había sacado de la manga (¿de dónde si no?, ¿del éter?) la famosa hipótesis relativa a la distribución de los números primos. Sí, la hipótesis de Riemann, que Hardy había intentado explicarles inútilmente una vez a los *hermanos.* Aún sin demostrar. Así había comenzado su charla:

–Seguramente es la hipótesis no demostrada más importante de las matemáticas –dijo de pie sobre la esterilla de la chimenea, lo que provocó algunos comentarios en su público. Luego trató de guiarlos a través de la serie de pasos que había seguido Riemann para establecer un vínculo entre la distribu-

---

1. En alemán en el original: «casa consistorial, ayuntamiento». *(N. del T.)*

ción aparentemente arbitraria de los números primos y una cosa denominada la «función zeta». Primero explicó el teorema de los números primos, el método de Gauss para calcular la cifra de números primos hasta un determinado número n. Luego, para dar idea de lo atrasado que se había quedado Cambridge con respecto al continente, les contó la historia de cómo, tras su llegada a Trinity, le había preguntado a Love si se había demostrado ya el teorema, y de cómo Love le había respondido que sí, que lo había demostrado Riemann, cuando en realidad lo habían demostrado por su cuenta Hadamard y De la Vallée Poussin, años después de la muerte de Riemann–. Así de paletos éramos –les dijo. Y entonces Lytton Strachey, un *recién nacido* (el n.º 239), soltó una sonora carcajada, como un bufido.

El problema era lo que Hardy denominaba la cota de error. Inevitablemente, el teorema sobrestimaba la cifra de primos hasta n. Y aunque Riemann y otros habían propuesto fórmulas para paliar ese término, nadie había sido capaz de deshacerse de él por completo.

Y ahí era donde intervenía la función zeta. Hardy la escribió en una pizarra.

$$\zeta(x) = \frac{1}{1^x} + \frac{1}{2^x} + \frac{1}{3^x} + \ldots \frac{1}{n^x}$$

La función, cuando a x se le daban valores enteros, era bastante sencilla. Pero ¿y si le dabas valores imaginarios? Tuvo que volver atrás.

–Todos sabemos que 1×1 es igual a 1 –dijo–. ¿Y a qué es igual $-1 \times (-1)$?

–También a 1 –respondió Strachey.

–Correcto. Así que, por definición, la raíz cuadrada de -1 no existe. Y, sin embargo, es un número muy útil.

Escribió en el encerado: $\sqrt{-1}$.

–A este número lo llamamos i.

Sabía adónde le llevaba todo aquello: a una larga discusión sobre lo imaginario y lo real. Si fuera de aquella habitación, decía Strachey, fuera de aquella tarde de sábado, *i* era imaginario, entonces en aquella habitación, aquella tarde de sábado, *i* debía ser real. ¿Y por qué? Porque, en el mundo que no era aquella habitación ni aquella tarde de sábado, lo contrario era cierto. Para los *hermanos,* sólo la vida de las reuniones era real. Todo lo demás era «imaginario». Así que los Apóstoles aceptaron *i* sin tener la más mínima idea de su significado.

Cuando se acabó la charla, O. B. le dio unas palmadas en la espalda.

–Si Dios quiere, seguro que eres tú el que lo demuestra –le dijo. ¿Pretendía provocarle? Porque O. B. sabía tan bien como los demás que Hardy había renegado de Dios hacía mucho tiempo, hasta el extremo de pedirle permiso al deán de Trinity para no asistir a la capilla, y luego, ante la insistencia de éste, escribiéndoles a sus padres para informarles de que ya no era creyente. Gertrude hizo como que lloraba, la señora Hardy lloró de verdad, e Isaac Hardy se negó a hablar con su hijo. Al cabo de unos meses, su padre pilló una neumonía, y la madre de Hardy le suplicó que reconsiderase su decisión. Para tranquilizarla accedió a hablar con el párroco, el mismo párroco de dedos finos que, años antes, le había llevado a dar un paseo en la niebla para hablarle de la cometa. Mientras hablaban, el párroco no dejó de coger chocolatinas de una bandeja. En un determinado momento Hardy se dio cuenta de que el párroco, sin molestarse en disimular demasiado, le echaba miraditas a su pantalón. *Vaya, vaya*, pensó.

Su padre murió la noche siguiente. A partir de ese día, Hardy no volvió a poner un pie en la capilla de Cambridge. Incluso cuando algún protocolo formal requería que entrase en la capilla, se negaba. Al final Trinity tuvo que promulgar una dispensa especial en beneficio suyo. Aunque, para entonces, el *co-*

llege era más flexible. Después de todo, Hardy era catedrático. Y Oxford ya le había tendido sus redes.

A veces, cuando estaba trabajando en su hipótesis, se acordaba del paseo con el párroco. Buscar una demostración, pensaba, *sí era* como andar a tientas en la niebla, intentando sentir el tirón de un cordel. En alguna parte, muy por encima de ti, flotaba tu verdad, absoluta, inapelable. Sentir ese tirón significaba que habías encontrado tu demostración.

Dios no tenía nada que ver con eso. La demostración era lo que te conectaba a la verdad.

¿Y qué pasaba con el *tripos?*

A mitad de su primer año, Hardy fue a ver a Butler, su profesor de Trinity, y le dijo que dejaba las matemáticas. Prefería pasarse a la historia, le dijo (volver a Harold y la batalla de Hastings), a perder un solo minuto más en la penumbra de la fea casa de Webb.

Butler era capaz de pensar muy rápido. Hizo girar su anillo de boda un cuarto de vuelta (tenía esa costumbre) y mandó a Hardy a hablar con Love. Love, aunque se dedicaba a las matemáticas aplicadas, reconoció la fuente de la pasión de Hardy, y le dio un ejemplar del *Cours d'analyse de L'École Polytechnique* de Camille Jordan, en tres volúmenes. Fue el libro, dijo más tarde, que le cambió la vida, que le enseñó lo que significaba realmente ser matemático. Love también convenció a Hardy de que, si dejaba las matemáticas para eludir el *tripos,* estaría sometiéndose a su tiranía mucho más que si se limitaba a agachar la cabeza y pasar el examen.

El *Cours d'analyse de L'École Polytechnique*, le dijo Hardy a Littlewood, fue definitivo. El mero hecho de saber que le esperaba en su estantería hizo posible que soportara las clases de Webb. Así que retomó el hábito de memorizar, practicar, memorizar, y cuando llegó junio fue a examinarse del *tripos* con el primer volumen del *Cours d'analyse* escondido en el bolsillo del abrigo, como un talismán, y acabó siendo el cuarto *wrangler*.

Luego las malas lenguas se pasaron años murmurando que el consiguiente empeño de Hardy en cargarse el *tripos* era fruto de la envidia, que se debía enteramente a no haber sido nombrado *senior wrangler*. Él lo negaba con todas sus fuerzas. Y que no lo nombraran *senior wrangler*, insistía, tampoco tenía nada que ver con su decisión de dejar Cambridge por Oxford, aproximadamente un mes más tarde. Aunque lo hubieran nombrado *senior wrangler*, o el vigésimo séptimo *wrangler*, o el «cuchara de madera», habría hecho lo mismo. Porque el resentimiento que tenía no era hacia los hombres que habían sacado mejor nota que él, sino hacia el *tripos* mismo, o sin concretar tanto, hacia el propio Cambridge, cuyo aislamiento representaba tan bien el *tripos;* y concretando menos aún, hacia Inglaterra, su rigidez y su presuntuoso y ciego complejo de superioridad. Al final tuvo que convencerlo Moore de que se quedase. No podía rehacer Inglaterra, le explicó Moore. Pero a lo mejor podía rehacer el *tripos.*

A partir de ese momento, la reforma del *tripos* se convirtió en su cruzada personal. Emprendió una campaña apasionada, inteligente, implacable, y por fin, en 1910, la ganó: no sólo se modernizó el *tripos,* sino que se acabó con la lectura de la lista de honor. Los *wranglers* y los *optimes* ya no se paseaban por las calles de Cambridge en junio. Ya no se bajaban cucharas de madera del techo del Rectorado. El *tripos* pasó a ser simplemente un examen más. Pero nada de eso, sostenía, con sólo una pizca de irritación en la voz, tenía nada que ver con que lo hubieran nombrado el cuarto *wrangler*. Al fin y al cabo, Bertrand Russell había sido séptimo, y era..., bueno, Bertrand Russell. Si Hardy hubiese sido *senior wrangler* se habría sentido exactamente igual, y habría hecho exactamente lo mismo. Era importante para él que los desconocidos lo comprendieran y le creyesen.

5

Hardy y Littlewood se pasan una semana estudiando matemáticas. Se sientan juntos, ya sea en las habitaciones de Hardy o en las de Littlewood, con las hojas de la carta del indio esparcidas ante ellos, copiando las cifras en una pizarra o en un caro papel ahuesado de ochenta gramos, que Hardy usa exclusivamente para lo que él denomina «emborronar». Mientras trabajan, beben té o whisky, desviándose así de su habitual rutina de postales y cartas, pero por lo visto la ocasión lo requiere.

A veces tienen algún enfrentamiento y, cuando eso sucede, a Hardy le parece que tales enfrentamientos son más de pareja de casados que de colaboradores.

–¿Siempre tienes que acabar tan contento por la noche? –le dice un día Littlewood mientras se está poniendo el abrigo.

–¿Y qué tiene de malo?

–Es poco realista, nada más. No paramos de trabajar, pero tenemos que parar en algún momento, y tú siempre te empeñas en que lo hagamos cuando creemos que hemos solucionado algo.

–¿Y qué? Me gusta irme a la cama con la sensación de que me espera algo bueno por la mañana.

–¿Y si por la mañana nos damos cuenta de que hemos cometido un error, de que nos hemos equivocado? Como nos pasa la mitad de las veces...

–Ya lo averiguaremos por la mañana.

–Preferiría irme a la cama sabiéndolo ya.

–Muy bien, pues entonces pararemos cuando estemos empantanados. Así te puedes ir de aquí amargado, desesperado y triste. ¿No es lo que quieres?

–Pues sí. Esperar lo mejor, pero contar con lo peor... Ésa es mi filosofía.

Muchas noches se quedan levantados hasta más de la una de la madrugada. Seleccionan algunos de los resultados de Ramanujan, les encuentran su lógica a algunos, a otros no, y al final los dividen por aproximación en tres categorías: los que ya se conocen o se pueden deducir fácilmente de teoremas conocidos; los que son nuevos, pero interesantes sólo porque resultan curiosos o difíciles; y los que son nuevos, interesantes e importantes.

Todo ello les hace convencerse aún más de que se las están viendo con un genio a una escala que ninguno de los dos se ha imaginado nunca, y mucho menos se ha topado. Lo que a Ramanujan no le han enseñado, lo ha reinventado, empleando su particular manera de decir las cosas. Es más, partiendo de esa base, ha construido un edificio de una complejidad, originalidad y peculiaridad realmente asombrosas. Pero poco de eso da a entender Hardy en su respuesta, a la que intenta quitarle toda la importancia que puede. Por lo que concierne al primer grupo de resultados, evita confesar su asombro y se limita a ofrecer algún consuelo, diciéndole a Ramanujan: «Ni que decir tiene que si lo que afirma sobre su falta de estudios debe interpretarse literalmente, el hecho de que haya redescubierto unos resultados tan interesantes dice mucho en su favor. Pero debería estar preparado para cierto grado de desilusión a este respecto.» Al segundo y al tercer grupo les dedica más atención. «Evidentemente es posible que algunos de los resultados que he clasificado en el grupo 2 sean realmente importantes como ejemplos de métodos generales. Usted siempre enuncia sus resultados de una forma tan particular que es difícil estar seguro de ello.»

Le han dado muchas vueltas, él y Littlewood, a esa última frase. Primero Hardy ha escrito «peculiar» después de «forma», pero le preocupaba que esa palabra echara para atrás a Ramanujan. Entonces ha tachado «peculiar» y escrito «extraña», lo que era aún peor. Ha sido Littlewood al que se le ha ocurrido lo de «particular», cuya connotación ligeramente irónica (como diría Lytton Strachey, según Hardy) dudaba que Ramanujan pudiera captar.

«Es fundamental que vea demostraciones de algunas de sus afirmaciones», escribe luego. «*Todo* depende de la exactitud rigurosa de la demostración.»

En su conclusión final le da ánimos con cautela. «Me parece muy probable que haya realizado usted una gran cantidad de trabajo digno de publicación; y, si puede elaborar unas demostraciones satisfactorias, será un placer hacer lo que esté en mi mano con ese fin.» Luego estampa su firma, mete la carta en un sobre, escribe la dirección, y la mañana del 9 de febrero (el día siguiente a su trigésimo sexto cumpleaños) la desliza en la boca del buzón que hay en el exterior de la entrada principal de Trinity College. Durante parte de su infancia creyó que todos los buzones del mundo estaban interconectados por un sistema de tuberías subterráneas; que, cuando echabas una carta, le salían patas de verdad y echaba a correr hacia su destinatario. Ahora se imagina su carta a Ramanujan escabulléndose por los pasadizos del subsuelo de Inglaterra, cruzando el Mediterráneo y el Canal de Suez, arrastrándose incansable hasta alcanzar un destino que apenas consigue visualizar: Departamento de Cuentas, Autoridad Portuaria, Madrás, India.

Ya sólo tiene que esperar.

$$1 - \frac{3!}{(1!2!)^3}X^2 + \frac{6!}{(2!4!)^3}X^4 - \ldots = \left(1 + \frac{X}{(1!)^3} + \frac{X^2}{(2!)^3} + \ldots\right)\left(1 - \frac{X}{(1!)^3} + \frac{X^2}{(2!)^3} - \ldots\right)$$

6

NUEVA SALA DE CONFERENCIAS, UNIVERSIDAD DE HARVARD

El último día de agosto de 1936, Hardy escribió en el encerado que tenía detrás:

$$1 - \frac{3!}{(1!2!)^3}X^2 + \frac{6!}{(2!4!)^3}X^4 - \ldots = \left(1 + \frac{X}{(1!)^3} + \frac{X^2}{(2!)^3} + \ldots\right)\left(1 - \frac{X}{(1!)^3} + \frac{X^2}{(2!)^3} - \ldots\right)$$

–Estoy seguro de que Ramanujan no era un místico –dijo tal como había escrito– y que la religión, salvo en un sentido estrictamente material, no jugaba un papel importante en su vida. Era un hindú ortodoxo de casta alta, y siempre siguió (de hecho con un rigor muy poco corriente en los indios residentes en Inglaterra) las observancias de su casta.

Aunque, incluso mientras hablaba, dudaba de sí mismo. Sabía que estaba leyendo un guión: la versión autorizada de su propia opinión, contraria ya a otras versiones de la historia de Ramanujan, sobre todo a las que circulaban por la India, donde la piedad y la devoción del joven por la diosa Namagiri ocupaban el impresionante corazón de sus matemáticas.

Hardy no lo creía así (no podía creerlo). Su ateísmo no era solamente parte de su identidad oficial; era parte de su ser, lo había sido desde su infancia. De todos modos, incluso mientras las pronunciaba, tuvo que reconocer que sus palabras simplificaban considerablemente no sólo la situación real, sino sus propios sentimientos con respecto a ella.

Le habría gustado dejar la tiza en ese momento, volverse hacia su público y decir algo más. Algo de este estilo:

No lo sé. Antes creía que sí. Pero, según me voy haciendo mayor, me parece que sé cada vez menos, en lugar de cada vez más.

Antes creía que podía explicarlo todo. Una vez, a petición de Gertrude, intenté explicar la hipótesis de Riemann a unas niñas de St. Catherine's School. Fue a principios de la primavera de 1913, cuando todavía estábamos esperando la contestación de Ramanujan a nuestra primera carta. Creía de verdad que no me costaría ayudar a aquellas niñas a seguir los pasos de esa hipótesis, que despertaría en ellas una fascinación que les duraría toda la vida. Así que, en presencia de Gertrude y de la señorita Trotter, la profesora de matemáticas (una mujer joven de cutis pálido que, a pesar de que no debía de pasar de la treintena, ya tenía el pelo blanco), les di un seminario a aquellas niñas con sus pichis almidonados. Me miraban o con ojos de cordero degollado, o ausentes, o desafiantes. Una se masticaba un mechón de pelo. Puede que la hipótesis de Riemann sea el problema sin resolver más importante de las matemáticas, pero eso no lo hacía especialmente interesante para unas niñas de doce años.

–Imaginad –les dije– una gráfica, como una gráfica corriente, con un eje x y un eje y. Pongamos que el eje x es la línea de los números reales, con todos los números reales ordinarios, y que el eje y es la línea de los números *imaginarios,* con todos los múltiplos de i también ordenados: $2i$, $3,47i$, $4.678.939i$, y así sucesivamente. En una gráfica así, como en cualquier gráfica, se puede trazar un punto, y luego unir el punto con unas líneas a puntos en los dos ejes. En ese caso, a los números que se corresponden con esos puntos en el plano se les llama *números complejos,* porque cada uno tiene una parte real y una parte imaginaria. Y se escriben así: $1 + 2i$. O 1.736,34289 + 4,6i o 0 + 3i. La parte con i es la parte imaginaria, y se corresponde con un punto del eje imaginario, mientras que la otra parte es la parte real y se corresponde con un punto del eje real.

»Pues ésta es la hipótesis de Riemann: se coge la función *zeta* y se dan valores complejos. Y luego miras los resultados, y observas en qué puntos la función adquiere el valor de cero. Según esta hipótesis, en todos los puntos que la función adquiera el valor de cero, la parte real tendrá un valor de ½; o, por ponerlo de otra forma, todos los puntos en los que la función adquiera el valor 0 se alinearán en la línea de ½ en el eje x, a la que se denomina la *línea crítica.*

»Para demostrar la hipótesis, hay que demostrar que ni un solo cero zeta se saldrá nunca de la línea crítica. Pero, si consigues encontrar un solo cero zeta fuera de esa línea (un solo cero zeta donde la parte real del número imaginario *no sea* ½), entonces has *refutado* la hipótesis de Riemann. Así que la mitad del trabajo consiste en buscar una demostración (algo hermético, teórico), pero la otra mitad es buscar ceros. Contar ceros. Ver si hay alguno fuera de la línea crítica. Y para contar ceros hacen falta unas matemáticas bastante complicadas.

»¿Y qué habrás conseguido si encuentras la demostración? Pues habrás eliminado el margen de error de la fórmula de Gauss. Habrás desvelado el orden secreto de los números primos.

Así fue la cosa, más o menos. Evidentemente, había omitido muchos detalles: los denominados ceros triviales de la función zeta; y la necesidad, cuando uno exploraba el panorama de la función zeta, de pensar en términos de cuatro dimensiones; y algo aún más importante, la compleja serie de pasos que lleva de la función zeta a los primos y su cálculo. Ahí, si hubiera intentado explicarme, habría fracasado. Porque hay un lenguaje que los matemáticos sólo pueden hablar entre ellos.

Tras el seminario, las estudiantes aplaudieron educadamente. No mucho tiempo, pero con educación. Tenían una expresión de aburrimiento y de alivio. Era evidente que ya estaban pensando en el entrenamiento de hockey, o en la clase de arte de Gertrude, o en una cita secreta con un chico.

–¿Alguna pregunta? –dijo la señorita Trotter, con una voz tan apagada y fría como su pelo, y como ninguna chica contestó, llenó aquel vacío con sus propias palabras–. ¿Cree usted, señor Hardy, en el fondo de su corazón, que la hipótesis de Riemann es cierta?

Me lo pensé. Y luego dije:

–A veces sí, y a veces no. Hay días en los que me levanto convencido de que sólo es cuestión de ponerse a contar ceros. En alguna parte tiene que haber un cero fuera de esa línea. Pero hay otros en los que es como si un rayo me iluminara de golpe y pienso que estoy un paso más cerca de la demostración.

–¿Podría darnos un ejemplo?

–Bueno, hace unas semanas, cuando estaba dando mi paseo mañanero (todas las mañanas doy un paseo) de repente se me ocurrió cómo podría demostrar que hay un número infinito de ceros en la línea crítica. Salí corriendo para casa y anoté mis ideas, y en este momento estoy muy cerca de completar la demostración.

–Pero eso supondría haber demostrado la hipótesis de Riemann –dijo la señorita Trotter.

–Qué va –le respondí–. Lo único que habría probado es que hay un número infinito de ceros en la línea crítica. Pero eso no significa que no haya también un número infinito de ceros fuera de ella.

La observé mientras trataba de desentrañar la triple negativa. Luego miré a Gertrude. Estaba claro que había captado la idea antes de que la explicara.

Más tarde, cuando volvíamos andando a casa, le dije a mi hermana:

–Por eso me interesa tanto la carta del indio. Si, tal como afirma, ha reducido significativamente el margen de error, debe de estar siguiéndole la pista a Riemann.

–Sí –dijo Gertrude–. Hasta puede que sea el hombre que lo demuestre. ¿Cómo te sentirías si lo hiciera?

–Me encantaría –le dije. Se sonrió, burlona. Evidentemente dudaba (y hacía bien) de mi presunto altruismo. Entramos en la casa, donde lo que parecían una infinidad de doncellas se afanaban en una orgía de limpieza, mientras nuestra madre supervisaba sus labores. Una fregaba el suelo, otra restregaba las ventanas, y una tercera golpeaba las almohadas. De repente vi a las doncellas como ceros de la función zeta. Me las imaginé en fila, pegadas como por imanes a la línea crítica. Hay una historia secreta en la que una monstruosa sirvienta va avanzando, destruyendo todo lo que toca. Según O. B., un músico famoso se quedó sordo tras seguir el consejo de su criada de que se tratase un dolor de oídos metiéndose unos algodones empapados en éter. Y, desde luego, también estaba la legendaria ama de llaves de Riemann, que tras enterarse de su muerte (si la historia es digna de crédito) arrojó todos sus papeles (incluida una supuesta demostración de la hipótesis) al fuego. ¡Qué clara tengo la escena! Verano de 1866, buen tiempo, y esa enérgica mujer (en muchos aspectos la figura más importante de la historia de las matemáticas) metiendo metódicamente los papeles en la apestosa boca de la estufa. Una y otra vez, una hoja arrugada detrás de otra, hasta que, tal como cuenta la leyenda, acuden en tromba los colegas de Riemann de Gotinga y le suplican que pare. Con mucha paciencia rebuscan entre lo que han salvado de la quema, rezando por que la demostración se haya salvado de ese reinado del terror, mientras al fondo... ¿qué hace ella? ¿Llora? Probablemente no. Yo la veo rechoncha y metódica: energía sin imaginación. Seguro que sigue a lo suyo. Fregando suelos. Lavando cacharros.

La ironía, claro, es que Riemann ni siquiera estaba allí. Ni siquiera presenció de cuerpo presente esa conflagración. Se había ido a Italia, con la esperanza de que un tiempo más apacible mejorase su salud. Tenía treinta y nueve años cuando murió. Tuberculosis.

¿Y creen que el ama de llaves supuso que había que purificar también aquellos papeles de alguna forma?

En esa época la gente sabía muy poco de cómo se contagiaban las cosas.

No puedo parar de pensar en esa mujer. Lo que me resulta más monstruoso de ella es su eficiencia. Tiene un punto de avidez sangrienta. Trato de situarme en Gotinga con la imaginación. Intento explicarle, después de lo ocurrido, la importancia de los documentos que ha destruido. Pero, por toda respuesta, ella simplemente se me queda mirando, como si yo fuera un perfecto idiota. Su fe en su propia rectitud es inexpugnable. Ésa es la parte del carácter alemán que prefería no contemplar antes de la guerra, porque no conseguía reconciliarla con mi imagen idealizada de la ciudad universitaria por cuyas calles adoquinadas paseaban Gauss y Hilbert cogidos del brazo, desafiando a la realidad, desafiando incluso al tiempo. Las ideas y los ideales tienen un olor casero, parecido al café. Y, sin embargo, en el fondo siempre acecha esa ama de llaves con su amoniaco y sus fósforos.

7

El sábado por la tarde asiste a la reunión semanal de los Apóstoles, que en esta ocasión tiene lugar en King's, en los aposentos de Jack Sheppard, clasicista. Acude fundamentalmente por aburrimiento, porque está impaciente por recibir la respuesta de Ramanujan, y espera que la reunión lo distraiga de hacer cábalas sobre su contenido. En el bolsillo del abrigo lleva la primera hoja de la carta original de Ramanujan, igual que cuando se examinó del *tripos* llevaba el primer volumen del *Cours d'analyse* de Jordan.

Tiene por costumbre llegar exactamente veinte minutos tarde a las reuniones, evitando así la incomodidad de ser el primero y la ostentación de ser el último. Aproximadamente quince hombres de edades comprendidas entre los diecinueve y los cincuenta años están agrupados de pie sobre la alfombra oriental de Sheppard, intentando aparentar que son lo bastante elegantes como para merecer pertenecer a una sociedad tan elitista. Aunque algunos miembros son estudiantes en activo, la mayoría son *ángeles*. (Las reservas de la Sociedad están un poco bajas en ese momento.) ¡Pero qué *ángeles!* Bertrand Russell, John Maynard Keynes, G. E. Moore. Con excepción de él mismo, piensa Hardy, éstos son los hombres que determinarán el futuro de Inglaterra. ¿Y por qué exceptuándolo a él? Porque él no es nada más que un matemático. Russell tiene aspiraciones políticas, Keynes quiere reconstruir la economía inglesa desde sus cimientos, Moore ha publicado *Principia Ethica*, una obra que muchos de los Apóstoles más jóvenes consideran una especie de Biblia. La ambición de Hardy, por otro lado, es sencillamente demostrar o refutar una hipótesis que ni siquiera deben de entender unas cien personas en el mundo. Una distinción que le hace sentirse relativamente orgulloso.

Se pone a contar a los otros *ángeles* de la habitación. Está Jack McTaggart, como siempre pegado a una pared, igual que una mosca. Y también el pequeño y afable Eddie Marsh, que, además de ejercer de secretario privado de Winston Churchill, se ha ganado recientemente una reputación de experto en poesía. De hecho, acaba de editar una antología titulada *Poesía georgiana*, a la que ha contribuido en gran medida Rupert Brooke (el n.º 247), que a todo el mundo le parece muy guapo y con quien, en este momento, está charlando Marsh. De los *ángeles* más importantes, sólo faltan Moore y Strachey, y Strachey, le cuenta Sheppard a Hardy, debería llegar en cualquier momento en el tren de Londres. Porque ésta no es una reunión corriente. Esta noche dos nuevos Apóstoles van a «nacer» en la Sociedad. Uno de los «gemelos», Francis Kennard Bliss, es bien parecido y tiene talento para tocar el clarinete, razones suficientes para recomendarlo. El otro, Ludwig Wittgenstein, es un recién llegado de Australia, vía Manchester, adonde fue a aprender a volar en aeroplano. Russell dice que es un genio de la metafísica.

Para distraerse, Hardy se entretiene con un juego. Hace como si en realidad no hubiera venido solo a la reunión, como si se hubiese traído a un amigo. No importa que nunca vaya a hacerlo, ni que el «amigo», aunque responda al nombre de Ramanujan, guarde un extraño parecido con Chatterjee, el jugador de críquet; así que el juego consiste en que el joven que está de pie a su lado es el autor de la carta que tiene en el bolsillo, recién llegado de la India en barco y deseoso de aprender las costumbres de Cambridge. Lleva pantalones de franela que se le arrugan cuando camina, como agua acariciada por la brisa. Una sombra de barba le oscurece las mejillas ya oscuras de por sí. Sí, Hardy ha estudiado a Chatterjee con cuidado. Le va enseñando a su amigo estos aposentos. Hasta hace poco eran los de O. B., y siempre estaban llenos de miembros de la realeza, muebles Luis XIV, *Voi che sapete*, y guapos representantes de la Marina Real. Pero entonces a O. B., con gran consternación por su parte, lo obligaron a jubilarse y a retirarse a Italia, y Sheppard se quedó con sus habitaciones. Su sórdida mezcolanza de posesiones domésticas produce una sensación de desamparo y de miseria en un espacio tan acostumbrado a los gestos grandiosos. Un retrato de su madre, corpulenta y desafiante, mira por encima de un sofá Hamlet a la pianola, que no funciona. En la pared hay algunas fotos de estatuas griegas, todas de desnudos, algunas mutiladas, pero ninguna, advierte Hardy, sin el delicado conjunto de pene y testículos que a los griegos les parecía tan elegante, sobre todo en comparación con esos otros apéndices más grandes y más burdos que salían tanto a relucir en las chanzas de O. B., y que siguen haciéndolo en las de Keynes. ¿Y qué piensa de Keynes su amigo de la India? En este momento, la estrella en alza de la economía inglesa alecciona a un arrobado público estudiantil sobre la diferencia de tamaño entre los «paquetes» brasileños y los bávaros. Wittgenstein está solo en un rincón, mirando una de las fotografías. Russell le está soltando a Sheppard con su aliento nauseabundo un largo discurso sobre la paradoja del mentiroso, y el pobre Sheppard tiene que apartar la cara de vez en cuando, aunque sólo sea para coger aire.

–Imagínate a un barbero que todos los días afeita a todos los hombres de su ciudad que no se afeitan. ¿El barbero se afeita?

–Supongo que sí.

–De acuerdo, entonces el barbero es uno de los hombres que no se afeitan.

—Exacto.

—Pero acabas de decir que el barbero se afeitaba.

—¿Ah, sí?

—Sí. Porque yo he dicho que el barbero afeitaba a todos los hombres que no se afeitaban. Si se afeita, entonces no se afeita.

—De acuerdo, entonces no se afeita.

—¡Pero acabas de decir que sí!

—Hardy, ven en mi ayuda —dice Sheppard—. Russell me está liando a un espetón y está a punto de asarme.

—Ah, Hardy —dice Russell—. Ayer Littlewood me contó lo de tu indio, y he de decir que parece bastante interesante. ¡A punto de demostrar a Riemann! Dime, ¿cuándo os lo traeréis aquí?

Hardy se queda bastante sorprendido al ver que Littlewood ya ha estado cantando las alabanzas de Ramanujan.

—No sé muy bien si lo vamos a hacer —contesta.

—Ah, sí, yo también he oído hablar de ese tipo —dice Sheppard— que vive en una choza de barro y anda garabateando ecuaciones por las paredes con un palito, ¿no?

—No exactamente.

—Pero, Hardy, ¿no podría ser que alguien quisiera gastarte una broma? A lo mejor tu indio es..., yo qué sé, algún tipo aburrido de Cambridge atrapado en un observatorio en las selvas de Tamil Nadu, que intenta entretenerse tomándote el pelo.

—Si así fuera, ese hombre es un genio —dice Hardy.

—O tú un idiota —dice Russell.

—¿Pero en definitiva no acabaría siendo lo mismo? Porque si eres lo bastante listo como para inventarte una broma tan genial..., al final has llegado muy lejos, ¿no? Has demostrado ser un genio a pesar de todo.

Sheppard se ríe: una risa jadeante, como de chica.

—¡Un acertijo digno de Bertie! —dice—. Y hablando de acertijos, Wittgenstein debe de ser cliente de tu desesperante barbero, Bertie. Mira qué cortes tiene en la barbilla.

Se quedan mirando. Tiene cortes, en efecto; bastante pronunciados, además.

–¿Me perdonáis un momento? –dice Russell; luego se acerca a su protegido, con quien se pone a hablar en voz baja.

–Uña y carne –dice Sheppard, arrimándose a Hardy.

–Eso parece.

–Ya sabrás que Bertie se opuso a su nombramiento...

–¿Al de Wittgenstein? Pero si creía que Bertie era su paladín...

–Y lo es. Pero dice que Wittgenstein es tan brillante que nos va a encontrar pueriles y superficiales, y se va a dar de baja en cuanto sea elegido. Evidentemente, supusimos que en realidad lo que pasaba era que Bertie lo quería para él solo, pero ahora estoy empezando a pensar que puede que tenga razón. ¡Fíjate en cómo nos mira! –Hace un gesto de repelús muy teatral–. Como si fuéramos una pandilla de estúpidos diletantes. ¿Y quién se atrevería a decir que no, con nuestro Keynes ahí largando sobre pollas búlgaras y todo eso? ¿Lo has oído, por cierto? Seguro que *él* sí.

–Que yo sepa, no tiene por qué escandalizarse al oír hablar de «paquetes».

–Ya, pero es muy sensible con respecto a esos temas. Detesta al conde Békássy, por ejemplo.

–¿Quién es el conde Békássy?

–El conde Ferenc István Dénes Gyula Békássy. Un húngaro. «Nacido» el año pasado. Deberías venir más a las reuniones, Hardy.

–¿Cuál?

Sheppard señala a un joven alto de ojos oscuros, con un fino bigotito y unos labios tártaros que le dan a su expresión cierto aire a la vez escéptico y lascivo. En ese momento se encuentra hablando con Bliss, el clarinetista. Tiene una mano apoyada en su hombro, y con la otra se acaricia el pelo.

–A muchos nos parece encantador –dice Sheppard–. Hasta a Rupert Brooke le parece encantador... Todo un detalle de generosidad por su parte, porque corre el rumor de que anda detrás de la novia de Brooke. Igual que Bliss.

–Primero habría que demostrarlo. Y, de todos modos, eso no explica por qué le odia Wittgenstein.

–A lo mejor es una cuestión de antiguas rencillas austrohúngaras que salen ahora a relucir. O que está celoso. Me han contado que a nuestro Witter-Gitter le gusta bastante el propio Bliss.

G. E. Moore entra en la estancia. Se podría decir que es el Apóstol más influyente de toda la historia de la Sociedad. Aun así, entra por la puerta tímidamente. Es gordo, y tiene una cara con una expresión cándida, amigable, infantil. Con mucho cuidado y cierto retraimiento se mete entre Wittgenstein y Russell. Se pone a hablar y, mientras lo hace, mira a Hardy y lo saluda con la cabeza.

A pesar de que es unos años más joven que Hardy, a Sheppard empiezan a salirle canas. Tiene un pastoso rostro de querubín, debilidad por el juego, y esa clase de instinto para los clásicos que encuentra su expresión más verdadera en las producciones teatrales, antes que en la erudición. De estudiante, lo llevaron una vez a las habitaciones de Hardy a tomar el té, como parte del complejo procedimiento con el que la Sociedad reabastece sus existencias. En esa época, Sheppard seguía siendo rubio. No tenía ni idea de que ya era un *embrión*. Ni ninguno de ellos. La evaluación y el cortejo debían darse sin que el *embrión* se percatara siquiera de que estaba siendo evaluado y cortejado, con su *padre* encargándose de la difícil tarea de guiar al aspirante a través de una serie de entrevistas que este último nunca iba a considerar como tales. Si el *embrión* no conseguía pasar la prueba, sería un «aborto» y, en teoría por lo menos, nunca sabría que había sido aspirante. Si, en cambio, salía airoso, entonces su descubrimiento de la existencia de la Sociedad (una vez más, en teoría) sería simultáneo a la invitación de unirse a ella.

Ahora Sheppard está sentado en una sillita larguirucha y tapizada; no, piensa Hardy, no está *sentado*. Está *posado*. Sheppard tiene algo inconfundiblemente gallináceo. Últimamente es el punto de apoyo de la palanca de la Sociedad, y no porque (como hace Moore) ejerza una enorme influencia intelectual (en ese sentido, no contribuye nada), sino porque se puede confiar en él para que encargue los bollos y disponga el carrito del té y, lo que es más importante, cuide del Arca, que es en realidad un baúl de madera de cedro que O. B. regaló a la Sociedad hace años, y ahora está lleno hasta los topes de papeles que los miembros han leído a lo largo de incontables noches de sábado, que se remontan hasta aquellos primeros tiempos en que Tennyson (el n.º 70) y sus compañeros discutían sobre temas como «¿Los poemas de Shelley tienen una tendencia a lo inmoral?». (Tennyson, según registra el acta, votó no.) Parte de la iniciación de cualquier Apóstol es que se le dé la oportunidad de hurgar en los documentos del Arca, y examinar atentamente «¿La masturbación es mala en última instancia?» (Moore), «¿Un cuadro debe poder comprenderse?» (Roger Fry, n.º 214), «¿La ausencia hace que el corazón aún se encariñe más?» (Strachey). Y, por supuesto, «¿Violetas o azahar?» de McTaggart.

Sheppard habla ahora con Moore. Por encima de su cabeza, Moore mira a Hardy, y Sheppard saca su reloj.

—Ay, ay, ay —dice, y de repente Hardy se da cuenta de a quién le recuerda: al conejo blanco de *Alicia en el País de las Maravillas*. La cabeza blanca, la nariz torcida...

—¿Pero dónde está Strachey? —dice, mirando el reloj—. ¡Llega tarde! ¡Llega tarde! Me temo que vamos a tener que empezar sin él.

A esas alturas la estancia está abarrotada. Hardy cuenta nueve *ángeles* y seis *hermanos* en activo. Dejando a un lado los «paquetes» por el momento, Keynes se une a Sheppard y a Moore junto al Arca, donde los tres extienden la esterilla, que en realidad es un viejo trozo de kilim. Los hombres se callan, y Hardy toma asiento en ese sofá de terciopelo, bastante incómodo, de Sheppard. Quiere que su aspirante pueda ver bien la lectura de la maldición.

La maldición es una tradición apostólica. Décadas antes, un Apóstol llamado Henry John Roby (n.º 134) alegó un sábado por la noche que lo sentía pero que estaba demasiado ocupado para seguir asistiendo a las reuniones semanales. Su desprecio de las normas, por no hablar de su tono altanero, enfureció a los *hermanos,* que lo expulsaron de la Sociedad, y declararon que a partir de entonces su nombre se escribiría siempre en minúsculas.

Y ahora se profiere esa maldición a modo de advertencia en cada *nacimiento.* Normalmente lo hace el *padre,* pero como éste es un parto de gemelos, ha pasado a ser responsabilidad de Keynes. Mientras los demás Apóstoles observan en un silencio meditabundo, Keynes se planta delante de los *embriones.* Wittgenstein le saca una cabeza a Bliss, que es ancho de hombros y tiene las mejillas coloradas.

–Sepan ustedes que el juramento que están a punto de realizar es secreto –les advierte–. No deberán revelarle nunca a ningún extraño la existencia de la Sociedad, porque, de ser así, su alma será presa del tormento eterno.

Esa parte de la maldición siempre le ha chocado a Hardy. ¿Qué tiene que ver la clandestinidad con Roby (o roby)? *Él* no le descubrió la existencia de la Sociedad a nadie, sino que cometió un pecado diferente: dejar de tratar a la Sociedad con la deferencia que se suponía que merecía. En años ulteriores, más Apóstoles de los que Hardy recuerda han roto el juramento de guardar el secreto, escribiendo sobre la Sociedad en cartas y memorias, y hablando de ella en fiestas y comidas. Y, sin embargo, ninguno ha cometido la ofensa aparentemente más oprobiosa de ciscarse en el hecho de ser su socio. Hasta ahora.

Mientras Keynes lee la maldición, los gemelos escuchan en silencio; Wittgenstein sin expresión alguna, Bliss con un aire solemne tras el que Hardy cree percibir una risa contenida. Entonces Keynes retrocede un poco y los *hermanos,* estallando en aplausos, se levantan para dar a los nuevos miembros (n.ᵒˢ 252 y 253) la bienvenida oficial.

Es un momento bonito en muchos sentidos, y, como muchos momentos bonitos, es interrumpido por la llamada de unos nudillos en la puerta. Sheppard va a abrir, y Strachey entra a saltitos, acompañado de Harry Norton (n.º 246).

–Ahí está tu matemático –le dice Sheppard a Hardy, que es lo que le dice siempre cuando Norton entra en una habitación. En términos generales, la Sociedad desprecia a los científicos, salvo que el científico en cuestión, como dijo Sheppard una vez, sea «un científico encantador».

–Queridos, hemos tenido un viaje absolutamente bestial –dice Strachey, sacudiendo su paraguas–. El tren se quedó parado *horas y horas* cerca de Bishops Stortford. Dijeron que había un cuerpo en la vía. ¿Os podéis imaginar algo más espantoso? Si no hubiera tenido a Norton conmigo para entretenerme, creo que me habría dado un ataque. Y ahora decidme, ¿nos hemos perdido algo?

–La lectura de la maldición –dice Sheppard–. No podíamos esperar.

–Ah, qué pena. Pero no el ensayo, espero.

–No.

–Menos mal. ¿A quién le toca hoy en la esterilla?

–Se suponía que iba a ser Taylor, pero no le ha dado tiempo a escribirlo.

–Gracias a Dios... –murmura Norton. La decisión de quién debe leer se echa a suertes; cada vez que un Apóstol acude a una reunión sin su ensayo (algo que a todos les sienta muy mal), se le pide a un *ángel* que lea en su lugar alguno de sus antiguos escritos, sacado del Arca. Casi siempre McTaggart lee «Violetas y azahar», y por lo visto esta noche le encantaría volver a hacerlo. Aunque Keynes y Moore deben de tener algo distinto en mente, porque hasta están hurgando en el «Arch-ivo».[1]

–Seguramente tratan de averiguar cómo aprovechar la retirada de Madam Cecil para hacerle mejor impresión a Wittgenstein –dice Norton–. Ya sabes que los tiene a todos aterrorizados.

–¿Ah, sí?

Asiente con la cabeza. Al igual que Sheppard, Norton se toma muy a pecho estar al tanto de todo. Como le gusta señalar a Sheppard, Norton es matemático; o lo era, hasta que las matemáticas lo llevaron «al borde de un ataque de nervios», tras el que prácticamente renunció a su carrera académica y empezó a pasar gran parte del tiempo en Londres, intentando congraciarse con el grupo de Bloomsbury. Ahora entre sus amigos se cuentan, además de Strachey, las hermanas Stephen y ese escurridizo objeto del deseo, Duncan Grant. A pesar de todo, parece que Norton no *hace* nada por sus aspiraciones literarias. Eso es lo que desconcierta a Hardy: ¿cómo puede vivir bajo el resplandor de hombres y mujeres artistas sin hacer gala del menor talento artístico por su parte? Hoy en día sigue siendo lo que siempre fue (bajo, simiesco, rico gracias a sus negocios: una cómoda fuente de dinero cuando los Bloomsberries están a dos velas), y sin embargo también es menos de lo que solía ser, porque ya no es un hombre con una pasión que lo arrastra. A Hardy le cae bien, hasta tuvo una aventura con él en determinado momento, pero ya hace mucho de eso.

En cuanto a Taylor (n.º 249), como dicen los *hermanos*, es el «amigo especial» de Sheppard: un hombre de una belleza insípida, con mal carácter, y bastante gris, cuyo único rasgo de

1. De *arch:* «arca, baúl». *(N. del T.)*

distinción, que Hardy sepa, consiste en ser nieto del gran lógico George Boole. En este momento parece claramente ofendido, como si el no haberse presentado con el ensayo prometido fuera culpa de la Sociedad en vez de suya. Nadie comprende la pasión que Sheppard siente por él. De hecho, a juicio de Hardy, la única razón de que se le admitiese en la Sociedad en un principio fue que Sheppard dejó dolorosamente claro que sufriría muchísimo (tal vez a manos de Taylor) si no conseguía salir elegido.

Ahora Taylor, con cara de enfado, ve cómo Moore saca por fin el escrito que estaba buscando en el Arca, lo hojea, y luego se planta sobre la esterilla. McTaggart se aparta.

–Así que va a ser él mismo –le dice Norton a Hardy–. Bueno, si alguien tiene alguna posibilidad de impresionar a nuestro Witter-Gitter, supongo que es él.

Toman asiento, una vez más, en el sofá. Norton se sienta a la derecha de Hardy, Taylor a su izquierda, aunque en su imaginación Taylor se evapora, reemplazado por su amigo indio de los pantalones de franela. A través del fino envoltorio, Hardy se imagina que puede sentir el calor de una pierna dura.

Moore carraspea y lee el título del ensayo:

–«¿Es posible la conversión?»

–Ah, esa cosa tan antigua –dice Hardy para sí, porque recuerda el texto de cuando Moore lo leyó por primera vez, antes del cambio de siglo.

La verdad, no es un texto que carezca de interés, siempre que uno tenga la paciencia necesaria para desentrañar la farragosa sintaxis de Moore, que quizá Wittgenstein no tenga. Por conversión, Moore entiende, más que una conversión religiosa, una experiencia comparable al concepto tolstoiano del renacer: una transformación mística del espíritu que experimentamos muchas veces en la infancia, y luego, a medida que nos vamos haciendo mayores, cada vez menos, hasta que alcanzamos la madurez y ya no la volvemos a experimentar nunca. La cuestión que plantea Moore es si podemos pretender experimentar esa especie de «conversión» incluso en la edad adulta. Cuando leyó por primera vez ese texto, él personalmente creía que lo había conseguido un par de veces, lo que sorprendió a Hardy. ¿Por qué lo consideraba una proeza? Como matemático, Hardy «se convertía» todos los días. Todos los días traficaba con números que no podían existir, y reflexionaba sobre dimensiones que no podían visualizarse, y enumeraba infinidades que no se podían contar. Sin embargo, Moore era demasiado racionalista para aceptar su propio misticismo. De hecho, en su fuero interno Hardy creía que, a fuerza de cuestionarse sin descanso su capacidad de «convertirse», lo único que había conseguido era anularla.

—«En definitiva, sólo tengo una pregunta que hacerle a la Sociedad —lee Moore—, si es posible o no que alguno de nosotros descubra, esta noche o en cualquier momento, la auténtica piedra filosofal, la auténtica Sabiduría de los Estoicos, un descubrimiento que despojaría permanentemente a quien lo hiciera, y quizás a otros, de la parte que más nos estorba de las dificultades y maldades con las que tenemos que vérnoslas.»

Deja el escrito. Todos aplauden excepto Wittgenstein, que se queda mirando fríamente el Arca. Moore sale de la esterilla y se sienta en una de las desvencijadas sillas de Sheppard. Keynes pregunta si alguno quiere responder.

Hardy percibe el crujido de algún muelle suelto. Taylor se levanta y se acerca a la esterilla. Strachey se tapa los ojos.

Dios mío, piensa Hardy, *haz que Taylor hable mucho rato. Tengo tantas ganas de saber lo que va a decir...*

Esta vez la estratagema falla. Taylor habla. No para de hablar, más bien. El tiempo es irrelevante. Como sucede con la música, el efecto de la lentitud es independiente de la verdadera cantidad de minutos consumidos. ¿Y qué dice? Nada.

—Humanismo... Cultura... *Cri de cœur...*

Si sigue así mucho rato, piensa Hardy, *me voy a convertir aquí mismo.* Pero por fin vuelve a sentarse.

74

–Gracias, Hermano Taylor –dice Keynes–. ¿Alguien más quiere hablar?

Para gran sorpresa de Hardy, Wittgenstein se pone de pie. Strachey se quita la mano de los ojos. Wittgenstein no se acerca a la esterilla, sino que se queda donde está y dice, con su ligero acento vienés:

–Muy interesante, pero a mi modesto entender, la conversión consiste sencillamente en deshacerse de la preocupación. En tener el valor de no preocuparse de lo que ocurra.

Luego vuelve a sentarse. Norton le da un codazo a Hardy en el costado.

–Gracias, Hermano Wittgenstein –dice Keynes–. Bueno, pues si hemos acabado, ¿por qué no votamos? La pregunta es: ¿podemos cambiar la mañana del lunes por la noche del sábado? Todos los que estéis a favor, decid sí.

Se levantan varias manos, incluidas las de Taylor, Békássy y, para asombro de Hardy, también la de Strachey. Los «noes» incluyen a Wittgenstein, Russell, Moore y el propio Hardy.

La parte formal de la reunión ha terminado. Con un estrépito como cuando se empieza a comer en el Hall, los *hermanos* se acercan hacia el carrito del té que el asistente de Sheppard, que ya se ha acostumbrado a las rarezas de la Sociedad, ha metido en el cuarto sin molestar a nadie durante la lectura de la maldición. Marsh mira a Brooke, Békássy le hace unos mimos a Bliss, Wittgenstein frunce el ceño, Sheppard trata de pasarle un bollo a Taylor, que lo rechaza.

–Ah, el mismo drama de siempre –dice Norton–. Aunque, si he de ser sincero, debo decir que no me hubiera importado que el tren se hubiera quedado parado otra hora. Hasta cuidar de Strachey entre los vapores habría sido preferible a oír a Moore leyendo ese texto tan antiguo por enésima vez. Y luego el verborreico ese... con su diarrea mental... ¿No es despreciable?

–Taylor se excede un poco.

–Sabes lo que tiene tan fascinado a Sheppard, ¿verdad? Tiene tres huevos.

–¿Quién?

–Madam Taylor. Te lo juro. Al principio yo tampoco me lo creía, pero luego consulté un diccionario médico. *Poliorquidismo* es el término técnico. Una condición rara pero documentada. Por lo visto, Sheppard no puede quitarle las manos de encima... Quitarles...

Hardy no da crédito a lo de los tres huevos.

–¿En serio? –dice.

–Claro. No tengo ni idea de si le funcionan los tres, o si son del mismo tamaño por lo menos, o cómo va la cosa... Pero ya sabes: si la mayoría de nosotros tenemos dos, con una especie de..., bueno, de hendidura en el medio, como una pieza de fruta, ¿él igual, sólo que dividida en tres, como un melocotón de tres lóbulos, ya puestos a echarle imaginación? ¿O dos de ellos ocupan el mismo «compartimento»? ¿O el tercero es un vestigio, como un quiste? ¿Te has topado alguna vez con alguien con tetillas supernumerarias? Yo conocí a uno que tenía un par extra debajo de las normales, sólo que no parecían tetillas, eran como dos puntitos rojos... ¿A quién está sobando Békássy?

La atención de Hardy no es tan elástica como la de Norton. Todavía está asimilando lo de los huevos.

–Creo que es el clarinetista. Bliss.

–Sí, supongo que será él. –Norton suspira–. Personalmente, lo prefiero a Békássy, ¿tú no? No es que Békássy no sea guapo, pero no me emociona como a Keynes. El otro día, Strachey (James, no Lytton) me contó que, en la última reunión, Keynes se había excitado tanto con Békássy que quería «poseerlo sobre la esterilla». ¿No crees que nuestros difuntos *hermanos* habrían apartado la vista, avergonzados?

–Sin duda –dice Hardy, que intenta imaginarse (y decidir

qué le parece) la peculiaridad anatómica de Taylor. Ya puestos, no le importaría nada admitir que no le disgustaría ver esos testículos mal formados; de hecho, se pregunta si Taylor, dada su faceta exhibicionista, no habrá hecho ya una demostración, por así decirlo, o los habrá convertido en tema de una charla sobre la esterilla. ¡Menudas implicaciones metafóricas! ¿Cuelga un huevo más abajo que los otros dos, como las tres bolas doradas del exterior de una tienda de un prestamista? Sí, tal vez ése sea el secreto que explica tanto la tristeza como la arrogancia de Taylor. Porque, en algún momento de su adolescencia, algún médico de cabecera tiene que haberle llamado la atención sobre esa peculiaridad, que haberle hecho tomar conciencia por primera vez de que no era como los demás niños. Seguramente sus compañeros de colegio eran crueles. ¿Desde cuándo llevará esa carga, la conciencia de que lo que repele a unos puede también atraer a otros? ¿Y qué dice de Sheppard que eso le atraiga? En este momento se están peleando, cosa bastante frecuente. Sheppard trata de pasarle el brazo por la cintura a Taylor, pero Taylor reacciona apartándolo.

–¡No soy precioso, no soy un niño, y desde luego no soy tuyo! –dice, y se aleja, todo enfurecido, hacia la chimenea.

Norton le da un codazo a Hardy.

–Ardilla de goma –dice, una vieja expresión en clave que hace referencia a un chiste que contó una vez Norton sobre un japonés que intenta decir «pelea de enamorados».[1]

–Ya veo.

–Y después de tantos años juntos... Basta para hacerle perder a uno la fe en el matrimonio.

Aparentemente esta escena (que Sheppard subraya diciendo: «Cecil, por favor, no hagas una escena») es más de lo que Wittgenstein puede soportar. Se da la vuelta, disgustado, para

---

1. *Rubber squirrel,* «ardilla de goma», y *lovers' quarrel,* «pelea de enamorados», suenan muy parecido en inglés. *(N. del T.)*

encontrarse frente al espectáculo igual de escabroso de Békássy empujando a Bliss (los brazos rodeando su cintura, la entrepierna contra su trasero) hacia el asiento de la ventana. Por lo visto, es la gota que colma el vaso. Wittgenstein deja su taza de golpe, se pone el abrigo y sale de allí.

Se hace el silencio.

–Perdonadme –dice Russell enseguida, y luego recoge su abrigo y también se marcha.

–Bueno, supongo que esto ya es el remate –dice Strachey, acercándose rápidamente a Hardy y Norton–. Se nos ha escapado.

–¿Tú crees?

–Eso me temo. Evidentemente, si tengo ocasión, haré lo que pueda para que no dimita. De todos modos, ¿cómo voy a convencerle de que la Sociedad es algo serio y honorable con todas las estupideces de esta noche? ¡Qué pena que Madam haya tenido que meter el remo!

–Pero, Strachey –dice Norton–, ¿Herr Witter-Gitter no debería darse cuenta de que Cecil representa tanto a la Sociedad como Hardy, o yo, o... bueno, cualquiera? Si es incapaz de ver eso, no hay nada que hacer.

–Aun así, el grupo actual de estudiantes... no es que te dejen huella intelectualmente hablando, precisamente. Por eso necesitamos a Wittgenstein. Para subir el listón. ¿Sabes lo que le ha dicho a Keynes? Que ver a Taylor y a los demás hablando de filosofía era como mirar a los jovencitos en los aseos. Inofensivo pero obsceno.

–Pero si dimite, ¿no habrá que maldecirlo y «roby-zarlo»?[1]

–Tonterías. No se puede «roby-zar» a un hombre como Wittgenstein. Más bien debería «roby-zarnos» él a nosotros. –Strachey se vuelve hacia Hardy–. Ya no es como en los viejos tiempos, ¿verdad? Antes solíamos hablar de en qué consistía la

1. En alusión a Henry John Roby, el Apóstol disidente ya citado. *(N. del T.)*

78

bondad. O Goldie se plantaba en la esterilla divagando sobre si debíamos elegir a Dios. Y votábamos, y creo que la mayoría de nosotros (tú fuiste de la minoría, Hardy, por supuesto) estuvimos de acuerdo en que sí, en que *debíamos* elegirlo. ¿Y ahora a quién tenemos en vez de a Dios? Al verborreico. Se terminó nuestra época gloriosa, me temo.

Parece que Strachey tiene razón. En ese momento, el tritesticular Taylor está fumando junto a la chimenea. Békássy y Bliss están en el asiento de la ventana, acariciándose el cuello. Sheppard da la impresión de que va a echarse a llorar. Afortunadamente, Brooke (que tiene una intuición especial para esas cosas) escoge este preciso instante para ir pasando el tarro de tabaco. Se frotan cerillas, se encienden las pipas. En el pasado, se quedaban charlando y discutiendo hasta las tres de la mañana. Esta noche, en cambio, parece que nadie se encuentra con ánimos, y la reunión se disuelve justo después de las doce. McTaggart se va montado en su triciclo, mientras que Hardy regresa solo a Trinity. Afuera, curiosamente, sigue haciendo calor. Dándole unas palmaditas a la carta que lleva en el bolsillo, piensa en su propia carta. ¿Ya habrá cruzado el Canal de Suez? ¿Irá en un barco, surcando los mares? ¿O ya habrá llegado a Madrás, a la Oficina de la Autoridad Portuaria, donde el auténtico Ramanujan la recogerá el lunes por la mañana?

Y ahora, como a una señal suya, su amigo misterioso se une a él; camina a su lado, llevando el mismo paso. Si el auténtico Ramanujan llega a pisar Cambridge alguna vez, ¿será reclutado por los Apóstoles, como el primer miembro indio de la Sociedad? Hardy sería su *padre,* claro. Aunque ¿qué va a pensar Ramanujan de estos hombres tan listos con sus rituales fantasiosos y su lenguaje privado? A Hardy le cuesta reconciliar la imagen pública de hombres como Keynes y Moore con este ambiente de colegio de chicos en el que se regodean los sábados por la noche, llamándose con apodos cariñosos y comiendo cosas de niños y hablando sin parar de sexo, y luego de filosofía, y luego de sexo otra vez. Chistes verdes, bravuconadas y aventuras carnales. ¿Pero cuántos de ellos tienen verdadera experiencia? Prácticamente ninguno, sospecha Hardy. Keynes sí. Y el propio Hardy, aunque pocos se lo imaginan. Brooke... sobre todo con mujeres. Otro punto débil. Hardy piensa en McTaggart, regresando sobre tres ruedas chirriantes hasta esa Daisy apostólica, tan poco femenina. Porque ése es el gran secreto de la Sociedad, y su mentira. La mayoría de estos hombres al final se casarán.

Está llegando a la entrada de Trinity cuando Norton le alcanza.

–Hola, Hardy –dice, y el fantasma indio se esfuma.

–¿Te vas a casa? –le pregunta Hardy.

Norton asiente.

–He estado dando una vuelta. La reunión me dejó muy alterado. No podía acostarme ya... Quiero decir que no me iba a poder dormir.

Le guiña un ojo. No es guapo. Cuanto mayor se hace, más se parece a un mono. De todas formas, Hardy sonríe ante la invitación.

–Puedes subir a tomar un té –le dice, tocando el timbre. Norton asiente con la cabeza. Luego se quedan callados, perdidos en un silencio en el que subsiste un poso de incómoda componenda, de acordar lo que se puede en vez de lo que se desea. Suenan pisadas en la penumbra; un travieso y despechado Cupido toca un tambor, y Chatterjee (el auténtico Chatterjee, ataviado con el uniforme de Corpus Christi) se acerca desfilando por Trinity Street, sus tacones marcando rítmicamente el paso contra la acera. A medida que se aproxima, sus rasgos se van haciendo más nítidos: la nariz de tobogán, los labios esbozando una sonrisa, las cejas que casi se juntan pero no del todo. Pasa tan cerca que Hardy puede percibir el roce de su ropa, aspirar su olor a armario. Luego desaparece. Ni siquiera mira a Hardy. De hecho, Chatterjee no tiene ni idea de quién es.

En ese momento aparece el portero. Pensando que son dos estudiantes que llegan tarde, se pone a soltarles un sermón hasta que reconoce a Hardy.

–Buenas noches, señor –dice, manteniendo la puerta abierta, con la cara un poco colorada, la verdad sea dicha–. ¿Lo ha pasado bien esta noche?

–Bastante bien, gracias. Buenas noches.

–Buenas noches, señor. Buenas noches, señor Norton.

–Buenas noches.

Great Court está vacío a estas horas, inmenso como un salón de baile, el césped brillando a la luz de la luna. A veces a Hardy le parece que su vida en Cambridge está dividida en cuadrantes, casi como el césped de Great Court. Un cuadrante son las matemáticas, y Littlewood, y Bohr. El segundo son los Apóstoles. El tercero es el críquet. El cuarto..., en realidad es el cuadrante más difícil de definir, no por gazmoñería (al contrario: le cuesta soportar los intentos de Moore y los demás de disfrazar el asunto con ropajes filosóficos), sino porque no sabe qué palabras usar. Cuando McTaggart habla de alta sodomía trata de correr un velo sobre su parte física, de la que Hardy no se siente culpable. No, el problema es cuando los cuadrantes se tocan; como se están tocando ahora, con Norton a su lado, los dos dirigiéndose a New Court subrepticiamente, a pesar de que no haya nada explícitamente sospechoso en invitar a su amigo a tomar un té que sabe que nunca preparará.

Suben las escaleras y él abre la puerta. Incorporándose sobre la otomana azul de Gaye, Hermione arquea el lomo y alza la cola a modo de saludo.

–Hola, gatita –dice Norton, inclinándose para acariciar a Hermione mientras Hardy le toca el cuello con los dedos, intentando recordar cuándo fue la última vez que acarició una piel humana, en vez de la de su gata. Intenta acordarse, pero no puede.

8

Cuando Littlewood desaparece de Cambridge, cosa que hace a menudo, normalmente es para acercarse a Treen, en Cornualles, donde se aloja con la familia Chase, o más exactamente con la señora Chase y sus hijos. El padre (el médico de Bertie Russell) vive en Londres, y suele pasarse por Treen una vez al mes. En cuanto al acuerdo al que Littlewood ha llegado con la señora Chase, el doctor Chase, o ambos, Hardy prefiere no preguntar. Ciertamente esos acuerdos no son tan raros: el propio Russell parece haber llegado a otro con Philip Morrell, con cuya esposa, Ottoline, está teniendo una aventura que nunca puede ocultar del todo. De hecho, la única que se supone que sufre con esa situación es la propia mujer de Russell.

Littlewood no está casado. Los dos están destinados a morir solteros, sospecha Hardy. Littlewood porque la señora Chase nunca dejará a su marido. Hardy por razones bastante más obvias. Por eso, piensa, es por lo que pueden trabajar juntos con mucha más facilidad de la que nadie puede trabajar con... pongamos Bohr, que está casado. No es sólo cuestión de que se hagan visitas inesperadas de madrugada de vez en cuando; también saben cuándo dejar al otro solo. Los casados, ha notado Hardy, siempre están intentando convencerlo de que se una a su gremio. Viven para anunciar esa marca de domesticidad conyugal con la que se han comprometido ellos mismos. No sería posible colaborar con un hombre casado, porque un hombre casado siempre estaría haciéndole notar a Hardy (incluso cuestionándole) que él no lo está.

Littlewood nunca cuestiona a Hardy. Ni tampoco menciona a Gaye. Es un hombre que no soporta muy bien esas normas que delimitan de lo que se puede hablar o no. Con todo, debe admitir que se alegra de que Hardy prefiera no compartir con él lo que la señora Chase denomina «los detalles escabrosos». Así le resulta mucho más fácil, si no defender, al menos explicar a Hardy como una abstracción, sobre todo cuando Jackson (el viejo y jadeante clasicista cuya inexplicable cercanía Littlewood siente como una especie de *rash* o de eccema) le pega la boca a la oreja en la mesa de honor y le susurra: «¿Cómo puedes soportar trabajar con él? Un tipo normal como tú...»

Littlewood tiene una respuesta preparada para esa clase de pregunta que le hacen tan a menudo. «Todos los individuos son únicos», responde, «pero algunos son más únicos que otros.» Sólo se atreve a ir más lejos si el que pregunta es alguien de confianza, alguien como Bohr, a quien le describe a Hardy como un «homosexual no practicante». Que, por lo que ha podido averiguar, es totalmente acertado. Aparte de Gaye (cuya relación con Hardy no le dio tiempo a analizar), Hardy, que él sepa, nunca ha tenido un amante de ninguno de los dos sexos; sólo periódicos episodios de enamoramiento con jovencitos, algunos de ellos estudiantes.

La señora Chase (Anne) encuentra trágico a Hardy. «Qué vida más triste debe de llevar», le dijo a Littlewood el pasado fin de semana en Treen. «Una vida sin amor.» Y a pesar de que estuvo de acuerdo, personalmente Littlewood no pudo evitar reflexionar sobre que una vida así debe de tener sus ventajas (él, un hombre que a menudo tiene que batallar contra un exceso de amor: el de Anne, el de sus hijos, el de sus padres, el de sus hermanos). Hay momentos en los que todo ese amor le asfixia, y en ellos ve la soledad de Hardy como una alternativa envidiable a las vidas superpobladas a las que se han entregado sus amigos casados: esa abundancia de mujeres, niños, nietos, yernos y nueras, suegros y suegras; esa espesura de exigencias, necesidades, interrupciones, reproches... Siempre que va a visitar a sus amigos al campo, o cena con ellos en sus casas de Cambridge, regresa a sus aposentos lleno de gratitud por poder meterse en su cama solo y despertar solo; pero sabiendo que, el fin de semana siguiente, no lo estará. A lo mejor por eso le va tan bien su acuerdo con Anne. Es una cosa de fines de semana.

El primer viernes de marzo, como de costumbre, se acerca hasta Treen. La lluvia lo mantiene en casa la mayor parte del sábado y del domingo. El lunes sigue lloviendo; en la estación, se entera de que, en alguna parte de la vía, se ha inundado un puente, desviando al tren, que llega dos horas tarde. Cuando está de vuelta en Cambridge es demasiado tarde para cenar, aún sigue lloviendo, y lleva todo el día de viaje. Suelta un taco, deja caer su equipaje sobre el suelo del dormitorio, coge el paraguas y se dirige a la Sala de Profesores. Figuras en penumbra acechan en ese crepúsculo revestido de paneles. Jackson, saludándolo con la cabeza, le señala con su bebida una esquina de la sala donde, para su sorpresa, entreví a Hardy sentado muy derecho en una silla Reina Ana, con las manos en las rodillas. Al verlo, Hardy se levanta como un rayo y se le acerca rápidamente.

—¿Dónde estabas? —le pregunta en un susurro.

—En el campo. Se ha retrasado el tren. ¿Por qué? ¿Qué pasa?

—Ya ha llegado.

Littlewood se para en seco.

—¿Cuándo?

—Esta mañana. Me he pasado el día buscándote.

—Lo siento. ¿Pero qué dice?

Hardy mira hacia la chimenea. Un pequeño grupo de catedráticos se ha juntado allí para fumar. Hasta que ha entrado

Littlewood, estaban hablando de la autonomía política de Irlanda. Ahora se han quedado callados, aguzando el oído.

–Vamos a mis habitaciones –dice Hardy.

–No hay pega si me invitas a una copa –responde Littlewood.

Y se dan la vuelta y se van. La lluvia cae a ráfagas. Hardy ha olvidado el paraguas, y Littlewood tiene que sostener el suyo por encima de los dos. Eso les fuerza a una intimidad incómoda, aunque sólo dura el minuto aproximado que les lleva llegar andando a New Court. Mientras abre la puerta que da a la escalera, Hardy se aparta, tan contento de separarse de Littlewood como este último de él. Sacude el paraguas y lo deja en el paragüero de cerámica que Littlewood recuerda de los viejos tiempos, cuando Hardy compartía un apartamento con Gaye en Great Court.

–Sólo tengo whisky –dice Hardy, abriendo la marcha escaleras arriba.

–Pues estupendo.

Hardy abre la puerta que da a sus aposentos.

–Hola, gatita –le dice Littlewood a Hermione, pero cuando se agacha para darle unas palmaditas en la cabeza, ella sale corriendo.

–¿Pero qué le pasa? Sólo intentaba ser cariñoso.

–La tratas como si fuera un perro. –Hardy saca la carta del bolsillo–. Bueno, por lo menos acerté en una cosa –dice–. No soy el primero al que ha escrito.

–¿No?

–Venga, quítate el abrigo y siéntate. Voy a ponerte un whisky.

Littlewood se sienta. Hardy sirve el whisky en dos vasos un poco sucios, le pasa uno a Littlewood y luego lee en alto.

–«Estimado señor, me complace grandemente examinar a fondo su carta con fecha 8 de febrero de 1913. Esperaba una respuesta suya similar a la de un profesor de matemáticas de Londres que me escribió pidiéndome que estudiase cuidadosamente las Series Infinitas de Bromwich y no caer en las trampas de las series divergentes». Supongo que se tratará de Hill. Pero bueno: «He encontrado en usted un amigo que comprende mi trabajo. Eso ya me anima bastante a seguir por mi propia senda.»

–Bien.

–Sí, pero ahora viene lo preocupante. «Veo que en su carta dice en muchos sitios que hacen falta demostraciones rigurosas y demás, y me pide que le comunique los métodos de prueba. Si le hubiera dado mis métodos de prueba, estoy seguro de que habría hecho lo mismo que el profesor de Londres. Aunque, en realidad, no le di ninguna demostración sino algunos asertos como los siguientes, según mi nueva teoría. Le expliqué que la suma de un número infinito de términos de la serie: $1 + 2 + 3 + 4 + ... = -\frac{1}{12}$ según mi teoría.»

–Sí, eso ya lo decía en la otra.

–«Si le digo esto, me señalará inmediatamente que mi destino es el manicomio. Me extiendo sobre ello simplemente para convencerle de que no será capaz de seguir mis métodos de prueba si le indico las líneas que sigo en una sola carta.»

–Eso no son más que evasivas. Quizá le da miedo que intentes apropiarte de su trabajo.

–Es lo que he pensado yo también. Pero luego dice: «Porque lo que necesito en este momento es que algunas eminencias como usted reconozcan que tengo algún valor. Soy un hombre que pasa bastante hambre. Y para cuidar mi cerebro me hace falta comida, que ahora mismo es mi principal preocupación.»

–¿Crees que pasa hambre de verdad? –pregunta Littlewood.

–¿Quién sabe? ¿Qué se puede comprar con veinte libras al año en Madrás? Y mira cómo acaba: «Puede que usted juzgue con dureza que me reserve los métodos de prueba. Debo reiterar que puede que se me malinterprete si expongo brevemente las líneas que sigo. No es a causa de falta de ganas por mi parte, sino porque me da miedo no ser capaz de explicarlo todo en una carta. No pretendo que mis métodos sean enterrados conmigo. Los publicaré si reconocen los resultados eminencias como usted.» Y después vienen..., ¿lo adivinas?, diez hojas de matemáticas.

–¿Y?

–Bueno, por lo menos he averiguado lo que persigue con ese maldito $1 + 2 + 3 + 4 = -\frac{1}{12}$.

–¿Qué?

–Te lo voy a enseñar. –Con un rápido barrido del trapo, Hardy borra la pizarra–. En esencia, es una cuestión de notación. Es muy curioso. Pongamos que decides que quieres escribir $\frac{1}{2}$ como 2^{-1}. Totalmente válido, aunque un poco rebuscado. Bueno, pues lo que está haciendo aquí es escribir $\frac{1}{2^{-1}}$ como $\frac{1}{\frac{1}{2}}$, o 2. Y luego, siguiendo la misma tónica, escribe la secuencia:

$$1 + \frac{1}{2^{-1}} + \frac{1}{3^{-1}} + \frac{1}{4^{-1}} + \ldots \text{ como } \frac{1}{\frac{1}{1}} + \frac{1}{\frac{1}{2}} + \frac{1}{\frac{1}{3}} + \frac{1}{\frac{1}{4}} + \ldots$$

que evidentemente es $1 + 2 + 3 + 4 + \ldots$ Así que lo que realmente está diciendo es

$$1 + \frac{1}{2^{-1}} + \frac{1}{3^{-1}} + \frac{1}{4^{-1}} + \ldots = -\frac{1}{12}.$$

–Que es el cálculo de Riemann para la función zeta si le introducimos -1.

Hardy asiente.

–Sólo que ni creo que sepa que se trata de la función zeta. Creo que la dedujo él solito.

–Pero eso es asombroso. Me pregunto cómo se sentirá cuando se entere de que Riemann lo hizo primero.

–Tengo la impresión de que no ha oído hablar de Riemann en la vida. ¿Cómo iba a saber algo de él allí en la India? Están atrasados con respecto a Inglaterra, y mira lo atrasada que va Inglaterra respecto a Alemania. Y además, como es medio autodidacta, tiene lógica que su notación sea un poco..., bueno, excéntrica.

–Cierto, pero parece que *sabe* que lo es. Si no, ¿por qué iba a añadir eso del manicomio?

–Está jugando con nosotros. Piensa que es un genio.

–Eso lo piensan muchos grandes hombres.

Sigue un silencio. Tomándose su whisky de un trago, Littlewood observa a Hermione. Su mirada (predadora, acusadora y aburrida) le desconcierta. El caso es que se encuentra tan a disgusto aquí, en los dominios de Hardy, como Hardy en los suyos. La gata le pone nervioso. Igual que los retazos de oropel decorativo, la otomana con sus flecos y el busto de la repisa de la chimenea. Gaye, por lo visto.

Dejando su vaso, coge la carta de donde la ha puesto Hardy y se levanta.

–¿Te importa si sigo la tradición y me la llevo prestada? –pregunta.

–Toda tuya. A lo mejor tienes más suerte que yo.

–No sé por qué.

–Tú fuiste el *senior wrangler*.

Littlewood alza las cejas. *¿A qué ha venido eso?*

–Enséñasela a Mercer entonces –dice, devolviéndole la carta, un poco sorprendido por su propia vehemencia.

Parece como si acabaran de abofetear a Hardy. Pero Littlewood ya se ha apartado de él y de Hermione.

–Adiós, gatita –dice.

Ella le ignora.

–A veces pienso que está sorda.

–Es que lo está.

–¿Qué?

–Un gen recesivo. Muchos gatos blancos son sordos.

–Ah, es verdad –dice Littlewood–. Por supuesto te buscaste una gata sorda. Debería habérmelo imaginado.

Se va hasta la puerta, y Hardy alarga una mano para detenerlo.

–Lo siento –dice–. No quería ofenderte... Oye, llévate la carta.

–No me he ofendido. Sólo que me has dejado perplejo. Mira que sacar a relucir semejante cosa... ¿Aún sigue haciéndote pupa?

–Claro que no. Es que...

–¿Y no se te ocurre que a *mí* sí? Me espanta tanto todo eso como a ti.

–Ya lo sé. He metido la pata. Un chiste malo. Por favor, llévate la carta.

Se la tiende como un regalo. Littlewood la acepta de mala gana. Hardy parece humillado, y el resentimiento de Littlewood se evapora. ¡Pobre hombre!

–Está bien, señor –dice para demostrarle que no le guarda rencor, e imita un saludo militar–. Buenas noches.

–Buenas noches –contesta Hardy, con voz fría y melancólica. Y él cierra la puerta.

Littlewood es aún lo bastante joven para, cuando baja solo las escaleras, ir pegando botes, saltando los peldaños de dos en dos. Ahora mismo va pensando en Mercer; no en Mercer tal como es ahora, sino en como era cuando ambos se preparaban para el *tripos*. En aquel entonces Mercer sólo hablaba si le dirigían la palabra. Cuando escribía, su cabeza se balanceaba sobre el papel con una regularidad de metrónomo. Littlewood sería el primero en admitir que aquella extraña manera de concentrarse de Mercer, el que pareciese que se abstraía de todo lo que le rodeaba, le ponía mucho más nervioso que los aspavientos de sus compañeros más competitivos, aquellos gestos *pensados* para distraer a los demás. ¿Y qué podía haber atraído a Hardy de Mercer? Tampoco es que le apetezca escuchar los detalles escabrosos del tema, que en este caso probablemente ni serán detalles que tengan que ver con el sexo, sino más bien con el encaprichamiento, lo que es aún peor. Littlewood lo sabe porque a veces ha sido objeto de ese encaprichamiento: las horas que pasan esos pobres diablos intentando «leer» una sonrisa, o interpretar una palmadita en el hombro, o calibrar la importancia secreta de que les prestes un lápiz... Tonterías de colegialas. Y las notitas: «Aunque nunca hemos hablado, y está claro que soy invisible para ti, voy a arriesgarme a ofenderte comentándote el placer que ha supuesto para mí muchas mañanas observar cómo te bañabas...» De todos modos, sigue teniendo curiosidad por saber cómo empezaron las cosas con Mercer, y por qué se torcieron.

La lluvia prosigue su danza. Echa a correr hasta Nevile's Court sin abrir el paraguas. Le gusta sentir las gotas de agua resbalando por la frente, y sólo desearía tener menos hambre.

Si hay algo de lo que se alegra es de su soledad. Si quiere, puede irse directamente a la cama. Ninguna amante fantasmal lo visitará en sueños. (¿Y con quién soñará Hardy? Se estremece sólo de pensarlo.) O quizá ni siquiera se acueste. Quizá se quede despierto toda la noche examinando la carta del indio. De ser así, tampoco habrá quien le regañe. Ninguna figura en camisón, sosteniendo una vela en medio de la penumbra, le rogará que se acueste de una vez. Ningún niño lo llamará para que lo consuele después de una pesadilla.

Entra. El silencio de sus habitaciones le resulta familiar, reconfortante. No hay dos silencios iguales, piensa: cada uno tiene sus propios contornos y matices, porque en el interior de cada silencio hay una ausencia de sonido, y en este caso es el sonido de Mozart mal interpretado al piano, o de Beethoven muy bien tocado, saliendo del altavoz de un gramófono. Se quita la chaqueta, y al hacerlo percibe en ella el olor de Anne, ya muy débil. Luego se quita los zapatos dando un par de pataditas al aire, enciende su pipa, y se sienta a releer la carta.

9

Cerca de las doce la lluvia se hace más fina. Hardy, en pijama, la observa a través de la ventana que queda sobre la arcada. Aunque últimamente tiende a irse pronto a la cama, esta noche no tiene sueño. A pesar de toda la ilusión que le ha hecho la carta de Ramanujan, se ha puesto de mal humor, debido a la pulla de Littlewood sobre Mercer. Ha sido culpa suya, evidentemente. Si no hubiera mencionado lo de que Littlewood había sido *senior wrangler,* él nunca habría sacado a relucir a Mercer. El caso es que a Hardy no le apetece que le recuerden a Mercer, a quien (no le queda más remedio que admitirlo) tiene muy abandonado. Por ejemplo, cuando Mercer volvió a Cambridge el año pasado, le mandó una tarjeta a Hardy para que fuera a verles a él y a su nueva novia. Pero Hardy no le contestó. Tampoco era que hubiese ninguna razón para hacerlo, aparte de que Mercer ya no estaba en Trinity. Aunque no es que Christ's College sea el otro lado del mundo.

Su nueva novia. ¿Qué habría dicho Gaye de eso?

Casi automáticamente, Hardy le echa un vistazo al otro lado de la estancia. Desde la repisa de la chimenea, el busto lo mira *(Gaye gazes)* con un gesto de reproche igual que el de la madre de Sheppard. Es un busto pequeño, realizado cuando Gaye tenía quince años, con una expresión resplandeciente pero tímida, como siempre. A veces Hardy se pregunta qué pasaría si cogiera el busto y lo rompiese en pedazos, o lo escondiese en un armario, o se lo regalase a Butler, quien, dadas las circunstancias, lo escondería a su vez en un armario.

La respuesta, claro, es que daría igual. La mano de Gaye está presente en toda la habitación. Por lo menos eso hay que concedérselo: tenía gusto. Escogió la alfombra turca, y metió las cortinas de cretona en una tina llena de té para darles ese aspecto de llevar colgadas muchos años en una casa de campo. Eligió la tela de cuadros de los cojines del sillón de caña de Hardy, esos mismos cojines donde está sentado ahora. Y todo eso a pesar de que Hardy iba a dejarlo. Pobre Gaye, ¡siempre tan dado al martirio! El viejo cuadro de San Sebastián que conservaba sobre la cama debería haberle servido de pista. Ahora ya no está; se lo llevó su hermano, con todas las otras cosas que tenían cierto valor.

¿Y por qué no se llevó el busto el hermano de Gaye? Cierto es que, cuando vino, Hardy lo colocó aposta en un lugar retirado del dormitorio, que no era el mejor sitio para verlo. Pero no lo escondió. Después se pasó años esperando una carta de la familia, exigiendo la restitución del busto. Nunca llegó ninguna. Tal vez tenían tantas ganas de olvidarse de Gaye como todo el mundo.

Sobre la una se mete en la cama. De todas formas, no puede dormir. Se le arremolinan cifras en la cabeza, fragmentos del *tripos* que se sabe de memoria, extravagancias de Ramanujan, la función zeta, sus picos y sus valles y la línea quebrada ascendiendo a infinito cuando adquiere el valor de 1... Le ocurre a menudo. A veces el insomnio presagia algo bueno, significa que por la mañana dará un gran paso adelante. Pero en general se levanta de mal humor e incapaz de trabajar. Así que ¿por qué no comparte el terror de Littlewood a una falsa expectativa?

Y entonces (justo cuando parece que se está quedando dormido, aunque luego se dé cuenta de que lleva despierto un par de horas) alguien llama a la puerta. En otra época de su vida, eso no le habría sorprendido. Una visita a las tres de la madrugada habría sido lo normal. Ahora, sin embargo, el ruido le desorienta, le produce auténtico pánico.

–Un momento –grita, poniéndose la bata–. ¿Quién es?

–Yo. Littlewood.

Abre la puerta. Littlewood entra en tromba, empapado y sin paraguas.

–Todo lo de los números primos está mal –dice.

–¿Qué?

–Ah, perdona. ¿Te he despertado?

–Da igual. Pasa.

Sin siquiera quitarse el abrigo, Littlewood se dirige a la pizarra, cubierta todavía de los garabatos previos de Hardy.

–No podía dormir, así que me puse a repasar la carta y... ¿puedo?

–Claro.

–Pues entonces esto es lo que creo que ha hecho. –Borra la pizarra–. Ésta es su fórmula para calcular la cifra de números primos menores que n. Es la fórmula habitual de Riemann, sólo que él se ha dejado fuera los términos provenientes de los ceros de la función zeta. Y sus resultados (los he estado examinando) son exactamente los que obtendrías si la función zeta *no* tuviera ceros no triviales.

–Vaya.

–Tengo una vaga idea de cómo cometió ese error. Lo ha calculado todo en base a la legitimidad de algunas operaciones que está realizando con las series divergentes, confiando en que si los primeros resultados son correctos, el teorema también tiene que serlo. Y los primeros resultados lo *son*. Incluso hasta mil, la fórmula aporta exactamente la respuesta correcta. Desgraciadamente, no había nadie cerca que le dijera que los primos se comportan de otra forma a medida que van creciendo.

–Aun así, dejar fuera los ceros... no me parece muy buena señal.

–Pues en eso no estoy de acuerdo, Hardy. A mí sí me lo parece. –Littlewood se acerca un poco más–. Date cuenta de que los matemáticos corrientes no cometen errores así. Y los matemáticos excepcionales tampoco. Y cuando te paras a pensar en lo demás, en todo lo de las fracciones continuas, las funciones elípticas..., yo diría que por lo menos está a la altura de un Jacobi.

Hardy alza las cejas. *Eso* es mucho decir. Desde que empezó en Trinity, ha llevado una clasificación mental de grandes matemáticos, comparando a cada uno con un jugador de críquet que admire. A sí mismo se considera un Shrimp Leveson-Gower, a Littlewood un equivalente de Fry, y a Gauss de la categoría de Grace, el jugador más grande de la historia. Jacobi, la última vez que Hardy lo metió en la clasificación, se encontraba por encima de Fry pero por debajo de Grace (cerca de un joven y deslumbrante Jack Hobbs), lo que significa que Ramanujan, si Littlewood está en lo cierto, puede tener el potencial suficiente para ser otro Grace. Muy bien podría demostrar la hipótesis de Riemann.

–¿Y qué me dices del resto?

–No me ha dado tiempo a repasar esas otras fórmulas asintóticas, pero a primera vista parecen absolutamente originales. Y significativas.

–Pero sin demostrar.

–No creo que comprenda muy bien lo que es una demostración, o que es importante hacerlas, porque todos estos años ha estado trabajando por su cuenta, y a saber a qué libros tiene acceso, si es que lo tiene... A lo mejor nadie le ha enseñado. ¿Tú no podrías enseñarle?

–Nunca he intentado enseñarle a nadie *por qué* hay que hacer demostraciones. Mis estudiantes siempre lo han... sobreentendido.

Y entonces se produce un silencio en el que Hermione aprovecha para frotarse contra la pierna de Littlewood. Cuando él intenta cogerla, ella corre a esconderse debajo de la otomana.

–Qué graciosa la gata esta... ¡Ven aquí, gatita!

–¿Ya no te acuerdas de que no oye?

–Es verdad. –Littlewood se queda mirando al suelo.

–¿Y ahora qué tenemos que hacer? –pregunta Hardy.

–¿Y tú me lo preguntas? Traérnoslo a Inglaterra.

–No ha dicho nada de que quiera venir.

–Pues claro que quiere venir. ¿Para qué te iba a escribir si no? Y además ¿qué pinta en Madrás de contable?

–Pero, si lo traemos aquí, ¿qué vamos a hacer con él?

–Yo creo que la pregunta más bien sería: ¿qué va a hacer él con nosotros? –Littlewood se sube las gafas con un dedo–. ¿Sabes algo del Ministerio de la India, por cierto?

–Aún no.

–Si quieres un consejo, que no lo querrás, sólo podemos hacer una cosa, que es mandar a alguien a Madrás. Y pronto. Creo que Neville tiene que dar unas conferencias allí en diciembre.

–¿Neville?

–No te burles. Es un tipo muy honrado.

–Neville es un matemático perfectamente capaz que jamás en su vida hará algo de importancia.

–El emisario ideal, entonces. –Littlewood se ríe–. Vamos a proponérselo, ¿de acuerdo? Y luego, cuando llegue a Madrás, puede ir a ver al tal Ramanujan, tantearlo, ver lo que quiere y si es lo que nosotros queremos.

–¿Pero tú crees que Neville es capaz de semejante cosa?

–Pues, si él no lo es, su mujer sí. ¿Conoces a Alice Neville? Una chica impresionante. –Littlewood ya se está dirigiendo hacia la puerta–. Sí, es el mejor plan. ¿Cómo es el dicho? Si la montaña no va a Mahoma, Mahoma va a la montaña.

–Te has equivocado de religión... –dice Hardy.

–Bueno, ¡pues entonces Vishnu! Dios mío, Hardy, qué quisquilloso eres... –Pero Littlewood se ríe al decirlo, y sigue riéndose al bajar las escaleras y al pisar las losas empapadas de lluvia de New Court con un silbido y un grito de alegría.

10

NUEVA SALA DE CONFERENCIAS, UNIVERSIDAD DE HARVARD

El último día de agosto de 1936, el gran matemático G. H. Hardy dejó la tiza y volvió al estrado.

–La auténtica tragedia de Ramanujan –dijo– no fue su muerte prematura. Evidentemente, es una desgracia que cualquier hombre importante se muera joven, pero un matemático es relativamente mayor a los treinta años, y puede que su muerte no sea tan catastrófica como parece. Abel murió a los veintiséis y, aunque sin duda habría hecho una mayor contribución a las matemáticas, difícilmente podría haber cobrado más importancia. La tragedia de Ramanujan no fue que se muriera joven, sino que, durante los cinco años más desgraciados de su vida, su genio estuviera mal encauzado, en vía muerta, y que hasta cierto punto fuese tergiversado.

Hizo una pausa. ¿Entendía su público lo que quería decir? ¿Pensarían que se refería a los cinco años que Ramanujan había pasado en Inglaterra?

No, quería explicarles, *no* me refiero a sus años en Inglaterra, sino a esos años decisivos justo antes de que viniera a Inglaterra, cuando le hacía falta formarse, igual que a un recién nacido le hace falta el oxígeno.

O tal vez (y ahora, en su fuero interno, da marcha atrás) me refiera realmente a sus años en Inglaterra, que a su manera también fueron años perjudiciales.

Le habría gustado decir:

Ya no estoy seguro de casi nada. Lo que escribí inmediatamente después de su muerte, cuando lo leo hoy en día, me llama la atención por su grado de sensiblería. Desprende la desesperación de un hombre intentando librarse de su culpa. Traté de hacer de su ignorancia una virtud, para convencerme a mí mismo y a los demás de que les había sacado partido a los años que pasó aislado, cuando de hecho fueron un obstáculo insalvable.

Nada le resultó fácil, y no cabe pretender que eso le hiciera ningún bien. Era muy pobre y vivía en una ciudad de provincias, que quedaba a más de un día de viaje desde Madrás. Y aunque iba a la escuela (era de casta alta), la escuela no fue buena para él. Cuando empezó, a los quince o dieciséis años, lo trataron como a un paria. El sistema educativo indio, en aquella época, era tremendamente rígido, mucho más rígido que el nuestro, cuyo patrón seguía. El sistema premiaba la nebulosa idea de la «pericia»; estaba diseñado para producir en serie los burócratas y técnicos que controlarían el imperio indio (bajo nuestra supervisión, naturalmente). Pero para lo que no estaba pensado era para reconocer a un genio: su obsesión y su ceguera, su rechazo a ser otra cosa que no sea lo que es.

Todas las escuelas, una tras otra, fueron un fracaso para Ramanujan porque, en una detrás de otra, ignoró todas las materias excepto las matemáticas. Incluso en matemáticas era a veces mediocre, porque las matemáticas que le enseñaban le aburrían y le irritaban. Desde su infancia (cuando tenía siete u ocho años) había estado siguiendo los indicadores de su propia imaginación.

Bastará un ejemplo. Cuando tenía once años y estudiaba en el instituto de la ciudad de Kumbakonam, su profesor de matemáticas le explicó que si dividías cualquier número por él mismo obtenías 1. Si tienes dieciséis plátanos y los divides entre dieciséis personas, a cada una le tocará un plátano. Si tienes 10.000 plátanos y los divides entres 10.000 personas, a cada una le tocará un plátano. Entonces Ramanujan se levantó y preguntó qué pasaría si dividías ningún plátano entre ninguna persona.

¿Ven ustedes? Incluso cuando aún iba bien, ya empezaba a salir a relucir el cizañero que llevaba dentro.

Creo que percibí todo eso en sus primeras cartas. Era un hombre al que los repartidores de premios no habían sabido apreciar como era debido, y él les guardaba rencor por esa misma razón. Naturalmente ese rechazo le llevó a dudar de su propio valor; y, sin embargo, desde un comienzo, también hizo gala de cierto endiosamiento, de una fe en su propia genialidad, y en el fondo se sentía orgulloso de saberse mejor que la época y el lugar en los que le había tocado vivir. Si el mundo en el que vivía no sabía valorarlo, era culpa de ese mundo, no suya. ¿Por qué iba entonces a cooperar? Aunque ésa sea una victoria muy solitaria.

Evidentemente, a este respecto, yo era su opuesto. Yo era el chico que ganaba todos los premios, a pesar de que despreciaba el día del reparto con una intensidad que hoy seguramente sólo es capaz de provocarme el ver una procesión eclesiástica. Oír decir mi nombre, y luego tener que levantarme ante todo el colegio para recoger mi premio, me provocaba tal ataque de culpa y de rechazo hacia mí mismo que me temblaban las piernas; me acercaba dando traspiés hasta el escenario con una especie de fiebre, cogía el libro o lo que fuera con las manos pegajosas, y apretaba los dientes para no vomitar. Para cuando llegué a Winchester, esta peculiar variante de miedo escénico había empeorado tanto que empecé a dar respuestas erróneas en los exámenes, sólo para ahorrarme el vía crucis del premio. Pero no tan a menudo (si he de ser sincero) como para poner en peligro mi futuro. Porque deseaba ardientemente el imprimátur de Oxford o Cambridge, la aprobación que se le negó a Ramanujan.

¿Por qué semejante odio a los premios? Creo que porque sabía que, aun descollando en ese campo, el terreno de juego estaba amañado. Estaba amañado para recompensar a los ricos, los bien alimentados, los bien cuidados. Y, tal como mis padres se encargaban de recordarme constantemente, yo no era uno de ellos. Tenía la gran suerte de estar allí. El talento no le serviría de nada al hijo de un minero de Gales; se pasaría toda la vida en la mina, aunque tuviera la demostración de la hipótesis de Riemann en la cabeza. Mis padres siempre me decían que rezase por mi buena fortuna, y por la suya.

Tal vez sea señal de debilidad que yo siguiera las reglas del juego. Sin duda algún futuro biógrafo (si es que me merezco alguno) me censurará por esta falta de coraje. Porque hay otra forma de ver a Ramanujan: como a una mente decidida cuya genialidad no le permite seguir más camino que el de su intuición, aun poniéndose en peligro.

En cuanto llegué a Cambridge mi desconfianza hacia los premios, en vez de menguar, descubrió una nueva diana en el *tripos*. Los hombres a quienes más despreciaba eran los que, al contrario que Littlewood y yo, veían su triunfo en el *tripos* como un objetivo en sí mismo, y hacían de conseguir la categoría de *wrangler* la meta de su educación. Fue para impedir el progreso del sistema que alentaba aquellas ambiciones desmedidas y aquellos apetitos desmesurados por lo que me propuse reformar el *tripos*, si no podía suprimirlo completamente. Y el irónico resultado de mi éxito fue que el deseo de triunfar en el *tripos* nunca fue tan desaforado como en 1909, el año que se proclamó al último *senior wrangler*.

Lo que me lleva a Eric Neville, el hombre a quien algunos le atribuyen el haber convencido a Ramanujan para que viniera a Inglaterra. Más tarde, nos hicimos amigos, y seguimos siéndolo hoy en día, a pesar de su mujer. En 1909, sin embargo, Neville tenía para mí una sola dimensión, la de que ese año se le considerara el aspirante favorito a *senior wrangler*. Al final

100

quedó segundo, y recuerdo haberme regodeado un poco pensando que nunca se recuperaría de aquella desilusión, de tantas ganas como tenía de pasar a la historia como el último *senior wrangler*.

Pero esta noche no estoy pensando en ese *tripos,* sino en uno anterior, el *tripos* de 1905, el *tripos* en el que yo mismo (aunque me avergüence admitirlo) hice el papel que ahora tanto vilipendio: el de preparador.

El muchacho al que preparé se llamaba Mercer. James Mercer.

¿Cómo explicar mi relación con Mercer? Supongo que al principio me atrajo porque, al igual que yo, iba por libre. Había llegado a Cambridge proveniente del University College de Liverpool, y por consiguiente era mayor que muchos otros. Le daba vergüenza su acento. La primera vez que vino a verme, se tapaba la boca con la mano.

Y ahora veo que tengo que remontarme aún más en el tiempo y hablarles de Gaye. La verdad es que mi narración de esta noche, más que desplegarse, se abre hacia dentro, como cuando se va abriendo un juego de muñecas rusas. Pero, bueno, confíen en mí, en que retomaremos el *tripos* (y a Ramanujan y a Mercer) a su debido tiempo.

¿En qué año fue eso? 1904, sí; lo que significa que Gaye y yo llevábamos un año compartiendo habitaciones, el conjunto de habitaciones cuya entrada no volveré a cruzar mientras viva, unas habitaciones bonitas que daban a Great Court.

No sé cómo llamarle ahora. Cuando estábamos solos, éramos Russell y Harold. Pero, cuando había gente alrededor, éramos Gaye y Hardy. En esa época, en nuestro círculo, los hombres siempre se llamaban unos a otros por el apellido.

Lo conocí..., he olvidado cómo lo conocí. No nos conocíamos del todo bien, y luego sí. Solía suceder en Cambridge. Puede que el trasfondo fuera teatral; recuerdo un montaje estudiantil de *Noche de Reyes,* en el que Strachey hacía de María y Gaye era Malvolio, y yo «el crítico» (yo solía ser el crítico), y a

Gaye y a mí hablando sin parar. Aquella boca pequeña y tierna y aquellos ojos oscuros, con una expresión mezcla de vulnerabilidad y exasperación, me hacían desear estar lo más cerca posible de él, y al mismo tiempo no revelar lo muy cerca que quería estar, guardar la suficiente distancia para no implicarme demasiado. Porque me parecía a él en muchas cosas, lleno como estaba de melancólicos anhelos y, sin embargo, decidido a llevarme el premio gordo que Gaye representaba aún en aquella época, antes de que tanto yo como Trinity lo apartáramos de nuestro lado. Evidentemente, eso fue poco después de que G. E. Moore se marchase con Ainsworth, así que lo último que quería era mostrar mi debilidad.

Debería añadir que entonces no sabía lo débil que era el propio Gaye: débil, astuto e impaciente; y dotado de ese ingenio mordaz que suele ser el reverso de la vulnerabilidad. De su boca salían continuamente lindezas perfectamente acabadas, como joyas o escarabajos, aún más desconcertantes por la húmeda inocencia de los labios que las pronunciaban.

Nadie pensó mal de nosotros por el hecho de que compartiéramos habitaciones. En Cambridge, era corriente en aquellos tiempos que dos jóvenes fuesen inseparables, que funcionasen como pareja y se relacionasen socialmente como tal. Desde luego Gaye y yo no éramos los únicos. Ese primer año ofrecimos cenas a las que invitamos a gente como O. B., que nos miraba con sorna, dándonos su bendición. Moore y Ainsworth vinieron a cenar una vez, y nos quedamos los cuatro junto al fuego, con Ainsworth apagando sus cigarrillos en el plato. Gaye tenía más cosas que decirle que yo. Debería añadir que Gaye era clasicista, y muy bueno, por cierto; y cuando Trinity lo dejó escapar, cometió una tremenda injusticia y se hizo un flaco favor a sí mismo.

El apartamento consistía en un cuarto de estar con ventanas que daban a Great Court y dos pequeños dormitorios, cada uno con una ventana que dominaba los tejados de New Court. Normalmente sólo cerrábamos las puertas de los dormitorios cuando venían los estudiantes a vernos, o cuando uno de nosotros necesitaba silencio para trabajar. Ese año Gaye estaba traduciendo la *Física* de Aristóteles con otro especialista en clásicas que, para mayor confusión, se llamaba Hardie. Así que la puerta de su dormitorio solía estar cerrada, al menos durante el día.

Hermione era aún un cachorro. Se la acabábamos de comprar a la hermana de la señora Bixby, la encargada de la limpieza; trabajaba en una granja cerca de Grantchester donde siempre había gatos de sobra. Habíamos tenido otro, Euclides, pero se había muerto. Los dos estábamos muy ocupados, Gaye con su traducción, y yo con mis becas de honor y los diferentes estudiantes a los que daba clases particulares, Mercer entre ellos. Mercer, con su belleza de cristal pulido por el mar: la belleza de la mala salud crónica que tiende a empeorar. Se le notaba en la piel, en la desgana con la que se sentaba en su silla. Tenía los ojos de un color verdigrís fosforescente que a Strachey, entre otros, le llamaba la atención. Incluso ahora (y ya se murió hace tiempo) sus ojos son lo que mejor recuerdo de él.

Hacía años que yo mismo me había examinado del *tripos*. Nada había cambiado mientras tanto, a no ser que ahora era Herman, en vez de Webb, el mejor preparador. Les daba a sus muchachos «sinopsis en lata», como decían algunos. En su coliseo ejemplar, a los futuros gladiadores aún se les exigía recitar de memoria a Newton, resolver problemas contrarreloj y aprender todo lo que ya se sabía doscientos años antes sobre el calor, la teoría lunar y la óptica.

Mercer vino a verme porque, como yo, no lo podía soportar. Recuerdo que se retorcía las manos. Literalmente. Creo que nunca se lo había visto hacer a nadie antes. Pensaba que era una cosa que la gente sólo hacía en las novelas. Había café en la mesa. Mercer no paraba de retorcerse las manos y, en un determinado momento, se echó a llorar. Yo apenas sabía qué decirle. En el momento no me fijé, pero la puerta que daba al dormitorio de Gaye debía de estar abierta, porque Hermione entró flechada. Se puso a contemplar a Mercer con un aire distante y despiadado. *(Mercer, mercyless.* Mi cerebro no ceja en esos juegos de palabras inútiles. Es como un virus.)

Me contó cómo era la cosa. Fue como escucharme a mí mismo quejándome a Butler seis años antes. El aburrimiento. La sensación de energía mal encauzada, la imaginación reprimida. (¿Ramanujan lo habría soportado?) Le pregunté cómo se sentían los demás chicos, y me dijo:

–La mayoría simplemente lo ven como si fuera lo que han venido a hacer aquí. Ya sabe, porque el padre de uno fue sexto *wrangler*, y el de otro *quinto*. Quieren superar a sus padres, y llegar a ser ministros del gobierno o esas cosas. Pero yo soy de Bootle. Mi padre sólo es contable.

¿Y qué pasaba con los que, igual que él, aspiraban a ser matemáticos? Mencionó a Littlewood. En ese momento yo solamente conocía a Littlewood de pasada. («De pasada, cuando iba a bañarse al Cam», me recuerda O. B. desde la sepultura.) Sabía por Barnes que Littlewood era bueno. Muy probablemente, tan bueno como yo. ¿Y qué le parecía a él el *tripos*?

–Dice que es una auténtica pérdida de tiempo –dijo Mercer–, pero que, si se lo plantea como un juego (y no es que le guste especialmente, pero es el que se juega en este *college*, y por lo tanto no le queda más remedio), pues entonces lo puede soportar. Y va a poner todo su empeño en él, porque le encanta ganar.

Así que nos sentamos. Mercer seguía retorciéndose las manos. Yo le conté mi propia experiencia. Para entonces mi opinión (mi desprecio del *tripos* y el deseo de acabar con él) era bien sabida, y seguramente la razón por la que Mercer había acudido a mí en un principio. Mientras tanto, el café se fue enfriando. No recuerdo exactamente cómo ni por qué, pero en un determinado momento me debió de dar un ataque de compasión, porque terminé ofreciéndome para prepararlo. También le presté mi ejemplar del *Cours d'analyse*.

–Por cada hora que perdamos con el *tripos* –le dije– emplearemos otra en Jordan. Doraremos la píldora con buen vino.

Mercer se marchó rascándose la cabeza, sin haberse tomado el café, y llevando consigo un libro escrito en un lenguaje que apenas podía entender. Desde la ventana lo vi tropezar con una losa, porque iba leyéndolo andando. Era una buena señal.

Entonces sentí una mano cálida en el hombro y cerré los ojos.

–Debe de ser precioso ser el salvador –dijo Gaye.

–¿Nos has estado escuchando, entonces?

–¡Qué remedio me quedaba! ¿Cómo iba a evitar que Hermione abriera la puerta de un empujón? Y luego esas voces... Me *sacaron* de Aristóteles. Tenía que cerciorarme de que todo iba bien.

–Es fácil de manejar.

–Un joven muy expresivo, desde luego.

–Lo está pasando mal. Necesita ayuda.

–Estupendo, ¿y qué pasa con lo que necesitas tú, Harold? ¿Con tu propio trabajo? –Gaye cogió la taza de Mercer de la mesa, y se tomó el café frío de un solo trago–. Preparar a un estudiante para el *tripos*... ¡Precisamente el *tripos*! Y después de todos los *sermones* que me he enterado que sueltas contra los malditos...

–Si no le ayudo, no lo pasará.

–¿Y es asunto tuyo salvarle?

–Alguien me salvó a mí.

–Pero Love no te *preparó*. Se limitó a mandarte a Webb. –Gaye dejó la taza–. Seguro que si fuera feo...

–Eso no tiene nada que ver.

–Claro que no. Tú te excitas eróticamente de una manera mucho más especial: rescatando a la bella damisela de las fauces del dragón. ¿O te lo imaginas haciendo lo que tú no pudiste hacer?

–¿Qué?

105

–Ocupando su puesto como *senior wrangler* y luego, cuando ya estés encima de la bestia muerta, condenando la caza.

–Pareces celoso.

–Lo estoy, del trabajo innovador que se perderá en virtud de preparar a este...

–Qué desinteresado por tu parte...

Gaye cogió a Hermione y le acarició el cuello.

–Es una decisión tuya, claro. Ni se te ocurra pensar que sueño con entrometerme.

Soltándose de su abrazo, Hermione volvió a escabullirse por la puerta que ella (o Gaye) habían abierto antes, la puerta que daba a ese lado del apartamento. Gaye la siguió enseguida.

Media hora después, asomó la cabeza.

–¿Vamos a cenar en casa esta noche? –preguntó, pero se retractó inmediatamente–. Pues claro que no. Es sábado. Y los sábados los tienes comprometidos.

–Ya lo sabes, Russell.

–Dios, me pregunto qué hacen todos los sábados por la noche esos jovencitos tan listos.

–No puedo hablar de eso.

–No, claro que no. Claro que no puedes.

Y ahora me pregunto: ¿por qué nunca lo propuse como miembro? En esa época me decía a mí mismo que era para ahorrarle convertirse en otro muñeco de feria, al estilo de Madam Taylor. Pero tal vez lo cierto fuese que quería ahorrarme a mí mismo que me vieran como a otro Sheppard. Como a un esclavo.

La única posibilidad que no me permití considerar nunca era que, al contrario que Taylor, Gaye muy bien podía ser merecedor de formar parte de la Sociedad por derecho propio. Y si se le hubiera admitido en ella, ¿eso habría supuesto alguna diferencia más tarde? La verdad es que no lo sé.

¿Y por dónde andaba Ramanujan en aquel entonces? En 1904, acababa de salir del instituto y había ganado una beca para el Government College. Seguía viviendo en Kumbakonam, y dudo que tan siquiera conociese Madrás a esas alturas. Años después, con aquel sentido del humor que tenía a veces (debió de ser durante el primer año de la guerra, porque recuerdo que había soldados echados en camillas en Nevile's Court), me contó que en aquella época al Government College se le llamaba «el Cambridge del Sur de India».

Las cosas empezaron bastante bien. Dio clases de fisiología, de inglés, de historia griega y romana. Pero entonces cayó en sus manos un ejemplar de la *Sinopsis de las matemáticas puras* de Carr, el libro del que diría más tarde que había significado tanto para él como para mí el *Cours d'analyse* de Jordan. Tal como él explicaba, sus padres, como suplemento de sus pequeños ingresos, a veces hospedaban a estudiantes, y uno de ellos se había dejado el libro olvidado. Resulta asombroso que ese libro fuese su punto de partida. Hace unas semanas, antes de coger el barco que me ha traído a vuestro hermoso país, lo pedí prestado de la biblioteca de Trinity, el único ejemplar que había, lleno de polvo por falta de uso. La *Sinopsis* tiene más de novecientas páginas. Se publicó en 1886, y nadie lo había cogido desde 1902.

¿Pero qué *tenía* ese libro? Alimento para un hombre hambriento. Puedo ver a Ramanujan sentado en el *pial*, aquel porche delantero de la casa de su madre por el que solía entrarle tanta nostalgia; sentado, pues, en la penumbra mientras la vida callejera desfilaba ante sus ojos, leyendo páginas y más páginas de ecuaciones, cada una con un número. Años después me contó que se había aprendido aquel libro de memoria. Si hubiera habido un *tripos* sobre Carr, habría sido capaz de recitar el enunciado y el capítulo de cada ecuación, sólo con que le dijeran su número. 954: «El círculo de *nueve-puntos* es el círculo descrito como D, E, F, la base de las perpendiculares sobre los lados del triángulo ABC.» 5.849: «El producto pd tiene el mismo valor para todas las geodésicas que tocan la misma línea de la curvatura.» En total, 6.165 ecuaciones. Y las memorizó todas.

Empezó a descuidar las otras materias. Ignorando la historia, entretenía a sus amigos haciendo lo que él llamaba «cuadrados mágicos»:

1	2	-3
-4	0	4
3	-2	-1

O bien:

9	10	5
4	8	12
11	6	7

Juegos de niños. Cada columna suma la misma cifra, verticalmente, horizontalmente y diagonalmente. Lo increíble es que Ramanujan podía construir sus cuadrados mágicos en cuestión de segundos. Durante la clase de historia griega se sentaba en su pupitre, fingiendo que tomaba apuntes cuando en realidad estaba haciendo sus cuadrados mágicos. (Ni que decir tiene que había deducido un teorema mucho más general sin siquiera darse cuenta.) O hacía una lista de los sucesivos números primos, tratando incluso entonces de encontrar un orden en ellos.

Y, por supuesto, cuanto más se entregaba a las matemáticas, menos atención les prestaba a las otras materias. La fisiología, decía, era la peor porque le horrorizaban las disecciones. Yo creo que le pasaba como a muchos matemáticos, que le daba horror lo físico. (Tras ver cómo su profesor anestesiaba con cloroformo a varias ranas marinas, le preguntó: «Señor, ¿ha cogido estas ranas marinas porque nosotros somos ranas de charca?» Una salida típica de su ingenio. Ya sabía que Kumbakonam era como una charca.) Y tampoco se le daba muy bien el inglés, lo que me sorprende, porque cuando lo conocí su inglés hablado era perfecto, mientras que el escrito, aunque no fuese digno de Shakespeare, era aceptable. En cualquier caso, al acabar el primer curso, suspendió su examen de inglés escrito. A pesar de su evidente talento para las matemáticas, le retiraron la beca. La política era la política. Ahora iba a tener que pagar por su educación, o al menos sus padres tendrían que hacerlo. Y sus padres eran pobres. Su padre era una especie de contable, y su madre cosía en casa y cantaba en el templo del pueblo para cuadrar las cuentas. A veces no tenían qué comer y no le quedaba más remedio que comer en las casas de sus compañeros de colegio.

De las muchas ocasiones en que se escapó, ésa fue la primera. Lo que hizo mientras estaba fuera no me lo contó; sólo que se marchó a otra ciudad, al norte de Madrás. Visakhapatnam. Al cabo de un mes había regresado a casa.

Creo que me puedo imaginar cómo se sentía: tan enfadado consigo mismo como con el sistema (despiadado, inquebrantable) del que dependía su éxito. El Government College lo había expulsado porque no seguía sus reglas de juego; y a la vez que le ponía furioso que se esperase de él que las siguiese (como observaría Littlewood, incluso entonces sabía que era importante), también se despreciaba por su propia incapacidad (¿o era mala disposición?) para ser el niño bueno que se esperaba que fuera. ¿Pero a quién tenía para asegurarle que su fe en su propia grandeza no era un espejismo o pura vanidad?

Y mientras tanto, en Cambridge, Mercer continuaba viniendo a verme todos los días. Yo sostenía el cronómetro. Canturreaba los números de los lemas newtonianos, y él los recitaba. Luego trabajamos con el *Cours d'analyse*.

Al principio, esas tardes, Gaye se entretenía en su lado de nuestro apartamento. A veces dejaba la puerta abierta. Luego (después de que yo me levantara una vez en medio de una clase para cerrarla) ya no volvió a hacerlo.

Estuve en la lectura de la lista de honores de ese año, de pie en el interior del Rectorado a las nueve de la mañana, formando parte de una vasta multitud en cuya penumbra pude distinguir a O. B. con Sheppard, que debía de haber apostado dinero por el favorito. La galería estaba reservada para las damas. Había muchachas del Newnham y del Girton amontonadas en tres o cuatro filas contra la barandilla. Sin duda esperaban, como todos los años, que se repitiera lo de 1890, cuando Philippa Fawcett había vencido al *senior wrangler* y sus *hermanas* se habían puesto histéricas. Desde entonces, ninguna mujer había conseguido hacerlo mejor.

Todo el mundo hablaba a la vez. Debería decir que los supuestos candidatos a *senior wrangler* no estaban allí. Por tradición, permanecían en sus habitaciones durante la lectura de la lista de honores, esperando que sus amigos les llevaran las buenas o las malas noticias. No obstante, se escuchaban sus nombres en labios de la gente, y de esa forma estaban más presentes de lo que lo habrían estado si se hubiesen encontrado realmente allí en carne y hueso.

El reloj de la iglesia de Great St. Mary empezó a dar las nueve, y Dodds, el presidente del tribunal, tomó posición en la parte delantera de la galería. Enseguida se hizo el silencio entre la multitud. Dodds iba vestido con el atuendo completo de su *college*, y sostenía en la mano derecha la lista de honores enrollada, que desató con cuidado para coincidir exactamente con el sonido de la novena campanada. Con religiosa dignidad entonó:

–Resultado del *tripos* matemático, Parte I, 1905. –Pausa–. *Senior wrangler*, J. E. Littlewood, Trinity...

Antes de que Dodds pudiera terminar, estalló un aplauso entre la multitud. ¡Así que Littlewood había vencido a Mercer! Sentí una punzada de desilusión, que intenté mitigar recordándome a mí mismo lo mucho que detestaba el *tripos*. Miré a Sheppard, que tenía el ceño fruncido. Estaba claro que había apostado por Mercer por lealtad a mí. Entonces Dodds dijo:

–Por favor, por favor, ¡silencio! Si me permiten continuar...
Senior wrangler: J. E. Littlewood, Trinity, *compartido* con J. Mercer, Trinity.

La cara de Sheppard, ensombrecida por el miedo momentos antes, se iluminó de repente. «Compartido» significaba que Littlewood y Mercer habían conseguido exactamente el mismo número de puntos. Habían empatado.

En contra de mi voluntad, solté un grito de júbilo. O. B. me echó una estupefacta mirada de desprecio. Cerré la boca y escuché mientras nombraban al resto de *wranglers* y *optimes,* hasta llegar al «cuchara de madera». Para entonces, la mayoría de la gente ya había salido fuera para ver pasar a los *senior wranglers* en toda su gloria. Les seguí. Vi a Littlewood bastante cerca, llevado a hombros de sus amigos. ¿Estaba eufórico? Yo lo dudaba. Aunque en esa época apenas lo conocía, me imaginaba que se tomaría aquella victoria con mucha filosofía. A Mercer no lo veía por ninguna parte.

Lo curioso del caso fue que, desde un principio, todo el mundo se comportó como si sólo hubiera ganado Littlewood. Mercer muy bien podría no haber existido. Una semana o así después, por ejemplo, salí a comprar la foto de Littlewood (casi en secreto, debo admitir) y descubrí, con gran contrariedad, que se había agotado.

–Pero tengo un montón del señor Mercer, señor –me dijo el quiosquero–. De hecho, las del señor Mercer están casi de saldo.

Tenía su lógica. Mercer era un enclenque de veintidós años, procedente de Bootle; mientras que Littlewood tenía diecinueve, rebosaba salud y tenía contactos en Cambridge con más de un siglo de antigüedad. Philippa Fawcett era prima suya. Y su padre había sido, en su época, noveno *wrangler,* y su abuelo, trigésimo quinto.

O. B. se hizo con las dos fotos.

–Mira cómo deja las piernas abiertas –decía de Littlewood–. Como si no tuviera la más remota idea de que está siendo provocativo. Y, por supuesto, ahí está la gracia..., en que no la tiene.

–Menudo paquete, por cierto –dijo Keynes, que estaba allí de visita, con aire soñador.

Yo intenté no fijarme en el paquete. Me centré en cambio en aquel rostro oblongo, perfectamente afeitado. La parte que limitaba con el pelo debían de haberla trazado con regla. Tenía los labios finos muy apretados, y las cejas espesas alzadas, como interrogantes. En conjunto, irradiaba una especie de energía reconcentrada, como si en cualquier momento fuera a saltar de la silla y a ponerse a hacer el pino.

En *su* foto, por el contrario, Mercer parecía indeciso, casi frío. Tenía unas ojeras oscuras, y un dedo apoyado en la frente, cuya uña se había comido hasta la carne.

¿Qué les puedo contar de Littlewood? Aunque huía de los focos (o quizá *porque* huía de los focos) tenía lo que ustedes, los americanos, llaman hoy «categoría de estrella». Por ejemplo, poco después de que empezáramos a trabajar juntos, demostró que en algún punto más allá de $10^{10^{10}}$, el Teorema de los Números Primos, en vez de calcular por exceso la cifra de primos hasta cierto número n, empieza a calcularla por defecto. Y lo que es más importante, por encima de ese número inconcebiblemente lejano, el resultado alterna con una frecuencia infinita entre la estimación por exceso y la estimación por defecto. Era asombroso que hubiera conseguido demostrar semejante cosa, desmontando de paso una suposición que a la mayoría de los matemáticos nunca se les habría ocurrido cuestionar. Resultaba especialmente admirable que la demostración de Littlewood pusiera de manifiesto un cambio en el universo de los números primos tan alejado del campo de los cálculos humanos corrientes que, prácticamente, era imposible de concebir. Ya que el número en cuestión (el número por encima del que los primos empiezan a aumentar en vez de disminuir) es mayor que el número de átomos del universo.

Como era característico de él, Littlewood armó muy poco escándalo con su descubrimiento. Él era *Little*wood. La primera vez que vino a verme (quiero decir, en serio, con idea de colaborar conmigo) yo tenía a mi hermana de visita. Estábamos en plena comida en mi cuarto de estar. Gertrude era profesora de arte en la escuela femenina de Cranleigh en St. Catherine's, donde editaba la revista del colegio, en la que publicaba artículos y, de cuando en cuando, algunos versos corrosivos. Vivía con nuestra madre, cuya salud empezaba a declinar, y en beneficio de la cual fingía un sentimiento religioso que en realidad no tenía. No era lo que se diría una mujer atractiva, y tampoco ponía demasiado interés en los hombres, que yo sepa. Aun así, desde el mismo momento en que apareció Littlewood, le pidió que se sentara, fue a por un plato para él, y le sirvió con una cuchara los huevos y las judías que habían quedado y que, en circunstancias normales, nos habríamos repartido entre los dos. Littlewood aceptó sin dudarlo. Era un animal social por naturaleza, dado a pensar que, si a alguien que a él le gustaba le gustaban otras dos personas, todos se gustarían entre sí. Tampoco me sorprendió que se llevara los huevos y las judías con el tenedor *simultáneamente* a la boca, mientras que yo nunca mezclaba alimentos en mi plato. Ni que se pasara el rato haciéndole preguntas a Gertrude sobre su escuela, sus alumnas, la revista (preguntas que ella respondía poniéndose colorada, con un placer casi infantil). Era desconcertante observarlos. Mi hermana (normalmente adusta, incluso severa) estaba encantada, obviamente. Y en cuanto a Littlewood... percibí inmediatamente algo bastante raro en el Cambridge de aquella época: le gustaban más las mujeres que los hombres. Le gustaba su compañía y le gustaban sus cuerpos. Coquetear le salía de dentro de una forma natural, incluso cuando la mujer en cuestión era una solterona poco agraciada como Gertrude. Y Gertrude mordió el anzuelo.

Durante toda la conversación, me estuve preguntando si

Littlewood se fijaría en el ojo de cristal de Gertrude y me diría algo al respecto. Lo hizo, pero al día siguiente.

–Un accidente cuando era pequeña –le contesté y, como se trataba de Littlewood, dejó educadamente el tema, ahorrándome tener que explicarle cómo había ocurrido.

¿Y qué pasaba con Mercer? Creo que para entonces ya había regresado a Liverpool. No volvió a Cambridge hasta 1912, y desde esa fecha hasta su muerte apenas le vi. Sospecho que aceptó su anonimato con una humildad que en mi opinión le honra.

Littlewood nunca entendió por qué abandoné a Mercer. Supongo que yo tampoco me entendía a mí mismo. Imagínense a un escritor que, molesto por la inmadurez de un primer borrador, lo esconde en un cajón. En cierta forma sabe que llegará un día en que reescribirá esa historia, y tal vez mejor. Sólo que no tiene ni idea de cuándo ni cómo, ni de quién será el protagonista.

Segunda parte
El cuervo del comedor

1

Llega una carta del Ministerio de la India. Firmada «C. Mallet, Secretario de los Estudiantes Indios».

Sintiéndolo mucho, sin más documentación que la titulación del estudiante en cuestión, y considerando el escaso presupuesto a disposición de este departamento, de momento no podemos hacer nada para ayudar a traer al mencionado S. Ramanujan al Trinity College de Cambridge...

Hardy estruja la carta con la mano. Quiere decírselo a Littlewood, pero Littlewood ha desaparecido otra vez. Faltaría más... El canto de sirenas de Treen. Ese irresistible misterio más conocido como la señora Chase... Littlewood siempre ha desaparecido cuando llega una carta.

Hardy va a ver al decano. Henry Montagu Butler está ahora cerca de los ochenta, tiene la cara colorada y una descuidada barba blanca que le hace parecerse a Papá Noel. Apóstol también él (n.º 130), ya no asiste a las reuniones porque le disgusta muchísimo el hábito de fumar. Es un devoto pastor de la Iglesia de Inglaterra. Mientras Hardy habla, hace girar su anillo de boda en el dedo como siempre, con gestos precisos de un cuarto de vuelta cada uno. Escucha (o eso parece) con atención mientras Hardy le habla de las cartas, de las pacientes investigaciones que él y Littlewood han llevado a cabo, de la respuesta que dieron y, por fin, de la posibilidad de traer al hindú a Cambridge. Estas entrevistas son una tortura para Hardy, que, puestos a elegir, habría delegado esa responsabilidad en Littlewood. Si hubiera podido dar con él, claro. Pero Hardy conoce a Butler. Si hubiera venido Littlewood, Butler le habría dicho: «Esto es asunto de Hardy. Si Hardy tiene algo que decirme, que venga y me lo diga él mismo.»

Un aparatoso escritorio de roble los separa. La madera desprende un vago olor a tabaco, legado de los anteriores decanos con una actitud más liberal respecto al hábito de fumar. Por encima del consabido tintero con su papel secante, Hardy sigue llenando de palabras el sereno silencio de Butler girando su anillo, esperando todo el rato que Butler capte la indirecta, se anticipe a su petición y, por lo tanto, le ahorre la desagradable experiencia de tener que hacerla. Sin embargo Butler se queda mirando hacia abajo, al papel secante. ¿Estará medio dormido?

–Parece todo muy interesante –dice cuando Hardy ya ha terminado–. ¿Y qué quiere que haga yo al respecto?

–Supongo que quiero que me diga si el *college* podría destinar algunos fondos a traer a ese joven a Inglaterra.

–¿Fondos? ¿Quiere decir una beca? Pero, por lo que me cuenta, el individuo este ni siquiera tiene los estudios primarios habituales.

–¿Y eso qué más da? Si nos escribiera Newton, ¿nos molestaríamos en preguntarle si tiene estudios primarios?

–Ya, pero los tenía, ¿no? Y, ahora que me acuerdo, hubo un tiempo en que usted no le tenía demasiado aprecio a Newton. –Butler se inclina sobre ese escritorio enorme–. Mire, Hardy, todo esto es muy interesante, ¿pero cómo va a demostrar que ese hombre es un genio? Me parece todo un poco arriesgado. ¿No podría ser una patraña?

–Lo dudo mucho.

–Entonces va a tener usted que traerme alguna prueba evidente. No estoy dispuesto a admitir a ningún negrito en Trinity sólo en base a una carta.

Esa palabra... ¿Por qué la siente como una bofetada en su propia cara? Es a Ramanujan, no a Hardy, al que Butler está llamando negrito.

De repente, a Hardy le entra un ataque de furia. Es su manera de ser. De la timidez y la desgana se pasa a la furia, saltándose de golpe todos los estados intermedios. Gaye solía tomarle el pelo por eso.

–Conseguiré todas las pruebas que pueda –dice–. Aunque, si a usted no le parece suficiente la opinión de dos de sus compañeros, me atrevería a decir que nada va a convencerlo. –Entonces se levanta–. Santo Dios, con apenas un barniz de educación, y por su cuenta y riesgo, este hombre ha reinventado la mitad de la historia de las matemáticas. Si alguien lo alentase como es debido, quién sabe dónde podría llegar...

Butler entrelaza sus dedos gordos y viejos.

–Un Newton indio. ¡Qué cosa más curiosa! Bueno, pues venga a verme cuando sepa más cosas de él. Porque, a pesar de lo que usted piensa, Hardy, no tengo nada en contra de ese tipo a priori. Pero tampoco creo que deba ser considerado un villano por mi natural escepticismo. Al fin y al cabo, ¿qué me ha traído usted? Dos cartas.

–Está bien.

Está a punto de marcharse cuando Butler dice:

–Doy por sentado que se ha puesto en contacto con el Ministerio de la India.

–Sí.

–¿Alguna respuesta?

–Quieren más información. Todo el mundo quiere más información. Littlewood dice que va a ver a un individuo que trabaja allí. Un conocido de su hermano.

–Pues hágamelo saber cuando le diga algo.

–¿Quiere decir que si ellos dicen que sí, usted también?

–Está usted muy decidido a convertirme en su enemigo, ¿verdad?

–Es que me parece que hay momentos en que uno tiene que correr riesgos.

–Concedido. Pero tenga en cuenta que, si viene aquí, y todo queda en nada, el *college* sólo se habrá gastado el dinero. Usted será el que tendrá que lidiar con él, cuidar de él, y seguramente hasta protegerlo.

–Littlewood y yo estamos dispuestos a asumir cualquier responsabilidad que entrañe su venida.

–Me imagino que ya le ha respondido usted a la segunda carta. ¿Aún no ha habido contestación?

Hardy niega con la cabeza.

–Bueno, pues hágamelo saber cuando sepa algo de él. No quisiera, pero me pica la curiosidad.

–Gracias. –Hardy le tiende la mano, y el anciano se la estrecha. Luego sale por la puerta, dudando sobre cuál de los dos ha cedido más terreno. Es un don de Butler, y lo que ha hecho que lleve más de cincuenta años de decano.

2

Resulta que C. Mallet, del Ministerio de la India, es amigo del hermano de Littlewood. Littlewood se acerca a Londres un martes por la mañana, dejando a Hardy todo nervioso y preocupado hasta la vuelta. Trata de trabajar, claro, de concentrarse en la demostración que está a punto de resolver: que existe una cifra infinita de ceros en la línea crítica de Riemann. Pero hoy es como si le hubieran cerrado una puerta en las narices. No consigue acceder a esos territorios de la imaginación por los que debería aventurarse para hacer algún tipo de progreso. Se siente tan bloqueado como Moore en aquel sermón que soltó la noche que Wittgenstein asistió a la reunión de los Apóstoles. La única noche. Después no volvió nunca.

Como no puede trabajar, Hardy da un paseo más largo de lo habitual por los terrenos de Trinity. Hace una magnífica mañana de abril, soleada y fría, la combinación de tiempo que le gusta más. Ayer llegó otra carta de la India, esta vez en respuesta a la que Hardy ahora se arrepiente de haber mandado, donde trataba, tan finamente como pudo, de convencer a Ramanujan de que él, Hardy, no tenía previsto utilizar sus ideas; de hecho, le escribió Hardy, aunque intentara realmente hacer un uso ilegítimo de sus logros, Ramanujan siempre tendría las cartas de Hardy en su posesión y podría denunciar el fraude muy fácilmente. Pero, por lo visto, no fue lo más acertado. Porque Ramanujan parece haber interpretado esa estratagema como parte de una gran conspiración para estafarle en lo único que él, un pobre indio, posee: su patrimonio intelectual. A modo de respuesta, ha escrito que le «dolía» que Hardy lo imaginase siquiera capaz de albergar semejante sospecha:

> Como ya le escribí en mi última carta, he encontrado en usted un amigo que me comprende, y estoy deseoso de poner a su disposición lo poco que tengo. La novedad del método que he empleado es la causa de que me sienta un poco inseguro a la hora de hacerle partícipe de mi propia manera de llegar a las expresiones que ya le he enviado.

Inseguridad. ¿No se parece mucho al orgullo?

Así que Hardy se pasea por esos senderos de Trinity College cuidados con tanto esmero, mientras Littlewood, en Londres, va a la tetería de South Kensington (y eso no se lo ha comentado a Hardy) donde, en las ocasiones en que ambos coinciden en la capital, suelen encontrarse él y la señora Chase. Anne sólo se desplaza hasta allí cuando no le queda más remedio. Es un animal de costa, no de ciudad. Cuando se sienta enfrente de Littlewood, con una tetera y un plato de bollos por el medio, echándose hacia atrás su pelo castaño oscuro, se le caen unos granos de arena sobre la mesa. Está en Londres sólo a petición de su marido. Ha dejado a los niños en casa, al cuidado de una niñera. Chase tolera la relación de su mujer con Littlewood en tanto en cuanto ella acceda a estar disponible cuando su carrera (su talla de eminente galeno de Harley Street) requiere que aparezca en público con su mujer del brazo. Esta noche se trata de una especie de baile de beneficencia.

–La verdad es que no sé qué ponerme –le dice ella a Littlewood, mientras se le caen granos de arena de la manga, del dobladillo. Él se fija en los centelleos que hace la mica en los pliegues de sus orejas. Le encanta eso de ella: esa arena que a veces, de regreso de Treen a Cambridge, siente en la lengua, en los dientes.

Está morena del sol y tiene pecas. Chase es pálido y está perdiendo pelo. Aunque, en todo lo relativo a Littlewood, adopta una postura de sufrida tolerancia, Littlewood sospecha que ese apaño le viene tan bien como a Anne. O incluso mejor. Al fin y al cabo, mientras Littlewood la mantiene ocupada en Treen, Chase es libre de buscar distracciones en Londres que la presencia de una esposa y unos hijos podrían dificultar. Distracciones, sospecha Littlewood, más de la acera de Hardy que de la suya.

Tras parlotear un poco sobre la aburrida necesidad de elegir un vestido (supuestamente, Anne tiene guardada toda una colección de trajes de ciudad en la casa de su marido en Cheyne Walk), entre ella y Littlewood se instala un silencio relajado y familiar. Nunca sienten esa necesidad de llenar el aire de palabras que parece acuciar y revitalizar a la vez a tantas parejas. Para ellos el silencio es un medio de comunicación más auténtico que la conversación. ¡Cuántas horas se han pasado en el cuarto de estar de Treen, sentados junto al fuego con el ruido del viento y las olas al otro lado de la ventana, y Anne calcetando tranquilamente! Ni siquiera se oyen las voces de los niños en el piso de arriba. Ella tiene dos hijos, un niño y una niña, los dos extraordinariamente callados. Llaman a Littlewood el tío John.

Mira el reloj.

–¿Se nos acaba el tiempo? –pregunta ella.

–Tengo unos minutos más.

–¿Adónde tienes que ir, entonces?

–Al Ministerio de la India. Se supone que debo encontrarme con un tipo para tratar el tema de ese indio del que ya te hablé.

–El genio de Hardy.

–Exactamente.

Ella se queda contemplando la bandeja de bollos tan ricamente.

–Me pregunto por qué nunca habrás llevado a Hardy a Treen –dice.

Littlewood sonríe. Es cierto, nunca se ha llevado a Hardy. A otros sí. A Bertie Russell, por ejemplo. Pero a Hardy nunca.

–No sé si le gustaría mucho –responde.

–Se lo puedes comentar, de todas formas.

Se lo dice en plan amistoso. En su intimidad, curiosamente, no hay ningún tipo de resquemor; tal vez porque ambos saben que nunca les llevará al matrimonio. Anne dejó claras sus condiciones desde el principio. No iba a dejar a su marido, tanto porque él se lo había pedido como porque, por razones muy suyas, se siente ligada a Chase por convenciones sociales pasadas de moda, aunque no crea en ellas. O a lo mejor sería más exacto decir que, a pesar de que no cree en ellas, respeta su espíritu racional, la obediencia a lo que asegura la perpetuación de una sociedad organizada. En ciertos aspectos Anne es mucho más conservadora que Littlewood, aunque en casa nunca se recoge el pelo, y a veces se pasa horas paseando por la playa con los zapatos en la mano.

–Se me hace muy raro –dice– no conocer a Hardy. En definitiva, se podría decir que es la persona más importante de tu vida, ¿no?

–¿Tú crees?

–Bueno...

–Hardy es muy raro. ¿Sabes que Harry Norton me contó una vez (debió de ser hace un año, o año y medio) que Hardy estaba escribiendo una novela..., una novela de misterio en la que un matemático demuestra la hipótesis de Riemann, y entonces otro lo asesina y dice que la demostración es suya? Pero lo peor de todo es que Hardy la abandonó, según Norton, porque por lo visto estaba convencido de que yo me daría cuenta de que el personaje de la víctima estaba basado en mí.

–¿Y Hardy era el asesino?

–Norton no me comentó nada.

Anne apura su té.

–Qué pena que no la terminara. Seguro que habría tenido mucho éxito.

–Sólo si obviara toda la parte matemática.

–¿Y te habrías sentido ofendido si te hubieran matado?

–Al contrario. Me sentí halagado cuando Norton me lo contó.

Es hora de irse. Se levantan tranquilamente y salen de la tetería. Al principio, antes de que Anne se lo contara a su marido, había intriga y terror, el miedo al desengaño y la angustia de separarse. Ahora su aventura, de algún modo, forma parte del ideal de vida organizada de Anne, igual que su matrimonio. Se sobreentienden muchas cosas, aunque no se las mencione. Ella no quiere casarse con él. Y él, si ha de ser totalmente sincero al respecto, tampoco quiere casarse con ella. Porque, si se casara, tendría que dejar sus habitaciones de Trinity, su piano, sus grabaciones. Tendría que comprarse una casa, como ha hecho Neville, y decorarla, y contratar a una doncella y a una cocinera para que la llevaran.

¿Dónde encajaría su trabajo en una vida así? ¿Dónde encajaría Hardy?

Se despiden en la calle: un apretón de manos, un breve beso en cada mejilla, en los que no va implícita ninguna queja ni ninguna consternación, ninguna sensación de futuro incierto, sino más bien la serena conciencia de que se volverán a ver el próximo fin de semana en Treen, con las olas sonando de fondo y los niños en el piso de arriba. La ve alejarse de él por la acera y, cuando desaparece en la distancia, juraría que ha ido dejando un rastro de arena en su estela.

3

Esa noche, Littlewood llega tarde a cenar. En la mesa de honor Hardy le ha guardado un sitio vacío a su derecha. Sirven el plato de pescado. Otra vez el maldito rodaballo. Luego la carne. Lomo de venado. Más llevadero. Prueba un bocado, se pregunta por qué diablos se estará retrasando Littlewood. Y entonces entra Littlewood todo apurado, poniéndose la toga, y ocupa el sitio al lado de Hardy.

—Siento llegar tarde —dice.

—¿Qué ha pasado?

Un camarero sirve vino, le pregunta a Littlewood si quiere pescado.

—No, empezaré por... ¿qué es esto?

—Venado.

—Estupendo.

—¿Y?

—Me temo que va a haber problemas.

—¿Problemas de qué clase?

—He ido a ver al tipo del Ministerio de la India, y no está muy convencido.

—Mierda. Pues no será porque no puedan soltar unas cuantas libras...

—No, no es por el dinero. Antes de empezar a preocuparnos

de eso, nos queda aún mucho recorrido. Es el indio. No quiere venir.

Hardy parece auténticamente sorprendido.

–¿Por qué demonios no?

–Escrúpulos religiosos. Por lo visto en un brahmín muy ortodoxo, y tienen una norma que les impide cruzar el mar.

–En mi vida había oído semejante cosa.

–Ni yo. Pero entonces Mallet (que es como se llama el tipo) me lo ha explicado. Parece que ven lo de cruzar el mar como una especie de profanación. Es como casarse con una viuda. Uno no quiere poner sus botas a secar en la rejilla de otra persona... Así que si te atreves a cruzar el mar, cuando vuelves a la India, eres persona non grata. Tus parientes no te dejan entrar en casa. No puedes casar a tus hijas ni ir a un funeral. Eres un sin casta.

–Pero Cambridge está lleno de indios. Está ese jugador de críquet...

–Evidentemente, es de una casta distinta. O, por lo menos, no es tan ortodoxo como nuestro amigo Ramanujan. Seguramente es un rico de Calcuta o de cualquier otra ciudad cosmopolita. Pero en el sur (al menos según el tal Mallet) se siguen aferrando a toda clase de tradiciones obsoletas. Tienen normas para todo. Cuándo comer, qué comer. Vegetarianismo estricto. Recuerda el motín de 1857, cuando aquellos soldados indios masacraron a los oficiales británicos porque no querían morder cartuchos engrasados con manteca de cerdo.

Hardy se queda mirando la carne de su plato con resentimiento, como si ella tuviera la culpa.

–Menuda locura tanta religión...

–Para él no, por lo visto.

Mastican en silencio, como rumiantes.

–Bueno, ¿y entonces qué? –pregunta Hardy tras una pausa–. ¿No hay nada que hacer?

–Probablemente, aunque no necesariamente...

–¿Qué quieres decir?

–Pues que, después de tener esa conversación, no me ha parecido mala idea invitar al tal Mallet a tomar una cerveza. Hemos seguido hablando, y me ha contado más cosas del caso. Le he preguntado cómo había averiguado todo eso, y me ha dicho que hubo una entrevista en Madrás con un tipo llamado Davies.

–¿Una entrevista con Ramanujan?

Littlewood asiente con la cabeza.

–Mandaron llamar a Ramanujan para que hablara con Davies, y él se llevó a su jefe de la Oficina de la Autoridad Portuaria, un viejo que al parecer es aún más ortodoxo que él. El caso es que da la casualidad de que Mallet conoce bastante bien al tal Davies. En sus propias palabras, Davies es «uno de esos tipos que van directamente al grano». Mallet se imagina que Davies se limitó a soltarles directamente la preguntita: «¿Quiere irse usted a Inglaterra?», y puso a Ramanujan entre la espada y la pared. Ramanujan muy bien podría haber dicho que no de corazón. Pero también podría haber dicho no automáticamente. O porque el viejo estaba con él, y no quería ofenderle dando la impresión de que consideraba siquiera la posibilidad.

–¿Y eso significa que se le podría hacer cambiar de opinión?

–A lo mejor. Desgraciadamente, tus buenos oficios están jugando en nuestra contra. Desde que le escribiste *(porque* le escribiste) su situación ha mejorado notablemente. Por lo visto, algunos de los oficiales británicos de allí se las dan de matemáticos aficionados, así que cuando se enteraron de que, por así decirlo, le habías dado tu imprimátur, llevaron tu carta a la universidad y armaron jaleo para que se dieran cuenta de que, si la universidad no se andaba con ojo, la India iba a perder un tesoro nacional. Y la universidad capituló con la sola mención de tu nombre. ¿Sabías que tenías semejante poder?

–Ni la menor idea. ¿Y cómo quedó la cosa?

–Le han concedido una beca de estudios y ha dejado su empleo en la Autoridad Portuaria.

–¿Cuánto le han dado?

–Mallet no lo sabía. Seguramente es una miseria comparado con lo que se suele dar aquí. De todos modos, lo suficiente para que siga adelante. Tiene una familia que mantener. Padres, hermanos, abuela... Y por supuesto esposa.

–¿Está casado?

Littlewood asiente.

–Ella tiene catorce años.

–Cielo santo.

–Allí es lo normal.

Hardy aparta su plato a pesar de que Littlewood sigue masticando. Ahora mismo no le apetece el venado.

–¿Qué vamos a hacer entonces?

–Pues tendrá que ir alguien a la India a convencerle –dice Littlewood–. ¿Algún voluntario?

Hardy se queda callado.

–En ese caso –dice Littlewood con la boca llena de carne–, nuestro amigo Neville lo va a pasar mucho peor de lo que pretendía.

4

Después de cenar, Hardy le escribe a Neville, que les invita a él y a Littlewood a tomar el té el sábado siguiente. Neville lleva cuatro meses casado, y acaba de mudarse con su nueva esposa a una casa de Chesterton Road, cerca del río. Su cuarto de estar tiene algo del aspecto relamido de un espacio recién amueblado, en este caso en un estilo esteticista, con el papel pintado de William Morris en morado oscuro y azul marino y un aparador lacado en negro *à la japonaise*. En el centro de la habitación hay un canapé de roble con respaldo de tablillas y mesitas adosadas a los lados. Probablemente un Voysey. Hardy y Littlewood se quedan mirándolo respetuosamente, y luego optan por un par de sillones tapizados a juego que parecen arrugarse ante el canapé como solteronas victorianas ante un cuadro neoexpresionista. Sin duda, igual que el piano pegado a la pared del fondo, son heredados.

En la mesa del medio hay un montón de libros: la última novela de H. G. Wells, *Las aventuras de Alicia en el País de las Maravillas* y un libro en alemán sobre las funciones elípticas. Por las ventanas abiertas llegan ráfagas de olor a rosas, así como los humos de los coches que de vez en cuando pasan por Chesterton Road.

De pronto aparece una criada rellenita.

–Los señores bajarán enseguida –dice, antes de ir bamboleándose hasta la cocina a buscar el té. Como si él y Littlewood, piensa Hardy, fueran un matrimonio mayor que hubiera venido a visitar a los recién casados. ¿Y por qué no? Dadas las circunstancias, tiene su lógica haberlos invitado juntos. Hace poco un conserje se acercó hasta él rascándose la cabeza, porque había recibido una carta dirigida al «Profesor Hardy-Littlewood, Trinity College, Cambridge».

Pero no precisamente de la India. Esta vez no.

Mientras esperan, no dicen nada. Littlewood tiene las piernas cruzadas y no para de hacer girar el pie, ceñido en su lustroso zapato, en el sentido de las agujas del reloj.

–¡Herbert, entra! –grita una voz, y Hardy oye caer una pelota, y los pasos de un niño cuando la pelota se mete rodando en la casa.

Y entonces, de repente, se oyen ruidos por todas partes. La criada sale de la cocina, sosteniendo el juego de té en una bandeja, y Neville y su esposa descienden por esa escalera que cruje. Hardy y Littlewood se levantan. Se dan todos la mano, y luego se sientan, los Neville enfrente de sus invitados, en el canapé de roble. Alice Neville tiene el pelo rojizo, encrespado, recogido en un moño y un poco húmedo. Le sobresalen mechones sueltos en algunos sitios, como rebelándose contra las horquillas que pretenden impedírselo. Lleva un traje de terciopelo que no contribuye mucho a disimular el tamaño de su pecho, y desprende el mismo perfume a violetas de Parma que la madre de Hardy.

Neville se sienta más cerca de su esposa de lo que lo haría un hombre que llevase casado más tiempo. Tiene veinticinco años, los hombros encorvados y una cara ovalada sobre cuya frente despejada le cae el pelo amontonado a la derecha de una raya en zigzag. Es tan corto de vista que, a pesar de las gafas, tiene que entrecerrar los ojos. Cuando la criada les sirve las tazas, le echa a Hardy una sonrisa con los labios apretados que es a la vez distante y bonachona, astuta pero totalmente desprovista de ironía. Porque hay que añadir algo sobre él: a diferencia de Littlewood o Bohr o, ya puestos, cualquier otro gran matemático que Hardy conozca, es feliz. Casi despreocupadamente feliz. Tal vez por eso nunca llegará a nada. No le gusta la soledad, y mucho menos sufrir. Le gusta demasiado el mundo.

–Bueno, he leído las cartas –dice–, y está claro qué es lo que les ha emocionado a ustedes tanto.

–¿De verdad? –exclama Littlewood–. Me alegro mucho.

–Han sucedido unas cuantas cosas más desde la última vez que hablamos –dice Hardy.

–Ah, gracias, Ethel. –Neville acepta una taza.

Littlewood repite lo que le contaron en el Ministerio de la India sobre la prohibición brahmín de cruzar los mares.

–Ah, sí –dice la señora Neville–. Recuerdo haber leído algo sobre eso. Mi abuelo estuvo en la India. Gracias, Ethel.

–Alice va a venir conmigo a Madrás –anuncia Neville orgullosamente.

–Estoy muy emocionada con la idea. Tuve una tía que era una auténtica aventurera, se fue de safari a África y cruzó la China entera por su cuenta y riesgo, sólo con una amiga.

–Su presencia en Madrás, señora Neville, puede que sea inestimable –dice Littlewood, inclinando un poco la cabeza por encima de su taza de té.

Ella se pone colorada.

–¿*Mi* presencia? Pues no sé cómo... No soy matemática.

–Pero estarán ustedes dos allí para hacer de emisarios... Y, si me permite que se lo diga, una cara bonita puede ser muy importante.

–Vamos, Littlewood, que yo no soy tan feo –protesta Neville.

–Dejemos que su atractivo lo juzguen las mujeres.

–De todas formas –dice Hardy– no estamos muy seguros de si decía en serio que no podía venir. Quizá tuviera miedo de ofender a los ancianos de la tribu, por así decirlo.

–Pero lo que cada vez está más claro es que Ramanujan es, como mínimo, bastante...

–... Sensible.

–Bueno, ¿y qué podemos hacer?

–Conocerlo en persona. Ver si es auténtico y, si lo es, intentar convencerlo de que venga.

–¿Pero cómo? Si su religión no se lo permite...

–Tenemos razones para pensar que sería mucho más flexible sobre el tema religioso de lo que creen las autoridades locales –dice Hardy.

–¿Está casado? –pregunta Neville.

–Sí. Su mujer tiene catorce años.

–¡Catorce años! –dice Neville–. Aunque se supone que eso es lo corriente en la India...

–Normalmente la boda se celebra cuando los novios tienen nueve –dice la señora Neville–. Pero luego la novia se queda con su familia hasta la pubertad.

–¡Menuda idea! –Neville le pasa un brazo a Alice por los hombros–. El único problema, Alice, es que cuando nosotros teníamos nueve años, seguramente habría salido corriendo al verte. A ti o a cualquier chica.

–Me habrías odiado cuando tenía nueve años. Era un manojo de palos con coletas.

–Como iba diciendo Littlewood –dice Hardy–, desde que le escribí a Ramanujan, su situación ha mejorado. Aun así, no tiene nada que hacer allí. Necesita estar en un sitio donde haya hombres con los que pueda trabajar. Hombres de su talla. O tal vez debería decir hombres que se aproximen a su talla.

Neville alza las cejas.

–Menudo elogio –dice–. Bueno, pues haremos todo lo que esté en nuestras manos.

–Sí –dice la señora Neville–. Estoy deseando conocer al señor Ramanujan. Y puede que incluso a la señora Ramanujan.

–¿A la madre?

–A ella también.

Neville se ríe y le da un beso a su mujer en la mejilla.

–Bueno, ¿crees que lo puede hacer? –le pregunta Hardy a Littlewood, mientras van andando por Magdalene Street.

–Si no puede él, podrá ella.

–Eso dices tú. Pero yo no lo tengo tan claro.

–No me extraña...

Hardy se queda mirándolo.

–No quería decir eso –dice Littlewood–. El caso es que ella tiene las ideas muy claras. Mucho más que Neville. Escucha lo que te digo, es capaz de convencer a cualquiera.

–Neville es tan... amable.

–Sí, bastante. Pero eso no tiene por qué ser malo. Como hemos comprendido muy tarde, por todas sus fanfarronadas, nuestro amigo indio se ofende fácilmente. Así que, a estas alturas, hace falta un grado de delicadeza mayor del que tú o yo podríamos aportar.

–Lo has dicho muy fino.

–No estoy diciendo que seamos un par de brutos, o que Neville sea una especie de debilucho..., sólo que..., para empezar, son más o menos de la misma edad. Están en la misma estación de su vida, como diría un amigo mío.

Hardy esboza una sonrisa. Se supone que no va a decir que sabe de qué «amigo» se trata.

Se están acercando a Trinity. Es la temporada de bailes, y los estudiantes deambulan por las calles vestidos de etiqueta, algunos acompañados por jóvenes con rozagantes trajes de noche de cintura apretada. Acaba de ponerse el sol, hace una noche cálida, y la cena les espera en el Hall. Pero no una persona de la que podrían sentarse muy cerca, como Neville de Alice. Por lo menos, esta noche.

Se despiden en la entrada, regresando cada uno a sus aposentos. Mientras se apoltrona en su sillón con Hermione, Hardy siente un escalofrío de miedo.

Se trata de Gaye. No es que suceda algo tan gótico como que el busto hable. Simplemente se le aparece en la penumbra de la ventana, las manos juntas tras la espalda. Lo hace a veces.

—Harold —le dice.

—Russell —le responde Hardy.

Inclinándose, Gaye besa a Hardy en la coronilla. Lleva una chaqueta de vestir y su corbata Westminster. El pelo parece engominado.

—Así que deduzco que nuestro amigo indio no va a venir —dice.

—Eso me temo.

—¿Y cómo te sientes? ¿Dolido? ¿Aliviado?

—Dolido, claro. Es fundamental que venga a Cambridge.

—Vamos, Harold. Un muchacho de un sitio tan pequeño que ni has oído hablar de él, casado con una niña y atado a una religión cuyas doctrinas te parecen absolutamente perversas... Y para rematar, ni le has visto la cara. Puede que sea más feo que pegarle a un padre.

—Es un genio, Russell. Y allí se está consumiendo.

Gaye junta las palmas de las manos.

—¡Ya, claro! Tu vieja obsesión de salvar a la gente. Siempre te sacas esa carta de la manga. Debe de hacer que te sientas muy a gusto contigo mismo. Aunque también debe de tener algo de carga pesada. —Le guiña un ojo—. Una pena que no puedas salvarme a mí.

Hardy se levanta, echando a Hermione de su regazo.

—Russell...

Pero Gaye se ha ido. Hermione, alterada, se escabulle entre las sombras de las que ha salido su amo, y en las que ha vuelto a desaparecer. Por lo visto, aun estando muerto está empeñado en tener lo que rara vez tuvo en vida: la última palabra.

5

NUEVA SALA DE CONFERENCIAS, UNIVERSIDAD DE HARVARD

En la conferencia que no dio, Hardy dijo:
De niño creía en más cosas que ahora. Para empezar, creía en los fantasmas. Sobre todo gracias a mi madre, que me contó cuando era muy pequeño que un fantasma rondaba por nuestra casa de Cranleigh, el fantasma de una niña que había muerto de tifus en mi dormitorio hacía muchos años, en la víspera de lo que habría sido el día de su boda. Ni Gertrude ni yo nos topamos nunca con aquel fantasma que, según mi madre, se portaba bastante bien por regla general. De vez en cuando, pero sólo cuando mi madre estaba a solas, el fantasma tocaba una melodía tintineante en el piano, que mi madre no conseguía identificar y que sonaba desafinada incluso cuando el piano estaba recién afinado. O también pataleaba como un niño con una rabieta. Mi madre nos informaba puntualmente de sus encuentros con el fantasma (no así a mi padre); nosotros la escuchábamos fingiendo esa paciencia benévola y condescendiente de las institutrices cuando acuestan a unos niños inquietos que no paran de contar cuentos. Porque ya entonces mi hermana y yo éramos racionalistas convencidos, y dábamos por sentado que nuestra madre también lo era, que nos contaba aquellas

historias sólo para entretenernos y cautivarnos; aunque una vez, a la vuelta del colegio, me la encontré blanca como una sábana, contemplando atónita el piano.

Lo curioso es que me parece que yo creía más en su fantasma que ella misma; y eso a pesar de que nunca tuve un solo encuentro privado con la criatura que había muerto en mi dormitorio. A día de hoy, si me obligaran a elegir entre el cristianismo y ese planteamiento ocultista que atribuye a los muertos la capacidad de molestar y consolar a los vivos, o de pasar crípticos mensajes entre las cortinas que separan su reino del nuestro, o de tomar forma de animales, o de árboles, o de escritorio, seguiría decantándome por los fantasmas. La idea de que un espíritu podría demorar su paso por esta tierra me parece intuitivamente más lógica que la visión que nos impone el cristianismo de un cielo difuso y aburrido y de un infierno horrible y fascinante.

Tampoco es que tenga mucha experiencia personal en fantasmas. Las únicas «visitas» que he recibido tuvieron lugar en el curso de la década siguiente a la muerte de mi amigo Gaye. Siempre que se me «aparecía» Gaye en aquellos años, lo primero que hacía era cuestionarme mi propia cordura y preguntarme si debía salir volando hacia el manicomio más próximo, o hacia Viena. Luego cuestionaba mi propio racionalismo, y me preguntaba si debía telegrafiar a O. B., que estaba afiliado a la Sociedad para la Investigación Psíquica. Y después acababa cuestionando el mero hecho de cuestionarme: al fin y cabo ¿qué era aquella aparición, sino la expresión atrasada de un viejo impulso, el que lleva al niño solitario a inventarse un amigo imaginario? Porque echaba tremendamente de menos a Gaye en esos años; echaba de menos su voz, y su lengua viperina, y su negarse a soportar a los idiotas gratuitamente. Pero yo no era tonto. No lo conjuraba con la esperanza de que me consolase o me reconfortase. Al contrario, quería que me dijera la verdad, aun cuando fuese brutal. Su llegada no sólo me hacía sentirme menos solo, también contradecía una doctrina que le habría situado, por un montón de razones, en alguna esfera profunda y terrible de un infierno de El Bosco, más que permitirle vagar por Cambridge con su chaqueta de vestir y su corbata Westminster, observando nuestros jueguecitos con una indiferencia perpleja. Del mismo modo, sospecho que el fantasma de mi madre, fulminado la víspera de su boda, representaba para ella el ideal de un matrimonio tanto más atrayente en cuanto se había preservado para siempre en el ámbar de la inminencia.

Gaye era ateo, igual que yo. Como él decía, su guerra con Dios se remontaba a los comienzos de su infancia. Según nuestra educación religiosa, se suponía que Dios era un ente, ni animal ni humano, ni una combinación de ambas cosas. Y tampoco era una planta. Se suponía que ese ente existía, igual que ustedes o yo o el sol o la luna, pero no como el Rey Lear ni la pequeña Dorrit ni Anna Karenina. Y también se suponía que tenía una mente, similar a la nuestra, pero más grandiosa, porque lo había creado a él, a mí y al resto del universo.

Gaye no admitía nada de eso. Ni yo tampoco. Nunca he entendido cómo puede hacerlo cualquier persona en su sano juicio. Sin duda, dentro de cien años sólo los pueblos más primitivos seguirán adorando al Dios cristiano, y entonces se reivindicará nuestro escepticismo.

Curiosamente, dado su supuesto liberalismo, el ateísmo no era visto con buenos ojos en Cambridge. Incluso en nuestra Sociedad había pocos que admitieran ser ateos. En cambio, los *hermanos* siempre estaban tratando de disfrazar su escepticismo religioso con vagas aseveraciones «sentimentales» sobre «Dios» y el «Paraíso». Por ejemplo, aquel mierda de McTaggart (con su confortable y pequeño Trinity College a modo de Cielo privado) y todos los estudiantes arcángeles que se dedicaban a sodomizarse mutuamente mientras serafines y querubines les servían el té; o Russell, que se imaginaba un universo también como Trinity: distante, arrogante, en el que abundaba la incompetencia. Su idea consistía en que lo que importaba de la religión no era la especificidad de un dogma, sino los sentimientos que formaban la base de esa creencia; en sus propias palabras, sentimientos «tan profundos y tan instintivos como para resultarles desconocidos a aquellos cuyas vidas están construidas sobre ellos».

Como sin duda ya habrán sospechado, yo no quería saber nada de estos esfuerzos por aplacar a los clérigos. La devoción cristiana de cualquier tipo, en mi opinión, es el anatema del pensamiento. No creo que Ramanujan fuera tampoco ningún devoto, a pesar de todas esas tonterías que decía de la diosa Namagiri y demás. Simplemente decía lo que le habían enseñado a decir, y si creía en algo de eso, era como yo en el espíritu de Gaye.

Lo que nunca he conseguido averiguar es cómo Dios puede volverse tan real para el escéptico como para el creyente.

Permítanme que les ponga un ejemplo. En la primavera de 1903, en una tarde soleada de principios de la temporada de críquet, me acerqué hasta Fenner's para ver un partido. Estaba de buen humor. Ese día el mundo, cosa poco corriente, me parecía amable y benéfico. Pero, en cuanto tomé asiento, empezó a llover a cántaros. Evidentemente, no había llevado paraguas. Maldición, pensé, y regresé a mis habitaciones para cambiarme de ropa.

La tarde del partido siguiente era igual de bonita. Esa vez, sin embargo, decidí curarme en salud. No sólo me llevé un paraguas (uno enorme que me había prestado Gertrude), sino que me puse un impermeable y botas de goma. Y como ya habrán adivinado... lució el sol todo el día.

La tarde del tercer partido, me arriesgué a dejar el paraguas en casa. Volvió a llover.

La tarde del cuarto, no sólo llevé el paraguas, el impermeable y las botas, sino tres jerséis, una tesina y un artículo que la Sociedad Matemática de Londres me había pedido reseñar. Antes de marcharme, le dije a la señora de la limpieza:

—Espero que llueva hoy, porque así podré trabajar un poco.

Esa vez no llovió, y pude pasarme la tarde viendo jugar al críquet.

A partir de entonces, empecé a referirme al paraguas, los papeles y los jerséis como mi «artillería anti-Dios». El paraguas me parecía de especial importancia. A fin de no tener que devolvérselo a Gertrude, le compré uno nuevo, con sus iniciales grabadas en el mango. Normalmente, en este jueguecito, salía ganando yo. Pero a veces salía ganando Dios.

Un verano, por ejemplo, estaba sentado al sol en Fenner's con mi arsenal habitual de jerséis y material de trabajo, disfrutando del partido, cuando de repente el bateador dejó el bate y se quejó a los árbitros de que no veía. Una especie de reflejo emitía un destello que se le metía en los ojos. Los árbitros buscaron la fuente del destello. ¿Cristal? No había ventanas en esa parte del terreno. ¿Un automóvil? No había carretera.

Entonces lo vi. En la banda había un párroco corpulento con una cruz enorme colgada del cuello. El sol rebotaba en la cruz. Le señalé a un árbitro aquel crucifijo tan desproporcionado, y le pidieron al párroco, de muy buenas maneras, que se lo quitara.

Aquel párroco... Recuerdo que, aunque al final accedió a la petición del árbitro, primero tuvo que protestar y discutir y negarse un rato. No estaba dispuesto a deshacerse de su crucifijo sin pelearse. Evidentemente tenía el culo muy gordo. Pertenecía a esa categoría de hombres que yo denomino «de buen asiento», con lo que me refiero tanto a algo espiritual como a algo físico: una cierta complacencia que proviene de tener siempre bien asegurado tu lugar en el mundo. De nunca tener que esforzarte ni sentirte un ser marginal.

No me puedo atribuir la expresión. Ha circulado por Trinity desde el siglo dieciocho, y se la puede encontrar, me han dicho, en un geólogo llamado Sedgwick: «Nadie», se supone que dictaminó, «ha alcanzado el éxito en este mundo sin tener un *buen asiento*.»

Desde luego, el mundo está repleto, y siempre lo ha estado, de matemáticos culones, la mayoría de los cuales afirman creer en Dios. ¿Y de qué manera, me he preguntado a veces, consiguen compaginar su fe con su trabajo? Muchos ni lo pretenden. Se limitan a archivar la religión en un cajón y las matemáticas en otro. Archivar las cosas en diferentes cajones y no pensar en las contradicciones es un rasgo característico de las personas «de buen asiento».

A algunos, sin embargo, no les satisface esta solución. Estos matemáticos son en muchos sentidos más fastidiosos, porque intentan explicar las matemáticas *en términos religiosos,* como un aspecto de lo que denominan el «gran diseño» de Dios. Según ellos, cualquier teoría científica puede resultar compatible con el cristianismo, partiendo de la base de que forma parte de un plan divino. Hasta las ideas de Darwin sobre la evolución, que parecen negar la existencia de Dios, pueden ser envueltas en una doctrina en la que Dios no deje de revolver la sopa primordial, activando el proceso de mutación y supervivencia de los más aptos con cada giro de su cuchara mágica. Luego están los escritos que, por alguna razón, parece que los hombres «de buen asiento» necesitan siempre enviarme, brindándome pruebas ontológicas de la existencia de Dios. Los tiro a la papelera. Porque todo ese esfuerzo por hacer que las matemáticas formen parte de Dios es parte del esfuerzo por hacer que las matemáticas sean *útiles,* si no para el Estado, al menos para la Iglesia. Y eso no se puede tolerar.

Me enorgullece decir que sólo una vez en mi vida he hecho una contribución a la ciencia práctica. Hace años, antes de empezar a jugar juntos al tenis, Punnett y yo solíamos jugar al críquet. Una tarde, después del partido, me pidió que lo ayudara en un asunto relacionado con Mendel y su teoría de la genética. Un especialista en genética, con el desafortunado nombre de Udny Yule (la guerra nos convertiría más tarde en enemigos), había publicado un ensayo argumentando que si, tal como había sugerido Mendel, los genes dominantes siempre triunfaban sobre los recesivos, entonces a lo largo del tiempo una condición denominada braquidactilia (que llevaba al acortamiento tanto de los dedos de las manos como de los pies, y estaba causada por un gen dominante) se iría incrementando en la población humana hasta que la proporción de los que tuviesen esa condición sobre los que no fuese de tres a uno. Aunque evidentemente no era así, Punnett no sabía muy bien cómo podía rebatir ese razonamiento. Sin embargo a mí se me ocurrió la respuesta inmediatamente y la expuse en un artículo que mandé por correo a *Science*.

«Soy reacio a entrometerme en una discusión sobre asuntos de los que no tengo un conocimiento experto», escribí, «y debería haber contado con que la sencilla cuestión que quiero plantear debe de resultarles familiar a los biólogos.» No era el caso, evidentemente; a pesar de que, tal como yo decía, «unas pocas matemáticas del nivel de la tabla de multiplicar» bastaban para demostrar que Yule estaba equivocado y que, en realidad, la proporción se mantendría estable.

Para mi sorpresa, esa cartita me hizo famoso en los círculos de la genética. Los especialistas comenzaron a referirse enseguida a mi carta como «la ley de Hardy», lo que me incomodaba en parte porque jamás en mi vida había deseado que me honraran poniéndole mi nombre a algo tan monolítico como una *ley*, y en parte porque esa ley en concreto venía lastrada por una teoría que se ha empleado con la misma frecuencia tanto para defender la existencia de Dios como su inexistencia.

Aun así, tenía una razón para sentirme orgulloso. En el curso de los años, había leído muchos artículos de periódico condenando abiertamente lo que los médicos acababan de empezar a llamar «homosexualidad», lamentándose de su prevalencia y vaticinando que, si aquella «disposición» ya en aumento continuaba «expandiéndose», la propia especie humana correría el riesgo de extinguirse. Claro está que, en mi humilde opinión, la extinción de la especie humana es enormemente deseable, y no sólo beneficiaría al planeta, sino a otras muchas especies que lo habitan. En cualquier caso, el matemático que llevo dentro no podía evitar pegar un respingo ante la falacia que se escondía tras aquella advertencia. Era la misma falacia que la ley de Hardy había echado por tierra. Del mismo modo que, si Udny Yule estaba en lo cierto, acabaría habiendo más braquidáctilos que personas con los dedos normales, si esos artículos también lo estaban, el número de invertidos pronto sobrepasaría el de los hombres y mujeres normales, cuando la verdad era, naturalmente, que la proporción seguiría siendo la misma.

Aunque todo eso, en última instancia, no viene al caso: el *caso* realmente importante, el que Ramanujan comprendió mejor que cualquiera de nosotros.

Cuando un matemático trabaja (cuando, tal como yo lo veo, «se mete» en su trabajo) entra en un mundo que, a pesar de todas sus abstracciones, le parece muchísimo más real que ese en el que come, habla y duerme. Y ahí no le hace falta ningún cuerpo. El cuerpo, con todas sus flaquezas, es un impedimento. Fue una tontería por mi parte, ahora lo veo claro, molestarme siquiera en intentar explicarle el *tripos* a O. B. Las analogías tienen sus limitaciones, y en matemáticas enseguida llegas a un punto en el que las analogías no sirven de nada.

Ése fue el mundo en el que Ramanujan y yo fuimos felices: un mundo tan lejos de la religión, la guerra, la literatura, el sexo, incluso la filosofía, como de la fría habitación en la que, durante tantas mañanas, me preparé para el *tripos* bajo la tutela de Webb. Desde entonces, he sabido de matemáticos encarcelados por disidentes o pacifistas, que luego han saboreado la extraña soledad que les proporcionaba la prisión. Para ellos la cárcel suponía una tregua en el hecho de tener que alimentarse, vestirse y ganar dinero para después gastarlo; una tregua incluso en su vida, que para los verdaderos matemáticos no es lo importante, sino más bien una molestia.

Una pizarra y una tiza. Eso es lo único que hace falta. Ni pianos, ni dedales, ni clavos, ni cacerolas. Tampoco martillos pesados. Y desde luego, nada de biblias. Una pizarra y unas cuantas tizas, y el mundo (el verdadero mundo) es tuyo.

6

Hace tres días se celebró el Año Nuevo de 1914, y Alice Neville (de veinticuatro años y recién llegada a Madrás) está sentada a solas en el comedor del Hotel Connemara, peleándose por una rebanada de *cake* con un cuervo. Detrás de ella, un camarero con turbante intenta apartar al cuervo con un abanico de plumas, para que salga por la ventana por donde ha entrado volando. Aunque, cada vez que el camarero trata de ahuyentarlo, el cuervo aletea en espiral hasta el techo. Luego, tan pronto el camarero se da la vuelta, baja de nuevo para intentar comerse el *cake*. Parece que le hace gracia el juego. Y al camarero también, porque blande el abanico como si fuera una espada. E incluso a Alice, que trata de no echarse a reír. Cerca, en una mesa redonda demasiado grande para ellas, tres señoras inglesas con sombreros adornados con elaborados motivos florales entrecierran los ojos en señal de desaprobación, angustiadas al ver a Alice bromeando con el cuervo y el camarero. Entonces un segundo cuervo entra por uno de los ventanales, y apunta con precisión de gladiador a su mesa. Inmediatamente, las tres se levantan y se ponen a chillar. Van vestidas, observa Alice, a la moda de hace veinticinco años: cinturas altas fajadas en corsés, complicadas faldas con el dobladillo un centímetro por encima del tobillo. Alice, por el contrario, lleva un vestido vaporoso de color jade que roza el suelo. Y zapatos bajos. («Los tacones son una lata cuando vas de viaje», le dijo su tía Daisy.) Y nada de corsés ni de sostenes. Aún lleva el pelo mojado del baño y sin cubrir por ningún sombrero; y lo que quizá resulta más escandaloso de todo, está sentada a solas en una estancia donde todos los demás ocupantes, a excepción de las tres señoras, son hombres. Pero Alice es mejor chica de lo que finge ser; por ejemplo, nunca se ha acostado con otro hombre aparte de su marido, y tampoco tiene ninguna intención de hacerlo. Aun así, le hace cierta gracia epatar.

Ahora se lleva un cigarrillo a la boca y el camarero, antes de que le dé tiempo a pedírselo, se inclina para encendérselo. Su cercanía le provoca un ligero estremecimiento de placer que no se esfuerza en disimular. Al fin y al cabo, el camarero es guapo y moreno, y va vestido con un traje blanco y fajines rojos y dorados. Sus atenciones para con ella deben de escandalizar al trío de damas. Sin duda, ya han etiquetado a Alice como una «mujer de ahora», a pesar de que las «mujeres de ahora» en Inglaterra ya no son nada de ahora. De hecho, esa expresión está bastante *démodé*. Aunque, suponiendo que estas señoras hayan vivido toda su vida, o gran parte de ella, en la India, es de esperar que estén un poco anticuadas. Además, que ellas sepan, podría ser una aventurera que está documentándose para un relato de viajes, como la escritora que se llama a sí misma «Israfel», y cuyo libro sobre la India descansa abierto sobre la mesa de Alice, al lado de la disputada rebanada de *cake*. Israfel escribe haciéndose pasar por un hombre. (Alice sabe que es una mujer sólo por la tía Daisy, que se mueve en los mismos círculos que la autora del seudónimo.) Para Israfel, los angloindios son despreciables «simios de marfil» con semblante de «arenques ahumados o lenguados cocidos». La típica mujer de las colonias «no ha leído nada, ni ha pensado nada, ni se ha enterado de nada; y ese dichoso estado de vacuidad, en vez de hacerla encantadora, la hace sencillamente aburrida». Por el contrario,

¡cuán respetuosamente describe Israfel a la mujer india «con sus llamativos saris, sus ajorcas de plata tintineando perezosamente en los miembros oscuros, sus clavitos de plata en la nariz, y sus conmovedores ojos brillantes orlados de kohl»! Israfel se maravilla ante «la falda fastuosamente adornada con bisutería» de una bailarina. Y se pregunta: «¿Creen que sería capaz de llevar un flequillo falso y zapatos de tacón?»

Alice, desde luego, nunca llevaría un flequillo falso o zapatos de tacón. Como la tía Daisy, es una defensora de la reforma en el vestir. Porque, si una mujer llevase tacones, ¿cómo podría vagabundear por Madrás, tal como Alice piensa hacer y ya habría hecho, si el director del hotel no le hubiera insistido tanto en que fuese montada, en cambio, en un *gharry* conducido por un criado del hotel, un hombre llamado Govindran, tan oscuro y escuálido como su caballo? «Es peligroso que una dama inglesa ande sola por Madrás», le dijo el director, y se la encomendó a Govindran, demasiado feo y piadoso, supuestamente, para representar alguna amenaza. Así que no ha explorado Madrás sola y a pie, como esperaba, sino en un carruaje tambaleante conducido por un viejo con un sucio turbante que (cuando ella le dice que quiere bajarse para echar un vistazo y arrastrar las faldas, al menos un momento, por la porquería de la India) se agacha en el suelo al lado de su vehículo y mastica una hoja que le deja manchados de rojo sus escasos dientes. Govindran es su compañero más entrañable en este viaje, más incluso que el camarero que la defiende de los cuervos, y más también que Eric, al que apenas ha visto desde su llegada. Cuando le hace una pregunta a Govindran, él le dice que sí o que no con la cabeza, pero la menea de una forma que no parece ni una cosa ni la otra. En su compañía ha contemplado templos piramidales decorados con bajorrelieves de auténticas multitudes: dioses, caballos, elefantes..., primorosamente pintados. Con una soltura pasmosa, incluso con lasitud, la ha llevado de acá para allá entre los veloces y descalzos *wallahs* de los rickshaws (por lo visto cualquiera que haga algo en la India es un *wallah)*, la ha alejado de los tirones de los niños mendigos que meten la mano dentro del carruaje para coger lo que pueden, y se ha abierto camino en las aglomeraciones de seres humanos y de vacas (estas últimas adornadas normalmente con más colores que los primeros) como si fuera Moisés dividiendo las aguas del Mar Rojo. Una vez se detuvieron y se quedaron mirando cómo una vaca atada a un poste, y engalanada con joyas y campanillas, se comía plácidamente su heno. De su trasero iban cayendo despreocupadamente boñigas de hierba, y entre sus patas brotaba un chorro de orina de una sorprendente acritud que salpicaba el polvo del suelo. Por todas partes en Madrás hay boñigas de vaca que uno tiene que sortear con cuidado, y charcos de orina de vaca que, según Eric, la gente de allí mezcla con leche para luego bebérsela.

En cuanto a Eric, se pasa el día fuera dando sus conferencias en el rectorado de la universidad. Al igual que la mayoría de los edificios ingleses de Madrás, es enorme, ostentoso y, en opinión de Alice, feo como sólo puede serlo la arquitectura victoriana. ¡Prefiere con creces las estrechas calles de Triplicane, el templo Parthasarathy con sus decorativas deidades como de repostería, y las casas bajas y las puertas en las que pintan cruces torcidas para atraer la buena suerte! Esvásticas, las llaman. Sabe que ése es el barrio donde vive Ramanujan, tal vez tras una de esas puertas marcadas con una esvástica. El rectorado, en cambio, es una mezcolanza victoriana que combina sin ton ni son chapiteles a la italiana con cúpulas y minaretes en forma de cebolla. Sus muros son de sólido ladrillo rojo inglés, y aunque hay algún guiño a lo indosarraceno (en el inmenso vestíbulo central los pilares de piedra tienen deidades y animales tallados, como las fachadas de los templos), el resultado final es semejante al del cuarto de estar de su abuelo, donde las alfombrillas indias que se trajo a casa de su temporada en Jaipur servían de base a un abigarrado conjunto de taburetes, guardafuegos de terciopelo y voluminosos aparadores atiborrados de porcelanas Royal Worcester. En esa habitación había por todas partes jarras de cerámica y cortinajes con volantes y antimacasares de encaje ya amarillentos a causa de años y años de aceite para el pelo. El papel pintado, con un estampado de pensamientos, desprendía un vago pero persistente olor a ternera cocida. En su diario, Alice ha escrito: «El cuarto de estar de mis abuelos era el típico ejemplo del colonialismo británico, el botín expoliado sometido a lo que se había acumulado encima, para convertirlo en algo corriente.» Sueña con ser escritora. Sueña con ser una segunda Israfel.

Por fin parece que los camareros han conseguido echar a los cuervos del comedor. (¿Por qué el hotel no se limita a poner cortinas de abalorios?) Las señoras angloindias están de pie, sin saber qué hacer, junto a su mesa; por lo visto, durante el alboroto han tirado una taza de té, y ahora varios camareros están poniendo manteles y servilletas limpias y sacando la vajilla de plata. Por su aspecto, dos de ellas deben de andar por los cincuenta y muchos años, pero la tercera tendrá la edad de Alice o incluso menos. Ay, pone la misma expresión de censura que las dos mayores. A través de sus gafas, escruta a Alice con un desprecio evidente, ante el que ella reacciona pidiendo descaradamente algo de beber. El camarero al que ahora considera suyo le trae una copa de jugo amarillo sobre trocitos de hielo.

A pesar de que sea enero, a pesar de los abanicos y los ventanales abiertos, el aire es sofocante. Da un sorbo; algo viscoso le resbala por la garganta, agrio y casi insoportablemente dulce a la vez. Aparte de Alice y las señoras, el comedor está casi vacío, lo que no resulta muy sorprendente. En definitiva, ¿quién iba a querer participar en un té vespertino con un tiempo tan bochornoso? De los pocos hombres repartidos por la estancia que leen el periódico, ninguno bebe té. Solamente las damas. Están untando sus bollos de mantequilla. «Hoy en día algunas mujeres no se visten», ha escrito Israfel. «Se empaquetan.» Las

149

compañeras de Alice, en palabras de Israfel, están «empaquetadas como cuando el lacayo necesita sentarse en la tapa para cerrar los baúles con llave». Seguro que toman pescado y cordero asado de cena. Anoche ella misma le pidió al chef que les preparase un plato autóctono a Eric y a ella («lo que tome la gente de aquí», fue como se lo dijo), pero el chef, cuya piel morena le hizo suponer tontamente que era indio, resultó ser italiano, así que les sirvieron unos espaguetis.

Ahora, del bolso que descansa junto a su silla, saca una hoja de papel y una pluma. Espera que sus compañeras piensen que está escribiendo un capítulo de su libro de viajes, un capítulo sobre *ellas,* cuando en realidad se trata de una carta a una amiga.

Querida señorita Hardy:

Con toda probabilidad mi marido ya se ha puesto en contacto con su hermano. No obstante, confío en que no le moleste que le escriba para informarle personalmente de que hemos llegado a Madrás sanos y salvos. A pesar de que el tiempo que usted y yo pasamos juntas, en las semanas previas a mi partida, fue breve, le puedo asegurar que desde el momento en que nos conocimos sentí por usted un cariño de carácter fraternal.

¿No será un poco exagerado? Lo cierto es que, a primera vista, Gertrude la puso un poco nerviosa, sentada como estaba con las piernas recogidas sobre la silla de caña de su hermano, la falda oscura estirada hasta los tobillos, con una gata blanca en el regazo. Estaba fumando, echando anillos de humo hacia el techo con una dejadez estudiada. Llevaba el pelo largo trenzado y repartido en distintas zonas, sujetas en su sitio gracias a un complejo y eficaz conjunto de horquillas. Cuando Hardy las presentó («La señora Neville y el señor Neville, mi hermana, la señorita Hardy»), Gertrude estiró las piernas y se levantó; era aún más delgada que su hermano y un poco más alta. Toda huesos. Lo bastante flaca para que Alice se avergonzara de sus caderas sin encorsetar, la leve redondez de su vientre, la impropia protuberancia de sus senos. Aunque lo que resultaba más inquietante de Gertrude (Alice se percató en ese momento) era su ojo izquierdo. No se movía a la par que el derecho.

Le suplico que no se sienta ofendida con estas confianzas que me tomo, y espero que no le ponga objeción alguna al hecho de que, durante mi estancia aquí, le escriba en ocasiones para compartir con usted aquellos aspectos de nuestra aventura que se le puedan pasar por alto a mi marido. Los matemáticos son más listos que la mayoría de nosotros, ¡pero Dios nos coja confesados si el señor Baedeker les pidiera que le escribiesen sus guías!

Bonita frase. ¿Pero pensará Gertrude lo mismo? Sabe que Gertrude escribe poesía. Una poesía cáustica e ingeniosa. Esa clase de poesía que deja entrever cierto..., bueno, cierto sentimiento ambivalente sobre su vida como profesora de dibujo en un colegio femenino de provincias.

Hay una chica a la que no soporto.
Su nombre preferiría callarme.
¡Creo que me hará falta *savoir dire*
si alguna vez topo con sus padres!

«Las mates no son mi fuerte», comenta.
«Papá en el cole ni sumar sabía.»
Y me encantaría poder decirle:
«¡Vaya pedazo de burro sería!»

Cuando Gertrude le enseñó a Alice estos versos, publicados en la revista del colegio, Alice sonrió tristemente. ¿Cómo iba a admitir que ella tampoco había podido nunca con las mates? Ella, la mujer de un matemático... Gertrude, sospecha Alice, la despreció en un principio porque era todo lo contrario a ella: femenina, fértil, y amada por un hombre al que ella a su vez amaba. O tal vez Gertrude la despreciase porque daba por supuesto que Alice tenía que despreciar necesariamente a la esquelética e informal Gertrude. Lo cual habría sido una ridiculez. Pues lo cierto era que, desde un principio, Alice sólo había admirado a Gertrude: su ingenio, y aquel humor distante y a la par mordaz. Ahí teníamos a una mujer que, como Israfel, no aguantaba a los idiotas encantada de la vida; una mujer tan delgada como un signo de exclamación, e igual de tajante. Eran las ventajas de la invisibilidad: Gertrude podía observar el mundo desde la seguridad de unos escondrijos en los que posiblemente Alice, con aquellas caderas tan anchas, nunca encajaría.

Debo decirle que, de momento, no he tenido el placer de conocer al señor Ramanujan. Sin embargo, el señor Neville va a encontrarse hoy con él. De hecho, sospecho que el señor Ramanujan debe de ser la razón por la que mi marido tarda en volver al hotel para la cena...

¿Será cruel recordarle a Gertrude lo que ella, Alice, tiene y Gertrude nunca tendrá? O, más exactamente, ¿lo que Gertrude ha decidido no tener nunca? Porque si es una solterona, sospecha Alice, es sobre todo por propia voluntad. Como su hermano, Gertrude se considera mucho más fea de lo que es en realidad; razón por la cual, seguramente, en vez de buscarse un trabajo en Londres, ha elegido vivir aislada entre unas alumnas a quienes (si la muchacha del poema es un ejemplo) aborrece con todas sus fuerzas.

«En el dictado saqué un menos dos;
y es que no me sé bien un solo verbo;
cuando me piden que escriba el futuro
de "rego", siempre me sale "regebo".»

Su hermano es igual de raro. Unos meses antes de que Eric y ella se embarcaran hacia la India, fue a tomar el té a su casa con Littlewood; dos hombres bien parecidos, ambos de escasa estatura, uno rubio y otro moreno. Se comportaron, le comentó luego a Eric, como una pareja de casados, terminando el uno las frases del otro. «¡Pues no se lo digas a Littlewood!», le respondió Eric.

Hardy la ignoró durante todo ese rato en que estuvieron tomando el té. A ella le recordaba más que nada a una ardilla, siempre alerta y nerviosa y tímida a la vez. Sólo habló con Eric, y exclusivamente del indio, de quien aseguraba que podría tratarse de otro Newton. Littlewood, por lo menos, hizo un esfuerzo. Dijo que el papel pintado de William Morris era «muy estético». Elogió su vestido y le comentó que le sería de gran ayuda a su esposo en el viaje.

Por favor, dígale a su hermano que le envío mis más calurosos recuerdos y que puede estar seguro de que mi marido y yo haremos todo lo posible para convencer al señor Ramanujan de que vaya a Cambridge. Dicho esto, creo que debo confesarle, señorita Hardy, lo desconcertada que estoy ante tal perspectiva. Al igual que usted y su hermano, no me considero cristiana, en el sentido puritano del término. ¿Pero nuestra decisión de vivir al margen de la religión organizada nos da derecho a tachar la piedad ajena de superflua y absurda?

Como en señal de advertencia, el reloj de una iglesia da las cinco. Ahora Eric está tardando de verdad. Aunque todavía no ha anochecido, la luz que entra por las ventanas se va haciendo más difusa. Como a través de una nube, ve que los hombres de los periódicos se están yendo. Las señoras con los sombreros de plumas recogen sus bolsos, listas sin duda para volver con sus maridos, que estarán aguardando la cena. Y de repente Alice se da cuenta de que, en cuanto se marchen las señoras, será la única clienta que quede en el amplio salón. Los camareros, sin dejar traslucir nunca su impaciencia, seguirán encendiéndole los cigarrillos, fingiendo que no les importa que sea la única que les impide proseguir con su trabajo, sustituir las tazas y las cucharillas de té por los cubiertos de pescado y los platos de la cena: el interminable cambio de vajilla que supone la transformación de la mañana en la tarde, de la tarde en la noche, de un día en otro... ¿Algo sobre lo que escribir? Tiene la copa casi vacía. Lo que queda de la bebida agria y dulzona el hielo derretido lo ha vuelto de un color amarillo claro. Mira el reloj y descubre que Eric lleva una hora de retraso.

Aquella tarde en Cambridge, cuando los cuatro estaban sentados juntos en las habitaciones de Hardy (Hardy, Gertrude, Eric y ella misma), Hardy dijo algo que la molestó. Fue justo antes de que la conversación derivase hacia el derecho al voto. Eric estaba hablando de Wittgenstein el austriaco, de que Wittgenstein había dicho que, si se podía demostrar que algo no se podía demostrar *nunca,* le encantaría saberlo. «¿Qué te parece la idea?», le preguntó Eric a Hardy. Y Hardy respondió: «A mí me gusta cualquier demostración. Si pudiera demostrar lógicamente que te ibas a morir en cinco minutos, lamentaría que te fueras a morir, pero mi pena se vería mitigada en gran parte por el placer que me proporcionaría la demostración.»

Tras eso, se hizo un silencio momentáneo. Y luego todos se echaron a reír. Gertrude, encogida sobre la silla de caña, se rió tan fuerte que la gata saltó de su regazo.

«Aunque mis padres no saben hablar
ni escribir ningún idioma extranjero.»
¡Pues nadie se habría perdido nada
si los dos hubiesen muerto hace tiempo!

Ay, ¡dónde andará Eric! ¿Lo habrá atropellado un *gharry*? ¿Yacerá inconsciente en algún hospital? De ser así, las señoras angloindias podrían ayudarla. Seguro que conocen a médicos, a jueces. Pero se han ido. Está sola con los camareros. Mira hacia el techo y distingue otro cuervo, que hace ochos entre las balaustradas. Le viene a la cabeza una frase de Israfel («la encarnación del espíritu de la danza»), y entonces, con una especie de torva elegancia, el cuervo se deja caer en picado y pasa rozando su mesa, tirando la copa, de modo que el agua amarillenta se derrama sobre la carta que está escribiendo, el libro, el mantel, su regazo.

Inmediatamente vuelve el camarero con su abanico. Mientras golpea al cuervo, uno de sus compañeros empapa el líquido derramado, meneando la cabeza y murmurando disculpas. Ella se fija por primera vez en sus dientes rojos.

–Tranquilo, no pasa nada –le dice, incorporándose torpemente mientras por encima de ella, fuera de su alcance, el cuervo da vueltas subiendo y bajando.

¿La está mirando ese pájaro? ¿Quiere algo de ella? Cuando venían de vuelta de las habitaciones de Hardy, le preguntó a Eric por aquel ojo izquierdo de Gertrude que no se movía, y Eric le respondió: «Es de cristal. Un accidente de la infancia, me han dicho. ¡Y pensar que está totalmente apegada a su hermano!»

El jugo le ha manchado el vestido. Probablemente lo ha estropeado. Le apetece echarse a llorar o ponerse a gritar, porque lo cierto es que no es ninguna aventurera, sólo una jovencita en una ciudad desconocida que nunca vagabundeará por los callejones sucios de Triplicane, nunca probará un plato autóctono, nunca será siquiera lo bastante valiente para alejarse de la mirada protectora de Govindran. Echa de menos a la tía Daisy. A su marido. A una muñeca que tenía cuando era pequeña.

Alice se aparta de la mesa. Es hora de regresar a su habitación, de cambiarse de vestido, de hacer lo que pueda por salvar a Israfel. Y, sin embargo, de momento no le apetece volver a su habitación. Le apetece quedarse exactamente donde está, con los camareros con sus espléndidas vestimentas. Eric entra en tromba, y ella apenas le escucha mientras llena la estancia resonante con sus disculpas, su exuberancia, los detalles de su encuentro con el indio que no puede evitar que se le escapen sin querer. Ella le para la mano cuando va a cogerla por la cintura y señala al techo:

—Mira a ese cuervo —le dice. Y él lo mira.

—¿Cómo ha entrado aquí ese maldito pájaro? —le pregunta—. ¿Pero qué le ha pasado a tu vestido?

—No ha sido nada —dice ella. Quiere echarse a reír, como se reiría Gertrude. Cogidos de la mano, salen del comedor, Eric hablando del indio, y Alice recordando cómo, cuando su hermano se movía por la habitación, uno de los ojos de Gertrude lo seguía, mientras el otro no dejaba de apuntar a un busto de la repisa de la chimenea, con una mirada tan fija y despiadada que cualquiera habría jurado que veía.

7

19 de enero de 1914
Hotel Connemara
Madrás

Mi querida señorita Hardy:

Mil gracias por su amable respuesta a mi anterior carta, que no llegó hasta ayer. Me encanta saber que está usted recuperándose de su resfriado, y espero que, mientras escribo estas letras, ya no queden síntomas que la molesten. Gracias también a su hermano por sus amables recuerdos. Por favor, dígale que mi marido y yo estamos deseosos de verlo cuando regresemos a Inglaterra.

Me alegra especialmente saber que he conseguido interesarla en los escritos de Israfel, cuyo libro *Pavos reales y simios de marfil* ha significado tanto para mí en este viaje. Espero que esa obra le proporcione tanto placer como a mí. Pero le puedo contar muy poco de la verdadera identidad del autor, salvo que, a pesar de su *nom de plume* masculino, es en realidad una dama, con quien mi tía Daisy ha tenido cierta relación. Por respeto al deseo de la dama de permanecer anónima, la tía Daisy se ha negado a compartir incluso conmigo su auténtico nombre. Sí sé que se dedica a la música, y que entre sus otros trabajos se cuenta una colección de «Fantasías Musicales» que incluye retratos de Paderewski, De Pachmann e Isaye. ¿Frecuenta usted los conciertos? A lo mejor podemos asistir juntas a alguno un fin de semana, cuando estemos las dos en Londres. Es una pena que su hermano muestre tan poco interés por la música. ¡Esperemos que el señor Littlewood acabe siendo una buena influencia para él a este respecto!

Pero, cambiando de asunto, sé que el señor Neville le ha escrito al señor Hardy para contarle sus encuentros con Ramanujan, el genio indio. De los cuatro que han tenido lugar hasta hora, he tenido el privilegio de estar presente en dos. El señor Ramanujan es un hombre fornido y de escasa estatura, con la piel menos oscura que la mayoría de sus paisanos, aunque bastante morena, claro, para lo que estamos habituados. Tiene una cara redonda con las cejas casi pegadas a los ojos, una nariz ancha y chata, y una boca fina. Los ojos son fabulosos y oscuros, pero habría que ser una Israfel para describirlos. Lleva la frente afeitada, y el resto del pelo retirado en una especie de copete al que llaman *kudimi*. Se viste a la manera convencional, con túnica y *dhoti*. No lleva zapatos, sólo unas sandalias muy ligeras.

Afortunadamente, tan pronto como mi marido y yo nos sentamos con el señor Ramanujan para disfrutar de un té indio, la alarma que hubiera podido provocarnos su aspecto exterior se desvaneció. Pocas veces he conocido a un hombre con un encanto, un atractivo, una modestia y una delicadeza de trato de ese calibre. El inglés del señor Ramanujan, aun conservando cierto acento de su lengua materna, es fluido, y su vocabulario mucho más amplio y preciso que el del común de los trabajadores británicos. Y aunque en un principio puede parecer tímido, una vez empieza a sentirse a gusto con las personas que le acompañan, se abren las compuertas y demuestra ser el más afable de los conversadores.

Nuestro primer encuentro tuvo lugar en la cantina del rectorado de la universidad (un edificio, debería añadir, señorita Hardy, de una fealdad sin parangón). Mi esposo inició la conversación pidiendo al señor Ramanujan que nos contara algo sobre su educación. Y un relato de frustración, decepción e injusticia brotó entonces de sus labios. Proviene de una familia de casta alta pero escasos recursos, y se crió en la ciudad de Kumbakonam, al sur de aquí, en una casa pobre y pequeña de una calle con el curioso nombre de Sarangapani Sannidhi Street. Es el mayor de tres hijos. El padre es contable; por lo poco que el señor Ramanujan habló de él, entendimos que su carencia de pretensiones rayaba la irrelevancia.

Respecto a su madre, por otro lado, no hacía más que deshacerse en halagos, explicándonos que, a pesar de haber tenido solamente una educación muy rudimentaria (una situación bastante común, debo añadir, entre las mujeres indias), esta señora mostró desde un principio un aprecio intuitivo por su talento e hizo todo lo que pudo para fomentarlo; es decir, a pesar de que no podía ayudarle realmente con sus estudios, se encargaba de que, mientras él trabajaba, la casa estuviese tranquila, sus platos favoritos preparados y demás. También es, nos dijo, una astróloga muy capaz, y ya desde el principio le dijo que había leído sus estrellas y que sus estrellas le habían dicho que estaba destinado a realizar grandes empresas.

Pero ¡ay, los maestros de su escuela no fueron tan solícitos! Quizá sea que las personas verdaderamente originales están condenadas a no ser comprendidas. En el caso de Ramanujan, su asombroso talento fue pasado por alto. En parte porque, desde sus primeros días de colegio, la intensidad de su interés por las matemáticas le llevó a prestarle escasa atención a las demás materias en las que se veía obligado a demostrar cierta habilidad. A resultas de lo cual, no lo hizo tan bien como habría podido en los exámenes necesarios para su progreso.

Contó una historia que me pareció especialmente conmovedora. A modo de premio en matemáticas, un año le obsequiaron con un ejemplar de los poemas de Wordsworth. Pero semejante antología, que cualquiera de nosotros hubiera apreciado mucho, no significaba nada para él. Sin embargo, su madre guardó el libro como oro en paño, y hoy en día tiene un lugar de honor en la diminuta habitación que comparte con ella, sus hermanos, su abuela, y su mujer en una pobre callejuela sin pavimentar llamada Hanumantharayan Koil Street.

Desgraciadamente, ese triunfo fue una excepción en una trayectoria marcada más bien por la desmoralización y el fracaso que por el apoyo y el éxito. Habiendo superado el periodo de lo que aquí se entiende por «enseñanza media», el señor Ramanujan obtuvo un par de becas; primero para el Government College de Kumbakonam y luego para el Pachaiyappa's College de Madrás. En ambas ocasiones, su interés por sus propias investigaciones matemáticas era tan absorbente que descuidó sus estudios más cotidianos, y como resultado suspendió los exámenes y perdió las becas. A esas alturas, sus exploraciones del universo matemático eran lo único que le importaba.

Ahora iba a la deriva. El sistema de enseñanza le había rechazado por completo, y se vio abandonado a su suerte, sin sustento, ingresos o perspectivas, en la casa de su madre en Sarangapani Sannidhi Street. ¿Cómo consiguió conservar la conciencia de su propia valía, se preguntará usted, a pesar de todo eso? ¿Qué le inspiró la confianza necesaria para perseverar, cuando todas las autoridades en la materia le habían repudiado? Ésa fue la siguiente cuestión que le planteó mi marido.

Entonces, el señor Ramanujan apoyó la mano en la cabeza y se lo pensó un poco. Luego miró al señor Neville directamente a los ojos, y le explicó que no podía darle una respuesta sencilla. Había habido momentos, dijo, en que su desesperación era tan grande que había pensado seriamente en abandonar completamente las matemáticas. En un par de ocasiones incluso pensó en suicidarse. Pero entonces le entraba una rabia tremenda contra las instituciones que lo habían tachado de inútil, y de repente se proponía firmemente demostrarles que estaban equivocadas.

Pero, ay, la energía que despertaban en él esas rabietas flaqueaba invariablemente a los pocos días. Más crucial para su capacidad de seguir luchando era el inquebrantable apoyo de su madre, que le alentaba en el logro de unos objetivos que excedían sus conocimientos, con su consuelo y sus atenciones. De todos modos, había otra razón para su perseverancia en esos años míseros y desgraciados. Y era ésta: los números le seguían fascinando, así de simple. Durante su época de estudiante, ni siquiera sus estudios de matemáticas acababan de llenarle, porque se veía obligado a transitar por caminos trillados y ocupar aquella imaginación tan fértil en ejercicios aburridos y en la exploración de un terreno de escaso interés. Ahora que se había liberado de la academia, sin embargo, podía hacer lo que le viniese en gana. Ya no estaba atado a sistemas en los que creía tanto como ellos creían en él. Era libre, por el contrario, de pasar sus días como le apeteciese, sentado en el porche de la casa en la que había transcurrido su infancia, trabajando en fórmulas y ecuaciones en su pizarra (no podía pagarse el papel), soñando e inventando. De hecho, me contó que sus amigos solían reírse de él porque tenía el codo negro; le llevaba demasiado tiempo, decía, limpiar la pizarra con un trapo, ¡así que usaba el codo en su lugar!

Creo que ahora debería dejar claro, señorita Hardy, que nuestra conversación esa tarde no siguió exactamente el curso que le he descrito. Parecía más bien que el señor Ramanujan se distraía continuamente de aquel relato tan interesante con cuestiones de interés matemático que le venían a la cabeza al recordar alguna que otra anécdota. Entonces hacía partícipe de esas cuestiones a mi marido, anotando cifras en trozos de papel de periódico o de envolver que guarda en el bolsillo (un signo

161

más de su pobreza), y los dos se enzarzaban en una discusión que para mí no tenía ni pies ni cabeza, hasta que el señor Neville, observando mi desconcierto, llevaba discretamente de nuevo la conversación a temas a mi alcance. Y a mí (aunque le agradecía a mi esposo esos detalles) también me daba pena que el pobre señor Ramanujan, por culpa de mi ignorante presencia, estuviese perdiendo la rara oportunidad de ampliar sus conocimientos en materias en las que mi esposo era, sin duda, mucho más docto que cualquier persona a la que hubiera conocido en su vida. De hecho, lo animado que parecía el señor Ramanujan durante esas rondas de intercambio matemático me convenció de que, si no se trasladaba a Inglaterra, se privaría de una fuente fundamental de alimentación.

Le pregunté entonces por su mujer. Frunció el ceño. Como ya debe usted saber, señorita Hardy, el matrimonio en la India es algo mucho más ritual que en nuestro país. Por ejemplo, cuando el señor Ramanujan se casó con Janaki (así se llama la muchacha), ella tan sólo tenía nueve años. El matrimonio lo arreglaron las familias consultando a los astrólogos. Antes de la boda, los novios sólo se vieron una vez; y después (tal como manda de nuevo la tradición) ella regresó con su familia, y sólo se fue a vivir a la casa de su marido cuando alcanzó los catorce.

Dadas las circunstancias, pensará usted que el señor Ramanujan considera a su esposa un mero accesorio o impedimento. En cambio, para nuestra sorpresa, hablaba de la muchacha con cariño. Cierto que el matrimonio le había supuesto determinadas cargas (ya no podía permitirse el lujo de pasar los días en el porche dedicándose a las matemáticas; tenía que conseguir trabajo y ganar dinero), pero, a pesar de que era consciente de esas cargas, no manifestó en ningún momento la menor inquina hacia la chica que las había motivado. Afortunadamente, a lo largo de los años, unos cuantos caballeros, tanto ingleses como indios, algunos de ellos matemáticos aficionados, habían acabado reconociendo la genialidad del señor Ramanujan, aunque no llegaran a comprender necesariamente su magnitud. A cambio, el señor Ramanujan había pasado a depender de ellos no sólo por su apoyo moral, sino también a veces económico. Uno le consiguió el empleo en la Autoridad Portuaria, que le permitió trasladar a su madre y a su esposa a una casa en Triplicane, prácticamente a la sombra del templo Parthasarathy.

Llegados a este punto, mi marido y yo nos vimos obligados a interrumpir nuestra conversación con el señor Ramanujan, que hasta el momento había durado casi dos horas. Antes de decirnos adiós, de todas formas, sacó un par de cuadernos con tapas de cartulina y se los ofreció al señor Neville. Esos cuadernos, nos explicó, contenían los frutos de sus trabajos matemáticos. ¿Le importaría a mi marido aceptarlos en préstamo y echarles un vistazo?

El señor Neville abrió mucho los ojos, maravillado. No, dijo, tendiéndole de nuevo los cuadernos, en buena ley no podía aceptar la custodia de algo tan valioso; pero el señor Ramanujan insistió, y regresamos al hotel llevando cada cual uno de los valiosos volúmenes. ¿Qué habría sucedido, me pregunto ahora, de haber embestido un rickshaw a nuestro *gharry*, o de haberse levantado de pronto un viento que nos hubiera arrebatado los cuadernos de las manos? Más tarde, mi marido me dijo que consideraba aquel préstamo el elogio más asombroso que le habían hecho nunca.

Esa noche el señor Neville no se acostó, sino que permaneció levantado hasta el amanecer, revisando los cuadernos a la luz de las velas. Cuando lo desperté a la mañana siguiente, me dijo que los consideraba los documentos inéditos más importantes que había tenido el privilegio de examinar en su vida. Lejos de verlo como una tarea onerosa, ahora le parecía su *deber* convencer al señor Ramanujan de que se desplazase a Cambridge.

Volvimos a encontrarnos con él a la tarde siguiente. En esta ocasión fue él quien vino a nuestro hotel. Si en un principio pareció que el ambiente tan inglés del comedor le hacía sentirse incómodo, una vez más, en cuanto se sentó con nosotros a tomar el té, se relajó visiblemente.

El señor Neville sacó entonces a colación el asunto más peliagudo: ¿el señor Ramanujan iba a reconsiderar su decisión previa de no trasladarse a Inglaterra? Así como comprendíamos su miedo a infringir una norma de su religión, también creíamos que, si permanecía en la India, les estaría haciendo un flaco favor al mundo y a su propia persona.

En ese momento el señor Ramanujan se quedó mirando solemnemente su taza. Me dio miedo que el señor Neville se hubiera extralimitado, que hubiese hablado demasiado. De hecho, estaba a punto de disculparlo cuando el señor Ramanujan levantó la vista y preguntó: «¿No ha recibido el señor Hardy mi última carta?»

Mi esposo respondió que no estaba seguro. No había sabido nada del señor Hardy desde nuestra llegada.

El señor Ramanujan dijo que le preocupaba que el señor Hardy perdiera interés en él una vez hubiese leído la carta, porque estaba escrita en su propio inglés; sus cartas anteriores, según nos dijo, «no contenían su lenguaje» sino que habían sido «escritas por un empleado de mayor rango». Luego él las había pasado a limpio personalmente. Entonces el señor Neville le preguntó si el «empleado de mayor rango» era el mismo que le había acompañado a la entrevista con el señor Davies, del Comité Asesor para Asuntos Estudiantiles. El señor Ramanujan respondió que así era. Y entonces salió a relucir toda la historia.

La situación es y no es tal como supuso su hermano. El señor Littlewood acertó al sospechar que, cuando el señor Davies le preguntó al señor Ramanujan a quemarropa si deseaba trasladarse a Cambridge, la pregunta en cuestión le dejó bastante desorientado. Sin embargo, no tuvo oportunidad de decir sí o no, porque antes de que pudiera hablar, su superior, el señor Iyer, respondió por él. Y la respuesta fue un no rotundo.

El propio señor Ramanujan está bastante confuso al respecto. Admite que, desde un punto de vista intelectual, desea ardientemente ir a Cambridge. Y al mismo tiempo, tiene muchas dudas sobre esa empresa. ¿Se vería obligado, se pregunta, a pasar un examen como el *tripos?* (Parece que le dan mucho miedo los exámenes.) Mi esposo le dijo que creía que no, pero que tendría que consultarlo con el señor Hardy.

Su familia es una preocupación más acuciante. Por lo visto su madre se opone con todas sus fuerzas a que su hijo viaje a Inglaterra. Por otro lado, sus escrúpulos son religiosos; como brahmín ortodoxa, comparte con el señor Iyer la creencia de que, si el señor Ramanujan cruza los mares, se condenará a sí mismo a una especie de maldición espiritual. Aunque en la práctica (y a ese respecto, señorita Hardy, no puedo evitar compadecerme de las angustias de una madre que ha sufrido mucho) teme por su bienestar en Inglaterra, le preocupa cómo se las apañará con el invierno inglés, tiene visiones de que le obligarán a consumir carne, y demás. Tal vez también tema que lo persigan las mujeres inglesas. (Estoy haciendo conjeturas, basándome en que el señor Ramanujan no se atreve a mirarme a los ojos cuando habla de su madre.)

Luego está el tema de Janaki, su joven esposa. Nos ha contado que ella le ha expresado su deseo de acompañarle a Inglaterra; y, a pesar de que él considera poco práctico, por no decir imposible, llevarla consigo, no quiere decepcionar a la chiquilla. Además, irse a Inglaterra sin ella significaría dejarla sola con su madre; y, dado que en las familias indias tradicionales la suegra manda en la nuera con mano dura, al señor Ramanujan le preocupan, naturalmente, las fricciones que podrían surgir entre las dos mujeres en su ausencia, ¡sobre todo porque parece que la pequeña Janaki tiene algo de Fierabrás!

Y, por último, él también tiene escrúpulos religiosos (y que los citara precisamente en último lugar, señorita Hardy, me parece muy significativo). Sí, teme al igual que su madre las consecuencias, tanto sociales como espirituales, de quebrantar las normas de su casta y cruzar los mares. Y, sin embargo, su ansiedad al respecto va más allá de los escrúpulos religiosos.

Lo que sigue sin duda les resultará extraño a usted y a su hermano. Debo admitir que, al principio, también nos sonó extraño al señor Neville y a mí, y no sólo porque pone de manifiesto el abismo que separa a la India de Inglaterra, sino porque también da idea de lo profunda que es la devoción religiosa del señor Ramanujan. No obstante, le pido que lea los párrafos siguientes con amplitud de miras.

Por decirlo de una manera sencilla, el señor Ramanujan no atribuye sus descubrimientos matemáticos a su propia imaginación, sino a una deidad. Cree que, desde su nacimiento, tanto él como los demás miembros de su familia han vivido bajo la protección de la diosa Namagiri, cuyo espíritu se ocupa del templo de Namakkal, cerca de su lugar de nacimiento. Según el señor Ramanujan, gracias a la intervención de Namagiri, él realiza esos descubrimientos matemáticos. No se «topa» con ellos en el sentido que usted y yo entendemos el término, ni tampoco se «topan» ellos con él. Más bien le son «transmitidos», normalmente cuando duerme. Mientras el señor Ramanujan explicaba este proceso, mi marido se echó a reír, y dijo que él también «soñaba» de vez en cuando con las matemáticas. Pero el señor Ramanujan insistió en diferenciar los sueños ordinarios de lo que él denominó las «visiones» que le proporcionaba Namagiri. La diosa, según sus palabras, «traza las cifras en su lengua». Y su temor consiste en que, si se traslada a Inglaterra, tal vez deje de estar bajo el auspicio divino de Namagiri; y al mismo tiempo que comprende lo mucho que Cambridge puede ofrecerle en términos de reconocimiento, estímulo y educación, se pregunta, lógicamente, de qué le serviría todo eso si, a cambio, va a perder el acceso a la mismísima fuente de sus descubrimientos.

¿Y cómo reaccionamos ante tamaña revelación? He de admitir que mi marido al principio alzó las cejas, si por escepticismo o de puro asombro no lo sé. En lo que a mí se refiere, me llevé una pequeña decepción, que sin duda se debe a mi propia predisposición en contra de todo lo religioso. Me parecía una locura que un hombre de una inteligencia tan evidente se negara a atribuirse sus propios descubrimientos. De hecho, cuando la reunión llegó a su término (con el asunto del traslado del señor Ramanujan a Cambridge, debo añadir, dejado en suspenso), no pude evitar comentarle a mi marido que, para mí al menos, resultaba difícil conciliar esa atribución de su genialidad a una fuente exterior con el orgullo evidente del señor Ramanujan por sus propios logros; y eso sin mencionar su acuciante deseo de ser reconocido, e incluso reivindicado, a los ojos de las autoridades indias. Porque, si lo que afirmaba era cierto, entonces sería a Namagiri a quien habría que atribuirle cualquier publicación a la que pudiesen dar pie los trabajos del señor Ramanujan, de Namagiri el talento que habría que evaluar, a Namagiri a la que habría que llevar a Inglaterra, ¡aunque sólo fuera al Girton o al Newnham!

Mi esposo me advirtió que no diese demasiadas cosas por sentadas. Tal como me recordó (y en eso tiene razón), aquí seguimos siendo unos forasteros, escasamente familiarizados aún con las costumbres de la religión del señor Ramanujan. Quizás el señor Ramanujan desee asegurarse, simplemente, de que entendemos la profundidad de su fe. De todos modos, no puedo evitar pensar que su temor a disgustar a su madre va íntimamente ligado a su temor a disgustar a la Diosa. Me gustaría poder decirle cuál de los dos prevalece sobre el otro o, incluso me atrevería a decir, cuál de los dos es más real.

Así están las cosas mientras le escribo. Mañana, el señor Neville se volverá a encontrar, esta vez a solas, con el señor Ramanujan. Esperábamos haberlo visto antes, pero hace dos días recibimos el recado de que se había visto obligado a hacer un viaje repentino a su casa, en compañía de su madre. Tengo entendido que está previsto que regrese a Madrás esta noche. Siento no poder adelantarle noticias más concluyentes. Pero puede estar segura (y dígale, por favor, a su hermano que él también) de que, tan pronto hayamos obtenido una respuesta definitiva por parte del señor Ramanujan, se lo comunicaremos por cable.

El señor Neville le envía sus más cariñosos saludos, y me ruega que le transmita al señor Hardy su gratitud por haberle asignado el papel de «emisario». Asimismo, ambos le enviamos nuestros mejores deseos a su madre y esperamos que ya se encuentre mejor. Por mi parte, querida señorita Hardy, sólo decirle que sigo siendo

su fiel amiga,
Alice Neville

20 de enero de 1914
Hotel Connemara, Madrás

Querido Hardy:

Le escribo con prisas porque debo salir en breve hacia el rectorado. Sé que mi esposa se ha puesto en contacto con su hermana. Ella es la escritora, así que dejo en sus manos los detalles. Lo importante es que ya he revisado los cuadernos, y su contenido es realmente extraordinario. Las teorías que no son originales son un reflejo de algunas de las ideas más fructíferas y, me atrevería a decir, más *subversivas* ya desarrolladas en el continente. Por otro lado, comete un montón de errores. Si decide irse, intentaré explicarle a Dewsbury, el secretario de aquí, que, debido a su falta de formación y demás, aún no ha desarrollado la capacidad de detectar el peligro o evitar determinadas falacias, pero que, siguiendo el método adecuado en Cambridge, se convertirá sin duda en uno de los grandes nombres de la historia de las matemáticas, en un motivo de orgullo para la universidad y para Madrás, etc., etc. Y así tal vez consigamos que aporten el dinero de una beca.

Una cosa que seguramente le interesará: cuando le pregunté qué libros habían sido importantes para él en la formación de sus ideas, no se le ocurrió otra cosa que mencionarme la *Sinopsis de las matemáticas puras* de Carr. ¿Le resulta familiar ese viejo tomo tan pesado y tan aburrido? Si eso es lo único que ha leído, ¡no es de extrañar que no sepa cómo hacer una demostración!

Y por último, una pregunta: una de sus muchas preocupaciones sobre lo de trasladarse a Cambridge es si se le obligará a pasar algún examen. Le he dicho que se lo preguntaría a usted para asegurarme de que no; aunque estoy seguro de que, con un poco de entrenamiento, pasaría el *tripos* sin ningún problema. ¡Imagínese que hubiese sido *senior wrangler* en esa época!

Recuerdos a su hermana, a quien mi esposa le ha cogido un cariño exagerado.

Siempre suyo,
E. H. Neville

8

–El maldito *tripos* otra vez –dice Hardy, dejando caer la carta de Neville.

Gertrude levanta la vista de su labor de calceta.

–No sé por qué me imaginaba que sería lo primero con lo que te toparías –dice–. Pero, bueno, ¿tiene que pasarlo?

–Pues claro que no. Pero es una pena que pierda el tiempo preocupándose de él siquiera.

–Entonces lo único que necesitas es escribirle a Neville y pedirle que le diga a Ramanujan que no tiene que hacerlo.

–Pero es que ya ni tendría que haber salido a relucir, para empezar. Neville debería haberle respondido tajantemente que no le haría falta hacerlo.

–Puede que no lo supiera. O puede que no quisiera darle una respuesta equivocada.

–Entonces debería haberme mandado un cable. Yo creo que lo ha hecho aposta. Ya sabes que fue segundo *wrangler* el último año que lo hubo. Seguro que quiere picarme.

Gertrude reanuda su labor. Es una tarde fría de finales de enero. En este momento están sentados mesa por medio en la cocina de ese piso bastante destartalado de St. George's Square, en Pimlico, que han alquilado juntos. Hardy se queda en él cuando tiene algún asunto pendiente con la Sociedad Matemática de

Londres, y a veces se lo presta a los amigos. Gertrude usa el piso para escaparse de vez en cuando de los requerimientos de su madre, que está entrando en la vejez. En algunas ocasiones pasan el fin de semana juntos en Londres, como ahora mismo, sólo que el mal tiempo les ha desanimado de salir al teatro o al Museo Británico. En vez de eso, se han pasado el día mirando por la ventana el aguanieve que cae del cielo, y leyendo periódicos y cartas, incluidas las dos de Eric y Alice Neville. Cosa que, si han de ser sinceros, les resulta mucho más divertida que el Museo Británico.

–No te cae muy bien Neville, ¿verdad? –le pregunta Gertrude tras una pausa.

–No es que no me caiga bien –dice Hardy–. Lo que pasa es que no me parece muy... distinguido.

Ella se lleva la punta de una de las agujas a la boca.

–Pues por lo visto él y Alice han hecho buenas migas con el indio –dice.

–Sí, ya, esperemos que no tan buenas que acaben diciéndole que se quede en su casita para evitar una crisis espiritual.

–Ah, por cierto, ¿qué te parece la historia de Namagiri?

–Que está diciendo lo que tiene que decir. Para complacer a su madre. Y a los sacerdotes.

–¿Pero en el hinduismo hay sacerdotes?

–Algo parecido.

–La descripción que hace Alice de él es realmente chocante. «Robusto», dice. No creo que haya visto a un indio gordo en mi vida.

–A mí me trae sin cuidado la pinta que tenga.

–Ya me imagino.

–En cualquier caso, tú sí que has hecho buenas migas con Alice Neville, ¿no? ¿O de qué va la cosa?

–Como dirían mis estudiantes, está colada por mí.

–¿Me estás hablando de lujuria?

–¡Harold, por Dios! El sexo no tiene nada que ver. Está sencillamente... enamorada de mi inteligencia.

–¿Y qué pasa con la Israel esa, o como se llame?

–Israfel. No es mala del todo. Buenas descripciones de la India –vuelve a llevarse la aguja de calcetar a la boca–, lastradas por un *amaneramiento* un poco excesivo. Por ejemplo, la manía que tiene de compararlo todo con Chopin.

–¿Cómo que con Chopin?

–Sí, este templo es como Chopin, el Taj Mahal es como Chopin... Bastante raro, la verdad, hablando de la India.

–Bueno, tal como a la señora Neville le cuesta tanto señalar –dice Hardy–, yo no sabría qué decir de Chopin, siendo como soy un ignorante musical. ¡Ay, qué tiempo más asqueroso!

Recorre la escasa distancia que le separa del cuarto de estar, que está poco amueblado y muy frío. En el exterior de la ventana empañada, los árboles de St. George's Square parecen sombríos con la luz invernal. Pasan automotores y carruajes, y los hombres protegen a las mujeres con sus paraguas mientras entran corriendo en los portales.

Al poco rato regresa a la cocina y ve que Gertrude ni se ha movido. Hay una taza de té medio vacía sobre la mesa, al lado de los periódicos. Acurrucada en su sillón con su calceta, ronca un poco. Tiene un aspecto felino y satisfecho.

Se sienta frente a ella. En casa de sus padres vivían prácticamente en la cocina. A fin de cuentas, él y su hermana son animales de cocina, y seguramente ésa fue la razón de que se decidieran por este piso, que tiene un cuarto de estar diminuto y unos dormitorios aún más diminutos, pero una cocina en la que cabe perfectamente una mesa. Así que se vienen a Londres una o dos semanas al mes; se vienen a Londres para poder sentarse en una cocina... Hardy lleva una vida muy agitada en Cambridge, llena de amigos y alumnos y comidas y reuniones. Para él, estos fines de semana son como un respiro. Para Gertrude también, se imagina, pero no de sus actividades, sino de su aburrimiento. Tampoco es que desprecie St. Catherine's. Ha heredado su afán pedagógico de sus padres. De todos modos, sabe que la exaspera tener que vivir de enseñar a dibujar y a moldear arcilla a las jovencitas. Esas tareas difícilmente pueden satisfacer a una mujer tan inteligente, o eso piensa Hardy algunas veces, con cierto desapego, durante sus paseos matinales por los terrenos de Trinity.

¿Y qué otra cosa podría hacer? Desde pequeña tuvo facilidad para las matemáticas, aunque nunca se molestó en cultivarla. Una vez descubrió una novela que había escrito hasta la mitad en un cajón de la casa de sus padres. Leyó las primeras páginas y le parecieron bastante buenas, pero luego, cuando le dijo que se la había encontrado por casualidad y le dio algunos consejos que creyó útiles, se puso colorada, rasgó el manuscrito con las manos, y se metió en su dormitorio. Desde entonces no se ha vuelto a hablar (ni a saber nada) de la novela.

Antes de verla coquetear con Littlewood, se preguntaba si sería una seguidora de Safo. ¿Cómo explicar, si no, que no haya conseguido casarse? Cierto es que, exiliada como está en un enclave rural de féminas, tiene pocas oportunidades de conocer hombres. Pero, al mismo tiempo, podría dedicarse a la enseñanza en cualquier parte. Y además en Bramley también hay algunos. En St. Catherine's hay maestros, y otro montón de ellos en Cranleigh, de la que St. Catherine's es la escuela gemela. Y puede que un par de esos hombres hasta sean normales.

En cualquier caso, parece mucho menos colada por Alice que Alice por ella. Antes le ha leído en voz alta las cartas de Alice desde Madrás en su totalidad, intercalando en su recitado resoplidos de risa para señalar esos momentos en los que, a su modo de ver, la prosa era especialmente cursi o bobalicona. ¡Pobre Alice! ¡Se quedaría horrorizada si supiera que esa carta, redactada a todas luces con tanto esmero, se ha convertido en una fuente de risas condescendientes para Hardy y esa hermana suya a quien le profesa una admiración sin límites! Afortunadamente nunca lo sabrá. Además, ojo por ojo y diente por diente, ¿no?, dado ese tono tan condescendiente que emplea Alice cuando lo describe a *él*. ¡Sobre todo ese comentario referente a a los conciertos! ¿Se echaría para atrás si a su amado Ramanujan le importara un comino la música? ¡Pues claro que no! Porque que le trajera sin cuidado la música, en el caso de Ramanujan, no sería más que otra prueba de su talento matemático...

—¡Para! —dice Gaye, saliendo del armarito de la limpieza—. Ya basta. Es evidente que estás celoso. Ramanujan es un descubrimiento tuyo, así que no puedes soportar que los Neville se inmiscuyan en tu terreno.

—Eso es ridículo.

—No lo es. Ahora mismo te llevan ventaja, porque lo han conocido y hasta han intimado con él, mientras que lo único que tú tienes es un puñado de cartas. Y yo me pregunto, si estabas tan decidido a quedártelo sólo para ti, ¿por qué no fuiste *tú* a Madrás?

—No tenía tiempo.

—No te olvides de con quién estás hablando, Harold. Podías haber sacado tiempo. Sólo que el miedo y las ganas que tienes son iguales. Por eso mandaste a Littlewood al Ministerio de la India, y a Neville a Madrás.

—No lo mandé yo. Iba a ir de todas formas.

—Al final es lo mismo.

Hardy aparta la vista. La perspicacia de Gaye tras su muerte le irrita casi tanto como lo hacía en vida.

—Venga, vuélvete al armario de la limpieza —dice, pero cuando se da la vuelta, la sombra ya se ha desvanecido.

Mira a Gertrude. Se ha despertado y ha reanudado su labor de calceta.

—Bueno, supongo que ahora sólo nos queda esperar —dice él.

—¿Esperar el qué?

—Noticias de los Neville.

—Ah, perdona. No me había dado cuenta de que seguíamos con el tema.

—Lo curioso es que, muy probablemente, la decisión ya está tomada. Ya deben de saberlo todos los que andan por allí. Y nosotros esperando una carta...

–¿No dijo que te mandaría un cable?

–Pero no me lo va a mandar si son malas noticias...

–Puede que el lunes recibas algo.

–Sí –dice Hardy. Lo que no añade es: ¿Y cómo se supone que voy a resistir hasta el lunes?

27 de enero de 1914
Hotel Connemara, Madrás

Mi querida señorita Hardy:

Sin duda el cable que ha enviado mi esposo ya habrá llegado, así que ya estará al tanto de la feliz noticia. Tras una prolongada estancia en la región de su hogar de nacimiento, el señor Ramanujan ha regresado a Madrás e informado a mi marido de que, en efecto, se trasladará a Cambridge. Aunque no tengo claros todos los detalles, deduzco que pasó varios días en el templo de Namakkal, rogándole a la diosa Namagiri que le orientara. Aun así, el mayor impedimento a la hora de tomar una decisión afirmativa era indiscutiblemente su madre, y sólo después de que la buena señora anunciara que había tenido un sueño favorable, fue capaz por fin de conciliar sus deseos con su conciencia. En ese sueño, dijo su madre, vio al señor Ramanujan en compañía de gente blanca y escuchó la voz de Namagiri ordenándole que dejara de poner pegas y bendijese el viaje; en el caso concreto del señor Ramanujan, se supone que dijo Namagiri, se podía levantar la prohibición de cruzar los mares, ya que viajar a Europa era necesario para el cumplimiento de su destino.

No sé cómo explicarle con cuánta gratitud y alegría el señor Neville y yo nos enteramos de esta azarosa cadena de acontecimientos. Ahora el señor Neville dice que debemos centrar nuestra atención en asegurarnos de que se dispone de los medios suficientes, tanto en Madrás como en Cambridge, para sufragar el pasaje del señor Ramanujan y garantizar que se cubrirán sus necesidades durante el periodo de tiempo que pase en Trinity.

Salimos dentro de unas semanas, y puede que el señor Ramanujan venga con nosotros. Permítame reiterarle, señorita Hardy, cuánto anhelamos saludarles a usted y a su hermano a nuestro regreso mi marido y yo. Mientras tanto, sigue siendo

su devota amiga,
Alice Neville

Tercera parte

La gracia del cuadrado de cualquier hipotenusa

1

Se ha decidido que se conocerán a la hora de la comida: la comida del domingo en casa de Neville, adonde Ramanujan habrá llegado la noche anterior. Hardy detesta las presentaciones, la formalidad de los primeros apretones de manos, las preguntas rutinarias sobre el viaje y los carraspeos posteriores. Si fuera posible (y tal vez algún día la física lo haga posible) le gustaría poseer un artilugio parecido a la máquina del tiempo de Wells, pero con un cometido más modesto, diseñado para que uno pudiera saltarse los momentos comprometedores y aterrizar en un futuro más llevadero. Al instante. Si tuvieras una máquina así, nunca tendrías que esperar que te enviaran por correo los resultados de un examen, o calibrar si el doctor en alguna materia recién llegado de Princeton iba a responder a tus avances con simpatía u hostilidad. En vez de eso, podrías limitarte a tirar de una palanca o apretar un botón y encontrarte inmediatamente en posesión de los resultados de tu examen, o camino de la cama del simpático doctor, o a salvo en tus habitaciones tras ser rechazado por el antipático. Y si uno supiera que no tendría que pasar por todas esas cosas, tampoco tendría que temerlas. Tal como Hardy teme este primer encuentro, esta primera comida con Ramanujan.

¿Por qué le da miedo? Demasiadas expectativas, supone; demasiadas peleas con las autoridades institucionales, y demasiados retrasos, y una cantidad exageradísima de cartas. Un grueso legajo de ellas: de Neville, de Alice Neville, de varios burócratas de las colonias, del propio Ramanujan... De hecho, encontrar el dinero para traer a Ramanujan a Inglaterra ha resultado mucho más difícil que convencerlo para que viniera. En opinión de Mallet, era muy poco probable que en Madrás se pudieran obtener los fondos necesarios para mantener a un estudiante en Cambridge. Trinity se limitó a prometer que se plantearía conceder una beca a Ramanujan una vez llevara un año allí. Y nadie consideró siquiera la posibilidad de que el Ministerio de la India contribuyese con un solo penique. Incluso Mallet le escribió a Hardy diciéndole que, a su parecer, Neville había cometido en primer lugar un gran error animando a Ramanujan a venir; era «un peligro que un estudiante de la India contase con el amable apoyo del señor Neville, y diese por sentado que a un catedrático de Cambridge le resultaría fácil recolectar el dinero necesario», que, aparte de las cincuenta libras al año que él y Littlewood estaban dispuestos a asegurar, este catedrático de Cambridge no tenía.

Sin embargo, tan pronto como Hardy le había enviado rápidamente una carta a Neville advirtiéndole que debía «andarse con cuidado», Neville había conseguido por su cuenta y riesgo convencer a la Universidad de Madrás de que le proporcionase a Ramanujan una beca anual de doscientas cincuenta libras, una asignación de otras cien para ropa, el dinero de su pasaje a Inglaterra, y un salario para mantener a su familia durante su ausencia. Lo que el Ministerio de la India le había jurado a Hardy que no se podría hacer nunca, Neville sólo había necesitado tres días para hacerlo.

Neville, el héroe...

Y ahora Ramanujan está en Inglaterra, y Hardy aún tiene que encontrárselo cara a cara, para ver si la realidad guarda algún parecido con la imagen que se ha formado en su mente: una imagen a la que han contribuido sin duda las descripciones ofrecidas por cada uno de los Neville, en la misma medida (y eso no lo puede negar) que el espectáculo eternamente fascinante de Chatterjee, el jugador de críquet. Aunque tampoco es que le haya resultado fácil, a partir de esas pistas fragmentarias y no siempre complementarias, labrar un rostro del que pueda hacerse al menos una imagen mental. Neville no es precisamente lo que uno llamaría un escritor profesional. «Más bien fornido y moreno», dijo cuando regresó de Madrás. Bueno, ¿y qué más? ¿Alto? No, alto no. ¿Bigote? Puede. Neville no se acordaba bien. Hardy pensó en preguntarle a la señora Neville, pero supuso que, al hacerlo, descubriría su juego; le dejaría percibir tintes de ansiedad que ella, al contrario que su marido, sería perfectamente capaz de captar. Así que ha mantenido la boca cerrada e intentado apañarse con lo poco que le han dado.

De casualidad, se encuentra en Londres esta semana, a solas en el piso de Pimlico. Ramanujan también está en Londres. Su barco atracó el martes. Neville fue con su hermano, que tiene un automóvil, a buscarlo, tras lo cual lo condujeron inmediatamente al número 21 de Cromwell Road, enfrente del Museo de Historia Natural. La Asociación Nacional de la India tiene allí sus oficinas, así como algunas habitaciones que pone a disposición de los estudiantes indios que acaban de llegar en barco, para facilitarles la transición a la vida inglesa. Hardy vino a pasar la Semana Santa y se quedó, porque necesitaba un cambio de aires, le explicó a su hermana. Y da la casualidad de que, a lo largo de la semana, ha pasado por delante del Museo de Historia Natural varias veces, y también se ha quedado mirando el número 21 de Cromwell Road que está enfrente y se ha fijado en los indios que entraban y salían por el portal. Bueno, ¿y qué? Es lógico preguntarse si será capaz de reconocer a Ramanujan, y tratar de ver si esa cara se corresponde con su imagen mental. Un genio. ¿Qué aspecto tiene un genio? ¿Qué aspecto tiene el propio Hardy? Desde luego está lejos del típico científico con el pelo revuelto que, cuando sale a relucir en una tira cómica del *Punch*, suele aparecer con la mirada perdida por encima de su pipa, la chaqueta mal abrochada y los cordones de los zapatos sin atar. Sobre su cabeza bailan las cifras, una nube de letras griegas, símbolos de puntuación, símbolos lógicos..., todo para dar a entender lo alejado que está de las preocupaciones terrenales y lo ocupado que anda en un mundo demasiado complejo y aburrido como para que merezca la pena el esfuerzo de intentar entrar en él. El científico, en esas tiras, es digno de admiración pero ridículo. Un genio y un chiste. Mientras que Hardy es de esos a quienes los que se refieren a ellos mismos como «nosotros» considerarían de «nuestra clase».

¿Y Ramanujan? De pie, en el exterior del 21 de Cromwell Road, Hardy no tiene ni idea. Tal vez entre o salga. Tal vez no. Y Hardy tampoco le va a preguntar a Neville (aunque sabe que Neville se va a acercar a Londres el sábado para recoger a Ramanujan) si les podría acompañar a él y a Ramanujan a Cambridge. No quiere dar ni de lejos la impresión de que aguarda esta ocasión trascendental con algo más que cierta displicencia. Al fin y al cabo, G. H. Hardy es un hombre importante, con muchas cosas importantes de las que preocuparse. Aun así, el sábado por la mañana, se da un último paseo por el Museo de Historia Natural antes de enfilar Liverpool Street para coger el tren.

De vuelta en Cambridge, regresa a la seguridad de sus aposentos, a Hermione y a su silla de caña y al busto de Gaye. Sabe que Ramanujan se quedará con los Neville hasta que le encuentren acomodo en Trinity. Todo el mundo está de acuerdo (se comenta mucho en el Hall) en que los Neville han sido muy generosos, en que han ido más allá de su deber. De hecho, hace unos días, un colega de clásicas se acercó a Hardy y le felicitó por el papel que había jugado en «traer al indio de Neville a Cambridge». Hardy esbozó una sonrisa y se alejó andando.

El día de la comida, se encuentra con Littlewood en Great Court. Littlewood va silbando.

—Toda una ocasión para nosotros —dice mientras enfilan

King's Parade tras cruzar la verja de entrada–. Después de tantos esfuerzos, por fin lo tenemos aquí.

–Eso parece –contesta Hardy–. Ahora habrá que decidir qué hacemos con él.

–No creo que haya problema. Hay que dejarle seguir como hasta ahora. Ah, y enseñarle a hacer buenas demostraciones.

–Sí, sólo eso. –Hardy se ciñe un poco más el cuello. La brisa hace que le entren escalofríos, a pesar de que el sol le calienta le cara. Esa confluencia de contrarios le produce un efecto tranquilizador; tanto que, cuando llegan a Chesterton Road, ya casi se ha olvidado de su ansiedad. Pero entonces, cuando aparece ante su vista la casa de Neville, se le acelera el corazón. Otra vez como el día de la entrega de premios... Si estuviera solo, se daría la vuelta, saldría corriendo hacia sus aposentos y le mandaría una nota a los Neville, alegando que se encuentra mal. Pero, por suerte o por desgracia, Littlewood está con él. Y Littlewood no sospecharía ni de lejos el pánico que siente.

Ethel, la criada, responde a su llamada en la puerta. Hardy no la ha visto desde el té del otoño anterior. En el ínterin ha ganado peso, parece una rebanada de pan sin cocer. El cuarto de estar al que los lleva está inundado de una luz natural que le da al papel pintado morado un aspecto truculento, casi fúnebre, dejando entrever las manchas del cristal de la ventana y la fina capa de polvo de los extremos de la mesa de caoba. Ese efecto, el de la luz del sol en una estancia pensada para amparar la oscuridad, le encanta a Hardy. Por un momento se queda tan abstraído que no percibe que Neville se ha levantado del canapé Voysey, alargando la mano a modo de saludo para acercar a Hardy hasta los sillones individuales, de uno de los cuales se incorpora una lóbrega figura. Es Ramanujan.

La máquina de pegar saltos en el tiempo funciona. Antes de que se dé cuenta, ya ha pasado el momento.

Se repiten nombres familiares (uno de ellos, el suyo). Se estrechan manos (la de Ramanujan está seca pero resbalosa), y enseguida resuena en la garganta de Hardy una voz diferente (una voz como de orador, de director de escuela). Palabras de calurosa acogida. Una palmada en la espalda de Ramanujan, que es cálida y carnosa. Por lo visto Ramanujan está aún más nervioso que Hardy. Tiene gotas de sudor en la frente —es el primer detalle en el que se fija Hardy— y un cutis de color café con leche, picado de viruelas. No lleva bigote. En cambio hay ahí una sombra que, de lejos, se podría confundir con un bigote, porque la nariz de Ramanujan (regordeta, pronunciada) le llega hasta muy abajo y casi toca con el labio superior. No es ni tan bajo ni tan fornido como insinuó Neville. Esa escasa estatura y esa corpulencia aparentes se deben más bien a la ropa que lleva: un traje de tweed de una talla demasiado pequeña. La chaqueta, con todos los botones abrochados, malamente le tapa la barriga. Hasta parece que los zapatos le aprietan.

Le presentan a Littlewood con menos ceremonias. Luego todos toman asiento, y entra la señora Neville, deshaciéndose en excusas por el retraso, y recuerdos para Gertrude, y preguntas sobre Gertrude... Se sienta al lado de su marido, que pone el brazo en el respaldo del canapé, de modo que sus dedos descansan sobre su nuca.

Sigue un silencio incómodo, que nadie sabe muy bien cómo llenar, hasta que una vez más la voz de director de escuela retumba en la garganta de Hardy.

—Bueno, señor Ramanujan —dice—, ¿y qué tal el viaje?

—Bastante agradable, gracias —responde Ramanujan.

—Aunque se pasó mareado la mayor parte del tiempo —interviene la señora Neville.

—Sólo la primera semana.

—¿Y qué le parece Inglaterra hasta el momento? —pregunta Littlewood.

—He de admitir que la encuentro bastante fría.

—No es de extrañar —dice Neville—. Hoy en Madrás debe de hacer treinta y ocho grados.

–Pues para nosotros, señor Ramanujan, hoy hace calor –dice la señora Neville.

–Aun así –dice Hardy–, estoy seguro de que los Neville le habrán hecho sentirse muy a gusto.

(¡Qué charla más estúpida! Se le rebela todo el cuerpo. Le gustaría rasgar telas, romper ventanas.)

–Muy a gusto, sí. Han sido muy buenos conmigo.

–¡Anoche no cerró su puerta! Y esta mañana le he dicho, Ramanujan, ¿por qué no ha cerrado su puerta? Pero Alice me ha recordado que, cuando estábamos en el hotel de Madrás, los huéspedes indios nunca cerraban la puerta.

–Eric, no hagas que el señor Ramanujan se ruborice.

–No lo estoy haciendo. Sólo hago una pregunta. ¿Por qué a los indios no les gusta cerrar la puerta?

–En nuestras viviendas no tenemos puertas que cerrar.

–¡Mientras que los ingleses lo hacemos todo a puerta cerrada! –dice Littlewood, echándose a reír y rascándose el tobillo.

–Sí, me temo que somos muy puritanos –dice Alice–. Me han comentado que en los almacenes de Londres sólo les está permitido a las señoras cambiarles la ropa a los maniquíes femeninos.

–¿En serio? –pregunta Hardy.

–Evidentemente, los tiempos están cambiando. Por ejemplo, creo que puedo decir sin miedo a equivocarme que, de todos los que estamos aquí presentes (me refiero a los ingleses), ninguno ha tenido padres que durmieran en el mismo dormitorio.

El silencio que sigue a esa hipótesis también la confirma. Neville tose, incómodo. Qué mujer más descarada es esta Alice, piensa Hardy, ¡o por lo menos aspira a ser! Afortunadamente, Ethel anuncia que la comida está lista. Sujeta la puerta abierta, y los cinco entran en fila en el comedor, que da a la parte trasera de la casa. Aquí el mobiliario, lo mismo que el papel pintado, también es de William Morris, y las sillas tienen respaldo de tablilla y asientos de junco. Por lo que respecta a la mesa, Hardy juraría por el modo en que está puesta que a la señora

Neville ésta le parece una gran ocasión. Ha sacado la plata, la mejor porcelana de bodas y unas servilletas blancas almidonadas. En el medio hay un centro de flores primaverales (campánulas, violetas y azafranes en un cuenco acanalado).

Ethel hace una ronda con una botella de vino, que Ramanujan rechaza cortésmente. Sin duda, otra exigencia impuesta por esa locura de religión.

¿Y su vegetarianismo? Durante unos instantes bastante desagradables, Hardy lo pasa mal pensando si la señora Neville habrá dispuesto el típico almuerzo dominical (un asado y pudin de Yorkshire y un par de verduras con patatas) para darle la bienvenida al forastero e introducirlo en las costumbres inglesas. En cuyo caso, ¿qué hará? A Hardy le da pánico la mera perspectiva de ese pobre indio teniendo que rechazar incluso las patatas, que habrán sido asadas con la carne, hasta que recuerda que, habiendo estado en la India, la señora Neville sabrá perfectamente que Ramanujan es vegetariano y le habrá preparado, como mínimo, un menú alternativo.

Pero resulta que aún lo ha hecho mejor.

—En previsión de su llegada, señor Ramanujan, he estado estudiando cocina vegetariana.

—Para desgracia de la cocinera —añade Neville, riéndose.

—Eric, por favor... La última vez que estuvimos en Londres, el señor Neville y yo comimos en un restaurante vegetariano, el Ideal de Tottenham Court Road, y disfrutamos de una comida muy apetitosa.

—Aparte de la carne, lo único que le faltaba era un poco de sabor.

—Y me he agenciado un libro de cocina vegetariana. Espero que le gusten los resultados.

Ramanujan menea la cabeza de una forma que puede significar sí o puede significar no. Semejante esfuerzo por su culpa parece haberle dejado sin palabras. Por suerte, Ethel regresa en ese momento, trayendo una sopera. A un puré de lentejas (bastante decente, aunque un poco soso) le sigue una ensalada, tras la que la señora Neville desaparece en la cocina para volver con una enorme bandeja de plata tapada con una campana. La pone ceremoniosamente sobre la mesa.

–Como plato principal –dice–, hoy tenemos una receta especial. Un ganso vegetal.

Con una floritura, quita la tapa. Una terrosa masa marrón, rodeada de patatas cocidas y zanahorias y ramitas de perejil, descansa en el centro de la bandeja. Ramanujan abre mucho los ojos, sin dar crédito. También abre la boca. Entonces la señora Neville se ríe cantarinamente.

–Por favor, no se preocupe, señor Ramanujan –dice–, no es un ganso *de verdad*. No se ha empleado ningún ave de ninguna especie, se lo juro. Es que lo llamamos ganso vegetal porque..., bueno, es una especie de ganso de pega. Un ganso de pega relleno.

–Ya ve, señor Ramanujan –dice Neville–, nosotros los ingleses somos fundamentalmente hombres de las cavernas. Si nos dieran a elegir, arrancaríamos la carne cruda de los huesos con los dientes, así que, cuando comemos comida vegetariana, intentamos hacer cosas con la apariencia de las que nos encantan. Gansos vegetales, embutidos vegetales y pasteles de carne y riñones vegetales.

El menú es recibido con un silencio de estupefacción.

–¿Cree que estoy bromeando? Le he echado un vistazo al libro de cocina de Alice, y todas son recetas auténticas.

Ramanujan se ha puesto colorado. Esboza como puede una ligera sonrisa. Neville le está tomando el pelo, piensa Hardy, y disfrutando con ello.

–Llámenlo como quieran –dice la señora Neville, metiendo el cuchillo en la masa–, pero sólo es calabacín relleno de pan, salvia y manzanas, y luego asado.

De la primera incisión se escapa un vapor cargado de un fuerte olor a canela. Corta la primera tajada, la pone en un plato, y luego ante Ramanujan.

–Sólo hay una cosa que no entiendo –dice Littlewood, mientras se van distribuyendo los demás platos–. ¿Por qué demonios iba a querer un vegetariano comer carne de pega? Supongo que solamente se trata de..., bueno, de *no* comer carne. De comer vegetales.

–Personalmente, prefiero esto a un plato de nabos cocidos fríos –dice Neville, atacando su plato–. Delicioso, cariño.

–Gracias, Eric. ¿Y a usted qué le parece, señor Ramanujan?

–Muy sabroso –dice Ramanujan, todavía a disgusto, advierte Hardy, con su tenedor. Un utensilio primitivo, diseñado para pinchar carne. Pobre tipo. No debe de estar acostumbrado a esos sabores. El propio Hardy tampoco lo está. Para él, la empalagosa dulzura de la canela sólo hace aún más repugnante la masa de calabacín.

La comida remata con un pudin de sagú, tras el que el grupo regresa al cuarto de estar para el café, que, Hardy se complace en observar, Ramanujan acepta con gran entusiasmo. Mientras tanto, la señora Neville se dedica a explicar con su voz de guía, que el café se toma mucho en Madrás, incluso más que el té, aunque se prepara de distinta forma: hervido con la leche y luego azucarado. Todos apuran sus tazas y, disculpándose de una manera muy exagerada (tal vez lo haya acordado antes con Neville), ella dice que tiene muchas «labores caseras pendientes» y sale de la habitación. Hardy imagina que ahora es cuando se supone que deben hablar de matemáticas. Dios Santo, ¡qué horror! ¡Todavía peor que la cháchara de antes! Le gustaría salir huyendo, y se pregunta si Ramanujan tendrá la misma sensación. Pero entonces Neville le hace una pregunta a Ramanujan acerca de la función zeta, sobre la que Ramanujan procede a explayarse, al principio a trompicones, pero luego con mayor seguridad en sí mismo. Por lo visto, le han enseñado la demostración de Hardy (recién publicada) de que hay un número infinito de ceros en la recta crítica.

Sólo ahora consigue tener Hardy la presencia de ánimo suficiente como para *verlo* realmente. Esos ojos de párpados pesados, oscuros y escrutadores, miran por debajo de una frente abultada y ceñuda. El pelo, aunque lo lleve corto, es fuerte y frondoso. Quizá porque la señora Neville ya no está presente, se ha desabrochado la chaqueta, y como resultado parece que, en conjunto, se siente mucho más cómodo. Dice que cada vez le interesan más los que él denomina los «números altamente compuestos». Littlewood le pregunta qué quiere decir.

–Supongo que me refiero a los números –dice Ramanujan– que están tan lejos de un número primo como puede estarlo un número. Una especie de antiprimos.

–Fascinante –dice Littlewood–. ¿Podría darnos un ejemplo?

–El 24.

Hardy alza las cejas.

–Ninguno de los números que hay hasta 24 tiene más de 6 divisores. 22 tiene 4, 21 tiene 4, 20 tiene 6. Pero 24 tiene 8. 24 se puede dividir por 1, 2, 3, 4, 6, 8, 12, o 24. Así que defino un «número altamente compuesto» como el número que tiene más divisores que cualquier número que lo preceda.

¡Qué mente más extraña! ¡Qué mente más extraña y de cuánto alcance!

–¿Y cuántos números de ésos ha calculado usted?

–He hecho una lista de todos los números altamente compuestos hasta el 6.746.328.388.800.

–¿Y ha llegado a alguna conclusión con respecto a estos números? –pregunta Neville.

–Pues sí. Miren, se puede calcular una fórmula para un número altamente compuesto *N*. –Hace un gesto como de coger algo con los dedos, como buscando un lápiz invisible.

Y Neville se levanta y dice:

–Espere un momento.

Luego sale de la habitación y regresa enseguida con una pizarra con patas y un poco de tiza. Ramanujan se pone torpemente junto a la pizarra.

–Bueno –dice–, pues partiendo de que N sea un número altamente compuesto, podemos escribir la siguiente fórmula para N.

Y se lanza. Junto al encerado, la timidez que quizá sienta al hablar en inglés desaparece, igual que se desvanece la incomodidad de Hardy. Se pierden en disquisiciones; y cuando, una hora después, Alice Neville echa un ojo desde lo alto de la escalera, ve a cuatro hombres prácticamente desconocidos para ella, hablando un lenguaje que no puede esperar comprender.

2

Alice recorre el pasillo y entra en el cuarto de invitados, cuya puerta Ramanujan ha dejado entreabierta. Su baúl (de cuero oscuro y con escasas rozaduras) descansa en el suelo, perfectamente cerrado. La superficie del escritorio está vacía; la jofaina, limpia. Parece que no ha dormido nadie en la cama. ¿Pero cómo es posible? Palpa debajo de las mantas y se da cuenta de que nadie ha tocado las sábanas. ¿Entonces ha dormido en el suelo? ¿O quizá sobre la colcha de pábilo, cuya superficie color crema ha alisado después de levantarse? Ningún olor desconocido ha impregnado la habitación, como si Ramanujan, con tanto recato, hubiese reprimido incluso los efluvios de su cuerpo. Así que sólo es capaz de oler la fragancia a limpio del suelo de madera recién fregado y el fresco aire primaveral.

A principios de semana, cuando preparaba esta habitación para Ramanujan, se encontró preguntándose qué opinaría él de esa cama alta y dura, de ese escritorio barnizado y esas paredes sin más adornos que unas cuantas reproducciones de Benozzo Gozzoli, adquiridas en su viaje de novios a Italia. Sabe que allí, en Madrás, Ramanujan no tenía cama. Como muchos indios, él y los demás miembros de su familia dormían en colchones enrollados que se podían recoger y guardar durante el día. Cualquier trozo de suelo vacío podía servir de dormitorio. Y ahora ya está en Inglaterra, donde los árboles acaban de empezar a retoñar y, para dormir, tiene que subirse a una cama. ¿Qué impresión le producirá todo esto? ¿Le horrorizará su extrañeza? ¿Se encogerá sobre la cama? ¿Le entrarán ganas de esconderse? ¿O le parecerá que en esa cama alta y extraña un nuevo Ramanujan (una versión de sí mismo que sólo puede aflorar en el extranjero, como afloró una nueva versión de Alice en la India) acaba de empezar a echar brotes, como los árboles?

Cierra la puerta. Abajo, los hombres alzan sus voces llenas de entusiasmo e impaciencia. No es probable que nadie la interrumpa mientras abre el baúl y les echa una ojeada a la ropa pulcramente doblada y los cuadernos que descansan sobre ella. En un neceser (también nuevo, a juego con el baúl) descubre un cepillo del pelo, tónico capilar, polvos dentífricos y un cepillo de dientes. Palpando bajo la ropa, pesca un libro titulado *La guía del caballero indio del protocolo inglés*, la fotografía de una muchacha que imagina será su mujer, y un pequeño y complicado objeto de latón que, cuando desenrolla su forro de tela, resulta ser una figura de Ganesha, el dios elefante hindú, dios del éxito y la educación, de nuevas empresas y comienzos prometedores, de la literatura. El Ganesha de Ramanujan tiene tripa y lleva corona. En la primera de sus cuatro manos sostiene un dogal, en la segunda una aguijada, en la tercera un colmillo partido para escribir y en la última un rosario. Tiene la trompa enrollada a un caramelo, y a su derecha está sentada la rata que él monta como los hombres montan caballos.

¿Por qué no lo ha sacado Ramanujan? ¿Por qué no lo ha puesto en el escritorio junto a la jofaina? ¿Por qué no ha desdoblado esa ropa tan incómoda, y colocado en alguna parte su cepillo de dientes y sus polvos dentífricos, y abierto la cama para poder acostarse entre las sábanas? Alice desearía hacer esas cosas por él. Aunque sabe que no se atreverá a hacerlas. Ella a él le cae bien (eso está claro), pero es demasiado tímido como para demostrar su cariño. ¿Y cómo va a obligarlo?

Con mucho cuidado, devuelve el libro y la figura de Ganesha al baúl, y luego baja la tapa y la pestaña del cerrojo. Después se sienta en la cama, estropeando la perfecta suavidad de la colcha. Piensa en los hombres de ahí abajo, y por alguna extraña razón, por un instante, siente como si fuera a morirse de soledad.

¿Por qué le preocupa tanto? ¿Qué le importa a ella la presencia de él en su casa? A Israfel no le importaría. *Ella* anhelaría poder deshacerse de él, poder endosárselo a Trinity; y cuando lo consiguiera juntaría las palmas de las manos diciendo: «Bueno, gracias a Dios, *se acabó.*» Pero Alice no es Israfel, así que lo que siente es pena.

Se levanta muy despacio. Alisa las arrugas que ha dejado en la colcha; lo suficiente como para dar una sensación de pulcritud, pero no tanto como para que Ramanujan no advierta que alguien se ha sentado en su cama. Luego regresa distraídamente al pasillo. Se está poniendo el sol. Los hombres siguen hablando. Debería ofrecerles un té. Lo sabe. Debería bajar, poner unas cuantas galletas en un plato y el agua a hervir. Pero no se mueve.

3

Ramanujan se queda con los Neville mes y medio. Dan cenas de vez en cuando, a las que invitan a toda una serie de lumbreras de Trinity, para que puedan ponerle por fin la vista encima a la «Calculadora Hindú»,[1] como lo ha apodado recientemente uno de los tabloides. Russell acude, como lo hacen Love, Barnes, Butler. Una noche le piden a Hardy que lleve a Gertrude. A esas alturas, la comida horrorosa de los Neville se ha convertido hasta tal punto en materia de cotilleo en Trinity que Hardy se cura en salud cenando antes con Littlewood y su hermana en sus aposentos, para poder ser capaces, cuando se vean obligados a enfrentarse a la última aberración elegida por la señora Neville (trucha vegetal, pastel de «carne» vegetal), de disculparse por su escaso apetito con total impunidad.

Sin embargo, esta noche les espera una sorpresa. En vez de preparar un simulacro de carne, la señora Neville anuncia que (gracias a la reciente llegada de ciertas especias encargadas en Londres), ha preparado un curry de verduras.

–En la tierra del señor Ramanujan, lo comería con los de-

---

1. En el sentido religioso del término, dado que Ramanujan afirmaba que sus fórmulas matemáticas se las escribía la diosa Namagiri en la lengua. *(N. del T.)*

dos, claro –le dice a Gertrude–, pero, como ya le he explicado a él, a la mayoría de los ingleses esa costumbre les hace sentirse tan incómodos como a él al principio un tenedor. Aunque ahora ya se ha convertido usted en un experto con nuestros cubiertos, ¿verdad, señor Ramanujan?

Ramanujan menea la cabeza. A Hardy le lleva un rato acostumbrarse a ese gesto suyo, una especie de sacudida con el cuello, que ya ha aprendido a comprender que significa un sí provisional. Pero no hay que confundirse: Hardy no siente más que gratitud hacia los Neville. Han tratado muy bien al señor Ramanujan y le han hecho sentirse como en casa; le han enseñado a moverse por los vericuetos de Cambridge y los pasillos de Trinity, le han dado cama y comida, y por lo visto están dispuestos a continuar haciéndolo durante el resto de su estancia. Dicho esto, a Hardy más bien le molesta que lo traten siempre, o al menos en presencia de los demás, como si fuera algo *suyo*, como a un mono domesticado e inteligente al que están entrenando para que actúe como un hombre. ¡Y miren! Esta noche, en honor al mono, ¡cenaremos plátanos! Bueno, tal vez exagere un poco. Pero lo cierto es que, al preparar ese curry, Alice Neville pretende lucirse ante Gertrude. Por alguna razón, a Alice le parece de suma importancia causarle una impresión positiva.

Hardy se vuelve para echarle un vistazo a su hermana. Su cara no expresa ninguna reacción en absoluto. No hay nadie en el mundo de quien se sienta más cercano que de Gertrude, y aun así, en ciertos aspectos fundamentales, no acaba de entenderla. ¿Qué piensa, por ejemplo, de la decoración de los Neville, que ella asimila, como lo asimila todo, fríamente, sin comentario alguno? Littlewood coquetea con Gertrude cada vez que se ven. ¿Qué verá en ella? Está flaca y no tiene pecho, y lleva un vestido que parece un saco marrón, ni nuevo ni a la moda. Entonces a lo mejor es eso; quizá lo que le atraiga de su hermana sea esa carencia absoluta de autoconsciencia. Esa misma cualidad fue lo que atrajo a Hardy de Littlewood en su día.

Se sientan para comer. Les sirven el arroz de un cuenco de porcelana, y el curry (que está aguado y amarillento, y en el que bailotean pedacitos de verduras sin identificar) de una sopera de plata.

—Por supuesto, señorita Hardy —dice la señora Neville—, en Madrás un curry de este tipo llevaría muchísimas más especias. Me he permitido algunos cambios para satisfacer a los paladares ingleses.

Pues sí que es cierto. Si se puede decir algo de ese curry, es que es mucho más suave que otras variantes que la madre de Hardy preparaba de vez en cuando. Dicho esto, es de agradecer ese respiro en la dieta de ganso vegetal. De hecho, se fija en que el propio Ramanujan lo está engullendo con delectación, sin duda agradecido por este vago remedo de la comida a la que está acostumbrado. Y, entretanto, la señora Neville sigue hablando de Madrás y de la manera india de comer (envolviendo la comida en una especie de torta) mientras el señor Neville la observa, divertido y plácido. Ramanujan no dice nada; se limita a sacudir la cabeza de cuando en cuando. Porque hasta él debe de tener claro, como lo tiene Hardy, que esta representación es realmente para Gertrude. ¡Las mujeres son unas criaturas tan insondables, tan conscientes de las demás como posibles competidoras, aliadas o presas! Si uno no supiera nada de ellas, podría pensar que Gertrude debería envidiar a Alice; siendo Gertrude la encarnación misma de la maestra solterona inglesa. Y, sin embargo, es Alice la que desea ganarse su aprobación. ¿Por qué? Tal vez imagina que Gertrude es una especie de dechado de ingenio distante y urbanidad, el símbolo de un mundo en el que Alice, tal como es, se sentiría irremediablemente a disgusto. Tampoco importa que Gertrude no sea esa clase de mujer en absoluto, y que en realidad se sentiría tan intimidada como Alice por las hermanas Stephen, o por Ottoline Morrell. Aunque hay que decir a favor de Gertrude que se le dan bien los juegos. Sabe que, en cuanto te pasan la pelota, sales corriendo con ella. Así que, en presencia de Alice, juega el papel que ésta le ha asignado. Se muestra distante y ligeramente condescendiente, negándose siempre a otorgar el beso de aprobación que Alice anhela. Se lo reserva y, al reservárselo, hace que Alice se maldiga a sí misma por necesitar el amor de un hombre hasta para conocerse.

Ambas mujeres observan a Ramanujan atentamente. Es como si, para ellas, todas las facetas del indio, incluida su genialidad, tuvieran un aroma exótico y picante como la comida que Alice está describiendo. ¿Pero esas miradas lo desconciertan siquiera un poco? No puede estar acostumbrado a esas atenciones. Está acostumbrado a la soledad.

Todas las mañanas, después de que la señora Neville le haya dado de desayunar y le haya elegido la ropa según las condiciones atmosféricas, cruza el Cam, atraviesa Midsummer Common, y luego se dirige por King Street, Sussex Street y Green Street hasta Trinity. Media hora andando, con unos zapatos que aún le hacen ampollas en los pies. Durante el resto de la mañana, él y Hardy trabajan juntos, normalmente los dos solos, aunque a veces Littlewood se suma a ellos. Trabajan sobre Riemann. A esas alturas Hardy ha establecido irrefutablemente que existe una infinidad de ceros en la recta crítica. Pero, tal como le explicó a la señorita Trotter, eso no significa que no haya también una infinidad de ceros que *no* estén en la recta crítica. Así que, en realidad, Hardy no ha demostrado nada; solamente ha dado un paso en la dirección correcta.

Lo primero que tiene que hacer es explicarle a Ramanujan por qué su propia mejora del teorema de los números primos es errónea. Y para eso debe andarse con pies de plomo. Por un lado, Hardy necesita hacerle comprender por qué su manera de pensar era defectuosa, y en concreto, convencerle de que la exactitud de 1.000 enteros, en matemáticas, no significa nada. Y por otro, no quiere desalentar a Ramanujan. Quiere hacerle entender que su fracaso (porque es un fracaso) es, en cierta forma, más maravilloso que cualquiera de sus triunfos. Puesto que el problema que soñó resolver en Kumbakonam, a los mejores matemáticos de Europa les llevó un siglo simplemente formularlo. Y ninguno de ellos (ni Hadamard, ni Landau, ni Hardy) lo ha resuelto. Tal vez Ramanujan...

Desgraciadamente, tiene poca paciencia. Se muere de ganas de publicar, le dice a Hardy, para poder demostrarles a los hombres de Madrás que le animaron que el tiempo y el dinero que emplearon en él no fue en vano. Y también por algo más, Hardy lo tiene muy claro. Ningún ser humano, da igual lo evolucionado que esté espiritualmente, está libre de vanidad. Ramanujan hasta debe de soñar con pasarles su éxito por las narices a aquellos que no consiguieron apreciarlo en su justo valor, y, de ese modo, hacerles sentirse tan miserables como ellos le hicieron sentirse a él. Y no sólo a los mezquinos burócratas provincianos que le retiraron sus becas en Kumbakonam. Ese deseo también es extensivo a Cambridge.

Por ejemplo, desde muy pronto (de hecho, desde el día que recibió su primera carta), Hardy sospechó que no era la primera autoridad en la materia a quien había escrito Ramanujan. Y ahora que lo ha preguntado, recibe la confirmación de que, bueno..., pues antes de escribir a Hardy, Ramanujan escribió a sus colegas de Cambridge, Baker y Hobson. Pero ninguno se molestó en contestar.

A la mañana siguiente Ramanujan quiere averiguar todo lo que pueda sobre Baker y Hobson. ¿Dónde y cuándo dan clase? Si les pregunta a los porteros de otros colegios, ¿podrá enterarse de dónde viven? Hardy se lo explica, aunque de mala gana. No es que le dé miedo que Ramanujan llegue al extremo de encararse con esos hombres, ni con nadie que haya conocido. Es demasiado tímido. Y, sin embargo, a Hardy no le sorprendería nada que les metiese recortes de periódico, anunciando su llegada, por debajo de las puertas.

Enseñarle cosas no está resultando nada fácil. Las dos o tres primeras mañanas, Hardy las pasa intentando explicarle en qué consiste una demostración, pero Ramanujan no para de distraerse. En muchos aspectos sigue siendo el niño que hacía cuadrados mágicos para entretener a los compañeros de escuela. Es incapaz de concentrarse en Riemann, como le gustaría a Hardy; y, en cambio, su mente se mueve en veinte direcciones a la vez, y a pesar de que Hardy intenta que no se vaya por las ramas, no se atreve a interrumpir el vuelo de asociaciones fantasiosas que podrían llevarles a descubrimientos inesperados.

Una mañana, por ejemplo, están hablando del número π. Hardy sabe que, durante los años solitarios que pasó en el *pial* de su madre, entre otras muchas fórmulas matemáticas, Ramanujan se sacó de la manga varias que pretendían aproximarse al valor de π. A Hardy algunas le parecen bastante interesantes, aunque sólo sea porque son muy extrañas. Un ejemplo:

$$\pi = \frac{63}{25} \times \frac{17 + 15\sqrt{5}}{7 + 15\sqrt{5}}$$

O este otro:

$$\frac{1}{2\pi\sqrt{2}} = \frac{1.103}{99^2}$$

Ahora Ramanujan va tras algo mucho más complejo. Ha descubierto por su cuenta que, por medio de lo que se denominan ecuaciones modulares, es posible concebir rutas nuevas, increíblemente rápidas, para llegar a π: series que convergen a una velocidad asombrosa, permitiendo que el calculador, en muy poco tiempo, escriba el valor de π con un número altísimo de decimales. ¿Y de dónde se ha sacado esas ecuaciones? Por mera diversión, Hardy se lo imagina durmiendo en el cuarto de invitados de Neville, se imagina a Namagiri (en sus fantasías, con la tez oscura, un flequillo a lo Cleopatra, las mejillas coloradas y treinta brazos) apuntando pacientemente las fórmulas en su lengua. ¡Menudo genio debe de ser esa diosa para ser capaz de hacer lo que Moore no pudo, para vagar a su antojo por bosques inexplorados de la mente y regresar trayendo joyas y tesoros! Hardy empieza a distinguir un sendero apenas visible en la espesura, que lleva del fracasado esfuerzo de Ramanujan por mejorar el teorema de los números primos hasta la hipótesis de Riemann y tal vez aún más lejos. La cuestión estriba en si su ambición le ayudará o le estorbará en su incursión por ese sendero. O por decirlo de otra forma: ahora que Ramanujan ha cruzado los mares, ¿le habrá seguido Namagiri?

Así pasan las mañanas, y luego, por la tarde, Ramanujan asiste a sus clases o vuelve a casa de los Neville, donde quién sabe lo que hará con la señora Neville hasta que se ponga el sol, llegado el momento de esas cenas terribles, por lo menos un par de veces a la semana. Hardy ni se imagina lo que le dará de comer la señora Neville a Ramanujan cuando no hay invitados presentes.

Una noche sugiere que él y Littlewood podrían invitar a Ramanujan a cenar al Hall. Lo recogen en casa de los Neville, y se alejan de allí mientras la señora Neville los despide con la mano desde la puerta, tan desamparada como cualquier madre que manda a su hijo al colegio por vez primera. Neville se junta con ellos en Trinity, donde se recibe a Ramanujan con un cúmulo de atenciones. Lleva su toga por primera vez. Varios hombres le dan la bienvenida, y aunque no es lo corriente (no es uno de ellos), se sienta en esta ocasión entre Littlewood y Hardy en la mesa de honor. Como se ha advertido a la cocinera sobre su vegetarianismo, le ponen delante una mezcla muy poco apetecible de patatas cocidas, zanahorias y nabos, que él contempla con cierto recelo. Y tiene toda la razón. Sin embargo, esta noche no ha venido por la comida.

Russell está sentado al otro lado de la mesa, y ansioso por conocer las opiniones de Ramanujan sobre la independencia india, el movimiento sufragista, la autonomía de Irlanda... Pero por lo visto Ramanujan no está a la altura de este interrogatorio. Sus respuestas son aturulladas y atropelladas, sobre todo cuando sale a relucir el sufragio, porque ni siquiera conoce esa palabra. Y, en definitiva, ¿cómo se puede esperar que dé su opinión sobre el sufragio, cuando procede de un país donde la mayoría de las mujeres ni siquiera saben leer o escribir? No es que Russell pretenda provocarle ni tomarle el pelo, simplemente que no tiene los pies en la tierra. Para Russell, Ramanujan es exactamente lo contrario que el espécimen exótico que es para Gertrude y Alice: un emisario de otra parte del mundo cuyas opiniones quiere recabar con la esperanza, sin duda, de enrolarle en sus propios esfuerzos incipientes por crear una nueva Inglaterra. Sin embargo es un empeño inútil, tal como el propio Russell parece advertir enseguida, porque cambia de tema, y pregunta por el trabajo que está realizando Ramanujan.

Entonces Ramanujan se relaja. Habla de algunos de los métodos modulares que ha descubierto, incluido uno que arroja un valor de π de hasta el octavo decimal, ya en primera instancia. Russell está extasiado. Si hay algún tema que puede distraerle de la política, son las matemáticas, y la conversación salva la noche.

Más tarde, Hardy y Littlewood acompañan andando a Ramanujan y a Neville hasta Chesterton Road. Por el camino, Ramanujan apenas habla. Renquea un poco porque le aprietan los zapatos. Y no es de extrañar que esté agotado. Aunque fuera la cosa que más deseaba en el mundo, o la que decía que más deseaba en el mundo, debe de seguir resultándole muy desconcertante haber cambiado tan deprisa de la soledad del *pial* de su madre al frenesí de la mesa del profesorado de Trinity. Y todo a causa de la carta que tal vez Hardy debería haber tirado a la papelera con la misma tranquilidad que los demás hombres a quienes se la mandó, en cuyo caso Ramanujan todavía seguiría en Madrás, trabajando para la Autoridad Portuaria.

A lo mejor le resulta todo un poco excesivo, como si a un

marino naufragado en una isla desierta lo rescatan al cabo de muchos años para decirle que, en recompensa por sus privaciones, ahora hará todas sus comidas en el Savoy. ¿Y qué ocurre? Pues que semejante abundancia de buena comida lo enferma; a él, que tenía el estómago acostumbrado a las hojas y los abrojos y los peces cogidos con sus propias manos. Del mismo modo, Ramanujan ha sobrevivido durante años con la más exigua dieta de asertos. ¿Han cometido un error, entonces, al pensar que su estómago se correspondería con su apetito?

La señora Neville les está esperando, levantada, cuando llegan a casa.

—Hola, cariño —dice Neville, y le da un beso en la mejilla—. Me parece que esta noche se las hemos hecho pasar canutas al pobre Ramanujan. ¡Preguntas y preguntas y más preguntas!

—Ha sido bastante estimulante —dice Ramanujan.

—¿Qué tal sus pies? —pregunta Alice.

—Bien, gracias.

—Bueno, ya está en casa. —De repente Alice mira a Hardy, asustada; como si hubiera dejado escapar algún sentimiento que hubiese preferido que pasara inadvertido. Tonterías. Hardy se dio cuenta desde el principio.

Más tarde, de vuelta a Trinity, comenta el tema con Littlewood:

—Me cuesta averiguar qué siente por él —dice—. Por un lado, tiene una actitud muy maternal. Pero, al mismo tiempo, me parece que está un poco enamorada.

—En las mujeres —dice Littlewood— eso suele ser la misma cosa.

—¿El qué? ¿El amor materno y...?

—Exactamente. Es muy corriente.

—Aunque Neville ni se entera.

—Claro que sí. Lo que pasa es que no le preocupa demasiado. Ya conoces a Neville.

—Así que no crees que estén...

–Ah, puede que sí. Quién sabe... ¡Y qué irónico sería si lo estuviesen! ¿Porque no es eso lo que más temen las madres indias cuando su hijo sale del país: que los seduzca una malvada dama extranjera? Pero quién iba a decir que sería Alice...

Hardy frunce el ceño. No sabe muy bien si Littlewood está de broma, y le da rabia reconocerlo.

–Bueno –dice casi enseguida–, si quieres saber mi opinión, no lo están. Tú míralos: Alice, con esa inexplicable devoción por Neville..., y Ramanujan, que parece un niño al que tampoco le interesan demasiado las mujeres, por lo que se ve.

–No estés tan seguro. Sea lo que sea, espero que por lo menos se lo esté pasando bien. Porque esta noche parecía muy desgraciado.

–Las multitudes le asustan.

–Debería irse de casa de los Neville, y mudarse a Trinity. He estado mirando y, en cuanto acabe el curso, quedarán habitaciones libres en Whewell's Court.

¡Pero qué listo es Littlewood! Al fin y al cabo, teniendo a Ramanujan a mano no sólo será más fácil organizar su colaboración con ellos, sino deshacerse de una vez por todas de la complicación que representa la señora Neville, con su libro de cocina vegetariana y sus cenas.

–¿Sacamos mañana el tema? –pregunta.

–Venga –dice Littlewood–. A lo mejor por su respuesta nos enteraremos de todo lo que necesitamos saber.

4

Una tarde lluviosa en Chesterton Road. El fuego crepitando. Alice y Ramanujan están sentados a una mesa, uno a cada lado, contemplando un puzzle a medio terminar, un rompecabezas viejo de la infancia de ella. Quinientas piezas. Desde que empezaron a hacer el puzzle, una imagen ha ido surgiendo sobre las vetas de madera oscura: dos caballeros con trajes victorianos, sentados a una mesa no muy distinta a ésta de Alice y Ramanujan. Una alfombra oriental con un dibujo en varios tonos de rojo y amarillo cubre el suelo. Un tercer hombre, vestido con atuendo de posadero, se encuentra de pie, a la izquierda de la mesa. ¿Se trata de una taberna? Parece que uno de los dos hombres sostiene un vaso. Hace años, cuando ella debía de tener catorce, un compañero de negocios le regaló el rompecabezas a su padre, al que no le interesó nada, así que el puzzle acabó migrando al cuarto de los niños donde Alice y su hermana, Jane, seguían haciendo los deberes. Cada año más o menos, hacían un valeroso intento por montarlo, aunque sólo fuera por distraerse con la forma tan bonita en que estaban recortadas muchas piezas: una cabeza de perfil, un perro, un corazón, una media luna. Solían llegar a terminar el marco y una esquina de la alfombra antes de que Jane perdiera la paciencia y soplara sobre la mesa, arrojando las piezas al suelo. Porque Jane se cogía muchos berrinches. Siempre fue la impulsiva, mientras que Alice era la que se ponía de rodillas y tanteaba el suelo para recoger los detritos de la furia de su hermana. Tal vez por esa razón, cuando su padre murió y su madre cerró la casa, reclamó el puzzle y se lo trajo consigo a Chesterton Road. Y cuando llegó Ramanujan, lo desenterró. Él nunca había visto uno. Apenas tuvo tiempo de explicarle en qué consistía antes de que se pusiera manos a la obra.

Y ahora está ahí sentado, con la mirada fija en esos tres caballeros victorianos, sosteniendo en la mano derecha una pieza con la forma de una calabaza diminuta, con los mismos colores de la alfombra. Por un momento se queda estudiando la alfombra (todavía incompleta, como si las ratas hubieran hecho agujeros en ella) y luego, con un gesto rápido que la lleva a pensar en un avión aterrizando, encaja la pieza en su sitio. La calabaza desaparece mientras otro trozo de alfombra se materializa. Eso casi desilusionaba a Alice en sus años mozos. En definitiva, armar el puzzle significaba perder aquellas formas preciosas.

–¿Ha descubierto usted algún método? –le pregunta a Ramanujan, cuando lo que le gustaría preguntarle es: «¿También le ayuda Namagiri con los puzzles?»

–Yo no lo llamaría un método –dice él–. Pero, bueno..., casi. Quiero decir, después de completar el marco, junto los colores y trabajo a partir de ahí.

Alice reprime una sonrisa. Qué curioso, piensa, estar sentada a una mesa frente a uno de los grandes genios de la historia de la humanidad, ¡viendo cómo se entretiene con un rompecabezas! Aunque su marido, el académico de Trinity, no le va a la zaga. De hecho, sabe perfectamente que en cuanto llegue a casa esta tarde, en cuanto se haya secado y tomado un té, Eric se sentará y trabajará en el puzzle con Ramanujan hasta la cena. Como niños. Sin pensar. Y a Alice le da igual. Aun así, se sentirá obligada a levantarse de la mesa. A dejarles solos. ¿Y por qué? No lo sabría decir muy bien. En general, todo es más agradable cuando está a solas con Ramanujan, porque puede hablarle de una manera que le resulta imposible cuando Eric está presente. Ahora él sostiene en la mano lo que parece una langosta, o algo con esa forma. Como siempre, lleva traje y corbata. Pero no zapatos. Al ver ya desde el principio el daño que le hacían, Alice le compró un par de zapatillas, y le explicó que en Inglaterra era costumbre ponérselas en casa. Para que se sintiera más a gusto, también compró unas zapatillas para ella y otras para Eric, y ahora las llevan los tres. En realidad, la única persona en la casa que no lleva zapatillas es Ethel.

De todas maneras, cuando Ramanujan sale de casa, tiene que ponerse los temidos zapatos. Y ella sabe la tortura que le supone ir andando hasta Trinity con los dedos de los pies tan apretados, y le gustaría que ya hiciera un poco de calor para que pudiera llevar sandalias. Pero, una vez más, ¿lo haría aunque pudiera? En sus salidas a Cambridge, se ha dado cuenta de que otros indios van vestidos con atuendos más apropiados a sus orígenes. Le preguntó en una ocasión a Ramanujan sobre ellos, y él le explicó que, cuando había tomado la decisión de venir a Inglaterra, Littlehailes, uno de sus defensores en Madrás, lo llevó en el *sidecar* de su motocicleta a Spencer's, los antiguos grandes almacenes de la ciudad, donde Ramanujan no había puesto un pie en su vida. Allí le proporcionaron camisas, trajes, pantalones... También lo llevaron a un barbero inglés que le cortó el *kudimi*, algo que no permitió hasta que su esposa y su madre habían regresado a Kumbakonam. «¿Y qué sensación tuvo?», le preguntó Alice, al acordarse del libro que había visto en su baúl, *La guía del caballero indio del protocolo inglés*. Y, tras una pausa, él le respondió: «Me sentí simplemente ridículo con aquella ropa. Pero cuando el barbero me cortó el *kudimi*, lloré. Fue como si me quitaran el alma.»

La langosta que Ramanujan tenía en la mano aterriza en la mesa, y en ese momento a Alice la invade una sensación de empatía que la hace ponerse, casi literalmente, en pie. Ramanujan levanta la vista.

–Ay, lo siento –dice Alice, porque el mero hecho de levantarse ha desordenado un poco las piezas del puzzle.

–No pasa nada –dice Ramanujan, volviendo a colocarlas en su sitio.

Ella se acerca al piano. Es un viejo Broadwood vertical, con farolillos a cada lado, herencia de su abuelo. Últimamente le da por tocarlo en presencia de Ramanujan: piezas sencillas, porque no es una pianista consumada. «Greensleeves», un minueto de Haendel, unos cuantos impromptus de Schubert. Y precisamente ayer, revisando la música que heredó con el piano, se topó por casualidad con la partitura de *Los piratas de Penzance*. Era una partitura simplificada, pensada para facilitar algún concierto casero. Tocó «Pobre vagabundo» pero no la cantó.

Y ahora abre la partitura de la canción del General. Prueba la melodía. Y entonces le sale a relucir una inesperada vena de audacia y, sin prepararse nada canta:

> Soy el mejor prototipo
> de modernos generales.
> Tanto sé de vegetales,
> minerales o animales.
> De Inglaterra sé los reyes,
> y recito las contiendas
> de Waterloo a Maratón
> de corrido y a la inversa.

Ramanujan levanta la vista de la mesa.

–Señor Ramanujan, venga a sentarse aquí conmigo al piano –le dice Alice–. Yo diría que le va a gustar esta canción.

Dudando un poco, él se levanta. Alice le hace sitio en la banqueta, y él se sienta lo bastante cerca como para que ella sienta el calor de su cuerpo, pero no tanto como para que se rocen sus ropas.

–Esta canción es de una famosa ópera cómica llamada *Los piratas de Penzance*. La canta un caballero oficial que intenta impresionar a unos piratas. Aunque la verdad es que está muy pagado de sí mismo. Atienda.

> También se me dan muy bien
> las cuestiones matemáticas.
> Entiendo las ecuaciones,
> sean simples o cuadráticas.
> Del teorema binomial
> les contaré quién lo usa,
> y la gracia del cuadrado
> de cualquier hipotenusa.

–Evidentemente –prosigue Alice–, cuando se la interpreta como es debido, se la canta mucho más rápido que yo. Y además la canta un hombre.

Ramanujan está mirando la partitura.

–El teorema binomial... –dice en un tono que tanto puede significar diversión como desprecio.

–Por eso he pensado que le haría gracia –dice Alice–. Venga, vamos a cantarla juntos.

–¿Cantar? Yo no sé cantar.

–¿Y eso? ¿No cantaba en el templo?

–Sí, pero..., nunca he cantado una canción inglesa.

–Bueno, yo tampoco sé, pero no nos va a oír nadie. Sólo Ethel. Así que vamos a cantarla juntos. A la de tres. Una, dos y tres...

Se pone a cantar y, para su deleite, Ramanujan se une a ella.

> Diferencial o integral,
> en cálculo soy magnífico;
> y de cualquier criatura
> les digo el nombre científico.

En cuestiones vegetales,
minerales o animales,
soy el mejor prototipo
de modernos generales.

–¿Ve? Lo ha hecho muy bien.
–¿En serio?
–Tiene una voz de tenor preciosa. Y lo que es mejor, muy
buen oído. Debe de tener una afinación perfecta.
Ramanujan se mira el regazo. Le cuesta respirar. Le brota el
sudor de la frente, como siempre que está feliz.
–Venga –le ordena Alice–, vamos a seguir. La terminamos
y luego la cantamos toda seguida.
Ramanujan toma aliento.
–Una, dos y tres...

Del rey Arturo a Sir Caradoc,
conozco nuestras leyendas,
y paradojas o acrósticos
para mí no tienen ciencia.
Los crímenes de Heliogábalo
les compongo en elegía;
y si se trata de conos,
no hay curva que se resista.

–¡No hay curva que se resista! –repite Alice. Y los dos se
echan a reír. Se ríen como niños. Fuera llueve a cántaros. Sobre
la mesa, el puzzle descansa tranquilamente, inmóvil, aparentemente contento en su estado inacabado. Cómodos dentro de
sus zapatillas, a Alice se le estremecen los dedos de los pies,
como supone que también le pasará a Ramanujan.
Y entonces, inesperadamente, se abre la puerta. Los dos se
ponen de pie, ruborizados, como si los hubieran pillado en medio de algo incorrecto.

–Hola, cariño –dice Neville acercándose, sus pasos precediendo otros distintos: los de Hardy y Littlewood.

–Hola –responde Alice, y corre a recibir el beso de su marido.

–He traído a Hardy y a Littlewood a tomar el té. Espero que no te importe.

–Pues claro que no.

–¿Qué habéis estado haciendo los dos? El puzzle, ya veo. Están empeñados en acabar este puzzle, Hardy. ¿Y esto? ¡El piano abierto! ¿Le has estado enseñando a tocar a Ramanujan?

–No, a cantar. –Alice llama a Ethel con la campanilla mientras Neville se acerca hasta el piano para examinar la partitura.

–La canción del General –dice–. Pero, Ramanujan, ¿ha estado usted interpretando a Gilbert y Sullivan?

Ramanujan no dice nada. Sigue sentado, muy tieso, en la banqueta.

–Nunca deja usted de sorprenderme, señora Neville –dice Littlewood–. ¡Menudo favor nos hace, familiarizando a Ramanujan con todo lo inglés! Nosotros no hablamos más que de matemáticas con él.

Alice se sienta enfrente de Ramanujan, en uno de los sillones individuales.

–¿Y por qué has vuelto tan temprano? –pregunta, mientras Ethel trae el juego de té.

–Una noticia maravillosa. Littlewood le ha encontrado sitio a Ramanujan en el *college*. En Whewell's Court. Ya se puede mudar la próxima semana.

¿Qué dirá su cara? Nada, espera. Tampoco es que su marido fuera a darse cuenta aunque dejara entrever alguna cosa. Detrás de esa amabilidad, lo sabe perfectamente, se ocultan la indiferencia y el egocentrismo.

Pero Hardy sí. Eso es lo que le da miedo. Que vea algo en su cara y se lo cuente a Gertrude.

¿Y Ramanujan? ¿Estará notando algo? Ethel le sirve el té, y él se queda mirando la taza. Coge la leche y luego la revuelve.

Alice sonríe. Más tarde, se sentirá orgullosa de ello. Pero, de momento, es como si una niña furiosa hubiese llenado los carrillos de aire y tirado de un soplo al suelo las pequeñas piezas que componen el mundo.

Coge su té.

–Qué noticia más maravillosa –dice–, no tener que andar tanto... Será mucho mejor para sus pies, señor Ramanujan.

5

8 de junio de 1914
Cambridge

Querida señorita Hardy:

Espero que no considere una impertinencia que le escriba para confiarle un asunto que, al menos en apariencia, no nos concierne directamente. A sugerencia del señor Hardy, el señor Ramanujan dejará en breve mi casa, donde se ha encontrado sumamente a gusto estas seis semanas, para trasladarse a sus aposentos de Trinity. No sé expresar hasta qué punto me parece que va a ser una decisión desastrosa. Aquí cuidamos muy bien al señor Ramanujan. Yo me aseguro de que tenga toda la leche y todas las frutas que desee, y permanezco escrupulosamente atenta a sus necesidades, tanto dietéticas como de otro tipo. ¿Cómo se supone que se las va a apañar en el *college*? No tolera esa comida y dice que cocinará por su cuenta en un hornillo de gas.

Aunque comprendo el deseo del señor Hardy de tener más a mano al señor Ramanujan, de modo que puedan dedicar más horas del día a las matemáticas, también me temo que su hermano no acierta a considerar la necesidad de garantizar que el señor Ramanujan lleve una vida ajena a las matemáticas. Ha hecho un viaje muy largo y se está adaptando a un mundo radicalmente distinto al suyo. Echa de menos a su esposa y a su familia. Seguro que merece la pena un paseo de media hora por las mañanas si eso significa que esté más saludable y más satisfecho.

Sé que usted posee una influencia considerable sobre su hermano, y le rogaría que intercediera en este asunto por el bien del señor Ramanujan. También le suplico que no mencione mi nombre al respecto ni que le he escrito a usted. Sigo siendo, como siempre, su querida amiga

Alice Neville

—Bueno, ¿qué te parece? —dice Gertrude, dejando a un lado la carta.

—Supongo —dice Hardy— que simplemente confirma lo que ya sospechábamos desde hace tiempo.

—¿El qué?

—Que está enamorada de él.

Le da una calada a su pipa. Es un sábado de junio por la mañana, y están en la cocina del piso de St. George's Square. Littlewood ha venido a pasar el día con ellos para verse con Anne, aunque no se lo ha dicho. A pesar de que está sentado a la mesa, fingiendo leer el *Times*, ha estado escuchando con mucha atención la lectura de Gertrude, y preguntándose cómo podrá ignorar tan despreocupadamente la petición de la señora Neville de que no comparta la carta con nadie.

—Si quieres saber mi opinión —dice Hardy—, esto zanja el asunto. Tiene que mudarse al *college* en cuanto sea posible.

—¿Por qué tanta urgencia? —pregunta Littlewood.

—Está claro. Mientras siga bajo el techo de los Neville, seguirá bajo el control de la señora Neville. Necesita ser libre.

—Pero a lo mejor es más feliz allí. Ya viste aquella escena tan hogareña, Hardy... El fuego y el puzzle y el piano. A mí me resultó encantadora.

—Yo diría asfixiante, en cambio.

—Pero eso para ti. Y ella tiene razón en lo de la comida.

—No sé por qué. A Ramanujan no le preocupa lo más mínimo tener que cocinar por su cuenta. De hecho, más bien me dio la impresión de que lo estaba deseando. Un respiro de esos mejunjes horrorosos que la señora Neville siempre anda sacándose del libro de cocina de George Bernard Shaw o como se llame.

—Desde luego en eso no te voy a llevar la contraria...

—Espero que no. Tú eres el que le ha buscado las habitaciones.

—De todos modos, no puedo evitar preguntarme si al final no sería mejor que se quedara en casa de los Neville, donde estaría bien atendido...

—... por una mujer con una obsesión erótica enfermiza.

Y entonces Gertrude se echa a reír. Su risa sorprende a Littlewood; es más aguda y aflautada de lo que habría imaginado.

—¿Qué es lo que tiene tanta gracia?

—Vosotros dos —dice ella, riéndose todavía más.

—¿Por qué? —pregunta Hardy—. ¿Por qué somos tan graciosos?

—¿Alguno de los dos ha pensado en preguntarle a *él* dónde le gustaría vivir?

6

El baúl de Ramanujan está listo. Descansa ante la puerta del 113 de Chesterton Road, junto a su propietario, que está muy derecho y muy atento, como si estuviera asistiendo a una ceremonia militar o religiosa. Delante de él se encuentran los Neville y Ethel. Todos van vestidos para la ocasión. Nadie lleva zapatillas.

En unos momentos, llegará el hermano mayor de Neville en su coche Jowett, el mismo coche en el que fue a buscar a Ramanujan cuando atracó su barco. El hermano se quedará a pasar el fin de semana.

—Y pensar que eso sólo fue hace... ¿cuánto, Alice? ¿Seis semanas?

—Siete —dice Alice.

—Pues siete. Debo decir, Ramanujan, que me parece que lleva usted aquí toda la vida.

Ramanujan se mira los zapatos. Tiene la frente cubierta de gotas de sudor.

—Le vamos a echar de menos por aquí, ¿verdad, señoras? —Neville rodea con el brazo a Alice, que se estremece. Pero, para sorpresa de todos, es Ethel, la criada, la que se echa llorar.

—Ethel, por favor... —dice Alice, cerrando los ojos.

—Lo siento, señora —dice Ethel—. Es que ya no va a ser lo mismo sin el señor para cortarle la fruta.

–Pues le diré una cosa –dice Neville, riéndose–, espero que esta noche nos ponga un asado de cordero de cena.

Todos se ríen con eso. Ethel saca un pañuelo del bolsillo y se suena la nariz.

Luego se oye una bocina.

–Ahí está Eddie –dice Neville, mientras abre la puerta para saludarle con la mano–. ¡Tan puntual como siempre! –le grita, antes de volverse hacia Ramanujan–. Bueno, para no andarme con rodeos, le vamos a echar de menos. Todos.

–Pero no voy a estar tan lejos –dice Ramanujan–. Sólo en el *college*.

–Sí, y puede venir a cenar siempre que quiera. ¿Verdad, Ethel? Se lo prometo, aún no ha cocinado usted su último ganso vegetal.

–¡Ay, señor! –dice Ethel, tapándose la cara.

Eddie Neville entra en la casa. Tiene la cara colorada y jovial: una versión más madura de la de Eric. Le da unas buenas palmadas a Ramanujan en la espalda, y después los hermanos cogen el baúl y cargan con él hasta el coche. Ramanujan se vuelve hacia Alice.

–Le agradezco muchísimo su amabilidad –dice–. Y no sólo yo, mi madre también.

–No me diga.

–Sí, me ha escrito una carta donde me pedía que se lo dijera.

–¿Y Janaki?

–No he recibido ninguna carta de ella. Pero estoy seguro de que también se lo agradecería.

Entonces todos se dan la mano. Todo muy inocente y muy afectuoso. Y, como Alice se recuerda a sí misma, no es como si no quisiera irse. Se podría haber negado.

Después de que los hombres se hayan ido, la casa parece muy silenciosa. Ethel desaparece en la cocina, sin duda para empezar a preparar el asado solicitado. Tampoco es que Alice pueda negar que se le hace un poco la boca agua ante la perspectiva de volver a comer carne después de un paréntesis tan largo.

Cruza la sala hasta donde está el piano, se fija un instante en el puzzle de la mesa..., y se queda sin aliento. ¿Será posible? Sí. Lo ha terminado. Debe de haberse quedado levantado toda la noche. Ahí están: los huéspedes pintorescos y el posadero. Un vaso y un sombrero de copa reposan sobre la mesa. Las tablillas del suelo llevan hasta los flecos del borde de la alfombra. Y, sin embargo..., se inclina sobre la mesa, tratando de no soplar. Sí, hay algo que está mal. Falta una pieza. En la esquina inferior izquierda del marco, donde acaba la alfombra y empieza el entarimado, se ve la veta de madera de la mesa. En realidad, la verdadera madera y la madera del cuadro tienen un color tan parecido que, si uno no se fija mucho, no se da cuenta. Pero Alice sí lo nota, y al hacerlo se acuerda de aquellos tremendos ataques de rabia de su hermana y de como ella misma buscaba después las piezas en el suelo afanosamente. Así que no es nada raro que la pieza se haya perdido. De hecho, es un milagro que no se hayan perdido más.

Con los dedos, repasa la forma del hueco. Piensa en el antiguo cuarto de los niños, en el canapé y las cortinas descoloridas con motivos florales. De alguna manera, la última vez que volcó las piezas dentro de la caja, una marrón con rayas negras debió de quedarse fuera. Su ausencia es lo que retiene ahora entre las manos; así que las abre, dejando que vuele por la habitación con su forma de mariposa.

7

NUEVA SALA DE CONFERENCIAS, UNIVERSIDAD DE HARVARD

En un determinado momento de mediados de la década de 1920 (dijo Hardy en la conferencia que no dio) la señora Neville vino a verme. Yo me encontraba entonces en Oxford, y ya llevaba allí varios años. Neville estaba en Reading. De hecho, habíamos dejado Trinity el mismo año, 1919. Yo, porque después de aquella historia con Russell, ya no soportaba aquel sitio; Neville, porque no le habían renovado su cargo. Acertadamente, creo, sospechaba que en venganza por haber aireado tanto sus ideas pacifistas durante la guerra. Casi tanto como Russell.

No habíamos seguido en contacto, aunque yo había sabido por Littlewood que los Neville habían tenido un niño, y que el niño había muerto antes de cumplir un año. Littlewood y yo publicábamos entonces conjuntamente varios artículos al año, escritos gracias a un intercambio de cartas. Nos veíamos, como mucho, una vez cada dos o tres meses.

Debería decir que no se coló en mis habitaciones sin previo aviso. Me mandó primero una nota, explicándome que ella y Neville iban a pasar un día en Oxford, porque él debía dar una conferencia en uno de los otros colegios. Neville andaría muy ocupado, pero ella tendría tiempo de sobra y esperaba poder hacerme una visita. Yo le respondí que, naturalmente, sería bien recibida.

Le di instrucciones a mi asistente para que encargara té y sándwiches a la cocina (para los que no estén familiarizados con estos arcanos, lo que se llama un «gyp» en Cambridge se llama un «scout» en Oxford),[1] y a su debido tiempo, después de dejar pasar los cinco minutos de rigor tras la hora de nuestra cita, se presentó la señora Neville, un poco más rechoncha de lo que había sido en su juventud, pero conservando aquel aspecto un poco húmedo, como si acabara de salir del baño. Toda la colección de horquillas y pasadores que adornaban el cabello todavía rojizo seguían siendo incapaces de mantenerlo en su sitio. Su perfume (de violetas de Parma) era el mismo de siempre, el mismo que llevaba mi madre.

Se sentó frente a mí, y tras unos minutos de cháchara sumamente aburrida y cortés (no le mencioné al hijo muerto), fue directamente al grano, explicándome que unas semanas antes un matemático indio había ido a verla. Se llamaba Ranganathan, y había venido hacía poco a estudiar el funcionamiento de la biblioteca de Reading. Al igual que Ramanujan, el tal Ranganathan era de Madrás, así que, al enterarse de que Neville se encontraba en Reading, le había preguntado si podría acercarse hasta allí para hablarles de Ramanujan, quien por lo visto, en los años transcurridos tras su muerte, se había convertido en una especie de mito para los matemáticos de Madrás. De hecho, Ranganathan tenía en mente escribir la biografía de Ramanujan.

Dada su forma de ser, la señora Neville se preparó para esa visita hirviendo té indio y haciendo una especie de tarta india, una receta que había encontrado en uno de sus libros de cocina. Me recalcó esto último, y ahora que lo pienso, debería haberlo interpretado como una señal del estallido que vendría a continuación; en Cambridge siempre había tratado de socavar

1. Asistente personal, en ambos casos. *(N. del T.)*

mi amistad con Ramanujan insistiendo en que ella lo «entendía» mucho mejor. Y, en el caso de Ranganathan, su estratagema debía de haber tenido su recompensa, porque él le confió muchas cosas. Se presentó en su casa a la hora indicada, me dijo, llevando un turbante. Lo cual a ella le chocó mucho, me explicó, porque en Cambridge Ramanujan se le había quejado muchas veces de que le parecía una tortura llevar sombrero. ¿No habría estado mucho más cómodo con un turbante?, me preguntó.

Antes de que pudiera responderle, ya había reanudado su relato. Una vez asimilado lo del turbante, parece que le preguntó a Ranganathan si llevarlo le había ocasionado alguna vez algún problema en Inglaterra, y él le contestó que solamente en dos ocasiones le había hecho notar alguien su tocado. Una en Hyde Park, cuando en el Speakers' Corner un orador que reclamaba la independencia de Irlanda lo señaló desde su tarima y dijo algo así como que aquel «amigo de la India» seguro que entendía la persecución de una nación esclava por parte de Inglaterra. Otra, cuando Ranganathan iba en un tren a Croydon, un tren que avanzaba muy despacio por culpa de una reparación en las vías, y los operarios se quedaron mirándolo por la ventanilla y le llamaron «Señor A.», que era como los periódicos llamaban entonces a un príncipe indio implicado en una causa judicial. Ninguno de esos incidentes, dijo Ranganathan, le había molestado lo más mínimo; lo que llevó a la señora Neville a preguntarle por qué, entonces, no se le había permitido al señor Ramanujan llevar un turbante. Ranganathan respondió que tal vez en esa época, y en Madrás, se daba por hecho que a un hombre que paseara por las calles de una ciudad inglesa con un turbante se le reirían en la cara o incluso lo apedrearían. Al fin y al cabo, pocos de los defensores indios de Ramanujan habían estado alguna vez en Inglaterra, mientras que los ingleses llevaban lejos de allí muchos años.

Todo esto la señora Neville me lo explicó con una voz cada

vez más alterada, que hasta terminó adquiriendo un tono recriminatorio; como si, de alguna forma, yo hubiera sido cómplice del decreto por el cual Ramanujan no podía llevar turbante, cuando en realidad que lo hubiese llevado me habría dado exactamente lo mismo. Pero, antes de que pudiera decírselo, pasó del turbante al *kudimi*, el mechón de pelo prescrito por su religión que Ramanujan se había tenido que cortar antes de su partida. ¿Conservaba Ranganathan su *kudimi?*, le preguntó ella, y él le respondió que sí, y se quitó el turbante para enseñarle su pequeño mechón, y en aquel momento, me dijo, a ella se le llenaron los ojos de lágrimas, igual que en ese mismo instante. Por qué demonios, me preguntó, le habían obligado a cortárselo. Se habría quedado mucho más contento si le hubieran permitido conservarlo. Aunque, una vez más, no tuve ocasión de contestar, porque ahora ya estaba hablando de la ropa. A pesar de que Ranganathan llevaba ropas occidentales, le contó que, cuando estaba en casa, llevaba su *dhoti*, y que a su casera no le importaba nada. Tampoco a ella, me dijo la señora Neville, le habría importado que Ramanujan llevara su *dhoti* cuando vivía en su casa. ¿Y por qué no le habían dejado llevar su *dhoti* en Trinity?

–Puede que le parezca una tontería, señor Hardy –me dijo–, pero para Ramanujan habría significado la diferencia entre la felicidad y la desgracia.

Por favor, recuerden que, a esas alturas, yo no había contribuido con una sola palabra a aquella supuesta «conversación». La señora Neville no me había dado oportunidad. Pero ahora se estaba secando los ojos, y yo aproveché esa breve pausa en su arenga para decir:

–Estoy totalmente de acuerdo con usted. Sin duda Ramanujan habría sido mucho más feliz si se hubiese permitido esas pequeñas libertades.

Me miró sorprendida.

–¿Si se hubiese permitido? –exclamó–. ¿Supone usted que podía elegir?

–Ha habido indios en Cambridge desde hace muchos años –le respondí–. Él tenía amigos indios. Algunos llevaban turbante. Podría haber seguido su ejemplo. En Trinity, de todas maneras, llevaba zapatillas la mayor parte del tiempo, en vez de zapatos.

–Yo le regalé esas zapatillas –dijo casi celosa.

–Muy amable de su parte –le dije.

Estrujó su pañuelo.

–Fue un tremendo error que se mudara al *college*. Estoy segura de que, si se hubiera quedado bajo mi techo, nunca se habría puesto enfermo. Y hoy seguiría vivo.

Así que había venido para eso. Me quedé mirándola con la incredulidad compasiva que uno reserva para los locos. Y en cierto sentido, supongo, ella *estaba* loca en ese momento. Las mujeres tienen mucha tendencia a confundir las cosas. A lo mejor, a través de Ramanujan, estaba llorando la pérdida de su propio hijo.

En cualquier caso, ahora que ya había dejado claro lo que quería, reculó. De repente se puso muy animada, muy cariñosa, como si la tensa situación de la última media hora no se hubiera producido. Qué alegría volver a verme. ¿Era más feliz en Oxford o en Cambridge? Eric le había pedido que me diese recuerdos y que me dijese cuánto sentía no tener oportunidad de hacerme una visita.

Y luego se fue, dejando atrás su fragancia a violetas de Parma. Resulta muy irónico y a la par doloroso que incluso las acusaciones más injustas y ridículas dejen un poso de... ¿qué? ¿Culpa? No, no exactamente. Incertidumbre. Porque ahora se me había metido en la cabeza que llevándome a Ramanujan al *college* había provocado, o al menos acelerado, su muerte. Aunque semejante idea era una locura, claro. En definitiva, ¿qué tenía que ver dónde hubiera vivido con su enfermedad? Pero tal vez, si se le hubiera mantenido alejado de una masa de hombres como la que pasó por Trinity durante los años de la guerra..., o si no se hubiera visto forzado a cocinar su propia comida...

¿Ven? Una vez la astilla de la duda se mete bajo la piel, no hay manera de sacarla. Había hecho su trabajo admirablemente.

Pero me he adelantado; no sólo me he adelantado a los años de la enfermedad de Ramanujan, sino aún más allá, cuando lo que quería contarles eran esas primeras semanas de felicidad antes de que estallase la guerra, semanas que se podrían condensar para mí en la imagen de él caracoleando por New Court con su par de zapatillas. Y ahora me doy cuenta de que han sido las zapatillas lo que hoy me ha hecho acordarme de la visita de la señora Neville. Porque, tal como se encargó de recordarme amargamente, se las había regalado ella.

Caracolear, por supuesto, no es un buen verbo. No es una manera muy precisa de describir los andares de Ramanujan. Estoy convencido de que si trastabillaba un poco era sobre todo por culpa de que le apretaba la ropa, que, como ya he dicho, le quedaba pequeña. A ese respecto la señora Neville y yo estamos totalmente de acuerdo. Ramanujan había nacido para llevar un *dhoti* o alguna otra prenda holgada. Con una ropa con cierto vuelo habría tenido un aspecto tan regio como el del tal «Mr. A» con el que los operarios confundieron a Ranganathan. En cambio, vestido a la inglesa, tenía un aspecto un poco ridículo.

En cualquier caso, como seguro que ya han escuchado muchas veces, aquel verano, el último antes de la guerra, fue un verano extraordinariamente bonito; jamás tantos árboles habían dado flores tan perfumadas y esas cosas. Ya estábamos en pleno mayo cuando se trasladó a sus aposentos en Whewell's Court, adonde lo llevó el hermano de Neville en aquel terrible vehículo suyo. Ese mismo día se anunciaban en un tablón los resultados del *tripos,* con todos los nombres en una sola hilera vertical. Littlewood y yo llevamos a Ramanujan a verlos, y él los examinó escrupulosamente. Nada que ver con los viejos tiempos cuando una multitud abarrotaba el Rectorado para escuchar la lectura de la Lista de Honores... Yo le había puesto fin a todo aquello, le expliqué, un logro por el que consideraba que podía sentir un orgullo más que justificado. Y Ramanujan, creo, entendió ese orgullo, siendo una persona a la que los exámenes habían traicionado y arrinconado tanto.

Como hacía tan buen tiempo, Littlewood y yo también lo llevamos de paseo hasta el Cam para que viese pasar las bateas, a los hombres con sus pantalones de franela y sus chaquetas de uniforme, y a las muchachas con sus vestidos claros y sus quitasoles japoneses de colores. Nada de eso, me contó luego, le pareció especialmente espectacular, habituado como estaba a los vivos colores de los saris de las mujeres de Kumbakonam, y habiendo descendido por el sagrado río Cavary en barcas no muy distintas de nuestras bateas. A lo largo de las orillas del río había gente haciendo picnic. Estuvimos un rato viendo las carreras de canoas (parecía que las encontraba bastante aburridas), y luego nos acercamos hasta Fenner's para ver un partido de críquet, de Cambridge contra Free Foresters. Siento informarles de que demostró tan poco interés por el partido como por las carreras de canoas. Y más tarde, ya de noche, asistimos a un espectáculo bastante frívolo del Footlights Dramatic Club, una revista titulada *¿Fue la langosta?*, con cuyas canciones y sketches, para mi asombro, Ramanujan se rió de buena gana. Tenía una risa difícil de olvidar, lo suficientemente estentórea como para asustar a alguien, así que se tapaba la boca con la mano.

Si hoy en día siguiese vivo, estoy seguro de que podría contarles si realmente *fue* la langosta. Ésa era la clase de cosas que recordaba. Sólo puedo decirles que siempre rememoraré esos días con alegría; sobre todo la imagen de Ramanujan con la cara vuelta hacia el sol, cruzando New Court hacia mis habitaciones. Verlo me llenaba de satisfacción y de orgullo, porque sabía que estaba allí exclusivamente gracias a mí, que sin mí nunca habría pisado aquellos senderos de guijarros.

La mayoría de las mañanas llegaba sobre las nueve y media. Durante unos segundos él y Hermione se quedaban mirándose. Luego nos tomábamos un café y charlábamos un poco antes de ponernos a trabajar. ¿Qué tal le iba en su nuevo hogar? Muy bien, gracias. ¿Y le resultaba cómodo hacerse la comida? Mucho, gracias. Compraba verduras todas las semanas en el mercado (la verdad es que al principio las encontraba raras y no le sabían a nada, pero se acabó acostumbrando), y además podía encargar arroz y sémola de arroz y especias a una tienda de Londres. Un amigo de Madrás también le había enviado un puchero de cocina especial (no recuerdo cómo se llamaba), hecho de latón revestido de plata, en el que preparaba uno de sus platos favoritos, una sopa de lentejas fina y picante llamada *rasam*. En su región de origen, a la gente le gustaba que la comida fuera amarga y especiada. Al principio intentó que su comida tuviese su conveniente toque amargo a fuerza de exprimir jugo de limón, pero nuestros limones, decía, no eran ni la mitad de amargos que los de la India. Afortunadamente, otro conocido de Madrás, un joven que también iba a venir a estudiar matemáticas a Cambridge, debía llegar en cualquier momento, trayendo consigo un buen suministro de tamarindo, el ingrediente amargo preferido de la región, con el que Ramanujan podría preparar un *rasam* casi tan sabroso como el de su madre.

En una de esas ocasiones, mientras estábamos tomando café, se fijó en el busto de Gaye.

–¿Quién es ese hombre? –me preguntó. Y yo le expliqué que era un buen amigo, seguramente el mejor que había tenido nunca, pero que había muerto ya, con lo que Ramanujan bajó la vista tristemente hacia su regazo. Él también tenía, me dijo, amigos que habían muerto. Por suerte tuvo la delicadeza de no preguntarme *cómo* había muerto Gaye.

Y cuando nos terminábamos el café nos poníamos a trabajar. En esos primeros días yo seguía intentando hacerle comprender la importancia de escribir demostraciones (un esfuerzo inútil, visto desde ahora). Esos valores hay que enseñárselos muy pronto a un matemático; y en el caso de Ramanujan, lo sé, ya era demasiado tarde. Aun así, lo intentaba.

Yo tenía unas ideas muy personales sobre la demostración. Me parecía que las demostraciones tenían que ser bonitas y, en la medida de lo posible, concisas. Una demostración bonita debería ser tan elegante como una oda de Shelley y, al igual que una oda, también debería denotar amplitud. Intenté grabar eso en la mente de Ramanujan.

–Una buena demostración –le expliqué– tiene que conjugar el *efecto sorpresa* con la *inevitabilidad* y la *economía*.

No hay mejor ejemplo que la demostración de Euclides de que existen infinitos números primos: demostración a través de la cual les iré guiando ahora, igual que hice con él hace tantos años, no porque no la conozcan (no me atrevería a insultarles insinuando tanta ignorancia), sino porque quiero llamar su atención sobre determinados aspectos que puede que sus profesores, al enseñársela, hayan pasado por alto.

Es, por supuesto, una demostración por reducción al absurdo, así que empezamos dando por hecho lo contrario de lo que pretendemos demostrar; damos por hecho que sólo existe un número *finito* de primos, y denominamos al *último* primo, al primo más *grande*, P. Debemos recordar también que, por definición, cualquier número no primo puede ser descompuesto en primos. Por poner un ejemplo al azar, 190 se descompone en $19 \times 5 \times 2$.

Suponiendo entonces que P es el número primo más grande, podemos escribir los primos en orden, del menor al mayor, y la serie sería la siguiente:

$$2, 3, 5, 7, 11, 13, 17, 19, 23 \ldots P$$

Luego podemos proponer un número, Q, que sea mayor que todos los primos multiplicados juntos. Es decir:

$$Q = (2 \times 3 \times 5 \times 7 \times 11 \times 13 \ldots \times P) + 1$$

Q puede ser primo o no. Si Q es primo, eso contradice el supuesto de que P es el número primo más grande. Pero si Q no es primo, tiene que ser divisible por algún primo, y no puede tratarse de ninguno de los primos que hay hasta llegar a P, ni tampoco del propio P. Así que el primo divisor de Q tiene que ser un primo mayor que P, lo que vuelve a contradecir el supuesto original. Por lo tanto no existe un número primo mayor que todos, sino una infinidad de primos.

No puedo explicarles el placer que encuentro, incluso hoy en día, en la belleza de esta demostración; en el breve pero extraordinario viaje que representa, desde una proposición aparentemente razonable (que existe un número primo mayor que todos) hasta la conclusión inevitable, pero totalmente inesperada, de que la proposición es falsa. Y no me estaría ateniendo a la verdad si les dijera que Ramanujan no era consciente de la belleza de la demostración. Comprendía su belleza, y la apreciaba. Y, sin embargo, su aprecio se asemejaba más al que yo siento por las novelas del señor Henry James. Quiero decir, las *admiro* pero, aun así, no me *encantan*. De la misma manera, nunca me dio la sensación de que a Ramanujan le *encantara* la demostración. Lo que le encantaban eran los números en sí mismos. Su infinita flexibilidad y, no obstante, su orden inflexible. El grado en que muchas leyes naturales, muchas de las cuales no comprendemos, ponen a prueba nuestra capacidad para manipularlas. Littlewood pensaba que Ramanujan era un anacronismo. Según él, pertenecía a la época de las fórmulas, que se había terminado hacía cien años. Si hubiese sido alemán, si hubiera nacido en 1800, habría cambiado la historia del mundo. Pero nació demasiado tarde, y en el lado equivocado del océano, y aunque nunca lo reconociera, estoy seguro de que lo sabía.

Yo creo que ésos fueron unos días muy felices para Ramanujan, independientemente de lo que pueda decir la señora Neville, quien, por cierto, seguía metida en el ajo. Recuerdo que un fin de semana, por ejemplo, se lo llevó a Londres para que conociera a Gertrude en una visita al Museo Británico. Tal vez hiciese amigos. A veces lo veía en compañía de otros indios. Aunque, por encima de todo, lo que hacía era trabajar, y antes de que se terminara el verano, publicó un artículo sobre las ecuaciones modulares y las rutas para llegar a π.

De vez en cuando yo lo iba a ver a sus habitaciones, que se encontraban en la planta baja de Whewell's Court. Estaban extraordinariamente limpias y no contenían prácticamente pertenencia alguna, aparte de la cama y el armario indispensables y, no sé por qué razón, una pianola que no funcionaba. Vivía ascéticamente, como uno de esos místicos hindúes sobre los que uno lee cosas de cuando en cuando. De la pequeña cocina siempre emanaba un olor a curry y a la mantequilla desleída *(ghee,* la llaman) que tanto les gusta a los indios. Si había alguna sombra de pesadumbre en nuestras conversaciones de esa época, era debido a que su mujer no le escribía ni una sola carta. Daba igual que la pobre fuera casi analfabeta: él deseaba ardientemente saber *algo* de ella; aparte de que, por lo visto, en la India había amanuenses y demás, a quienes podías recurrir cuando necesitabas escribirle una carta a alguien. De su madre sí que le llegaban cartas regularmente, hojas repletas de una letra tan misteriosa para mí como el lenguaje de los teoremas debe de serlo para cualquiera que no sea matemático. Su esposa, sin embargo, no le escribía nada, a pesar de que él le escribía a ella, indefectiblemente, una vez a la semana.

Uno no puede menos que preguntarse qué habría sucedido si no hubiese estallado la guerra. Se lo pregunta mucha gente por toda clase de razones. Pero, evidentemente, no hay respuesta.

Cuarta parte
Las virtudes de la isla

1

Alemania invade Bélgica, y al principio Hardy siente lo mismo que con una bonita demostración: la llegada de la guerra parece a la vez *inevitable* e *inesperada*.

Casi toda la gente con la que habla ahora se jacta de haberla visto venir; sin embargo, echando la vista atrás al mes pasado, sólo se acuerda de Russell diciendo que estaba cantada. En cambio, la crisis nacional (huelgas, el malestar en el Ulster) dominaba las conversaciones en la mesa del profesorado. Los asesinatos de Sarajevo, claro, también provocaron muchos comentarios. ¡Pero Serbia estaba tan lejos! Un país pequeño y primitivo. Nada de lo que ocurriese allí podía afectar a Cambridge.

Russell, por el contrario, estaba aterrorizado. La mayor parte de julio se la pasó yendo y viniendo de Londres a Cambridge, anunciando a los cuatro vientos que no conocía a nadie que estuviera a favor de la guerra, que todas las personas con las que había hablado consideraban una locura esa posibilidad. Como si la opinión pública hubiese influido alguna vez en las decisiones del gobierno. Como si decir que algo no podía ocurrir impidiese que ocurriera.

El día siguiente a que saltara la noticia, Russell alcanzó a Hardy en medio de Great Court.

–Pues ya está aquí –dijo, sin ningún deje de alegría en plan «ya os lo decía yo», sino en un tono de estupefacción y desaliento a la vez–. Todas las cosas en las que creíamos se han acabado. Y ahora las declaraciones de guerra se presentan como tarjetas de visita.

Para Hardy todo esto es muy desconcertante. La guerra con Alemania, al fin y al cabo, significa la guerra con Gotinga, su amada Gotinga, la tierra de Gauss y Riemann. Sin embargo, Alemania ya ha invadido Bélgica apuntando a Francia. Para defender Bélgica, Inglaterra debe forjar una alianza con Rusia (la indómita y autocrática Rusia), y todo con el objetivo de derrotar a Alemania, la tierra de Gotinga, la tierra de Gauss y Riemann... ¡Qué apropiado que sólo Russell se pusiera en lo peor! Hardy se deja llevar por su imaginación en una regresión infinita: el barbero que sólo afeita a los hombres de su ciudad que no se afeitan solos. Y la ciudad (¿cuál si no?) es Gotinga.

Tan pronto se declara la guerra, el tono entre sus conocidos pasa del rechazo a la negación. En lugar de tranquilizarse mutuamente diciéndose que Inglaterra permanecerá neutral, intentan tranquilizarse afirmando que la guerra, en caso de comenzar, durará poco. Lord Grey acaba de admitir en navidades, por ejemplo, que ha mantenido conversaciones secretas con Francia. ¿Podría llevar eso a un rápido armisticio? Resuenan palabras de aliento por New Court y Nevile's Court, pero tras ellas Hardy puede percibir el tenue e incesante balbuceo de la desesperación.

–Es el fin –dice Russell.

Acaba de llegar del enésimo viaje a Londres. El día antes de que estallase la guerra, su amante, Ottoline Morrell, lo mandó llamar, ya que su marido tenía que dar un discurso en el Parlamento, para instar al gobierno inglés a no participar en la contienda. Al no conseguir acceder a la tribuna, Russell estuvo paseándose por Trafalgar Square, y se desanimó mucho al escuchar a los hombres y mujeres que estaban sentados debajo de los leones expresar su entusiasmo, y hasta su regocijo, ante la perspectiva de una guerra.

–Hoy ya no es como ayer –dice Russell, refiriéndose a las reacciones del ciudadano corriente.

A pesar de que aquí en Cambridge, donde se supone que nadie es corriente, hay un runrún subrepticio de patriotismo. Incluso entre los *hermanos*. Rupert Brooke, por ejemplo, ha dicho que está dispuesto a presentarse voluntario («influenciado sin duda por ese odioso pequeño, Eddie Marsh», dice Russell), mientras que Butler ha ofrecido todas las instalaciones de Trinity College para el esfuerzo bélico.

–Es el fin –repite Russell, y luego se vuelve a Londres porque no soporta estar lejos de donde se cuecen las cosas–. Por horribles que sean –añade–, tengo que enterarme de las noticias en cuanto se produzcan.

La ironía, evidentemente, está en que a menudo las noticias llegan antes a Trinity que a las oficinas del *Times*. Los *hermanos* tienen conexiones envidiables (Keynes con Hacienda, y Marsh, a través de Churchill, con el 10 de Downing Street). Norton le escribe a Hardy que vio a Marsh en una fiesta en Londres «pavoneándose por allí en traje de etiqueta, impecable, dándoselas de importante». Brooke iba con él. «Está viviendo en el piso de Marsh. Ha desdeñado a Bloomsbury y a los muchachos en beneficio de la virilidad y de los uniformes. Así que ¿no resulta curioso que haya escogido precisamente a Edwina como mentora?»

Y, mientras tanto, no deja de ser verano. Lo cual es una angustia. Cambridge prácticamente se ha vaciado por las vacaciones. Littlewood sigue en Treen, y regresa, supuestamente, sólo cuando el doctor Chase se encuentra en casa. Hardy divide sus semanas entre Trinity y la casa de su madre en Cranleigh. Cuando está en Trinity, pasa días enteros sin ver a nadie más que a Ramanujan, con el que da largos paseos por el río, y a veces se sienta en la orilla. Orientado hacia el sol por naturaleza, levanta la cara hacia él siempre que se abre paso entre las nubes. La verdad sea dicha, disfruta de esa tranquilidad. Parece inconcebible que el mundo pueda acabarse en semejante estación. Intenta ver a Ramanujan todo lo posible. De pie y de perfil en la penumbra, a la orilla del río, con los brazos doblados a la espalda y el estómago sobresaliéndole un poco, podría ser la silueta de un caballero victoriano, recortada en papel negro y pegada a un fondo blanco. Comedimiento y disciplina, cierto retraimiento, o quizás incluso esquivez, ésos son sus rasgos más característicos. Salvo cuando discuten de matemáticas, raramente habla a no ser que le dirijan la palabra; y cuando le preguntan, casi siempre responde sumiéndose en lo que Hardy imagina como una reserva de respuestas estereotipadas, sin duda adquiridas en la misma tanda de compras en Madrás en las que se abasteció de pantalones, calcetines y ropa interior. Respuestas como: «Sí, es precioso.» «Gracias, mi madre y mi esposa están bien.» «La situación política es, en efecto, muy compleja.» A fin de cuentas, aquí lleva ropa inglesa y pisa suelo inglés, y aun así Hardy ni siquiera puede empezar a penetrar ese caparazón de discreción cortés. Sólo en contadas ocasiones Ramanujan deja que se le escape algo: un soplo de pánico o de pasión (¡Hobson! ¡Baker!) se le cuela hacia el exterior, y entonces Hardy percibe el alma de ese hombre como un misterio, como un rápido hormigueo bajo la piel.

En esas tardes, la mayoría de las veces hablan de matemáticas. Integrales definidas, funciones elípticas, aproximaciones diofánticas. Y de números primos, claro, y de su diabólica tendencia a desconcertar al más pintado, que Hardy no quiere que Ramanujan pierda nunca de vista. Por ejemplo, Littlewood ha hecho otro importante descubrimiento últimamente. Tiene que ver con cómo Riemann perfeccionó la fórmula de Gauss para contar primos. Hasta hace poco, muchos matemáticos daban por sentado que la versión de Riemann siempre ofrecería un cálculo más exacto que la de Gauss. Pero ahora Littlewood ha demostrado que, aunque la versión de Riemann puede ser más precisa para el primer millón de números primos, a partir de ahí la versión de Gauss es a veces más acertada. Pero sólo a veces. Ese descubrimiento es de suma importancia para unas veinte personas. Desgraciadamente, la mitad están en Alemania.

Mientras van andando, le pregunta a Ramanujan si conoce la historia de la tremenda ama de llaves de Riemann, y cuando Ramanujan menea la cabeza, se la cuenta.

–Por supuesto –concluye–, probablemente la historia es falsa.

–¿Qué edad tenía cuando murió?

–Treinta y nueve. Murió en el Lago Mayor, de tuberculosis. Así que ¿por qué iba a sentirse el ama obligada a quemar sus papeles? Todo encaja demasiado bien, como diciendo: «Sí, la demostración existe, pero hay que encontrarla.»

Ramanujan se queda callado un momento. Luego le pregunta a Hardy por Gotinga, y Hardy le cuenta lo poco que sabe de ese lugar; le describe la *rathaus* en cuya fachada está pintado el lema «Lejos de aquí no hay vida», y las calles adoquinadas por las que (en su imaginación) Gauss y Riemann –liberados ahora de las restricciones del tiempo– deambulan juntos mientras discuten sus hipótesis. Cada pocos pasos, cuando Riemann llega a un punto crucial de su demostración perdida, la pareja se detiene, desviando a los viandantes igual que una roca desvía un arroyo. Del mismo modo, cuando hablan de matemáticas, Hardy y Ramanujan también se detienen a veces, aunque en esta época del año no hay muchos transeúntes a los que estorbarles el paso.

Le pregunta a Ramanujan por su infancia. ¿Jugó alguna vez al ajedrez? Ramanujan vuelve a menear la cabeza. Sólo aprendió a jugar al ajedrez cuando se fue a Madrás, dice. Sin embargo, cuando era muy pequeño, él y su madre jugaban a un juego de dieciocho fichas: quince representaban ovejas, y tres eran lobos.

–Cuando los lobos rodeaban a una oveja se la comían. Pero cuando las ovejas rodeaban a un lobo, lo inmovilizaban.

–Me imagino –dice Hardy– que sería bastante difícil que ganaran las ovejas.

–Sí. De todas formas, yo era capaz de calcular las posibilidades del juego rápidamente, y a partir de ese momento, ya jugara con los lobos o las ovejas, siempre le ganaba a mi madre.

–¿Y a ella le importaba?

–No, nada.

–¿Cuántos años tenía usted?

–Seis. O cinco tal vez.

A Hardy no le sorprende. A los cinco él le ganaba a su madre al ajedrez.

–Mis padres, como se dice, estaban dotados para las matemáticas. Mi madre, sobre todo. Aunque tampoco es que tuviera oportunidad de desarrollar ese talento. Era maestra.

Ramanujan no dice nada.

–¿Y los suyos?

–Son gente pobre. No recibieron ninguna educación. Mi padre es *gumasta,* un simple contable.

Se paran a contemplar el río. No hay bateas deslizándose por allí. Hardy oye el canto de los pájaros, y el débil silbido de las ramas con la brisa. Cosa rara, Ramanujan vuelve la cara hacia él, y sus ojos, tan negros y tan profundos, sobrecogen a Hardy. Esos ojos, piensa, llevarían a la mente más ascética a escribir mala poesía: *Líquidos charcos de mena fundida, / portales de un mundo que está detrás...* A veces de noche, en su fuero interno, compone ese poema que nunca llega a anotar.

–Hardy –dice–, ¿es cierto que en Bélgica los alemanes están incendiando pueblos enteros?

–Eso es lo que cuentan los periódicos.

–¿Y que están matando niños y deshaciéndose de los viejos?

–Eso parece.

Ramanujan frunce el ceño.

–Estoy preocupado por dos jóvenes de Madrás que van a

venir aquí a estudiar. Ananda Rao y Sankara Rao. Traen mucha comida para mí, incluyendo tamarindo.

–No hay por qué preocuparse –le dice Hardy–. Nadie va a atacar un barco inglés de pasajeros.

–Pero es que no vienen en un barco inglés, sino en uno austriaco. Tenían intención de llegar a Austria y luego venir hasta aquí en tren. ¿Y ahora qué va a pasar con ellos?

–Ah, un barco austriaco. –Un petirrojo pasa volando–. Bueno, en cuanto lleguen a Trieste, ya no... No sé por qué iba a haber problemas –dice–. Al fin y al cabo, son estudiantes.

Ramanujan vuelve a fruncir el ceño.

–Anoche soñé que se veían atrapados en un pueblo en llamas –dice–. Los vi quemarse.

–Eso no tiene por qué ocurrir. No van a pasar cerca de Bélgica.

Silencio. Continúan paseando. Ramanujan lleva los ojos fijos en el terreno que tienen delante. Y por un momento, mientras se vuelve a mirarlo, Hardy se hace a sí mismo una pregunta terrible, una pregunta que le avergüenza haberse planteado siquiera. ¿Qué es lo que le preocupa realmente a Ramanujan: la suerte de los jóvenes o su tamarindo?

2

El viernes siguiente a la declaración de guerra, Hardy toma parte en una excursión a Leintwardine Manor, en la frontera galesa, para asistir a una representación al aire libre de *La tempestad*. Alice Neville organizó el viaje a principios de junio, antes de que nadie se imaginara que la guerra era inminente. Tiene familiares cerca de Leintwardine, y la representación es en ayuda de una institución benéfica con la que están relacionados. El jueves, Hardy le mandó una nota preguntándole si, dadas las circunstancias, no preferiría cancelar la excursión, y ella le contestó que no veía ninguna razón para ello. «No hay combates en Hertfordshire, que yo sepa», le escribió. Eso irritó y decepcionó a la vez a Hardy, que tenía la esperanza de que, al menos, la guerra le proporcionase una excusa razonable para no hacer cosas que no le apetecía hacer.

Así que ese viernes se ha reunido en casa de Neville con los demás: Ramanujan, Littlewood, Eddie el hermano de Neville, y su amigo el señor Allenby. De todos los invitados, sólo Gertrude se ha escabullido, alegando un resfriado ficticio. Ramanujan y los Neville irán con Eddie en su Jowett. Hardy y Littlewood con el señor Allenby en su Vauxhall.

Una vez han partido, Cambridge desaparece rápidamente, dando paso al campo abierto. Hace muy buen tiempo. Aun así, el fastidio que le producen a Hardy el rugido y la peste del Vauxhall le impide totalmente disfrutar de la vista. Va sentado atrás, solo. Littlewood va delante con Allenby, que tiene las mejillas coloradas y una mandíbula marcada. Al igual que el Neville mayor, vive al norte de Londres, en High Barnet. Los dos son miembros de un club automovilístico; «nos vuelve locos el automovilismo», le explica a Littlewood, que asiente y pone esa sonrisa suya tan irritante e inevitable; Littlewood y su desconcertante capacidad para sentirse a gusto en cualquier parte, por terribles que sean las circunstancias... A Hardy, por el contrario, le parece que, cuanto mayor se hace, más a disgusto se encuentra cuando se aventura más allá de los muros de Trinity. Nunca le han gustado los coches, y Allenby no es lo que se diría un conductor conservador. Toma las curvas con tal ferocidad que a Hardy se le encoge el corazón, y todo sin parar de reírse y de parlotear con Littlewood por encima del estruendo del motor, mientras Hardy, alucinando, ve sobresalir puntas de rifle de los setos a los lados de la carretera. Las horas se convierten en semanas, luego en años, las puntas de los supuestos rifles le apuntan más imperiosamente a la barriga con cada kilómetro recorrido, hasta que por fin se detienen en el exterior de Leintwardine Manor. Dejan salir a Hardy del asiento trasero. Lleva tanto tiempo sentado que le da la impresión de que sus piernas no van a sostenerle. Necesita un retrete. Se acerca tambaleándose a Ramanujan, que parece bastante satisfecho, aunque un poco polvoriento.

–¿Ha disfrutado del viaje? –le pregunta.

Ramanujan se limita a sonreír.

–El panorama era espléndido –dice; otra respuesta sacada de su gran almacén.

Una visita al excusado, seguida de una jarra de cerveza en un pub cercano, hace que Hardy recobre un poco el ánimo. Ahora se está poniendo el sol, y el grupo se dirige (esta vez a pie, gracias a Dios) hacia el palacete. Una gran superficie de césped se extiende desde la casa hacia una pista de tenis donde se ha levantado un escenario provisional, candilejas incluidas. Algunos miembros del público, la mayoría mujeres, están sentados en sillas plegables, mientras que otros meriendan en grupos; de hecho, y no le sorprende nada, Hardy descubre que Alice también se ha traído la merienda: una mezcolanza de sus horrores vegetarianos, que se dispone a colocar sobre un trozo de tela roja desteñida. Reparte muy decidida las viandas, pasándole una cosa rellena de otra al señor Allenby, que se queda mirándola con cara de pasmo. Le pasa otro plato a Hardy. Mientras examina su contenido, escucha como desde muy lejos retazos de charla sobre Shakespeare, sobre la obra benéfica de Alice, sobre las ventajas de los Vauxhall con respecto a los Jowetts y viceversa. Debe de costarles muchísimo todo ese esfuerzo por alejar la conversación del tema más candente, ¡como intentar sostener un imán lejos de un polo magnético! ¿Para qué se molestan? ¿Para qué han venido siquiera?

Está empezando a untar de mantequilla una rebanada de pan (el único bien comestible que puede tolerar de los presentes) cuando oye que dicen su nombre. Levanta la vista. Harry Norton se dirige a grandes zancadas hacia él, acompañado de Sheppard, Taylor, Keynes y, unos pasos detrás, el conde Békássy.

Hardy se levanta. De los pantalones se le caen migas de pan al suelo. Más tarde reflexionará amargamente sobre que hay algo inevitable en las coincidencias de ese tipo. Lejos de negar el azar, lo confirman. Así 331, 3331, 33331, 333331 y 3333331 son primos, pero 33333331 no.

–Hola, Hardy –dice Norton–. ¿Qué demonios te trae por estos lares?

–Podría hacerte la misma pregunta.

–Hemos venido a ver a Bliss, claro. Ah, perdón si interrumpo...

–¿A Bliss?

–Sí, hombre. –Norton se inclina un poco–. El nuevo recluta. Hace de Calibán, y su hermano de Ferdinando. Hemos venido con Békássy a presenciar este momento de gloria de su chico. ¿Verdad, Feri?

Békássy, cuya espalda acaricia ahora Keynes, asiente con la cabeza.

–Pero no tenía ni idea de que salía Bliss en la obra –dice Hardy–. Hemos venido porque la señora Neville... Perdón. ¿Le puedo presentar al señor Norton, señora Neville?

¡Ay, el horror de las presentaciones! Mientras Hardy va desgranando los nombres, se entrecruzan los «¿cómo está usted?» como espadas; y al inevitable: «¿Quieren unirse a nosotros?», le sigue el inevitable: «No querríamos molestarles...» «Pero si hay comida de sobra.» «Bueno, si se empeña...» «Pues claro. Siéntense.»

Y entonces, antes de que Hardy sepa lo que está sucediendo, se les hace sitio y se despliega un segundo mantel, esta vez azul. *Los cuadrantes que se tocan.* Sheppard, dejando a un lado temerariamente cualquier apariencia de discreción, señala a Ramanujan y le susurra algo a Taylor, que se queda con la boca abierta. Su pelo aún parece más blanco que a la luz crepuscular que entra en sus habitaciones de King's. ¿Y qué opinará Ramanujan de estos tipos tan curiosos? ¿Interpretará que Sheppard lo señale como un signo de su propia celebridad («la Calculadora Hindú») o de su evidente apariencia extranjera? ¿De su piel morena? ¿De su nariz chata?

Se retiran los platos. Con ese horrible gusto suyo por los interrogatorios, Sheppard se sitúa furtivamente al lado de Ramanujan para hacerle las preguntas habituales: ¿se está adaptando bien?, ¿está contento en Trinity?; pero también las de un carácter decididamente más apostólico, como por ejemplo:

–Como hindú, ¿cree que en el Cielo caben los adoradores de sus dioses igual que los de nuestro Dios?

–Hay muchos cristianos en la India –dice Ramanujan–. Y musulmanes. En términos generales, los seguidores de una creencia respetan a los de las demás, aunque evidentemente siempre es inevitable algún conflicto.

(Una respuesta adquirida en Spencer's. Precio: una rupia.)

–Claro, claro. De todos modos, los hindúes deben de tener una sensación curiosa cuando, por ejemplo, ven entrar a los cristianos en una iglesia, o a los judíos en una sinagoga.

–Personalmente opino que, todas las religiones son, más o menos, verdaderas por igual.

–¿En serio? –dice Keynes–. Fascinante... Qué pena que no esté aquí McTaggart. –Él y Sheppard están observando ahora a Ramanujan con ojos inquisidores, como si fuera un *embrión*. ¿Lo es? ¿Está todo preparado? Y, en ese caso, ¿por qué no se ha informado a Hardy? ¿Y quién es el *padre*?

Cae la tarde. Se encienden las candilejas, la multitud se calla, comienza la obra. De la oscuridad trasera del escenario emerge el joven Bliss, curiosamente favorecido si cabe por la joroba que finge tener, los harapos y la pintura grasa de su cara. No es un mal Calibán en absoluto. Hardy cierra los ojos mientras Bliss declama unos versos que a Gaye le gustaban especialmente:

> Cuando vos aquí llegasteis,
> me halagasteis y mimasteis;
> me disteis agua con bayas,
> me enseñasteis a nombrar
> la luz grande y la pequeña
> que iluminan día y noche;
> y yo os amé y os mostré
> las virtudes de la isla,
> frescas fuentes y marismas,
> parajes yermos o fértiles...
> ¡En mala hora lo hice!

Hardy se vuelve para mirar a Békássy. Las lágrimas refulgen bajo esos párpados pesados de húsar. ¡Entonces es así, el verdadero amor o la camaradería, o lo que sea, entre hombres! Lo que Hardy creía haber conocido con Gaye, lo que a veces aún sueña con conocer. ¿Y volverá a conocerlo algún día? A lo mejor, como el mundo está tocando a su fin, aquel antiguo anhelo de amor, de pasión, se ha vuelto a despertar en él; lo busca ansioso a su alrededor, preguntándose si habrá alguno aquí esta noche, siquiera uno...

Entonces termina el primer acto. Norton se levanta para ir a fumar, y Hardy le sigue. Permanecen muy juntos de pie, donde los otros excursionistas no pueden oírles.

–Sinceramente, Harry –dice Hardy–, no tenía ni idea de lo de Bliss. Ha sido pura casualidad que hayamos venido.

–Muy típico de ti, esconder la luz debajo del celemín... –dice Norton–. Pero la verdad es que por lo menos deberías habérmelo presentado. A veces pienso que te olvidas de que soy matemático.

–Sólo porque tú también te olvidas.

–Sí, sí, ya sé. Es que con intentar sacar la licenciatura casi me volví tarumba.

–Desde luego parece que a Sheppard también le apetece conocerlo.

–Sheppard está condenado a ser un gran conversador... –Norton exhala el humo.

Se quedan callados un momento, y luego Norton dice:

–Una cosa bestial esta guerra, ¿verdad?

Hardy casi se echa a reír. Tras tantos esfuerzos por evitar el tema, ver cómo se alude a él tan directamente (y con tanta soltura) es un auténtico alivio.

–Me sorprende que Keynes se haya librado, ¿qué pasa con su trabajo en Hacienda?

–Ha sido por Békássy.

–¿Y eso?

–¿No te has enterado? Se vuelve a Hungría para unirse al ejército. Para luchar contra Rusia. Por lo visto entraremos en guerra con Hungría la semana que viene, así que, si no se va antes, lo encerrarán. Evidentemente, Keynes intentó disuadirlo con todas sus fuerzas, pero Feri no quería ni oír hablar del tema. Así que ahora Keynes ha accedido a pagarle el billete, porque los bancos están cerrados, y Feri no puede retirar su dinero. Pero está desesperado con toda esta historia. Bueno, lo estamos todos.

–¿Y Bliss?

–Dice que también se va a alistar. Siguiendo el ejemplo de Rupert Brooke. Muy romántico, ¿no te parece?, lo de dos amantes luchando en frentes contrarios... Nos hemos traído a Feri esta noche porque, la verdad, es la última oportunidad que tiene de ver a Bliss antes de marcharse.

Hardy mira hacia la casa, donde supuestamente los actores han montado sus camerinos. Békássy está saliendo por una puerta lateral.

–Qué cosa más noble –dice Norton.

–¿El qué? ¿Que vayan a morir?

–No, que se vayan a defender sus respectivas patrias.

–Yo desprecio la guerra. Y no creo que ningún ser humano medianamente inteligente no la desprecie.

–Bueno, por lo que me cuenta Keynes, Moore todavía no se ha decidido ni por una cosa ni por la otra. Y McTaggart ya se ha declarado un acérrimo antialemán.

–¿Eso el hombre que escribió «Violetas o azahar»?

–De todas formas, reconocerás que los hunos están demostrando ser bastante bestias. Una fría máquina militar. He leído que están matando niños a bayonetazos.

–Eso no es más que propaganda.

–Pues a mí no me sorprendería. Ya sabes: Nietzsche y todo ese asunto del *übermensch*. No todos los alemanes son como Goethe, Hardy.

–Están defendiendo sus intereses. Temen a Rusia, igual que nosotros los tememos a ellos. La temida marina alemana. Todo el mundo tiene miedo, todo el mundo está actuando para adelantarse a otro que está actuando para adelantarse a otro que está actuando para adelantarse a otro...

–Como en la regresión al infinito de Russell.

–Exacto.

Las candilejas parpadean, indicando el final del intermedio.

–Deberíamos volver a sentarnos –dice Norton–. Ah, ¿y te vas a quedar a pasar la noche?

Hardy asiente.

–Los Neville se quedan con la prima de ella. Los demás nos alojaremos en un hostal. De Knighton, creo. –Echa el humo–. ¿Y tú?

–Con un amigo del verborreico. Por lo menos es adonde nos mandan a Sheppard, a Keynes, al verborreico y a mí. Al final voy a poder echarles un vistazo a *los tres*... Quién sabe, igual es como en Tristán e Isolda. –Norton baja los párpados–. No es una pena que no podamos..., bueno...

Pero el segundo acto está a punto de comenzar. Apagan sus cigarrillos y luego regresan al césped para ver el resto de la función. Que dura. Y dura. En conjunto, es la peor representación de *La tempestad* a la que han obligado a asistir a Hardy en su vida. Cuando por fin se acaba, se le han quedado las piernas dormidas. Entonces mira su reloj y ve que sólo han pasado dos horas. De hecho, la representación ha ido bastante deprisa.

Y después empiezan las despedidas, que puede que aún le angustien más que las presentaciones. Probablemente Ramanujan podría sacarse de la manga una ecuación para calcular T, o la cantidad de tiempo que lleva que todo el mundo se vaya de verdad, basada en P, el número de personas presentes, e I, la variable de la interrupción, que evidentemente multiplica la cantidad de tiempo requerida para cada despedida por una cantidad indeterminada. ¡Ah, y las palabras...! *Un auténtico placer... Tenemos que volver a vernos... Qué maravilla lo de su club de automovilismo...* Palabras y más palabras antes de que por fin Norton le dé un beso en la mejilla a Alice, y Littlewood le dé la mano a Keynes, y Békássy salga disparado hacia la casa en busca de Bliss, con quien seguro que se escabullirá pronto entre las sombras de la noche veraniega, en ese bosque con su oscuro dosel.

Al fin se ha terminado todo. Hardy se sube en ese coche bestial de Allenby, que les lleva a él y a Littlewood hasta Knighton, al George and Dragon, donde resulta que se ha producido una equivocación; en vez de reservar cinco habitaciones, como pidió Alice, el hospedero sólo ha reservado dos. De hecho, ¡la posada ni siquiera tiene cinco habitaciones! Una de las habitaciones es de matrimonio; Eddie Neville y Allenby deciden compartirla muy contentos. Y en cuanto a la otra:

–Tiene dos camas grandes, señor –le dice el hospedero a Hardy–. Desde luego, lo suficiente como para tres caballeros.

–A mí me da igual –dice Littlewood.

¡Ya, claro! Pero ¿a Ramanujan? Tiene una expresión inescrutable. A lo mejor no le preocupa. Allá en su casa de la India, ¿no dormían todos como se terciaba, esparcidos por el suelo?

Así que el hospedero les lleva alumbrándose con una vela hasta la habitación, que está en el ático, y es espartana y huele a humedad; las dos camas están una frente a la otra, una contra la pared norte y otra contra la pared sur. No hay luz eléctrica. Aunque la vela que el hospedero deja en la repisa de la chimenea le presta a la habitación su resplandor cálido y parpadeante.

Littlewood estira los brazos.

–Bueno, pues ha sido todo muy divertido pero muy agotador –dice mientras se quita el chaleco–. No sé vosotros, compañeros, pero yo estoy muerto.

Tras lo cual, con su ya famosa despreocupación, se quita bruscamente la ropa, abre de un tirón una de las camas y se acuesta. Por lo visto no tiene pensado lavarse antes.

–Buenas noches –dice, y enseguida se pone a roncar.

Hardy y Ramanujan se quedan solos, a todos los efectos. Se miran el uno al otro.

–Creo que el cuarto de baño está abajo –dice Hardy.

–Gracias –responde Ramanujan. Abre su pequeña maleta y saca de ella un neceser y un pijama. Llevándolos consigo, abre la puerta y sale de puntillas.

Hardy suspira aliviado. Ahora tendrá tiempo de visitar el retrete y ponerse (rápidamente y a escondidas) su propio pijama. Cuando ya lo ha hecho, examina las dos camas, una muy pulcra, y la otra toda revuelta por la figura despatarrada y desnuda de Littlewood. Littlewood ha dejado la sábana justo por debajo de su ombligo. Por un momento, Hardy se queda mirando la dilatación y el encogimiento de su diafragma, y se fija en el escaso vello de su pecho... Pero ¿en qué cama se va a meter? Si se mete en la de Littlewood, no va a pegar ojo. Pero, si se acuesta en la vacía, no hará más que pasarle la pelota a Ramanujan. ¿Y qué va a hacer Ramanujan?

Entonces oye el ruido de una puerta al abrirse (la puerta del cuarto de baño de abajo, seguramente), seguido de unas pisadas en la escalera.

Casi sin pensarlo, toma una decisión. Se mete en la cama vacía.

Pasan cinco minutos. Los cuenta. La puerta de la habitación se abre y se cierra de nuevo. Siente cómo crujen las tablas del entarimado bajo unos pies descalzos. Luego hay un momento de silencio, antes de que Ramanujan pegue un soplido (bastante fuerte) y Hardy oiga y huela a la vez la extinción de la llama de la vela. La oscuridad inunda la habitación. Siente el peso de otro cuerpo aplastando el colchón, un cuerpo que bascula hacia el otro lado. Las sábanas y las mantas se le ciñen a la caja torácica. Huele a lana y a aire libre; y entonces se da cuenta de lo que ha pasado. Ramanujan no se ha metido realmente en la cama; sólo se ha subido a ella. Está durmiendo sobre la colcha, la sábana y la manta, con el abrigo echado por encima del torso.

Pero, bueno, ¡qué raro! Hardy apenas sabe cómo interpretarlo. Aun así, debe confesar que le gusta cómo, gracias al peso de Ramanujan, le tira la ropa de cama, le aprieta, le envuelve. Es como sentirse dentro de un capullo.

Se queda dormido, pero se despierta tras lo que le parecen segundos para ver la luz del amanecer en la ventana.

—Harold —dice una voz, ¿la de Ramanujan? No. Sólo es la de Gaye.

Se sienta en el borde de la cama.

—Hay que ver... —dice—. Vaya nochecita, ¿eh?

—¿Qué quieres decir?

—Un drama tanto en el escenario como fuera. Quiero decir que es el tipo de cosa que Shakespeare debería haber escrito, y podría haber escrito, de hecho, aunque no para que se representase, claro. Ya sabes, los amantes soldados separados por la guerra. Como algo sacado de la poesía griega.

—Tú eres el experto en clásicas.

—Siempre me ha encantado *La tempestad*. —Gaye se saca de un bolsillo lo que parece una lima—. Y Bliss daba un Calibán muy aprovechable, ¿no crees? Brillante no, pero aprovechable...

—¿Te estás limando las uñas?

—¿A un muerto le crecen las uñas? Seguro que te acuerdas de lo que yo decía siempre, que hay que ver a Shakespeare representado para comprenderlo realmente. ¡Y qué poesía! Escucha. —Se lleva la mano al diafragma—. «Y yo os amé y os mostré las virtudes de la isla...» Igual que tú le has enseñado a tu amigo indio las virtudes de la isla, Harold. «Frescas fuentes y marismas, parajes yermos o fértiles...» Y luego, al final, el remate brutal: «¡En mala hora lo hice!», que anula todo lo anterior. Porque de lo que se da cuenta Calibán es de que ha amado, que es algo noble, pero también de que, por haber amado, ha perdido lo que más quería. «¡En mala hora lo hice!»

Hardy casi se incorpora. Casi se pone a discutir. Aunque sabe que Gaye no va a estar ahí para escucharle.

Típico de él dejarle así, con las palabras colgando, y sin oportunidad de poder responderle jamás.

3

Finales de agosto. Cerca de la casa de los Neville, en Midsummer Common, ha acampado el Tercer Batallón de la Brigada del Rifle (irlandesa). Alice se despierta a las siete con el ruido de sus ejercicios de entrenamiento y ese oficial al mando que grita sus órdenes con un marcado acento irlandés. Eric ya se ha ido a su despacho del *college*. Y ella desayuna con Ethel, que le enseña una postal que su hijo le ha mandado desde Woolwich Arsenal. Él está en los Reservistas. Ethel se pasa toda la mañana trajinando en la cocina, mientras Alice se queda sentada junto a la ventana del cuarto de estar, mirando a los soldados, esperando..., ¿el qué? ¿Que el mundo se acabe? ¿La visita de Ramanujan?

Llega justo después de las once. Sin avisar. Cuando oye llamar a la puerta, se coloca en la banqueta del piano y espera a que Ethel lo haga pasar. No quiere que se dé cuenta de lo mucho que se alegra de verle, o de que Eric no esté. El puzzle sigue donde él lo dejó. Para fastidio de Ethel (y diversión de Eric) no quiere ni oír hablar de deshacerlo. Le sirve un café (le ha enseñado a Ethel cómo hervir la leche a la manera de Madrás) y luego se sientan juntos al piano. Ella le enseña canciones. Ahora le está enseñando «Greensleeves».

Tus promesas has roto, también mi corazón;
ay, ¿por qué seguiré de esta pasión esclava?

Se oye una detonación repentina de fuego de rifles: los soldados que practican en el Common.

–¿Por qué siempre tienen que hacer eso cuando estoy tocando? –se pregunta Alice, enfadada–. Venga, vamos a empezar otra vez.

Tus promesas has roto, también mi corazón;
ay, ¿por qué seguiré de esta pasión esclava?
Ya vivo por mi cuenta, liberada de ti,
pero mi corazón me tiene aprisionada.

¿A quién verá él cuando ella canta esa letra? Cada vez que le hace una visita, le pregunta si ha sabido algo de su esposa, y él siempre le responde que no. Al principio decía que no le preocupaba. «Estoy seguro», decía, «de que la semana próxima tendré carta.» Luego, cuando no llegaba ninguna: «Está claro que la guerra está interfiriendo el reparto del correo.» Sin embargo siguen llegando cartas de su madre.

Más fuego de rifles. Y ninguna carta.

–No creo que pase nada –dice Alice–. Habrá ido a visitar a su familia.

–Me lo habría dicho.

–¿Y su madre no la menciona en sus cartas?

–No.

–¿Y no le puede preguntar?

–No sería... No, no puedo.

Apoya el codo en el borde de madera del piano, con delicadeza, para no tocar las teclas. Luego apoya la cabeza en la mano. ¡Y cómo desea Alice acariciarle ese pelo negro! Pero acariciárselo sería como admitir el rayo de esperanza, incluso de alegría, que la invade cada vez que él le cuenta que no aún no sabe nada de Janaki. Porque si Janaki lo ha dejado de verdad, o se ha marchado, o se ha muerto, entonces él la necesitará más que nunca. Y si la necesita, vendrá más a menudo; hasta puede que vuelva a mudarse a su casa.

Cuando ya se ha ido, ella se suelta el pelo. Lo cepilla. Se mira en el espejo. «Eres una mujer horrenda», se dice, y le parece cierto. Ha tenido unos pensamientos terribles. Por ejemplo, ha estado pensando: ¡qué pena que Eric tenga tan mala vista! Porque, si la tuviera normal, podría alistarse e ir a Francia. Entonces los desconocidos la tratarían con mucha amabilidad, sabiendo que tenía un marido luchando en Francia. Se quedaría sola en la casa. Y podría estar a solas con Ramanujan.

No es exactamente que esté enamorada de él. O, al menos, no está enamorada de él de la manera en que lo estaba (o lo está) de Eric. Ya que el atractivo de Eric radica en lo familiar que le resulta. Desde un principio, la atrajo precisamente *porque* era muy fácil conocerlo. Era el típico libro abierto, con las frases escritas en las letras de molde grandes y legibles de una cartilla infantil. En ese aspecto no podría haber sido más distinto que su hermana Jane, una criatura manipuladora con varias capas, cuyas palabras solían ser cebos o trampas. Eric, en cambio, era incapaz de andarse con subterfugios. Con gafas, virginal y perpetuamente alegre, vivía para su trabajo (la perspectiva de tener que volver a él por la mañana bastaba para mantenerle despierto gran parte de la noche) y para hacer el amor, aunque sea bastante torpe en eso. Pero lo intenta. Ahora es más lento que antes. La espera. Por mucho que la exaspere, no puede evitar sentirse conmovida por sus gruñidos de placer y por la gratitud subsiguiente. Es curioso: son precisamente los aspectos del carácter de su marido que la crispan más (su despiste, su estupidez) los que le despiertan una mayor ternura.

Y luego está Ramanujan. Con Ramanujan nada, o casi nada, es directo. Lejos de ser una cartilla infantil, es más bien un texto escrito en un lenguaje que no sabe cómo interpretar. Ni siquiera cuando está con ella, cuando se sienta físicamente a su lado, consigue adivinar sus pensamientos. Los de Eric no le cuesta nada, y casi siempre acierta. A Ramanujan, por el contrario, lo ve como una puerta cerrada tras la que hay incalculables tesoros. Cosas que ni se imagina. Misteriosas técnicas amatorias orientales, tradiciones secretas y una cierta sabiduría antigua. No alcanza a entrever nada concreto, sólo percibe vagamente un ambiente muy distinto al de su cuarto de estar: una tienda drapeada con telas de colores chillones como las especias, en las que destellan trocitos de espejo, perfumada con pétalos de jazmín puestos a secar en un cuenco de plata.

A veces tiene la sensación de que su vida se ha reducido a una alternancia de expectación y ansiedad. Por las mañanas se obsesiona con la idea de si él vendrá. Y si no viene, cae en la desesperación. Y si lo hace, empieza a preocuparse, casi desde el mismo instante en que entra por la puerta, por lo que hará en cuanto se vaya. Y cuando se va de verdad, el miedo se cierne sobre ella igual que el crepúsculo en invierno.

A la mañana siguiente se despierta, como siempre, con la voz del comandante del batallón, y se da cuenta de que ya no lo soporta más. Ni la espera, ni las descargas de los rifles. Sin decírselo a nadie, ni siquiera a Ethel, coge el paraguas y el sombrero, se va andando a la estación, y se sube en el primer tren a Londres. El andén está lleno de jóvenes que van a incorporarse a sus regimientos. Sólo algunos llevan uniforme. *Cada día la reserva de juventud de Cambridge disminuye un poco más*, piensa, mientras se sienta en un compartimento cuyos otros ocupantes son tres de esos jóvenes, uno con un caqui polvoriento, y los otros dos con uniforme de campaña. Los del uniforme hablan de las últimas noticias llegadas de Bélgica en un tono muy animado, como si la guerra fuera un partido de fútbol, mientras que el del caqui mira desganadamente por la ventanilla.

Como no quiere llamar la atención, Alice abre el bolso y saca un ejemplar del *Times*. «Casi todas las personas a quienes les he preguntado», lee, «tenían historias que contar sobre las atrocidades de los alemanes. Decían que había pueblos enteros que habían sido pasados a hierro y fuego. Un hombre al que no vi le contó a un oficial de la Sociedad Católica cómo había visto con sus propios ojos a soldados alemanes cortándole de un tajo los brazos a un niño que se agarraba a las faldas de su madre.»

Con un resuello, el tren sale de la estación. Alice deja el periódico, y ve que las vías dan paso a otro tren que viene en dirección contraria, y luego los patios traseros de casas pobres. En uno hay un niño contemplando un iris. El joven lánguido saca un libro de su mochila, *La guerra de los mundos*. Uno de los favoritos de Eric. ¿Y qué *va* a pasar si Alemania invade Inglaterra? ¿La defenderá este joven? ¿La violarán los hunos? ¿Le clavarán una bayoneta al pobre Ramanujan? No debería estar haciéndose esas preguntas, lo sabe. Al fin y al cabo, es una pacifista. Y estos chicos..., podrían ser los estudiantes de Eric, esos a los que a veces invita a casa a tomar el té y estudiar geometría diferencial.

Reanuda su lectura:

Todos los hombres con los que he hablado estaban de acuerdo en que, aparte de su artillería pesada y su número abrumador, no hay nada que temer de los soldados alemanes. Describen el comportamiento del enemigo como demasiado brutal para cualquier nación civilizada, y muchos de ellos han visto cómo obligaban a aldeanos belgas a ponerse delante de ellos para que les sirvieran de parapeto. Un hombre declaró que una de las estratagemas favoritas de los alemanes es aterrorizar a los lugareños belgas poniéndolos justo delante de su artillería pesada, donde, debido a la elevación de sus cañones, se encuentran bastante a salvo. Su experiencia ha sido que los alemanes no respetan a la Cruz Roja, y que de hecho esperan a que recojan a los heridos, y luego disparan.

253

En Liverpool Street, tira el periódico a la papelera. Coge un taxi para que la lleve hasta St. George's Square, a una dirección que consultó a escondidas en una agenda de Eric justo antes de salir. No es que tenga ninguna razón para pensar que Gertrude se encontrará allí; pero, aun así, conserva la esperanza. Necesita hablar con alguien, con otra mujer.

Después de pagarle al taxista, se acerca hasta el edificio. Es alto y estrecho, y pertenece a una fila de casas que dan la sensación de estar demasiado juntas, como libros apretados en una estantería. Al ribete de la ventana le hace falta un repintado. En uno de los timbres (cuya placa de bronce necesita que le saquen un poco de brillo) pone «Hardy». Lo hace sonar, y se queda aliviada cuando, aproximadamente un minuto después, se abre la puerta y tiene a Gertrude delante, ataviada con un sayo bastante lúgubre, parpadeando sorprendida.

–Señora Neville –dice.

–Hola –dice Alice–. Espero que no le importe que me presente así. Tenía..., tenía que salir de Cambridge.

–Pero mi hermano no está.

–Ya sé. Pero no quería ver a su hermano.

Parece que Gertrude no se alegra especialmente de oír eso.

–Ah, ya, pues pase –dice luego, mientras se aparta para dejarla pasar en el angosto pasillo–. Me temo que no tengo mucho que ofrecerle –añade mientras suben la estrecha escalera, cuyos peldaños crujen bajo los zapatos de Alice.

–No hace falta.

–Y el piso tampoco es que esté muy limpio.

–Da igual, de veras.

Entran juntas. Gertrude cierra la puerta, y después lleva a Alice, pasando por un cuarto de estar mohoso y casi vacío de muebles, hasta una cocina con un suelo de linóleo moteado marrón y una mesa sobre la que están esparcidos varios periódicos.

–Siéntese, por favor. ¿Quiere un poco de té?

–Sí, gracias. –Alice se quita el sombrero. No sabría decir

por qué, pero por alguna extraña razón se siente inmensa en esta cocina. No es que sea tan pequeña, o que ella sea muy grande; es más bien que, cada vez que se mueve, tropieza con algo. Primero le da un tantarantán con el codo al escurreplatos. Luego se da con la cabeza en el dintel de la puerta. Después, mientras está retirando de debajo de la mesa la silla que Gertrude le señala, le pega un golpe sin querer contra la pared.

–Perdone, querida –dice–. Espero que no deje señal.

–Da igual. ¿Quiere leche?

No debería haber venido.

–Sí, por favor. –El ejemplar del *Times* de Gertrude está abierto precisamente por el artículo de las atrocidades belgas–. ¿Ya lo ha leído?

–Sí, acabo de leerlo.

–Me pregunto si serán verdad todas esas historias..., si los soldados alemanes les estarán cortando realmente las manos de un tajo a los niños pequeños.

–Me lo creo perfectamente, viniendo de la nación que nos dio el *Struwwelpeter*.

–¿El qué?

–Pedro el Greñudo. Es un libro de cuentos infantiles alemanes. Y en uno hay un niñito que se chupa el dedo, y su madre le dice que, como se lo siga chupando, el sastre grande y alto vendrá y le cortará los pulgares con sus enormes tijeras afiladas, y él se los sigue chupando, y, mire por dónde, viene el sastre alto y grande y le corta de verdad los dedos.

–Qué horror.

–Las ilustraciones son increíbles, con una sangre de un rojo muy vivo brotando a chorros de donde se los han amputado.

–¿Y eso es para niños?

–¡Por qué cree que los soldados alemanes no se chupan el dedo!

Gertrude le pone la taza de té delante a Alice, se sienta enfrente de ella y cruza los brazos. De repente parece impaciente, como si dijera: «Bueno, ya está bien de jueguecitos, ¿por qué ha venido a incordiarme?» ¿Y para qué ha venido Alice a molestarla?

–Supongo que se estará preguntando qué hago aquí –dice–. La verdad es que no lo sé muy bien. Es simplemente que Cambridge... me parece muy triste ahora mismo.

–Eso dice mi hermano.

–Hoy el tren iba lleno de jóvenes. Estudiantes. Cada día la reserva de jóvenes de Cambridge disminuye un poco más.

No hay respuesta. Y eso que Alice estaba orgullosa de esa frase.

–Hay un batallón acampado al otro lado de la calle de nuestra casa. De Irlanda. Todas las mañanas hacen prácticas, y empiezan al amanecer.

–¿Y su marido?

–Va tirando. En el *college* ponen a los heridos fuera, en Nevile's Court. Y los oficiales cenan en el Hall.

–Eso me cuenta mi hermano.

–¿Y el señor Hardy se va a presentar voluntario?

–Dice que aún no se ha decidido, aunque cuesta imaginárselo con uniforme. ¿Y el señor Neville?

–Tiene mala vista. –Alice le da un sorbo a su té, y luego añade–: Es una pena, la verdad, porque es muy valiente. Nada muy bien. El invierno pasado se tiró al Cam para salvar a un niño que se estaba ahogando.

¿Por qué ha dicho eso? Seguro que Gertrude sabe perfectamente que, aunque Eric tuviera buena vista, nunca se presentaría voluntario. Jamás ha ocultado su pacifismo. Y, sin embargo, de repente considera sumamente importante que Gertrude sepa que no es ningún cobarde.

–La otra noche, Eric le oyó decir a alguien: «Al paso que vamos, Trinity se va a quedar vacío enseguida, a no ser por Hardy y un puñado de indios.»

–Me parece un poco exagerado.

256

–Puede... De todos modos, ¿no sería increíble que, dentro de unos meses, él y el señor Ramanujan fueran los únicos que quedaran en Trinity?

–También se quedará su marido. Y el rector.

–Ya sé, estaba exagerando.

–¿Y cómo lo lleva el señor Ramanujan?

–Todo lo bien que se podría esperar, supongo. Tampoco es que lo vea mucho últimamente.

–¿Quiere decir desde que ya no vive en su casa?

–Claro que viene unas cuantas veces a la semana... Le estoy enseñando a cantar.

–¿A cantar?

–Tiene una voz preciosa. Ayer le enseñé «Greensleeves».

–Me gustaría oírlo...

–Pero es muy tímido para cantar delante de desconocidos. Sólo se atreve conmigo.

–Es bueno saber que ha encontrado una buena amiga en usted, señora Neville.

Alice levanta la vista. Hasta el momento ha conseguido evitar la mirada de Gertrude. Ahora, en cambio, se topa con esos ojos inquietantes. El derecho la está evaluando; mientras que el izquierdo..., ¿cómo decirlo?, flota en el aire.

Y de repente, sin pararse a pensarlo, le pregunta:

–¿Cómo ocurrió?

–¿El qué?

–¿Cómo perdió ese ojo?

Es como si Gertrude retrocediese sobre su silla. Igual que un gato. Bien. Desde que ha llegado, Alice ha querido llevar las de ganar. Hacer que Gertrude se acobardara. Bien.

–Espero que no le importe que se lo pregunte.

–¿Cree que es la primera?

–Bueno...

–Pues no. La gente no para de preguntármelo. Sobre todo, las mujeres.

Para sorpresa de Alice, descruza los brazos.

–Para su información, fue cuando tenía nueve años. Harold me pegó con un bate de críquet en la cara. Un accidente. Me quedé inconsciente. Y luego, cuando me desperté, estaba en el hospital y me lo habían quitado. El ojo. Y no hay más que contar.

–Pero eso es terrible.

–Supongo. Era tan pequeña que casi no me acuerdo de cómo era antes la cosa... Después, claro, lo más importante era no herir a Harold.

–¿Por qué?

–Porque fue un accidente, ¿no?, y a él le gustaba tanto el críquet que más valía no crearle ningún sentimiento de responsabilidad o de culpa. Así que me dijeron que nunca hablara de ello.

–¿Quién? ¿Su padre?

–Mi madre.

–¿Le importó?

–Sólo al principio. Pero luego me di cuenta de que, en realidad, estaba siendo muy sensata. Estaba empeñada en que nadie se desviase de su rumbo, ¿comprende? Incluso entonces, sabíamos que Harold era un genio. Lo último que queríamos era que eso se interpusiese en su camino. Y a mí también me ayudó. Tener que hacer desde el principio como si no hubiera pasado nada me permitió convertirlo en mi... modus operandi.

–Déjeme verlo.

–¿El qué?

–El ojo. Sáqueselo. Déjeme verlo.

Gertrude se echa a reír.

–¿Por qué le parece gracioso? –pregunta Alice.

–Porque todas las que han querido verlo alguna vez se creen que han sido las primeras en pedírmelo.

–¿Siempre somos mujeres?

–Siempre. En cualquier caso, encantada de complacerla... Pero, por favor, mire hacia otro lado mientras me lo saco.

Alice aparta la mirada. Oye, o se imagina que oye, una especie de desajuste, un *plop* y un *pop*, y entonces Gertrude dice:

—Ya está. Ya puede mirar.

Alice se vuelve. Gertrude está de espaldas a ella. Tiene la mano derecha detrás de la espalda, con los dedos encogidos sobre... algo.

El objeto pasa de su palma a la de Alice. Alice lo examina. El ojo es un globo blanco, más pesado de lo que se imaginaba, del tamaño de una canica grande, y con el iris y la córnea formando un pequeño relieve. ¡Además es una auténtica obra de arte: con ese marrón a juego con el del auténtico ojo de Gertrude, y el blanco grabado con unas diminutas rayas rojas que imitan las venas!

—¿Me lo puede devolver?

—¿Cómo funciona? ¿Cómo se lo pone?

—Simplemente se retira el párpado y se encaja. La órbita se ajusta perfectamente.

—¿Es incómodo?

—Al principio se me hacía un poco raro. Aquel cuerpo extraño tan enorme... Pero uno se acaba acostumbrando. Ahora casi ni me entero. ¿Me lo devuelve, por favor?

—¿Se seca? ¿Tiene que mantenerlo lubricado?

—La glándula lagrimal no resultó afectada. ¿Me lo devuelve?

Gertrude pone otra vez el brazo detrás de la espalda. Alice deposita el ojo en la palma de su mano.

—No mire.

Alice cierra sus propios ojos. Luego Gertrude dice:

—Ya está.

Y cuando Alice vuelve a mirar, la cara de Gertrude se encuentra al otro lado de la mesa. Una expresión de cordialidad, incluso de cariño, parece haberla embargado.

—Bueno —dice—, ¿satisfecha?

—Mucho, gracias.

—Me alegro de que ya hayamos pasado por eso. —Mira por

la ventana de la cocina–. Está quedando un día muy bonito, ¿no? ¿Le apetecería ir al zoo?

—¿Al zoo?

—Sí, ¿por qué no?

—Me parece una idea maravillosa –dice Alice. Y se levanta, volviendo a golpear la silla contra la pared ya rozada.

4

Hay un cuarto, un piso, un sitio, al que van a veces cuando los dos están en Londres. Normalmente, a requerimiento de Littlewood. Igual que C. Mallet del Ministerio de la India, el propietario es un amigo de su hermano. Pasan allí un par de horas, y luego, al salir, parece que Anne no consigue ajustarse la ropa interior. Como el piso queda cerca de Regent's Park, van andando hasta el zoo y se sientan en un banco delante de una jaula por la que se pasea un tigre bengalí. Se está terminando septiembre, y Littlewood acaba de decirle que dentro de un mes se marchará, seguramente a Francia. Va a unirse a la Guarnición Real de Artillería en calidad de subteniente.

–Supuestamente, les seré útil en cálculos balísticos –dice–. A Hardy le va a dar algo cuando se entere.

–Preferiría que no lo hubieras hecho.

–Pensé no hacerlo. Pero luego pensé que tampoco es que vayamos a tener mucha elección sobre el tema mucho tiempo. Te puedo asegurar que pronto empezarán con el reclutamiento. Churchill ya lo está pidiendo.

–¿Y tú cómo lo sabes?

–Por Hardy. El secretario de Churchill es uno de sus Apóstoles.

Anne enciende un cigarrillo. Al otro lado del sendero, el tigre se recuesta y se lame una garra. Como la gata de Hardy, sólo que desprende un olor más almizclado. El mismo al que debe de oler la impaciencia, piensa Littlewood. Y ahora se acerca una niña con su niñera a ver al tigre. La agarra fuerte de la mano, manteniendo una distancia prudencial.

–¿Cuándo nos vamos a ver?

–Con suerte estaré en Londres dentro de unos meses. O cerca. En Woolwich, probablemente.

–¿Pero vas a poder acercarte hasta Treen?

–No tanto como ahora, me temo.

Anne le coge una mano. Está reprimiendo las lágrimas. De repente el tigre se incorpora de un salto, soltando un rugido de mal humor, lo que asusta a la niña, que se echa a llorar. La niñera se la lleva de allí, en dirección a los elefantes.

–¿Qué va a ser de ti? –pregunta Anne, llorando.

–Cariño, no tienes por qué llorar. No me va a pasar nada.

–Pero ¿y si te mandan al frente? He leído los reportajes.

–Pues ahí está la cosa: no me van a mandar. A la gente como yo no la mandan al frente. Somos demasiado valiosos en la retaguardia.

–Lo siento. –Saca un pañuelo del bolso y se seca los ojos–. Me siento tan estúpida... A lo mejor es por los niños. No paran de preguntar, ¿sabes? Es todo tan... horrible. No creo que pueda explicárselo a mis hijos.

–Siento muchísimo que tengas que hacerlo.

–Y, mientras, Hardy sigue con sus cosas... Ya veo que *él* no se siente obligado a presentarse voluntario.

–A lo mejor aún se presenta. Sé que se lo está pensando.

–Entonces, ¿por qué no puedes hacer tú lo mismo que él: esperar?

–Porque, si lo pospongo, puede que no consiga un puesto tan seguro.

–Pero, con todos los contactos que tiene, ¿Hardy no podría garantizártelo?

–Sus influencias no llegan a tanto, me temo. Yo no formo parte de ese círculo. Seguramente sólo puede protegerse a sí mismo.

–¡Y luego dice que no puede trabajar sin ti!

–No le eches la culpa.

–¿Y por qué no? Tengo que echársela a alguien.

–Pues échasela a Kitchener. O a Churchill. Si ni siquiera conoces a Hardy en persona.

–Porque tú nunca...

–Ssh. Ahí viene su hermana.

Anne levanta la vista. Paseando por el sendero, dos mujeres se están acercando a la jaula del tigre.

Sin pensarlo, le suelta la mano a Littlewood. Él se levanta.

–Señorita Hardy, señorita Neville. Qué agradable sorpresa.

Gertrude mira a Anne de arriba abajo.

–Hola, señor Littlewood –dice–. ¿Y qué le trae a usted por el zoo?

–Fácil... Una tarde preciosa. ¿Y a usted?

–Es un pequeño ritual nuestro –dice Alice–. Cada vez que aparezco por Londres.

–Ah, ¿les puedo presentar a la señora Chase?

Anne también se levanta. No le queda más remedio que estrecharle la mano a Alice con la izquierda, porque tiene el pañuelo engurruñado en la derecha.

–¿Y las puedo invitar a un té? –pregunta Littlewood, siempre tan galante y tan capaz de adaptarse a lo que se le ponga por delante.

–No hace falta –dice Alice–. No queremos interrumpirles.

–No interrumpen nada.

–Bueno, si se empeña...

–No, tenemos que irnos –dice Gertrude, tajante, y coge a Alice del brazo–. Un placer verle, señor Littlewood. Y encantada de conocerla, señora...

–Chase.

—Eso, Chase. Que pasen un buen día.

Siguen caminando por el sendero. Unos metros más adelante se paran delante de los elefantes, y se quedan mirándolos con una curiosidad científica. No parece que hablen entre sí.

Littlewood y Anne vuelven a sentarse, y de repente Anne se echa a reír. Se ríe tanto que tiene que secarse los ojos otra vez.

—¿Y ahora qué demonios pasa?

—Nada, es que me parece tan gracioso... Quiero decir, ¡qué más da que se den cuenta!

—Siento decírtelo, cariño, pero no somos precisamente un secreto de Estado.

—Ya lo sé. Por eso me río.

—¿Por qué no ha querido usted pararse a tomar el té?

—Porque es evidente que tienen un lío. O algo así.

—¿Pero ella quién es?

—¿Es que no se da cuenta?

—¡Ah!... Pero él nos la ha presentado como la *señora* Chase.

—Bueno, ¿cómo cree que Russell presentaría a Ottoline Morrell?

Se están acercando a la jaula de los murciélagos. Gertrude tiene cara de diversión maliciosa, pero en cambio para Alice es como si hubiera surgido una nueva idea en el mundo. Russell y la señora Morrell. Littlewood y la señora Chase.

Bueno, ¿y por qué no?

Y entonces decide que volverá a ver a la señora Chase. La buscará. A esa mujer de pelo castaño y piel morena y con ese aspecto tan... radiante, diría Alice, a pesar de sus lágrimas; sí, radiante. Ahí tiene a una mujer con la que podría hablar. La clase de mujer que, si tiene suerte, podría llegar a ser.

5

NUEVA SALA DE CONFERENCIAS, UNIVERSIDAD DE HARVARD

En esa conferencia que no dio, Hardy dijo:

Hoy en día, creo, hay una desafortunada tendencia (que sólo se acrecentará con los años, me temo) a retratar a Ramanujan como uno de esos vasos místicos donde el inescrutable Oriente ha vertido su esencia. No es de extrañar. Al fin y al cabo, ahí tenemos a un joven que nunca llevaba zapatos hasta que se embarcó rumbo a Inglaterra; que no podía comer en el Hall por miedo a contaminarse; que afirmaba públicamente que las fórmulas que había descubierto se las había escrito en la lengua una deidad femenina. Tampoco se molestaba en refutar ese mito sobre sí mismo (al contrario, más bien lo alimentaba), razón por la cual, para aquellos que no le conocieron, su legado siempre desprenderá un perfume a incienso y a templos. Y sin embargo, aquellos que sí le conocimos, ¿cómo vamos a explicar que el mito no tiene nada que ver con el hombre?

El Ramanujan que yo conocí era, por encima de todo, un racionalista. A pesar de las eventuales excentricidades de su comportamiento, cuando estaba conmigo siempre se mostraba como una persona cuerda, razonable y astuta. Por temperamento era agnóstico, con lo que quiero decir que no veía especialmente bien, ni especialmente mal, el hinduismo o cualquier otra religión. Tal como nos contó la tarde que fuimos a ver *La tempestad* en Leintwardine, todas las religiones eran para él igualmente verdaderas en mayor o menor medida. En el hinduismo, tengo entendido, la observancia importa mucho más que la fe. La fe, como concepto, es propia del cristianismo. Forma parte de su nocivo esfuerzo por esclavizar a sus fieles sosteniendo ante ellos el precioso sueño de una nueva Jerusalén, un premio que se les adeuda en recompensa por una vida de piedad. Y no basta con guardar las apariencias. El cristiano debe creer de corazón que Dios existe si quiere alcanzar el Cielo.

El destino de un hindú en la otra vida, en cambio, estriba completamente en cómo se comporta. Si observa las normas, se reencarnará en un miembro de una casta superior. Si las quebranta, regresará como un escarabajo, o un intocable, o un hierbajo, o algo parecido. Da igual lo que crea. Así que, cuando un hindú se adhiere a ciertas prohibiciones o constricciones por mor de la corrección y el decoro, más que porque acepta las doctrinas de su religión como verdaderas, no está actuando de la misma forma hipócrita, diríamos, que yo lo haría si fuera a la iglesia, o asistiese a misa, o diera gracias al Señor por la cena.

Puedo adivinar cuál sería la reacción de la señora Neville ante esta afirmación. Me diría: «Bueno, Hardy, pues si ése es el caso, entonces ¿por qué no comía carne? Especialmente cuando estalló la guerra, y se hizo tan difícil conseguir provisiones de la India, ¿por qué decidió arruinar su salud antes que infringir las normas dietéticas de su religión? *Debió* de ser porque creía.»

No, señora Neville, no fue porque creyera. Siguió siendo vegetariano, en primer lugar, porque el vegetarianismo era su segunda naturaleza. No había comido carne en su vida, y la sola idea le repugnaba. También le preocupaba que, si su madre se enteraba de que estaba adoptando costumbres occidentales, le pondría las cosas muy difíciles cuando volviese a Madrás. Porque Komalatammal, como la llamaban, no era ni de lejos esa figura devota y cariñosa que los admiradores indios de su hijo han pintado. Y eso hay que dejarlo claro de una vez por todas. Por el contrario, era lo que mi antigua encargada de la limpieza, la señora Bixby, habría denominado un «hueso duro de roer». Lista, posesiva y abusadora. No me sorprendería enterarme de que contrataba a otros estudiantes indios de Cambridge como espías, para asegurarse de que su hijo no se apartaba de la buena senda. También podría haberlo acosado, o amenazado con acosarlo, por medios ocultos.

Una admiradora de Ramanujan me ha enviado hace poco una fotografía suya. En ella, una mujer muy bajita está sentada en una silla muy alta, tan alta que sus pies descalzos apenas tocan el suelo. Tiene una cara pequeña y ruin, pero no estúpida en el mismo sentido en que podría serlo la cara de una oveja, por ejemplo; no, en esa cara hay un destello de inteligencia primitiva. Mira audazmente a la cámara como para cuestionar su potencia, o hipnotizar al espectador atrayéndolo hacia el punto negro dibujado entre sus ojos. No, no es una foto que pueda contemplar mucho tiempo.

Déjenme que les haga una breve semblanza de su vida. Provenía de una familia brahmín pobre pero educada. Su padre era una especie de funcionario de justicia y, como es costumbre en la India, sus padres arreglaron su matrimonio. Por los datos que tengo, durante los primeros años después de la boda no consiguió quedarse embarazada, así que su padre y sus abuelos decidieron interceder rezándole a la diosa Namagiri. Supuestamente, la abuela ya tenía una relación consolidada con Namagiri, porque de cuando en cuando caía en trances durante los cuales la diosa hablaba a través de ella, y en una de esas ocasiones había anunciado que, si Komalatammal daba a luz a un hijo, también hablaría a través de él. Así que se pusieron de rodillas y le rezaron a la diosa para garantizar la fertilidad de Komalatammal y, miren ustedes por dónde, nueve meses más tarde nació un niño.

A partir de entonces, siempre que hablaba de la concepción de su hijo, Komalatammal invocaba el nombre de la diosa. Jamás mencionaba a su marido, Kuppuswamy, a pesar de que él debía de tener bastante que ver en el asunto. Y Kuppuswamy tampoco se quejaba. Por lo que me han contado, era una persona humilde y poco eficiente, que pronto se dio cuenta de las ventajas de mantenerse al margen del cruel camino de su esposa. Porque Komalatammal era, sobre todo, ambiciosa. Se dice que, ya desde un principio, leyó la carta astral de su hijo y dedujo que, o bien se haría famoso en todo el mundo y moriría joven, o bien permanecería en la sombra y viviría hasta una edad muy avanzada. Según se cree, era una auténtica experta en materias tanto astrológicas como numerológicas. Debió de decidir que, si cabía la posibilidad de que él muriese joven, ella sacaría partido de su talento mientras pudiera. En consecuencia, desde el momento en que él dio muestras de precocidad matemática, cuando tenía tres o cuatro años, ella contó con su asistencia en las diversas manipulaciones numerológicas en las que se entretenía, con el fin de interpretar su propio futuro y asegurarse de que sus enemigos sufriesen algún daño. Con el padre sonriendo tontamente en un segundo plano, madre e hijo trabajaban juntos, unidos por un vínculo en muchos aspectos más íntimo que el de marido y mujer.

No es de extrañar que Komalatammal también se preciara de ser una experta intérprete de sueños, y de haberle pasado esa habilidad a su hijo, que más tarde afirmaba ser un auténtico entendido en el tema. No me cabe la menor duda de que la última parte de esta frase (que Ramanujan *afirmaba* ser un auténtico entendido en el tema) es absolutamente cierta. Puesto que habría sido muy típico de él pretender poseer poderes psíquicos, si al hacerlo podía asegurarse su posición social o ayudar a un amigo. Todo lo que entendemos por profecías, en definitiva, es puro razonamiento inductivo revestido de pañuelos gitanos.

Dos ejemplos, tomados de unas cartas que me enviaron unos conocidos indios de Ramanujan, serán suficientes.

En el primero, el señor M. Anantharaman me escribe para contarme que una vez, en el Kumbakonam de su infancia, su hermano mayor le explicó a Ramanujan un sueño que había tenido. Ramanujan dijo entonces que el sueño significaba que pronto habría una muerte en la calle de detrás de su casa, y hete aquí que, unos días más tarde, falleció una anciana que vivía en esa calle.

Vamos a observar este caso con más detenimiento. Ramanujan llevaba viviendo en Kumbakonam casi toda su vida. Debía de conocer a la mayor parte de sus habitantes, y estar al tanto, a través de su madre, de las desgracias financieras, el estado de sus matrimonios y las diversas dolencias que padecían. Imaginen pues que la madre de Ramanujan le informa un día de que la vieja señora X, que vive en la calle trasera de la casa de los hermanos Anantharaman, está a las puertas de la muerte. Al día siguiente le piden que interprete un sueño. No hay que tener poderes psíquicos para vaticinar −y anunciar− la inminente defunción de la anciana.

El segundo ejemplo viene del señor K. Narasimha Iyengar, que también me saluda desde Kumbakonam y, durante un tiempo, compartió habitaciones con Ramanujan en Madrás. En su carta, este caballero describe la preparación de un examen en el Christian College de Madrás, cuya parte matemática temía suspender. Según recuerda, el día del examen, Ramanujan «sintió intuitivamente» que debían encontrarse y, cuando lo hicieron, le dio unos cuantos «consejos proféticos», gracias a los cuales pudo aprobar el examen de matemáticas con la nota mínima requerida de un treinta y cinco por ciento de respuestas acertadas. Sin la intervención de Ramanujan, dice el señor Iyengar, habría suspendido.

Evidentemente, éste es un caso más complejo. Lo que parece sugerir el señor Iyengar es que una fuerza externa inspiró a Ramanujan los consejos para el examen. Tal vez se los escribieron en la lengua. Pero, en realidad, como matemático y víctima desde hacía tiempo del sistema educacional indio, Ramanujan debía de saber exactamente con qué tipo de problemas se toparía el señor Iyengar en un examen así. Explicando pacientemente esos problemas, y atribuyendo luego su perspicacia a una intervención espiritual, fue capaz de rebajar la ansiedad del joven e infundirle la confianza necesaria para obtener una mejor puntuación. Porque por encima de todo (cosa que a menudo se olvida) era una buena persona.

Les pongo estos ejemplos porque quiero subrayar que Ramanujan, a pesar de haber representado el papel de un devoto hindú, y hasta haber proclamado sus poderes sobrenaturales, no era ni lo más remotamente sensible a los caprichos del así llamado sentimiento religioso. En realidad, y en el fondo de su corazón, era un racionalista convencido. Puede parecer una paradoja. Pero, bajo mi punto de vista, lo describe perfectamente. Si en ocasiones se reservaba parte de su verdad, lo hacía porque antes había sopesado los pros y los contras y llegado a la conclusión de que, en ciertos casos, era necesario, si no mentir, dejar al menos que subsistieran ciertas falsas impresiones. Por ejemplo, recordarán que, cuando debió trasladarse a Europa, un «sueño» muy apropiado le permitió soslayar el mandamiento brahmín en contra de cruzar los mares. Y fue su madre la que tuvo ese sueño. Sospecho que ella también estaba lejos de ser la criatura piadosa que se ha descrito. Por el contrario, comprendió el beneficio que le supondría que él marchara a Inglaterra, y, tal como había explotado su talento en su infancia al forzarle a ayudarla en sus aventuras numerológicas, intentó obtener gracias a él no sólo cierta fama, como la santa madre de la «Calculadora Hindú», sino también a su muerte una considerable cantidad de dinero.

Sí, señora Neville, ya la oigo. Se queja usted de que estoy juzgando a la pobre mujer con demasiada dureza. Sacrificó muchas cosas por su hijo, trabajó mucho para pagar su educación y cuidar de él, nunca perdió la fe en su genio, ni siquiera cuando le dieron con la puerta en las narices. Todo eso es cierto. Y, aun así, era una mujer codiciosa e interesada.

Lo cual queda absolutamente patente en sus tratos con su nuera, Janaki.

De la propia Janaki, no sé muy bien qué pensar. Parecía que Ramanujan le tenía mucho cariño. La llamaba «mi casa». Cuando, tras una larga temporada en Cambridge, seguía sin haber recibido una sola carta de ella, le dijo a Chatterjee, el jugador de críquet: «Mi casa aún no me ha escrito.» «Las casas no saben escribir», le contestó Chatterjee alegremente; una ocurrencia poco feliz seguramente, porque, de hecho, el que no llegaran las cartas esperadas constituía una fuente de sufrimiento para Ramanujan; si era porque echaba de menos a la muchacha, o porque temía que su madre la hubiera matado, ya no lo puedo decir. Según el señor Anantharaman, Ramanujan no conocía la «felicidad conyugal» con Janaki, porque ella era, empleando sus propias palabras, «muy desgraciada». Aunque el señor Anantharaman también me recuerda que, poco después de casarse, a Ramanujan lo operaron de un hidrocele (una inflamación del escroto debida a una acumulación de líquido seroso), tras el que fue incapaz de mantener relaciones sexuales durante más de un año. Otras fuentes insinúan que Komalatammal se negó a permitir que durmieran juntos, empleando el hidrocele como excusa. Probablemente, quería a Ramanujan para ella sola. Pero no puedo decirles si Ramanujan veía esa abstinencia forzosa, cualquiera que fuese su causa, como una desgracia o una bendición.

En cualquier caso, debió de ser perfectamente capaz de imaginarse lo que sucedía en su casa. Hasta en las mejores circunstancias, la suegra india es una déspota, a la que por tradición se le consiente reñir, e incluso pegar, a su pobre nuera para obligarla a hacer toda una serie de tareas desagradables, así como castigarla como se le antoje. A cambio, se supone que la nuera ha de tratar a su suegra con profundo respeto, sonreírle tontamente y aceptar todos los abusos de que sea objeto sin protestar. Sabe que su venganza vendrá más tarde, cuando tenga su propio hijo y *él* se case y ella tenga oportunidad de infligir a su nuera las mismas crueldades a las que fue sometida. Así se perpetúa el ciclo generación tras generación, en la mayoría de los hogares indios. Y, teniendo en cuenta esas circunstancias (la volubilidad de Komalatammal, la ausencia del hijo y marido mediador, la juventud y el carácter rebelde de la nuera), pues es fácil imaginar el barril de pólvora que debió de ser esa casa de Kumbakonam.

Estoy seguro de que Ramanujan lo presagiaba todo: los apartes despectivos, los saris burdos, los cubos de porquería. El pobre Kuppuswamy, ahora casi ciego, se pasaba la mayor parte del tiempo tratando de apartarse de la trayectoria de los cacharros que salían volando. Y, durante todo ese tiempo (ésta es la gran ironía), la pobre muchacha no *dejaba* de escribirle cartas a su marido, largas cartas donde se lamentaba y le suplicaba que consiguiera llevársela con él a Inglaterra, aunque sólo fuera por escapar del despotismo de su suegra; pero Komalatammal interceptaba las cartas y las destruía antes de que fueran enviadas. Igual que interceptaba las de Ramanujan a su esposa antes de que Janaki pudiera hacerse con ellas. Una vez Janaki intentó escamotear una nota en un paquete de comestibles que le iban a mandar a Ramanujan, pero Komalatammal se la quitó antes de que saliera el paquete. Ya se pueden ustedes imaginar la rabia que le daría a Janaki.

Era una situación intolerable; y a Ramanujan, incluso desde tan lejos, le afectaban sus repercusiones. Más tarde, su madre dejó caer que su resentimiento hacia Janaki se debía a ciertas peculiaridades de la carta astral de la muchacha, que su familia había camuflado aposta antes de la boda. Al parecer, la carta astral, correctamente interpretada, daba a entender que el matrimonio con Janaki aceleraría la muerte de Ramanujan. Sus padres, a sabiendas de que eso recortaría las posibilidades de que aquella hija poco atractiva encontrase marido, recurrieron al engaño para deshacerse de ella. Aunque, al final, no se libraron por mucho tiempo.

Me gustaría haber entendido en ese momento, tan claramente como lo entiendo ahora, lo mucho que él sufría. Gracias a la misma intuición poderosa que, en épocas anteriores, había hecho pasar por el don de la profecía, debió de «ver» las horribles escenas de Kumbakonam. Sin embargo, no podía hacer nada. Debido a los ataques de los submarinos alemanes, no podía regresar a casa. Y mientras tanto, a falta de cartas, intentaba interpretar aquel silencio. Lo cual es una tarea peligrosa, aun en las mejores circunstancias. Lo sé, porque yo también lo he intentado a menudo. Cuando aquellos de los que quieres tener noticias no se comunican, o no se pueden comunicar, hablas tú «por» ellos; igual que, en nuestra juventud, Gaye solía hablar «por» la gata, diciendo cosas como: «No me encuentro muy bien», o «Hardy, eres cruel, no me frotas la barriga». Del mismo modo, Ramanujan debía de hablar «por» Janaki, y a su vez le respondía a esa Janaki que, por lo que sabemos, no se parecía lo más mínimo a la muchacha que había dejado en la India.

Y ése no era más que uno de sus numerosos problemas. La guerra le daba miedo, como nos lo daba a todos. Los alimentos que deseaba ardientemente, especialmente las verduras frescas, un elemento básico de su dieta, eran cada vez más difíciles de adquirir. Y además las costumbres inglesas, me contaba, le resultaban muy extrañas. No hay forma bonita de decir que le parecíamos sucios. En una ocasión, por ejemplo, oímos cómo una mujer se quejaba en un salón de té de que, si los miembros de la clase trabajadora olían, era porque sólo se bañaban una vez a la semana. «¡Si al menos se bañaran, como nosotros, una vez al día!», dijo la mujer. Ramanujan me miró, asustado. «¿Quiere decir que ustedes sólo se bañan *una vez* al día?», me preguntó.

Nuestros hábitos de limpieza personal no eran lo único que le desconcertaba. ¿Por qué, me preguntó una vez, no seguían los hijos viviendo con los padres después de casarse? ¿No los querían? ¿No se sentían solos? Le respondí que los ingleses valorábamos la independencia, pero este concepto también le resultaba extraño. Acostumbrado a dormir en cualquier parte, en una casa pequeña compartida con mucha gente, hasta le parecía raro tener su propio cuarto.

Se acercaba el otoño, y empezaba a hacer frío, más frío del que había soportado en toda su vida. Ése tal vez sea el aspecto de su experiencia inglesa que me cueste más imaginar (a mí, que desde pequeñito me acostumbré a los caprichos del invierno: dedos entumecidos, labios agrietados, la pelea para obligar a la manta a aportar unos grados extra de calor). Aquella ropa, que para él no había sido nunca más que una forma de adorno, una manera de embellecer el cuerpo mientras se protegía su pudor, ahora debía usarla, por primera vez en su vida, como una capa defensora contra las inclemencias del invierno. No sólo tenía que vérselas con aquellos zapatos terribles que le hacían daño, sino también con guantes, bufandas, botas de goma, gabanes, sombreros... Conocía la lluvia por los monzones; pero una lluvia templada, que dejaba vapor y humedad a su paso. En Inglaterra, por el contrario, incluso la breve caminata hasta el New Court podía significar una pelea con las ráfagas de viento que le arrojaban cortinas de aguanieve y granizo a los ojos, y rompían el eje del paraguas que yo le había dado. Bañarse suponía toda una experiencia. ¡No era de extrañar que los ingleses, en ese sentido, fuesen tan sucios! Porque ¿quién podía soportar más de un baño al día cuando la temperatura del cuarto de baño era de varios grados bajo cero?

Cuando llegaba a mis aposentos por las mañanas, le veía desabrigarse y luego le ofrecía café, que él tomaba en gran cantidad, agradecido. Y también le tostaba bollos en el fuego. Aun así, parecía que nunca conseguía entrar en calor. Yo resucitaba con el clima frío; por la mañana estaba radiante y lleno de energía, y se me ponían las mejillas rojas tras darme un paseo rápido. Ramanujan, en cambio, se ponía pálido. No dormía bien, me decía. Tal vez debiera haberlo interpretado como una señal de advertencia; y, sin embargo, ¡había tantas cosas que te distraían la atención en aquellos días de guerra!

Falta de atención: la disculpa eterna del estudiante. Estaba pendiente de otra cosa. Él me ha pegado primero, no le estaba escuchando, señor. ¿Qué derecho tengo a recurrir a ella cuando nunca se la aceptaría a un estudiante?

No, lo que estoy ofreciendo *no* es una disculpa. Es una confesión.

Quinta parte
Un sueño horrible

1

En septiembre, Trinity es otro mundo. Whewell's Court es un cuartel. Todas las mañanas, cuando va a ver a Hardy, Ramanujan tiene que sortear todo ese revoltijo de literas y de tiendas. Nevile's Court es un hospital al aire libre. Los soldados heridos, con las caras y las extremidades vendadas y ensangrentadas, yacen en ordenadas hileras de camas de armazón metálico, bajo las arcadas de la Wren Library. Al otro lado, se han colgado bombillas del techo del claustro sur, que se ha convertido en un quirófano.

Hardy permanece en sus habitaciones todo lo posible. Hay soldados por todas partes. En Great Court, Butler arenga a las tropas, aconsejándoles que se resistan a las encantadoras mujeres francesas. Los coroneles y los capitanes comen uniformados en la mesa de honor, brindando con champán si a la mañana siguiente va a embarcarse alguno de sus compañeros. A Hardy le desagrada tanto ese espectáculo que empieza a comer solo en sus aposentos. Huevos y tostadas. El menú de su infancia. Cuando se decide a salir, se siente extrañamente atraído hacia la galería de la biblioteca y los soldados que corrían tan frescos hace menos de un mes. Ahora llegan decenas de ellos todos los días, con fiebre por heridas infectadas, enfermos de tétanos, tifus, fiebre maculosa. Al pasar a su lado, le piden cigarrillos, que él les proporciona, para disgusto de las hermanas. A las hermanas no les gusta ver fumar a sus pacientes.

No queda mucha gente por allí, lo que hace que a Hardy le invada cierta tristeza que recuerda de su infancia, una tristeza asociada a los días de septiembre previos al comienzo de curso, cada uno de ellos más corto que el anterior, y en los que parecía que todo el mundo excepto él tenía algo que hacer, algún sitio donde estar. Ahora, cuando pasea por el río, nunca se tropieza con nadie. Littlewood se ha marchado para servir como subteniente en la Royal Garrison Artillery. Keynes está en Hacienda. Russell está fuera, dando discursos en contra de la guerra. Rupert Brooke, gracias a la intervención de Eddie Marsh, ha conseguido un puesto en la Royal Naval Division de Churchill. Békássy está en Hungría, Wittgenstein en Austria. Da igual que estén peleando en el bando contrario. Lo que cuenta es que cada uno está defendiendo a su madre patria, y que, al hacerlo, toma parte en una especie de rito glorioso y ancestral de la humanidad. O así lo explica Norton. Norton pone mucho empeño en explicar las cosas. Igual que en comprenderlas.

Un fin de semana regresa a Trinity desde Londres. Trae consigo, o eso le parece a Hardy, el perfume de Bloomsbury, su tristeza enclaustrada y libresca. Le pregunta a Hardy qué piensa hacer si comienza el reclutamiento, y Hardy responde:

–Supongo que iré a la guerra.

–¿Quieres decir que no te vas a hacer objetor de conciencia?

–En general, no me gustan los objetores de conciencia –dice Hardy, con lo que quiere decir que tampoco le gustan Norton o Bloomsbury en general: esa imagen que se ha formado de Strachey y Norton y Virginia Stephen (ahora Woolf) sentados en sus bibliotecas londinenses, viendo caer la lluvia y murmurando: «¡Qué horror!» Strachey, le cuenta Norton, no quiere hablar de la guerra. Se pasa las noches leyendo libros que lo alejan lo más posible de ella. Ahora mismo, por ejemplo, está leyendo las *Memorias de Lady Hester Stanhope*. ¿Y por qué esa imagen de Strachey incorporado en su cama, seguro que hasta con el gorro de dormir puesto, y con las *Memorias de Lady Hester Stanhope* abiertas sobre el regazo, le repugna tanto a Hardy? Él no es mucho mejor, la verdad. Su claustro es New Court. Y en vez de a Lady Hester Stanhope, está releyendo el *Retrato de una dama*.

En cuanto a Norton..., bueno, si sirve de muestra de hasta qué punto se ha ablandado, no se da siquiera por enterado del insulto de Hardy, y dice que *él* desde luego se declarará objetor de conciencia en caso necesario; pero no por una cuestión de conciencia, piensa Hardy, sino simplemente para protegerse. ¿Y cómo se supone que Hardy debe responder a eso? Le parece que, cada día que pasa, él y su viejo amigo tienen menos cosas que decirse, aunque siguen durmiendo juntos de cuando en cuando.

Lo que le preocupa más es la cuestión de cómo debería calificarse a sí mismo. ¿Es pacifista? Ciertamente, el rechazo que siente por esta guerra tan vergonzosa es tan total como el de Russell. Y, sin embargo, tampoco podría decir que desaprueba por completo *todas* las guerras. Lucharía en una guerra justa. Así que la cuestión es: ¿esta guerra, a pesar de sus orígenes, se ha *convertido* en una guerra justa? Los soldados heridos, cuando se sienta con ellos, no paran de hablar de las atrocidades de Lovaina: el saqueo y el incendio de casas, tiendas, granjas y, lo que es peor, la biblioteca, la famosa biblioteca, tan célebre por su colección de libros raros y de incalculable valor como por las sombras en las que ahora yacen. Es curioso, pocos de estos hombres tienen educación. La mayoría, imagina Hardy, no leen en absoluto. Y, aun así, el saqueo de la biblioteca parece haberles conmovido profundamente.

–No dejar ni los cimientos de una biblioteca... –le dice Hardy a Moore, con quien ahora pasea por la galería de Nevile's Court igual que antes paseaban por los prados de Grantchester... Pero no puede terminar la frase. ¿Quién podría rematar semejante frase? Entre los libros quemados debía de haber libros alemanes, libros de Goethe y Novalis y Fichte. ¿Y quién los ha quemado? Los paisanos de Goethe y de Novalis y de Fichte.

Lo difícil es intentar conservar cierto sentido del equilibrio, y a ese respecto, escribir cartas ayuda bastante.

A Russell, que está dando una serie de conferencias en Gales, le escribe: «¿Cómo es posible que Inglaterra se muera por aplastar y humillar a Alemania? Lo que hace falta es una paz en condiciones justas.»

A Littlewood, con quien trata de seguir colaborando de alguna forma, le escribe: «Me está costando enseñarle más de lo que me imaginaba. Tiene una mente como la de Isabel Archer, no para de escaparse por la ventana. Nunca consigo que se concentre mucho tiempo en ningún tema.»

A Gertrude, a quien puede ver menos ahora que antes, le escribe: «Por favor, dile a mamá que no se preocupe. Lo más seguro es que, si me llaman, me rechacen por razones médicas; *entre nous*, espero que no, pero no se lo digas.»

Ramanujan también escribe cartas. Les escribe a sus padres: «En este país no hay guerra», le cuenta a su madre. «Sólo está en guerra el país vecino. Es decir, la guerra se está librando en un país tan lejano como Rangún de Madrás. Cientos de miles de personas de nuestro país han venido a unirse al ejército. Setecientos rajás han venido desde nuestro país para luchar en la guerra. Esta guerra afecta a millones de personas. Bélgica, un país pequeño, está casi destruida. Cada ciudad tiene edificios de cincuenta a cien veces más valiosos que los de la ciudad de Madrás.»

La carta a su padre es mucho más corta: «Ya tengo todos los encurtidos», le escribe. «No hace falta que me mande nada más. Aparte de lo que mande ahora, no mande más cosas. Lo llevo bien. No deje que se desborde el canalón como siempre. Pavimente el sitio con ladrillos. Lo llevo bien.»

2

Ese otoño, Ramanujan empieza a publicar. La *Gaceta Trimestral de Matemáticas* saca a la luz sus «Ecuaciones modulares y aproximaciones a π». Para celebrarlo, Hardy lo lleva a un pub, donde él se niega a beber nada. Le explica a Hardy que está trabajando mucho en un gran artículo sobre los números altamente compuestos. Su ecuación es ingeniosa, y típicamente ramanujaniana (un adjetivo que pronto será de uso corriente, de eso Hardy no tiene la menor duda). Se escribe así:

$$n = 2^{a_2} \times 3^{a_3} \times 5^{a_5} \times 7^{a_7} \times \ldots p^{a_p}$$

donde n es el número altamente compuesto y a_2, a_3, a_5 ..., a_p son los exponentes a los que hay que elevar los primos sucesivos para que el número pueda ser escrito como un múltiplo de primos. Es decir, si se trata del número altamente compuesto 60, lo podemos escribir como

$$60 = 2^2 \times 3^1 \times 5^1$$

Aquí $a_2 = 2$, $a_3 = 1$, y $a_5 = 1$. Si se trata del número altamente compuesto más alto que Ramanujan ha encontrado, el

6.746.328.388.800 (lo anota en un trozo de papel; no ha perdido la costumbre de guardar trozos de papel), escribiríamos:

$$6.746.328.388.800 = 2^6 \times 3^4 \times 5^2 \times 7^2 \times 11 \times 13 \times 17 \times 19 \times 23.$$

Lo que Ramanujan ha conseguido demostrar es que, para los números altamente compuestos, a_2 siempre va a ser mayor o igual a a_3, a_3 siempre va a ser mayor o igual a a_5, y así sucesivamente. Y para cada número altamente compuesto (una infinidad de números altamente compuestos) el último exponente siempre va a ser 1, con dos excepciones: 4 y 36. En muchos aspectos, son las excepciones lo que intriga más a Hardy, porque ponen al descubierto una vez más lo mucho que se resisten los números al afán ordenador al que apelan por su propia naturaleza. Siempre que parece que estás cerca de contemplar la totalidad en toda su preciosa simetría (el palacio surgiendo de la niebla otoñal, con todos sus majestuosos niveles, tal como Russell lo describió una vez), las matemáticas te lanzan una pelota que no puedes devolver. Y por eso, a pesar de las evidencias, Hardy no está dispuesto a aceptar la certeza de la hipótesis de Riemann sin una demostración. Los números 4 y 36 aparecen enseguida. Pero con la función zeta, las excepciones podrían aparecer a una distancia tan remota para la capacidad de cálculo humana que Hardy apenas puede concebirla. Como a Ramanujan le ha costado tanto comprender (como a todos los matemáticos les ha costado tanto comprender) el mundo de los números no tolera ni las componendas ni los atajos. Ahí no puedes engañar a nadie. Siempre te van a pillar.

En cualquier caso, nunca se ha encontrado con nadie que parezca conocer los números tan íntimamente como Ramanujan. «Es como si cada uno de los números enteros fuera un amigo íntimo suyo», dijo Littlewood ya desde el principio, una ocurrencia que en opinión de Hardy no acierta a captar el erotismo de trabajar con números, la calidez que desprenden, su energía y su imprevisibilidad y, a veces, su peligro. Cuando era pequeño, su madre le regaló un juego de bloques numerados, pero luego se lamentaba de que lo único que sabía hacer con ellos era golpear uno con otro, el 7 con el 1, el 3 con el 9. No se daba cuenta de la necesidad que él tenía, incluso entonces, de llegar hasta el fragor de vida que había dentro. Atracciones y rechazos, eufonías y chillidos de hadas malvadas. Pronto los rompió todos menos el 7. Toda la vida ha sido su número favorito. A pesar de su ateísmo, respeta su halo místico, igual que respeta las asociaciones menos sanas que despiertan otros números de los que se niega a hablar, y que se niega a escribir. No es que crea en ninguna superstición concreta, sino que está convencido de que los propios números desprenden vahos de malevolencia. También desprecia otros números que la mayoría de la gente considera totalmente benignos, como el 38. Y el 404. Y el 852. Y también hay otros que le encantan. Le encantan casi todos los primos. Y le encanta, por razones que se le escapan, el 32.671. Y ahora que Ramanujan le ha hecho familiarizarse con ellos, le encantan además los números altamente compuestos, y entre ellos, el 4 y el 36 sobre todo, porque desafían la regla de Ramanujan: el 4 y el 36, y el 9, que es el puente que los une; 9, que es 3 al cuadrado. Cruza el puente y se adentra en campos en los que sabe que Ramanujan ya se ha demorado. Por lo que puede ver, ahí no crece nada comestible. Son yermos, o alguien les ha quitado las malas hierbas.

Según el *Times,* ya es oficial: la mitad de los hombres de Cambridge se han ido a la guerra. «Y del cincuenta por ciento que aún residen allí», lee Hardy, «la mayoría son extranjeros y orientales, y muchos otros están por debajo de la edad límite o han sido rechazados por los médicos a causa de sus defectos físicos.»

¿Y eso en qué situación le deja?

El *Times* también cuenta que la universidad ha interrumpido de momento las actividades deportivas: «No hay hombres, ni ganas de río o de campos de juego.» Pues casi está tentado de escribir que al menos hay un hombre que tiene ganas de críquet; de hecho, para un hombre por lo menos, es casi insoportable enfrentarse a la perspectiva de una primavera sin críquet. Pero no manda esa carta, a pesar de que la redacta.

Doquiera que vaya, ve indios. Nunca se quitan la toga ni el birrete, tal vez para asegurarse de que nadie cuestione su presencia en este sitio. En el mejor de los casos, estarán nerviosos. Y ahora parece que la guerra no ha hecho más que acentuar su timidez. Una tarde, por ejemplo, mientras va caminando por el Corn Exchange, ve cómo un ráfaga de viento le tira el birrete a un joven indio con la toga del King's College. Divertido, aunque con un poco de pena, observa que el joven se vuelve para salir en persecución del birrete y luego se agacha para recogerlo, con la mala suerte de que el viento se lo lleva volando otra vez (como jugando cruelmente con él). Al final, el birrete aterriza a los pies de Hardy. Lo rescata, le quita el polvo, y se lo tiende al indio, que está sin resuello de tanto correr. El indio le da las gracias, y después sale corriendo en dirección contraria.

Unos minutos más tarde, Hardy lo vuelve a ver, formando un grupito en la esquina de Trinity Street con Bridge Street con tres de sus paisanos. Uno de ellos es Chatterjee, el guapo jugador con el que (parece que hace un siglo) asoció a Ramanujan. El segundo es alto, está un poco encorvado, y lleva gafas y turbante. El tercero es el propio Ramanujan. Saluda con la cabeza a Hardy. ¿Y qué se supone que tiene que hacer Hardy en respuesta? ¿Saludar con la mano? ¿Acercarse y decir hola? En esta ocasión decide limitarse a saludar.

A la mañana siguiente, le pregunta a Ramanujan con quién estaba.

–Con Chatterjee –responde Ramanujan–. Es de Calcuta. Y con Mahalanobis, que también es de Calcuta y está estudiando Ciencias Naturales en King's, y con Ananda Rao.

–Ah, ya –dice Hardy–. ¿No era el que venía a Inglaterra en un barco austriaco? Creo recordar que le preocupaba a usted que no pudiera llegar.

–Fue toda una aventura. Cuando él y Sankara Rao llegaron a Port Said, ya había estallado la guerra. Cerca de Creta un barco inglés empezó a dispararles y les ordenó que se detuvieran. Afortunadamente, su barco no llevaba armas. Si las hubiera llevado, y los soldados les hubiesen devuelto el fuego, los habrían hundido.

–¿Y después qué pasó?

–Los cogieron a todos prisioneros y los llevaron a Alejandría, donde el barco fue incautado. A los indios y los ingleses los metieron en otro barco y los mandaron a Inglaterra. Así que él y Sankara Rao llegaron sanos y salvos.

–¿Y el tamarindo?

–No se estropeó.

–¿Y qué ha hecho ahora con él?

–*Rasam*. Es una sopa fina de lentejas. Muy especiada y muy amarga. Los ingleses de la India la llaman «agua con pimienta». Si quiere, le hago un poco, Hardy. Ahora ya sabe a *rasam*. Cuando usaba sus limones, no.

–Me gustaría probarla.

–A lo mejor debería dar una cena. Voy a invitar a algunos amigos. A Chatterjee y Mahalanobis, quizá.

–Por mí encantado –dice Hardy. Pero Ramanujan cambia de opinión o se olvida incluso de su oferta, porque la invitación (para fastidio de Hardy) nunca llega.

4

NUEVA SALA DE CONFERENCIAS, UNIVERSIDAD DE HARVARD

El último día de agosto de 1936, mientras se desvanecía la luz en el exterior, Hardy prosiguió con su conferencia imaginaria, sin dejar de escribir ecuaciones en el encerado y de elucubrar en voz alta sobre las series hipergeométricas:

Me pregunto (no dijo) si puedo darles a entender a ustedes (siendo como son jóvenes americanos, educados por sus padres para sentirse vencedores y, en consonancia, ostentadores de ese saber que conquistaron y obtuvieron en ella), me pregunto, pues, si puedo darles a entender qué oscuros e inútiles y extraños fueron aquellos años para Inglaterra. Para mí fue una época ajetreada (mientras revolvía cientos de cuencos con el dedo, y trataba de taponar, por así decirlo, cientos de diques), pero a la vez aburrida y sombría, en la que parecía que nunca iba a parar de llover, y siempre había oportunidad de agobiarse y anticiparse a los acontecimientos, por muy ocupados que tuvieras los días. Porque deseábamos sentir que nuestra vida, y el mundo en el que vivíamos, eran reales, a pesar de aquellas cosas tan irreales que (con el visto bueno del gobierno) nos suministraban rutinariamente los periódicos. En un determinado momento del otoño de 1915, por ejemplo, nos dijeron que a partir de entonces a «Servia» se la conocería como «Serbia», para que sus honorables habitantes no pensasen que los tachábamos de «serviles». Los anuncios de «equipos de guerra de entrega rápida» venían en la misma página de los periódicos que los de automóviles. Al posponer prácticamente a la fuerza la mayoría de los deportes recreativos, la prensa populachera empezó a cogerle el gusto a tomarse la guerra como un partido de críquet. Un tal capitán Holborn de la división de artillería cogió por costumbre tirar un balón de fútbol al territorio enemigo antes de lanzar un ataque. Y eso se consideraba un comportamiento digno de alabanza. Hasta los pasatiempos del *Strand* comenzaron a tener nombres relacionados con la guerra: «Entrenando a los espías», «Evitando las minas». Lo que no me impidió seguir entreteniéndome con ellos.

Hoy en día, claro, sabemos la verdad. Tenemos las memorias y las cartas, el testimonio del horror que fue Francia, las ratas y los piojos y los miembros amputados volando. Cosas que los que no estábamos allí no tenemos derecho a describir (ni tampoco permiso para hacerlo). Y también sabemos que fue un despilfarro escandaloso («desperdicio» era el término burocrático para las muertes en el campo de batalla), y lo estúpida que fue la guerra en la teoría y en la práctica, y lo estúpidamente que jugamos a ella.

En aquella época, sin embargo, a pesar de que el racionalista que llevo dentro intentaba tener en mente el engañoso propósito de la propaganda, mi lado sentimental obtenía placer y a veces consuelo en la idea de que la guerra era una especie de juego alegre. «Todo muy divertido», como dijo Rupert Brooke una vez. Tampoco ayudaba que Brooke se pusiera lírico en sus cartas sobre lo de bañarse con aquellos hombres «desnudos y espléndidos» de su regimiento. Evidentemente, Brooke podía sentirse desnudo y espléndido por derecho propio, cosa que yo no podía hacer. Aun así, no voy a fingir que la sola idea de bañarme desnudo con un cuerpo militar de jóvenes desnudos no me excitara. De niño había devorado relatos de guerra, de gloria y de victoria. Estaba un poco enamorado del joven príncipe Harold. Cuando le clavaron una flecha en el ojo en Hastings, me habría encantado estar allí con él, haberle curado sus heridas y haberlo acurrucado entre mis brazos. Solía tener una fantasía erótica muy intensa (creo que fue la fantasía en la que me recreé la primera vez que me toqué con una intención carnal) en la cual yacía herido en un campo de batalla, con la ropa medio desgarrada, y dos oficiales, uno de ellos médico, me ponían en una camilla y me llevaban a una tienda donde procedían a despojarme de aquella ropa, hasta que me quedaba completamente desnudo... Pero esa fantasía nunca pasaba de ahí. Lo que sucedería luego no podía ni imaginármelo. Y entonces, en los primeros años de la guerra, la fantasía regresó, más poderosa que nunca, quizá porque entretanto había tenido experiencias que me permitían prolongar la visión más allá del momento en que me despojaban de la ropa, hasta otro en el que el médico se inclinaba pasa besarme, e incluso más...

De alguna forma soñaba con la posibilidad de morirme, y hasta me regodeaba en ella. Cuando leía las listas de los muertos de Cambridge que publicaba la *Cambridge Magazine*, intentaba insertar mi nombre entre aquellos hombres de Trinity, a los que evidentemente conocía al menos de vista, y a algunos de los cuales había dado clase. Hardy entre Grantham y Heyworth. ¡Qué bonito quedaba! Grantham, Hardy, Heyworth. ¡Y los nombres de los regimientos! Sólo Inglaterra podía hacer poesía al poner nombre a sus regimientos: Séptimo de los Montañeses de Seaforth, Primero de los Reales Fusileros Galeses, Noveno de los Guardabosques de Sherwood, probablemente con Robin Hood al mando, y Friar Tuck y todos los demás miembros de la alegre banda.

Como verán, la acción, por no hablar del horror, estaba en Francia. En cambio en Trinity las noches eran lo bastante tranquilas como para soñar. Yo intentaba convencerme a mí mismo de que agradecía aquel silencio, cuando en realidad echaba de menos los cánticos de los borrachos que solían despertarme, las discusiones filosóficas debajo de mi ventana, y las declaraciones taciturnas pronunciadas (como sólo los jóvenes pueden hacerlo) con un entusiasmo de rapsoda. Porque ése había sido siempre el aroma de las primeras semanas una vez comenzaba el curso. Uno podía regocijarse con los jóvenes en su libertad recién estrenada; la libertad de acostarse tarde, de discutir y decir: «Cuando la juventud se acaba, se acaba la vida. Me mataré cuando llegue a los treinta.» (El que había expresado ese sentimiento en concreto, como supe más tarde, no pasó de los diecinueve.) Hasta echaba de menos aquellos rituales que en su día había afirmado detestar: los mocetones invadiendo las habitaciones de los estetas, rompiendo su porcelana y arrojando los trozos a New Court. Puesto que ahora ya no había mocetones (los fuertes y los sanos se habían ido a luchar) y había pocos estetas, porque también muchos de ellos estaban luchando, y parecía que ninguno de los que quedábamos teníamos ánimos para cantar o discutir.

Una mañana de principios de aquel invierno, estaba sentado leyendo en mis aposentos, con Hermione sobre el regazo, esperando a Ramanujan. Alcé la vista y vi que estaba cayendo la primera nevada. Y de alguna manera su inocencia, su aparente olvido de la situación del mundo, me conmovió y me puso triste. Porque probablemente la nieve también estaría cayendo en las tierras hendidas de Francia y Bélgica: cayendo en las trincheras donde los soldados aguardaban lo que podría ser su última puesta de sol. Y caería también en Nevile's Court, para que la contemplaran los heridos echados en sus literas. Y en Cranleigh, donde mi madre, medio demenciada, la estaría mirando por la ventana de su dormitorio; lo mismo que mi hermana por la ventana de un aula en la que niñas con uniforme estarían pintando un jarrón con flores. Levantando a Hermione de mi regazo, me incorporé y me acerqué hasta la ventana. Afuera hacía todavía el suficiente calor como para que la nieve no cuajara; se derretía inmediatamente cuando tocaba el suelo. Y allí estaba Ramanujan, parado en el patio debajo de mí. Los copos se le fundían en la cara y le escurrían por las mejillas. Se quedó así cinco minutos como mínimo. Y entonces me di cuenta de que ésa debía de ser la primera vez en la vida que veía nevar.

Luego subió y nos pusimos a trabajar. No puedo decir exactamente en qué estábamos trabajando. Es difícil recordarlo tratándose de Ramanujan, porque siempre andaba ocupado en dos o tres cosas a la vez, o había tenido otro sueño y tenía algo extraño que compartir. ¿Ya habríamos llegado, por ejemplo, a la teoría de los números redondos? Era la clase de cosa en la que podía entretenerse días y días, repasando todos los números del 1 a 1.000.000, y luego ordenándolos según su «redondez». «1.000.000, Hardy, es muy redondo», me dijo un día. «Tiene doce factores primos, mientras que si cogemos todos los números que van del 999.991 a 1.000.010, el promedio es solamente de cuatro.» Me gustaba imaginarlo sentado en sus habitaciones, haciendo listas de ese tipo. Aunque hacía mucho más que eso. Estaba sentando las bases para la fórmula asintótica de la redondez que perfeccionaríamos más tarde.

A mediados de octubre, ya se habían llevado a todos los heridos de Nevile's Court. Estaban construyendo nuevas instalaciones hospitalarias en los campos de críquet de Clare y King's, uno de los mejores campos de la ciudad, apunté tristemente en su momento.

Aun así, visitaba el hospital. La primera vez llevé a Ramanujan conmigo. Los pabellones se extendían más de un kilómetro, y había diez bloques con sesenta camas cada uno. Lo curioso del caso era que sólo tenían tres paredes. Donde debería haber estado la cuarta, sólo había cielo abierto, nubes y césped.

Le pregunté a una hermana por qué faltaban aquellas paredes.

—Es por el aire fresco —me respondió frotándose los brazos para entrar en calor—. El aire fresco acaba con los gérmenes. Y también con el dolor de cabeza y la apatía.

–¿Y qué pasa cuando llueve?

–Hay persianas. Aunque, si le digo la verdad, tampoco es que funcionen muy bien. Pero da igual. Estos hombres están acostumbrados a dormir al aire libre, y en condiciones mucho peores. Cerca de allí, un soldado empezó a gemir. No se entendía lo que decía. Tal vez fuera belga. La hermana se alejó para atenderle, y yo me quedé mirando a los hombres, la mayoría de los cuales se hallaban envueltos en capullos de mantas y vendas. ¿Cómo iban a conservar el calor en invierno?, me pregunté. O quizás ahí radicase la cosa. Quizá la idea fuera que, si estaban demasiado cómodos, aún tendrían menos ganas de volver al frente. Era fácil imaginar el triunfo de una idea como aquélla en círculos militares.

Más tarde, Ramanujan expresó su pasmo ante la pared que faltaba.

–A los enfermos de tuberculosis se les trata de la misma forma –le conté, sin la menor idea, claro, de lo que sucedería después–. ¡Aire fresco! ¡Aire fresco! Los ingleses tienen mucha fe en el poder curativo del aire fresco.

–Pero ¿y si llueve?

–Pues se mojarán.

Aquella tarde, precisamente, llovió. Cayeron grandes cortinas de lluvia. No conseguía permanecer sentado en mi habitación contemplando aquel diluvio, así que cogí el paraguas (el que le había robado a Gertrude) y regresé al pabellón. La hermana se estaba peleando con las persianas, que tableteaban y batían con el viento. A sus pies la lluvia iba formando charcos. Se había puesto unas botas de goma. Cuando venía una ráfaga de viento, finas cortinas de lluvia salpicaban a los hombres que se encontraban más cerca de las persianas, y algunos maldecían o se reían, mientras que otros se quedaban quietos, ignorando aparentemente el azote del agua.

El más callado de todos (sólo me fijé en él en ese momento) era un muchacho trigueño de ojos verdes. Un vello sólo un poco más oscuro que el pelo de la cabeza le sobresalía del camisón. Me acerqué tímidamente a un costado de su cama.

—¿Puedo? —le pregunté, abriendo el paraguas por encima de su cabeza.

—No creo que deba darle las gracias —me dijo.

—¿Y eso?

—Porque abrir un paraguas en un sitio cerrado trae mala suerte —me respondió.

—Este paraguas no —le dije—. Éste es un paraguas de la suerte. Y, además, no estamos exactamente en un sitio cerrado. Estamos más bien... en el umbral, ¿no? Ni dentro ni fuera.

—¿Es usted catedrático?

—Sí. ¿Cómo lo sabe?

—Porque habla como un catedrático.

—¿De veras?

—Dice muchas bobadas.

Me alegré de que me considerara lo suficientemente joven como para tomarme el pelo. Le pregunté si podía sentarme con él un rato.

—No hay ley que se lo impida —me dijo. Así que me senté en la silla que había cerca de su cama, teniendo cuidado todo el tiempo de que no se me ladeara el paraguas.

—¿Cómo se llama? —le pregunté.

—Thayer —me contestó—. Infantería. Birmingham. Tengo metralla en una pierna de una granada que me estalló cerca de Ipres.

—¿Ipres?

—Sí, ya sabe, en Bélgica.

—Ah, Ypres.

—Sí, Ipre.

—¿Le duele?

—La pierna no. No siento nada en la pierna. Dicen que tengo el cincuenta por ciento de probabilidades de perderla. —De repente alzo la vista hacia mí—. No sentir dolor es mala señal, ¿verdad? ¿Tengo que dar esta pierna por perdida? Porque Dios sabe que no hay quien me responda claramente en este sitio.

–Me gustaría poder contestarle –le dije–. Pero sólo soy matemático.

–Nunca se me dieron bien las divisiones complicadas.

–A mí tampoco. –Lo dije sin pensar siquiera en el efecto que le producirían mis palabras. Se rió–. ¿Le duele en otro sitio entonces? Aparte de la pierna, quiero decir.

–Me duele mucho la cabeza. Una especie de martilleo. Desde la explosión. –Señaló una palangana que estaba cerca, con un paño húmedo dentro–. La hermana lo empapa de agua caliente y me lo pone sobre la frente, y parece que me ayuda un poco. ¿Le podría pedir que me lo volviera a poner? Está frío.

–¡Cómo no! –le dije. Y me levanté para ir a buscar a la hermana. Pero seguía peleándose denodada y desesperadamente con las persianas; una lucha de la que la apartaba de cuando en cuando el aullido de algún paciente.

Miré alrededor. Había otro par de hermanas por allí, atendiendo a los pacientes. Entonces me fijé en una cocina de una esquina. Sobre uno de los hornillos había una cazuela con agua, de la que se alzaba el vapor.

–Un momentito –le dije. Y apoyé el paraguas lo mejor que pude en la silla, para que siguiese manteniéndolo siquiera un poco seco–. Vuelvo enseguida –añadí. Luego cogí el paño de la palangana y me lo llevé hasta la cocina, donde lo empapé en agua caliente y lo escurrí.

–Ya está –dije al volver–. ¿Puedo?

Levantó la barbilla con una especie de abnegación caballerosa. Con mucho cuidado le eché el pelo hacia atrás. Después cogí el paño y se lo puse sobre la frente. Se estremeció y soltó un gran suspiro de alivio.

Me pasé la tarde allí sentado. Habló conmigo, sospecho, no porque tuviera especial interés en mí, sino porque tenía cosas que contar y yo estaba dispuesto a escucharle. Debo ser sincero al respecto. Me habló del frente, y de las ratas grandes como perros, y de lo curioso que resultaba no ver casi nunca al enemigo («nunca vi a Jerry»,[1] fue como lo dijo), pero sentir siempre su siniestra cercanía. De algún modo sabías que estaba allí, en su propia trinchera, a menos de doscientos metros de distancia, y cuando en determinadas ocasiones al otro lado de esa tierra de nadie se producía alguna señal de vida (cuando oías algún canturreo u olías alguna fritanga) era como un *shock*.

–¿Pero qué cantaban?

–Las canciones de Jerry. Sólo una vez (una cosa muy rara) oí una radio sonando, y era un programa inglés. Una comedia. Y se reían con ella.

No paraba de llover. Los hombres se quejaban y gemían y pedían (o suplicaban) cigarrillos. Cada veinte minutos o así, yo cogía el paño y lo empapaba en agua caliente. La lata era que, en esos intervalos en que yo me alejaba hasta la cocina, el paraguas apoyado en la silla siempre se caía. Así que la lluvia le enmarañaba el pelo y mojaba las mantas. Yo hacía todo lo posible por secarle. Y luego me volvía a sentar y trataba de mantener el paraguas derecho, a pesar de que me dolía el brazo al hacerlo. Ya ven, estaba empeñado en que no le cayese ni una gota de agua, aparte del agua del paño de la cabeza.

La tormenta cedió por fin. La exhausta hermana pudo por fin quitarse las botas de goma e irse a tomar una taza de té. Thayer se estiró, y le aletearon los párpados. En ese momento habría hecho cualquier cosa para protegerlo. Me habría pasado toda la noche sosteniendo aquel paraguas. Pero temía que el hecho de quedarme mucho rato les pareciera improcedente a la hermana o al propio Thayer. Así que cogí el paraguas y dije:

–Bueno, será mejor que me vaya.

1. Nombre empleado a veces en singular con significado plural, para designar a los soldados alemanes, o a los alemanes en general. *(N. del T.)*

Y, para mi sorpresa, él me preguntó si volvería al día siguiente. Y si, antes de irme, podría empaparle el paño una vez más y ponérselo sobre la frente.

Le contesté que por supuesto: que le empaparía el paño y regresaría al día siguiente. Y volví. Volví todos los días durante un par de semanas. Hablábamos mucho. Me pidió que le contara a qué tipo de matemáticas me dedicaba, y yo traté de explicarle a Riemann; y, para asombro mío, captó lo esencial. También hablábamos de críquet. (Él compartía mi admiración por Shrimp Leveson-Gower.) O él me hablaba de su madre y sus hermanas, y de su amigo Dick Tarlow, a quien se había prometido una de sus hermanas; y de cómo, en Ipres, Dick había saltado en pedazos, y de lo mucho que lo echaban de menos tanto él como su hermana.

Al final, Thayer no perdió la pierna. Sino que, una tarde que llegué al hospital con un regalo para él (el primer regalo que me atrevía a llevarle, un ejemplar de *La máquina del tiempo* de Wells), la hermana me contó que le habían dado el alta esa misma tarde, y lo habían mandado a casa de su familia, en Birmingham, para que descansara unas semanas antes de regresar al frente. Aproximadamente un mes después, me mandó una de aquellas horribles cartas ya impresas que el gobierno repartía a los soldados en aquella época, y en la línea marcada ponía: «Me mandan a la base. En cuanto pueda le escribo.» Sólo la firma del final (J. R. Thayer) daba a entender cierta conexión entre el formulario y el muchacho que lo había rellenado.

Ese invierno fue especialmente frío; tan frío que no soportaba la idea de visitar el hospital otra vez, por miedo a ser testigo de demasiado sufrimiento y desesperarme ante mi propia impotencia para aliviarlo. Lo que incluía mi propio sufrimiento. Por lo menos, había ayudado a Thayer a sentirse más a gusto, aunque nunca le toqué otra parte del cuerpo que no fuera la frente, sobre la que le ponía una y otra vez aquel paño húmedo y caliente. En esa época rogaba que lloviera por su bien. Todas las mañanas me levantaba y le pedía a Dios que lloviera. A veces me lo concedía, lo que no dejaba de molestarme. Me preocupaba que Él entrara en ese juego. La mayoría de los días, sin embargo, las nubes no rompían a llover y, un par de veces, hasta brilló el sol en el amplio espacio donde debería haber estado la pared sur del pabellón, animando a los soldados y dándoles motivo para sonreír. Esos días agradecía el paraguas, porque entonces lo podía dejar cerrado, apoyado contra la pared de la cama de Thayer. Cerrado, nos había traído suerte. Pero abierto, ¿quién sabe lo que nos habría deparado?

He de confesar que ahora me da miedo llegar a descubrirlo.

5

En marzo de 1915, Russell le envía una nota donde dice que ha invitado a D. H. Lawrence a visitar Trinity. ¿Le apetecería a Hardy unirse a ellos después de cenar, para tomar un jerez en las habitaciones de Russell?

La mayoría del personal ya se ha marchado, así que acude esa noche al Hall. Un hombre que le parece Lawrence está sentado enfrente de Russell y al lado de Moore. Hardy está demasiado lejos en la mesa de honor como para escuchar la conversación. De todas formas, podría jurar que es tensa. Se producen largos silencios que el eupéptico Moore aprovecha para comer con delectación, mientras que Lawrence se queda mirando su plato, con una expresión malhumorada en su cara oblonga. A pesar de que Hardy no ha leído ninguno de sus libros, ha oído hablar mucho del escritor: de su infancia en una ciudad minera cerca de Nottingham, y de los años que pasó como maestro de enseñanza primaria, y de su reciente matrimonio con una divorciada alemana con muchas curvas, hija de un barón, que le saca seis años. ¿Y qué pensará de esta gente de Trinity que corta su carne mientras Byron y Newton y Thackeray los contemplan? ¿Le parecerán ridículos con sus togas? ¿Se sentirá intimidado? ¿Le repelerá todo esto?

Tal como le han pedido, Hardy se presenta en los aposentos de Russell sobre las nueve. Ya han llegado unas cuantas personas más: Milne (antiguo director de *Granta*, y ahora de *Punch)*, y también Winstanley, que se las da de conocer la historia de Trinity mejor que nadie, y ya está pontificándole a Lawrence sobre la construcción de la biblioteca Wren en 1695. Moore también se encuentra allí, y Sheppard (sin Madam Cecil, gracia a Dios), esperando su turno para dirigirse al autor.

Lo que más le llama la atención a Hardy de Lawrence es su extrema delgadez. Para estar así de delgado hay que trabajárselo mucho. Con esa cabeza tan grande y esos hombros encorvados, muy bien podría ser una gárgola mal alimentada. Tiene un pelo espeso y castaño que parece cortado a la vieja usanza, colocando un cuenco al revés sobre la cabeza, la cual tiene una forma rara: abultada y prominente en la frente, para luego irse estrechando hasta rematar en una barbilla afilada, que la barba en punta no hace más que realzar. No habla mucho. En cambio, escucha con mucha atención; en este momento a Russell, que acaba de recibir por correo un artículo de Edmund Gosse, escrito para la *Edinburgh Review* al principio de la guerra.

–Escuchad esto –dice Russell–. «La guerra es el animal carroñero del pensamiento. Es el desinfectante por antonomasia, y su roja corriente de sangre es el Condy's Fluid que limpia las charcas estancadas y los conductos atascados del intelecto.» –Tira la revista–. ¿Alguno de vosotros ha visto realmente un frasco de Condy's Fluid? Tuve que preguntarle a mi señora de la limpieza. Y me enseñó uno. Una cosa morada. Dice que la usa para «quitar olores». ¡Y eso lo escribe un hombre que no ha salido de Londres en diez años! ¡Pero qué sabrá él! ¡Qué sabrá ninguno de nosotros!

–La guerra no es buena –dice Lawrence–. Ese odio abstracto a un ogro alemán de cuento... Hay cosas mejores por las que vivir o morir.

Luego se queda callado otra vez. ¿El que haya mencionado al ogro se deberá a la influencia de su mujer alemana? Por lo que Hardy ha oído, ella dejó a su primer marido, también inglés, para casarse con Lawrence.

–Gosse es un mierda –dice Russell–. Y Eddie Marsh aún es peor, soltando tantas patrañas para poder vestirse de etiqueta y acudir con Churchill a las fiestas. Estos hombres son como insectos indecentes que se atreven a salir de sus rendijas y a adentrarse en la oscuridad, para trepar por encima de los cadáveres, contaminarlos con sus babas.

–Venga ya, Bertie –dice Milne–. Seguro que no son *tan* horribles.

–Sí que lo son.

–¡Pero qué tristes nos estamos poniendo! –dice Sheppard–. Cuando el único objetivo de esta noche era darle la bienvenida al señor Lawrence en Cambridge. –Y acto seguido se acerca rápidamente a Lawrence y se pone a hablarle de sus libros. Y la verdad es que es una maravilla, con ese don suyo para llevar una conversación por donde quiere. *(Sheppard shepherds.).* Si ha leído realmente los libros no tiene la menor importancia; lo importante es que da toda la impresión de haberlo hecho. Y está claro que *algo* ha leído, porque ahora se pone a citarle a Lawrence su propia obra–. *Hijos y amantes,* desde luego, es una obra maestra –dice–, aunque personalmente siempre sentiré un cariño especial por *El pavo real blanco.* Y ese capítulo del principio, «Un poema de amistad», ¡con los dos niños retozando en el agua y secándose mutuamente después! –Carraspea–. «Vio que me había olvidado de seguir frotándome, y riendo me agarró y se puso a frotarme vigorosamente, como si yo fuera un niño, o mejor dicho, una mujer amada a la que no le tuviera miedo. Me abandoné completamente en sus manos, y para sujetarme mejor me rodeó con los brazos y me apretó contra él, y la dulzura del contacto de nuestros cuerpos desnudos uno contra otro fue espléndida.» –Sheppard respira hondo–. ¡Qué lenguaje! Ya ve, hasta me lo he aprendido de memoria...

Un silencio acoge esa declamación inesperada.

–Gracias –dice Lawrence, y luego se aparta.

Entonces Russell se lo presenta a Hardy, cuya mano Lawrence estrecha calurosamente, fervientemente, demasiado tiempo. A lo mejor se limita a agradecer que lo hayan rescatado de la pequeña e insinuante representación de Sheppard. Mucho más agradable, sin duda, escuchar cómo Hardy, a petición de Russell, se pone a divagar sobre la hipótesis de Riemann. De hecho, incluso después de que Russell se haya ido a charlar con Winstanley, Lawrence se queda pegado a él; se inclina hacia él; se agarra a él casi como a una tabla de salvación. Y qué irónico es *eso,* considerando las propias..., ¿cómo decirlo?..., preferencias de Hardy. Sin embargo, se siente un poco orgulloso de esa mala interpretación; si Lawrence piensa que es normal, si no lo asocia a Sheppard, tanto mejor.

Y mientras tanto, al fondo, Sheppard no para de declamar. Resulta muy extraño, porque no tiene público, y sabe que Lawrence se empeña en no escucharle. Y, aun así, declama con una ironía casi malvada:

–«Aquello satisfacía en alguna medida los anhelos vagos e indescifrables de mi alma; y a él le sucedía lo mismo.»

–Tiene que haber una revolución de Estado –le dice Lawrence a Hardy–. Hay que nacionalizarlo todo; las industrias, los medios de comunicación. Y por supuesto la tierra. De una sola tacada. Así un hombre tendrá su paga ya esté sano, enfermo o viejo. Si cualquier cosa le impide trabajar, también recibirá su salario. No debería vivir con miedo al lobo.

Y Sheppard:

–«Cuando ya me había calentado a fuerza de frotarme me soltó, y nos quedamos mirándonos con una sonrisa tácita en los ojos, y nuestro amor fue perfecto un momento, más perfecto que cualquier amor que haya conocido desde entonces, ya fuera de hombre o de mujer.»

Y Lawrence:

–Y las mujeres también deberían recibir una paga hasta

303

su muerte, trabajen o no, siempre que trabajen mientras puedan.

Y Sheppard:

—«La fragancia fresca y húmeda de la mañana, la intencionada quietud de todo, de aquellos árboles altos y azulados, de las flores mojadas y sinceras...» ¿A que es una maravilla lo de «las flores mojadas y sinceras»? «... de las confiadas mariposas que se abrían y se cerraban en las ringleras caídas, eran el medio perfecto para el cariño.»

Y Lawrence:

—Pero ahora vivimos encerrados en una concha. Y la concha es una cárcel de por vida. Si no rompemos la concha, nuestras vidas se vuelven sobre sí mismas. Pero, si podemos romper la concha, cualquier cosa es posible. Sólo entonces empezaremos a vivir. Podemos analizar el matrimonio, y el amor, y todo. Pero hasta entonces estamos atrapados en esa concha dura, impenetrable y privada de vida.

Hardy, imitando a Ramanujan, menea la cabeza. Lawrence frunce el ceño.

—Debe tener paciencia conmigo. Sé que a veces no hablo con claridad.

Hardy no espera volver a ver a Lawrence. Sin embargo, la tarde siguiente, mientras está cruzando Great Court, oye que alguien grita su nombre, y se vuelve para ver a Lawrence corriendo hacia él con sus patas de cigüeña.

—¡Qué alegría! —dice, cogiendo a Hardy del brazo—. He tenido una mañana horrible. ¿Puedo acompañarle, por favor?

—Naturalmente.

—Ha sido uno de los peores momentos de mi vida.

Se encaminan hacia el río, con Hardy sintiéndose a la vez halagado e incómodo por la rapacidad con la que Lawrence lo tiene agarrado.

–No sé si Keynes es amigo suyo –dice Lawrence–. Y si lo es, y eso le hace odiarme, será una pena, pero tengo que contárselo a alguien o me va a dar algo.

–Diga lo que diga quedará entre nosotros. Faltaría más.

–Russell quería que lo conociera..., a Keynes –dice–. Así que esta mañana fuimos a sus habitaciones, pero no estaba allí. Hacía mucho sol, y Russell le estaba escribiendo una nota cuando Keynes salió del dormitorio, con los ojos medio guiñados de sueño. Y estaba en... pijama. Y mientras se quedaba allí parado se me encendió una especie de bombilla. No puedo describirlo. Ha sido una sensación de repulsión horrible. Como ante la carroña. Un buitre produce la misma sensación.

–¡Cielo santo!

–Y el pijama... –Se estremece–. De rayas. Estos horribles personajillos decadentes, los hombres que aman a otros hombres, me producen una sensación de corrupción, casi de putrefacción. Me hacen soñar con cucarachas. En una cucaracha que pica como un escorpión. En el sueño la mato, a una cucaracha muy grande, la hiero y sale corriendo, pero vuelve, y tengo que matarla otra vez.

–Qué espanto... y con un pijama a rayas...

–He pensado mucho en la sodomía. El amor es así: te acercas a una mujer para conocerte a ti mismo, y tras conocerte a ti mismo exploras lo desconocido, que es la mujer. Te aventuras en las costas de lo desconocido, y haces partícipe de tus descubrimientos a toda la humanidad. Pero lo que hacen la mayoría de los ingleses es acercarse a una mujer, poseerla, y limitarse a repetir una reacción conocida, no buscar ninguna reacción nueva. Y eso es pura masturbación. Los ingleses corrientes de las clases educadas se acercan a las mujeres para masturbarse. Y la sodomía no es más que una forma más accesible de masturbación, porque hay dos cuerpos en vez de uno, pero aun así sigue teniendo el mismo objeto. Un hombre de espíritu fuerte siente demasiado respeto por otro cuerpo, así que permanece neutral. Célibe. Forster, por ejemplo.

Han dado toda la vuelta alrededor de Trinity. Y de camino no se han encontrado a nadie, pero dos soldados pasan junto a ellos, soldados estudiantes, de uniforme debajo de sus togas.

–Qué horribles son –prosigue Lawrence–. Me recuerdan esa frase de Dostoievski: «A los insectos..., la lujuria.» Un insecto montando sobre otro. ¡Dios mío, los soldados! Qué horror. Son como chinches o sabandijas. ¡Aléjeme de ellos! –Hardy se lo lleva hacia Nevile's Court, y él se suelta por fin de su brazo–. Ya me encuentro mejor –dice–. El lazo de la hermandad de sangre es de suma importancia. –Entonces se acerca más–. ¡Pero cómo puede soportar esto! Odio Cambridge, huele a corrupción, a cenagal. Venga a vernos a Frieda y a mí. Vivimos en Greatham. En Sussex. El aire es limpio y la comida sencilla. Venga a vernos.

–Lo haré –dice Hardy, mientras se frota el brazo, que se le ha quedado dormido. Y luego Lawrence le da la mano (pero lo hace de una manera tan suave, tan poco efectiva, tan pegajosa, que Hardy recula) y cruza la puerta que lleva a la escalera de Russell.

Cucarachas con pijamas a rayas...

6

Una vez más, se encuentra a Ramanujan con sus amigos indios. En esta ocasión están sentados a la orilla del río. La sombra de un olmo le da la oportunidad de examinarlos con mayor atención. El encorvado del turbante está leyéndoles algo en voz alta a los otros. El más joven (al que el viento le tiró el birrete) tiene una mirada intensa, vivaz, como de fauno. Cuando se fija en Hardy, la aparta.

A la mañana siguiente, Ramanujan le dice:

—Ananda Rao le tiene mucho respeto.

—¿Por qué?

—Porque estudia matemáticas, y usted es el gran matemático. El gran Hardy. Pero le da vergüenza presentarse.

—Pues no debería.

—Eso le digo, pero no me hace caso. Es muy joven.

—Dígale que puede venir a verme cuando quiera.

Hardy abre su cuaderno para dar a entender que ya es hora de ponerse a trabajar.

—Ananda Rao está preparando un ensayo para el Smith's Prize —dice Ramanujan.

—Ah, qué bien.

—¿Yo también podría mandar un ensayo al Smith's Prize? —dice Ramanujan.

–Pero el Smith's Prize es para estudiantes. Usted está muy por encima de eso.

–No soy licenciado.

–Es que en su caso se prescindió de ese requisito.

–Me gustaría ser licenciado.

–Supongo que podríamos arreglarlo.

–¿Cómo?

–Podría conseguirlo con alguna «investigación», como dicen ellos. Tal vez su artículo sobre los números altamente compuestos. Tendrá que preguntárselo a Barnes.

A la mañana siguiente, Ramanujan dice:

–Le he preguntado a Barnes y está de acuerdo. Puedo conseguir la licenciatura por «investigación» con el artículo sobre los números altamente compuestos.

–Estupendo.

–¿Entonces puedo mandar mi investigación al Smith's Prize?

–¡Pero si está usted a años luz de ese premio! ¿Para qué iba a molestarse siquiera en mandar algo al Smith's Prize?

–Usted lo ganó.

–Los premios no significan nada. Sólo sirven para coger polvo en la repisa de la chimenea.

Luego se corta. Porque cómo va a explicarle la inutilidad de los premios a alguien que ha sufrido tanto por no haber ganado los suficientes...

–Hardy –dice Ramanujan–, ¿le puedo pedir un favor?

–Dígame.

–Me pregunto si me permitiría... no venir a verle los próximos tres días.

–Ah, ¿y eso por qué?

–Chatterjee me ha invitado a ir a Londres con él.

–¿A Londres?

–Con él, y con Mahalanobis y Ananda Rao. Ha encontrado una pensión con una dueña muy agradable que, según él, sirve una comida vegetariana excelente.

–¿Y qué van a hacer ustedes en Londres?

–Vamos a ver *La tía de Carlos*.

–¡*La tía de Carlos*! –Hardy reprime una carcajada–. No me lo puedo creer... Quiero decir, claro, tienen que empezar a aprender otro inglés además del que se habla en los pasillos de Trinity.

–Gracias. Le prometo que continuaré trabajando en Londres. Tengo las mañanas libres.

–Tampoco hace falta. Dese un descanso. Le aclarará las ideas.

–No, trabajaré todas las mañanas de ocho a doce.

Cuatro días después ha vuelto junto a la chimenea de Hardy.

–¿Qué tal en Londres, entonces?

–Muy agradable, gracias.

–¿Y le gustó *La tía de Carlos?*

–Me reí mucho.

–¿Qué más cosas hizo?

–Fui al zoo.

–¿Al zoo de Regent's Park?

–Sí. Y vi al señor Littlewood y a su amiga. Me llevaron a tomar el té. –Menea la cabeza–. Es muy amable la amiga del señor Littlewood.

–Eso me han dicho.

–Y luego, después del té, me llevaron a ver a Winnie.

–¿Quién es Winnie?

–Winnie es una osita negra que trajeron de Canadá. La trajo un soldado. El nombre es una abreviatura de Winnipeg, no de Winifred. Pero a la brigada del soldado la mandaron a Francia, y ahora Winnie vive en el zoo.

–¿Y cómo es Winnie?

–Muy mansa. Un caballero del zoo le da de comer. Me quedé una hora mirándola con el señor Littlewood y su amiga.

–Entonces, ¿va a volver a Londres?

–Eso creo, sí. La pensión era muy acogedora. Está en Maida Vale.

–Muy cerca del zoo.

–Y la dueña de la pensión, la señora Peterson, ha aprendido cocina india. Hasta nos hizo *sambar* una noche. Bueno, una especie de *sambar*.

–Eso le encantará a su madre.

–Sí, le gustará. ¿Le puedo pedir consejo en un asuntillo?

–Cómo no.

–En el tren de vuelta, Mahalanobis nos enseñó un problema de la revista *Strand*. Publican todos los meses puzzles matemáticos, pero él no era capaz de resolver éste.

–¿En qué consistía?

Ramanujan saca una revista del bolsillo y se la pasa a Hardy. «Enigmas de la posada del pueblo»; el escenario, que Hardy conoce, es el Red Lion en el pueblo de Little Wurzelfold. Sólo que ahora los personajes hablan de la guerra.

–El otro día estuve hablando con un caballero –les dijo William Rogers a los otros vecinos del pueblo congregados en torno al fuego– de un sitio llamado Lovaina, que los alemanes habían quemado por completo. Decía que lo conocía bien, que solía ir a visitar a un amigo belga que vivía allí. Me contó que la casa de su amigo estaba en una calle larga, numerada de ese lado, uno, dos, tres, etcétera, y que todos los números que quedaban antes que el suyo sumaban exactamente lo mismo que los que quedaban después. Curioso, ¿no? Decía que sabía que había más de cincuenta casas a ese lado de la calle, pero que no llegaban a quinientas. Le he comentado el asunto a nuestro párroco, y ha cogido un lápiz y averiguado el número de la casa donde vivía el belga. Pero no sé cómo lo ha hecho.

–Bueno –dice Hardy–, ¿y cuál es la solución? No debería ser difícil... para usted.

–La solución es que la casa es el número 204 de 288. Pero eso no es lo interesante.

–¿Y qué es lo interesante, entonces?

–Que es una fracción continua. El primer término es la solución del problema tal como está planteado. Pero cada uno de los términos sucesivos es la solución para el mismo tipo de relación entre dos números mientras el número de casas aumente hasta el infinito.

–Buena idea.

–Creo que me gustaría publicar un artículo sobre las fracciones continuas. Tal vez esta fracción continua. Ya ve que con mi teorema podría resolver el problema independientemente de cuántas casas hubiera. Incluso en una calle infinita.

Una calle infinita, piensa Hardy, de casas belgas. Y Ramanujan caminando entre los cascotes, sosteniendo su fracción continua ante él como un sextante. Y todas las casas ardiendo.

–Imagino que sería un artículo excelente –dice.

–¿Podría ser un artículo –pregunta Ramanujan– con el que ganara el Smith's Prize?

7

Ver a Ramanujan con Chatterjee le produce a Hardy una sensación extraña: se acuerda de cuando, antes de conocerlo, intentaba formarse una imagen del aspecto que tendría Ramanujan, y de observar a Chatterjee. Y ahora Ramanujan está *con* Chatterjee, y es como contemplar dos encarnaciones de la misma persona. Por mucho que lo intente, no consigue recuperar la imagen de la sala de profesores que se hizo después de leer *A Fellow of Trinity;* la sala de profesores real la ha borrado. Chatterjee, en cambio, sigue existiendo, y mientras lo haga, lo hará también la imagen de Ramanujan que Ramanujan, con su llegada, debería haber borrado.

¿Está celoso? No es exactamente que eche de menos los días de verano en los que él y Ramanujan se paseaban a solas por la orilla del río. Ni tampoco le envidia sus nuevas amistades. Sin embargo no puede evitar sentirse... ¿cómo diría? ¿Excluido? Trata de ser lógico consigo mismo. Se pregunta: ¿pero qué quieres? ¿Que los indios te inviten a unirte a ellos en una de sus excursiones a Londres? ¿Compartir una habitación con Ramanujan en la pensión de la señora Peterson? ¿Ir con él al zoo a ver a Winnie, la osita negra de Canadá, y tomar el té con Littlewood y la señora Chase?

Por supuesto que no. Al fin y al cabo, tiene su propio piso. Su propia vida.

Siempre que se encuentran en público, Ramanujan le hace un gesto de saludo a Hardy, Hardy asiente con la cabeza, y siguen andando. No obstante, una tarde en Great Court, Ramanujan lo saluda realmente con la mano. A Hardy no le queda más remedio que atravesar el césped, donde Ramanujan le presenta a sus nuevos amigos. Chatterjee le estrecha fuerte la mano, Mahalanobis hace una inclinación de cabeza, y Ananda Rao no le mira a los ojos. Hablan de la campaña de Gallípoli un rato, y luego Chatterjee dice:

—Bueno, tengo que irme. Adiós, querido Jam.

—Adiós —contesta Ramanujan.

¿Querido Jam?

—¿Qué es eso, un apodo?

—Es como me llaman ellos.

Querido Jam. Que Hardy sepa, a Ramanujan ni siquiera le gusta la mermelada.[1] Por lo menos la ha rechazado siempre que Hardy se la ha ofrecido. Cierto que en esas palabras[2] hay un vago eco de su nombre. Incluso un anagrama parcial. ARJAM está en RAMANUJAN. ¿Viene de ahí, entonces, el nombre? ¿Y el hecho de haberlo oído le da a Hardy derecho a emplearlo?

—Querido Jam. —Hace la prueba cuando regresa a sus habitaciones—. Querido Jam. —Apenas se atreve a pronunciarlo.

—¿Por qué preocuparse? —le pregunta Gaye—. Los indios siempre andan poniéndose apodos estúpidos. Pookie y Bonky y Oinky y Binky. Cursilerías del internado.

Hardy se vuelve. Gaye está arrodillado junto al fuego, acariciando a Hermione.

—¿Cómo te has hecho tan experto en el tema?

—Porque escucho.

—¿Y qué oyes?

—Que tienes celos. Admítelo.

---

1. En inglés, *jam. (N. del T.)*
2. En inglés, *dear jam. (N. del T.)*

–¡No estoy celoso!

–Entonces tienes envidia. Te gustaría *tener* esos amigos. Sobre todo a ese jugador de críquet... No me extraña...

–Te equivocas completamente. Igual que cuando estabas vivo, Russell, y siempre creías que estaba enamorado de todo el mundo. Aquello no tenía ni pies ni cabeza.

–Entonces, ¿cuál es la verdad?

–Simplemente que me produce curiosidad saber de dónde ha salido ese apodo. Y el mero hecho de que lo *tenga;* no va nada con su personalidad.

–Puede que *él* no sea como tú te imaginas, ¿o debería decir como tú pretendes?

–No pretendo que sea de ninguna manera en concreto.

–Sí que lo pretendes, Harold. Necesitas que sea tímido y solitario y un obseso de su trabajo, porque así no tienes que preocuparte de pasearlo por ahí. Así no interfiere en tu vida. Pero si él *te* da de lado no te gusta nada, lo que me parece bastante hipócrita por tu parte si quieres que te diga la verdad, ya que no has hecho prácticamente nada para introducir a ese pobre hombre en tu propia esfera social, por llamarla de alguna forma.

–Eso no es cierto. Littlewood y yo lo llevamos a comer al Hall y no le gustó nada. Odia la comida. Pero lo hemos intentado. ¿Qué se puede hacer cuando le ofreces algo a alguien y lo rechaza?

–Bueno, no puedo decir que me sorprenda. –Gaye acaricia el cuello de Hermione, así que ella ronronea–. Al fin y al cabo, conmigo hiciste lo mismo.

–¿Qué hice yo?

–Sabes perfectamente a qué me refiero. Eso de lo que no quieres hablar. Lo de aquel sábado por la noche.

–Ah, eso.

–Sí, eso.

–Era una situación completamente distinta.

–¿Ah, sí? Me diste de lado. Igual que estás haciendo con él.

—Pero él no quiere que lo introduzca en ningún círculo.

—Estupendo. —Gaye se levanta, soltando a Hermione—. Bueno, ya veo que te lo sabes todo, así que mejor me voy, ¿no?

—No te vayas.

—¿Por qué? ¿Qué sentido tiene que me quede cuando está claro que no te interesa nada de lo que pueda decir? Cuando estaba vivo era igual, Harold. Me oías, pero nunca me escuchabas.

Hace intención de irse. Hermione pone a prueba sus uñas en la moqueta.

—Espera —dice entonces Hardy.

—¿Qué pasa?

—Antes has dicho que había algo que querías que reconociera. ¿Qué era?

—Que lo quieres todo para ti. Que te da miedo perderlo.

—Está bien, lo quiero todo para mí. Me da miedo perderlo. Hala, ¿ya estás contento?

—Y que te gustaría liarte con el jugador de críquet.

—Y me gustaría hablar de críquet con ese jugador... Luego ya veríamos cómo se desarrollaba la cosa.

Hermione sigue probando sus uñas en la moqueta. Gaye sonríe.

—Me alegro de que lo hayas dicho. Es un alivio oírte decir la verdad, aunque sólo sea para variar.

—¿Tú crees que ésa es la verdad? —pregunta Hardy—. A mí no me lo parece. Pero también es cierto que, desde que empezó la guerra, nada me lo parece.

8

La cazuela, del mismo tipo que usaba su madre en su juventud, está hecha de cobre batido con un revestimiento de plata por dentro. La receta también es de su madre. Primero sumerge la pulpa de tamarindo en agua hirviendo. Luego la aprieta con los dedos para que suelte todo el líquido. En la cazuela pone lentejas, cúrcuma y agua, y deja que se cuezan hasta que las lentejas se rompen y se forma una especie de papilla amarilla. Revuelve las lentejas para deshacer los grumos, luego añade más agua, y deja posarse ese caldo hasta que la parte más sólida se deposita en el fondo. Entonces lo cuela, separando la parte sólida que utilizará para el *sambar*. Al caldo le añade cilantro y comino molido, chile en polvo, azúcar, sal y el jugo de tamarindo. Lo deja cocer un cuarto de hora más, y el *rasam* está listo para rematarlo después con un aderezo de semillas de mostaza fritas en *ghee*.

En casa, su madre preparaba *rasam* fresco todos los días. Pero él no tiene tanto tiempo. Ni tampoco podría comerse todo el *rasam* en un solo día. Así que prepara el *rasam* a principios de semana, y el resto de los días sólo tiene que recalentarlo cada vez que le apetece un poco. De este modo, no necesita distraerse demasiado tiempo de su trabajo.

Sus amigos notan el olor siempre que le hacen una visita. A veces les ofrece un tazón. Charlan o trabajan juntos, y mientras tanto el tamarindo del *rasam* va corroyendo el revestimiento de plata, dejando a la vista el cobre y blanqueando el plomo. Si no sabe a plomo es seguramente porque el picante del chile en polvo y el amargor del tamarindo serían capaces de disimular sabores aún más acres.

Y así van pasando los meses. Se toma su *rasam* con arroz, o lo bebe de un tazón. La cazuela descansa tranquilamente sobre la cocina.

9

Russell se presenta en el cuarto de Hardy para comunicarle que Rupert Brooke ha muerto; algo que Hardy ya sabía por el *Times*. Entra sin llamar, interrumpiendo una conversación que Hardy mantiene con Sheppard.

–«Alegre, valiente, polifacético, sumamente culto» –lee Russell en voz alta–, «poseedor de la armonía clásica entre cuerpo y mente...» ¡Y dicen que esto lo ha escrito Winston Churchill!

–Pues yo creo que hay una pluma claramente *eduardiana* detrás de esas palabras –dice Sheppard.

–Apestan a lo que nuestro amigo el señor Lawrence denominaría un pantano[1] estancado.

–Muy gracioso. Un momento estupendo para hacer bromas, cuando hay un joven muerto, y con las huellas de las garras de Marsh por todo el cuerpo.

Hardy baja la vista. La verdad es que nunca ha contribuido a lo que últimamente se denomina «el culto a Rupert Brooke». Para él, Rupert Brooke era simplemente un joven guapo, bastante pálido, que irradiaba un aura de autocomplacencia e incapacidad de controlarse, y dado a hacer (sin que vinieran a cuento) los comentarios más escabrosos: sobre los judíos, sobre

---

1. En inglés *marsh,* en referencia a Eddie Marsh. *(N. del T.)*

los homosexuales... Y eso que en las reuniones de la Sociedad solía hablar de haberse acostado con chicos cuando era más joven; o incluso de haber perdido su virginidad con otro chico. A Brooke le caía bien James Strachey pero detestaba a Lytton; parecía que siempre andaba liado con mujeres, pero sin sexo de por medio; y escribía lo que a Hardy le parecía una poesía banal y sensiblera. Y ahora está muerto. ¿La culpa la tiene Marsh?

Sheppard dice que cree que no.

–Reconócelo, Bertie –dice–, estás siendo muy duro con Eddie.

–También podría haberlo asesinado él mismo. Lo sedujo. Lo introdujo en los círculos más exclusivos, se lo presentó a Asquith, le metió en la cabeza que era un gran héroe. ¿Y Brooke no vivía en el piso de Eddie?

–En cualquier caso, Brooke se alistó él solito.

–Eddie le buscó el puesto oficial.

–Pero porque él insistió. Habría ido de todas formas.

–Ya, ¿pero tan pronto?

–Puede que Eddie intentara salvarlo –dice Hardy–. Debió de intentar conseguirle el puesto más seguro que pudo.

–Aunque no sirviera de nada, porque Brooke estaba empeñado en morirse –dice Sheppard.

–Pues ya se ha muerto... de insolación, cuenta el *Times* –dice Hardy.

–Parece ser que no –dice Russell–. Eso fue lo que pensaron en un principio. Por lo visto ha sido una septicemia, por una picadura de mosquito.

–¡Una picadura de mosquito!

–Lo de la insolación queda mejor, eso sí.

–Abatido por los rayos del glorioso Febo... –entona Sheppard–. Enterrado, como Byron, donde la luz helena baña su tumba, lejos de casa.

–Y pensar que ni siquiera estuvo en el frente...

–¿Ah, no? Creía que había estado en Amberes.

—Estuvo, pero su batallón no entró en combate.

—Derribado por un mosquito de camino a Gallípoli. Una pena, cuando deseaba tanto que lo mataran a tiros o le estallara una mina.

—Por lo menos ha conseguido que le publicaran esos poemas de guerra enseguida.

—¿Los has leído?

—Sí.

Y recita:

¡Darle alegre la espalda, como los nadadores que se lanzan al agua clara,

a un mundo que se ha vuelto viejo, frío y aburrido,

abandonar los corazones enfermos que el honor no consiguió conmover,

y a los semihombres, y sus sucias y tristes canciones,

y a toda esa mísera futilidad del amor!

—Supongo que nosotros somos los semihombres —dice Hardy— que cantamos esas sucias canciones.

—«Que se lanzan a un mar de desinfectante» habría sido más apropiado —dice Russell, estrujando el obituario con la mano.

10

Ethel, apenada, en señal de silenciosa y afligida protesta, continúa haciendo el café al estilo de Madrás, hervido con leche y azúcar. Incluso cuando Neville se queja («¿No podemos tomar un café normal?», pregunta), lo sigue preparando de esa forma.

–No tienes nada que hacer –le explica Alice–. Ya conoces a Ethel. Cuando se le mete una cosa en la cabeza...

Ethel es corpulenta, tiene la cara colorada y unos cincuenta años a juzgar por su aspecto, aunque tal vez sea más joven. Es de Bletchley, y regresa allí todos los miércoles para visitar a su hija, que trabaja en una fábrica de corsés. Nunca ha mencionado a ningún marido.

–¿Se sabe algo de su hijo? –le pregunta Neville a Alice.

–Ella no cuenta nada y yo no le pregunto. Supongo que está en Francia.

–Pobre chaval. Venga, sigue.

Por culpa de la mala vista de su marido, Alice acostumbra a leerle los periódicos en voz alta por las mañanas.

–«El sábado, en el juzgado de policía de Bow Street» –lee–, «los señores Methuen and Co., editores de Essex Street, en el Strand, fueron convocados ante Sir John Dickinson para aportar una razón por la cual mil once ejemplares de la novela *El arco iris*, del señor D. H. Lawrence, no deberían ser destruidos.»

Tenemos que guardar bien nuestro ejemplar, Eric. Puede que merezca la pena. «Los imputados lamentaron que el libro hubiera sido publicado, y el magistrado ordenó que se destruyeran los ejemplares y que los imputados pagasen diez libras y diez chelines por las costas.»

–Así que se han dado por vencidos...

–No me extraña, tal como están las cosas. «El señor H. Muskett, en representación del jefe de policía, dijo que los imputados, que eran editores de larga trayectoria y reconocido prestigio, no se opusieron al mandato judicial. El libro en cuestión era una suma de pensamientos, ideas y actos obscenos, presentados en un lenguaje que, suponía, podría ser considerado un esfuerzo intelectual y artístico en ciertos círculos.»

–Como el ciento trece de Chesterton Road.

–Ha debido de ser por la escena lésbica. Las dos mujeres.

–Alice, se supone que tú no deberías saber esas cosas.

–Sssh. Ethel...

–¡Pero si lo has dicho tú! –Neville unta una tostada de mantequilla–. De todas formas, esa historia de las obscenidades no es más que una tapadera. La auténtica razón es que el libro es abiertamente contrario a la guerra.

–¿Se ha vuelto tan peligroso estar en contra de la guerra?

–Me temo que sí. –Hace una mueca ante la dulzura excesiva del café–. Y que esté casado con una «huna» tampoco ayuda. ¿Alguna noticia más sobre el asunto del Derby?

–Sí, viene un artículo sobre eso.

–¿Ah, sí? ¿Y qué ha pasado?

Alice ojea el artículo, y luego dice:

–Nada. Siguen dándole vueltas. –Lo dice para ahorrarle preocupaciones a su marido, porque en realidad el artículo toca un punto que les preocupa mucho a los dos. Según las normas del Derby Scheme,[1] los hombres que aún no hayan cumplido

---

1. The Derby Scheme fue un sistema de reclutamiento voluntario crea-

los cuarenta y un años pueden «atestiguar» voluntariamente su disposición a alistarse sin necesidad de alistarse de hecho. Lo que se discute en el artículo es el orden en que se reclutará a «los hombres de Derby», tal como se les ha apodado. Para mitigar la angustia de los hombres casados (y para asegurarse de que «atestigüen»), Asquith ha dado su palabra de que no se reclutará a ningún hombre casado hasta que el último hombre soltero (incluyendo a aquellos que no han «atestiguado» todavía) haya sido encontrado y enviado al frente. El resultado ha sido un repentino aumento del número de matrimonios registrados.

Neville no ha «atestiguado». Ni tampoco Moore. Otros conocidos suyos sí. A un «hombre de Derby» se le reconoce por el brazalete que lleva: gris con una cruz roja. En el caso de Neville, que «atestigüe» o no, claro, carece de importancia práctica; tiene tan mala vista que lo rechazarían en el examen médico. Aun así, el que se niegue a pasar por esas formalidades produce rechazo. Porque el único objetivo del Derby Scheme (o eso dicen los cínicos) es responsabilizar hasta tal punto a los que no «atestigüen» que acaben haciéndolo por vergüenza. Se trata de una forma encubierta de reclutamiento obligatorio. La coacción es la norma de los tiempos. Ayer, por ejemplo, Neville se enteró de que James Strachey había preferido dejar su trabajo en el *Spectator* antes que atestiguar, como le insistía su director. ¡Y el director era primo suyo! Y, a pesar de que las cosas no han ido tan mal en Trinity, Neville sabe perfectamente que, cada día que pasa sin ir a la oficina de reclutamiento, corre mayor riesgo. Butler ha dejado muy claro lo mucho que le desagradan las actividades pacifistas dentro del *college*. Lleva muy bien la cuenta de los compañeros que son miembros de la Unión por un Control Democrático y de la Asociación Anti-

---

do por Lord Derby en 1915, según el cual a los que se alistaran voluntariamente solamente se les llamaría a filas en caso de necesidad. *(N. del T.)*

rreclutamiento. Neville, al igual que Russell, pertenece a las dos. Sin embargo, a diferencia de Russell, no tiene una reputación que lo proteja.

–Estamos llegando a un punto en que, si no llevas brazalete, llamas bastante la atención –dice.

–¿Y qué pasa con Hardy? ¿Ha atestiguado?

–No lo sé. ¿Por qué me lo preguntas?

–Por nada en especial. Pero me produce curiosidad saber si tiene el valor de sus convicciones..., el valor de no hacerlo.

La verdadera razón, claro, es que Alice espera que Hardy *atestigüe* y que, como soltero, sea reclutado. Y mejor cuanto antes.

–Bueno, por lo que he oído –dice Neville–, pase lo que pase, no irá al frente. Tiene no sé qué problema médico.

–¿Qué problema?

–¡Y yo qué sé, cariño! No soy su médico. Ethel, tráigame otra tostada, por favor.

–Pero si sabes que tiene *algún* problema...

–No es más que un cotilleo. Me lo contó alguien en la Sala de Profesores.

–¿Quién te lo contó?

–No me acuerdo. Chapman, creo.

–Pregúntale. Entérate de lo que le pasa. Podría estar planeando comprar un certificado médico de exención. He oído que se pueden comprar en el mercado negro por quince libras...

–¡Tranquilízate! –Neville se inclina sobre la mesa y le coge la mano a su mujer–. ¿A qué viene todo esto, Alice? ¿Por qué te acaloras tanto por Hardy?

Ella retira la mano.

–No me acaloro. Sólo me gustaría que se decidiera y tomase partido.

Neville se quita las gafas y las limpia.

–Es por Ramanujan, ¿verdad?

–En parte sí. En parte es por él. No lo voy a negar. Siempre me ha dado la sensación de que Hardy lo ve como, no sé, una especie de máquina matemática a la que hay que sacarle todo lo posible antes de que se rompa. Pero no le preocupa en absoluto lo feliz que sea ese pobre hombre, lo que pueda necesitar, o cómo se las apañe con el mal tiempo. Lo exprime como a un caballo de tiro.

–Pues, por lo que yo vi el otro día, parece que Ramanujan está perfectamente.

–¿Pero qué viste?

–Iban andando juntos, y Ramanujan iba sonriendo. Riéndose más bien. Y, además, no es como si se dedicara a las matemáticas veinticuatro horas al día. Fue a Londres la semana pasada.

–¿Ah, sí? ¿Con quién? ¿Lo llevó Hardy?

–No, fue con otros indios.

–Ay, ya entiendo. Entonces, estupendo.

–Y se ha mudado. Se ha trasladado al Bishop's Hostel.

–¿Por qué?

–Para estar más cerca de Hardy, supongo. –Neville se pone de pie–. Deberías dejar de preocuparte por él, Alice. Está muy bien.

–Me gustaría creerlo.

Él se inclina sobre ella.

–Mi querida madrecita –le susurra entre el cabello–. Lo que necesitas es un niño. Un pequeño Eric Harold en miniatura.

–Eso no depende enteramente de nosotros.

–Más de lo que tú te piensas. Ya sabes lo que quiero decir. –Neville hace una pausa para subrayar lo dicho. Ella aparta la mirada. Entonces él le acaricia la cabeza, como si *ella* fuera la niña–. Bueno, tengo que irme.

–Adiós.

Él le da un beso en la mejilla; titubea un momento y la besa en la boca. Con la mano en su cuello.

Entra Ethel, y se separan.

–Llévese todo esto, por favor –dice Alice. Luego se levanta de la mesa y se va hasta el cuarto de estar. El puzzle sigue allí, después de todo este tiempo. Se queda mirándolo. Temblando.

¿Por qué? Malditos sean todos esos hombres: Hardy, Eric, Ramanujan... Así que Hardy no se va. Pero Ramanujan sí. Y puede que a Eric lo obliguen. Malditos sean.

Se queda mirando el puzzle; al par de caballeros a lo Beau Brummell, y al posadero que les sirve las bebidas. Tres hombres más. ¿Y cuánto tiempo llevan sentados ahí? ¿Un año? ¿Año y medio? ¿Custodiados, protegidos por ella? ¿Y por qué? De repente estira el brazo de golpe y tira el puzzle al suelo. Lo hace sin pararse a pensarlo. Así que eso es lo que se siente, lo que debió de sentir Jane en aquellas tardes en el antiguo cuarto de los niños, exultante de rabia.

A Alice se le desboca el corazón. Algunos fragmentos (una pieza suelta o dos unidas) vuelan sobre la alfombra, mientras que grandes ringleras del cuadro, diez o doce piezas unidas, se quedan colgando y luego se caen desde el borde de la mesa, como escombros en un desprendimiento de tierra. Y cuando caen, algo se derrumba también en su interior. Las consecuencias. Siempre las consecuencias.

Cuando entra Ethel, está de rodillas, recogiendo las piezas.

–El puzzle del señor Ramanujan –dice Ethel.

–Ha sido sin querer –dice Alice–. He tropezado con la mesa.

–Déjeme a mí, señora. –Ahora Ethel también se arrodilla.

–Gracias. Ah, mire, ésta tiene forma de tetera.

–Debo decir que me alegro. Ahora ya puedo barnizar la caoba.

–¿En serio? –Alice se detiene y mira a Ethel–. ¿Se alegra de verdad?

–Sólo sirven para coger polvo –dice Ethel. Con mucha eficiencia deshace los trozos grandes y, barriéndolas con la mano, forma un montón con todas las piezas. Cuando ella y Alice hayan acabado, no quedará ni una sola señal de violencia. Y si Eric pregunta, Ethel no dirá nada que contradiga a Alice cuando le explique: «Decidimos que ya era hora de deshacerlo.»

11

Incluso para ella (una mujer que anduvo por Madrás en *gharry* y que lee a Israfel) es una jugada arriesgada. Lo sabe. Una cosa es viajar a Londres en tren, para presentarse de improviso en el umbral de una amiga. Y otra es atravesar los patios de Trinity College a plena luz (una mujer, la esposa de un profesor) y cruzar, a la vista de los catedráticos y los estudiantes con sus togas, la puerta que da a la escalera D del Bishop's Hostel.

No sabría decir qué es lo que se ha apoderado de ella, sólo que, dadas las circunstancias, las normas de decoro que presidieron su juventud ya no parecen atarla. Es todo muy simple. Él no va a visitarla. Así que ella va a visitarlo a él. Curiosamente, no tiene ni pizca de miedo. Como en un sueño, sube las escaleras y llama a la puerta que sabe que es la suya.

Cuando responde, la cara de pasmo que pone la saca de su sueño. Cielo santo, ¿qué está haciendo? Pero ya es demasiado tarde.

–Señora Neville –dice él.

–Hola –contesta ella–. Espero no molestarle.

–No. Pase, por favor.

Retrocede; le abre del todo la puerta, que enseguida cierra. Es entonces cuando ella se da cuenta de que va vestido con ropa india, una camisa holgada y un *dhoti* teñido de un color lavanda claro. Lleva en la frente la marca de su casta, y en los pies las zapatillas que ella le regaló. Las piernas son más musculosas de lo que habría pensado, y más velludas.

—Espero no interrumpirle.

—No, en absoluto. ¿Le apetece un té?

—Sí, me encantaría. ¿Té indio?

Él menea la cabeza, y luego desaparece en el cuarto de servicio, donde por lo visto ha montado su cocina provisional. La habitación está limpia y es espartana. El baúl está en un rincón. Aparte de eso, hay pocos muebles: un escritorio, una silla, un sillón viejo procedente del propio desván de Alice. A través de una puerta entornada, ve la cama, perfectamente hecha. Las paredes no tienen cuadros. En realidad, el único objeto decorativo que puede ver es la estatuilla de Ganesha con la que se topó por casualidad cuando se puso a revolver en su baúl. Ahora descansa sobre la repisa de la chimenea.

—Sus habitaciones son muy bonitas —dice.

—Gracias.

—Supongo que se ha mudado hace poco.

—Sí. En Whewell's Court estaba en la planta baja. Aquí estoy en la segunda.

—¿Y lo prefiere?

—Hay menos ruido.

Ella examina el libro que reposa sobre el brazo del sillón, escrito en tamil.

—¿Qué está usted leyendo, señor Ramanujan?

Él sale rápidamente del cuarto de servicio.

—Ah, nada.

—¿Algo de matemáticas?

—No, es el *Panchangam*. Lo que nosotros llamamos un *Panchangam*. Una especie de almanaque.

—Fascinante... —Ella coge el libro y lo hojea—. ¿Y para qué lo utilizan ustedes?

–No es más que una antigua tradición –dice–. El *Panchangam* abarca el año entero, con mapas de la posición de las estrellas y la luna. Así que en mi tierra lo consultan para determinar el momento y el día más favorable para... acontecimientos importantes.

–¿Como por ejemplo?

–Las bodas. Los funerales...

–Pero no vamos a tener ninguna boda ni ningún funeral, ¿no?

–No, no es sólo para eso. También para los viajes. Cuáles son los mejores días para viajar, y en cuáles no hay que viajar y esas cosas.

–¿Quiere decir que hay días en los que uno debería o no debería ir a Londres?

Él menea la cabeza.

–¿O mudarse?

Se queda callado.

–Ay, qué mal –dice Alice–. Debe parecerle que le estoy interrogando. No es mi intención. Pero entienda que yo no soy como los demás, señor Ramanujan. Realmente quiero saber.

Ella le mira directamente a los ojos. Él se encuentra con su mirada; le tiemblan los párpados, aunque no aparta la vista.

Luego el hervidor empieza a silbar.

–Disculpe –dice, y regresa a la habitación gris, de la que sale al poco rato con dos tazas en una bandeja.

–Siéntese, por favor.

–¿Dónde se va a sentar usted?

–Aquí.

Así que ella se sienta en el sillón, y él cerca, en el suelo. Con las piernas cruzadas y la cabeza a la altura de sus rodillas más o menos. Le alarga una taza de té.

–¿Siempre lleva su *dhoti* en sus aposentos?

–Cuando espero visita, no.

–Entonces ha sido una suerte no haberle avisado de que venía.

Él sonríe e intenta disimular su sonrisa.

—¿Lleva alguna vez su *dhoti* en clase, señor Ramanujan? ¿O cuando va a ver al señor Hardy?

—No. Claro que no.

—¿Por qué no?

—No sería correcto.

—Pues a mí me encantaría que lo llevara cuando me haga una visita.

—Siento no habérsela hecho últimamente. He estado muy ocupado con mi trabajo.

—Claro. Para eso ha venido. Para trabajar. —Deja su taza—. ¿Sabe una cosa, señor Ramanujan? Le decía en serio lo de que no soy como los demás. Como Hardy o incluso como... mi marido. Los demás no creen en su religión. Y piensan que usted tampoco cree en ella. Que simplemente practica sus... rituales... por costumbre, o para complacer a su gente. Pero yo creo que usted cree. Y me interesa. Me interesa de verdad. ¡Qué pena que no pueda comprender su lengua! Así podría enseñarme a leer las estrellas.

—No soy un experto.

—Espero no ofenderle con mis preguntas. No es mera curiosidad. ¿Sabe, señor Ramanujan? Me gustaría tanto tener algo en lo que creer... Sobre todo últimamente, con esta guerra. Es como si todas las viejas garantías, que si te portabas bien y comías verduras... Pero eso ya no garantiza nada, ¿verdad? Porque todos esos jóvenes, o la mayoría de ellos... Aunque si se pudiera leer las estrellas, si se pudiera leer el futuro...

—No es algo que pueda enseñarse.

Ella se inclina hacia él.

—Hábleme de la primera vez que tuvo ese sueño.

—¿Qué sueño?

—Que Namagiri le escribía en la lengua.

—Pero la primera vez no salía Namagiri en mi sueño. Era Narasimha.

–¿Quién es Narasimha?

–Es el avatar con cabeza de león de Vishnu. –Ramanujan deja su taza cerca de él, en el suelo–. Disculpe. Tengo que explicárselo. En la religión hindú un dios puede manifestarse de muchas formas. Y Narasimha es una de las formas que adopta Vishnu. La cuarta forma. La enfadada. Es que había un rey demonio llamado Hiranyakashipu que detestaba a Vishnu. Llevó a cabo muchos actos de penitencia para obtener el don de la inmortalidad de manos de Brama, pero Brama sólo le concedió la posibilidad de elegir su manera de morir. Así que Hiranyakashipu respondió que no quería que lo matara ni un animal ni un hombre, ni morir de día ni de noche, ni dentro ni fuera de casa, ni en la tierra ni en el aire, ni por un arma animada ni inanimada. Creyó que había engañado a Vishnu y que ahora era inmortal, y se nombró a sí mismo rey de los tres mundos. Pero lo que no sabía era que su hijo, Prahlada, era devoto de Vishnu. Así que, cuando se enteró, Hiranyakashipu intentó matar a su hijito. Intentó ponerlo a hervir, prenderle fuego y deshacerse de él. Pero a Prahlada lo protegía su devoción por Vishnu. Y entonces, un atardecer en su palacio, Hiranyakashipu rompió una columna de pura rabia, y de la columna salió Narasimha. Y como era medio hombre, medio animal, no era ni animal ni humano. Y como se estaba poniendo el sol, no era de día ni de noche. Empezaron a pelear, y luego, en el umbral del palacio, que no era ni fuera ni dentro de su casa, Narasimha puso al demonio de rodillas, que no era ni en la tierra ni en el aire, y usando sus garras, que no eran un arma animada ni inanimada, hizo jirones a Hiranyakashipu.

–Qué historia más extraordinaria.

–Mi abuela me la contó muchas veces cuando yo era niño. Y me contó también que la señal de la gracia de Narasimha son las gotas de sangre que se ven en sueños. Eso fue la primera vez. Caían gotas de sangre, y entonces fue como si... como si se desenrollasen unos pergaminos ante mí conteniendo las más bellas y complejas matemáticas. Unos pergaminos infinitos. Con fórmulas infinitas. Y luego, cuando me desperté, me apresuré a escribir lo que había visto.

–¿Qué edad tenía usted?

–Diez años.

–¿Y desde entonces?

–Siempre ha sido así. Lo que veo en sueños no tiene límites. Los pergaminos nunca se terminan.

–Debe de ser bonito –dice ella– eso de los pergaminos desenrollándose.

–Ah, no, es horrible.

–¿Horrible? ¿Por qué?

–Porque lo que puedo aportarle al mundo es sólo un pequeñísimo fragmento de lo que leo en los pergaminos. ¡Siempre hay tanto que no me puedo traer de mis sueños! Y cada vez que me lo dejo atrás es como si me hicieran jirones. Es un sueño horrible, sí.

Baja la vista mientras lo dice. No está llorando. Tiene las manos plácidamente cruzadas sobre el regazo.

–Sufre usted, ¿verdad? –pregunta Alice.

Él no contesta.

Entonces ella se levanta. Y Ramanujan, quizá porque interpreta que tiene intención de irse, se levanta también y se queda mirándola.

–No es usted mucho más alto que yo –dice ella–. Dos o tres centímetros como mucho. –E, igual que antes estiró el brazo y tiró el puzzle al suelo, ahora alarga la mano para salvar la corta distancia y tocarle la mejilla.

Él pega un respingo, pero no se mueve.

Ella se acerca más. Él sigue sin moverse.

Ella le pone la mano en la nuca, como se la ha puesto Eric a ella más temprano esa misma mañana. Percibe humedad y calor y los pinchazos de los pelitos. Le acerca la cara y él no se resiste cuando posa los labios sobre los suyos. Aunque tampoco le devuelve el beso. Está completamente inmóvil. Sus labios se rozan. Pero no es un beso.

¿Qué se supone que debe hacer ahora? Le da la sensación de que podría llevarlo hasta el dormitorio, empujarlo sobre la cama, subirle el *dhoti,* subirse la falda y montarse encima, y él no protestaría. Pero tampoco la animaría. Ni la animaría ni la desanimaría.

Su aliento es cálido y sabe a té. Tiene los labios secos. Aun así no se abren.

Al final ella se aparta. Parece que él está a punto de decir algo, pero ella se lleva un dedo a la boca (un gesto universal, espera). Y él se queda callado. Ni siquiera se mueve.

Se aleja de él despacio, como si ya no hubiera nada por lo que apurarse. Luego abre la puerta y sale.

12

NUEVA SALA DE CONFERENCIAS, UNIVERSIDAD DE HARVARD

El brazalete está hecho de lana color acero (dijo Hardy en la conferencia que no dio), adornado con una cruz brillante en rojo imperial. Sólo lo llevé un par de veces. Llevarlo en Cambridge suponía la aprobación de hombres a los que detestaba.

Ahora descansa en el segundo cajón de la parte superior izquierda de una cómoda de nogal que tengo desde que llegué a Trinity, el siglo pasado. En el mismo cajón hay un par de guantes de Gaye, una pelota de críquet y algunas pelotas de tenis con las que solíamos jugar al críquet en casa, usando un bastón a modo de bate. Y también nuestra colección de billetes de tren. Gaye y yo compartíamos la misma pasión por el mundo ferroviario. Solíamos entretenernos planeando itinerarios entre sitios extravagantes (Wolverhampton y Leipzig, por ejemplo), y viendo a cuál de los dos se le ocurría el que necesitaba más transbordos. Nos encantaba el metro, y cuando se abrió la línea de Bakerloo en 1906, fuimos a Londres sólo para probarlo.

No hay cartas en el cajón. Nunca nos escribimos cartas. Ni tampoco collares de gato, ni frascos vacíos que en su día contuvieron vermífugos. Las cosas que guardas... las guardas, imagino, para poder acariciarlas y mimarlas cuando seas viejo, y sentir una ráfaga de nostalgia en la cara.

Lo que nadie te dice es que, cuando eres viejo, recordar es lo último que te apetece hacer. Y eso suponiendo que recuerdes dónde pusiste todas esas cosas.

Yo «atestigüé» el último día que era posible hacerlo, el día antes de que expirara el Derby Scheme. Eso fue a mediados de diciembre de 1915. Lo hice en Londres, para que ninguno de mis amigos de Cambridge me viera. Mediado diciembre, el reclutamiento parecía ya algo seguro, y a pesar de que nadie del gobierno lo afirmaba claramente, la mayoría de nosotros estábamos convencidos (erróneamente, como luego se vio) de que, si «atestiguábamos», nos darían un trato preferente cuando llegase la ocasión. Además, Littlewood me había escrito hacía poco para contarme que, en consideración a su talento para las matemáticas, le habían eximido de las prácticas de artillería y encomendado el mejorar la precisión de los cálculos de la antiaérea. No dejaría Inglaterra. Sospecho que yo tenía la esperanza de que, en el peor de los casos, a mí también se me asignara un puesto de ese tipo; lo que hacía que se me planteara el dilema de si, por mi propia seguridad, debía acceder a poner mis habilidades al servicio de una guerra en la que no creía. Eso suponiendo, claro, que me lo pidieran. Que yo supiera, me podían mandar a Francia como castigo por haber «atestiguado» tan tarde.

Recuerdo que, la tarde que fui, estuve esperando cinco horas en la cola, bajo el aguanieve. Cuando entré en la oficina de reclutamiento ya eran más de las doce de la noche, y las mujeres voluntarias se habían quedado sin formularios. Así que tuve que volver a la mañana siguiente y esperar otras cinco horas. Aunque se suponía que los exámenes médicos se pasaban en el momento, a esas alturas había tanto ajetreo que tuvieron que saltárselos. Nos dijeron que ya nos examinarían cuando nos reclutaran o nos convocasen los tribunales que decidirían si concedernos la exención.

Evidentemente, otros se negaron a «atestiguar». Adrede. Neville, James Strachey, Lytton Strachey... Yo también podría haberme negado. Sin embargo, no acababa de verme pasando los años siguientes, como harían algunos de los pertenecientes al grupo de Bloomsbury, entregado a las «labores agrícolas» y discutiendo por tonterías en la granja de Ottoline Morrell. Ni tampoco conseguía asimilar, tal como Lytton parecía dispuesto a hacer tranquilamente, la perspectiva de ir a la cárcel. Puestos a elegir entre la cárcel y las trincheras, prefería las trincheras.

¿Por qué? Me figuro que se trataba de aquella fascinación por las batallas que me habían inculcado en mi más tierna infancia. Y no sentía una fascinación equivalente por la cárcel de Wormwood Scrubs. Supongo que pocos de los que se encuentran aquí esta noche pueden imaginar lo que era crecer en un mundo que aún no sabía nada de la Gran Guerra. Pues ése era el mundo de mi juventud, un mundo en el que la guerra formaba parte de un pasado lejano o una tierra distante: África o la India. La noción que teníamos de la guerra provenía de los libros que leíamos de niños, donde muchachos un poco mayores que nosotros llevaban armaduras, y montaban corceles, y luchaban con espadas. Y los ministros del gobierno, como habían leído los mismos libros que nosotros, se aprovechaban de esa herencia en común para vilipendiar a los alemanes. Los alemanes, nos decían, recogían rutinariamente los cuerpos de los ingleses muertos y utilizaban su grasa a modo sebo. Habían crucificado a dos soldados canadienses. Tenían mujeres francesas en las trincheras como esclavas blancas. Descendían de los ogros, igual que nosotros descendíamos de los caballeros.

¡Curioso que hoy en día conserve tan pocos recuerdos concretos de aquellos meses! Sin duda estaba muy ocupado (lo sé porque he consultado mis diarios), y aun así, cuando los rememoro, me veo siempre –y exclusivamente– de pie ante mi ventana de Trinity, contemplando la lluvia. Pero, por supuesto, eso no es posible. Mi diario de 1916, por ejemplo, me informa de que, a partir de enero, pasé parte de la semana en Londres. Los diarios sólo son útiles como indicadores de la memoria. Y ahora, quién lo iba a decir, me veo topándome una vez con Ramanujan, por pura casualidad, en Kensington Gardens, donde el gobierno, como parte de su agotadora campaña para convencer a la población de que la guerra iba maravillosamente bien y de que el frente era una especie de campo de vacaciones rústico y saludable, había cavado «trincheras de exposición» para que el público las inspeccionase y hasta se metiese en ellas. Eran graciosas. Estaban impecables y secas, cavadas en zigzag, con paredes reforzadas y un suelo limpio de tablones. Tenían literas y sillas y cocinillas. Aquel día había algunos soldados de permiso visitándolas, de vuelta de un mundo por una parte tremendamente lejano, y por otra, a vuelo de pájaro, tan próximo que la gente de Devon podía oír el fuego de artillería en sus cocinas. Y los soldados se reían. Ni siquiera se molestaron en decir nada. Sólo se quedaron mirando las trincheras desde arriba, riéndose.

Fue en el interior de aquella pseudotrinchera donde encontré a Ramanujan, examinando las paredes de aquella manera suya extraña y espectral. Estaba solo. Le di unas palmadas en la espalda, así que se asustó y pegó un bote.

—Hardy —dijo, y se sonrió. Parecía que se alegraba de verme.

Después de salir de allí, me preguntó cosas sobre las auténticas trincheras.

—¿Es verdad —me preguntó— que los soldados tienen que permanecer dentro de ellas todo el día?

—Y también la mayor parte de la noche.

—¿Y que hay una fila de trincheras desde la costa belga hasta Suiza? He oído que, si quisiera, un hombre podría recorrer toda Francia bajo tierra.

—Puede que en teoría sea posible. Dudo que lo sea en la práctica.

Salimos juntos del parque, dando un paseo; Ramanujan con las manos metidas en los bolsillos por el frío. Estaba de nuevo en Maida Vale, en la pensión de su adorada señora Peterson. Me describió con entusiasmo la ruta que había seguido hasta Kensington. Había comenzado su trayecto en la recién estrenada estación de metro de Maida Vale, para luego hacer transbordo en Paddington de la línea de Bakerloo a la de District. Me dijo que había estado estudiando el subterráneo, y que ya sabía cuál era la estación más profunda, y cuál era la distancia más larga entre dos estaciones, y la más corta. Me habló de un cartel que había visto aquel día, un cartel que yo también había visto. Bajo un dibujo de un niño retozando en un prado a la puesta de sol ponía lo siguiente:

¿POR QUÉ PREOCUPARSE DE QUE LOS ALEMANES INVADAN
NUESTRO PAÍS?
INVÁDALO USTED MISMO USANDO EL SUBTERRÁNEO
O EL AUTOBÚS

Me preguntó si se suponía que aquello tenía gracia, y yo le dije que creía que sí: que era una especie de «humor negro», expresión que tuve que explicarle.

Tras esa vez, cuando daba la casualidad de que los dos nos encontrábamos en Londres, salíamos juntos en ocasiones. Dondequiera que fuéramos, él se empeñaba en que lo hiciésemos en metro, incluso cuando hubiera sido más rápido coger un taxi o un autobús. Y yo nunca le llevaba la contraria. ¿Cómo iba a llevársela si de pequeño había creído que las cartas viajaban solas de buzón en buzón, a través de túneles subterráneos? El *Viaje al centro de la Tierra* de Verne había sido mi novela favorita. Así que me acerqué hasta Foyle's y le compré un ejemplar, que devoró en una noche, ¡y no me extraña! De repente nuestro mundo era un mundo semisubterráneo. Las trincheras entrelazaban Europa como líneas de metro, mientras bajo las trincheras ale-

338

manas, aunque nosotros no lo sabíamos en aquel momento, los dinamiteros excavaban pacientemente galerías y pozos para llenarlos de dinamita. Quinientas toneladas de dinamita.

Una tarde fuimos en metro al zoo. El zoo era la otra pasión de Ramanujan. Parecía que conocía a todos los animales personalmente, y llegó incluso a disculpar a las jirafas.

–Tienen un olor apestoso –dijo–, aunque los guardas del zoo me han dicho que nosotros les olemos igual de mal a ellas que ellas a nosotros.

Luego me presentó a Winnie, la osita de Canadá a la que le había cogido tanto cariño, y de la que, por lo visto, ahora sabía todo lo que había que saber: que en Quebec habían matado a su madre a tiros, y que la había capturado el asesino de su madre para después vendérsela a un miembro de los Canadian Mountain Rifles, un veterinario llamado Colebourn. Cuando Colebourn se alistó, Winnie cruzó el Atlántico con él y luego se quedó en el cuartel general de su brigada en Salisbury Plain, donde seguía a los hombres por todas partes y comía de su mano. Colebourn se quería llevar a Winnie a Francia consigo, pero su comandante no estaba dispuesto a admitir osos en el frente, así que la habían mandado a vivir al zoo de Londres hasta que su dueño regresara de la guerra.

Tal vez lo que sucedió después (especialmente que Milne transformara a Winnie en Winnie-the-Pooh) haya distorsionado el recuerdo de las muchas visitas que Ramanujan y yo hicimos a su jaula. Milne, a quien siempre consideraré el amigo literato de Russell, editor de *Granta* (joven, listo y avispado), es famoso hoy en día, evidentemente, por una serie de libros sobre un oso, un cerdito y un burro; libros que he leído y que (no me cuesta nada admitirlo) me han procurado más placer que la mayoría de la literatura catalogada como seria, editada en estas últimas décadas. (¡Prefiero mil veces a Milne que a Virginia Woolf!) De todas formas, cuando recuerdo esas visitas, veo a Winnie negra, tal como era, y no dorada como su tocayo; y, sin embargo, también la veo sacando miel con su zarpa de un tarro que le tiende un guarda del zoo. ¿Será posible que alguna vez tuviese lugar semejante escena?

No lo sé. Todo me parece muy borroso. Se me mezclan los sueños y la realidad, y no consigo sacar nada en claro. ¿Cuándo hundieron el *Lusitania*? ¿Y en qué orden se desarrollaron las batallas? Ypres, Ypres dos, el Somme, Mons, Loos, Passchendaele. Y los nombres de los muertos: Brooke, Békássy, Bliss. Vaya trío, cuánta aliteración: *Brooke, Békássy, Bliss*. Ahí la tenemos: la música de la pérdida.

Todas las semanas leía las listas de bajas, y trataba de aclararme sobre quiénes de los hombres que conocía en el frente habían sido eliminados, quiénes habían desaparecido, quiénes habían quedado mutilados. Cada semana más nombres, la mayoría vagamente familiares, asociados a caras que habían pasado rápidamente a mi lado en Great Court... ¿Alguna vez se han parado a pensar en lo curioso que resulta que el censo de los muertos siempre se incremente, mientras que la población de la Tierra se mantiene más o menos constante? Yo solía imaginarme que, con todos los jóvenes que estaban muriendo, el purgatorio en esa época debía de estar tremendamente abarrotado. Debía de parecerse a una estación de metro en la que, a causa de algún error cósmico de señalización, no llegaran nunca trenes, de forma que el andén se fuera atestando cada vez más. Todos en el mismo andén: los llorosos, los furiosos, los doloridos, esperando los trenes que los llevarían al juicio y, tal vez, al descanso. Aquí en la Tierra, en cambio, había menos jóvenes de los que debería haber habido. Dondequiera que debiese haber habido un joven, había una cruz, y una madre sollozando y ofreciendo gustosamente más hijos a la gloria de Inglaterra.

Y mientras tanto... ¡qué ocupado debía de andar yo! Examinando los diarios descubro que, en determinados momentos, fui secretario de: a) la filial de Cambridge de la Unión para el Control Democrático y b) la Sociedad Matemática de Londres. Que a la primera de ellas, difícilmente tan radical como la Asociación Antirreclutamiento, se la considerase subversiva no es de extrañar; durante la guerra cualquier grupo que abogase por la paz como objetivo era considerado subversivo. Sin embargo, la segunda parecería la organización menos adecuada del mundo para despertar las sospechas, y aún menos llamar la atención, del gobierno. Aunque la Sociedad Matemática de Londres siempre había trabajado por el libre intercambio de ideas allende las fronteras, y continuó haciéndolo cuando empezó la guerra. «Las matemáticas», diría Hilbert luego, en una declaración que se haría famosa, «no saben de razas. Para las matemáticas, todo el mundo cultural es un solo país.» Lo que era una idea aún más radical en 1917, ya que se la creía capaz de minar el odio al Otro del que dependía la popularidad de la guerra. Si hubiéramos podido, los que formábamos parte de la Sociedad Matemática de Londres habríamos publicado tan contentos en revistas alemanas. A falta de eso, nos empeñamos en publicar en el mayor número de revistas extranjeras. Veo que, entre 1914 y 1919, yo publiqué cerca de cincuenta artículos, algunos con Ramanujan, otros con Littlewood, y prácticamente todos en el extranjero: en *Comptes Rendu*, y en el *Journal of the Indian Mathematical Society*, y en el *Tohoku Mathematical Journal*, y en la maravillosamente titulada *Rendiconti del Circolo Matematico di Palermo*. Y lo que resultaba más peligroso desde el punto de vista de los patrioteros, publiqué frecuentemente en *Acta Mathematica*, cuyo director sueco tenía la audacia de incluir artículos de alemanes e ingleses en los mismos números. Hasta compartí la autoría de un librito con el húngaro Marcel Riesz, escrito por correspondencia. Nuestro epígrafe, en latín, concluía: «Auctores Hostes Idemque Amici.» *Los autores, enemigos y, al mismo tiempo, amigos.* Eso, probablemente, era más que suficiente como para que mi nombre engrosara alguna lista gubernamental de agitadores internos.

¿Y qué pasaba con la otra asociación, la secreta, de la que

me había apartado, y en cuyas actividades continuaba participando, a veces a disgusto? Seguía renqueando, a su manera. Todos los años celebrábamos una cena en Londres; en la de 1915, se brindó en memoria de Rupert Brooke. A pesar de que la animadversión que había surgido, por ejemplo entre Dickinson y Moore por un lado, y McTaggart, por el otro, no tenía remedio. Dickinson y Moore veían a McTaggart como a un traidor de la paz. Y McTaggart veía a Dickinson y Moore como a traidores de Inglaterra.

Lo único que nos unía era el luto. De los tres muchachos que perdimos, Békássy fue el segundo en morir, unos meses después que Brooke, y aproximadamente un año antes que Bliss. Fue Norton quien vino a darme la noticia y a decirme lo mal que debía sentirme. ¡Daba igual que apenas hubiera conocido a aquel húsar muerto de amor! Norton tenía la costumbre, sobre todo en aquella época, de dar por sentado que su sufrimiento, su alegría, su angustia, su nostalgia (pongan el sentimiento que quieran) debían ser obligatoriamente los de todos los demás. Solía empezar sus frases con «¿Tú no...?» o «¿A ti no...?». Que ya resultaba bastante molesto si la frase era: «¿A ti no te parece deliciosa esta tarta de limón?» (Odio la tarta de limón.) Pero cuando la frase era: «¿Tú no estás consternado por la muerte del pobre Békássy?», podría haberle pegado. Porque ¿qué podía decirle? No, no lo estoy, y te agradecería que no me atribuyeras reacciones prefabricadas. Lo cierto era que la muerte de Békássy me parecía una estupidez. Igual que a muchos otros, se le había metido en la cabeza la idea de que la guerra lo ennoblecería, de que debía ir porque (como le dijo a Norton) ir formaba parte de «el buen sendero». Pero, mientras aguardaba que lo enviaran al frente, escribió que no quería pensar sobre *por qué* había ido: «Quiero *participar en ella* y olvidarme de lo que pienso.» Y evidentemente, como era un aristócrata, se alistó en la caballería. Según Norton, puso tres rosas rojas en la cabeza de su caballo porque figuraban en el escudo de armas de

342

su familia, y luego partió hace el frente ruso, sin duda en alguna «montura de confianza», descendiente de generaciones de nobleza equina Békássy, y allí murió.

Y ahora el dilema (con Norton siempre había un dilema) era si decírselo a Bliss o no. Nadie sabía exactamente dónde estaba Bliss (si en Francia, o en Inglaterra todavía, haciendo prácticas) o si sería buena idea darle la noticia de que su gran amor había muerto, ahora que a él también lo habían reclutado. Intenté localizar al hermano de Bliss (en la actualidad, un renombrado compositor; aunque, con mi proverbial carencia de oído musical, se supone que no debería importarme). Pero Arthur Bliss ya estaba en Francia. Y no me atreví a involucrar a la familia. Así que me di por vencido. No tengo ni idea de si Bliss se llegaría a enterar de que Békássy había muerto. Él murió poco después en el Somme, por un trozo de metralla que se le alojó en el cerebro.

Hoy en día no consigo emocionarme demasiado cuando pienso en esas muertes. Perdimos a muchos otros cuyas vidas tendrían más importancia. De estos tres, supongo, no se podía esperar nada especialmente relevante.

Una muerte que se produjo en esos años sí que me afectó profundamente, y fue la de Hermione. Si Sheppard estuviera hoy aquí, me interrumpiría ahora para decir que mis sospechas al respecto son «paranoides». (Al igual que muchos otros, se ha convertido en un entusiasta del psicoanálisis, y le gusta salpicar su conversación con su jerga.) A cambio, yo le diría que es muy aficionado a pensar demasiado bien de la gente. Porque los hechos son los hechos. Hermione murió de repente de una enfermedad digestiva que no fue diagnosticada. Y yo estoy convencido de que la envenenaron. Sí, estoy seguro de que alguien le dio carne o pescado envenenados. Habría sido muy fácil hacerlo. Yo nunca cerraba la puerta con llave. Y ella murió a principios de 1916, justo cuando yo empezaba a involucrarme activamente, con Moore y Neville, en una guerra contra el Consejo de Trinity.

Esto fue lo que ocurrió. Como ya dije, yo era el secretario de la filial de Cambridge de la Unión para el Control Democrático, una organización relativamente inofensiva cuyo objetivo oficial era promover un acuerdo justo una vez la guerra hubiera terminado, e insistir en que, en el futuro, el gobierno no se prestara a más «pactos» secretos con los aliados sin que el Parlamento hubiese tenido primero la oportunidad de votarlos. Desde luego, era una pretensión tremendamente ingenua, en cuanto partía del supuesto de que la guerra se acabaría rápidamente. En cuanto quedó claro que no sería así, los que formábamos parte de la UCD (por lo menos, en privado) comenzamos a pensar en términos de retirada y de armisticio. Como mínimo, era una línea de pensamiento bastante impopular, y mientras se extendía el rumor de que nuestra auténtica y secreta ambición era mediar en un alto el fuego con los alemanes, arraigó la idea de que la UCD no era en absoluto lo que fingía ser, sino que, al contrario, se trataba de un grupo radical empeñado en socavar las aspiraciones de Inglaterra.

No es de extrañar que la filial de Cambridge fuese muy activa. De hecho, a finales de 1915, ya habíamos tenido una serie de reuniones privadas, y organizado una pública en la casa consistorial. Los problemas empezaron cuando publicamos una nota relativamente inofensiva en la *Cambridge Magazine*, anunciando que tendríamos nuestra reunión general anual en los aposentos de Littlewood y que Charles Buxton hablaría de «Nacionalidad y resolución del conflicto». A pesar de que Littlewood se encontraba entonces en Woolwich, también era miembro de la UCD (Teníamos más miembros en el ejército de los que cabría imaginar.) Littlewood había accedido a cedernos sus habitaciones vacías para la reunión, mientras que Buxton era un experto en los Balcanes cuya mujer, Dorothy, seleccionaba artículos de la prensa extranjera todas las semanas y los publicaba en una columna en la *Cambridge Magazine* que suponía una alternativa a la implacable propaganda antiteutona del *Times*. Todo sin tapujos, en otras palabras, aunque un poco antigubernamental. Pero la reunión nunca tuvo lugar. Una semana después de que se publicase el anuncio, apareció una carta en la misma revista. Su autor era el secretario del Consejo de Trinity, y en él comunicaba la decisión del Consejo de prohibirle a la UCD la organización de reuniones en los dominios de Trinity. Ninguna comunicación privada precedió a la publicación de esa carta, por lo que dedujimos que el mensaje iba dirigido no sólo a los que formábamos parte de la UCD de Trinity, sino a Cambridge en general. El día que habíamos llegado como novatos, Butler nos había dicho que la universidad «proveería a los hombres de cultura como Dios provee a los gorriones». Sin embargo, ahora parecía que ya no se toleraría la disidencia pacífica.

Moore tenía su propia solución. Una semana después publicó una especie de «humilde propuesta» en la *Cambridge Magazine*, en la que aplaudía la «enérgica» acción del Consejo y sugería que, en buena lógica, el Consejo debía «suspender todos los servicios religiosos en la capilla del *college* hasta el final de la guerra» en virtud de que «en los servicios de las iglesias cristianas era muy probable que se llamase la atención de los jóvenes sobre máximas tan peligrosas para su sentimiento patriótico como las que escucharían en cualquier reunión de la Unión para el Control Democrático». A mí me pareció una jugada brillante, en cuanto ponía al descubierto la hipocresía del Consejo; al fin y al cabo, ¿cómo podía una institución que proclamaba que sus fundamentos se basaban en la doctrina cristiana suprimir una organización que luchaba por la paz? ¡Menuda contradicción! *Reductio ad absurdum*. Lo que no entendí entonces era que, como parte de su formación, los agentes de la autoridad aprenden a sentenciar cuando lo aconsejable es limitarse a no decir nada. Nada se dijo en ese momento, y al poco tiempo el público lector (es decir, los componentes de ese público lo bastante perspicaces como para haber captado la intención «swiftiana» de Moore) apartó su atención de aquella tempestad en un vaso de agua de Trinity para centrarla en asuntos más urgentes relativos a la victoria política y la derrota en las trincheras.

Aun así, nos sentíamos obligados a hacer algo, y en enero Neville y yo organizamos una asamblea especial en el *college* para protestar contra la expulsión de la UCD por parte del Consejo. Mirándolo desde ahora, el procedimiento que se siguió resulta bastante cómico, como ya era típico de esas reuniones. Primero, presentamos una resolución según la cual «en opinión de esta asamblea un miembro del *college* debería tener derecho a acoger como huéspedes en sus aposentos a miembros de una sociedad invitados para promover sus objetivos, mientras éstos no sean ilegales ni inmorales». Antes de que se votara esta resolución, sin embargo, se propuso la enmienda de «que incluyera la palabra "privadamente" entre las palabras "sociedad" e "invitados"». Lo que se aprobó por 41 votos contra 2. (Yo fui uno de los que disintieron.) Luego se propuso una segunda enmienda «para añadir al final de la resolución las palabras "y siempre que, en consecuencia, no se perjudiquen los intereses del *college*"». Esa enmienda se aprobó por 28 votos contra 14. Así que la resolución acabó diciendo: «en opinión de esta asamblea un miembro del *college* debería tener derecho a acoger como huéspedes en sus aposentos a miembros de una sociedad *privadamente* invitados para promover sus objetivos, mientras éstos no sean ilegales ni inmorales, *y siempre que, en consecuencia, no se perjudiquen los intereses del college*».

Neville y yo observamos todo aquello con la boca abierta. Era pasmoso: con una especie de sensatez burocrática, y en base a una discusión tan desprovista de animosidad como la carta que el Consejo había enviado a la revista, los compañeros de la asamblea habían conseguido transformar la resolución original en una declaración digna de destacar exclusivamente por su absoluta impotencia. Y todo eso gracias a añadir trece palabras.

Aunque puede que la democracia sea la única opción posible, a veces, por su propia tolerancia, le hace a uno desear una dictadura benévola.

Recuerdo que en esa reunión, yo estaba sentado entre Butler y Jackson, el clasicista, que debía de rondar los setenta y muchos años por aquel entonces, y además de tener mala vista estaba bastante sordo. Creo recordar que me hallaba a la mitad de un alegato (en respuesta al añadido de la cláusula final de la propuesta, la cláusula que la anulaba) cuando Jackson me interrumpió, tal vez porque no podía verme ni escucharme. «Soy un hombre mayor», dijo, «y espero que la guerra continúe muchos años después de mi muerte.» Eso fue lo que dijo, lo juro.

La tarde siguiente me encontré a Hermione muerta. Si sufrió la misma agonía que los soldados que morían a solas, abandonados en una Tierra de Nadie, nunca lo sabré, porque pasé en Londres la mayor parte de ese día en concreto, y regresé tarde para encontrármela yaciendo totalmente inmóvil ante un charco de vómito. Parecía tranquila, y había estirado el cuerpo de una forma muy similar a como se estiraba para dormir. Y aunque no estaba sobre su otomana favorita, sí estaba muy cerca de ella. También había vómito en la otomana, un pulcro montoncito. Hermione siempre fue una gata muy limpia.

Llevé el cuerpo hasta la zona del río, y la enterré cerca de donde Gaye y yo habíamos enterrado a Euclides. Y entonces decidí que, tan pronto encontrara la manera, me iría de Trinity.

La muerte de Euclides no había sido tan repentina. Tenía lombrices. Lo habíamos llevado al veterinario, quien nos explicó que, siempre que intentaba comer, las lombrices le subían del estómago al esófago y casi lo asfixiaban. El veterinario nos dio unos polvos, que le mezclábamos con leche. Desgraciadamente, cuando intentábamos hacerle tragar aquella mezcla de leche y polvo, vomitaba.

Mis recuerdos de la tarde anterior a su muerte son más claros que la mayoría de los de la guerra. Leonard Woolf había venido a vernos, acompañado por un tipo llamado Fletcher que nos contó una historia sumamente desagradable. En un circo, en Francia, había visto a una mujer enorme, con los pechos al aire, arrastrarse alrededor de un foso con unas bragas coloradas, atrapando y matando ratas con los dientes. No recuerdo exactamente qué llevó a Fletcher a contar esa historia, sólo que fue un relato muy vívido, y que lo puntuaba con las mismas expresiones repetitivas («Era realmente repulsivo», «Era realmente asqueroso») a las que solía recurrir en su conversación. Cuando terminó, Euclides, para nuestra sorpresa, se incorporó y empezó a andar hacia atrás, lo que llevó a Gaye a preguntar si andar hacia atrás era un mal síntoma en un gato. Por lo visto, nadie lo sabía. Y luego Woolf y Fletcher se marcharon, y Gaye y yo nos quedamos a solas con Euclides, que siguió andando hacia atrás por la habitación, pegándose contra las paredes y chocando con los muebles. No nos atrevimos a detenerlo, igual que uno no se atreve a despertar a un sonámbulo, y cuando en un par de ocasiones Gaye se empeñó en ponerlo derecho, él enseguida reanudó su extraña forma de andar.

Al final chocó con la puerta de mi habitación y se desplomó. Lo pusimos en su cesta e intentamos una vez más darle parte de su medicina. Pero la volvió a vomitar.

Al poco rato, Gaye y yo nos dimos las buenas noches. Aunque llevábamos un año compartiendo la suite, todavía no habíamos pasado una sola noche en la misma cama. Sin embargo esa noche entró en mi habitación, me despertó, y dijo: «Harold, ¿me puedo meter contigo en la cama?» Y yo le contesté que sí, claro. Y entonces me abrazó por detrás; los dos estábamos en pijama, pero aun así, mientras me abrazaba, sentí que él tenía una erección y que se apretaba contra mi trasero. Y yo también me apreté contra él.

Continuamos en esa postura aproximadamente una hora, apretujándonos y durmiendo alternativamente, hasta que Gaye se quejó de que se le estaba quedando dormido el brazo izquierdo; de modo que cambiamos de posición, y yo me apreté contra él, y él se apretó contra mí. Entonces se me quedó dormido el brazo derecho. Nos pasamos la noche cambiando de posición cuando se nos dormían nuestros respectivos brazos.

En algún momento de esa noche, Euclides murió. Lo enterramos a la mañana siguiente cerca del río. Pero la noche siguiente, y luego también muchas noches, Gaye durmió en mi cama. Y a pesar de que, cuando estábamos con más gente, seguíamos llamándonos el uno al otro «Gaye» y «Hardy», en privado empezamos a llamarnos «Russell» y «Harold».

Y pronto nos deshicimos de los pijamas.

Sexta parte
Partición

1

Una vez más, está preparando un *rasam* en su habitación de servicio. Estamos a mediados de enero de 1916. Lleva dos jerséys y una bufanda de lana especialmente hechos para él, le explicó Hardy, por un escritor que, tras haber desarrollado un insomnio agudo a consecuencia de las preocupaciones de la guerra, se dedica a la calceta como forma de pasar las largas noches. Ahora el escritor produce más de veinte bufandas a la semana, la mayoría de las cuales envía a las tropas de Francia. Ésta, sin embargo, la hizo especialmente para Ramanujan cuando se enteró de lo mucho que le costaba sobrellevar el invierno inglés. La bufanda es verde y naranja. «No, no verde y naranja», se corrigió Hardy a sí mismo cuando se la entregó a Ramanujan, «menta y azafrán; Strachey me insistió en que le dijera menta y azafrán.» En realidad, el tono del verde es más el de las hojas de plátano que el de las de menta, mientras que el naranja carece de ese toque dorado del azafrán. Recuerda a los mangos maduros o a la cúrcuma. Precisamente, Ramanujan está echando la cúrcuma en un cuenco con una cuchara. Las lentejas del *rasam* reposan en otro cuenco. Al quitarles las piedrecitas con la punta de los dedos, tal como su madre le enseñó a hacer, se le caen unas cuantas sobre la superficie de la mesa. Mientras las junta barriéndolas con la mano, las cuenta. Siete lentejas. ¿De cuántas maneras se pueden dividir siete lentejas? Bueno (hace la prueba), se pueden dividir en siete partes de una cada una, o en una de seis y una de una, o en una de cinco y dos de una, o en una de cinco y una de dos, o en una de cuatro y una de tres, o en una de cuatro y una de dos y una de una, o en tres de dos y una de una, o...

Quince en total. Sí, se pueden dividir siete lentejas de quince maneras distintas.

¿Y de cuántas maneras se pueden dividir ocho lentejas?

Saca con cuidado una lenteja del cuenco y la pone sobre la mesa con las otras.

Ocho partes de una cada una, una de siete y una de una, una de seis y una de dos, una de seis y dos de una...

Veintidós maneras.

¿Y nueve?

Treinta maneras.

Sigue calculando. No come. Ya son más de las doce cuando ha conseguido averiguar el número de maneras en las que se pueden dividir veinte lentejas, y para entonces hay lentejas por todos lados, en el suelo y debajo del hornillo. Pronto descubrirá que algunas han emigrado hasta su cama. Se agarran a las fibras de la bufanda que le ha hecho el famoso escritor. Todo este año su señora de la limpieza se las encontrará en el recogedor cuando barra. Y en 1994, un estudiante de ingeniería de Yakarta, intentando recuperar una lentilla perdida, sacará una de una rendija entre las tablas del suelo.

El *rasam* sigue sin hacerse.

Seiscientas veintisiete maneras.

2

Por la mañana, va hasta las habitaciones de Hardy. Cuando se quita el abrigo, las lentejas se le caen del forro.

—¿Le pasa algo? —pregunta Hardy—. Parece agotado.

—Me pasé la noche cocinando. Voy a dar una cena. El martes que viene. Me pregunto si me haría el honor de asistir.

—Pues claro —dice Hardy—. ¿Qué se celebra?

—Que Chatterjee se va a casar.

—¿Ah, sí? Me alegro por él. Y ahora vamos con los números redondos.

—Sí, los números redondos.

Hardy se acerca a la pizarra. Actualmente intenta que Ramanujan se centre en la demostración de que casi todos los números n se componen aproximadamente de log log n factores primos. Hardy está especialmente empeñado en completar esta demostración, no sólo porque su resultado será su primera publicación juntos, sino porque, si la terminan, tendrá la sensación de que por fin ha conseguido convertir a Ramanujan a su propia religión: la religión de la demostración.

El problema, como siempre, es que Ramanujan no se concentra. Juguetea con su pluma y no para de sonarse la nariz.

—¿Está seguro de que se encuentra bien? —pregunta Hardy.

Ramanujan asiente con la cabeza.

–Se lo pregunto porque parece un poco distraído. ¿Es por la cena?

–Qué va. Son las lentejas.

–¿Qué lentejas?

–Las del *rasam*. –Y Ramanujan se pone a explicarle que, mientras preparaba los ingredientes para el *rasam,* se dedicó a contar las lentejas, y eso le hizo pensar en las particiones.

No es la primera vez que hablan sobre las particiones. De hecho, tienen la teoría de las particiones en mente (aunque de un modo bastante disperso) desde que Hardy recibió la primera carta de Ramanujan y se topó con un enunciado sobre la serie theta cuya inexactitud permitía enfocar la cuestión desde un ángulo nuevo realmente sorprendente. Calcular $p(n)$ –el número de particiones de un número– es fácil cuando n es 5 o 7; el problema es que, a medida que el número va siendo más alto, $p(n)$ aumenta a un ritmo asombroso. Por ejemplo, el número de particiones de 7 es 15, mientras el número de particiones de 15 es 176. Así que ¿cuál es el número de particiones de 176?

476.715.857.290.

Y entonces, ¿cuál sería el número de particiones de 476.715.857.290?

–¿Y adónde le han llevado las lentejas?

–Tengo una idea sobre una fórmula para calcular el número de particiones de un número. Aunque sea un número muy alto. –Se levanta–. ¿Puedo?

–Claro. –Hardy borra la pizarra, y Ramanujan se acerca a ella. Empieza a trazar diagramas: puntitos que representan las lentejas. Luego escribe la serie theta de su primera carta. Entonces Hardy menciona la función generadora que descubrió Euler, y que lleva a las series de potencia:

$$1 + \sum p(n)x^n = \prod_{n=1}^{\infty} \left(\frac{1}{1 - x^n} \right)$$

Y se van por las ramas. En la pizarra afloran los primeros términos de la fórmula en bruto. Se podría pensar que lo que intentan construir es una especie de máquina en la que encajar una bola decorada con un número entero $-n-$ para verla salir unos segundos después decorada con un segundo número entero: $p(n)$. Y, sin embargo, ¡cuántas transformaciones debe sufrir la bola durante el transcurso de su viaje! ¡Y qué elementos más inesperados hay que emplear en la construcción de la máquina! Números imaginarios, π, funciones trigonométricas. Una vez más se demuestra que una pregunta sencilla requiere una respuesta muy complicada.

A mediodía Hardy está agotado pero eufórico. Quiere hacer una pausa para comer, y luego volver inmediatamente al trabajo, aunque Ramanujan pone alguna objeción:

–Tengo que atender otros asuntos –dice.

–Ah, muy bien –dice Hardy, con la voz cargada de impaciencia–. Pero trate de estar aquí mañana temprano. Esto es muy interesante. Estamos en el buen camino.

A la mañana siguiente Ramanujan llega tarde, despeinado y con un olor amargo.

–Estuve preparando el *rasam* –dice a modo de disculpa.

–Creía que lo había preparado la otra noche.

–Eso pretendía, pero las lentejas...

–No entiendo por qué le está costando tanto preparar ese *rasam* en concreto –dice Hardy, mientras borra la pizarra.

–Porque no es un *rasam* corriente. Es un *rasam* muy complicado. Con tomate. Y hay que hacer mucha cantidad.

–Vamos a dejar la cocina un momento y a centrarnos en asuntos más importantes, ¿de acuerdo? –Y Hardy empieza a escribir. Quiere hablar del teorema de Cauchy y de algunas ideas que ha tenido respecto a la circunferencia unitaria sobre el plano complejo que, aunque a primera vista no parecen guardar ninguna relación en absoluto con las particiones, pueden iluminar en realidad el camino que andan buscando. Se pone a hablar y, a pesar de que aparentemente Ramanujan se entera de todo, no dice prácticamente nada. Por lo visto, la cena lo tiene obsesionado. Cuando Hardy le pregunta más tarde qué piensa preparar, no contesta. Pero está claro que necesita ingredientes exóticos, porque a la mañana siguiente desaparece (dejando una nota muy breve) para regresar por la tarde (el portero se lo cuenta a Hardy) cargado con tres abultadas bolsas de papel. ¿Ha ido a Londres entonces? Y aparte de a Chatterjee y a su prometida, ¿a quién más piensa invitar?

–Vendrá la señorita Chattopadhyaya –dice Ramanujan–. Está estudiando ética en el Newnham y es la hermana de una distinguida poetisa. Y también Mahalanobis.

–¿Y Ananda Rao?

–Pensé invitarlo, pero es demasiado inmaduro.

–¿Y los Neville?

Ramanujan titubea.

–No creo que sea el tipo de celebración que le guste a la señora Neville.

–¿Lo dice en serio? Pues yo creo que le encantaría.

–Le digo que no. Estoy seguro.

Hardy decide dejar el tema.

3

Los días siguientes, Ramanujan sólo se preocupa de la cena. No puede concentrarse en nada más, cosa que a Hardy le resulta totalmente frustrante. Al fin y al cabo, quién sabe cuánto durará la fase de fermentación creativa en la que se encuentra... Esos episodios son especialmente involuntarios. Un día te despiertas listo para realizar la gran obra de tu vida, y al siguiente, por ninguna razón concreta, descubres que tanto tu inspiración como tu energía se han esfumado. Le gustaría que Ramanujan lo comprendiera. Aunque sabe que, si se tratara de Littlewood, le daría más margen de maniobra. De hecho, el éxito de su colaboración con Littlewood se debe en gran parte a su disposición a concederse mutuamente toda la libertad del mundo. Así que ¿por qué con Ramanujan siempre le invade esta sensación de que, en cierta forma y en recompensa por haberlo traído a Cambridge para empezar, Ramanujan le debe constantemente todo el provecho de su genialidad? Sabe que andarse con semejantes exigencias es absolutamente irracional. En definitiva, y como todo el mundo le recuerda a cada paso, Ramanujan tiene sus propias necesidades. Y algunas no tienen nada que ver con las matemáticas.

Por fin es martes. Como era de esperar, Hardy no ve a Ramanujan en toda la mañana. Trabaja a solas, y luego resuelve los pasatiempos del nuevo ejemplar del *Strand*. Después de comer, lo que hace en el Hall, queda con Neville y con Russell para hablar sobre la creciente crisis de la UCD. Neville no comenta nada de la cena. ¿Es posible que no se haya enterado?

Cae la tarde. Hardy se baña, se afeita, les da brillo a sus zapatos, se pone una corbata y una chaqueta. Está a punto de salir cuando recuerda que se ha olvidado de llenar de agua el cuenco de Hermione, y entonces se acuerda de que Hermione está muerta. El cuenco descansa ahora sobre la repisa, al lado del busto de Gaye, que esta noche parece mirarlo más enfadado de lo habitual.

–¿Y qué le voy a hacer? –le pregunta–. Todavía no estoy preparado para tener otro gato..., aunque la hermana de la señora Bixby...

Pero está harto de hablar con los muertos. Así que baja las escaleras, sale al aire frío de New Court, recorre la pequeña distancia que le separa del Bishop's Hostel, y sube la escalera prácticamente igual a la suya que lleva a las habitaciones de Ramanujan. Al otro lado de la puerta se oye un murmullo de voces en un idioma irreconocible. Llama con los nudillos, y Ramanujan (la cara recién lavada, la chaqueta apretada a la altura de los botones, tirante sobre su torso) le hace pasar.

Inmediatamente cesan todas las conversaciones. Hardy mira alrededor, asombrado. El sillón y el escritorio han sido hechos a un lado para dejar espacio a una larga mesa de comedor cubierta con un mantel blanco, sin duda un préstamo del *college* para la ocasión. También se han colocado sillas del Hall y cubiertos y tarjetas. La mesa es tan grande, y la habitación tan pequeña, que apenas hay sitio donde ponerse. Los invitados de Ramanujan están arrinconados o pegados a la pared. Y totalmente callados.

Ramanujan lleva a Hardy hasta uno de ellos, una mujer de piel oscura de unos treinta años, elegantemente vestida con un sari verde y azul entreverado de hilos de oro.

–¿Le puedo presentar a la señorita Chattopadhyaya?

La señorita Chattopadhyaya le tiende la mano.

–¿Cómo está usted? –le dice.

—Muy bien, gracias —responde Hardy—. ¿Y usted?

—Muy bien, gracias.

¡Ya empezamos con las lindezas! En vez de tenderle la mano, Mahalanobis (que lleva un turbante) hace una inclinación de cabeza; aun así, el gesto es prácticamente idéntico al que Hardy acaba de tener con la señorita Chattopadhyaya. En cambio Chatterjee, que debe de provenir de un ambiente más sofisticado, le saluda con la soltura de un hombre educado en una escuela de pago: una palmada en la espalda, el saludo de un viejo colega, tras el que le presenta a su prometida, la señorita Rudra (¡vaya nombres los de estos indios!), que tiene una boca juvenil y fresca a la que se lleva repetidamente la mano, como para reprimir un ataque de risa. Es estudiante, le informa Chatterjee todo orgulloso, de la escuela de magisterio de Cambridge. Se casarán a finales de mes. Es difícil, sus familias están tan lejos... Ante la mención de las familias la señorita Rudra se lleva la mano a la boca, mientras que Chatterjee, cuya fibrada musculatura apenas se distingue bajo la chaqueta y la camisa de vestir, le apoya la suya en la espalda.

Entretanto Ramanujan se ha metido en la habitación de servicio, de la que emana toda una mezcla de aromas: un olor amargo, humo, el picante del comino y la dulzura mohosa del cilantro en polvo. Hardy le sigue. La mesita está atiborrada de comida; además del *rasam* en su olla plateada, hay también tortas blancas (¿de arroz?) al vapor, y triángulos de pasta rellena, y yogur con pepino y tomate, y patatas fritas, y un asado rojo.

—¿Y ha podido preparar todo esto en un solo hornillo de gas?

Ramanujan asiente con la cabeza.

—No me extraña que haya trabajado tanto... —Hardy se frota las manos—. Pues huele estupendamente. Lo ha hecho usted muy bien, amigo mío. —Le da unas palmaditas en la espalda, y Ramanujan pega un bote—. ¡Tranquilo! No se ponga nervioso. Está entre amigos.

—Se me ha quemado el *pongal*.

–Da igual. Nadie se dará cuenta.

–Pero es que me llevó muchísimo trabajo. Sólo había una tienda en Londres que tuviera garbanzos verdes. La señora Peterson me la buscó.

–Da igual.

–Y se me ha pasado el arroz.

–Le digo que da igual. Lo importante es la compañía.

–Bueno, ya no tiene arreglo. Hay que seguir. –Entonces sale de la habitación de servicio, con Hardy detrás–. La cena está lista –dice casi con pena–. ¿Nos sentamos?

Una vez más se interrumpen las conversaciones. Los invitados ocupan sus asientos. Ramanujan trae la olla de *rasam;* con un cucharón sirve la sopa (¿cómo dijo que la llamaban los ingleses?, ¿agua de pimienta?) en tazones.

Hardy la prueba. El líquido de su cuchara es fino, marrón rojizo, y parece la destilación de un montón de sabores a los que no consigue poner nombre. Tiene un punto amargo, otro dulce, otro picante, otro fangoso (como se imagina que debe de saber la tierra).

–Enhorabuena –dice la señorita Chattopadhyaya. La señorita Rudra asiente con la cabeza. Chatterjee come deprisa y sin miramientos, Mahalanobis con una cortesía que raya en la indiferencia. Ramanujan no come nada.

De repente se levanta de golpe.

–¡Ah, me olvidaba del *pappadum!* –dice. Y se mete corriendo en la habitación de servicio, para volver enseguida con una cesta de tortas crujientes–. Se han enfriado.

–No se preocupe –dice Hardy, mientras parte la suya. Ha terminado su tazón de sopa. Todos han terminado el suyo, salvo la señorita Rudra, que come exageradamente despacio. No es que coma poco (vacía su tazón), sino más bien que logra mantener cada cucharada en la boca más tiempo que cualquier ser humano que Hardy haya conocido en su vida. ¡Como esposa sería un auténtico agobio!

Se sirven las segundas raciones de *rasam*. La conversación deriva hacia el críquet, un tema en el que Mahalanobis demuestra estar asombrosamente versado. Que Chatterjee sepa de críquet, claro, no es de extrañar. Se pone a hablar de la historia del juego en la India, de los grandes jugadores a los que admiraba de niño, del campo de juego de Calcuta. Las mujeres le escuchan atentamente, y la señorita Rudra, por una vez, no se tapa la boca. Los tazones ya están vacíos.

–¿A alguien le apetece repetir otra vez? –pregunta Ramanujan.

–Yo no diría que no –dice Hardy.

–Muy amable de su parte, señor Ramanujan –dice la señorita Chattopadhyaya–, pero no debería.

–¿Señorita Rudra?

Se tapa la boca con las manos y dice que no con la cabeza.

–Bueno, está bien.

Ramanujan regresa a la habitación de servicio. Hardy empieza a nombrar a sus jugadores favoritos de críquet, incluido Leveson-Gower, a quien por lo visto Chatterjee admira menos de lo que tendría que admirar. Se inicia una discusión amigable. Las damas sonríen. Entonces Hardy oye, o cree que oye, el chasquido de una puerta al cerrarse.

Durante unos segundos nadie dice nada. La conversación languidece. Hardy mira furtivamente por encima del hombro hacia la habitación de servicio.

–¿Se ha ido? –pregunta Mahalanobis.

–A lo mejor necesitaba algo de la cocina del *college* –dice Chatterjee.

Se quedan esperando. Al final, Hardy se levanta y abre la puerta del pasillo.

–Ni rastro –dice.

Sigue un silencio incómodo. Hay ciertas posibilidades que ninguno de los hombres quiere sacar a colación delante de las señoras, así que a Hardy le sorprende oír decir a la señorita Chattopadhyaya:

–¿No debería bajar alguien a echar un vistazo en el servicio? Quizá necesite ayuda.

–Voy yo –dice Chatterjee.

–Y yo también –dice Mahalanobis. Y salen por la puerta para regresar al poco rato. Solos.

–No está en el servicio –dice Chatterjee.

–¿Qué puede haber pasado? –pregunta la señorita Chattopadhyaya.

Se organiza otra expedición. Dejando a las señoras solas, los tres hombres se van corriendo a las cocinas del *college*. No, el señor Ramanujan no ha pasado por allí, dice el jefe de cocina. Así que se acercan hasta la garita del portero.

–Ha salido hace un cuarto de hora –dice el portero.

–¿Y adónde iba?

–No me ha dicho nada. Pero la verdad es que me ha chocado que saliera sin abrigo.

–¿Y hacia dónde se ha ido?

–Hacia King's Parade.

Hardy cruza el portón del *college;* mira a un lado y a otro de la calle, en ambas direcciones. Ni rastro de Ramanujan.

–Ha desaparecido –dice Chatterjee, con más sorpresa que angustia en la voz.

–¿Qué más podemos hacer? –pregunta Mahalanobis.

–Nada –dice Hardy. Y regresan a las habitaciones de Ramanujan, donde los aguardan las damas.

Ahora el dilema es qué hacer con la comida. ¿Deberían guardarla? Nadie está seguro.

Al final la dejan así. Seguro que Ramanujan vuelve luego. Si tapan la comida o la tiran, tal vez se ofenda.

Ni que decir tiene que no siguen comiendo.

Al pie de las escaleras los miembros del desconcertado grupo se despiden y cada uno se va por su lado.

A Hardy, aún hambriento, le gustaría haberse tomado su tercer tazón de *rasam*.

4

A la mañana siguiente, Ramanujan no se presenta en los aposentos de Hardy.

–Curioso –se dice Hardy a solas. De todos modos, sigue con sus cosas. Lee los periódicos y trabaja, lo mejor que puede, en la fórmula de las particiones; al ver que no logra concentrarse, coge la *Cambridge Magazine*, y luego la tira a un lado. ¡Qué contrariedad! Su fase de fermentación se está desvaneciendo, lo nota. Puede que se pierdan cosas importantes, y todo por culpa de Ramanujan. Pero no tiene sentido lamentarse por eso, así que vuelve a coger la *Cambridge Magazine* de donde la ha dejado caer. Desde hace unos meses, la señora Buxton, esposa de Charles Buxton, que debía haber hablado en la malhadada reunión de la UCD, lleva una sección titulada «Notas de la Prensa Extranjera», que consiste en extractos de artículos de decenas de periódicos extranjeros, incluyendo los periódicos enemigos, que ha conseguido que le permitan importar de Escandinavia, traducidos al inglés. *Neue Freie Presse* (el principal diario de Viena), *National Tidende* (de Copenhague, conservador), *Vorwärts* (alemán, socialdemócrata)... ¡Qué variadas son las reacciones ante la guerra! ¡Cuánta razón cree que tiene cada lado! Se le van los ojos a los anuncios. Están poniendo *Bajo el mando escarlata* en el Victoria Cinema, junto con *His Soul Reclaimed* («un episodio muy dramático de la Staircase Life») y metraje de «20.000 prisioneros alemanes capturados en la Champaña». Mermelada tradicional inglesa Chivers', uniformes para oficiales de Joshua Taylor & Co., «La Salud Über Alles» en Le Strange Arms, y Gold Links Hotel, Hunstanton, ¿*Hun*stanton? ¿Un sitio de hunos?... En el exterior de la ventana, ya está despuntando el sol. ¿Por qué no dar un paseo? Así que se pone el abrigo, baja las escaleras y acaba plantándose en el Bishop's Hostel.

En el rellano de Ramanujan se encuentra con una señora de la limpieza.

—Ni rastro de él, señor —le dice—. Y toda esa comida echada a perder...

—¿Por qué no la aprovecha?

Ella se pone colorada.

—Ay, señor, es que come una comida muy rara, me temo.

—Bueno, pues avíseme cuando vuelva, si no le importa. O dígaselo a la señora Bixby.

—Claro, señor.

Esa noche, en el Hall, Russell pregunta qué ha sucedido.

—Yo creo que se ha ido a Londres —dice Hardy—. No hay por qué preocuparse. —Pero luego, cuando regresa a New Court, se encuentra con el joven Ananda Rao aguardándolo al pie de las escaleras con su toga y su birrete.

—No está en Londres —dice Ananda Rao—. Le he puesto un telegrama a la señora Peterson. No está en su pensión.

—Yo no me preocuparía. Seguro que se encuentra bien.

Ananda Rao ni se mueve. ¿Espera que Hardy lo invite a subir con él?

—Pues buenas noches —acaba diciendo.

—Buenas noches, señor —dice Ananda Rao. Y se da la vuelta. ¿Lleva cara de pena mientras camina hacia la arcada?

Hardy cierra la puerta. Una oportunidad perdida tal vez. De ser así, mejor no haberla aprovechado. Al fin y al cabo es un estudiante. Y, como dijo el propio Ramanujan, «inmaduro».

5

Transcurren cuatro días sin señales de él. Al final Hardy le dice a la señora Bixby que le dé permiso a la asistenta de Ramanujan para tirar la comida de la cena de invitados, que ya empieza a oler mal.

Le envía una nota a Chatterjee, preguntándole si ha tenido noticias. «No», responde Chatterjee. «Pero me ha dicho una persona que conoce mejor que yo a Ramanujan que estas desapariciones no son algo extraño en él. Ya lo ha hecho antes.»

Luego llega otra nota, esta vez de la señora Neville.

Querido señor Hardy:

Estoy tremendamente preocupada por lo que me ha contado mi marido de la cena del señor Ramanujan la semana pasada y su consiguiente desaparición. Sin embargo, lo que me preocupa aún más que el motivo de esa desaparición (algo sobre lo que sólo puedo especular) es la impresión que tengo de que no se ha hecho nada. ¿No se les ha ocurrido que puede estar tirado en cualquier cuneta, enfermo o herido? ¿Llevaba dinero encima cuando se fue? ¿No se debería avisar a la policía?

Por favor, infórmeme lo antes posible de los pasos que se

hayan dado. Si no recibo noticias suyas esta noche me encargaré de avisar a la policía personalmente.

Alice Neville

Maldita zorra entrometida... ¡Como si fuera asunto suyo! Pero le manda la respuesta solicitada.

Señora Neville:

A pesar de que entiendo, evidentemente, su preocupación por el bienestar del señor Ramanujan, le rogaría que no sacara conclusiones precipitadas. Es un hombre adulto, capaz de valerse por sí mismo. Por lo visto, no es raro en él «desaparecer» de cuando en cuando. Los genios suelen tener extrañas costumbres. Hasta que no exista un motivo razonable para ello, no veo qué podríamos ganar poniéndonos en contacto con la policía, humillando más o menos al señor Ramanujan y llevándole a pensar que, en nuestro país, no es libre de ir a donde le plazca y hacer lo que le dé la gana.

G. H. Hardy

No hay respuesta, al menos de Alice. Pero Gertrude también le escribe.

Querido Harold:

Alice está sumamente angustiada por Ramanujan, y tu nota no es que la haya tranquilizado precisamente. ¿No puedes hacer algo para que no esté tan preocupada? Y en caso contrario, ¿me prometes que, por lo menos, no vas a preocuparla más? Es una persona muy sensible y Ramanujan le importa de verdad.

Tu querida hermana,
Gertrude

¿Pero a qué viene todo esto? ¡Y encima de Gertrude! ¿Será que Alice ha podido con ella? Sabe perfectamente que Gertrude no soporta los ataques de histeria. Entonces, ¿por qué se ha convertido de repente en la abogada de Alice Neville?

Nunca dejará de sorprenderle la forma de ser de las mujeres.

6

El martes, una semana después de la cena de invitados, alguien llama a su puerta. La abre y ve a Chatterjee.

−He recibido un telegrama de Ramanujan −dice Chatterjee.

−Gracias a Dios. ¿Dónde está?

−En Oxford.

−¿Pero qué hace allí?

−No me lo dice. Sólo me pide que le mande cinco libras.

−¡Santo Dios!

−La dirección es la de una pensión. Supongo que tiene que pagar la cuenta y el billete de vuelta a Cambridge.

−¿Se las ha enviado?

Chatterjee baja la vista.

−Dentro de una semana podré hacerlo −dice−, pero de momento, amigo mío, no tengo ni cinco libras... Los preparativos de la boda... Podría mandarle dos...

−No se preocupe −dice Hardy−. Yo se las mando. ¿Cuál es la dirección?

Chatterjee le tiende un pedazo de papel. Van andando juntos a la oficina de telégrafos.

−Pero avíseme sin falta cuando sepa algo de él, por favor −le dice luego Hardy, cuando salen otra vez a la calle.

−Por supuesto. Todo un detalle de su parte haberle ayudado.

–Y siento lo de la cena... Espero que la señorita Rudra no se ofendiera.

–Es una chica sencilla. Esas cosas no le afectan.

Se dan la mano y se separan. Hardy vuelve a sus aposentos. Se pasa toda esa tarde y toda esa noche reprimiendo el impulso de acercarse hasta el Bishop's Hostel o, lo que es más, de mirar el horario de trenes para esperar en la estación un tren que vaya a Oxford.

En vez de eso, le pide a la señora Bixby que le pida a la asistenta de Ramanujan que la avise cuando regrese.

–Volvió anoche, señor –le cuenta la señora Bixby a la mañana siguiente.

–Estupendo. Gracias –dice Hardy. Luego se apresura a colocar las cosas en la habitación para dar la impresión de que, en el ínterin, ni siquiera ha echado de menos a Ramanujan. Periódicos esparcidos sobre la mesa, cifras en la pizarra, papel sobre el escritorio.

Como era de esperar, sobre las nueve, se oye una llamada en la puerta. Hardy la abre.

–Buenos días –dice Ramanujan.

–Buenos días –responde Hardy.

Ramanujan entra. Lleva en la mano lo que parece una hoja arrancada del *Daily Mail*, sucia y arrugada.

–Creo que he pulido un poco la fórmula de las particiones –dice.

–Estupendo. Estoy deseando verla.

Ramanujan desdobla la hoja del *Daily Mail*, cuyos márgenes, Hardy comprueba en ese momento, ha cubierto de diminutas cifras y símbolos, escritos con esa letra suya tan pulcra.

–No está acabada ni mucho menos. De todos modos, con valores bajos obtengo un resultado que se acerca a *p(n)*. Se me quedan como un cinco por ciento fuera.

–Sí, yo he conseguido más o menos el mismo resultado trabajando por mi cuenta, mientras usted estaba fuera.

—¿Ah, sí? Entonces...

Ramanujan dobla la hoja y se sienta. Hardy se sienta enfrente.

—El problema es que necesitamos una tabla de valores más altos para tener soluciones más exactas con las que comparar los resultados de la fórmula.

—Cierto. —Hardy se queda callado un momento. Luego dice—: Ramanujan, no quiero fisgonear, ni tampoco está usted obligado a contestar de ningún modo, pero... Nos quedamos todos bastante preocupados cuando se marchó. Dígame, ¿por qué se fue a Oxford?

Ramanujan baja la vista. Se frota las manos.

—Fue por las señoras —dice luego.

—¿Por las señoras?

—La señorita Rudra y la señorita Chattopadhyaya. No estaban dispuestas a aceptar la comida que les ofrecí.

—Pero si la aceptaron...

—Les ofrecí un tercer tazón de *rasam* y no lo aceptaron. Me sentí herido e insultado, y me fui por pura desesperación. No quería volver. Por lo menos mientras ellas estuvieran allí. Y como llevaba un poco de dinero en el bolsillo, me acerqué hasta la estación y cogí el primer tren a Oxford.

—Pero las señoras ya habían tomado dos tazones. No sé cómo será la cosa en la India, pero debe recordar que en Inglaterra al menos las señoras quieren que pensemos..., bueno, que tienen el estómago pequeño. Les parece que sería de poca educación, poco femenino, comer demasiado.

—Me había pasado más de una semana preparando esa cena. Me insultaron. No podía quedarme allí sentado mientras...

—De todas maneras, podría habérmelo dicho. La verdad es que ha sido usted muy poco oportuno.

—No he estado haciendo el vago. Como ya le he dicho, he estado perfeccionando la fórmula. Y ahora, con que obtengamos valores más altos para la función, ya estaremos preparados para verificarla.

–Pues por eso no se preocupe. Se lo pediremos al mayor MacMahon.

–¿Quién es el mayor MacMahon? –pregunta Ramanujan.

–Ya lo verá –responde Hardy–. Tiene muchas ganas de conocerle.

¿Quién *es* el mayor MacMahon? Es la clase de hombre a la que sus títulos representan perfectamente. Entre otras cosas es, o ha sido, subdirector de la normativa de la Cámara de Comercio, miembro del Comité International des Poids et Mesures, secretario general de la British Association, de la Royal Society, antiguo presidente tanto de la Sociedad Matemática de Londres como de la Royal Astronomy Society, miembro del Permanent Eclipse Committee y consejero de la Royal Society of Art.

El mayor MacMahon es hijo del general de brigada P. W. MacMahon. Pasó unos años con la Artillería Real en Madrás, donde participó en una famosa expedición de castigo contra los Jawaki Afridis de Cachemira. A su vuelta a Inglaterra fue nombrado profesor de matemáticas en el Colegio de Artillería de Woolwich, donde ahora trabaja Littlewood. Después se retiró del ejército, y actualmente vive con la señora MacMahon en Carlisle Place, en Westminster. Tiene unos enormes bigotes en punta, y sería el primero en admitir que nada le gusta más que una buena copa de oporto y una partida de billar.

En marzo de 1916, Hardy lleva a Ramanujan a verle. Cuando llegan a la casa, la criada, en vez de acompañarles hasta el cuarto de estar, les conduce hasta la sala de billar, cuyo suelo está cubierto de alfombras indias, saqueadas con toda probabilidad durante aquella famosa incursión en Cachemira. Todos los muebles (el sofá, la silla Reina Ana con sus patas en forma de garra y bola, y hasta la propia mesa de billar) tienen flecos dorados y rojos. Encima de la chimenea, una cabeza de venado mira hacia abajo con esa expresión mezcla de desdén y aburrimiento que, por lo visto, tan bien se les da a los taxidermistas. Ramanujan se queda mirándola y luego aparta la vista, claramente desconcertado.

–¿Nunca había visto un trofeo de caza? –le pregunta Hardy.

Él dice que no con la cabeza.

–En Inglaterra los matan por deporte. Digo que «los matan» porque yo jamás participaría en una diversión tan cruel.

–¿Y se comen el venado?

–Sólo de cuando en cuando.

Entonces entra el mayor MacMahon en la sala, acompañado de la señora MacMahon, que enseguida proclama que no tiene ni idea de matemáticas y debe acercarse a la cocina a supervisar el envasado de alguna cosa. Luego se va. El mayor hace un gesto a Hardy y a Ramanujan para que se sienten en el sofá. Abre una caja de puros, saca uno y lo enciende; les ofrece la caja, pero los dos declinan la invitación.

–Bueno, pues fumaré solo –dice en un tono un poco seco–. Entonces, señor Ramanujan –continúa mientras sopla el humo en su dirección–, por lo visto es usted un calculista fuera de serie. Como ya le habrá dicho Hardy, yo soy bastante bueno en cálculos aritméticos mentales. ¿Qué le parece si hacemos un concurso?

–¿Un concurso?

–Sí, un concurso. –El mayor vuelve a levantarse, y saca un encerado con ruedas de un rincón–. Esto es lo que quiero que haga, Hardy. Quiero que escriba un número, el que le apetezca, y entonces veremos quién de los dos es capaz de descomponerlo antes.

Le tira un trozo de tiza a Ramanujan, que él no logra atrapar.

–Póngase aquí a mi lado. Cuando tenga la respuesta, escríbala en la pizarra.

Pero Ramanujan anda por los suelos, intentando encontrar el trozo de tiza, que ha ido a parar debajo del sofá. Sólo cuando ha conseguido recuperarlo se acerca al encerado.

–Muy bien –dice el mayor frotándose las manos, que son muy grandes–. ¿Primer número?

–Pongamos el... 2.978.946.

Pasan unos segundos. Entonces los dos hombres hacen chirriar las tizas.

El mayor termina primero (la solución es $2 \times 3^2 \times 167 \times 991$), aunque Ramanujan no le va a la zaga.

–Han estado muy igualados, ¿no? –dice Hardy.

–Creo que el mayor me ha ganado –dice Ramanujan.

–Sigamos.

Y Hardy dice otro número. Y otro. El mayor gana la mayoría de las veces.

Al final Hardy saca a relucir el número 4.324.320.

Inmediatamente Ramanujan escribe la solución: $2^5 \times 3^3 \times 5 \times 7 \times 11 \times 13$.

–Pero eso no es justo, Hardy –dice el mayor–. Ése es un número altamente compuesto. Él lleva ventaja.

–No sé por qué iba a importar –dice Hardy–. Aunque es cierto que los ha descompuesto hasta... ¿cuál?

–El 6.746.328.388.800 –responde Ramanujan.

–Sí, pero ha fallado uno –dice el mayor.

–¿Que ha fallado uno?

–Estaba esperando para decírselo. –Y entonces el mayor mete la mano en el bolsillo de la chaqueta y saca una hoja de papel arrugado–. El 29.331.862.500 –lee. Le tiende el papel a Ramanujan, que se queda mirándolo con cara de pena.

–¿Cómo se ha dado cuenta? –pregunta Hardy.

–Es mi especialidad –dice el mayor–. Por eso han venido hasta aquí.

La combinatoria es una ciencia muy antigua. Tal como explica el mayor, tuvo su origen en la tierra de Ramanujan, en un tratado indio del siglo VI a. C. titulado *Sushruta Samhita.*

–En realidad es un libro de cocina –dice el mayor–. Lo que hace es coger los seis distintos sabores, que son amargo, dulce, salado, picante... Maldita sea, ¿cuál es el quinto? Un momento. Amargo, ácido, dulce, salado, picante...

–¿Agrio?

–Eso, agrio. Gracias.

Mientras habla, prepara una partida de billar.

–Bueno, el caso es que el tratado coge esos seis sabores y los combina, primero de uno en uno, luego de dos en dos, luego de tres en tres, y al final obtenemos un total de sesenta y cuatro combinaciones si tenemos también en cuenta la aportación de la cocina inglesa: ningún sabor... ¡Ja! Y eso, en esencia, es análisis combinatorio enumerativo. Sólo que hoy en día, claro, nuestros métodos son un poco más sofisticados.

El mayor le pega a una bola y la mete en un agujero. Apunta de nuevo, falla el tiro, y le pasa el taco a Ramanujan.

–¿Ha jugado alguna vez al billar?

–No.

–Es fácil. Usted sujete así el taco –se pone detrás de Ramanujan y lo alinea– y apunte a la bola blanca.

Ramanujan se concentra. Con una habilidad sorprendente, apunta con el taco, le pega a una bola y la mete en un agujero.

–Bravo –dice el mayor, aplaudiendo–. Ahora otra vez.

Ramanujan vuelve a apuntar. En esta ocasión, sin embargo, falla y casi rasga el tapiz verde con el taco. La bola blanca salta por encima del borde de la mesa, y luego sale rodando por el suelo hasta que choca con una de las patas en forma de garra del sillón.

–No se preocupe –dice el mayor al mismo tiempo que recupera la bola–. Es su primera vez.

Ramanujan dice que preferiría mirar y aprender, así que Hardy le coge el taco. Lo que Hardy y Ramanujan andan buscando es un teorema: la máquina en la que se metería una bola de billar marcada con un número para verla salir enseguida marcada con otro. Evidentemente, como el teorema se derivará de una fórmula asintótica, es muy probable que el número no sea exacto; habrá que redondearlo. Eso le fastidia más a Ramanujan que a Hardy.

—El punto débil de los matemáticos jóvenes que se enfrentan a un problema numérico —dice Hardy— es que no acaban de entender dónde la precisión es esencial y dónde superflua.

—También se podría pensar en la combinatoria como en una máquina —dice el mayor—. Una clase distinta de máquina. ¿Han oído hablar del motor analítico de Babbage? Nunca lo construyó. Pues la combinatoria es como esa máquina que Babbage no construyó. Y la hija de Byron (era matemática, ya saben, y trabajó con Babbage) dijo de ella —el mayor carraspea—: «Podemos decir acertadamente que el Motor Analítico teje diseños algebraicos igual que el telar de jacquard teje flores y hojas.» Bonitas palabras, lo que no es de extrañar, viniendo de la hija de Byron. —Le pega a una bola y la mete en un agujero—. Pues eso es lo que hago, tejo dibujos. Tengo un motor analítico propio aquí dentro. —Y se da unos golpecitos con el dedo en la sien.

—¿Y supongo bien al pensar que últimamente ha estado tejiendo particiones de números? —pregunta Hardy.

—No se equivoca, no. Voy avanzando por la fila de números como puedo, saltándome alguno de vez en cuando.

—¿Y hasta cuál ha llegado?

—Ayer averigüé el $p(n)$ para 88.

—¿Y cuánto tiempo le llevó?

—Unos días.

—¿Y cuál es la solución?

—No creerá que me la he aprendido de memoria... —El mayor suelta una risita. Luego se lleva la mano derecha al pecho, extiende el brazo izquierdo y recita–: 44.108.109.

–44.108.109 –repite Ramanujan. Ahí parado, es como si acariciara el número.

–Este hombre me llega al corazón –dice el mayor, dándole unas palmaditas en la espalda.

8

En medio de las grandes tragedias, las pequeñas resultan especialmente patéticas. Por ejemplo, Littlewood se entera de que las señoras que alquilan habitaciones en Cambridge están al borde de la indigencia, dados los pocos estudiantes que quedan.

—«Mientras tanto, sin embargo» —lee en voz alta en el *Cambridge Magazine*—, «a muchas las consolará, en sus malos momentos, saber que todo lo que ha sucedido se ha desarrollado siguiendo un orden estricto y en total conformidad con las leyes tanto de la lógica como de la filología: *sus inquilinos han pasado de ser ocupantes... a estar muy ocupados.*»

Anne no se ríe. Son casi las doce de la mañana en el piso próximo a Regent's Park. En el otro lado de la habitación en la que está sentado Littlewood, frente a un rayo de luz que penetra por la ventana como un sable, se está recogiendo el pelo en un moño.

—Si quieres saber mi opinión, deberían convertir todas esas casas en burdeles —dice él.

—Eso es un poco cruel por tu parte —dice ella, quitándose una horquilla de la boca—. Esas mujeres dependen de los estudiantes para su subsistencia.

—Era una broma —dice él—. ¿Qué ha pasado con tu sentido del humor?

—En este momento no hay nada que me haga mucha gracia.

–Si no te puedes reír, te vas a volver loca, ya verás –dice. Y enciende un cigarrillo. Aunque Anne ya está casi vestida, él sigue en camiseta y calzoncillos. Está posponiendo todo lo posible el momento de tener que ponerse el uniforme, porque ponerse el uniforme significará que se le ha acabado el permiso y que debe regresar a Woolwich. Y no sólo eso, Anne también debe regresar a Treen. Si «debe» es la palabra adecuada. Porque parece que está deseando irse. Vaya (piensa él), cualquiera diría que tendría que haberle encantado pasar tres días conmigo. En cambio, todo han sido preocupaciones. Por los niños. (A uno le dolían las muelas.) Por los perros. Por si su marido se enteraría de que, en realidad, no estaba pasando unos días con su hermana en Yorkshire. Tampoco es que le haya apetecido mucho mantener relaciones sexuales, que no es que sea una catástrofe (ya superaron hace tiempo esa fase en la que el sexo era una necesidad para ellos), pero uno esperaría que se diera cuenta de que, después de tantas semanas encerrado con un montón de hombres, él habría agradecido la oportunidad de acariciar el cuerpo de una mujer. Y, la verdad, no es que le haya dado muchas facilidades. Así que ¿habrá dejado de quererle?

Ese pensamiento lo atraviesa como un rayo de sol atraviesa la ventana, lo resquebraja, lo traspasa de parte a parte. Imposible. Imposible.

Ella termina de arreglarse el pelo. Él apaga el cigarrillo y enciende otro.

–¿Te apetece desayunar?

–No, gracias. Voy a perder el tren.

–¿Un té entonces?

–Sólo pensarlo, me entran náuseas.

Él se echa a reír.

–Cualquiera diría que estás embarazada.

–Es que lo estoy.

El cigarrillo se le queda colgando de los labios.

–¿Qué has dicho?

–No pensaba decírtelo, pero ya que has sacado el tema...

–¿Has dicho «embarazada»?

–No te asombres tanto. A las mujeres nos pasa.

–¡Pero cómo...!

Ella se abrocha los botones de la blusa.

–Jack, ya sé que los chicos de tu generación crecisteis ignorando prácticamente las leyes de la naturaleza, aunque, la verdad, una diría que a estas alturas...

–No seas absurda... Pues claro que sé... –Se levanta y mira alrededor como si hubiera olvidado algo. Y entonces se da cuenta de que lo que ha olvidado es la alegría–. ¡Cariño! –dice. Y la abraza–. ¡Pero eso es maravilloso!

–Para el carro. –Lo aparta–. Es una complicación.

–¿Por qué?

–Por Arthur.

–¿Pero no dices que tú y Arthur...?

–Pues claro que no. No seas bobo. Arthur y yo no hemos..., bueno, eso, en años. Y ahí está el problema. Sabrá que es tuyo. Así que la cosa puede ser un poco desagradable.

–Entonces, ¿no deberíamos casarnos?

Ella vuelve la cara hacia él.

–¿Qué estás diciendo, Jack?

–¿Y por qué no? Tú y Arthur..., como tú has dicho, no habéis...

–Pero tú nunca habías hablado antes de matrimonio.

–Ya lo sé. Pero si...

–¿Si estoy embarazada?

–No, no es eso. Sino que el hecho de que estés embarazada... me hace darme cuenta de lo mucho que te quiero, de lo importante que es lo nuestro.

–Podrías decirlo un poco más convencido.

–Estoy totalmente convencido.

–Pues no lo parece.

Tiene razón. No lo parece. Debe encontrar rápidamente un motivo, para que ella no piense que es un ser despreciable.

382

–Eso es porque me ha cogido totalmente por sorpresa. Ni siquiera me ha dado tiempo a hacerme a la idea.

Ella se pone la chaqueta.

–Vamos a dejar una cosa clara –dice–. No tengo intención de divorciarme de Arthur *ni* de casarme contigo. Y si lo piensas detenidamente, verás que tengo razón. Tú y yo no estamos hechos para el matrimonio, por lo menos entre nosotros dos. Estamos hechos para vivir al margen de las normas. –De repente le pone la mano en la mejilla–. No es que no te quiera. Tal vez es que te quiero demasiado. –O, a lo mejor (piensa él, aunque no lo dice), es que quieres demasiado a Treen; que te gusta demasiado esta vida tuya en la que yo ando entrando y saliendo todo el rato, pero nunca me quedo del todo. No me quieres ahí siempre. Y, si he de ser sincero, yo tampoco quiero estar ahí siempre.

–¿Qué va a decir Arthur? ¿Se va a enfadar?

–Seguramente. Y si se enfada..., pues tampoco se puede hacer nada, ¿no? –Coge el sombrero–. Criaremos al niño como si fuera suyo. Él o ella creerá que Arthur es su padre, y tú el tío Jack. Igual que los demás.

Littlewood se lleva la mano a la frente. Para su propio asombro, está llorando.

–No sé qué decir –contesta–. No sé cómo encajar todo esto.

–Vas a tener que encajar cosas peores. Como todos. –Le besa en la frente–. Y ahora tengo que irme o perderé el tren.

–¡Pero también es mi hijo! –Lo dice como si acabara de darse cuenta.

–*Nuestro* hijo –le corrige ella.

–¿No va a cambiar nada?

–Va a cambiar todo. –Ya está en la puerta–. Pero no necesariamente a peor.

–Anne...

–No –dice ella con firmeza y repentinamente formal. Y luego se va.

Sin Anne, el piso parece sórdido, dudoso. Una casa de citas, no sólo las suyas. Otros hombres, lo sabe, vienen aquí. Con otras mujeres. Y, por lo que él sabe, con otros hombres. Tan rápido como puede, se lava, se pone el uniforme y hace la maleta. Cuando está bajando las escaleras, se topa con una mujer que lleva una bolsa de verduras. Ella lo mira de arriba abajo, como si dijera: sé de qué piso ha salido. Tiene una marca de nacimiento escarlata en la mejilla, una especie de rubor permanente que le resulta extrañamente atractiva. Pero, cuando se ofrece a ayudarla con las verduras, ella dice no, gracias, y sigue subiendo rápidamente las escaleras.

Sale fuera. Hace frío y llueve un poco. Una ráfaga de aire le da en la cara como un puño, como el golpe final que sabe que viene hacia él, que merece e incluso desea. Pronto se le entumece la parte izquierda de la cara. Camina (calle tras calle, sin fijarse en sus nombres), y luego se detiene y mira el reloj. Cuatro horas y veinte minutos hasta que tenga que regresar a Woolwich, una hora y veinte minutos hasta que tenga que encontrarse con Hardy en el salón de té que hay cerca del Museo Británico, siete minutos hasta que Anne coja el tren. ¿Y cómo se supone que va a enfrentarse a Hardy –el seco y asexuado Hardy– y hablar de matemáticas, o de la política de Trinity, o de críquet, ahora que Anne le ha metido una cuchillada al mismísimo tejido de su vida? Su vida: una superficie que se estira sin rasgarse, una superficie «cuyas propiedades espaciales se preservan bajo deformaciones bicontinuas». Topología. Así era como la veía antes de esta mañana. Pero ahora Anne ha abierto un tajo en pleno centro. Necesita una cerveza. No puede enfrentarse a Hardy sin una cerveza.

Entra en el primer pub que ve. Son exactamente las doce de la mañana. En los tiempos que corren, gracias a la Ley para la defensa del reino, los pubs sólo abren desde las doce hasta las dos y media, y luego desde las seis y media hasta las once. Se bebe una jarra de un trago, y después pide otra. Piensa: ¿por qué estoy con ella? Para él, ella es un misterio. Siempre lo ha sido. Se conocieron más o menos por casualidad, hace cinco años, cuando él se encontraba en Treen de vacaciones. Hubo una fiesta al aire libre, y ella había ido con Chase, que le había oído hablar de Littlewood a Russell, y entablaron conversación. Evidentemente, Chase quería hacer buena impresión, pero fue su mujer, que estaba distraída jugando con un perro, la que le impresionó. Mientras Chase seguía hablando, ella hizo que el perro se pusiera de pie sobre sus patas traseras, y consiguió que se mantuviera así (porque los contó) nada menos que cuarenta y cinco segundos, sólo a base de zarandear delante de su morro un trozo de comida imaginario, que fingía sostener entre los dedos. Tenía un cutis tostado y con pecas. Y, en cierta forma, le quedaban mal los zapatos. Parecía formar parte hasta tal punto de la costa que se veía por la ventana, el oleaje, la arena y las rocas, que dio por sentado que había nacido y vivido en Treen, cuando en realidad se había criado en las Midlands. Había ido a parar a Treen al casarse con Arthur, cuya familia era la propietaria de aquella casa.

—Nadie se lo cree —le dijo ella, cuando por fin se pusieron a hablar—, pero hasta que tenía diecisiete años nunca había visto el mar. Y entonces vine aquí y, en el momento en que me bajé del carruaje, supe que había encontrado mi sitio en el mundo. Me consideré muy afortunada. Tengo la teoría de que cada uno de nosotros tiene su sitio en el mundo, aunque sólo unos pocos lo encuentran, porque Dios es caprichoso. No, caprichoso no. Malintencionado. Nos desperdiga por la Tierra sin ton ni son, no nos planta en nuestro sitio. Así que uno puede haber nacido en Battersea y no enterarse nunca de que su verdadero lugar, su lugar en el mundo, era un pueblo de Rusia, o una isla lejana de la costa de América. Yo creo que por eso la gente es tan desgraciada.

–¿Y usted es feliz –le preguntó– ahora que ha encontrado su sitio?

–Podría serlo más –le respondió– si encontrarlo no hubiera supuesto ceder algo a cambio. Pero, seguramente, todos estamos condenados a ese tipo de tratos.

A la mañana siguiente de conocerla, para su desgracia, tuvo que regresar a Cambridge. Sin embargo, se moría de ganas de volver a Treen, y cuando, unas semanas más tarde, le escribió para decirle que estaba planeando otra visita, ella lo invitó a su casa. Y entonces él fue y, afortunadamente (lo cual resultó muy sospechoso en su momento), Arthur no estaba; una emergencia de última hora lo había obligado a quedarse en Londres el fin de semana.

–Eres mi sitio –le dijo él esa noche. Y era cierto. Por mucho que le gustara Treen, Treen no era su sitio. Era Anne. Parecía una extensión de la costa, como si la playa, temiendo los avances de un dios marino, hubiese tomado forma humana y hubiera salido a tierra sobre trémulas piernas de arena. En ese mito que se inventó Littlewood se podía reconocer a la ninfa marina por la arena que siempre dejaba como estela por mucho que se adentrase en tierra: la arena que siempre podías rastrear a la inversa, como un rastro de migas de pan, hasta los acantilados y las playas de Cornualles. Ya esa primera noche supo de alguna forma que se pasaría lo que le quedara de vida (o la mayor parte al menos) intentando seguir ese rastro hasta su origen.

Después de eso, se adaptaron a una rutina adúltera. El compromiso, para los dos, significaba rutina. La mayoría de los viernes él cogía el tren a Treen. Ella le esperaba en la estación, y le ofrecía una cena de última hora en su cuarto de estar. Al día siguiente, a las ocho exactamente, un café en la cama; y luego, por la mañana, una sesión de trabajo en la veranda, sentado en una silla rota, con los pies apoyados en un tronco y los papeles sujetos con piedras cogidas en la playa. Al mediodía, se daban un baño de veinte minutos, rigurosamente cronometrado. Después la comida. Y luego la siesta. Por la tarde, otro baño; o, si hacía demasiado frío, un paseo. Tras el té, un solitario. Tras el solitario, la cena con una cerveza. Tras la cena, más cartas, más juegos, y a veces los niños. Y más cerveza.

¡Más cerveza! ¡Eso es lo que le hace falta! Pide una tercera jarra. Esos fines de semana antes de la guerra, siempre dormía en el cuarto de invitados del tercer piso, separado de los niños. Ella solía unirse a él después de acostarlos, para volver a su dormitorio justo antes del amanecer. Arthur (de algún modo, se daba por hecho) aparecía solamente el tercer fin de semana de cada mes, y ese fin de semana en concreto, Littlewood (eso también se daba por hecho) siempre tenía alguna obligación urgente que le impedía ir. Porque estaba claro que ella había hecho una especie de pacto con Arthur, que en alguna parte de las profundidades del dormitorio que compartían los dos (porque, que él supiera, seguían compartiéndolo) había habido algún intercambio de palabras, tal vez de recriminaciones, y se había llegado a algún acuerdo con determinadas condiciones. Cuáles eran exactamente esas condiciones, no lo preguntó: que no hiciera preguntas era parte del trato que tenía con Anne. Tampoco estaba permitido protestar. Porque él notaba que, si a Anne le parecía inevitable cierto equilibrio, una compensación del placer con el sacrificio, era porque creía que ese equilibrio formaba parte del orden natural. Anne quería a Treen y quería a Littlewood. Los tenía a ambos, pero no decía cuánto debía ceder a cambio.

Y ahora está embarazada.

Se termina su tercera jarra; mira el reloj. Dentro de veinte minutos ha quedado con Hardy. Qué lata. Así que paga la cuenta y vuelve a salir al frío. Una vez más, el viento le pega en la cara. Ahora se le entumece la mejilla derecha. Cruza una calle. Pasa un automóvil, tan cerca que siente el metal rozándole la piel. El conductor le grita:

—¡Maldito idiota, a ver si mira por dónde va!

Podrías decirlo un poco más convencido.

¿Habría podido? Cree que sí. *Cásate conmigo,* podría haberle dicho de rodillas. Si le hubiese suplicado, ¿se habría ablandado? Ella solamente había hecho aquella insinuación, abierto por un instante una puerta que él podría haber empujado. Pero no lo hizo, y ahora, lo sabe, la puerta se ha vuelto a cerrar. Ha perdido su oportunidad, y la ninfa ha regresado a su playa.

Pasa otro automóvil a bastante velocidad. Al otro lado de la calle, una mujer pasea a un perro parecido a aquel al que Anne hizo bailotear sobre sus patas traseras tanto tiempo. Igual que sigue haciéndole bailotear a él.

¿Y cuál es *su sitio?* Su verdadero sitio, independientemente de Anne.

Se detiene; cierra los ojos. Ve una chimenea encendida, una ventana a través de cuyos viejos cristales distingue arquitrabes y las sombras de los árboles. Trinity es muy antiguo. Ya llevaba décadas de existencia antes de que él atravesase sus puertas dando traspiés. Y sin duda continuará existiendo también durante décadas después de que su féretro cruce esas mismas puertas. (Si todo sigue así, claro; si no se muere en la guerra; si los alemanes no la ganan.) ¿Su sitio es Trinity, entonces? En ese caso, no es más que un espejismo. Al fin y al cabo, todas esas estancias que le parecen suyas, sólo lo son en el mismo sentido en que un trozo de mármol de la Roma Imperial que una vez robó en el foro. Ese tipo de cosas nos sobreviven. Las reclamamos como nuestras, las guardamos en casa, o nos guarecemos nosotros mismos en ellas. Pero sólo durante cierto tiempo. Y, sin embargo, sigue pensando en esas estancias como *suyas*.

Curiosamente, de joven apenas se preocupaba de Dios. Pero entonces conoció a Anne, y a Hardy, y ahora está convencido de que Dios, en Su Trono, se entretiene en sus horas libres trazando esos caminos que conducirán a sus súbditos a la desgracia lo más pronto posible. Almas humanas arrojadas de cualquier manera sobre la faz de la Tierra, confabulaciones con la naturaleza para asegurarse de que llueva en los partidos de críquet. ¿Y en el caso concreto de Littlewood? Pasión por una mujer a la que nunca podrá tener, combinada con apego a un sitio que nunca será suyo. Una especie de condena a la soltería perpetua.

Una vez más mira el reloj. La una menos cuarto. Enseguida deberá encontrarse con Hardy. ¿Le da miedo? No. Para su sorpresa, se da cuenta de que más bien lo desea. Porque nunca se va a casar con Anne. Nunca tendrá un hijo que lleve su apellido. Pero Hardy... Hardy no va a ninguna parte. Hardy es inamovible. Cónyuge o colaborador, al final es lo mismo. Y hay trabajo que hacer. Siempre. Siempre hay trabajo que hacer.

10

Llega el primero al salón de té; pide una mesa; mira por la ventana cuando Hardy, con bombín e impermeable, enfila tranquilamente la puerta. Tranquilamente, sí; ésa es exactamente la palabra. Es escueto y lustroso, como una nutria. Entra, cierra el paraguas, le hace un gesto de saludo con la barbilla.

–Littlewood –dice, mientras se quita un guante y le tiende la mano, que él estrecha. Una mano muy seca. Lo que contradice un poco la imagen de nutria. Un hombre como una cuña, todo aristas. ¿Qué sensación se tendrá al abrazarlo? Se estremece sólo de pensarlo.

–Siento llegar tarde. Acabo de bajar del tren.

–No te preocupes.

–Va todo bien, supongo.

Semejante afirmación no deja posibilidad de respuesta.

–Va bien, sí.

–Estupendo.

–Tengo algo que enseñarte. –Littlewood rebusca en su cartera–. Es mi primer artículo sobre balística. Recién impreso. ¿Ves esa motita al final de la última página?

–Sí, ¿qué es?

–Una sigma diminuta. Se suponía que la última línea debía decir: «De modo que σ debería ser lo menor posible.» –Littlewood se echa hacia atrás–. Así que el tipógrafo se lo tomó a pecho. Debe de haberse recorrido todas las imprentas de Londres buscando una tan diminuta.

Hardy se ríe tan alto que la camarera se vuelve y le echa una mirada.

–Me alegro de que te parezca gracioso –dice Littlewood–. Echaba de menos tener a alguien cerca que entendiera por qué era gracioso.

–A lo mejor nos juntamos pronto. Quién sabe. Parece que el reclutamiento está al caer.

–¡Y lo dice el secretario de la UCD! ¿Cómo va todo, por cierto?

–Hay un jaleo tremendo en el *college*. Butler está tratando de eliminar a todos los que tengan algo que ver con nosotros. Hasta corre el rumor de que intenta echar a Neville. Y encima nadie puede quejarse porque tiene a tres hijos en el frente. Butler, digo. Y el pobre hombre está fuera de sí. Por lo visto, no es capaz de concentrarse en nada, apenas se entera de lo que le dices. –La camarera se acerca–. Ah, hola. Earl Grey, por favor.

–¿Y usted, señor?

–Lo mismo. ¿Algo de picar, Hardy?

–No, no me apetece nada.

A Littlewood le molesta esa forma de decir «no me apetece nada». Porque, si ahora él pide algo de comer (¡y qué apetecibles parecen los pasteles!), seguro que Hardy le echa una ojeada de arriba abajo en plan despectivo. Y, aunque sea cierto que desde la última vez que se vieron, Littlewood ha engordado unos kilos..., pues qué se le va a hacer... Ahora está en el ejército. Y no se puede estar delgado en las mesas del campo de tiro y con rancho de patatas.

–Sólo té. Nada de picar.

–Gracias, señor.

La camarera se aleja.

–He pensado un montón en nuestro amigo Ramanujan últimamente –dice–. No acababa de creerme toda esa historia suya de que tiene sueños matemáticos, ¿sabes? Pero la otra noche tuve un sueño en el que vi, tan clara como el día, la solución de un problema, y evidentemente a la mañana siguiente la había olvidado. Así que empecé a poner un bloc y un lápiz junto a la cama y, la siguiente vez que me pasó, me espabilé, lo anoté y me volví a dormir. Y luego por la mañana miré el bloc, ¿y sabes lo que había escrito?

–¿Qué?

–«Hígamus, bígamus, el hombre es polígamo. Hógamus, bógamos, la mujer es monógama.»

Esta vez Hardy no se ríe.

–¿Y qué te ha traído por aquí?

–Asuntos de la Sociedad Matemática. Estamos tratando de ayudar a un físico alemán que se ha quedado atrapado en Reading. Ahora lo han internado.

–Todo un detalle por vuestra parte.

–Bueno, hay ingleses atrapados en Alemania. Y los alemanes también están tratando de ayudarles.

–Curioso que nosotros estemos aquí y ellos allá, en bandos opuestos.

–No es más que un cambio de signo sin importancia. De más a menos, de menos a más.

–¿Tú crees que no es más que eso?

–Esta guerra es ridícula.

–Aun así, si los alemanes ganan...

–Puede que a Inglaterra le venga muy bien.

Littlewood se sonríe.

–Una de las cosas que echo de menos es oírte hacer afirmaciones escandalosas. Ya te imaginas que las afirmaciones escandalosas no están permitidas en Woolwich.

–Y no deben estarlo. Ésas son cosas de Cambridge.

–Aunque la verdad es que no echo de menos esa parte de

Cambridge. La conversación brillante, las ocurrencias volando por todos lados. Toda la mercancía en el escaparate.

–Entonces, ¿en Woolwich es mejor la cosa?

–Por lo menos tiene una especie de nobleza. Hay un trabajo que hacer, y se hace.

–Cuidado, Littlewood, empiezas a sonar como un ingeniero.

–Pues no sé por qué no iba a acabar mis días así. Supongo que perderé facultades cuando llegue a los cuarenta. ¿Y qué alternativa me queda? Los matemáticos en decadencia dan excelentes rectores.

–Pues yo te veo de rector.

–Antes me pego un tiro.

–Dado el trabajo que haces ahora, seguro que apuntas bien la pistola.

–Sí, eso sí. Aunque no soy precisamente un tirador de primera. Por eso me dejan resolver los problemas sobre el papel.

La camarera trae el té. Dos mujeres están sentadas en la mesa de al lado, con la espalda muy derecha. Les acaban de servir otra bandeja de tres pisos, cargada de sándwiches, bollitos, buñuelos, y esos panecillos con pasas dentro que le encantan a Littlewood.

¿Y por qué no se los comen? Con estudiada indiferencia, las mujeres sorben el té, intercambian unas palabras e ignoran las exquisiteces. No le echan azúcar al té. Con toda probabilidad, no se ha usado azúcar en la repostería; ni huevo, porque estamos en tiempos de guerra, y Hardy ha elegido un salón de té bastante caro, cuya clientela se preocupa por las apariencias. ¡Dios nos libre de que a estas mujeres se las confunda con trabajadoras que deben alimentarse en cantidad y a toda velocidad, si quieren terminar su trabajo! O de que se piense que no respetan las leyes superfluas impuestas por la guerra, al menos en público. Quién sabe lo que esconderán en casa...

Por otro lado, en los salones de té de la clase trabajadora (hay uno en Woolwich que Littlewood frecuenta) todos los clientes le echan azúcar al té.

Parece que a Hardy ni le va ni le viene nada de todo esto. Se sirve el té. No pide azúcar. Ahora que lo piensa, ¿Littlewood le ha visto echar azúcar al té alguna vez? Es como si se hubiera pasado la vida obedeciendo leyes superfluas de su propia cosecha.

—Ramanujan te manda recuerdos, por cierto —dice Hardy.

—¿Y qué tal le va?

—Bien, creo. Me gustaría conseguir que se concentrara.

—Pues tampoco le hagas concentrarse tanto. ¿Está contento?

—La verdad es que parece un poco deprimido. A lo mejor es todo lo que está leyendo. Tengo la impresión de que por fin ha comprendido que hay muchas cosas que no sabe.

—Entonces, a lo mejor, no debería leer tanto.

—Pero, aunque no lo hiciera, es demasiado inteligente para no ver lo que no podía ver en la India. Ahora se da cuenta de que está en desventaja. Ahora entiende cuánto daño le ha hecho lo que precisamente ha sido siempre su tarjeta de visita: su falta de educación.

—¿No era lo que decía Klein? Las matemáticas han avanzado más con las personas que se distinguen por su intuición que con las que se distinguen por sus rigurosos métodos de demostración.

—Eso es fácil decirlo con la formación de Klein.

—Yo creo que deberíamos dejar a Ramanujan en una habitación vacía con una pizarra y que salga por donde quiera.

—Si se pudiera... El problema es que es ambicioso. Y eso a pesar de la diosa Namby-Pamby[1] y los sueños y lo que tú quieras. ¿Sabes que sigue dándome la lata con lo del Smith's Prize? ¡Un premio de estudiantes! Y está sacando su licenciatura. Juraría que está empeñado en llevarse el título de vuelta a la India.

—Los títulos son importantes en la India.

—¿Mejor un título, entonces, que demostrar la hipótesis de Riemann? ¿Mejor un título que la inmortalidad?

---

1. Juego de palabras intraducible entre Namagiri, el nombre de la diosa hindú, y *namby pamby*, persona de poco carácter. *(N. del T.)*

–¿Qué dices de la inmortalidad?

–Que quien demuestre la hipótesis de Riemann será inmortal.

–La diferencia entre un gran descubrimiento y otro corriente es una diferencia de categoría, no de grado.

–Ya, ¿pero la diferencia entre una diferencia de categoría y una diferencia de grado es una diferencia de categoría o de grado?

–La respuesta es elemental. –Littlewood se queda mirando unos instantes su té. Luego dice–: Hardy, hace unos años (aunque nunca te lo dije en su momento) Norton me contó que estabas escribiendo una novela. Una novela policiaca.

–Qué ridiculez.

–Pues eso me dijo. Y que en ella la víctima demuestra la hipótesis de Riemann y el asesino le roba la demostración y afirma que es suya. –Littlewood vacía su taza–. Es una idea muy buena.

–¿Y de dónde se supone que saco el tiempo para escribir novelas?

–Bueno, sólo quería que no pensaras que me molestaría que te inspiraras en mí para un personaje. Tal vez el asesino. Podrías meter lo de la balística. Y la sigma diminuta.

–No le hagas caso a Norton. La mitad de lo que dice son puras fantasías. Necesitamos más leche. –Hardy mira por encima del hombro–. ¡A ver si consigo llamar la atención de esa camarera! ¡Siempre están mirando hacia el otro lado cuando quieres hacerles una seña! Yo creo que lo hacen a propósito.

–¿Tienes prisa?

–No, todavía no he ido al piso.

–Anne está embarazada.

Hardy hace una pausa y traga.

–No hace falta que finjas que no sabes lo nuestro. Me lo ha dicho esta mañana.

–Pues no sé muy bien qué decir... ¿Procede darte la enhorabuena?

–Pues no. No quiere casarse conmigo. Insiste en seguir con su marido. –Apoya la cabeza en las manos–. Ay, Hardy, ¿qué voy a hacer? No es que quiera casarme con ella; no consigo imaginarnos como a los Neville, viviendo en Chesterton Road... Pero la quiero. Y al niño. ¿Tan raro es que quiera que el niño sepa que soy su padre?

–No, no es raro... Pero, si ella no quiere casarse contigo, ¿qué puedes hacer?

–Nada. No puedo hacer nada. –Se pasa los dedos por el pelo–. Bueno, pues eso. Necesitaba contárselo a alguien. Espero que no te importe.

–Claro que no.

Una vez más, Hardy trata de hacerle una seña a la camarera. Levanta el brazo, y Littlewood se lo coge con la mano para bajárselo suavemente hasta la mesa.

–Espera un poco. Sólo un poco. Tengo hambre.

Ahora es Littlewood el que le hace una seña con la mano a la camarera. Ella se acerca rápidamente.

–Esos bollitos tienen una pinta estupenda –dice–. Los que llevan pasas. ¿Me trae uno, por favor? ¿Tú también quieres, Hardy?

–No, gracias. –Tose–. Oh, bueno, ¿por qué no?

–Perfecto, oficial –le dice la camarera a Littlewood, retrocediendo con los ojos fijos en su cara.

Y Littlewood le guiña un ojo.

11

Al salir del salón de té, Hardy tuerce a la izquierda y va andando hasta la estación de metro. Lleva en el bolsillo una carta de Thayer. Tampoco es que sea una carta propiamente dicha, porque las cartas de Thayer nunca contienen mucho más que la información básica (cuándo va a estar de permiso, y qué día planea estar en Londres) y la pregunta fundamental: ¿a qué hora puede presentarse en el piso de Hardy «para tomar el té»? De si Thayer utiliza ese eufemismo por los censores o conforme a algún criterio suyo, Hardy no tiene ni idea; sólo sabe que encuentra todo este asunto de contestar a las cartas de Thayer (la respuesta enviada a una dirección militar, y solamente con la hora indicada para «el té», como si fuera una especie de tía benévola) tan excitante como latoso.

En cualquier caso, parece que el sistema funciona. Ya han quedado un par de veces en el piso de Pimlico a primera hora de la tarde. La primera vez Hardy estaba nervioso; de hecho se molestó en comprar galletas, hervir agua y preparar el juego de té, todo lo cual resultó bastante innecesario. No se sirvió ningún té. En vez de eso, Thayer, casi en cuanto se cerró la puerta, se abalanzó sobre Hardy, lo envolvió en la peste húmeda de su abrigo de lana, y apretó tanto su boca contra la de Hardy que les chocaron los dientes. Enseguida estaban en el suelo, quitándose la ropa con tanta brusquedad que Hardy oyó cómo saltaban los botones. Que Thayer quisiera que lo sodomizara no fue ninguna sorpresa. Keynes le había advertido del hecho curioso de que casi todos los soldados de permiso querían asumir el rol pasivo en sus encuentros con maricas. «Entiéndeme, no es que me queje», le dijo Keynes, «sólo que resulta un poco raro, ¿no? Yo pensaba que serían *ellos* los que querrían sodomizar a alguien, para poder decirse a sí mismos que no eran "realmente" maricas; que simplemente estaban aprovechando la ocasión, porque así les salía más barato que las putas y esas cosas..., pero no.» En cambio, por lo visto querían (como decía uno de los queridos de Keynes) «ver qué se sentía». Era como si después de tantas semanas en las trincheras, después de haber matado y estado a punto de morir, les hiciese falta una variante más intensa de estimulación erótica que la que podía proporcionarles la cópula corriente. Tampoco es que Hardy se negara a cumplir cuando Thayer se puso a cuatro patas con el culo en pompa, a pesar de que (aunque no lo hubiera reconocido ante ninguno de sus amigos, ni siquiera ante Keynes) nunca hubiese practicado la sodomía anteriormente, porque su repertorio sexual se había limitado a algunos de los inefables «actos tremendamente deshonestos» que la ley castigaba con una condena menos severa. Pajearse y mamarla. Aunque en el caso de Hardy, mucho más de lo primero que de lo segundo, dada la creencia que le había inculcado su madre de que los gérmenes entraban sobre todo por la boca.

¿Y qué habría pensado Gaye si lo hubiera visto esa primera tarde con Thayer, de rodillas y bombeando mientras Thayer se retorcía y gemía bajo él? Realmente, debía de hacerlo bastante bien por como Thayer gimoteaba y soltaba palabrotas; tan bien que por un momento se preguntó si, al final, no debería probar con una mujer. Pero no. Lo que realmente le gustaba no era tanto follar como el evidente paroxismo de placer que Thayer estaba experimentando. Thayer se desenganchó, se dio la vuelta y puso las piernas sobre los hombros de Hardy. Ahora la cicatriz de la herida de metralla quedaba justo a la izquierda de la boca de Hardy (roja y dentada), y mientras penetraba a Thayer no pudo evitar pasar la lengua todo a lo largo. Thayer aulló y se corrió. Hardy también.

–Mierda –dijo Thayer, retrocediendo sobre el suelo con los codos–. Mi pierna mala.

–¿Te he hecho daño?

–No, sólo es esta postura. –Luego se puso de pie. Parecía mucho más desnudo después del acto que en el transcurso de él–. ¿Me puedo lavar? –le preguntó. Y Hardy le contestó que sí, que por supuesto que podía lavarse.

Y después..., precisamente *después,* quiso el té. Eso fue lo más curioso. Cualquiera hubiera pensado que habría tratado de salir de allí lo más pronto posible, que la culpa o el horror ante aquella pasividad tan voraz le habrían apabullado. Pero de eso nada. Se volvió a enfundar el uniforme, se sentaron a tomar el té con galletas, y Thayer se puso a hablar. Habló una vez más de sus hermanas, de sus padres, de una chica llamada Daisy con la que llevaba años..., bueno, a la que conocía desde hacía tiempo, y con quien (a pesar de que no había ningún compromiso oral ni escrito) más o menos se daba por hecho que se acabaría casando; pero ahora, con la guerra, no sería muy honrado por su parte casarse con ella si había tantas probabilidades de dejarla viuda, ¿no? Aunque, si esperaban hasta que se terminara la guerra (¿y quién sabía cuándo podía ser eso?) sería un poco tarde para empezar a formar una familia, ¿verdad? Y él quería tener hijos. Quería un niño, al que llamaría Dick, por su amigo Dick Tarlow.

Hardy escuchaba. Muy bien podrían haber estado de nuevo en el hospital, con la lluvia cayendo a través de las persianas y el campo de críquet fuera. Luego Thayer paró de hablar, miró el reloj y dijo:

–Bueno, será mejor que me vaya. Tengo que coger el tren a Birmingham. –Y se levantó, y Hardy también, y fueron hasta la puerta, donde Thayer se puso el gabán y se volvió hacia él. Hardy no se había dado cuenta en el hospital de lo alto que era.

–Oye –le dijo Hardy–, ¿no te hace falta algo de...? –Y echó la mano al bolsillo. Thayer le paró la mano, y negó con la cabeza–. Por favor –dijo Hardy.

–No –dijo Thayer. Y le tendió la mano. Se la estrecharon virilmente. De repente Thayer lo atrajo de nuevo hacia él, y esta vez lo besó con tanta fuerza que le hizo sangre–. Chao –fue su última palabra, además de un saludo militar, antes de dar media vuelta y bajar cojeando las escaleras.

Y la cosa se repitió dos veces. Entonces ayer llegó otra carta, y ya se han intercambiado telegramas. Hoy la cita es a las dos en punto, y Hardy está deseando llegar al piso para hacer la cama y prepararse antes de que llegue Thayer.

Ramanujan le ha pegado la costumbre de ir a todas partes en metro. Ahora lo coge en Russell Square y va hasta South Kensington en la línea de Piccadilly; luego hace transbordo a la de District, que lo lleva hasta Victoria. En la estación compra un paquete de galletas (Bath Oliver, porque sabe que son las que más le gustan a Thayer), aparte de unas flores para ponerlas en el jarrón de la mesa de la cocina. Hace una tarde soleada pero fría, y aunque la perspectiva de ver a Thayer le llena de lo que tranquilamente se podría llamar alegría, la conciencia de los problemas del mundo, de su vida, de la vida de Littlewood, le entristece un poco. Cada vez más, parece que sólo tiene estos breves momentos, y luego vuelven los problemas. Y lo que acrecienta su alegría al ver a Thayer (siempre que lo ve, de hecho) es evidentemente el milagro de que Thayer aún no esté muerto.

Están floreciendo algunos crocos en Russell Square. Quitándose los guantes, se agacha y coge unos cuantos, que añade al ramo que ha comprado, y después sube las escaleras del piso pegando botes. Va silbando. ¿El qué? Alguna tontería, algo que debe de haber escuchado en la radio en alguna parte:

Como al Káiser Bélgica ha machacado
y Europa le ha dado unos buenos palos,
ahora le duele al sentarse en el trono.
Pero, cuando John Bull empiece a darle,
nunca en la vida volverá a sentarse.

Mira el reloj. La una y media. Sólo le queda media hora, entonces, hasta que Thayer llame al timbre.

Abre la puerta. Una mujer grita. Desde el umbral de la cocina, Alice Neville se queda mirándolo con la mano en el pecho.

12

–Santo Dios –dice Hardy.

–Me ha dado un susto de muerte –dice Alice.

–¿Qué hace usted aquí?

–¿No se lo ha dicho Gertrude?

–¿Qué tenía que haberme dicho?

–Que estaba yo aquí.

–Pues claro que no.

–Desde la semana pasada –dice Alice–. Me dijo que le escribiría para decírselo...

–Gertrude sabe perfectamente que no siempre leo sus cartas. –(Es cierto: un efecto colateral de trabajar con Littlewood.)

Alice se echa a llorar en silencio.

–La avisé de que esto podía ocurrir –dice–. Le dije que a usted no le gustaría cuando se enterara.

–Por el amor de Dios...

–Pero ella me contestó que el piso era de los dos, así que mientras durmiera en su cuarto..., y como usted sólo venía los fines de semana, y yo los fines de semana me vuelvo a Cambridge...

–No sólo vengo los fines de semana. ¿De dónde se ha sacado semejante cosa? –(Pero es cierto que, la última vez que la vio, le dijo a Gertrude que sólo iba a Londres los fines de semana.)

–Entonces pregúntele a Gertrude.

–Cielo santo, pare ya de llorar.

Pero ella no para. Saca un pañuelo del bolsillo y se lo lleva a la nariz. Y mientras tanto, absurdamente, Hardy continúa de pie en el vestíbulo, con la puerta abierta y los vecinos, al parecer, escuchándolo todo.

–No hace falta que se ponga así. Por favor..., deje de sollozar. –Cierra la puerta a su espalda, cuelga el abrigo en la percha, pasa a su lado, entra en la cocina y deja las flores, en su húmedo envoltorio de papel de periódico, sobre la mesa–. No soporto los llantos.

–¿Y cómo cree que me siento? Estaba aquí, ocupada en mis propios asuntos, y de repente se abre la puerta de golpe y usted... Podría haber estado en bata.

–Menos mal que no estaba.

Se sienta. Ella sigue de pie.

–¿Pero qué hace aquí, de todas formas? –le pregunta.

–Trabajo para la señora Buxton –responde ella.

–¿La señora Buxton?

–Las «Notas de la Prensa Extranjera» en la *Cambridge Magazine*. Soy una de las traductoras.

–¿De qué idioma?

–Del sueco y del alemán.

–¡Del sueco! ¿Y dónde demonios aprendió usted sueco?

–En Suecia, precisamente. Pasé algún tiempo allí de niña. Mi madre es medio sueca. También hablo francés, pero la señora Buxton necesita que la ayuden más con el sueco que con el francés, porque publica más cosas de la prensa alemana y le sobran traductoras de francés. Gertrude también trabaja para ella. Gertrude traduce del francés.

–No tenía ni idea.

–Si se hubiera molestado en leer sus cartas, estaría al tanto de todo.

Hardy mira la mesa. Ahora que entiende por qué se encuentra Alice en Londres, se avergüenza un poco de su reacción al topársela en el piso. Al fin y al cabo, no puede menos que admirar a la señora Buxton. Su columna en la revista es prácticamente el único sitio donde se puede leer lo que está pasando realmente en el mundo. «Un señora muy valiente», dijo Russell una noche en el Hall, «y que está haciendo una gran labor, dándonos una alternativa a esas inmundicias del *Times*.» Así que Alice trabaja para la señora Buxton..., pues bravo por ella.

—¿No se va a sentar? —le pregunta.

—No, gracias.

—O puedo preparar un té.

—También puedo prepararlo *yo*.

—Lo prepare quien lo prepare, nos vendría bien a los dos.

—Ya lo hago yo. —Alice se acerca a la cocina, donde llena el hervidor; así que la feminidad triunfa sobre la propiedad.

—¿Y dónde hace todas esas traducciones? —pregunta tras unos instantes de silencio.

—La mayoría aquí —dice ella. Ahora ya tiene los ojos secos—. Aunque normalmente las mañanas las paso en Golders Green. Que es donde viven los Buxton, en Golders Green. Es su cuartel general. Voy y recojo los artículos que la señora Buxton me ha asignado, y luego o trabajo allí (si hay sitio, porque puede estar abarrotado) o cojo mi trabajo y me lo traigo aquí. He puesto una mesa en el cuarto de Gertrude. Con los diccionarios.

—¿Quiere decir que se pasa aquí toda la semana? ¿Y cuánto tiempo lleva así?

—Sólo una semana. Todos necesitamos trabajar, señor Hardy. Sobre todo en un momento tan malo.

—Ya, ¿pero a Neville qué le parece que se ausente usted?

—Lo entiende. Tengo que hacer algo.

—¿Pero no le importa que no esté usted allí?

Ella se limpia las manos con un trapo de cocina.

—La verdad, señor Hardy, me parece que no hay ninguna necesidad de que me suelte esas indirectas tan poco sutiles —dice—. Es evidente que mi presencia aquí le desagrada. Así que será me...

–No, no es eso.

–... Así que será mejor que, en cuanto pueda, me busque otro sitio. Sin embargo, dada la hora que es, y teniendo en cuenta que la revista entra en prensa mañana y que debo entregar un artículo bastante temprano, espero que me dé permiso para pasar una noche más bajo su techo.

–Por mí no hay inconveniente, de verdad...

–En el cuarto de su hermana, claro, por el que debería añadir que pago un alquiler.

–Por favor, señora Neville. No hay inconveniente en que se quede. No quería decir eso... Sólo que yo también me he llevado un susto al verla aquí. No..., no me lo esperaba.

Ella se queda junto a la cocina, con la espalda derecha, y el hervidor se pone a silbar.

–Huelga decir que ni se me ocurriría hacer nada que interfiera con su libertad o pueda molestarle.

–No me está usted echando. Gertrude tiene razón, normalmente sólo paso aquí los fines de semana. Hoy es una excepción. Y, por supuesto, soy un gran admirador de la señora Buxton (todo el mundo admira a la señora Buxton) y quiero hacer lo que esté en mi mano para ayudarla, y también a usted, en ese esfuerzo tan noble.

–Por el que, ni que decir tiene, no recibimos ninguna compensación económica.

–Ni que decir tiene, en efecto.

–Pues es un alivio que lo vea usted de esa forma. –Apaga el hervidor y vierte el agua caliente en la tetera–. Y tampoco hace falta decir, señor Hardy, que intentaré no estorbarle. En cuanto me haya tomado el té, me encerraré en el dormitorio de Gertrude. Haré menos ruido que un ratón. Ni siquiera se dará cuenta de que estoy aquí.

De repente, suena el timbre. Hardy se sobresalta.

–Dios mío –dice.

–¿Qué pasa? –pregunta Alice.

–Una amistad... Había quedado con ella. Me había olvidado.

–Pues hágala pasar. ¿O prefiere que yo...?

–No, ya voy. No se preocupe. –Casi echa a correr hacia la puerta y llega antes que ella–. Es sólo una cosa que tenían que traerme, ya la cojo abajo. –Y, cerrando la puerta a su espalda, baja corriendo hasta el portal, y abre la puerta principal, donde se topa con Thayer, radiante, sonriendo bajo la lluvia. Con la lluvia en el pelo.

–Thayer –dice.

–Hola, Hardy –dice Thayer, y está a punto de entrar cuando Hardy le impide el paso.

–¿Qué pasa?

–Me temo que... –Hardy sale afuera, cerrando la puerta tras ellos–. Me temo que ha habido una especie de malentendido –dice, bajando la voz–. Verás –se inclina hacia él para poder susurrárselo–, es que comparto el piso con mi hermana, y bueno, sin decirme nada, se lo ha prestado... a una amiga suya que va a pasar la noche en su cuarto. Así que no estoy solo. Hay una señora arriba.

Una sombra cruza la cara de Thayer.

–Ah, ya entiendo –dice–. Una señora.

Hardy asiente y niega con la cabeza a la vez; sin ser consciente, luego se dará cuenta, de que está imitando a Ramanujan.

–Te estoy diciendo la verdad –dice–, es una amiga de mi hermana. De Cambridge. Trabaja en Londres, y Gertrude, sin decirme nada...

–Pues menudo fastidio, ¿no? Y pensar que he venido en tren desde Birmingham sólo para...

–Lo siento. Lo siento muchísimo. Si hubiera tenido la menor idea de que ella estaría aquí...

–Ya. –Thayer vuelve a sonreír, pero esta vez su sonrisa es burlona–. Bueno, pues es lo que hay... Chao.

Se vuelve. Hardy le pone una mano en el brazo.

–Espera –dice–. Si me esperas un momento (déjame pensar) podemos ir a otra parte. Nos podríamos encontrar más tarde en... un hotel.

–¿Un hotel? ¿Pero qué te has creído? ¿Que soy una puta?

–No es eso.

–Podrías haber dicho: «Lo siento, Thayer, está aquí una *amiga de mi hermana,* y debido a esa *amiga de mi hermana* me temo que no puedo ofrecerte más que una taza de té, sube, siéntate hasta que entres en calor y déjame que te presente a la *amiga de mi hermana* antes de volver a subirte al tren.

–Lo siento.

–«Querida amiga de mi hermana, éste es Thayer, del primer regimiento de West Yorks. Thayer, ésta es la amiga de mi hermana.» «¿Qué tal está usted?» «¿Y usted?» En cambio has dicho: «Me da vergüenza que te vean, espérame aquí en la calle y luego nos encontramos en un hotel.»

–No es para ponerse así.

–No me jodas.

–Espera, por favor... Lo siento. Debería haberte dicho eso. Pero ni se me ha ocurrido. Claro que puedes subir. –Tose–. Vamos a partir de cero, Thayer, sube, por favor, y...

–Demasiado tarde.

–¿No vas a subir a tomarte un té?

–Malditos ricos, nunca entendéis nada, ¿verdad? No se puede partir de cero cuando ya la has jodido. Inténtalo en las trincheras con el culo lleno de puta metralla alemana...

Una vez más Hardy le pone la mano en el brazo a Thayer. Thayer lo retira de golpe.

–¡No me toques!

–Lo siento, espero...

Thayer se da la vuelta, cruza la calle hacia la plaza.

–Thayer... –le grita Hardy. Está a punto de echarse a llorar, igual que Alice antes–. Thayer, por favor...

–Olvídame –dice Thayer a lo lejos, por encima del hombro.

–Thayer, espérame.

Y en ese momento, cuando casi va a salir en su persecución, pasa un policía. Oliéndose que ahí hay jaleo, se acerca hasta Hardy.

—¿Todo bien, señor? —pregunta—. ¿Ese tipo le está molestando?

—No, no pasa nada, gracias —dice Hardy.

—¿Le está molestando? —grita el policía a Thayer.

—¿Que si *le* estoy molestando?

—No, no pasa nada. —Hardy intenta poner un gesto de normalidad—. Gracias, oficial. Buenas noches.

Y, dándose la vuelta, entra de nuevo en el edificio.

13

Para Alice, hay algo conmovedor en la ignorancia de su marido. No entiende nada. Lo que es peor, no sabe que no entiende nada. Mientras que ella lo entiende todo perfectamente, demasiado incluso.

Ese fin de semana, por ejemplo, está sentada en la habitación que ha acabado viendo como el cuarto de Ramanujan (el cuarto de invitados, ahora transformado en despacho, en un sitio donde ella puede dedicarse a sus traducciones) cuando él entra de puntillas por la puerta y le posa las manos sobre los hombros. Ella se sobresalta.

–Por favor, no me asustes así –dice.

–Lo siento –dice él–. Es que me moría de ganas de tocar a mi encantadora mujercita.

–Está muy bien, pero la próxima vez que te mueras de ganas llama primero, por favor.

–Claro, cariño. ¿Y qué estás traduciendo?

–Un artículo.

–¿Sobre qué?

–Inglaterra y la paz.

–¿Qué dice?

–Que estamos posponiendo la paz.

–Déjame ver. –Lee por encima del hombro de ella–. «Inglaterra echó en cara a Alemania sus ganas de guerra en julio de 1914, pero desde finales de agosto de 1914 ha repetido que Alemania deseaba la paz, aunque todavía no ha llegado el momento.» ¿No sería mejor decir que «todavía no es el momento»?

–A la señora Buxton le gustan las traducciones lo más literales posibles.

–Ay, la señora Buxton..., que con sus malas artes se lleva a mi mujer a trabajar a su burdel cinco días a la semana...

–Sí, ya sé que te parece muy gracioso, Eric.

–Y sabe Dios a qué tipos más raros tendrás que ofrecer tus servicios...

–Gracias, Eric. Ahora, si no te importa...

–¡Pero si siempre estás trabajando! ¿No puedes cogerte unas horas libres?

–¿Y las horas que tú te pasabas trabajando, cuando estabas sacándote el título? Horas y horas sola, ¿y alguna vez te dije algo?

–Pero, cariño...

–Es la pura verdad. No puedes pretender que me pase el resto de mi vida ahí sentada sin hacer nada, a tu entera disposición.

–Está bien, cariño.

–Y no es como si me fuera todos los fines de semana de compras o a los conciertos; este trabajo es importante. A su manera, es un trabajo bélico.

–Está bien, ya me ha quedado claro. Es sólo que..., bueno, que últimamente siempre estás fuera y... cuando vuelves es para encerrarte en este cuarto. Si no te conociera bien, pensaría que tratas de evitarme.

Ella cierra los ojos. Así que por fin lo ha entendido... Casi es un alivio.

–Pero, evidentemente, no es lo que pienso...

Maldita sea.

–Siento ser tan egoísta. –Le revuelve el pelo–. Y tienes razón, tuviste mucha paciencia conmigo todos esos años. Y ahora la tengo que tener yo contigo.

Retrocede de puntillas, en plan teatral; cierra la puerta a su espalda; vuelve a abrirla y asoma la cabeza.

–¿Quieres que te traiga algo? ¿Una taza de té?

–No, nada.

–¿Algo de comer?

–No, no me hace falta nada, Eric.

–Entonces, perdona. –Su voz es un susurro. Y una vez más cierra la puerta.

Alice respira hondo. Luego se queda mirando la página que tiene delante (la traducción) y se fija en un borrón justo al final de una frase en la que estaba trabajando. Seguro que se le ha movido la pluma cuando Eric la ha asustado.

Bueno, por lo menos se ha ido.

¿Y cómo es posible, después de todo este tiempo, que no acabe de captar la verdad, que no acabe de darse cuenta de que ella, efectivamente, lo ha dejado, o al menos lo está dejando? ¿Y por qué? ¿Ya no le quiere?

Cuando empezó a trabajar con la señora Buxton, la razón que se dio a sí misma fue que no podía soportar ni un día más encerrada en casa con Ethel, cuando tenía tan tremendamente cerca el fragor de la guerra. A pesar de sus esfuerzos por parecer alegre, Eric no era capaz de esconder su preocupación. Ella sabía que tenía problemas con Butler por su oposición a la guerra. Pensaba que había alguna posibilidad de que perdiese su cargo docente. Admiraba su estoica devoción a sus ideales (¿cómo no iba a admirarla?) y, sin embargo, a pesar de todo el respeto que le inspiraba, no podía soportar que la tocara. Incluso después de que su fantasía sobre que Ramanujan se enamorara de ella acabara suponiendo una humillación, tampoco podía soportar que la tocara. Y él estaba siendo increíblemente tonto.

Él le preguntó qué pasaba. En pocas palabras, ella se quejó de aburrimiento, de su deseo de hacer algo, en vez limitarse a estar allí sentada. Él mencionó toda clase de posibilidades. En Cambridge, el Cuerpo de Emergencia Femenino se había empeñado en ocupar a las mujeres en hacer juguetes. Otras mujeres trabajaban como revisoras de trenes o rastrillando la tierra. Ella intentó no echarse a reír ante su ingenuidad. Lo que quería hacer, claro, era escribir (artículos brutales y sesgados que aniquilaran la complacencia inglesa respecto a la guerra, sin siquiera mencionarla; esa clase de cosas). No obstante, aunque tuviera el talento necesario, no tenía los contactos. No se movía, como la tía Daisy e Israfel, en círculos literarios. Así que se quedó en casa, volviéndose cada vez más irritable, hasta que una mañana recibió una nota de Gertrude contándole, como lo más normal del mundo, que en su tiempo libre había empezado a traducir para la señora Buxton. Y evidentemente, dado que Alice, igual que su marido, se había convertido en una fiel seguidora de las «Notas de Prensa Extranjera», inmediatamente pensó en la posibilidad de que tal vez ella también pudiese echar una mano con las traducciones. Al fin y al cabo, ¿cuántos ingleses podía haber que entendieran el sueco?

Así empezó la cosa. Enseguida le escribió a Gertrude, que le contestó al día siguiente diciéndole que debía presentarse en Londres lo antes posible. Gertrude le había hablado a la señora Buxton de ella, de sus conocimientos de sueco y alemán, y la señora Buxton le había rogado que le pidiera a Alice que le echara una mano. ¡Y qué estimulante había sido aquello: sentir por fin que podía servirle de ayuda a alguien! Conque ese sábado cogió el tren a Londres, y después el metro hasta Golders Green, donde vivía la señora Buxton. Gertrude le abrió la puerta para hacerla pasar. Salían toda clase de ruidos del interior: máquinas de escribir, voces discutiendo en varios idiomas, la mayoría desconocidos... Un chaval pasó pitando, el hijo de los Buxton. Luego Gertrude la llevó hasta el cuarto de estar, que era un caos: recortes de periódico cubriendo todas las superficies disponibles y una gran parte del suelo, mientras que en los distintos sillones y sofás y, en algunos casos, sentados con las piernas cruzadas sobre la alfombra, había hombres y mujeres leyéndose mutuamente cosas en voz alta en multitud de idiomas, y pasando sin parar las finas páginas de diccionarios y tesauros, y contrastando entre sí diferentes posibilidades. Un hombre que trabajaba en un artículo italiano le preguntó a una mujer que estaba escribiendo a máquina:

–¿Cómo traduciría *magari?*

–¿Quizá?

–No, eso sería *forse. Magari* es más... «ojalá».

–¿Cómo es la frase?

Pero antes de que Alice pudiera escuchar la frase (y su italiano era lo bastante bueno como para poder dar una opinión) Gertrude la había llevado hasta el comedor, donde dos mujeres estaban sentadas a ambos lados de una mesa cubierta de periódicos, como el suelo del cuarto de estar. Una de las mujeres se levantó. Tenía un rostro hermoso y adusto, un poco como un jarrón Wedgwood; llevaba ropa elegante pero cómoda: una falda larga y una blusa cuyos dibujos almenados recordaban las vidrieras de las iglesias.

–Usted debe de ser la señora Neville –dijo, tendiéndole la mano–. Bienvenida; siéntese, por favor. Le presento a mi hermana, Eglantyne Jebb.

Le hermana se levantó. Era a la vez más masculina y menos directa que la señora Buxton: el efecto de su vigoroso apretón de manos un poco menguado por su renuencia a mirar a Alice a la cara. Cuando hablaba mantenía las manos en el aire, gesticulando, menos por enfatizar sus palabras, sospechó Alice, que por taparse la cara.

La señora Buxton, por el contrario, era un oasis de calma en medio de aquel pandemonio en que se había transformado su hogar, un pandemonio que aceptaba alegremente, aunque con una pizca de pesar, porque le dijo a Alice:

–Discúlpeme por este desorden. Acaban de llegar los periódicos. Usted lee en alemán, ¿verdad?

–Y en sueco.

–Estupendo. Con el sueco no acierto una. No le encuentro

sentido por ninguna parte. El alemán, en cambio, lo leo lo suficientemente bien como para por lo menos poder opinar sobre las traducciones que hacen los que tienen más conocimientos de ese idioma que yo. –Abrió un ejemplar del *Vorwärts*–. A lo mejor puede ayudarnos dándonos su opinión, señora Neville. Un lector bastante impertinente nos ha mandado una carta quejándose de que hemos traducido mal la palabra *Ausnahmegesetze*. Es el tipo de palabra que no viene en los diccionarios. ¿Cómo la traduciría usted?

Alice se sentó, rígida. ¿La estaban poniendo a prueba, aunque fuera de una manera tan sutil?

–A ver. *Ausnahme* sería... excepción, supongo, y *gesetze*, legislación, ¿no? Así que... ¿legislación excepcional?

La señora Buxton sonrió.

–Exactamente. ¿Ves?, te lo dije, Eglantyne, ese señor no tenía razón. –Le pasa una carta a Alice–. Tras varios párrafos de escatimar alabanzas, el remitente, un tal señor Marx, deja caer con cierta arrogancia que, en su opinión, hemos traducido mal esa palabra, que debería ser traducida por «legislación de emergencia». Pero una «legislación de emergencia» no sería *Ausnahmegesetze*, sino más bien algo así como *Notstandsgesetze*. –Cerró el periódico–. ¿Lo ve, señora Neville?, una tiene que andarse con ojo. Y, por mucho que trabajemos, siempre habrá alguien que se queje. Aun así, hay que hacerlo.

–No sé cómo explicarle –dijo Alice– lo mucho que admiro la honradez de su labor.

–Gracias –dijo la señora Buxton, y luego exclamó de repente–: Cielo santo, no le he ofrecido nada de beber. ¿Le apetece algo? Afortunadamente tengo dos mujeres por ahí que, como no saben escribir a máquina y no hablan más idioma que el inglés, se han ofrecido a llevar la cocina. Cosa que, debo añadir, mi marido y mis hijos agradecen mucho. Ya ve, tengo una suerte tremenda. Hay tanta gente con ganas de ayudar... Bueno, ¿y qué le podemos ofrecer?

–No me apetece nada –dijo Alice–, pero gracias por preguntar. La verdad es que estoy deseando ponerme a trabajar.

–Eso es maravilloso. Pues ¿por qué no empieza con este artículo de *Vorwärts?* Me será muy útil en mi discusión con el señor Marx, porque contiene tanto la polémica *Ausnahmegesetze* como *Sondergesetz*, que está más cerca de lo que él dice.

–Me emociona mucho –dice Alice, cogiendo el periódico– que me den esta oportunidad.

–Me temo que no va a pensar lo mismo dentro de unos días. ¡A lo mejor quiere salir corriendo como una loca! Pero no se preocupe. En cualquier caso, le agradeceremos todos los minutos u horas que pueda dedicarnos.

–No voy a salir corriendo como una loca –dijo Alice, aunque le hubiera gustado añadir: éste es el sitio al que he venido corriendo... Pero no dijo nada.

Así que en eso se ha convertido su vida: cinco días en Londres, en los que se queda en el piso de Gertrude, y luego el fin de semana en casa. Llega tarde los viernes, y se va tarde los domingos. Dos noches con Eric es lo máximo que puede soportar. Como para celebrar su presencia, a Ethel le ha dado por preparar comidas muy elaboradas los fines de semana, carne y faisanes asados, y un pato al curry que le recuerda, con cierta nostalgia, los días en que cocinaban para Ramanujan. Pero ella ya no puede con todas esas cosas. En Londres su vida se caracteriza por una sofisticada frugalidad. Bebe té claro y come sándwiches que consisten en la loncha de queso más fina del mundo entre dos rebanadas de pan igual de finas. De vez en cuando, una naranja. Ha perdido peso, cosa que a Eric no le gusta nada. «Me gustan las mujeres con carne en los huesos», dice a la vez que le pega un azote en esas posaderas ya no tan anchas.

Ella no le hace caso. ¿Cómo le va a explicar algo a un hombre que apenas entiende su propio sufrimiento? Tal vez debería decirle: «Eric, lo que estás sintiendo es pena, porque tu mujer, a la que amas, ya no te ama a ti», y entonces él comprendería.

Sin embargo, si le dijera: «En este momento no puedo soportar que me den cama y comida tan ricamente, tengo que salir al frío con botas y paraguas, tengo que dormir en un piso difícil de calentar en una cama que es una tortura para la espalda», ¿sería capaz de comprender esa necesidad de autocastigo, de penitencia? Una necesidad quizá de experimentar siquiera un ápice (como mínimo) del sufrimiento que están experimentando los soldados. O la necesidad de librarse de ese terrible sabor de boca, el sabor del té que tenía el aliento de Ramanujan, cuando apretó sus labios contra los suyos y él...

Le parece imposible haber hecho algo así. Haberse humillado de esa manera. Es algo que nunca le podrá contar a Eric.

Y si no puede contárselo a Eric, si no puede explicárselo a él, y mucho menos a sí misma, lo que sintió aquella tarde, mientras volvía andando a casa desde Trinity, ¿cómo le va a explicar por qué le hace falta la austeridad de la estrecha cama de Gertrude, en ese piso deprimente?

Hardy aún no ha regresado. Al menos desde aquella visita. Tampoco es que le haya preguntado a Gertrude si ha hablado con su hermano sobre que Alice se quede allí.

Curioso que en el transcurso de esa noche, la noche en que tanto Hardy como ella durmieron en el piso, no hablasen una sola vez de Ramanujan. Ella no mencionó en ningún momento, y él tampoco, la cena a la que no la invitaron, de un modo tan significativo. Ni la desaparición de Ramanujan, y su posterior reaparición. O la correspondencia tan tensa que desencadenó esa desaparición.

Eric tampoco habla nunca de Hardy. Ni de Ramanujan. ¿Por qué será? ¿Tal vez porque, aunque no lo reconozca, percibe lo que la incomoda la sola mención de sus nombres? Evidentemente, tiene que verlos a los dos. A Hardy todos los días. Cuando no hablan de matemáticas, deben de hablar de política, de la negativa de Russell a mantener la boca cerrada, del esfuerzo casi premeditado que hace por provocar a Butler. A Eric le encanta contarle a Alice todo lo que pasa en Trinity. Pero por alguna razón, cuando lo hace, nunca saca a relucir a Hardy. Cae la tarde. Está contenta. Una noche más, un día más, y ya podrá volver a Londres. Se muere de ganas de volver a Londres. Y no sólo porque últimamente sea más feliz allí que aquí. Sino también porque ha entrado alguien en su vida cuya sola presencia basta para hacer revivir en Alice esa sensación de posibilidad... Aunque lejanas, surgen perspectivas de placer ante ella cuando quiera que ve a esa persona. Esa persona a la que vio por primera vez la semana pasada, en casa de la señora Buxton. Una nueva recluta.

–Ah, Alice –dijo Dorothy, ahora ya se trataban de tú–, ¿te importa explicarle un poco a esta señora cómo funciona esto? Ha venido a recoger algunas cosas para llevárselas a casa. Vive en Cornualles y habla perfectamente italiano.

Alice se volvió. Ante ella, radiante y muy embarazada, estaba la señora Chase. La amiga de Littlewood con la que Gertrude y ella habían coincidido, aunque sólo fuera un momento, en el zoo.

–Ya nos conocemos –dijo Alice.

La señora Chase arrugó la frente, desconcertada.

–¿Ah, sí?, pues perdóneme entonces –dijo la señora Chase–. Tengo muy mala memoria últimamente. Es curioso, éste es mi tercer embarazo, y siempre me pasa algo raro. En el último me moría de sed.

–No pasa nada –dijo Alice–. Soy Alice Neville. Nos conocimos en el zoo... Parece que han pasado siglos... Yo estaba con Gertrude Hardy.

Entonces se hizo la luz, una luz visible en los ojos de la señora Chase. ¿Pero era un recuerdo agradable?

–Claro... –dijo, sonriendo–. Qué alegría verla.

Y alargó la mano, y cogió a Alice del brazo, y misteriosamente, de una forma casi excitante, la besó en la mejilla.

NUEVA SALA DE CONFERENCIAS, UNIVERSIDAD DE HARVARD

A finales de 1916, teníamos la fórmula de las particiones. Se escribía así:

$$p(n) = \sum_{1}^{v} A_q \phi_q + O\left(n^{-\frac{1}{4}}\right)$$

donde

$$A_q(n) = \sum_{(p)} \omega_{p,q} e^{-\frac{2np\pi i}{q}}$$

$$\phi_q(n) = \frac{\sqrt{q}}{2\pi\sqrt{2}} \frac{d}{dn}\left(\frac{e^{C\lambda_n/q}}{\lambda_n}\right)$$

siendo la suma resultante de los p enteros positivos menores que q y primos de q, v es del orden de $\sqrt{n}$, y $\omega_{p,q}$ es una raíz 24-ésima de la unidad y

$$C = \frac{2\pi}{\sqrt{6}} = \pi\sqrt{\frac{2}{3}}, \quad \lambda_n = \sqrt{n - \frac{1}{24}}$$

Hoy en día, siempre que escribo esa fórmula, pienso: ¡qué criatura más extraordinaria! Es como uno de esos osos de circo entrenados para mantener un automóvil en equilibrio sobre el hocico, o algo semejante. Hay un resplandor en cada una de sus barrocas circunvoluciones; aunque el resplandor da una falsa impresión del laborioso proceso que seguimos para lograrlo: a veces un proceso de ensayo y error, como si estuviéramos en medio de una habitación cuyas paredes estuviesen repletas de miles y miles de interruptores eléctricos, y tuviéramos que probarlos todos con el objetivo de alcanzar al final determinado grado de luminosidad. Un interruptor nos acercaba a ese resultado; y entonces probábamos otro y la luz se volvía deslumbrante, o la habitación se quedaba completamente a oscuras. Aun así, nos pasamos semanas aproximándonos cada vez más, y luego un día, casi sin darnos cuenta, tuvimos la luz exacta.

Ahora debo dirigirme de nuevo a la facción mística que acepta, sin asomo de incredulidad, la afirmación de Ramanujan de que sus descubrimientos matemáticos se le ocurrían en sueños, o que las fórmulas se las apuntaba una diosa en la lengua. Estoy seguro de que él se lo creía de verdad, igual que yo me creo que, en determinados momentos, conseguía sacar de las profundidades de su imaginación cofres de tesoros en los que centelleaban joyas relucientes, mientras los demás continuábamos picando en las minas de diamantes con nuestros zapapicos. Aun así, la capacidad de viajar asiduamente (como no podía hacer el pobre Moore) a regiones de la mente que para muchos de nosotros están prohibidas no requiere necesariamente la intervención de una diosa. Al contrario, todos experimentamos alguna vez ese tipo de «milagros».

Déjenme que les ponga un ejemplo. Todos los que le conozcan estarán de acuerdo en que no hay matemático menos «místico» que Littlewood. Pues incluso Littlewood me contó que en una ocasión, cuando estaba trabajando en el problema $M_1 < (1 - c)M_2$ para los polinomios trigonométricos reales, su «lápiz anotó» de casualidad una fórmula que resultó ser la clave de la demostración. Según Littlewood, ese episodio fue «prácticamente ajeno a su conciencia»; afirmación que, si el psicoanálisis hubiera estado de moda durante la guerra, habría despertado un interés considerable entre sus adeptos. En aquellos años, sólo les habría interesado a los adeptos al tablero de güija. Y ahí precisamente quería yo llegar. Si hoy en día proclamara que una diosa me escribía fórmulas en la lengua, me encerrarían en un manicomio. Pero Ramanujan era indio, así que se le calificó de «visionario». Sin embargo, lo que ese letrero no tiene en cuenta es el precio que pagó por su visión, y lo mucho que tuvo que trabajar para alcanzarla.

Así como es cierto, por ejemplo, que la fórmula surgió de una de las suposiciones que se trajo de la India, hay que recordar que el trayecto desde esa suposición inicial al resultado final fue largo y trabajoso. Fue un proceso de refinamiento, y aunque es justo decir que, si yo no hubiera aportado ciertos conocimientos que él no poseía, no habríamos llegado a ninguna parte, déjenme subrayar que mi contribución no fue *meramente* técnica. También aporté mi propia visión.

Recuerdo que estábamos en navidades cuando terminamos. Yo me encontraba en Cranleigh, en la casa en que había pasado mi niñez, la casa que mi madre compartía con mi hermana, y a la que regresaba en vacaciones. Mi madre, en ese momento, llevaba varios años muriéndose. Parecía que, cada tantos meses, se ponía al borde de la muerte, veía a los ángeles haciéndole señas, y luego, a última hora, algo la apartaba del borde y, antes de que nos diéramos cuenta, ya había salido de la cama, estaba haciendo té y proponiendo una partida de Vint. Le encantaba ese juego (¿alguien se acuerda de él?). Era de origen ruso, una variante del bridge-contrato. (Por lo visto, «Vint» significa «tornillo» en ruso.) Esas navidades nos pasamos horas jugándolo todos los días, con una vecina amiga de mi madre, la señora Chern, de cuarta jugadora. La señora Chern hacía trampas, recuerdo. Me pregunto si mi madre se daría cuenta.

Creo que ya he comentado que poseía cierto talento para las matemáticas; talento, siento decir, que en sus últimos años aplicaba exclusivamente a sus partidas de Vint, que por lo menos tiene la ventaja de ser un pasatiempo inofensivo, a diferencia de las maldades ocultistas a las que se entregaba la madre de Ramanujan. Y mi madre, dicho sea en su honor, era muy buena jugadora de Vint. Casi tanto como yo. Ese año se me ocurrió escribir un libro sobre cómo ganar al Vint, y hacerme lo suficientemente rico con él como para dejar la enseñanza. Mi objetivo, le conté a Russell, era llegar al millón de puntos, de manera que, cuando la gente me preguntara qué había hecho en la Gran Guerra, pudiera responderle que me había convertido en el presidente de la Liga de Vint y había legado al mundo en general el provecho de mi experiencia. Pero nunca escribí ese libro, como tampoco escribí la novela policiaca sobre la hipótesis de Riemann, y ahora, cuando la gente me pregunta qué hice en la Gran Guerra, les digo: «Cuidar a Ramanujan.» A lo mejor, en mi vejez, escribo los dos.

Pero estoy divagando. Volviendo a las particiones, esas navidades Ramanujan me envió una postal desde Trinity, facilitándome la última pieza del puzzle y pidiéndome que escribiera las demostraciones finales. Para entonces MacMahon, que era el ser más encantador del mundo, le había suministrado la copia mecanografiada de los valores que había averiguado para $p(n)$ hasta $n = 200$ y Ramanujan los había cotejado. La fórmula no era precisa. Solamente daba la respuesta correcta si la redondeábamos hasta el número entero más próximo. De todos modos, la diferencia era extraordinariamente pequeña. En el caso de $n = 100$, por ejemplo, nuestra fórmula daba un valor para $p(n)$ de 190.569.291,996, mientras que el valor real era 190.569.292. Una diferencia, para ser exactos, de 0,004.

Ramanujan estaba emocionado con los resultados. Los calificaba de «notables», algo excepcionalmente positivo viniendo de él. Se trataba de una noticia lo bastante importante como para comentársela a mi madre, con quien raras veces hablaba de mi trabajo; pero, como aquel asunto no tenía nada que ver con el Vint, se limitó a reaccionar con un aire de fingido desinterés, diciendo algo así como: «Qué bien», antes de volver a su juego de cartas. Como verán, era más lista que el hambre. El desinterés era una buena excusa, algo a lo que recurría siempre que un tema la aburría. Con su enfermedad podía permitirse una serie de lujos que nunca habría podido permitirse de haber estado bien. Y, mientras tanto, mi pobre hermana se desvivía por ayudarla y le consentía todos los caprichos, incapaz de distinguir las quejas reales de las puramente ficticias. Pobre Gertrude. En ese sentido, era mucho más ingenua que yo.

¿Ya estaría el caso Russell en plena ebullición? Creo que sí. Pero no: la mayor parte de la acción (su arresto, el proceso, su despido de Trinity) debió de ocurrir a finales de verano y comienzos de otoño, porque recuerdo cómo me daba la luz por encima del hombro mientras leía una carta suya tomando el té; en navidades ya habría estado muy oscuro a la hora del té, una oscuridad que la prohibición de encender las farolas en tiempos de guerra aún hacía más exagerada. La memoria acostumbra (al menos la mía) a ordenar los recuerdos por categorías, no por fechas. Es como si una secretaria desmemoriada hubiese separado los acontecimientos de su orden natural y después los hubiese archivado bajo rótulos como «Ramanujan», «La guerra», «El asunto Russell», de forma que ahora, para tener clara la cronología, debo sacar primero de cada archivo los detalles tocantes a un momento y luego colocarlos al lado de los detalles de otro, y sacar otro archivo. Y tampoco es que esté completamente convencido de su veracidad, una vez he completado esa difícil reconstrucción.

Por cierto, éste es un episodio del cual, si ustedes los hombres de Harvard saben algo, seguramente es porque guarda una pequeña relación con la historia de su propia e ilustre universidad. Porque en 1916 Trinity despidió a Russell, y el Foreign

Office le negó el pasaporte, lo que supuso que no pudiese aceptar un puesto que le habían ofrecido en Harvard. Todo lo cual se ajustaba perfectamente a sus propósitos.

Intentaré ser lo más breve posible. A Russell no lo despidieron de Trinity, como todo el mundo cree, *después* de que lo metieran en la cárcel. De hecho, cuando lo encarcelaron, ya habían pasado dos años desde su despido. Ese segundo arresto vino a consecuencia de un artículo que escribió para el *Tribunal* que fue considerado una amenaza para las relaciones entre Inglaterra y Estados Unidos; aunque yo estoy convencido de que escribió ese artículo *para* que lo encarcelaran de nuevo, y así demostrar de una vez por todas que estaba dispuesto a padecer sufrimientos, si no iguales, por lo menos similares a los de los hombres del frente. Porque, en su posición, era difícil escapar a que lo tacharan de indolente, y la cárcel demostraría el carácter viril de su oposición.

Pero eso es adelantarse a los acontecimientos. No creo que en 1916 Russell tuviera ya la prisión en mente. Lo que había hecho era reconocer, en una carta al *Times,* la autoría de un panfleto distribuido por la Asociación Antirreclutamiento. El panfleto contenía un lenguaje que el gobierno consideraba incendiario y probablemente ilegal; así que cuando Russell hizo público que lo había escrito él, a la Corona no le quedó otro remedio que procesarlo. La acusación concreta era que en aquel panfleto Russell había hecho afirmaciones «que podrían perjudicar el reclutamiento y la disciplina de las fuerzas de Su Majestad». Eso era lo que él quería, porque entonces podría utilizar el juicio como tribuna improvisada para su pacifismo. Siendo procesado y, probablemente, declarado culpable, esperaba llamar la atención sobre las injusticias cometidas con los objetores de conciencia y de paso obtener un público más amplio para sus diatribas.

El problema era que sus diatribas se le escapaban al público al que él aspiraba. En el juicio, se comportó punto por punto como un auténtico experto en lógica, desmantelando las argumentaciones de la acusación como si fueran capciosos razonamientos matemáticos. Por ejemplo, al afrontar el principal cargo (que el panfleto perjudicaba el reclutamiento) señaló que, en el momento en que se había distribuido el panfleto, los solteros ya eran llamados a filas, mientras que los casados no. Conque la única influencia nociva que podía haber tenido el panfleto era sobre los hombres casados que estaban considerando alistarse voluntariamente y, por lo tanto, no eran *ex hypothesi* (Russell empleó precisamente esa expresión) objetores de conciencia. El panfleto, concluyó Russell, se limitaba a informar a esos hombres que, si decidían «declararse» objetores de conciencia, se exponían a pasar dos años de trabajos forzados. «No creo que el conocimiento de este hecho», dijo, «pueda inducir a un hombre así a fingir que es objetor de conciencia si no lo es»; argumento que, si bien deslumbraría a un estudiante de Trinity, sólo serviría para poner en contra a un juez.

Que fue precisamente lo que pasó. De hecho, yo diría que aquella estrategia se volvió en su contra, con el resultado de que Russell fue encontrado culpable y condenado a pagar una multa de cien libras, que se negó a abonar. Y lo irónico del caso es que podría haberse librado fácilmente. La causa de la Corona contra él era increíblemente débil. Ahora sospecho que en realidad su juego era mucho más sutil de lo que cualquiera de nosotros podía imaginar; que, habiéndose percatado de la debilidad de la causa, había elegido a propósito emplear un enfoque que molestaría al juez y le aseguraría su condena. Al negarse a pagar la multa, todos los bienes de sus aposentos de Trinity serían sacados a subasta. Los periódicos informarían sobre esa subasta, y él sería el mártir perfecto.

Por otro lado, dudo mucho que esperara que el Consejo de Trinity lo despidiese realmente. Yo, desde luego, no me lo esperaba. En definitiva, una cosa es negar el permiso a un grupo pacifista para que se reúna en los dominios del *college*, y otra rescindir el contrato a un hombre tan eminente, respetado y famoso como Bertrand Russell. Y aunque los estatutos del *college* daban al Consejo el *derecho* de despedir a cualquier miembro convicto de un delito, no le *obligaban* a hacerlo. Había que elegir, y eligiendo el Consejo demostró ser despótico y cobarde, minando (quizá para siempre) los mismísimos cimientos de libertad intelectual sobre los que el *college* se había construido, y provocando la ira tanto dentro como fuera de Cambridge.

Pero aún fue peor que eso. De los once miembros del Consejo que votaron en contra de Russell, cinco eran Apóstoles (McTaggart y Jackson entre ellos). Sigo pensando que McTaggart, aquel individuo tan despreciable, debería haber sido anatemizado y «roby-zado» por lo que hizo, porque Roby simplemente había decidido que la sociedad no merecía que le dedicara su tiempo, mientras que McTaggart se volvió en contra de un *hermano* que en su día lo había considerado su mentor. Ese año, siempre que veía a McTaggart arrastrándose junto a una pared, o montado en su decrépito triciclo, echaba a andar en dirección contraria, porque tenía miedo de perder los nervios si nos encontrábamos y de pegarle una patada. Al final entendí por qué, cuando estaba en la escuela, los otros chicos no podían resistirse a la tentación de andar a patadas con él.

Desde luego, si a Russell le afectó, pareció que lo superaba bastante pronto. De hecho, a los pocos días ya me estaba contando que el despido era lo mejor que podía haberle sucedido, porque «zanjaba la cuestión», por decirlo con sus propias palabras. Ahora se libraría de Trinity de una vez por todas, y podría viajar por el país ofreciendo «alimento intelectual» a los trabajadores, mineros y gente de ese tipo. Si se lo creía de verdad o simplemente había hecho un pacto con su propio orgullo no lo sé. Pero fue a Gales y a otros sitios, y dio conferencias. Y tampoco parecía, en una ocasión en que lo vi en Londres, que echara de menos Trinity en absoluto. No le culpo. Yo también detestaba Trinity.

Sí, odiaba Trinity. Y lo digo hoy sin pena ni vergüenza, a pesar de que, entretanto, he dejado Oxford y regresado de nuevo. Al despedir a Russell, y en eso todos estábamos de acuerdo, el

Consejo se había pasado de la raya. Y, sin embargo, estábamos divididos respecto a cómo debíamos reaccionar; algunos (incluido yo mismo) pensábamos que era necesaria una acción militante, otros creían que debíamos pasar desapercibidos hasta que hubiera terminado la guerra. Al final llegamos a un acuerdo. En vez de publicar una declaración tajante en la *Cambridge Magazine*, decidimos hacer circular por el *college* una petición más suave:

> Los miembros del *college* abajo firmantes, si bien no se proponen emprender ninguna acción en el transcurso de la guerra, desean dejar constancia de que no están satisfechos con la decisión del Consejo de apartar al señor Russell de su cargo docente.

Lo que me sorprende, visto desde ahora, es que incluso con ese lenguaje tan desleído sólo consiguiéramos recoger veintidós firmas. Fueron sobre todo los miembros con un cargo permanente (cuyas firmas habrían tenido más peso) los que se negaron a firmar. Tampoco es que Russell nos lo pusiera muy fácil cuando escribió al portero de Trinity y le pidió que tachase su nombre en los libros del *college*. Que un gesto así se considerara una provocación puede que les resulte desconcertante, pero en el Trinity de aquellos años, cualquier actuación que se pudiera interpretar como una expresión de desdén a la tradición se tomaba muy pero que muy en serio. Por esa misma razón, a punto estuvimos de renunciar a nuestro esfuerzo, pensando que, si Russell no quería que le ayudaran, no debíamos arriesgar nuestro futuro por intentarlo. Porque en ese momento se lo estaba pasando bastante bien, bebiendo cerveza con sus nuevos colegas mineros y durmiendo con tres mujeres a la vez, aunque no sé cómo podían soportar su aliento.

¿Y qué opinaba Ramanujan de todo aquello? ¿Era siquiera consciente de lo que sucedía? Me gustaría saberlo. Me gustaría habérselo preguntado. Pero no lo hice.

Sin duda, el momento más absurdo de todo el asunto, y el que proporcionó mayor satisfacción a Russell, fue la subasta de sus bienes. Eso fue fruto, como recordarán, de su negativa a pagar la multa. No obstante, desde el principio controló veladamente todo el proceso. Recuerden que tenía dos domicilios. Además de sus aposentos en Trinity, tenía un piso en Londres. Y se las había apañado para convencer al tribunal de dejar el piso de Londres al margen, e incautar solamente lo que había en Trinity. Sospecho que, desde su punto de vista, subastar las cosas de Trinity debía de ser doblemente beneficioso: no sólo el espectáculo de la subasta aseguraría su reputación pública, sino que le eximiría de la necesidad de volver a Trinity a despejar sus habitaciones, que ya iba a vaciar de todas formas. Así no necesitaba interrumpir su ciclo de conferencias en Gales. Además (o eso dijo al principio) no le importaban demasiado las cosas que había en Trinity. Lo cierto es que no tenían mucho valor. En circunstancias normales, nunca habrían alcanzado la suma de ciento diez libras (cien de multa y diez de costas) que se le exigía a Russell si quería evitar la cárcel. Porque eran cosas bastante horribles, elegidas aposta, o eso pensábamos Norton y yo, para dar a entender la clase de estudiada indiferencia con respecto al entorno que Russell consideraba apropiada para un intelectual.

Ahora, cuando repaso el anuncio de la venta (la secretaria de toda la vida lo ha conservado con cariño), me llama realmente la atención su brutalidad. Los subastadores, los señores Catling e Hijo, eran expertos en el uso de determinado tipo de lenguaje con la sola intención de estimular el apetito de anticuarios y coleccionistas predadores. Pues han de saber que la mayoría de las cosas eran de mal gusto y de escaso valor, que fue por lo que Norton y yo nos echamos a reír cuando vimos una mesita especialmente fea descrita como «Mesita de té en madera de Coromandel, decorada con diez medallones chapados», o el escritorio hecho polvo de Russell convertido en una «Escribanía de nogal con hueco en el centro para las rodillas», o aquellas alfombras andrajosas, llenas de manchas, descritas como «Magníficas alfombras turcas». En realidad, de todos los muebles de Russell, sólo uno (un sofá Chippendale de seis patas) era un poco bonito, y ése, al final, me lo compré yo.

Toda la hilaridad que pudiera haber provocado aquel anuncio, sin embargo, cesaba al leer el primer párrafo. Porque inmediatamente después de enumerar «más de 100 onzas de vajilla de plata, Artículos Chapados, Reloj de Oro de Caballero con Cadena», los señores Catling e Hijo se saltaban una línea y anunciaban (ahí el texto está centrado y en mayúsculas) el plato fuerte: «MEDALLA DE ORO BUTLER DE LA UNIVERSIDAD DE COLUMBIA, concedida a Bertrand Russell en 1915.» Y luego los libros: *Royal Society Proceedings and Transactions, London Mathematical Society Proceedings;* las obras completas de Blake, Bentham, Hobbes; *Baldwin's Dictionary of Philosophy and Psychology; Cambridge Modern History.* ¡Vender la medalla de un hombre! ¡Y sus libros! Hasta Russell debió de sentir, ante la perspectiva de todas esas pérdidas, una sacudida lo bastante fuerte como para reconsiderar su deseo de verlo todo vendido; porque unos días antes de que tuviera lugar la subasta escribió que, aunque no le importaba deshacerse de los libros de filosofía y matemáticas, no le apetecía quedarse sin los de literatura. Además (hilando más fino todavía), si bien era cierto que no le importaba deshacerse de los libros de filosofía y matemáticas, pensaba que le habría gustado conservar las obras completas de los grandes filósofos, ya que habían pertenecido a su padre. Y también estaba la mesita de té, por la que parecía sentir un apego desproporcionado. Pero la medalla de oro le daba igual. Sería toda una noticia que fundieran aquel emblema de su fama allende los mares y entrara en el mercado como oro en bruto. Le encantaba la idea.

La mañana de la subasta, le pregunté a Ramanujan si quería venir conmigo y me dijo que sí. Era el tipo de día cálido del que habría disfrutado muchísimo más en tiempos de paz. Porque ahora no me apetecían ni el sol, ni las hojas, ni el río, sino cierta lobreguez que, por lo menos, se aproximara un poco a la de Somme. Y supongo que a los demás debía de pasarles lo mismo, porque cuando llegamos al Corn Exchange vimos que la subasta sólo había atraído a una pequeña multitud. Norton, naturalmente, andaba por allí, con un bloc y un lápiz en la mano, ya que llevaba las cuentas de la recaudación, y necesitaba anotar los precios que alcanzaran los lotes. No había representantes de la prensa, ni siquiera de la *Cambridge Magazine*. Hasta el subastador parecía percibir la mezquindad del asunto, porque su parloteo carecía de convicción, y bajaba el mazo sin entusiasmo y sin fuerza. Si Russell hubiera estado presente, supongo que se habría sentido muy decepcionado.

El primer lote, dijo el subastador, ya estaba vendido. Consistía en la plata, el reloj con cadena, la medalla, y la mesita de té a la que Russell le tenía tanto cariño, y había sido pagado con los fondos recolectados por Morrell y Norton a través de una suscripción. También se habían adjudicado la mayor parte de los libros, así que sólo quedaban los muebles, la ropa blanca, las alfombras, y unas cuantas cosas sueltas sacadas del fondo de los cajones. Todo eso sumaba en total poco más de veinticinco libras. Conseguí el sofá Chippendale por poco más de dos, el único gesto de sutil represalia que me permití. Norton compró algunos manteles daneses, mientras que Ramanujan, para mi sorpresa, pujó por un pequeño retrato de Leibniz que yo recordaba haber visto sobre la repisa de la chimenea de Russell, apoyado entre dos candelabros de plata. Nadie más pujó por él, y se lo llevó por casi nada.

Después, los tres dimos un paseo por el río.

–Naturalmente, le devolveré los manteles –dijo Norton.

–¿Para qué le vas a devolver unos manteles con manchas de té? –le pregunté–. Seguramente ni se acordará de ellos.

–Pero es una cuestión de principios –dijo Norton–. Supongo que tú le devolverás el canapé.

–No, creo que quedará mucho mejor en mis habitaciones que en las suyas –le dije–. Puede que hasta lo tapice. Estaba pensando en una *toile de Jouy*. Un estampado sobre fondo blando. Estaría bien para variar, ¿verdad, Ramanujan?, mientras trabajamos en la fórmula de las particiones.

Ramanujan no dijo nada. Era evidente que no sabía lo que era una *toile de Jouy*.

–Seguro que el señor Ramanujan encuentra la preocupación que tenemos los ingleses por los muebles y la decoración bastante curiosa –dijo Norton.

–Por cierto, ¿por qué ha comprado usted el retrato de Leibniz?

–Leibniz era un gran matemático. Pero, por supuesto, se lo devolveré al señor Russell si creen que es lo correcto.

–No, quédeselo. Si hubiera querido conservarlo, se lo habría hecho saber a Norton.

Nos sentamos en un banco. Unos cisnes estaban saliendo del río en la orilla de hierba.

–Qué animales más brutos –dijo Norton, y se puso a contar una historia de cómo un cisne les había atacado a él y su madre cuando era pequeño. Antes de que hubiera terminado, sin embargo, Ramanujan tosió fuerte, se levantó y dijo:

–Disculpen, me temo que debo regresar a mis aposentos. –Y se fue.

–Qué raro –dije yo, mientras lo veía alejarse dando traspiés–. ¿Será que no se encuentra bien?

–¡Eso parece! –dijo Norton.

–¿Qué quieres decir? –le pregunté.

–¿No te has dado cuenta? –respondió–. Estas últimas semanas parece un muerto en vida.

Me quedé mirando a los cisnes. Su belleza acicalada, la cuidadosa atención que le prestaban a su propio plumaje blanco, contradecía su intrepidez y su crueldad. Se dejaban llevar por la corriente, aunque yo sabía muy bien que su aparente indiferencia ante nuestra presencia no era más que una ilusión, la perenne ilusión que suscitan en las criaturas que tienen los ojos en el frente de la cara las que los tienen a los lados. Nuestro error, como siempre, consistía en suponer que la perspectiva del otro era la misma que la nuestra, interpretando como falta de atención una vigilancia hostil. Sí, nos estaban vigilando.

Nos levantamos y volvimos andando al *college*. Tal vez deba disculparse el hecho de no notar los cambios físicos del compañero con el que pasamos la mayor parte del tiempo. Norton, que lo veía menos a menudo, los apreciaba rápidamente.

–Seguramente es porque ha estado trabajando demasiado –dije–. A veces se pasa toda la noche en vela. Hasta se olvida de comer.

–Es muy probable –dijo Norton–. De todas maneras, ¿no deberías mandarlo al médico?

–¿Para qué?

–Bueno..., como medida preventiva.

–Ya, pero si le pregunto si se encuentra mal, me va a decir que no tiene ningún problema. Que no le hace falta ir al médico. Además, incluso si le mandan reposo, no lo va a hacer. Está obsesionado con su trabajo.

–La obsesión con el trabajo te puede llevar a una crisis nerviosa –dijo Norton, recordando sin duda su propia experiencia.

Nos separamos en New Court, y yo regresé a mis habitaciones, donde esa noche estuve pensando en Ramanujan como no había hecho en bastante tiempo. Era verdad que una pátina de tristeza parecía velar siempre su estudiada cortesía. Entonces, ¿el problema era el clima, como de costumbre? ¿La dificultad de encontrar comida que pudiera digerir? Si no se hubiera tratado de Ramanujan, le habría preguntado qué era lo que iba mal. Pero, tratándose de él, me habría contestado que todo iba bien, cuando en realidad no era así, aunque yo no me enteraría de los detalles hasta más tarde.

Como ya he dicho antes, aun cuando había recibido cartas de su madre, llevaba muchos meses sin recibir ninguna de su esposa Janaki. Bueno, me parece que en algún momento de aquel verano por fin recibió una carta de Janaki, una carta muy preocupante, en la que le contaba que ya no estaba en Kumbakonam, que ahora estaba en Karachi, en casa de su hermano. Ella y su hermano regresarían pronto al pueblo, puesto que él se iba a casar, y le decía a Ramanujan si podía enviarle algún dinero para comprarse un sari nuevo que llevar a la boda. ¡Y con qué extraña mezcla de amargura y alivio acogió aquella carta! Porque al fin, después de dos años, Janaki se daba por enterada de su existencia. Pero sólo lo hacía para pedir dinero. No decía una palabra de las muchas cartas que él le había escrito, y que Ramanujan creía que ella había ignorado, cuando la verdad era, tal como supo luego, que su madre las interceptaba. La reticencia de la muchacha, que en realidad se debía a que apenas era capaz de escribir, él la interpretaba como frialdad. Por consiguiente, envió el dinero, aunque a regañadientes. Komalatammal, claro, aprovechó la fuga de Janaki para lanzar aún más acusaciones contra ella. La boda del hermano, le contó a Ramanujan, era una mera excusa. La triste verdad era que Janaki era una mala chica, una mala nuera y una mala esposa. Probablemente Komalatammal insinuó que había otro hombre en escena. El auténtico motivo de la fuga de Janaki (de escapar de la tiranía de su suegra, que la había llevado al límite) Komalatammal lo ocultó o no lo sabía ni ella misma.

¡Ay, aquella mujer! ¡Si Janaki le hubiera explicado todo esto a Ramanujan! Pero no lo hizo, tal vez porque no vio la necesidad de hacerlo; o no se percató de que Komalatammal distorsionaría los hechos para reforzar su propia postura; o dio por sentado que Ramanujan entendería implícitamente sus razones. Tampoco contribuyó mucho a su causa el que, al término de la «visita» a su hermano, decidiera quedarse en casa de sus padres en vez de regresar a la de su suegra. Ese «abandono» proporcionó a Komalatammal la munición que necesitaba. Sin embargo, a pesar de todos sus supuestos poderes ocultos, no poseía la suficiente intuición psicológica como para ver que sus argucias hacían peligrar más su propia relación con Ramanujan que la que él mantenía con su esposa. Porque Ramanujan debió de percibir, incluso en la distancia, los denodados esfuerzos de Komalatammal para interponerse entre él y Janaki; y del mismo modo que antes le había escrito todas las semanas, ahora sólo le escribía una vez al mes, y luego una cada dos meses, y más tarde nunca.

Así que ya ven que tenía preocupaciones de las que yo era apenas consciente. Si he de ser sincero, aunque me hubiera confiado alguna de esas preocupaciones, lo más probable es que les hubiera prestado escasa atención. Al igual que él, tenía casi toda mi atención centrada en las matemáticas. La poca que me quedaba libre la empleaba en el asunto Russell. Tampoco es que le obligara a trabajar. A Ramanujan y a mí nos unía la misma devoción por una tarea ante la cual la necesidad de comer, o hasta la de amar, desaparecía. Tentado estoy de decir que nuestra intimidad era aún mayor por todas las emociones que imposibilitaba, porque cuando estábamos trabajando, la mezcla de compasión, irritación, sobrecogimiento y perplejidad que la *idea* de él despertaba en mí se volvía inconsistente e insustancial y se desvanecía del todo. Y sospecho que lo que yo representaba para él también se desvanecía. En semejante ambiente, me tomaba a mal cualquier cosa que amenazara con inmiscuirse en nuestro trabajo. Aun así, trabajábamos juntos cuatro horas al día como mucho. Lo que nos dejaba otras veinte en las que permanecíamos separados.

La señora Neville se equivocaba al acusarme, por su cuenta y riesgo, de ignorar el descontento de Ramanujan. Si hubiese sido más sutil o más inteligente, me habría hecho una acusación más justa: a saber, que no conseguí *respetar* su descontento. Me limité a tolerar sus desapariciones, su mal humor, sus momentos de cabezonería. No me molesté en pensar qué subyacía tras ellos. O si lo hice, lo hice por pura frustración, cuando su comportamiento interfería con nuestro trabajo.

Por ejemplo, ese otoño sacó por fin su licenciatura. Envié a Madrás un encendido informe de sus progresos. Hasta le leí uno de sus artículos en voz alta a la Sociedad Filosófica de

Cambridge, a pesar de que él no acudió a la reunión. ¿Lo invité? Probablemente no. Seguramente di por hecho que era demasiado tímido como para que le apeteciera venir.

No obstante, la licenciatura, en contra de lo que yo esperaba, no lo aplacó ni mitigó su necesidad de aceptación. Al revés: la consecución del emblema del éxito (dos letras, B.A., que ahora podía poner detrás de su nombre) sólo pareció exacerbar sus ansias de más trofeos. ¿Y cuál era el siguiente trofeo a obtener? Por lo visto, Barnes, que mientras tanto había dejado Cambridge, le había dicho a Ramanujan antes de su partida que podía contar con ser nombrado profesor numerario de Trinity en el otoño de 1917. Yo no estaba tan seguro. Su reputación iba muy ligada a la mía, y no es que en aquel momento yo estuviera muy bien visto en Trinity. Y eso sin contar que nunca había habido un profesor indio. Aunque no me apetecía explicarle nada de esto. No quería darle más motivos de preocupación. Y, al mismo tiempo, malamente podía secundar las garantías que Barnes le había ofrecido; y como incordiar solía ser la conducta habitual de Ramanujan cuando se enfrentaba a la incertidumbre, empezó a sacar a relucir el tema casi todos los días, tal como había hecho anteriormente con el Smith's Prize.

Espero que comprendan que su ambición en sí misma no me molestaba. La entendía y la valoraba, puesto que yo también la tenía. Porque en aquella época había una serie de cosas que garantizaban, por así decirlo, la validez de un matemático: el Smith's Prize llevaba a una plaza fija en Trinity, y la plaza en Trinity llevaba a la plaza en la Royal Society. Si yo mismo no hubiera conseguido obtener todos esos honores (que en mi caso vinieron a su debido tiempo, «según lo previsto»), habría sido presa de un paroxismo de rabia y de dudas sobre mi propia valía. Así que ¿por qué me impacientaba que Ramanujan tuviese la misma necesidad de reafirmación? Supongo que porque me daba la sensación de que, en su caso, ningún premio, por importante que fuera, sería capaz de saciar su anhelo. ¿Pero en qué consistía aquel anhelo exactamente? Vamos a definirlo, pues, por *reductio ad absurdum*, partiendo de la base de que no existía. ¿Que te cerraran las puertas en las narices durante años podía hacerte feliz? ¿O esos años dejarían inevitablemente como legado un hambre que ninguna cantidad de medallas podría saciar? ¡No era de extrañar que yo no lograse conciliar aquella hambre con la supuesta espiritualidad de Ramanujan, aquel crisol en el que, aseguraba, sus descubrimientos habían cobrado vida! Eran dos cosas diferentes: una tenía que ver con sus orígenes y la otra con sus repercusiones.

Ahora que soy mayor, tengo una actitud menos apasionada con respecto a estas cosas. En Cambridge se nos enseñaba a considerar nuestras vidas como viajes en tren a lo largo de trayectos prefijados, una estación tras otra hasta que al final alcanzábamos algún destino glorioso: el final de la línea que era, por otra parte, el comienzo de todo. A partir de ahí, podríamos disfrutar del calor del reposo y la comodidad, de un bienestar formalmente aprobado. O eso creíamos. Porque, en realidad, ¡cuántas maneras hay de descarrilar! ¡Cuán a menudo se cambia el horario y los revisores se declaran en huelga! ¡Qué fácil es dormirse y despertarse luego, sólo para descubrir que uno se ha pasado de la estación en la que se suponía que debía hacer transbordo, o que lleva todo el tiempo en el tren equivocado! Cuántas preocupaciones nos cuesta..., aunque evidentemente todas esas preocupaciones son inútiles, ya que el secreto más cruel de todos es que todos los trenes llevan al mismo sitio. Y, en algún momento, Ramanujan tuvo que empezar a darse cuenta.

En cualquier caso, la mañana siguiente a la subasta vino a verme como siempre. Lo miré de arriba abajo y me asusté al comprobar que, a pesar de que su cuerpo seguía siendo el de un hombre fuerte, tenía las mejillas hundidas. Dos medialunas carnosas, más pálidas que la piel oscura que las rodeaba, le sobresalían bajo los ojos. Contradiciendo lo que le había dicho a Norton, le pregunté si se encontraba bien, si necesitaba un médico. Pero, tal como me había imaginado, se salió por la tangente.

«No he dormido bien», dijo. «Estuve pensando en...» Quién sabe qué... Probablemente en algún detalle del teorema de las particiones. Y pasamos a otra cosa.

Nunca he sido un hombre dado a escarbar en las causas y los procesos. Para mí las matemáticas siempre han sido así: estás contemplando un paisaje montañoso. Puedes ver claramente el monte A, pero apenas puedes distinguir el monte B entre las nubes. Luego descubres la cresta que lleva del monte A al monte B, y a partir de ahí ya puedes avanzar hasta montes más lejanos. Una analogía muy bonita (la empleé en una conferencia que di en 1928) que, sin embargo, no acaba de especificar si, al realizar esa exploración, deberías fiarte únicamente de tus prismáticos o emprenderla de verdad a pie. En este último caso, ya no contemplas los montes a lo lejos, te adentras en ellos. Y ése es un juego mucho más peligroso. Porque entonces te enfrentas a riesgos desconocidos para alguien que se encuentra a salvo en la distancia, mirando por sus prismáticos: la congelación, el agotamiento, la pérdida de orientación. También puedes perder pie, caer al abismo desde una superficie que estás escalando. Sí, el abismo siempre está ahí. Asumimos el riesgo de caer en él de diferentes maneras. Yo lo hacía no mirándolo, fingiendo que no había ningún abismo. Pero Ramanujan, creo, siempre miraba directamente al fondo. Para no tropezar. O prepararse para saltar.

¿Y qué es ese abismo? Ahí es donde me quedo sin palabras. Es el lugar donde todas las piezas, todos los símbolos, todos los caracteres griegos y germanos, salen volando y se mezclan y combinan de las formas más absurdas y arbitrarias. A veces surgen milagros; pero normalmente, seres grotescos, criaturas de barraca de feria... Más tarde, cuando estaba enfermo, Ramanujan me contó que, durante los periodos de fiebre, le atribuía a su dolor de estómago el polo de la función zeta que, cuando se traza en una gráfica, toma valor 1 y se remonta al infinito. Ese pico, decía, le perforaba el abdomen. En ese momento, evidentemente, ya vivía en el abismo.

Al echar la vista atrás, lo único que me sorprende de todos esos años es que, a excepción de Thayer, no entraran más personajes en escena. En lugar de eso, los intérpretes simplemente se colocaron de otro modo, cambiaron de posición. Russell, que debería haber estado en Cambridge, estaba en Gales. Littlewood en Woolwich. Alice Neville (quién lo habría dicho) en mi piso de Londres. A esa nueva configuración me adapté con lo que, en retrospectiva, me parece una admirable sangre fría. Me acostumbré a ver el sombrero de Alice en el perchero de Pimlico, a recibir cartas de Littlewood en papel del ejército. Tampoco las cartas que recibía de las madres, contándome que tal o cual estudiante había muerto, me provocaban el trauma que me habían provocado en su día. Por duro que sea, me fui curando de espantos. De todos modos, había una persona de la que sí deseaba recibir una carta, pero no acababa de recibirla.

¿Dónde estaba Thayer? ¿Estaba muerto? No tenía ni idea. Desde aquella tarde horrible en la que se había presentado en el piso y yo lo había echado, no tenía noticias suyas. Me parece que no procede describir ahora la mortificación a la que me sometí a mí mismo, las horas que pasé recreando aquella escena, esta vez tratando a Thayer, aunque sólo fuera en mi imaginación, con el respeto que se merecía y que entonces le había negado, provocando su desprecio con toda justicia. Me habría gustado decírselo por carta, y sin embargo dudaba que la obscena descripción que pudiera hacer un catedrático de las orgías de autoflagelación a las que se entregaba en la intimidad de sus aposentos, a modo de expiación, pudiese significar mucho para un tipo que estaba luchando en el frente. Le escribí, por supuesto, pero unas cartas inapropiadas: otra vez me había convertido en la tía que expresaba su esperanza de que el sobrino le hiciese una visita para tomar el té juntos la próxima vez que estuviera de permiso. No acababa de encontrar la forma de poner en palabras, incluso en un lenguaje lo bastante cifrado como para confundir a los censores, la esperanza que tenía de que me perdonase. Y, por lo visto, mis esfuerzos tampoco iban a mitigar su indignación, porque nunca me contestó. O había muerto o había llegado a la conclusión de que yo no merecía la pena. Y, la verdad, por egoísta y horrible que pueda parecer, yo esperaba que hubiera muerto. Porque, si estaba muerto, al menos existía una posibilidad de que antes de morirse, aunque sólo fuera mentalmente, me hubiera perdonado.

Lo que no podía hacer, por mucho que lo intentara, era olvidarme de él. Como mínimo una vez al mes, visitaba el hospital del campo de críquet, aparentemente para ofrecer palabras de apoyo y consuelo a los soldados heridos, pero en la práctica para ver si, por una especie de milagro, descubría a Thayer en alguna de las salas. Las cosas habían cambiado durante ese año. Además de las hermanas, miembros uniformados de la Unidad Médica del Cuerpo de Entrenamiento de Oficiales se paseaban entre las camas. Eran estudiantes o ayudantes de cirugía. Mientras recorría el hospital en toda su extensión, fingía un interés puramente académico, les pedía que me explicaran los métodos terapéuticos que estaban ensayando, cuando en realidad lo único que quería era encontrar a Thayer. Pero nunca apareció.

De vez en cuando entablaba conversación con algún otro muchacho. Y con una frecuencia asombrosa la cosa adquiría un matiz de coquetería. De todas formas, no era capaz de reunir el entusiasmo necesario para seguir las pistas que me ofrecían. Porque Thayer me tenía en exclusiva. Supongo que debía de haberme enamorado de él. No quería a nadie más.

En el mejor de los casos, la esperanza dura poco. Y en tiempos de guerra aún dura menos. A las doce de la noche de Fin de Año de 1917, alcé mi copa al cielo (estaba solo en Cranleigh, con Gertrude y mi madre durmiendo) y proclamé valerosamente que había renunciado a Thayer. Era Año Nuevo, y tenía que seguir adelante.

Dos semanas después llegó la carta; y cuando llegó, casi me mareé de alegría al ver su letra y caí de rodillas, a pesar de que no era una carta de verdad, sólo uno de aquellos formularios que, antes de la pelea, me había acostumbrado a recibir siempre que esperaba un permiso. Aún tengo el formulario. Arriba de todo viene el aviso habitual:

No se debe escribir NADA en este lado, salvo la fecha y la firma del remitente. Las frases innecesarias serán tachadas. Si se añade algo más, la tarjeta será destruida.

Y luego, debajo, las distintas frases que se podían marcar:

Estoy bien.

Me han ingresado en el hospital

$\begin{cases} \text{enfermo} \\ \text{herido} \end{cases}$ y me estoy recuperando.
             y espero recibir pronto el alta.

Me han devuelto a la base.

He recibido su

$\begin{cases} \text{carta con fecha} \underline{\hspace{2cm}} \\ \text{telegrama} \quad " \quad \underline{\hspace{2cm}} \\ \text{paquete} \quad " \quad \underline{\hspace{2cm}} \end{cases}$

Escribiré a la menor oportunidad.

No he recibido ninguna carta suya

$\begin{cases} \text{últimamente} \\ \text{hace mucho tiempo.} \end{cases}$

$\begin{rcases} \text{Solamente} \\ \text{la firma} \end{rcases}$

Fecha \underline{\hspace{2cm}}

Anteriormente, Thayer siempre había marcado únicamente la frase que decía: «Escribiré a la menor oportunidad.» Esa vez, en cambio, también había marcado «herido». Pero no «y espero recibir pronto el alta».

La auténtica carta llegó al día siguiente. Sólo constaba el nombre del hospital militar, uno a las afueras de Oxford.

Cogí el primer tren que pude, y llegué a primera hora de la tarde. Como el hospital era más pequeño que el de Cambridge, y estaba emplazado, de hecho, en un edificio de verdad, un colegio femenino requisado temporalmente, no me llevó casi nada encontrar a Thayer.

Descansaba tranquilamente en su cama, casi igual que la primera vez que había hablado con él. Tenía la cara intacta. Me sentí muy aliviado cuando sonrió al verme.

—Así que te llegó mi carta —dijo.

—Sí —le dije—. Esta mañana. He venido en cuanto he podido.

Me senté, cerré el puño y lo apoyé suavemente en la carne de su hombro. No se rió.

—¿Qué te ha pasado, entonces?

—Me dieron en la otra pierna, ¿ves? —Retiró la sábana para enseñarme la pierna vendada; los vendajes le llegaban por encima de la rodilla—. Así que tengo las dos piernas fuera de combate, un brazo mal y otro bien.

—¿Qué te ha pasado en el brazo?

—Ah, eso fue hace semanas. Una bala. No me hizo mucho daño, lo justo para no poder volver a levantarlo nunca del todo.

—¿Y esta vez?

—Un buen trozo de metralla. Aunque no voy a perder esta pierna. O eso me han dicho. Pero me duele. Me duele muchísimo. Buena señal.

—¿Te dispensarán de volver a filas?

—Lo dudo. Parece que no tengo la suerte de que me hieran lo suficiente como para eso. Seguramente tendría que perder la pierna para que me dispensaran, y francamente... —Bajó la voz—.

La verdad es que no quiero volver. A Inglaterra, quiero decir. Por lo menos hasta que se acabe todo. Es difícil de explicar. Allí, en las trincheras, eres un pobre desgraciado pero estás vivo. Y entonces vuelves, y todo sigue igual, como si no pasara nada. Y te sientes como... si estuvieras muerto. Y te parece que todos los demás también lo están. Y te mueres de ganas de regresar al frente porque no te apetece estar entre tanta gente muerta. –Frunció el ceño–. ¿Entiendes lo que quiero decir?

–Perfectamente.

–No sé. Ya no sé nada, en realidad.

Tras unos segundos de silencio, le dije:

–Me alegro de que me hayas escrito.

–Sí, me hubiera gustado hacerlo antes, sólo que los últimos permisos... Mi hermana va a tener un niño, ¿sabes?, así que he pasado bastante tiempo en Birmingham. Estuve en Birmingham por el brazo. Nunca bajé hasta Londres.

¿Haría alguna alusión a lo ocurrido en Pimlico? ¿O esperaba que lo mencionase yo? ¿O quizás había decidido fingir que nunca había sucedido?

–¿Cuánto tiempo vas a estar en este hospital, entonces?

–Una semana o así. Luego tendré unos días libres. –Alzó la vista tímidamente–. ¿Sigue esa señora, esa amiga de tu hermana, en tu piso?

–Sólo entre semana. Los fines de semana no. –Tomé aliento–. Ahora nos llevamos mejor. Me deja sándwiches preparados. Supongo que no tendrás libre ningún sábado, ¿no?

Sonrió.

–¿Para ir a tomar el té?

–Exactamente.

–Ya me las arreglaré –dijo.

Y eso hizo. Dos sábados después. Y también se las arregló la siguiente vez que estuvo de permiso. En esa ocasión le habían dado en el otro brazo.

–Los dos brazos y las dos piernas –dijo–. ¿Qué vendrá luego?

—Espero que no sea esto —le contesté, agarrándosela a lo bruto, que era lo que quería.

Y lo increíble del caso es que nunca le daban de baja en el ejército. Lo rompían en pedazos, lo mandaban a casa para que lo repararan, y lo volvían a romper. Más tarde me di cuenta de que, de una forma muy parecida, nosotros también destrozamos a Ramanujan, le pusimos unos refuerzos, y lo volvimos a destrozar, hasta que conseguimos sacarle todo el partido posible. Y hasta que él ya no pudo arreglárselas más.

Sólo entonces le dejamos regresar a casa.

Séptima parte
El tren infinito

1

Mientras el fuego languidece, Gertrude aguarda a que llegue su hermano. Son las cinco de la tarde y ya es totalmente de noche, y ella está leyendo una cosa que le ha dado Alice, una novela ambientada en Italia. «¡Qué país más absurdo!», le dice la protagonista a su amante. «¡Ya son casi las doce, y hace tanto calor que no me hace falta el echarpe!» Las palabras no funden la escarcha, sin embargo, a no ser que las arrojes al fuego, y Gertrude adora demasiado los libros (hasta los libros malos) como para quemarlos. Así que deja la novela y llama a su fox terrier, Daisy, que duerme junto a la chimenea. Daisy tiene un buen gusto increíble: masticó Ouida pero dejó a D. H. Lawrence intacto. Ahora Gertrude le tiende el libro *(Un verano en la Toscana)* y Daisy lo olfatea, lame el lomo, se aparta y vuelve a su cesta. Indiferencia. Gertrude se echa a reír. Suenan las campanas de la iglesia, despertando a su madre en la habitación de al lado.

–¿Margaret?

–No pasa nada, mamá –le grita.

–¿Isaac?

–Estate tranquila. Sólo han sido las campanas de la iglesia.

Sophia Hardy (nunca ha usado su verdadero nombre, Euphemia) suelta un gemido y se da la vuelta en la cama. Últimamente habla más con los muertos que con los vivos. Parece que se va aproximando, como tantas otras veces, a la frontera de un mundo desconocido. La pregunta es: ¿la cruzará esta vez? Gertrude espera que sí. El médico también lo piensa. Según él, la situación es lo bastante grave como para hacer venir a Harold desde Cambridge. Porque querrá despedirse de su madre, ¿verdad? Pero, como ella bien sabe, Harold ya no se cree nada. Ha hecho ese mismo viaje, por el mismo motivo, demasiadas veces.

Otro gemido (esta vez más hondo), y Gertrude, con un suspiro de aburrimiento, se levanta de nuevo y se acerca al salón, el dormitorio de su madre para la ocasión. A pesar de su nombre italiano, la señora Hardy es una criatura aún más norteña que su hija, tan pálida que se le ve el fino encaje de las venas en la cara, y delicada como una ninfa, pero una ninfa invernal, de los helados bosques de abedules plateados. Y delgada. Gertrude la recuerda jactándose de que aún cabía en su traje de boda cuando cumplió setenta años. Luego se lo probó y se puso a dar vueltas por la sala, ajena al paso del tiempo, como una señorita Havisham actual. Esa vez pensaron que empezaba a perder la cabeza. Pero después había vuelto a la realidad. Siempre volvía.

La vejez, piensa muchas veces Gertrude, puede parecer una segunda infancia. Desde luego, es muy fácil caer en el hábito de tratar a los mayores como si fueran niños, igual que trataban las monjas a sus compañeras jubiladas en el Hogar para Ancianas Desamparadas, metiéndolas en orgías de ganchillo, costura y acuarelas: a unas mujeres que, veinte años antes, habían dado clases de química, matemáticas, o sobre la obra de Shakespeare... En el Hogar para Ancianas Desamparadas el año está marcado por las fiestas: muérdago en Año Nuevo, corazones hasta el día de San Valentín, verde el día de San Patricio, corderos y huevos en Pascua. «Es para que no pierdan la noción del tiempo», le explicó la madre superiora a Gertrude cuando fue allí por primera vez, cuando todavía creía que su madre podría quedarse y ella podría cambiar de trabajo y trasladarse definitivamente a Londres. Pero no pudo ser.

–Mamá, ¿estás bien? –Gertrude le ahueca las almohadas.

–¿Te importaría frotarme las piernas? –pregunta la señora Hardy.

–Voy. –Sentándose, Gertrude saca los bordes de las mantas del pie de la cama y las vuelve hacia arriba; mete las manos por debajo del camisón de su madre y empieza a masajearle las piernas rítmicamente, sin parar, desde los muslos hasta los tobillos enfundados en sus medias; cosa que a la señora Hardy, por razones que Gertrude no consigue entender del todo, parece proporcionarle un gran alivio. De atrás adelante, piel y huesos. ¡En qué poca cosa se ha convertido! Apenas tiene carne, y no pesa nada. Sea cual sea el problema, se da cuenta, es un problema sin solución. El médico no habla de eso, y Gertrude no le pregunta. Sólo sabe que ya van dos veces que el dolor se hizo tan insoportable como para necesitar morfina. En este momento, sin embargo, la señora Hardy está tranquila. Descansa mientras deja escapar pequeñas sibilancias.

–Margaret, lleva las flores a la cocina –dice. Y continúa–: Pela los guisantes. Y añade–: ¿Llevas el ojo puesto?

Gertrude se estremece. La señora Hardy suelta un gritito.

–Lo siento.

–Aunque no te vea nadie –dice la señora Hardy–, alguien te está mirando. Acuérdate de eso.

–Sí, mamá.

–Tienes que casarte. Pero es una muchacha poco agraciada.

–¿Quién?

–Margaret.

–¿Quién es Margaret?

–Daba clases conmigo. En la normal.

–¿Y era poco agraciada?

–Qué va. Parecía una estampita.

–Entonces, ¿quién era poco agraciada? –Pero sabe la respuesta, y sigue frotando. Tampoco es que le moleste especialmente. En esta casa ya no se andan con delicadezas, ahora que la hija,

447

con una eficiencia enérgica que hasta le sorprende, lava dos veces a la semana esas partes de su madre de las que, décadas antes, salió ella misma. «Entrañas.» ¡Menuda palabra! Lava las entrañas de su madre, sus partes pudendas (otra expresión que le encanta), casi lampiñas a estas alturas. Como la cabeza de un viejo.

Llaman a la puerta. Sólo está Gertrude para ir a abrir. Maisie, que se encarga de limpiar la casa, ya se ha ido.

–¡Ya voy! –grita; retira las manos suavemente de debajo del camisón de la señora Hardy, y estira las mantas.

–Te dejo un momento, mamá, para ir a abrir la puerta. Es Harold.

–¿Ha venido Harold?

–Sí, ha venido a verte.

–¡Pero si estoy hecha un espanto!

Gertrude se incorpora. Daisy la lleva a empujones hasta la puerta; se pone a pegar saltos y a ladrarle al tirador.

–Para –le dice Gertrude sin mucha convicción, porque sabe que a su hermano no le gustan los perros. Fue la razón principal por la que se hizo con Daisy.

Abre la puerta, y Hardy entra, sacudiendo el paraguas.

–¡Vaya tiempecito! –dice, y le da un beso en la mejilla.

–¿Qué tal el viaje?

–Agotador. Últimamente lleva horas llegar a cualquier parte. Ya sé, ya sé... –Daisy se pone a pegar brincos y a darle con la pata en las manos–. Ya sé que te alegras de verme. Pero para ya, por favor.

–Lo siento –dice Gertrude, cogiendo a Daisy en brazos.

Hardy cuelga el sombrero en la percha.

–¿Cómo está entonces? ¿Muy mal?

–Ven y compruébalo tú mismo.

–Espera un momento. Déjame relajarme un poco.

–Harold, ¿eres tú?

–Sí, soy yo, mamá.

–Ven a decirme hola.

Mira con rabia a Gertrude, como si el tono insistente de su madre fuera culpa suya. Luego se alisa el pelo, y entran juntos. La señora Hardy sonríe. De repente está lúcida y locuaz. Quiere que la incorporen. Y también una bolsa de agua caliente.

—¿Qué tal una partida de Vint? —pregunta—. ¿Cuánto tiempo te vas a quedar?

—No lo sé seguro. Tengo que estar en Londres el lunes. Tengo un asunto pendiente con la Sociedad Matemática.

—Bueno, pero puedes ir y venir.

—Ya veremos.

Pero ella no va a conformarse con una negativa por respuesta. Quiere charlar, quiere jugar al Vint, quiere que Harold le prometa que va a quedarse. Es como una niña que se niega a ir a la cama, a la que hay que hablarle para que reconozca su propio cansancio.

Al final, tras muchos mimos y componendas («duérmete, mamá, y mañana por la mañana echamos una partida de Vint»), y muchas protestas («¡pero si no tengo ni pizca de sueño!»), la señora Hardy se queda dormida sin avisar. Así que, tal como acostumbran, Gertrude y Hardy ya pueden retirarse a la cocina. Gertrude prepara unos huevos, puestos por sus propias gallinas. Se toman un té.

—Bueno, ha costado menos de lo habitual —dice Gertrude.

—¡Menos, dice!

—Porque sabía la hora que era. Ayer me despertó a las dos de la mañana, pidiéndome la comida. Bueno, por lo menos miró bien el reloj... —Gertrude pincha su huevo, y la yema se deshace—. Pues, aunque tengas que ir a Londres el lunes, me alegro de que te quedes el fin de semana. Necesito ir al centro mañana a hacer unas compras.

—¿Y eso qué tiene que ver conmigo?

—Alguien tendrá que quedarse con ella.

—¿Y Maisie?

—Maisie sólo tiene dieciséis años. No se puede fiar uno de

ella. Tampoco es para tanto, Harold; lo único que hay que hacer es llevarle la comida y procurar que esté a gusto.

—¿Y si necesita ir al baño?

—De eso se puede encargar Maisie.

—Pero se supone que mañana he quedado con un amigo a tomar el té..., en Londres precisamente.

—¿Qué amigo?

—Uno que tú no conoces.

—¿No lo puedes dejar para otro día?

Hardy posa su taza.

—Me has mentido para obligarme a venir —dice—. Me dijiste que se estaba muriendo...

—Es que el médico dijo que se estaba muriendo...

—... Así que me dijiste que se estaba muriendo, cuando en realidad lo que quieres es ir de compras.

—Hasta yo necesito ropa interior, ¿no?

Él hace una mueca ante la mención de la ropa interior.

—Soy un hombre ocupado, no puedo hacer la maleta y largarme a las primeras de cambio...

—Está bien —dice Gertrude—. Vete. Vete a Londres a ver a tu amigo, que ya me quedo yo aquí como todos los sábados, por si pasa algo. Y cuando me llame, pues iré. Y el domingo, igual. Y el lunes, a clase. Y por la noche, otra vez a cuidarla...

—Ya sé que no debe de ser fácil.

—¡No me digas! No tienes ni idea.

—Claro que la tengo. Últimamente no es que me pase el tiempo recibiendo gente a la hora del té. No voy a Londres por gusto, ¿entiendes? Llevo dos secretariados, y luego está la Sociedad Matemática, y la Royal Society. Y mis clases en Cambridge, y el asunto ese de Russell...

—Pero al menos puedes evadirte. No te pasas en Cranleigh una semana tras otra.

—No, donde me paso una semana tras otra es en Cambridge.

—¿Tienes la menor idea de cuánto tiempo hace que no puedo salir de aquí, aunque sólo sea para cosas normales: comer en un restaurante, acercarme a alguna tienda...?

Hardy no dice nada. Se lleva los dedos al puente de la nariz.

–Te enfadas conmigo porque te hago venir y parece que ella está perfectamente. A pesar de que el médico dijera que se estaba muriendo. ¿Qué se supone que debo hacer: decirte que no te molestes? Y luego, si se muere...

–Te entiendo.

–Y si tengo que salir a comprarme ropa interior... Lo siento, pero una mujer necesita...

–Ya lo sé. Está bien, mañana me quedo yo..., o por lo menos algunas horas. Si pudieras volver sobre las tres...

–Nunca me has preguntado por qué le dije a Alice Neville que podía usar mi habitación del piso. Pues fue porque ya no tengo ni puñetera ocasión de acercarme hasta allí...

–Ya, Gertrude.

–Es que es verdad. –Se suena la nariz–. Lo siento. Últimamente estoy algo irascible.

–No hace falta que te disculpes. Yo también. Las cosas van fatal en Trinity. Y ahora voy a tener que volver a meterme en líos porque, a una muchacha del Newnham, ese mierda llamado Ridgway no quiere admitirla en su clase porque es miembro de la UCD. Se ha aprovechado de que a las mujeres no se las aliste oficialmente, y así las puede echar de clase sin ningún motivo. No podría hacer lo mismo con un estudiante.

–Te estás volviendo muy feminista, ¿verdad? –dice Gertrude, pero él no capta la ironía de su voz.

–No se trata de eso. Ridgway dice que, si pudiera, tampoco admitiría a los estudiantes masculinos si pertenecieran a la UCD. Pura táctica. Lo cierto es que está castigando a la chica porque dijo algo en el Newnham Hall que se interpretó como una declaración a favor de Russell. Estoy trabajando en un artículo sobre eso. Probablemente un panfleto. Ya hemos renunciado a que readmitan a Russell..., después de la guerra, ¿sabes?

–Es realmente admirable el trabajo que te tomas por ayudar a la gente.

–Hago lo que puedo.

–No lo dudo.

Él carraspea y se levanta:

–Bueno, estoy un poco cansado –dice–. Creo que me voy a acostar ya, si no te importa.

–¿Por qué iba a importarme?

–¿Y tú? ¿No te vas a la cama?

–Pues no; sólo son las seis y media.

–Ya, pero ya te he dicho que el viaje... –Se inclina hacia ella, con las palmas de las manos sobre la mesa–. Gertrude, en cuanto a lo de mañana..., la cita esta que tengo es bastante importante, así que, si no te importa, ¿podrías acercarte hasta el centro a primera hora, para que yo pueda irme sobre las dos? Así mamá sólo se quedará sola con Maisie... un par de horas, ¿no?

Ella no le contesta: «Sí que me importa.» No es su estilo. El suyo es concentrar su amargura, dejarla girar en la centrifugadora de su espíritu hasta que sólo quede su esencia, inefable e indeleble.

–Como quieras, Harold.

–Y si algo va mal, si..., siempre me puedes llamar por teléfono y cogeré el primer tren.

–Como quieras.

Él se da la vuelta. Ella no se levanta. A través de la puerta de la cocina, Hardy oye a Daisy saltando, olisqueando...

–Es verdad, perrita, buenas noches –dice, lo que hace que Gertrude esboce una sonrisa. Sabe que enseguida tendrá que levantarse de la silla, apilar los platos en la encimera para que los lave Maisie por la mañana: otra cosa que a su hermano jamás se le ocurriría hacer. Pero eso puede esperar. Últimamente sus momentos de soledad son tan raros que ha aprendido a disfrutarlos. Se limita a quedarse sentada escuchando el silencio, mirando a la oscuridad.

2

–Perdone, señor, pero pregunta por usted.

Él se despierta con el olor del café mezclado con achicoria y la visión de un rostro en la puerta: juvenil, pálido, redondo.

–¿Quién?

–Su madre.

–Ah, claro. –Se incorpora sobre la cama. Ésta debe de ser Maisie.

–No estaba usted aquí el verano pasado, ¿verdad?

–No, señor, empecé justo después de navidades. –Se oye un grito en el piso de abajo–. Perdone, señor, pero, como ya le he dicho, pregunta por usted. Lleva quejándose toda la mañana.

–No se preocupe, bajo enseguida.

–Muy bien, señor.

–¡Y cierre la puerta!

–Perdone, señor. –La puerta se cierra con un chasquido. Una casa de mujeres. Sale de la cama, se viste, y está acabando de peinarse cuando oye la misma voz:

–Señor Hardy...

–¿Sí?

–Lo siento mucho, señor, pero está de muy mal humor. No quiere tomarse el desayuno, quiere que baje usted.

–Está bien, ya bajo, mamá –grita, y baja las escaleras rápidamente, con la camisa a medio abrochar. Su madre moribunda. ¿Por qué parece todo como una comedia?

En la cama que han llevado hasta el salón para que su madre se muera en ella, la señora Hardy yace boca arriba, mirando al techo. Tiene el pelo gris recogido con un lazo. Maisie se sienta a su lado, y levanta una cuchara desde un tazón.

—Bueno, mamá, ya estoy aquí –dice.

—Harold –dice ella débilmente–. Siéntate. Siéntate junto a mí.

Maisie se levanta cortésmente. Le pasa el tazón y la cuchara.

—A ver si consigue que coma –le dice, y luego sale de allí, con la energía vivaz de la juventud, hacia la cocina.

Su madre le sonríe. Él le devuelve la sonrisa.

—Bueno –dice él–, ¿y qué tal si desayunas un poco?

—Querido Harold. Ayer estuve hablando de ti con tu padre.

—¿Ah, sí?

—Acababa de llegar para cenar... de donde... los muchachos estaban...

—¿De dónde, mamá?

—Y después estuvimos pelando guisantes.

—¿Pero qué pasaba con papá?

—No se moleste en preguntar –dice Maisie, que ha regresado con una taza de café para él–. Nunca completa las frases.

—Y Maisie tiene razón. La conversación de la señora Hardy, si se puede llamarla así, está compuesta enteramente por frases que se enrollan y serpentean y luego se vienen abajo: regresiones infinitas, como el barbero de Russell. Cosas que él conoce de su pasado se mezclan con referencias a gente de la que jamás ha oído hablar, como si ella se hubiese colado en la vida de otra persona.

—¿No me vas a frotar las piernas?

—¿Las piernas?

—Es que me duelen mucho.

—Voy a llamar a Maisie –dice, pero antes de que pueda levantarse, ella lo coge por la muñeca. Tiene más fuerza de la que habría imaginado.

454

–No, la chica no –dice–. Tú.

–Mamá, yo... ¡Maisie!

Viene la muchacha, secándose las manos en el mandil.

–Maisie, ¿hace usted el favor de frotarle las piernas?

–No se las voy a frotar, la última vez que lo intenté por poco me arranca las manos de un mordisco. Sólo se lo permite a la señorita Hardy.

–Frótame las piernas, Harold.

–Será mejor que lo haga, señor. Yo le digo cómo. Tranquila, señora Hardy, no la voy a tocar, sólo estoy levantando las mantas...

–Mamá, tal vez deberías esperar a que...

–Ya está. –Las mantas ya están dobladas del revés, dejando al descubierto el frágil tronco de su madre con su camisón, los pies enfundados en sus medias. Él recuerda a Lawrence describiendo, con horror y deleite a la vez, la visión de Keynes con su pijama de rayas.

–Ahora voy a retirarle un poco el camisón.

–¡De eso nada!

–Está bien, señora Hardy, ¡tranquila! –Maisie se aparta–. Hágalo usted –le dice a Hardy–. Venga.

Sin mucha convicción, Hardy se inclina hacia su madre; pone las manos en el borde del camisón.

–¿Hasta dónde?

–Hasta la mitad, por encima de las rodillas.

¿Pero hasta la mitad de qué? ¿Hasta la mitad entre las rodillas y qué más?

Tira de él con mucho cuidado; ella levanta las piernas gustosamente; no le da miedo que *él* la toque. Sonríe de una forma casi coqueta, hasta que el camisón está retirado a medias, dejando ver la piel arrugada y llena de manchas, las rodillas puntiagudas, las pantorrillas cubiertas de moratones.

–Maisie, ¿cómo se ha hecho esos moratones?

–Le salen con mucha facilidad, señor.

–Pero, mamá, a lo mejor te hago daño si...

–Por favor, frótame las piernas.

–Ya voy. –Y le toca la piel, que está caliente, y tiene la consistencia del papel. Desliza las manos arriba y abajo–. ¿Está bien así?

Ella cierra los ojos.

–Bueno, entonces me vuelvo a la cocina –dice Maisie.

–¿Sabías que este edificio fue en tiempos una escuela?

–¿Ah, sí?

–Las maestras se enfadaban muchísimo. Las niñas se echaban a llorar. El otro día en el centro me encontré con..., me encontré con... Florence Turtle y llevaba... unas violetas preciosas... –Parece que jadea tanto en busca de aire como de ese recuerdo–. Eso es lo que le da ese ambiente –concluye.

–Oye, mamá, ¿y qué te parece la nueva perra de Gertrude?

–La perra parió fuera de la cocina... Tuvimos que ahogar a los cachorros... Las niñas..., Margaret dijo que no debían mirar, pero yo... y la escuela. –De repente, levanta la vista hacia él–. Deberías casarte. Me tienes preocupada, cariño.

Él aparta la vista.

–Mamá...

–Ya sé que te preocupa el ojo. Pero puedes ser discreta. Con que no te vea nunca sin él...

–Ya. –Él sigue masajeando, más fuerte ahora, de modo que siente los huesos a través de la piel reseca. Le choca que en sus delirios (¿de qué otra manera se podría llamarlos?) siempre surja el mismo tema. Habla de la escuela. ¿Y por qué no? Se ha pasado la vida metida en escuelas. Tanto ella como su padre. Desde el punto de vista de Ramanujan, debe de haber poca diferencia entre él y Littlewood, o entre él y Russell. Para él, todos son hijos de la opulencia. ¿Y cómo se puede pretender que se dé cuenta de lo que distingue a Hardy de los demás? Porque Littlewood proviene de una familia de Cambridge, y Russell es un aristócrata. Mientras que Hardy es simplemente hijo de maestros. No nació, al contrario que Russell, con nada garantizado. Nada de ingresos personales. A Russell le resulta muy fácil proclamar que, si no lo quieren en Trinity, se limitará a dar clases particulares en Londres. Puede permitírselo. Pero Hardy depende de Trinity, lo mismo que su padre dependía de Cranleigh, su madre de la Escuela Normal, y su hermana de St. Catherine's. La única diferencia estriba en el prestigio. Sin el respaldo de instituciones muníficas, todos estarían perdidos. Él se parece más a Mercer que a Littlewood.

Después de que ella se haya quedado dormida, y él le haya remetido las mantas, se va al cuarto de estar. Quiere hablar un poco con Gertrude (aunque no está muy seguro de qué), pero, evidentemente, su idea es irse antes de que Gertrude regrese. Y si quiere llegar a tiempo a su cita (ante cuya perspectiva se pone colorado de placer con cierta repugnancia; pensar que esas manos, que acaban de masajear las piernas de su madre, pronto estarán acariciando las de Thayer; las unas, viejas; las otras, lesionadas), si quiere llegar a tiempo, tendrá que marcharse enseguida.

Así que se va. Se encuentra con Thayer. Y pasa la noche en Londres, en el piso. Pero el domingo regresa a Cranleigh. Parece que a Gertrude no le sorprende mucho verle.

–¿Qué tal te fue en el centro? –le pregunta.

–Más o menos bien –responde ella–. Me permití el lujo de tomarme un té en el Fortnum's. Una cosa bastante discreta, dado el racionamiento.

–También ha llegado a Cambridge. En Trinity hay pescado y patatas, pero no carne, los martes y los viernes; y carne sin patatas el resto de la semana. Y de verduras, nada de nada.

–Me pregunto cómo puede sobrevivir Ramanujan.

–Es verdad. –Aparta la vista de ella y la dirige hacia el fuego, cerca de donde duerme Daisy. Luego dice–: Gertrude, quiero hablar de mamá contigo.

–¿Y eso?

–Se ha vuelto muy caprichosa. Cuando te fuiste se empeñó en que me sentara con ella y le frotara las piernas.

–Sí, por lo visto la alivia.

–Me da la impresión de que la mimas demasiado. Y claro, como tú le frotas las piernas, yo también tengo que frotárselas o se hundirá el mundo.

–Curioso –dice ella–. Dado lo poco que vienes por aquí, no creo que haya sido mucho problema hasta ahora.

–Ya, pero si estoy aquí... en verano y eso...

–Entonces, ¿tengo que negarle a nuestra madre moribunda el capricho de que le masajeen las piernas para que tú, en las raras ocasiones que apareces por aquí, no te agobies?

–No, no es eso lo que quiero decir. Lo que quiero decir... es que no puede ser bueno para ella.

–Claro, no debemos mimar demasiado a la niña, no vaya a ser que la malcriemos...

–Por el amor de Dios, Gertrude... Mira, sólo porque tú estés dispuesta a renunciar a todo...

–Sí, he elegido esto. Podría haber elegido otra cosa. Podría haberme largado, y entonces te habría tocado a ti.

–¿Y hay que castigarme por llevar la vida que llevo?

Se sienta; apoya la barbilla en la mano. ¡Qué pinta de desvalido! Tanta como para disipar su ira, piensa Gertrude. Como para inspirar ternura. ¡Y pensar que se cree feminista!

Le tienta ponerle la mano en el hombro. Ayudarle a salir del hoyo donde él mismo se ha metido. Sacarlo de ahí. Casi se siente así de cariñosa. Pero no tanto. No tanto.

3

Es un agobio saber el destino de un hombre que no conoce su propio destino.

En el crepúsculo de la estancia donde la Sociedad Matemática celebra sus reuniones, Hardy observa a Neville, que tiene las gafas apoyadas en la punta de la nariz. Se está mirando las manos, mientras enrolla lo que parece un trozo de cordel a su dedo anular derecho, así que se le hincha la carne. Hardy puede apreciar ese detalle incluso desde lejos, porque, al contrario que Neville, tiene una vista excelente ya de nacimiento, así como una habilidad intuitiva para distinguir las triviales artimañas de la ansiedad. Hacer crujir los nudillos, limpiar las gafas repetidamente, retorcer un botón casi suelto hasta que se cae... Y, sin embargo, le gustaría poder acercarse a Neville ahora mismo y proporcionarle el alivio que anhela, decirle: «Te han renovado el cargo.» Pero lo triste del caso es que no se lo han renovado, y Hardy ya lo sabe, y Neville no, aunque debe de contar con ello. Así que Hardy no dice nada. El rostro de Neville refleja preocupación entreverada de una débil esperanza. Esperanza contra toda esperanza. Neville levanta la vista, y por un momento sus ojos se encuentran. Él le hace un gesto con la cabeza. Hardy se lo devuelve. Pero sin intención de dejar traslucir nada. Al menos no quiere que le reprochen dar falsas esperanzas.

Le lleva una hora leer el artículo sobre las particiones. Cuando ya lleva como diez minutos leyendo, llega Littlewood, en uniforme y con aspecto de haber salido malparado. Se sienta cerca del fondo, luego saca un lápiz y lo que parece una postal de su macuto, y se pone a tomar notas como loco. De hecho, cada vez que Hardy levanta la vista, está tomando notas; y siempre en la misma postal, a la que no cesa de darle la vuelta, probablemente para encontrar otro hueco donde apuntar sus cifras. Es su estilo habitual de maniático, que tanto fastidia a Hardy, quien cree en la caligrafía, en el papel ahuesado de ochenta gramos, en lo legible. Si Hardy comete un error mientras está escribiendo, no lo tacha; vuelve a empezar en una hoja limpia. A Littlewood, en cambio, parece complacerle especialmente la propia suciedad de la página, como si, en cierta forma, de esa ciénaga de símbolos y ecuaciones y borrones, fuera a surgir una visión.

Neville no toma notas. No parpadea, ni tampoco se mueve. Tiene las manos entrelazadas sobre el regazo.

Hardy tiene las cosas muy claras respecto a cómo se debe leer un artículo en voz alta. Algunos de sus colegas, cuando se enfrentan a un público, se convierten en actores aficionados; no paran de soltar ocurrencias, usan sus punteros como si fueran floretes, se permiten las florituras más espantosas. Hardy, por otro lado, cree que el trabajo debería ocupar el centro de la escena, y por consiguiente hoy trata de hablar en el tono más neutro del que es capaz, lo que provoca que dos o tres de los miembros mayores de su público se queden dormidos. Cuando termina, recibe el más tímido de los aplausos. Nadie comprende la importancia de ese artículo. Le hacen dos preguntas, una Littlewood y otra Barnes, ambas técnicas, tras lo cual la reunión se disuelve, y se encuentra rodeado de un grupo de catedráticos predadores de oscuras universidades, todos con preguntitas absurdas, las típicas preguntas que parecen pensadas para hacerle caer en una trampa o pillarle en una equivocación. De todos modos, Hardy desvía esos golpes tan débiles con muy poco esfuerzo, y sus perseguidores se marchan desilusionados sin su recompensa.

El corro se rompe, dejando entrever a Neville, que coge la mano derecha de Hardy entre las suyas.

–Un trabajo excelente –le dice–. Da gusto ver todo lo que ha conseguido hacer Ramanujan desde que está aquí.

–Cierto.

–Una pena que no haya podido venir.

–Bueno, ya sabe cómo es Ramanujan, no le gustan estas cosas.

–¿Pero usted se lo pidió?

–No, yo..., últimamente no se encuentra muy bien.

–Lo siento por él. –Luego Neville sonríe y mira a Hardy a los ojos, como buscando pistas o algún indicio. Algo. Pero Hardy aparta la vista. Porque no se atreve a decirle, tal como desearía: «Neville, es lo que se temía. Lo van a despedir, aparentemente porque piensan que es usted un mediocre (afirmación con la que, por cierto, estoy bastante de acuerdo), pero en realidad para castigarle por su pacifismo, por ser miembro de la UCD, por defender a Russell... Es horrible, es injusto, pero es así. No es usted lo bastante famoso para pelear por ello. No es usted Russell. Nos estamos deshaciendo de usted.» Y de repente, por un momento, se pregunta si *debería* decírselo a Neville, si podría suavizar el golpe que se enterara por él, en vez de por Butler. Sólo que ése no es su papel. Bastante carga lleva ya encima.

–¿Y va a ver a Alice mientras esté aquí?

Neville se echa a reír.

–No –responde–. Está demasiado ocupada con sus traducciones como para verme. Me vuelvo directamente a Cambridge después de esto. Alice volverá mañana. –Baja la voz–. Curioso, ¿verdad?, que se quede en su piso. Si no le conociera tan bien, le diría: «¡Ni se le ocurra tocar a mi mujer!»

Con una carcajada, Neville le da un pequeño puñetazo en el hombro.

—Bueno, por ese lado no hay que preocuparse –dice Hardy–, porque la verdad es que no la veo nunca. No uso el piso de lunes a viernes, sólo los fines de semana.

—Ya lo sé. Estaba de broma. Hola, Littlewood.

—Neville –dice Littlewood–. Hardy.

—Littlewood. –Hardy nota que le huele el aliento a cerveza.

—Bueno, me tengo que ir –dice Neville. Pero titubea–. Hardy... –No hay respuesta–. Bueno, nada. Nos vemos.

Les dice adiós con la mano y desaparece entre las enormes puertas oscuras.

Littlewood se queda mirándolo.

—Pobre hombre –dice.

—Ya.

—Me pregunto qué pensará Ramanujan.

—Oye, Littlewood, ¿debería haberle pedido a Ramanujan que viniera hoy?

—Lo daba por hecho.

—No, yo... quiero decir, yo di por hecho, en cambio, que aunque se lo pidiera no iba a venir.

—Pues hubiera sido un detalle por tu parte. Al fin y al cabo, es el coautor. Querido, me parece que nos están dando el pasaporte –dice, porque a esas alturas la estancia se ha vaciado, y una chica espera en la puerta, impaciente por ponerse a limpiar. Él y Hardy enfilan la salida.

—Sentimos haberte hecho esperar, cielo –dice Littlewood, guiñándole un ojo, así que ella les sonríe.

Recorren el pasillo, bajan las escaleras, y salen a luz crepuscular de Piccadilly.

—¿Por qué no paseamos un rato?

—Como quieras. ¿Adónde vas?

—De vuelta al maldito Woolwich. Se me acaba un permiso muy corto, que he pasado en su mayor parte, siento decir, envuelto en actividades la mar de malsanas.

¿Con o sin la señora Chase?, se pregunta Hardy. Pero no se

lo dice; no porque sepa, como antes, que no debe, sino porque no sabe cómo.

–¿Has visto a Winnie, la amiga de Ramanujan, últimamente?

–Hace siglos que no voy al zoo. –Se paran delante de Hatchards, miran en el escaparate toda una serie de novelas que proclaman su capacidad de llevar a los lectores lejos de Londres, lejos de la guerra–. Oye, Hardy –dice Littlewood–, no te importaría dejarme usar el baño de tu piso, ¿verdad? Estoy asqueroso, y las probabilidades de poder darme un baño decente en Woolwich a esta hora del día son casi nulas.

–¿Un baño? –Hardy centra su atención en una de las novelas: *Un verano en la Toscana.* ¡Un baño! Pero aparte de que Littlewood nunca ha estado en su piso, está el problema de Alice Neville, y además... Sin embargo, ¿cómo le va a negar un baño a un viejo amigo cuando es evidente la falta que le hace? Y afeitarse. Por no hablar de dormir un poco. Porque, a pesar de que en el rostro de Littlewood puede reconocer aún (aunque sea vagamente) al joven que solía salir corriendo desnudo hasta el Cam todas las mañanas, capas y más capas de preocupación y fatiga parecen asfixiarlo.

–Pues claro que puedes darte un baño –dice Hardy–. Vamos a coger el metro, ¿no?

–Gracias. –Y bajan al metro. Desde el vestíbulo donde venden los billetes, una escalera mecánica les va introduciendo, sin ningún esfuerzo, bajo tierra. Hardy oye el rugido del mecanismo, contempla las caras cansadas de los hombres y las mujeres al otro lado de la separación, que suben mientras Littlewood y él descienden.

–¿Sabes que una vez te vi subirte a un árbol? –dice Hardy.

–¿Qué? ¿Cuándo?

–Justo antes de que te examinaras del *tripos.* Recuerdo que me chocó muchísimo que anduvieras subiéndote a los árboles cuando el resto de los aspirantes a *wrangler* debían de estar resolviendo problemas contrarreloj.

–No recuerdo haberme dedicado nunca a semejante cosa.

Aparte de eso, sí que intentaba tener una actitud relajada con respecto al *tripos*. Me iba tomando las cosas como venían.

–Al contrario que Mercer.

–Pobre Mercer. Se lo tomaba todo muy en serio. Demasiado. Llegan al andén justo cuando entra el tren. La estación huele a bollería. El vagón está abarrotado. Cerca de donde ellos van de pie, sujetos a las correas para mantener el equilibrio, una mujer trata de tranquilizar a un bebé llorón. Cuando Littlewood la ve, le cambia un poco la expresión, y Hardy, para evitar una escena, dice:

–Si estas incursiones aéreas no aflojan un poco, creo que vamos a tener que vivir todos bajo tierra...

–Yo me sentiría más segura –dice la mujer con el niño.

–Pero si últimamente ya han aflojado –dice Littlewood.

–Hombres por el cielo en globos enormes –dice la mujer–. Eso no es natural. Aunque tampoco lo pretende.

A Hardy no le apetece entablar conversación con esa mujer. Sin embargo, Littlewood (es su estilo) siempre se las arregla para comunicarse con los desconocidos.

–¿Qué tiempo tiene su niño?

–Tres meses. Se llama Oscar.

–Pobre chaval, no creo que le gusten los sitios llenos de gente. Yo también soy padre.

–¡No me diga!

–Sí, desde hace unos meses. De una niña.

–¿Cómo se llama?

–Elizabeth.

–Elizabeth... Qué nombre más bonito. Pues mi hermana acaba de tener una niña, y se ha empeñado en ponerle Lucretia a la pobrecita. Yo le dije, por favor, dale una oportunidad a la niña, llámala Gladys, Ida. Pero no. Mi hermana siempre dándose aires... ¿Y su mujer cómo está? A veces, después del parto, las mujeres se ponen muy sensibles.

–Bueno, en realidad...

Pero esto se tiene que terminar, decide Hardy, así que se

inclina hacia Littlewood, y le pregunta en voz baja, con intención de excluir a la mujer de la conversación:

—¿Crees que habrá una revolución en Rusia?

—Russell sí.

—Ah, ¿pero lo has visto últimamente?

—Cenamos juntos la semana pasada.

—¿Qué tal está?

—En plena forma. Dice que ha escrito una cosa muy mordaz sobre los ricos que disfrutan con la muerte de sus hijos, aunque Ottoline no le dejaría publicarla.

—Muy sensato por su parte, supongo. Sabes por qué han despedido a Neville, ¿verdad?

—Tengo mis sospechas.

Ahora el tren ha llegado a la estación de Charing Cross. Littlewood se toca el ala del sombrero para despedirse de Oscar y su madre, y luego se bajan; cogen la línea District y van hasta Victoria. Mientras tanto el sol se ha puesto, y cuando se adentran en la penumbra del piso de Hardy, él enciende la luz eléctrica y de repente se ven los efectos personales de Alice desparramados por allí, ropa interior tendida a secar en la cocina, libros y periódicos esparcidos sobre la mesa. Hardy decía la verdad cuando aseguraba que nunca venía aquí entre semana (incluso cuando ha tenido reuniones de la Sociedad Matemática, se ha quedado en un hotel o en casa de algún amigo), y ahora ve por primera vez cómo vive Alice cuando él no está, porque los viernes siempre lo recoge todo y deja el piso impecable.

—¿Qué es esto?

—¿No lo sabías? La señora Neville se pasa aquí la semana. Trabaja para la señora Buxton. En lo de la prensa extranjera.

—Pero ¿y tú qué?

—En realidad esta noche pensaba volver a Cranleigh. Por mi madre, ya sabes...

—¿Entonces sólo has venido hasta aquí conmigo para que pudiera bañarme?

–No es ninguna molestia.

–Muy amable de tu parte, Hardy –dice Littlewood. Luego se quita el sombrero y el abrigo y se dirige hacia el cuarto de baño. Al quedarse a solas, Hardy examina las cosas que ha dejado Alice. Hay un artículo de periódico en alemán (no consigue entender mucho, aparte de que se refiere al ataque de un zepelín en París), y al lado, a medio terminar, la traducción: «... han hecho ~~ofensivas~~ incursiones en ciudades abiertas, como Stuttgart y Karlsruhe, e incluso han convertido en sus objetivos los ~~palacios~~ castillos de estas ciudades sin fortificar, de modo que la vida de la Reina de Suecia se ha visto en peligro...» Y junto a ella, abierta sobre la mesa, la misma novela que vio en el escaparate de Hatchards: *Un verano en la Toscana*. Al otro lado de la habitación, sobre el diván, un abrigo y (qué tentación) lo que parece ser el diario de Alice, que abre por la última página de la entrada más reciente:

la película que se forma sobre la leche caliente. ¿Por qué la gente no puede ser sincera? La señora Chase, por ej., insistiendo en que el niño es de su marido, o Hardy que piensa que nadie sabe que es marica. Sin embargo, nos empeñamos en creer que mentir es lo que hay que hacer, bloqueados por una actitud innata, cerrando las ventanas al sol y diciendo: «Qué pena que la lluvia lo...»

Hardy suelta el diario, como si le hubiera mordido. Desde el baño, le llega la voz de Littlewood cantando:

El soldado Perks fue marchando hasta Flandes,
con su sonrisa, su graciosa sonrisa.
Lo querían bien soldados y comandantes,
por su sonrisa, su graciosa sonrisa...

A Hardy se le viene de golpe a la cabeza que no hay toallas en el baño. Así que coge una del armario y llama con los nudillos a la puerta.

–¿Sí? –grita Littlewood.

–Te traigo una toalla.

–Pasa entonces.

Dudando un poco, Hardy entra. Sale vapor de la bañera, en la que Littlewood, desnudo y tan impúdico como siempre, está fumando y frotándose con un enorme cepillo anticuado que Hardy no reconoce. Debe de ser de Alice.

–Te la dejo colgada en este gancho.

–Gracias. –Littlewood levanta el brazo izquierdo para enjabonarse la axila. ¡Y qué curioso! Aquí en el baño muy bien podría ser de nuevo el joven que se subió a un árbol antes de examinarse del *tripos,* como si se hubiera quitado de encima no sólo la mugre de una noche de desenfreno, sino el tiempo, las preocupaciones y la edad. Para Hardy, su cabeza parece demasiado vieja en relación con su cuerpo, como si en un juego de niños la cara con bigote de un hombre maduro se hubiera colocado sobre el cuello y el torso de un joven: hombros estrechos, costillas salientes, las tetillas planas y rosas en contraste con la carne pálida. Littlewood tiene el brazo en el aire, y por un instante Hardy se queda petrificado al ver el vello de su axila; un remolino, agua negra blanqueada por trazas de espuma.

> Mete las penas en tu vieja mochila
> y sonríe, sonríe, y vuelve a sonreír...

–Gracias, Hardy.

–No hay de qué –contesta Hardy, y está a punto de salir cuando, justo en ese momento, se oye el ruido de la cerradura y el chirrido de la puerta del piso al abrirse–. ¡La señora Neville! –grita, y sale disparado del baño, cerrando la puerta a su espalda.

Desde donde se ha detenido, cerca del paragüero, Alice se queda mirándolo. Parpadea.

–¿Señor Hardy?

–No se preocupe, no voy a quedarme.

¿Acaso tiene sentido preocuparse?
Ya se sabe que nunca sirvió de nada...

–No tiene por qué asustarse, es Littlewood. Hemos estado
en la reunión de la Sociedad Matemática. Y le hacía falta darse
un baño, así que le he dicho...
–Ah, claro. –Cuelga el abrigo–. Si lo prefieren, me puedo
marchar.
–No, no hace falta. En cuanto termine Littlewood nos vamos.
Los dos se quedan mirando el canapé, en el que reposa el
diario abierto. Si Alice se percata de que está un poco más es-
quinado hacia la derecha de lo que estaba, no dice nada al respecto. Y, en cualquier caso, ambos están demasiado preocupados por las convenciones, por el problema de cuál de ellos se
debe considerar, en esta noche de jueves del invierno de 1917,
el legítimo ocupante del apartamento, y por tanto el responsable
de pedirle al otro que se siente, como para pensar en el diario.
Al final los dos se sientan al mismo tiempo.
–¿Y cómo está su madre, señor Hardy? –pregunta Alice–.
Deduzco que no anda muy bien.
–No, no anda bien. De hecho, me vuelvo allí esta noche.
–Entiendo. ¿Y el señor Littlewood?
–Parece que le va estupendamente.
Y en ese momento sale Littlewood del baño, abrochándose
los puños de la chaqueta de su uniforme y con un aspecto bas-
tante húmedo.
–Hola, señora Neville.
Ella se levanta.
–Señor Littlewood...
–Hemos visto a su marido en la reunión –dice Hardy.
–Sí, me dijo que se iba a acercar.
–Una pena que no pudiera quedarse.
–Sus clases... –Alice se vuelve a sentar–. Y yo he visto a su
amiga, la señora Chase, esta tarde.

–¿A Anne? No me diga. ¿Dónde?

–En casa de los Buxton. Viene una vez a la semana, más o menos, a traer sus traducciones.

–Ah, comprendo.

–Parece que está muy bien desde que nació la niña.

–Me alegro. –Littlewood se pone el sombrero–. Bueno, me temo que me tengo que ir. Debo regresar a la base. Encantado de verla, señora Neville.

–Lo mismo digo.

–Yo te acompaño –dice Hardy.

Alice va con ellos hasta la puerta. Bajan en silencio las escaleras hasta que salen a la oscuridad ahumada de St. George's Square.

–¿Hacia dónde vas?

–Waterloo.

–Yo también. ¿Cogemos un taxi?

–¿Por qué no?

Paran uno y se suben. En el trayecto, Hardy contempla la vastedad de Londres, la selva de calles y lugares y callejuelas a través de la cual los lleva el taxista, quien debe memorizarla en toda su complejidad. Es su propio *tripos*.

–El Conocimiento le llaman –le dice a Littlewood.

–¿Qué?

–Lo que los taxistas tienen que aprender antes de sacarse el permiso. Las calles de Londres. Le llaman El Conocimiento.

–Ah, sí. –Pero Littlewood está lejos del panorama que va contemplando, fachadas de piedra y de ladrillo, cubiertas de moho, mojadas por la niebla y la lluvia. Hardy puede adivinar lo que está pensando. Se pregunta si Alice ha sido deliberadamente cruel (probablemente sí) y desearía poder decir algo para consolar a su amigo. Aunque le resulta tan difícil hablar con Littlewood como con Neville, y eso es lo fastidioso. No tiene El Conocimiento. Ni la menor idea de por dónde empezar.

4

–¿Está ocupado este sitio? –pregunta Alice.

Una mujer con cara de pequinés levanta la vista de su calceta. Mueve la boca, y las manos continúan calcetando de la misma manera en la que patalea a veces un animal tras su muerte. Pero no dice nada. ¿Estará enferma? ¿O será extranjera?

–¿Está ocupado este sitio?

Ahora la mujer abre más los ojos. Parece que retrocede contra la pared del compartimento, como buscando refugio. Mientras tanto, el hombre que iba sentado enfrente se ha levantado. Lleva un bigote que a Alice le recuerda el de su abuelo, y se le acerca con un aire de autoridad protectora.

–Me temo que la señora no habla su idioma –dice–. ¿Pero cuál es el problema?

Casi se echa a reír. ¡Así que lo ha preguntado en alemán! La señora Buxton ya le había advertido que podría ocurrirle: uno de los peligros de ser traductor, de pasarse la vida en los disputados territorios fronterizos que separan los distintos idiomas. A veces las palabras emigran de un lado a otro. En la tienda de ropa, preguntas si pueden *ausganchar* una falda. O caminando por St. George's Square le dices a una vecina que su terrier escocés es «un perrito muy *jolie*».

–Lo siento muchísimo –dice Alice en perfecto inglés–. Sólo

me preguntaba si el sitio estaba ocupado, porque como hay un bolso...

–No, es mío –dice la mujer, y lo retira rápidamente.

–Gracias. –Alice se sienta. El hombre de enfrente, con el ceño fruncido por la desazón y el rechazo, también. ¿Qué pensarán de ella, que habla alemán? ¿Una espía? ¿Una fugada de un campo de concentración? Cuando Alice abre su propio bolso, la mujer de la cara apretada se retrae. El tren sale de la estación. Alice hace un esfuerzo para no echarse a reír. Es un viernes por la tarde y va de regreso a Cambridge, a Eric, a Chesterton Road. Una perspectiva deprimente. Aun así, tiene que hacerlo, no tanto por Eric como porque forma parte de su acuerdo con Gertrude. Aunque tampoco es que Hardy venga mucho, ahora que su madre está tan enferma.

Saca la *Cambridge Review*. Pero no puede concentrarse, al menos hoy, porque es demasiado consciente de lo que le espera al final de ese corto trayecto. Eric en el cuarto de estar, radiante de felicidad ante su regreso; Ethel en la cocina, donde sin duda habrá preparado alguna cena especial. A pesar del racionamiento, consigue hacer milagros los viernes por la noche. Pero jamás un curry, o una oca vegetariana. Tampoco se menciona el nombre de Ramanujan. ¿Así que lo han adivinado? Eric probablemente no podría. Pero Ethel sí.

Aún le sorprende lo mucho que le gusta su vida londinense. Si fuera un personaje de novela, estaría teniendo una aventura allí. No la tiene, claro. De lo que disfruta es de su soledad. Al llegar al piso los domingos por la noche, aspira con fruición el perfume a humedad y a bolas de alcanfor. Sigue deleitándose los lunes por la mañana con la estrechez de la cama de soltera de Gertrude. Y por la noche siente una ligera melancolía, es cierto, aunque incluso esa melancolía le resulta interesante, porque es totalmente nueva; nunca había tenido tiempo de recrearse en ella. Los miércoles la soledad ya se ha convertido en su condición natural. Los jueves empieza a temer la vuelta a Cambridge.

Los viernes se le encoge el estómago; se encuentra mal. Y ahora, en el tren, a esa ansiedad cotidiana se suma esta extraña sensación de ser tomada por alguien que no es. Se le acelera el corazón. Debe hacer un esfuerzo para evitar echarse a reír. Así que cierra los ojos; trata de rememorar, como suele hacer cuando necesita tranquilizarse, una conversación que tuvo con Eric al principio de su matrimonio, antes de que él renunciara a intentar explicarle matemáticas. Esa vez intentaba explicarle el concepto de infinito, y recurrió a la analogía con un tren. Imagínate un tren, le dijo, con un número infinito de asientos, numerados del 1 al infinito. Entonces la pequeña Alice se sube al tren (así era como la llamaba en esa época: la pequeña Alice) y no tiene sitio donde sentarse. Todos los asientos del 1 al infinito están ocupados. ¿Qué puede hacer la pequeña Alice? Pero, un momento, es un tren infinito, así que no hay que preocuparse. Lo único que hay que hacer es poner al pasajero del asiento 1 en el 2, al del asiento 2 en el 3, al del 3 en el 4, y así sucesivamente. Y, quién nos lo iba a decir, el asiento número 1 ha quedado libre.

¿Pero cómo es posible? Todos los asientos del 1 al infinito están ocupados.

Ahí está la cosa precisamente. Es un tren infinito. Y en realidad puedes hacerle sitio a un número infinito de nuevos pasajeros, porque si pones al pasajero del asiento 1 en el 2, y al del asiento 2 en el 4, y al del 3 en el 6, y así sucesivamente, todos los asientos con numeración impar quedarán libres.

¿Pero cómo es posible? Todos los asientos del 1 al infinito están ocupados.

Es un tren infinito.

Aparece el revisor. Alice le da el billete. Se pregunta si la mujer con cara de pequinés o el hombre de enfrente irán a decirle algo. Que la denunciasen como espía alemana sería divertido. Nadie dice nada, sin embargo, y el revisor se va.

¿Está ocupado este sitio?

El del asiento 1 en el 2, el del 2 en el 4...

El otro día Anne y ella se pusieron a hablar del tren infinito, cuando estaban comiendo en la cocina de la señora Buxton. Anne había venido desde Treen a recoger algunos artículos para traducirlos, y había dejado a la niña con la niñera.

—Jack me contó lo mismo —dijo—, sólo que en su versión era un hotel de infinitas habitaciones, al que llega un cliente que quiere una.

—Yo no acabo de entenderlo. No consigo imaginármelo. Seguramente soy tonta.

—Es que no se trata de entenderlo. Es una paradoja. Todas las matemáticas se basan en paradojas. Ésa es la mayor paradoja de todas: tanto orden, y en el fondo, lo imposible. Pura contradicción. El cielo construido sobre los cimientos del infierno.

Alice le pegó un bocado a su sándwich. Admiraba a Anne, igual que en otro momento de su vida había admirado a una niña mayor del colegio, con más experiencia. A Gertrude, en cambio, la miraba ahora con cierto desprecio, como desde que había logrado convencerla para que le enseñara el ojo. Porque, una vez Gertrude se había sacado el ojo, ya no superaba en nada a Alice, mientras que Anne tenía autoridad sobre Alice puesto que, a diferencia de la pobre y esquelética Gertrude, ella también era (a su manera) la mujer de un matemático. Era *saftig*. Fértil. Y sabía cosas sobre el sexo.

—Eric quiere que tenga un niño —dijo Alice.

—Bueno, ¿y por qué no? —le preguntó Anne.

—Porque entonces tendría que volver a Cambridge y no ser más que una esposa.

—Pues tampoco me parece tan mal —dijo Anne. Alice esperaba que no mencionara, como solía hacer su madre, lo de la botella medio llena y medio vacía. *Imagínate una botella de agua infinita...* Sí, era verdad, en tiempos había adorado a Eric. ¿Pero qué había ocurrido?

—Yo he tenido que transigir. Hace un año que no veo a Ramanujan ni hablo con él.

473

—¿Y cuando acabe la guerra?

—Se volverá a la India, supongo.

—Con su mujer.

—Sí. Curioso, casi no la conoce. No es más que una niña.

—¿Y tú? ¿Qué vas a hacer?

—Ni idea. Supongo que ya no habrá más «Notas de Prensa Extranjera», ¿verdad?

—Ni siquiera una *Cambridge Magazine*.

—Entonces supongo..., supongo que me volveré a Cambridge, reanudaré mis labores de esposa, y tendré un niño. Qué remedio me queda... —La rabia de su propia voz la sorprendió.

—A lo mejor descubres que eso lo cambia todo —dijo Anne. Y sacando un bloc de notas del bolso, anotó algo—. Es que se me ha ocurrido cómo traducir una cosa.

¡Curioso que se comportara con tanta seguridad en sí misma! Porque su vida, si te parabas a pensar en ella, estaba prendida con alfileres: un marido al que no amaba pero al que no quería dejar, hijos de distintos padres, Littlewood apesadumbrado en Woolwich... Aun así, Anne permanecía serena, como si el sufrimiento de Littlewood fuera meramente algo que había que soportar hasta que él «entrara en razón»; hablaba de él como una madre hablaría de un niño enfurruñado que ha vuelto la cabeza hacia la pared y se niega a darse la vuelta hasta que ella le dé un caramelo. No se puede ceder. Ya se le pasará. Y como Alice adoraba y temía a Anne, no le decía que ella comprendía a Jack Littlewood, comprendía su sufrimiento, aquella necesidad de legitimar su matrimonio (¿qué otra cosa iba a ser?), de legitimar su paternidad. Pero no, no se atrevería a decírselo a Anne.

La voz del revisor le hace abrir los ojos. El tren está entrando en la estación de Cambridge. La mujer con cara de pequinés recoge su abrigo y su labor de calceta. *¿Pero un tren infinito no necesitaría una vía infinita?* Bueno, no le queda más que levantarse, bajarse, parar un taxi, y salir de la estación por Magdalene Street, dejando atrás Thompson's Lane. Cuando llega a casa, tiene el corazón en un puño. Abre la puerta, preparándose para el asalto de Eric, para su grito de «¡Cariño!» y sus prisas por cogerle la bolsa de viaje. Todas las semanas es lo mismo. Experimenta esa sacudida al principio, ¡y luego se adapta rápidamente! Al fin y al cabo, ésta es su casa. Los muebles Voysey y el piano y la mesa en la que Ramanujan hizo su puzzle. Y por supuesto el sillón en el que Eric lee, contento simplemente por tenerla ahí, no exigiéndole nada más que su cercanía. Y Ethel, moviéndose torpemente por allí con tazas y platillos; prueba de que el espíritu humano es mucho más maleable de lo que la mayoría pensamos. Porque el hijo de Ethel lleva meses en Francia, y sin embargo parece que ella ha pasado del terror a una especie de euforia de la incertidumbre. Sí, ha aprendido el truco gracias al que muchos consiguen subsistir: la desdicha puede ser maravillosamente cómoda. Uno se puede repantigar en ella como en una poltrona. De hecho, eso le está sucediendo a Alice ahora, cuando se para en el vestíbulo y se quita el abrigo. La siente, esa atracción de la poltrona. Y todos los fines de semana es igual. El domingo, ya lo sabe, hasta le entrarán ciertas ganas de quedarse. La botella medio llena...

Lo raro de esta noche es que nadie sale a recibirla, aunque huele a comida.

–¿Ethel? –grita–. ¿Eric?

No hay respuesta. Entra en el cuarto de estar y encuentra a Eric en su sillón habitual. Las luces están apagadas. Tiene la vista fija en las sombras congregadas en torno al piano.

–¿Eric? ¿Estás bien?

Él se vuelve ligeramente.

–Ah, hola, Alice.

–¿Dónde está Ethel?

–Haciendo la cena, supongo.

–Eric, ¿ha pasado algo malo?

Él no dice nada. Ella se acerca, se arrodilla junto a él y ve que tiene lágrimas en los ojos.

—Eric, ¿qué ha pasado?

—Me han echado.

—¿De dónde?

—De Trinity. No me van a renovar el contrato.

Alice se tambalea. Intenta mantener la compostura. Se dice a sí misma: no te traumatices. Sabías que esto podía pasar. Que era más que probable, seguramente. Y aun así se ha quedado traumatizada (por puro egoísmo), porque si Eric tiene que irse de Cambridge, ¿qué va a ser de ellos? ¿Qué va a ser de su vida en Londres? Y luego, el problema de siempre, obviado desde hace más de un año: ¿volverá a ver a Ramanujan alguna vez?

—No es el fin del mundo —dice, casi de un modo automático—. Ya encontrarás otro trabajo.

—Pues claro.

—Es por culpa de tu pacifismo —añade, en un tono con cierto matiz acusatorio que no logra reprimir del todo.

—¿Qué insinúas? ¿Que tenía que haber mentido?

—Es lo de la botella medio llena y la botella medio vacía.

—No me puedo creer lo que estás diciendo. Pensaba que creías en las mismas cosas que yo. Esperaba que por lo menos me consolaras un poco.

—Podrías haber armado menos ruido. No pasa nada por ser discreto. Mira a Hardy. —Y se incorpora. El veneno que está destilando la excita y a la vez la espanta. No quiere decir esas cosas, quiere ponerse de rodillas otra vez, acariciarle la cara, prometerle que todo irá bien... Pero nada va a ir bien. ¡Y qué libre le hace sentirse esta rabia...!

—¡No sé por qué nos preocupamos tanto! Si últimamente nunca estás aquí.

—¿Qué quieres decir?

—Pues que prácticamente vives en Londres, ¿no? Cualquiera diría que te alegrarías de que te echaran de aquí.

—Ésta sigue siendo mi casa.

Eric se levanta y se le acerca. Ella no retrocede. Ahora ya

está más tranquila. Se da cuenta de que un trauma no es realmente una emoción: es lo que se produce cuando chocan dos emociones, el miedo invadiendo la complacencia o la pena cotidianas. Y cuando fuerzas opuestas se entrechocan de esa manera..., pues surge esa corriente, sacudiendo al cuerpo desde sus cimientos, y desbordando luego hacia fuera, dejando a su paso un entumecimiento y un hormigueo. Y en ese aletargamiento se abren las posibilidades. Podrías huir. Podrías imponer un castigo. Podrías ceder.

–Estaba pensando una cosa –dice Eric–. Podría arreglarlo todo.

–¿Qué?

–Podríamos mudarnos a Londres. En verano. Vivir allí hasta que..., bueno, hasta que decida en qué trabajar. –Trata de cogerle la barbilla entre las manos, pero ella se aparta–. Estaría muy bien, Alice. Tú podrías seguir con tu trabajo. Y no tendrías que quedarte en el piso de Hardy. Tendríamos nuestra propia casa.

Al principio le gustaría reírse: de su ignorancia, de su ingenuidad. ¿Es posible que, después de todo este tiempo, aún no se haya dado cuenta? ¿O le está tomando el pelo e intenta inspirarle lástima haciéndose pasar por un niño?

A lo mejor debería decírselo, lo que nunca se ha atrevido a decirle antes: *De quien quiero alejarme es de ti...* Pero algo se lo impide.

Sus ojos. Se queda mirándolos. No, no está fingiendo nada. Es realmente inocente; no sólo no sabe nada de deslealtad, tampoco de psicología. La ama, y quiere que ella esté con él, y hacerla feliz, y ser fiel a sus ideales, y quedarse en Trinity... Lo quiere todo, cosas que no encajan entre sí. Sólo que no lo entiende. Y, de alguna manera, esa mirada, la simplicidad de sus anhelos y sus penas, aplacan su rabia. No puede seguir haciéndole daño. Por lo menos mientras él no comprenda la fuente de su propio dolor.

Se relaja un poco.

–Tienes razón –dice–. Nos mudaremos a Londres. ¿Pero tenemos suficiente dinero para vivir?

–Está lo que me dejó el abuelo. Y mi hermano me ayudará. Puede buscarnos algún sitio cerca de él, en High Barnet.

–No, no quiero vivir en High Barnet. Tiene que ser algo más céntrico. Bloomsbury, por ejemplo.

–Como quieras.

–Y lo que no podamos meter en el piso, se lo dejaremos a mis padres hasta que nos instalemos definitivamente en otra parte.

–Sí, claro.

–Y ya verán, Eric. A lo mejor hasta puedes irte a Oxford. Se iban a quedar con la boca abierta.

–Dudo que consiga trabajo en Oxford.

–Bueno, pues entonces en cualquier sitio. –Le acaricia la cara. Él se echa a llorar otra vez.

–Cariño...

–¿Por qué no tenemos un niño? –dice ella.

–Sí, vamos a tener un niño.

Se besan. Y, así de fácil, ¡él ya es feliz! Mucho más fácil que hacer a Ramanujan, o a Gertrude, o a Littlewood, felices. Y si al menos puede hacer feliz a una persona, eso ya es algo, ¿no? Algo de lo que sentirse orgullosa. Así que se libera de su abrazo y se deja caer en la poltrona.

Octava parte

El rayo tira un árbol

1

Mahalanobis se acerca hasta las habitaciones de Hardy para decirle que Ramanujan se ha puesto enfermo. Está en un sanatorio donde atienden al personal de Trinity, en Thompson's Lane.

–¡En un sanatorio! –dice Hardy–. ¿Pero por qué?

–Estuvimos con él anoche –responde Mahalanobis–. Ananda Rao y yo. Nos había invitado a cenar. Estábamos comiendo *rasam* y debatiendo sobre la obra de Oliver Lodge.

–¿Oliver Lodge?

–Y en medio de la conversación el pobre Ramanujan se desmayó con un tremendo dolor de estómago.

–¿Por qué no me avisaron?

–Se empeñó en que no le molestáramos. Fuimos a buscar al portero, y el portero fue a buscar al médico. Y el médico dijo que había que internarlo en el sanatorio.

–Pero si yo lo vi ayer por la mañana y parecía que estaba bien.

–Yo tengo la sensación –dice Mahalanobis– de que ya lleva cierto tiempo ocultando la gravedad de sus síntomas.

Hardy se pone el abrigo, y van andando juntos hasta el sanatorio. Acaba de empezar la primavera, y es esa época en la que uno prefiere ir por la acera soleada de la calle a ir por la sombría, cuando a pesar del frío (aún cuelgan cristales de hielo de las marquesinas) se siente un calor incipiente en la cabeza. Ramanujan en el hospital... Aunque no va a decírselo a Mahalanobis, Hardy se siente tan molesto como alarmado. O Dios ha decidido contrariarlo otra vez, o Ramanujan está comportándose con auténtica malicia, como hizo la noche en que abandonó su propia fiesta y se fue a Oxford. Porque se las ha arreglado para ponerse enfermo no sólo al comienzo de la primavera, sino también mientras ultiman su importante ensayo sobre la función de las particiones; y eso es algo que Hardy nunca se permitiría a sí mismo. Incluso si cayera enfermo, eso no iba a impedirle seguir trabajando. Continuaría haciéndolo.

No, no. Eso no tiene ningún sentido. Un hombre no puede evitar lo que le pase a su estómago. No se puede pretender que ignore el dolor. Además, si lo conoce bien, Ramanujan debe de estar trabajando incluso ahora, escribiendo fórmulas en su cama.

Cuando llegan a la clínica, una enfermera jefe con una rígida cofia muy elaborada les lleva hasta la habitación de Ramanujan. A pesar de que se trata de una habitación pensada para dos pacientes, está solo. El mobiliario consiste en dos camas de hierro, dos mesillas, dos sillas y un armario. Las paredes de cal no tienen cuadros, sólo una ventana que da al Cam. El olor a Dettol impregna el aire.

Ramanujan está echado en la cama que queda más cerca de la ventana, contemplando el río con pálida indiferencia.

Nada de bloc ni de lápiz.

—Ramanujan —dice Hardy, y él se vuelve y esboza una sonrisa.

Hardy acerca una silla y se sienta junto a él. Tiene un aspecto alarmante. A lo mejor es la luz deslumbrante del hospital la que deja ver una piel macilenta y una delgadez que la iluminación crepuscular de Trinity disimulaba. ¿O será que cualquiera parecería enfermo con esa luz? ¿Incluso Hardy? Le gustaría que hubiera un espejo en la habitación.

—Me he enterado de que se ha puesto enfermo —dice.

Los labios de Ramanujan, cuando habla, están secos.

—Me dolía el estómago –dice–. Puede que fuera una cuajada que tomé.

—¿Dónde le duele exactamente?

—Aquí. En el lado derecho.

—¿Es un dolor agudo o un dolor sordo?

—No es un dolor continuo. Parece que me encuentro bien, y entonces tengo como... pinchazos, por decirlo así.

—¿Y ya le ha visto el médico?

—El doctor Wingate se pasará por aquí a última hora de la mañana –dice la enfermera jefe, que está vertiendo agua de una jarra en una palangana– y examinará al paciente.

—Ya.

—El problema es que no quiere desayunar.

—El señor Ramanujan es hindú. Lleva una dieta muy estricta.

—Sólo eran unas gachas.

—No tengo apetito, gracias –dice Ramanujan, echándole una mirada furiosa a Mahalanobis, que aparta la vista. ¿Está enfadado, se pregunta Hardy, porque Mahalanobis ha desobedecido sus instrucciones y le ha contado a Hardy que estaba en la clínica?

—¿Me has traído el libro?

—Te lo traigo esta tarde –responde Mahalanobis.

—¿Qué libro? Yo también puedo traerle libros –dice Hardy.

—Da igual.

—Te prometo que...

—Da igual.

Mahalanobis aparta la mirada. Y ahora Hardy lo comprende todo, o eso cree: Ramanujan no debe de querer que Hardy se entere de cuál es el libro en cuestión. Quizá sea una novelucha. ¿O algo de Oliver Lodge?

Entonces entra el médico, dándose muchos aires, irrumpiendo en la habitación cuando, en opinión de Hardy, un médico debería entrar con delicadeza, igual que un conferenciante debería hablar en el tono más neutro posible. Como un personaje de una obra de Shakespeare, hace su entrada por la parte izquierda del escenario, con un bloc de notas en la mano, y seguido por una comitiva de ayudantes y una enfermera. Debe de andar por los cincuenta y pocos, y tiene los ojos en forma de uva pasa, y picaduras de viruela en las mejillas.

–¡Hola, qué tal! –dice, y la enfermera le hace una seña a Hardy para que se levante de su silla–. A ver, señor, ¿cómo se llama usted?

–Ramanujan –dice Ramanujan.

–No voy a tratar de repetirlo. ¿Pero cuál es el problema?

–Le duele el estómago, doctor.

–¿Por qué no deja que me lo cuente él? –El doctor Wingate le pone la mano en la frente a Ramanujan–. ¿Tiene fiebre?

–Esta mañana no, doctor. Anoche, treinta y siete y medio.

–¿Y dónde le duele exactamente? ¿Habla usted inglés?

–Sí. –Ramanujan señala el lado derecho de su abdomen.

–Ya. ¿Puedo? –El doctor alarga la mano y flexiona los dedos–. No le voy a apretar muy fuerte. Sólo dígame cuándo siente dolor. ¿Aquí? ¿Aquí? –Ramanujan menea la cabeza–. ¿Qué quiere decir eso?

–Le duele de vez en cuando –dice Hardy.

–¿Aquí?

Ramanujan hace una mueca de dolor y pega un grito.

–Ése es el punto crítico –dice triunfante el doctor Wingate, y anota algo en su bloc–. ¿Y qué le ha traído a Trinity, joven? ¿Qué está estudiando?

–Matemáticas.

–¡Qué interesante! Una vez tuve un paciente que era matemático. Y cuando yo le dije: «Señor, tiene usted un sentido del humor sin par», me contestó: «¿Qué quiere decir sin par? ¿3, 5, 7?»

Ramanujan se queda mirando por la ventana.

–Y cuando al mismo caballero le dije: «Aunque ya se encuentre mejor, debe tomarse su medicina a la par que los demás», me contestó: «¿Qué quiere decir con a la par...?»

–¿Cuándo me podré marchar?

–De momento no.

–Pero mi trabajo...

–No está usted en condiciones de trabajar. Fiebre intermitente, y un intenso dolor sin diagnosticar. –El doctor Wingate pone el bloc bajo el brazo–. No, tendrá que quedarse donde podamos vigilarlo, por lo menos hasta que consigamos averiguar lo que le pasa. ¿Quién es usted, por cierto? –dice, dirigiéndose a Hardy.

–G. H. Hardy.

–¿Y cuál es su relación con el paciente?

Hardy se atranca. Nadie le ha hecho esa pregunta antes. ¿Y cómo se supone que *debe* describir su relación con Ramanujan?

–El señor Hardy es un catedrático de Trinity –dice Mahalanobis–. El señor Ramanujan es discípulo suyo.

–Entiendo. ¿Podría hablar un momento con usted? –Y le hace una seña a Hardy para que salga con él al pasillo–. No se lo comente a nadie –le dice en voz baja–, pero apostaría diez a uno a que tiene una úlcera gástrica. ¿Ha estado muy agobiado últimamente?

–No sé... Ha estado trabajando mucho. Pero no más de lo habitual.

–¿Preocupaciones por culpa de la guerra? ¿Problemas familiares?

–Que yo sepa no... No ha comentado nada.

–Bueno, lo tendremos en observación. Si es una úlcera gástrica, necesitará hacer una dieta especial.

–Ya hace una dieta especial. Se prepara toda su comida. Es vegetariano estricto.

–Tal vez ése sea el problema. No es que se puedan conseguir muchas verduras frescas últimamente. –El doctor Wingate alarga la mano–. Así que catedrático de matemáticas, ¿eh? Menudo hueso, las matemáticas... A mi hermano se le daban mejor que a mí, fue *senior optime* en... 1918, creo.

–Sí, recuerdo a un Wingate.

—¿De veras? Ahora está en el Ministerio del Interior. Bueno, que tenga un buen día, señor Hardy.

—Lo mismo le digo.

Entonces el médico, seguido por su comitiva, abandona el escenario por la derecha. Hardy vuelve a la habitación de Ramanujan. La enfermera está trajinando con una jarra y una palangana de esmalte blanco. Mahalanobis, que se encuentra ahora en la silla que hay junto a la cama, se levanta de golpe en cuanto ve a Hardy.

—Tranquilo —dice Hardy—. Quédese donde está.

—No, por favor —dice Mahalanobis, ofreciéndole asiento con la solicitud de un camarero.

—Es que no quiero sentarme.

—¿Qué le ha dicho el médico? —pregunta Ramanujan.

—Cree que padece usted una úlcera gástrica.

—¿Y eso qué significa?

—No lo sé exactamente. Sólo sé que las produce la tensión. Así que tiene que relajarse.

—Seguramente es algo que comiste —dice Mahalanobis—. O que no comiste...

—La cuajada, supongo.

—¡Tienes que cuidarte más, Jam! Hay que andarse con mucho ojo con la cuajada.

—No he tenido tiempo de preocuparme de la comida. He estado muy ocupado.

Hardy mira el reloj.

—Bueno, debo irme —dice—. Tengo que dar una clase. Mahalanobis, ¿viene usted conmigo o se queda?

—Yo también debo irme —dice Mahalanobis—. Pero volveré esta tarde.

Ramanujan no dice nada. Se limita a reposar la cabeza en la almohada y a volverse una vez más para mirar el río. Y Hardy se pregunta: desde su punto de partida, desde el *pial* al atardecer, ¿podría haber llegado más lejos?

2

—No sabía que a Ramanujan le interesara Oliver Lodge —le dice Hardy a Mahalanobis mientras cruzan Bridge Street.

—Pues sí —dice Mahalanobis—. Nos interesa a todos.

—Imagino que su trabajo con las ondas de radio.

—No, nos interesan sus escritos sobre los fenómenos psíquicos. ¿Sabe usted que el señor Lodge es presidente de la Sociedad para la Investigación Psíquica?

—Eso me han dicho.

—Ramanujan en concreto está interesado en los fenómenos psíquicos. Varas de zahorí, *poltergeists*, escritura automática. Apariciones.

—¿Ramanujan?

—Sí.

—Seguramente no le sorprenderá que, en mi opinión, todo eso no sean más que bobadas.

—No, no me sorprende. Ni tampoco le sorprendería a Lodge. Ya cuenta con el desprecio, y lo acepta como algo inevitable.

—Entonces, ¿por qué sigue adelante?

—Porque cree que los fenómenos sobrenaturales merecen ser investigados.

—Pero esos fenómenos no son reales. Son producto de la imaginación de la gente.

–Quién sabe... ¿Nunca ha tenido experiencias sobrenaturales, señor Hardy?

Hardy piensa en Gaye, en sus inoportunas visitas esporádicas. ¡Qué desconcertantes podían ser esas apariciones repentinas! Aunque no eran más que sueños, ¿no?

–No, nunca. ¿Y usted, Mahalanobis?

–En la India –dice Mahalanobis– estas cosas se consideran... vamos a decir parte de la vida cotidiana. Mi abuela solía afirmar que tenía visiones. Una vez recibió un mensaje de las llamas del fuego. Una voz la avisó de que no visitara la casa de una vecina. Ella la obedeció, y ese mismo día, en la casa de la vecina, hubo un brote de tifus.

–Pudo ser pura coincidencia. O su abuela podría haber *creído* que había tenido esa visión, después de que se produjera el brote.

–En lo que a mí respecta, dicen que en ciertas habitaciones de King's hay fantasmas de los compañeros muertos. El invierno pasado puse una bufanda en el armazón de la cama una noche antes de acostarme. Por la mañana había desaparecido. Revolví toda la habitación buscándola. Supuse que me fallaba la memoria, que la habría dejado en el Hall o en el tren. Y entonces, este invierno, el primer día de frío, apareció otra vez perfectamente doblada en mi cajón.

–Bueno, podría haberla metido usted en el cajón y haberse olvidado.

–Abro ese cajón todos los días. No, sospecho que un fantasma necesitaba esa bufanda.

–Se supone que los fantasmas no tienen frío...

–Ése es el tipo de cosa sobre la que Sir Oliver nos habría hecho reflexionar.

Hardy se ríe.

–Así que ¿hablan de estas cosas cuando cenan juntos?

–Al principio Ananda Rao y yo éramos escépticos. Pero Ramanujan acabó convenciéndonos. ¿Sabe?, él también ha tenido ciertas... experiencias.

–¿Como por ejemplo?

–Dudo que le creyera.

–A ver.

Mahalanobis aparta la vista un momento, como tratando de decidir si contárselas a Hardy equivaldrá a una falta de lealtad. Luego dice:

–Está bien. Esto fue en Kumbakonam, antes de venir a Inglaterra. Una noche tuvo un sueño. Estaba en una casa que no conocía, y bajo una de las columnas de la veranda vio a un pariente lejano. El pariente estaba muerto, y su familia estaba de luto. Ahí se acabó el sueño, y él se olvidó de él hasta que cierto tiempo después tuvo ocasión de visitar al mismo pariente, que entonces estaba viviendo lejos de Kumbakonam. Imagínese su sorpresa cuando comprobó que la casa era la misma que había visto en su sueño; y no sólo eso, sino que había un paciente que estaba en tratamiento médico en la misma casa. Luego vio al hombre echado en un colchón bajo la misma columna que había visto en el sueño. Y el hombre murió allí mismo.

Hardy alza las cejas.

–Pero en la visión era su pariente el que se moría –dice–. No un desconocido en la casa del pariente.

–Sí. Una incongruencia. Tal vez una especie de... mala interpretación, de malentendido. Sir Oliver hace hincapié en que los mensajes que se reciben en una sesión no siempre se pueden interpretar literalmente.

–Juega sobre seguro, ¿eh?

–Puede. Aun así, ¿por qué no investigar estas cosas? Científicamente, claro. Experimentos controlados.

–¿Pero cómo podemos investigarlas? ¿Qué instrumentos íbamos a emplear?

–Varas de zahorí, la güija... Siempre hay instrumentos para quienes están dispuestos a usarlos.

Han llegado hasta las puertas de Trinity. Con mucha ceremonia, Mahalanobis se inclina en señal de respeto.

–Bueno, tengo que dejarle. Debo regresar a mi propio *college*. Que pase un buen día, señor Hardy.

–Igualmente, señor Mahalanobis. –Y se dan la mano. Todo muy extraño, piensa Hardy mientras entra en la caseta del portero. ¡Si por lo menos Gaye se le apareciera ahora mismo, para soltar alguno de sus sabios comentarios mordaces, y así ayudar a Hardy a salir del embrollo de las palabras de Mahalanobis! Aunque, si Gaye apareciese, eso sería un fenómeno psíquico. En cuyo caso, Lodge tendría razón.

Hardy se acerca hasta la mesa del portero. El portero está anotando cifras en un libro de contabilidad.

–Buenas tardes, señor –dice–. ¿Ha ido a visitar al señor Ramanujan?

–Exactamente.

–Anoche tenía muy mal aspecto. Espero que ya se encuentre mejor.

–Está mejor, sí. Me pidió que le llevara un libro. ¿Podría prestarme la llave de su habitación?

–Por supuesto, señor. –Y, de un gancho que hay debajo del mostrador, el portero descuelga un aro enorme del que cuelgan decenas de llaves. Con una rapidez pasmosa, repasa las llaves con los dedos antes de escoger una y tendérsela a Hardy.

–¿Sabe de quién es cada llave de memoria? –le pregunta, cayendo en la cuenta por primera vez de algo que ha visto muchísimas veces sin prestarle atención.

–Sí, señor.

–Pero eso es extraordinario...

El portero se lleva un dedo a la cabeza.

–Es parte de mi trabajo.

–Ya. Pues gracias. Luego se la traigo. –Y sale a Great Court, entre maravillado y molesto. Por lo visto, hoy nada tiene sentido. Mientras sube las escaleras del Bishop's Hostel, siente que debe moverse sigilosamente, como un ladrón. ¿Pero por qué? Él no es un ladrón. De todas formas, cuando abre la puerta de Ramanujan, y las bisagras chirrían aparatosamente, hace una mueca. Una vez dentro, cierra la puerta mucho más despacio de lo que la ha abierto, pero eso sólo consigue alargar el chirrido. La cierra con la misma lentitud hasta que encaja en el marco.

Listo. Ya está dentro. Que él sepa, nadie le ha visto.

Mira a su alrededor. Es la primera vez que ha vuelto a los aposentos de Ramanujan desde aquella cena infame. Aquella noche todo estaba muy pulcro. En cambio ahora la habitación está muy desordenada. Hay una holgada prenda morada tirada sobre el respaldo del sillón. Los cuencos en los que, supuestamente, Ramanujan y sus amigos estaban comiendo cuando a él le dio el ataque están apilados junto al hornillo de gas. Hay papeles esparcidos sobre el escritorio. Confirmando su anterior sensación de ser un intruso, Hardy los hojea: la mayoría son anotaciones matemáticas sobre el trabajo que están realizando ahora mismo sobre los números compuestos y los números primos. Y, sin embargo, hay una hoja que le sorprende y le tienta tanto como el diario de Alice. El encabezamiento es «Teoría de la Realidad». Lo lee un par de veces.

TEORÍA DE LA REALIDAD

o = el Absoluto, el *Nirguna-Brahman*, la realidad a la que no se le pueden atribuir cualidades, que no puede ser definida ni descrita con palabras. (Negación de todos los atributos.)

∞ = la totalidad de todos los atributos posibles, *Saguna-Brahman*, y que por lo tanto es inagotable.

o × ∞ = el conjunto de números finitos.

Cada acto de creación es un producto concreto de o y ∞ del que surge un determinado individuo. Así, cada individuo puede ser simbolizado por determinado número finito que es el producto en su caso.

Hardy pestañea. La letra es la de Ramanujan. El trazo fino y nítido es inconfundible. Se acuerda de cuando recibió su primera carta, del desconcierto que le produjo encontrarse con la ecuación $1 + 2 + 3 + 4 + \ldots = -\frac{1}{12}$. De modo que lo que está leyendo ahora ¿es otra muestra de su peculiar taquigrafía? O quizá las ideas que Ramanujan trata de expresar son más filosóficas que matemáticas. Cuando, en los buenos tiempos, McTaggart les daba sus conferencias a los Apóstoles, Hardy bostezaba y miraba el reloj, mientras que Moore se quedaba fascinado y no perdía ripio. Ni siquiera ahora sabe qué es lo que Moore percibía y él no. Así que tal vez Moore le encontraría cierto sentido a la «teoría de la realidad» de Ramanujan.

Hardy deja la hoja de papel. Hay dos libros abiertos boca abajo sobre el brazo del sillón. Uno está escrito en lo que le parece hindi. El otro es *Raymond* de Oliver Lodge, y ése lo coge. Aunque no lo ha leído, sí ha leído muchas cosas *sobre* él, porque tras su publicación se comentó en todos los periódicos que Lodge, dos días antes de la muerte de su hijo Raymond en Ypres, había tenido una premonición. Recibió un mensaje durante una sesión. Supuestamente, el relato de sus sucesivas comunicaciones con el espíritu de Raymond había servido de consuelo a miles de padres afligidos; a Hardy, en su momento, aquello le pareció ridículo. ¿Pero qué es lo que dice Lodge realmente?

Les echa un vistazo a las primeras páginas y lee:

A Raymond lo mataron cerca de Ypres el 14 de septiembre de 1915, y nosotros recibimos la noticia a través de un telegrama del Ministerio de Guerra el 17 de septiembre. Un árbol tirado o en trance de caer es un símbolo que se usa frecuentemente para representar la muerte; quizá por una mala interpretación de Eclesiastés 11,3. Desde entonces, he consultado a varios eruditos clasicistas sobre la cuestión que le planteé a la señora Verrall, y todos me han remitido a Horacio, *Carmina* II, 17, como referencia inexcusable.

Hardy conoce, o conoció, a la señora Verrall, claro. Era la viuda de Verrall, uno de los Apóstoles de más edad y mayor autoridad durante su juventud, clasicista también ella. Se murió el verano pasado precisamente. Y ahora, retrocediendo unas páginas, empieza a entender la secuencia de los hechos. Durante una sesión, «Richard Hodgson» (¿un fantasma?) dejó un oscuro mensaje para Lodge, que Lodge le pasó luego a la señora Verrall, quien lo interpretó como una referencia a un pasaje de Horacio. Hardy recuerda ese pasaje en concreto de sus días en Winchester: describe cómo un rayo tira un árbol que habría caído sobre Horacio, si Fauno, guardián de poetas, no lo hubiese impedido. Lodge interpretó ese mensaje como una señal de que «iba a recibir un duro golpe, o era probable que lo recibiera, aunque no supiera de qué clase...».

Unos días después su hijo murió. El epónimo Raymond. Hardy mira la portada. ¿Será porque conoce su destino por lo que Hardy aprecia, en el rostro del joven, cierta expresión de aciaga indiferencia? Raymond no tiene nada de guapo, con esa cabeza en forma de pera y ese pelo castaño tan aplastado. La primera parte del libro es descrita como su «parte normal», y consiste en las cartas que envió Raymond desde el frente y las cartas de los oficiales a cuyo mando combatió. Luego hay una «parte sobrenatural» y un apartado titulado «Vida y Muerte». Abriendo el libro por una página al azar, Hardy lee:

> La hipótesis de una existencia que tiene su continuación en otra serie de condiciones, y de una posible comunicación a través de una frontera, no es una hipótesis gratuita formulada para proporcionar alivio y consuelo, o por un rechazo a la idea de la extinción; es una hipótesis que se le ha impuesto progresivamente al autor (como a muchas otras personas) por la estricta fuerza de experiencias concretas, no menos categóricas que los fundamentos de la teoría atómica de la química.

Ese cúmulo de pruebas cada vez mayor ha desbaratado todo escepticismo legítimo y razonable.

Alguien llama a la puerta. Hardy se sobresalta, y casi suelta el libro.

–Señor Hardy –oye que le llama una voz desde el pasillo. Es Mahalanobis. Hardy abre la puerta y le hace pasar.

–Me ha asustado –dice.

–Lo siento –dice Mahalanobis–. El portero me dijo que le encontraría aquí.

–Sí, pensé en llevarle a Ramanujan el libro que quería.

–Yo he venido por lo mismo.

–Supongo que es éste. –Le enseña el ejemplar de *Raymond*. Pero Mahalanobis niega con la cabeza–. Ah, ya. Entonces será éste en hindi.

–Ése es el *Panchangam*. Un almanaque. Está escrito en tamil.

–Entonces, ¿tampoco es el que quiere?

–No, señor. Él quería el Carr.

–¿El Carr?

–¿Me permite?

–Por supuesto.

Tímidamente, Mahalanobis pasa por delante de él y entra en el dormitorio. Vuelve enseguida cargado con un tomo pesado y muy usado.

–*Una sinopsis de resultados en matemáticas puras y aplicadas* –dice en voz alta–. Fue el primer libro de matemáticas que le dieron a Ramanujan. Solía leerlo de niño en el porche de su madre.

–Ya sé. ¿Pero para qué querrá el Carr ahora? Está obsoleto. Él ya ha ido mucho más lejos.

–Creo que lo ve como una fuente de consuelo. Me he fijado en que muchas veces se pone a leer las ecuaciones numeradas de noche, cuando no puede dormir.

–¿El Carr una fuente de consuelo?

–Sí, señor. –Mahalanobis se ajusta el turbante–. Bueno, me tengo que ir. Que tenga un buen día.

–Igualmente.

Luego Mahalanobis se marcha, tan silenciosamente como ha venido, así que Hardy vuelve a quedarse solo entre las escasas posesiones de Ramanujan; esas pocas señales de una vida de la que, se da cuenta, sabe mucho menos de lo que pensaba. Hay un retrato de Leibniz colgado en la pared. Desde la chimenea le contempla una figura con cabeza de elefante. Tiene cuatro brazos. Y una rata a sus pies. De la cocina llega el olor agrio de la familiar cazuela de *rasam*. Hardy le echa un vistazo y ve que está perdiendo el baño de plata del interior.

Se lleva el ejemplar de *Raymond* cuando se va. A pesar de todo, resulta que ha acabado por intrigarle ese misterio: la sesión, el pasaje de Horacio, los fantasmas y las visiones. ¡Hay tantas cosas de las que no sabe nada! Se encuentra con una señora de la limpieza en la escalera, que lleva una mopa y un cubo. ¿Quién le ha suministrado la mopa? ¿Y cómo ha conseguido el portero memorizar las llaves? Sin embargo el mundo sigue girando, los cerrojos hacen clic sin cesar, las mopas no dejan de repasar el suelo. Y mientras tanto Hardy, ciego a casi todo, va abriendo su constante y estrecho sendero a través de la espesura.

Sólo cuando entra en la caseta del portero cae en la cuenta. Cero e infinito. Las cosas que nunca podemos conocer porque son incognoscibles y las cosas que nunca podemos conocer porque hay demasiadas. Una infinitud de ellas. De ese emparejamiento surge la vida.

–¿Le ha encontrado el indio, señor? –pregunta el portero.

–Sí, sí me ha encontrado. Gracias. Tome la llave.

–Muy bien, señor –dice el portero, y vuelve a deslizar la llave en su enorme aro. ¿Cuántas llaves habrá ahí? Una de ellas, como muy bien sabe Hardy, abre su propia puerta, mientras que las demás abren las puertas de los ausentes y los muertos.

3

A principios de verano, muere Sophia Hardy. En Cranleigh, el párroco de la infancia de Hardy, ahora un hombre maduro y corpulento, les hace una visita a él y a Gertrude. Les dice que rezará por su madre, cosa que a Hardy le parece una provocación, teniendo en cuenta su explícito ateísmo y la indiferencia de Gertrude por la religión.

–Deben de echarla mucho de menos –dice el párroco, como si fuera Norton, a lo que a Hardy le gustaría responder: «No. Sus últimos días fueron un aburrimiento. Quizá para ella no; se podía entretener con su dolor, y con multitud de acompañantes, vivos y muertos, que iban entrando y saliendo de su cuarto rápidamente, unos detrás de otros. Hombres y mujeres de los que no habían oído hablar en su vida, un hermano que se había ahogado de pequeño, su padre (aunque raras veces). Ya casi al final, siempre tenía las manos ocupadas. Parecía más empeñada en vivir de lo que había estado en años. No paraba de hablar, a pesar de que no acababan de entender lo que decía. Hasta entonces, cada vez que había estado al borde de la muerte había dado marcha atrás, aunque cada vez menos conectada con el mundo de los vivos, como si hubiera dejado otro pedazo de sí misma a su espalda. Y entonces en junio, un jueves por la mañana, se había muerto de verdad. Quizá porque Hardy, por una vez, no había regresado a tiempo para proporcionarle una razón de vivir. Se quedó atrapado en Cambridge debido a unos misteriosos retrasos ferroviarios. Cuando consiguió llegar a Cranleigh, ella ya llevaba dos horas muerta: la serie que constituía su muerte (medio camino, una cuarta parte, una octava) se había adentrado por fin en el infinito. Y cuando Gertrude se lo dijo, la abrazó, no por el dolor que sentía, sino por la alegría. Al fin se había terminado aquello para los dos.

Evidentemente no le cuentan al párroco nada de esto. Su madre era una mujer practicante, y por respeto a ella cumplen con las formalidades requeridas por cualquier párroco: organizar el funeral y darle a ese hombre, que en realidad no sabe nada de su madre, la información necesaria para que pueda hacer un panegírico. A la media hora dice que tiene que irse, y Hardy lo acompaña hasta la puerta. Empieza a ponerse el sol.

—No me he olvidado de aquella conversación que tuvimos —dice en el umbral—. ¿Se acuerda? Íbamos paseando entre la niebla.

—Sí que me acuerdo —dice Hardy, aunque no añade que le sorprende que el párroco también se acuerde. Al fin y al cabo, hace muchos años de eso. El párroco debía de tener como mucho veinticinco años; en cambio ahora debe de tener... ¿cincuenta y cuatro? ¿Será posible?

—En aquel momento me pareció usted un descarado, aunque ahora me doy cuenta de que tenía que haberle tomado más en serio. Debería haber rezado por su salvación. Se ha convertido en un incrédulo.

—Es cierto.

—Pero un incrédulo muy especial. Siempre tratando de aventajar a Dios. Déjeme que le advierta una cosa: al final perderá.

—¿Quién se lo ha dicho?

—Un barco llegado de Dinamarca, un temporal en alta mar... —El párroco le pone la mano en el hombro a Hardy, pero él retrocede—. Piense al menos en la posibilidad de la gracia. Tal vez Dios quería que sobreviviera. Y tal vez sea usted creyente, de hecho. Si no, ¿para qué luchar tanto?

–¿Cómo sabe todas esas cosas?

–Cambiando de tema, creo que su estudiante indio no está bien. Lo siento.

–Gracias.

–Por favor, dígale que le tengo presente en mis oraciones.

–¿Por qué? No es de su religión.

–La oración puede trascender las particularidades de la fe. Quizá le ayude saber que otros piensan en él.

–No sé si estoy muy de acuerdo. Según mi experiencia, cuando la gente reza por los moribundos, se mueren antes, bien porque ellos suponen que esas plegarias funcionarán y dejan de cuidar de sí mismos, bien porque saber que toda esa gente está rezando continuamente por ellos les hace sentirse obligados a mejorar, y esa presión acaba con ellos.

–Una teoría interesante. En ese caso, no debería decirle nada a su estudiante, a pesar de que yo seguiré rezando por él de todas formas. Bueno, adiós, señor Hardy. –Y el párroco le tiende la mano. Hardy se la estrecha; unos dedos fláccidos le resbalan por la palma de la suya. Luego el párroco se va, y Hardy se queda preguntándose una vez más quién le habrá contado lo que pasó en Esbjerg. ¿Sería Gertrude? No cree. ¿Su madre, entonces? ¿Pero le mandó a su madre una postal? No se acuerda.

Vuelve a entrar en casa. Gertrude está abriendo las cortinas, para que penetre una pálida luz en una habitación que lleva semanas a oscuras. Se acerca a ella, y al final se dejan arrastrar por una especie de vértigo que lleva gestándose horas. Llaman a Maisie y los tres juntos, en una especie de frenesí eufórico, sacan del cuarto de estar la cama donde murió la señora Hardy, y vuelven a colocar los muebles en su posición original. ¡Luz, luz! Gertrude se pone a limpiar, retirando ese polvo que en su día fue la piel de su madre, mientras Maisie friega el suelo. Después no saben muy bien qué hacer, así que juegan una partida de ajedrez. Hardy pierde, lo que no deja de sorprenderle. Por lo visto eso hace feliz a su hermana, que una vez más estalla en carcajadas. Luego parece que ya no están para risas y se van a la cama, a pesar de que aún es temprano, a pesar de que todavía no ha menguado la luz del cielo.

Por la mañana dan un paseo por el pueblo. Hombres y mujeres a quienes apenas conocen (tenderos, antiguos alumnos de su padre convertidos en hombres maduros) les saludan y les dan el pésame. Cuando regresan a su casa, Gertrude está inquieta.

–Sólo es cuestión de tiempo –dice, quitándose los guantes–. Ya verás, va a llamar el dueño de la funeraria para decirnos que mamá se ha despertado y ha propuesto una partida de Vint. –Se echa a reír de nuevo, y esta vez se trata de una risa estridente, un poco loca.

–Lo dudo –dice Hardy–. Aunque con mamá nunca se sabe.

–¿Cómo se llama... el sitio donde el de la funeraria hace... lo que sea que haga?

–No tengo ni idea. ¿Sala? ¿Estudio?

–¿Salón?

–Como una peluquería francesa. –De repente Hardy también se echa a reír, los dos se ríen como niños con una risa contagiosa, hasta que se revuelcan literalmente por el suelo, con lágrimas en los ojos.

Dos días más tarde, el párroco celebra el funeral. Consiguen pasar el trago sin que se les escape una sonrisa, aunque Hardy casi se viene abajo cuando, durante su panegírico, el párroco se refiere a su madre como «una extraordinaria jugadora de cartas». Después dan una recepción: figuras espectrales, casi todas irreconocibles, moviéndose por el cuarto de estar y sosteniendo tazas de té, mientras Maisie sirve sándwiches que nadie se atreve a comer. ¿Por qué será, se pregunta Hardy, que comer tras un funeral se considera una falta de respeto hacia el muerto? Mientras se toma su té, observa cómo el párroco mira los sándwiches; disfruta al ver la batalla espiritual que se libra en el alma del párroco, entre el deseo y el deber, la tentación inherente a esos sándwiches diabólicos y la voluntad de resistirse. Y al final vence la voluntad.

–Debe de estar tan orgulloso de sí mismo –le dice Hardy a Gertrude después de que se haya ido el último de los invitados, cuando están engullendo los sándwiches–. Seguro que se está haciendo unos sándwiches ahora mismo en la casa parroquial. Unos sándwiches enormes, de esos que comen los americanos.

Gertrude se ríe con tantas ganas que por poco se ahoga.

¡Cuánta hilaridad! Hardy se va a la cama esa noche muy asombrado: nunca se imaginó que la muerte pudiera ser divertida. ¿Y qué nuevos giros cómicos les traerá el día siguiente? Al día siguiente tienen una cita con el abogado de su madre, el anciano señor Fanning, que parece salido de otro siglo, como si lo hubiera catapultado hasta el presente la máquina del tiempo de Wells, con toda su parafernalia de plumas y plumines y libros de contabilidad escritos a mano. Evidentemente ése es un asunto mucho más serio. La verdad es que ninguno de los dos sabe cuánto dinero tenía su madre. Y dado que, con toda probabilidad, Hardy nunca va a escribir su libro sobre Vint o su novela de misterio, no le vendría nada mal el dinero. Lo mismo que a Gertrude. Así que escuchan atentamente mientras el señor Fanning, con mucha ceremonia, lee las condiciones del testamento. Como era de esperar, tanto la casa como el patrimonio han de ser repartidos equitativamente entre los hijos de la difunta, Godfrey Harold y Gertrude Edith. En cuanto a su valor... Ahí el señor Fanning hace una pausa, y deja un momento el testamento.

–Desgraciadamente –dice–, parece ser que en sus últimos años su madre permitió... que se acumularan ciertas deudas.

–¿Qué clase de deudas? –pregunta Hardy.

–La mayoría son deudas corrientes, dinero que se les debe a los tenderos, por el carbón y por el reparto de la leche. Y, por supuesto, las facturas del médico. Pero hay otras deudas (deudas más antiguas), que al parecer heredó de su padre. Él había pedido prestado cierto dinero, hace muchos años, y con el interés la suma que se debe ahora es... considerable.

—Nunca nos dijo nada.

—Sospecho que tenía la esperanza de que con meter los avisos de pago en un cajón desaparecerían, por así decirlo. Suele suceder con las personas mayores.

—¿Cuánto se debe? —pregunta Gertrude.

—No tanto como para que no pueda pagarse con el patrimonio. Pero quedará muy poco.

—¿Eso incluye la casa?

—No, la casa está a salvo.

—Gracias a Dios —dice Gertrude—. Gracias a Dios al menos por eso.

Más tarde, ya en casa, por una vez no se ríen.

—Me pregunto por qué papá pediría prestado ese dinero —dice Hardy—. ¿Tú crees que tenía una amante? ¿O que jugaba?

—¿Papá? No seas ridículo.

—Nunca se sabe. Bájate, por favor. —Es el terrier otra vez, que apoya las patas en las rodillas de Hardy mientras él se quita el sombrero—. Bueno, por lo menos si vendemos la casa nos darán algo.

—¿Si vendemos la casa? ¿Pero qué estás diciendo? —Gertrude achucha a la perra contra el pecho.

—Creía que querías mudarte a Londres.

—Puede que sí. Pero de todas formas... no quiero vender esta casa. Es donde nosotros crecimos, Harold. Debemos conservarla para la familia.

—No me parece muy probable que ninguno de los dos vaya a tener hijos.

—No estés tan seguro.

—¿Insinúas que podría casarme?

—¿Y tú que yo nunca me casaré?

De repente, ella se echa a llorar. Él se queda perplejo.

–Gertrude –le dice, pero ella aparta la vista. Ha metido la cara en el pelo del lomo de la perra; esa pobre perra, que ahora se ha quedado completamente quieta entre sus brazos, igual de desconcertada que Hardy ante su efusividad–. Gertrude, ¿por qué lloras?

–Está muy claro. Se acaba de morir nuestra madre.

–Pues ayer estabas contenta.

–Pero no porque se hubiera muerto. Sino porque ya hubiera pasado todo. No es lo mismo. ¿En serio me dices que no ves la diferencia?

Él no responde. Ella deja a la perra en el suelo.

–Tú debes de sentir algo parecido –le dice.

–¿Como qué?

–¿No te da pena?

Pues la verdad es que no. Y tampoco encuentra lógico el cambio que se ha operado en su hermana. Al fin y al cabo, ¿no insistía tan sólo hace unos días en que lo único que la retenía en Cranleigh era la carga de tener que cuidar a su madre? Y ahora que le han quitado ese peso de encima, no va a mover un dedo por escapar. En vez de eso, se va a la cama. Se saca el ojo de cristal y se acurruca, como ha hecho toda su vida, en la estrecha cama de su infancia.

Y entonces su actitud hacia él cambia, sutil pero claramente. Por primera vez en su vida parece considerarlo un adversario. Aunque nunca hablan de ello, la casa, y sus ideas tan distintas respecto a lo que deberían hacer con ella, se convierten en una barrera. El piso de Pimlico está vacío; Alice Neville se ha mudado, con su marido, a Bayswater. Sin embargo Gertrude, a pesar de la eliminación de este último obstáculo, ni siquiera va a pasar un fin de semana a Londres. «Me dan miedo los ataques aéreos», dice; en cambio al propio Hardy no le dan ningún miedo los ataques aéreos. Por el contrario, sueña con la posibilidad de que le sorprenda alguno y de ver a los zepelines pasando por encima de su cabeza como enormes ballenas aéreas. ¿Pero por qué? Sabe que, si tuviese que sufrir realmente un bombardeo, no se lo podría tomar tan a la ligera. Norton se vio atrapado en uno, y luego se pasó un par de días sin parar de temblar. Aun así... ¿cómo explicar esta añoranza secreta de Apocalipsis? Supone que otros la comparten con él. Tal vez la catástrofe les sacara de la apatía. A veces, de noche, desde la ventana del piso de Pimlico, se queda contemplando el cielo negro con la esperanza de ver surgir unas luces brillantes, de escuchar un rumor lejano. Pero nunca le ha sucedido. Por lo visto el cielo sólo se vuelve naranja y las sirenas se ponen a aullar cuando él está en Cambridge o en Cranleigh. Todos los días los periódicos publican listas de muertos, todos los días las repasa, buscando nombres conocidos. Si cada vez son menos es únicamente porque la mayoría de los hombres que conoce ya han muerto. No hay una reserva infinita de juventud. Y aunque nunca ve el nombre de Thayer, eso no significa que Thayer no haya muerto. Mientras tanto espera una nota, pero no le llega ninguna.

Por razones que no comprende del todo, empieza a pasar más tiempo en Cranleigh del que pasaba antes de que se muriera su madre. Gertrude se muestra indiferente no sólo ante su presencia, sino ante sus esfuerzos por volver a ganarse su cariño. Una tarde, mientras están comiendo fuera, en el césped trasero, hasta intenta hacerse amigo de su perra. De todos modos Gertrude apenas se da cuenta.

–Eh, Daisy –le grita, y tira una vieja pelota de tenis al fondo del césped. Pero, a pesar de que Daisy va a buscarla y la recoge, no se la devuelve, sino que viene corriendo hacia él, y cuando Hardy intenta quitársela de la boca, sale disparada, vuelve corriendo de nuevo y sale disparada otra vez. Y así sin descanso–. Esto es ridículo –dice al cabo de un rato–. Se supone que tienes que recuperar la pelota.

–Es un terrier, no un perdiguero –dice Gertrude–. Seguramente, dentro de nada, intentará enterrarla.

—Entonces, ¿para qué me molesto?

—Nadie te lo ha pedido. —Su hermana esboza una sonrisa por encima de su labor de calceta, un curioso trozo de jersey que cuelga de sus agujas, con los bordes desiguales arrastrando los restos de comida de su plato—. La verdad es que deberías agenciarte otro gato.

—Supongo que lo haré. ¡Aquí, Daisy! —Y se levanta y sale corriendo detrás de Daisy, que disfruta como una loca. Suelta la pelota, la empuja con el hocico, espera hasta que él está a punto de cogerla y la agarra otra vez—. ¡Maldita sea! —grita Hardy desesperado, porque se ha dado cuenta de que lo que ella quiere es hacerle sufrir. Y, como si lo hiciera aposta, no deja de llevarlo hasta el punto donde, treinta y cinco años antes, balanceó un bate de críquet, oyó un crujido, se tambaleó hacia atrás y vio a su hermana espatarrada, con la falda levantada por encima de los bombachos. Siempre el mismo punto. La hierba siguió roja durante meses, hasta que llegó la primavera y el jardinero la cortó y volvió a ser verde.

Lo curioso del caso es que Gertrude no se acuerda de nada. Pero él sí.

De repente una mariposa distrae la atención de Daisy. Ahora es el momento.

—¡Te he cogido! —grita atrapando a la perra, que se retuerce para liberarse, consigue hacerlo, y de un salto lo tira al suelo. Gertrude se echa a reír.

Hardy se levanta y se limpia la ropa con la mano.

—¡Qué animal más absurdo! —le dice a Daisy, que se queda sentada ante él, meneando la cola, con la pelota firmemente cogida entre los dientes.

4

Un mes después de su ingreso, Ramanujan sigue en el sanatorio de Thompson's Lane. Hardy va a visitarlo todas las veces que puede. Le lleva trabajo cuando se acerca hasta allí: papel de apuntes, plumas, notas sobre lo que ya han hecho. Desgraciadamente, Ramanujan está apático y no contribuye prácticamente nada. Por lo visto nadie sabe exactamente qué es lo que le pasa, sólo que continúa con dolor de estómago. Ahora lo describe como un dolor sordo; y para Hardy «sordo» es exactamente la palabra, sobre todo después de llevar semanas escuchando al doctor Wingate especular sobre su causa. Se le echó la culpa a la úlcera gástrica hasta que apareció una «pirexia intermitente». La «pirexia», aprendió Hardy rápidamente, simplemente significaba «fiebre». ¡Qué insoportables son los médicos con su lenguaje especializado y esa pomposidad suya! Sin embargo, y con gran fastidio por su parte, enseguida se ve empleando el mismo lenguaje. Cuando llega de visita por la tarde, le pide a la enfermera jefe que le informe sobre la pirexia de Ramanujan. «Le ha bajado un grado», dice ella. O: «Le ha subido medio grado a las tres en punto.» La fiebre, en otras palabras, es caprichosa, viene y va a su antojo, hasta que en julio (por razones que nadie parece capaz de determinar) adquiere una pauta fija. Ahora ya no hay pirexia durante el día. En cambio, todas las noches a las diez se le dispara la temperatura. Tiembla y suda tanto que hay que cambiarle las sábanas, y mientras se las cambian la enfermera le dice a Hardy que Ramanujan bisbisea en plan misterioso, asustando a las enfermeras:

—Seguramente habla en tamil –dice Hardy–, su lengua materna.

—Pues yo no creo que sea ninguna lengua –dice la enfermera–. Es como si fuera el demonio.

¡No es de extrañar que Ramanujan esté cansado durante el día! Las noches son un auténtico vía crucis para él. Al examinarlo una tarde, el doctor Wingate dice:

—Hay una alta probabilidad de que sea tuberculosis. –Suena a predicción del tiempo.

—¿Pero la tuberculosis no es pulmonar?

—Normalmente sí.

—¿Y ha tenido algún problema pulmonar?

—De momento sus pulmones están sanos. Aun así, los indios en Inglaterra siempre contraen la tuberculosis. El cambio de dieta –añade, haciendo un gesto explicativo con la mano–. Por no hablar de este clima tan frío. Tenemos que vigilarlo atentamente. Pronto deberían empezar a manifestarse los demás síntomas.

Después de que se vaya el doctor Wingate, Hardy regresa junto a la cama de Ramanujan. Espera ser capaz de leer en su cara cómo ha encajado su amigo la noticia. ¿Será un alivio para él que por fin le hayan dado un diagnóstico? Al menos la tuberculosis tiene tratamiento; y a veces, hasta cura. Hay sanatorios para eso. Pero Hardy no puede adivinar si Ramanujan se siente aliviado, o aterrorizado o dolido, porque permanece impasible. ¡Tuberculosis! En *Un verano en la Toscana* (Hardy ya lo ha leído a escondidas) otro genio joven, un pianista, contrae la tuberculosis. Retazos de romance envuelven la enfermedad. A lo mejor Ramanujan está reflexionando sobre la completa estupidez del razonamiento anterior del doctor: como muchos indios cogen la tuberculosis, tiene que ser tuberculosis. El hecho de que no muestre síntomas de la enfermedad da igual. Lo único que hay que hacer es sentarse a esperar a que aparezcan la tos y los esputos.

Pero ahí está la cosa: que no aparecen. El verano toca a su fin, y los pulmones de Ramanujan siguen sanos. Y eso de que los pulmones no se comporten como se supone que deberían hacerlo parece desconcertar tanto al doctor Wingate como a Hardy. Si también desconcierta a Ramanujan no está muy claro. En la mayoría de las visitas de Hardy, yace lánguidamente sobre la cama, mirando al río. Sigue sin demostrar demasiado interés por las matemáticas, y en consecuencia el trabajo sobre las particiones y las propiedades de los números compuestos sufre un parón. Incluso cuando Hardy le cuenta que ha leído *Raymond* y le pide su opinión sobre la sesión de espiritismo, se limita a mascullar una respuesta muy vaga.

Llega un momento en que Hardy se pregunta si debería seguir yendo a visitarlo.

–¿De qué le sirve? –le dice a Mahalanobis, que se queda mirándolo con expresión de sufrimiento.

–Pero, señor Hardy –responde Mahalanobis–, todos los días antes de que usted venga, pregunta si va a venir. Le hacen más ilusión sus visitas que cualquier otra cosa.

¿Será posible? No parece muy probable. De todas formas, Hardy le toma la palabra a Mahalanobis y continúa con sus visitas. A veces, cuando llega, hay otro paciente echado en la cama de al lado, por lo general un catedrático mayor con problemas pulmonares o un estudiante al que han devuelto del frente con una infección. Pero esos acompañantes desaparecen siempre en cuestión de días. Ramanujan, que él sepa, nunca cruza palabra con ninguno. Y, por lo visto, ellos tampoco se molestan en presentarse. A Hardy esa situación le trae a la cabeza un chiste que oyó una vez sobre dos ingleses atrapados en una isla desierta durante treinta años. Un barco los rescata por fin, y el capitán se sorprende mucho al enterarse de que nunca se han dirigido la palabra. Así que pregunta por qué, y uno de ellos dice: «Es que no nos han presentado.»

No obstante, si el hombre de la cama de al lado conoce a Hardy, entonces habla con *él*. Normalmente hablan de la guerra. Ya han llegado noticias a Inglaterra de las explosiones bajo la Messines Ridge. Los mineros británicos llevaban más de un año excavando túneles bajo las líneas alemanas, y sembrando el terreno con montones de dinamita que fueron detonados todos a la vez, el mismo día. Los explosivos hicieron saltar la cima de la cordillera. Se oyó la explosión hasta en Dublín. Lloyd George afirmaba que pudo oírla en Downing Street.

Es un momento crucial, de eso Hardy está seguro. Por fin, tras meses de conducir a sus hombres al matadero, Inglaterra ha hecho algo inteligente. Plumer ha cogido a los alemanes por sorpresa; ha minado, literalmente, su complacencia, las trincheras donde, si hay que dar crédito a los rumores, sus oficiales dormían en cómodas camas, comían carne en platos de porcelana, y bebían sus *schnapps* en copas de cristal sobre mesas cubiertas con manteles, en búnkers iluminados con luz eléctrica. Pues eso se acabó. Un crudo despertar: esa frase resuena en la mente de Hardy, porque la batalla de Messines ha supuesto un despertar también para él. De repente tiene muy claro lo mucho que se ha habituado a vivir en un estado de guerra permanente. Ahí afuera, en el mundo, Russell se ha convertido en un agitador; los mineros excavan túneles; y en Cambridge también los excavan con intención de socavar ciertos cimientos, esos donde los miembros del Consejo de Trinity posan sus enormes culos. Sin embargo, ¡qué humilde es su ambición! Solamente se trata de reintegrar a un filósofo que ha adoptado una postura decididamente ambivalente con respecto a ser reintegrado; y aun así, sólo cuando se haya terminado la guerra. ¿Pero cuándo será eso? ¿Y qué hace Hardy para que llegue ese día? Nada.

Una tarde va a ver a Ramanujan y se encuentra con Henry

Jackson echado en la otra cama. No ha hablado con él desde la reunión en la que Jackson dijo que esperaba que la guerra continuase tras su muerte. Ahora yace en la cama contigua a la de Ramanujan con el pie izquierdo vendado asomando entre las sábanas, los pesados párpados arrugados y cerrados, y Hardy piensa: tus deseos se harán realidad. A juzgar por tu aspecto, la guerra durará más que tú.

Con la esperanza de no despertar a Jackson, se sienta como de costumbre junto a la cama de Ramanujan. Le pregunta qué tal se encuentra, y su voz basta para despertar al hombre somnoliento, que bate un poco los pesados párpados y luego los abre, dejando entrever las rendijas coloradas de sus ojos.

–Hardy –dice–. ¿Qué le trae por aquí?

–He venido a hacerle una visita a Ramanujan –responde Hardy.

–Ah, la Calculadora Hindú –dice Jackson, como si Ramanujan ni siquiera estuviera allí. Luego dice–: Yo estoy aquí por la gota. Estoy mal de la gota. Ya soy viejo, Hardy. Tengo setenta y ocho años. Estoy casi sordo, y tengo reuma aparte de la gota. Mi vida no es más que dolor. –Sin asomo de vergüenza, suelta una ventosidad–. Y además ahí está la guerra. Siempre la guerra.

–Siento que no se encuentre bien.

–¿Qué? –Se lleva la mano a la oreja–. Bueno, me alegra un montón ver a las tropas entrenándose en Nevile's Court.

–Ya sabe lo que opino de eso, Jackson.

–¿Qué?

–Ya conoce mi postura.

–Han muerto tantos... Amigos, estudiantes. Apenas queda nadie de Cambridge. No hacemos más que darle vueltas a la noria.

Jackson tiene razón. El estatismo (un estatismo desdichado) es la condición de sus vidas. Las explosiones bajo la Messines Ridge sacudieron las cosas una temporada.

–Me temo que tiene razón –dice Hardy. Pero Jackson se ha quedado dormido.

Después la guerra recupera su paralizante y trituradora inmovilidad. De nuevo fracasan las ofensivas mal planeadas, se publican los nombres de los muertos en los periódicos, se devuelve a casa a los traumatizados que no paran de tartamudear y, en cuanto se les «trata», se les reincorpora al frente. De cuando en cuando se habla de un armisticio; la esperanza brilla tenuemente en el horizonte, y luego se aleja. Hardy aprende enseguida a recibir cualquier mención de un armisticio con el mismo escepticismo con que él y Gertrude recibían los vaticinios del médico de su madre de que su muerte era inminente. No hay que dar nada por sentado, sino ponerse en lo peor.

¿Y Ramanujan? Él vive en su propio estancamiento, sus condiciones ni mejoran ni empeoran. Se recurre a los especialistas. Multitud de médicos le palpan y le hurgan con los dedos. El dolor sordo, apuntan, es ahora constante. Comer y beber ni lo alivian ni lo agravan. No se trata de la típica tuberculosis. Así que ¿*qué* es lo que tiene? Algún misterioso germen oriental, sugiere un médico, pero no va más allá. Los especialistas visitan a Ramanujan, alzan las manos desconcertados, y recomiendan a otros especialistas, que a su vez también alzan las manos desconcertados y recomiendan a aún más especialistas, hasta que se decide que Ramanujan debe ir a Londres para que lo vea Batty Shaw. Batty Shaw es el hombre indicado. El especialista de pulmón. Batty Shaw sabrá perfectamente qué es lo que hay que hacer.

5

Le ayudan a vestirse, Hardy y Chatterjee. Tras tantas semanas en cama no se sostiene muy bien sobre las piernas. Los pantalones le quedan grandes, incluso con el cinturón abrochado en el último agujero; prueba de lo mucho que ha adelgazado. «Tiene que comer más», le dice Hardy cada vez que va a verlo. Pero Ramanujan no come nada. Incluso cuando Mahalanobis le proporciona a la cocinera las recetas de los platos que le gustan, Ramanujan se queja de que no sabe prepararlas. Y no se fía de que no fría las patatas en manteca de cerdo.

Cogen un taxi hasta la estación, el tren hasta Liverpool Street, y otro taxi hasta la consulta de Batty Shaw, que está en Kensington. Durante el examen, Hardy y Chatterjee permanecen sentados en la sala de espera. Chatterjee lee la *Indian Magazine*, con sus fibradas piernas de jugador de críquet sacudiéndose nerviosas entre los holgados pliegues de franela. En cuanto a Hardy, no ha traído ningún libro. Se encuentra demasiado cansado como para ponerse a leer. Estas últimas semanas no ha dormido bien. Tan pronto se mete en la cama, comienza a pasar toda una serie de imágenes ante sus ojos: Jackson llevándose la mano a la oreja, el párroco comiendo un sándwich, un buzón en el muelle de Esbjerg. Únicamente puede descansar tranquilamente durante el día, y eso sólo en momentos como éste, cuando dormir un rato es imposible. De hecho, nada más siente que se le empiezan a cerrar los párpados, resulta que les llama la enfermera de Batty Shaw. Chatterjee deja la revista, y ella les lleva por un largo pasillo hasta un estudio lleno de libros, diagramas, mapas y oscuras pinturas antiguas. Hardy distingue en un estante un modelo a escala de un pulmón. Cerca de él, algo turbio bulle en formol. Hay tres sillas frente a un enorme escritorio de roble, tras el cual un hombre de unos sesenta y tantos años con la parte superior del cráneo bastante plana y una frente alta, reluciente y arrugada, lee un libro de medicina. Ramanujan se sienta en una de las sillas, mirándose las manos entrelazadas sobre el regazo.

Se sientan y Batty Shaw levanta la vista. De su nariz cuelgan los anteojos más diminutos que Hardy haya visto nunca. Se levanta, les tiende una mano grande y seca para que se la estrechen, y se vuelve a sentar.

–He estado estudiando detenidamente el caso del señor Ramanujan –dice–. El doctor Wingate (corríjanme si me equivoco) refiere pirexia nocturna, un dolor abdominal constante que no parece guardar relación con la digestión, pérdida de peso y un recuento de glóbulos blancos más bajo de lo normal, si no llamativamente bajo.

–No sabía que le habían hecho un análisis de sangre –dice Hardy.

–Es el protocolo a seguir –dice Batty Shaw–. Un examen más exhaustivo por mi parte ha descubierto un engrosamiento del hígado, que está blando al tacto. También me he fijado en una cicatriz dentada, como de unos cuatro centímetros de largo, que recorre toda la extensión del escroto del señor Ramanujan.

Chatterjee tose.

–Cuando le he preguntado al señor Ramanujan por esa cicatriz, me ha contado que en la India, antes de partir para Inglaterra, se sometió a una intervención quirúrgica para el tratamiento de un hidrocele. Una inflamación de los testículos. ¿No es cierto, señor Ramanujan?

Ramanujan asiente con la cabeza.

—Sin embargo, por increíble que parezca, ninguno de los médicos que lo han examinado se ha fijado en la cicatriz, y él tampoco les ha informado de que se hubiera sometido a esa operación.

—No me pareció pertinente —dice Ramanujan.

—Sospecho, pues —dice Batty Shaw—, que la operación no fue realmente para tratar un hidrocele, sino para extirpar un tumor maligno en el testículo derecho del señor Ramanujan. Por la razón que fuera, el médico decidió no informar al señor Ramanujan de lo que se había encontrado. Posteriormente el tumor se ha ido extendiendo, y mi teoría es que el señor Ramanujan padece un cáncer hepático producto de una metástasis.

—¿Un cáncer?

—Explicaría todos los síntomas, pero fundamentalmente el engrosamiento y la escasa consistencia del hígado.

Hardy se queda mirando a Ramanujan. Su cara, como siempre últimamente, carece de expresión. Y, la verdad, ¡menudo hatajo de bestias pueden ser los médicos! Son capaces de darte la peor de las noticias sin tan siquiera una pizca de compasión, como si el paciente ni siquiera estuviera presente.

—Ese diagnóstico también justificaría tanto la fiebre nocturna como el bajo recuento de glóbulos blancos —dice Batty Shaw.

—¿Pero está seguro de que se trata de un cáncer? ¿Cómo puede estar tan seguro?

Batty Shaw se quita sus diminutos anteojos.

—No hay nada definitivo —dice—, aunque a lo largo de mis muchos años de experiencia he comprobado que, cuando los síntomas se corresponden con el diagnóstico, el diagnóstico es correcto.

—Entonces, ¿no hay manera de saberlo seguro? ¿No hay forma de confirmarlo?

—Sólo el tiempo puede confirmarlo. —Vuelve a ponerse los anteojos—. Si, tal como sospecho, el señor Ramanujan tiene un cáncer hepático, a la vuelta de unas semanas su estado empezará a deteriorarse notablemente.

513

–¿No hay ningún tratamiento?

–Ni tratamiento ni cura. Vivirá seis meses como mucho. –Casi como si se le acabara de ocurrir, añade–: Lo siento mucho. –Lo curioso del caso es que se lo dice a Hardy, no a Ramanujan. A Ramanujan ni siquiera le mira.

Se levantan para marcharse. Batty Shaw les sigue por la puerta que da al pasillo, con Chatterjee pasándole el brazo a Ramanujan por el hombro. ¿Y qué estará pensando Chatterjee? ¿La pena le habrá dejado mudo? ¿O estará furioso, como lo está Hardy, no sólo por la arrogancia, sino por la falta de tacto de los médicos? *Cuando los síntomas se corresponden con el diagnóstico, el diagnóstico es correcto...* ¡A ningún estudiante de matemáticas se le permitiría una lógica tan falaz! Hardy cree que los médicos deberían demostrar sus diagnósticos, igual que los matemáticos deben demostrar sus teoremas. *Reductio ad absurdum.* Supongamos que Ramanujan tiene realmente un cáncer de hígado. Pues entonces...

–Señor.

Hardy se vuelve. Batty Shaw le hace una seña.

–Me pregunto si podría tener unas palabras con usted en privado.

–Por supuesto.

Batty Shaw cierra con el codo la puerta de la sala de espera, por la que los indios ya han pasado.

–Si no le importa que se lo diga –dice en voz baja–, estaba pensando en la factura...

–¿Cuál es el problema?

–¿A quién debo enviársela?

–Al señor Ramanujan, evidentemente.

Batty Shaw alza las cejas.

–¿Pero puede correr con ese gasto?

–Todas sus facturas médicas se pagan con su beca. Trinity responde de ello.

–Entiendo. –De repente Batty Shaw parece impresionado–.

Es que no me ha hablado nada de sí mismo, ¿sabe? ¿Qué es exactamente?

—Es uno de los matemáticos más importantes de los últimos cien años. Puede que incluso de los quinientos...

—¿En serio? —dice Batty Shaw.

—En serio —dice Hardy. Y sin añadir una palabra más, cruza la puerta que da a la sala de espera.

6

Hardy está aprendiendo rápidamente algo que los que no la han experimentado de primera mano no saben: la enfermedad es un aburrimiento. Por cada breve episodio de dolor o de desesperación, hay que soportar horas de inercia en las que el miedo se aquieta. Y aunque el miedo siempre esté presente en la habitación de un tullido, no siempre se puede oírlo. Pero uno lo siente. Como un ronroneo o un temblor en las venas.

Tras el diagnóstico de Batty Shaw, a Hardy y a los demás amigos de Ramanujan no les queda más que prepararse para lo peor. No obstante, todos los días esperan que empiecen a manifestarse señales de deterioro, y todos los días Ramanujan, por lo que ellos pueden ver, sigue exactamente igual. Su peso se estabiliza, las fiebres nocturnas se atienen al mismo patrón, y el dolor ni aumenta ni disminuye. Durante el día está lúcido, pero aletargado. Luego, de noche, le sube la fiebre y alucina. Se le aparecen fantasmas, y oye voces que le gritan. Hay noches en las que ve su propio abdomen flotando en el aire por encima de su cama.

–¿Como un zepelín? –pregunta Hardy, y él niega con la cabeza.

–No, tiene más bien la forma de una... una especie de apéndice matemático, con puntos pegados a él, que he llegado

a considerar, o me han enseñado a considerar, «singularidades».
Y lo que define esas singularidades son precisos, pero misteriosos, picos matemáticos. Por ejemplo, cuando el dolor está en su apogeo, sé que hay un pico en $x = 1$. Entonces tengo que intentar que disminuya, y cuando es la mitad de intenso, sé que el pico está en $x = -1$. Me paso la noche trabajando, intentando mantenerme al tanto de los picos, y aliviar el dolor a base de manipular las singularidades, así que cuando amanece y ya me ha bajado la fiebre, estoy agotado.

—La hipótesis de Riemann —dice Hardy—. La función zeta que se aleja al infinito en 1.

—Sí —dice Ramanujan—. Sí, supongo que en parte se trata de eso.

—Tal vez descubra la demostración en una de sus alucinaciones —insinúa Hardy.

—Tal vez —responde Ramanujan. Pero su voz suena distante y contrariada, y se pone a mirar por la ventana; de momento, por lo visto, se ha cansado de hablar.

Vuelven a llevarlo a Batty Shaw. Una vez más lo examinan, una vez más la enfermera guía a Hardy (en esta ocasión, acompañado de Mahalanobis) hasta el estudio con la cosa que flota en formol y el modelo a escala de un pulmón.

—Pues están en lo cierto —dice Batty Shaw, mientras limpia sus diminutos anteojos—. Aparentemente, no se ha producido ningún cambio en su estado.

—¿Eso altera su diagnóstico?

—Podría ser. Quizá sea demasiado pronto para saberlo. El cáncer no es mi especialidad. Tendremos que concertarle una cita con el doctor Lees, el especialista.

Así que, a su debido tiempo, llevan a Ramanujan a ver al doctor Lees, el especialista en cáncer. A esas alturas, parece que su estado ha mejorado un poco; es decir, le cuesta menos hacer el viaje en tren que la primera vez, y hasta da la impresión de que se alegra de estar en Londres. Desgraciadamente, el doctor Lees aún resulta de menos ayuda que Batty Shaw. Aunque coincide en que la enfermedad de Ramanujan no está siguiendo el curso típico del cáncer de hígado, no puede decir qué curso está siguiendo. El hígado continúa engrosado y blando. Su recuento de glóbulos blancos sólo ha aumentado ligeramente.

–¿Alguna enfermedad que ya traía de la India? –pregunta, y Hardy recuerda la primera hipótesis de un «germen oriental».

Eso requiere la colaboración de otro experto, el doctor Frobisher, especialista en enfermedades tropicales. Por desgracia, hasta donde llegan los conocimientos del doctor Frobisher, los síntomas de Ramanujan no se corresponden con la patología de ninguna afección exótica conocida. Las muestras para la malaria han dado negativo.

–¿Tuberculosis? –pregunta el doctor Frobisher, dudando un poco y con cierto sentido del humor, como si estuviera proponiendo una solución en un juego de charadas. Conque ¿otra vez a vueltas con la tuberculosis? Ay, ¡qué ciencia más chapucera es la medicina!

Deciden que no hay ninguna razón de peso para que Ramanujan continúe en el sanatorio. A partir de ahora, proseguirá su convalecencia en sus propias habitaciones de Trinity. Hardy espera que esa noticia le ponga contento, pero la recibe con su indiferencia habitual. Una vez más, le ayudan a vestirse y a meterse en un taxi. Recorren en coche la escasa distancia que los separa del *college,* donde les aguarda el portero.

–Me alegro de volver a verle, señor –dice, abriendo la puerta del taxi y cogiendo la maleta de Ramanujan.

–Y yo de estar en casa –dice Ramanujan, y a Hardy le desconcierta, incluso le choca muchísimo, que haya llegado a pensar en Trinity como en su casa.

Luego Hardy le ayuda a cruzar Great Court hasta el Bishop's Hostel, y a subir las escaleras hasta sus aposentos. Parece que la camarera lo ha limpiado todo durante su ausencia. La cama está bien hecha. En la cocina los vasos están lavados y apilados. Aunque no ha tirado el *rasam;* sigue en su olla, con una fina película de moho en la superficie. A lo mejor le daba miedo tocarlo.

Casi inmediatamente tras entrar en la habitación, Ramanujan comienza a desnudarse, lo que sorprende a Hardy, que siempre lo ha considerado un hombre pudoroso. Quizá la estancia en el hospital ha bastado para acabar con todo recato, porque ahora se quita la ropa con una despreocupación similar a la de Littlewood. Hardy aparta la vista; pero sólo después de vislumbrar el cuerpo menudo de Ramanujan, el abdomen hinchado que le cuelga hasta los genitales, que son pequeños y oscuros, y están casi ocultos en la entrepierna. No consigue distinguir ninguna cicatriz en la penumbra. ¡Y qué cosa más vulnerable, piensa, es el órgano reproductor masculino, sobre todo cuando se lo enseñas a un médico para que lo estruje o le haga una incisión! La mayor parte del día reposa tranquilamente en su nido: una diminuta criatura desvalida, como un pajarito o una cría de canguro. Luego los estímulos lo despiertan y se inunda de sangre para doblar o triplicar su tamaño, y se convierte en el gran ariete, la enorme, insaciable y penetrante espada de la pornografía. A pesar de que, cuando lo ves en reposo, nunca lo creerías posible.

En cualquier caso, Ramanujan sólo permanece desnudo unos segundos. Enseguida se ha puesto el pijama, ha abierto las sábanas y se ha metido en la cama.

¿Y ahora quién va a cuidar de él? Si esto mismo hubiera ocurrido hace un año, Hardy podría haber contado con la ayuda de los Neville. Pero ahora los Neville viven en Londres, y su casa de Chesterton Road está en alquiler, así que toda la responsabilidad recae sobre Hardy. La primera semana, Mahalanobis, Chatterjee y Ananda Rao hacen turnos para acompañar al inválido, para preguntarle por sus dolores y asegurarse de que come. Ananda Rao le prepara las comidas lo mejor que sabe. Desgraciadamente, esta rotación sólo puede mantenerse hasta que empieza el curso, porque en ese momento están todos de-

masiado ocupados, y Hardy tiene que contratar a una enfermera para que cuide a Ramanujan. Tres veces a la semana le toma
la temperatura, le examina el estómago, le ausculta el pecho y
el corazón, y después le manda un informe al doctor Wingate.
Ananda Rao sigue preparando la comida y la cena de Ramanujan. La señora Bixby se encarga de las sábanas, que hay que
cambiar todas las mañanas debido a los sudores nocturnos.

Lleva meses sin hablar de matemáticas. Al principio, a
Hardy eso le fastidiaba; luego comprendió que no le quedaba
más remedio que reprimir su desilusión y centrar la atención en
algo fuera del campo de las particiones. Desde entonces ha escrito varios artículos por su cuenta, y dos con Littlewood, que,
a su modo, está demostrando ser un colaborador poco fiable.
Porque Littlewood, por su parte, está tan deprimido como Ramanujan. Desprecia su trabajo en Woolwich. Quisiera estar en
Treen con la señora Chase, y al mismo tiempo no soporta la
idea de estar en Treen con la señora Chase, porque la señora
Chase está educando a su hija en la creencia de que Chase, y no
Littlewood, es su padre. Cada vez que él y Hardy se ven en
Londres, Littlewood quiere ir a un pub. Bebe demasiado: cerveza y, con menor frecuencia, whisky. Tampoco le apetece co-
laborar demasiado en los artículos que escriben juntos.

—Te dejo a ti el gas —le dice a Hardy; «gas» es su palabra en
clave para las florituras retóricas, el toque de elegancia que todo
buen artículo requiere. Pero le apetece igual de poco realizar la
parte de trabajo técnico que todo buen artículo requiere en la
misma medida que requiere «gas». La parte técnica le aburre,
dice. La balística le aburre. Demasiadas cosas aburridas y se
vendrá abajo...

Así están las cosas. De los dos colaboradores de Hardy, uno
está enfermo y el otro decaído. No se puede contar con ninguno.

Tan a menudo como puede, va a visitar a Ramanujan por
las tardes. Se sienta junto a él y trata de convencerle para que
coma; pero Ramanujan, lo mismo que en el sanatorio se queja-

ba de que la cocinera no preparaba bien los platos que le pedía, ahora se queja de que no le gusta el *rasam* de Ananda Rao.

–No es lo bastante amargo –dice–. Seguro que está usando limones en lugar de tamarindo.

–Aun así, debería comer.

–¿Sabía usted –dice Ramanujan de repente– que descubrí algo importante sobre la función de las particiones mientras preparaba un *rasam?*

–No me diga.

–Sí. Estaba contando lentejas, y empecé a dividirlas en grupos. Parece un comienzo, aunque sea muy pequeño.

–MacMahon y yo proseguimos con nuestras investigaciones –dice Hardy–. Me preguntó por usted el otro día.

–¿Ah, sí? ¿Qué tal está?

–Tan bien como cualquiera de nosotros, dadas las circunstancias. Le manda recuerdos.

–Muy amable de su parte.

–Evidentemente, la cosa va mucho más lenta sin usted.

–Sí, me temo que abandoné el trabajo sobre las particiones cuando me puse enfermo. Les pido disculpas.

–No hace falta.

–¿Y qué progresos han hecho usted y el mayor?

Hardy se sonríe sin querer. Sabe que no debe dejarse tentar por cualquier clase de esperanza que pueda estar alimentando ahora, porque la experiencia le ha enseñado que no hay que confiar en la esperanza. Y tiene razón: la curiosidad que puede haber despertado en Ramanujan se desvanecerá enseguida. Y sin embargo, de momento, la esperanza es real, y se agarra a ella. La guerra le ha enseñado a hacer eso, a agarrarse a lo que uno puede mientras dura. Le cuenta a Ramanujan lo que ha estado pensando. Ramanujan menea la cabeza. Hardy saca lápiz y papel de su bolsillo, y durante una media hora, mientras el *rasam* mal preparado de Ananda Rao se enfría en su olla, se ponen a hacer lo que no hacían desde la primavera. Trabajan.

7

En su momento no se lo tomó demasiado en serio. ¿O sí? Se acuerda del temporal de aquel día, del pequeño barco atracado en el muelle de Esbjerg. ¿Recuerda el miedo? No. Es curioso (y quizás algo que haya que agradecer) que el miedo, como el dolor, no perdure en la memoria. Es decir, aunque Hardy recuerda haber experimentado miedo y dolor en varios momentos de su vida, no consigue recordar esa sensación. Expresiones como «respiración entrecortada» o «estómago encogido» no provocan, en sí mismas y por sí mismas, la falta de respiración o el encogimiento del estómago, tal vez porque el mero hecho de ser capaz de recordar signifique que fuera lo que fuese lo que provocase el miedo o el dolor lo hemos superado. Hemos sobrevivido a ello. El temporal, las olas, el pequeño barco subiendo y bajando. El agua salpicando la cubierta. El buzón del muelle.

Había ido a ver a Bohr a Copenhague. Antes de la guerra, solía ir a visitarlo a Copenhague. Bohr era más joven que Hardy (tendría unos veinticinco años) y había formado parte de la selección danesa de fútbol cuando obtuvieron el segundo puesto en los mundiales de 1908. No era exactamente guapo: el pelo castaño (lo llevaba largo) tenía tendencia a ponérsele de punta, mientras que las cejas espesas y caídas hacia abajo sobre aquellos ojos grandes hacían pensar a Hardy en el *accent grave* y el *accent aigu* en francés. De todos modos, había algo distinguido y digno de ser recordado en su cara. Y tenía un cuerpo delgado y derecho. Como a Littlewood, le apasionaban las mujeres y se fijaba en ellas, pero no le llamaban nada la atención los hombres.

Las visitas eran siempre iguales. Bohr recibía a Hardy en su apartamento de la Stockholmsgade, y luego, pasando por el cuarto de estar, lo llevaba directamente hasta la cocina, donde redactaban un temario para los días siguientes. El primer asunto era siempre el mismo: «Demostrar la hipótesis de Riemann.» Después daban un largo paseo por los fosos y los puentes de Østre Aenlag Park, aunque fuera invierno, aunque los árboles estuviesen espolvoreados de fina nieve y los senderos fuesen traicioneros. A veces la gente se acercaba a Bohr y le pedía un autógrafo, que él les firmaba un tanto incómodo. Porque no era el autógrafo del matemático el que querían, sino el del jugador de fútbol. Parecía que era el destino de Bohr ir siempre de segundo: después de su hermano físico, Niels; y en aquella época, detrás de sí mismo.

En cuanto volvían a la cocina de Bohr, se ponían a trabajar. Normalmente tomaban café. A veces, cerveza. A Hardy le gustaba contemplar a Bohr garabateando en un bloc al otro lado de la mesa, con la jarra de cerveza tapándole un poco la visión de aquel pelo espeso que se le levantaba en la coronilla.

Otro hombre brillante con buenas piernas que amaba a las mujeres.

Hardy solía quedarse tres días. Nunca lograban demostrar la hipótesis de Riemann. Bohr siempre le acompañaba a la estación, donde cogía el tren a Esbjerg, iba andando hasta el muelle y esperaba el barco que le llevaría a casa. Un barco pequeño aquella vez, mecido por grandes olas. ¿Era seguro? El tiempo parecía malo: un cielo gris y amenazante y ráfagas de viento. Buscó al capitán y le preguntó si era seguro, y el capitán se echó a reír, y señaló el cielo borrascoso como si no importara nada.

Fue entonces cuando Hardy se fijó en el buzón. Pensó en Dios. Más tarde, se diría a sí mismo que sólo lo hizo para tener una buena historia que contar en el Hall. Y, de hecho, la contó muchos años en las comidas. Aunque en ese momento (debía admitirlo) sintió auténtico miedo. Se le entrecortó la respiración y se le encogió el estómago. Vio volcar al barco, y a los pasajeros manoteando en aquellas aguas tan frías. Había una tiendecita en el muelle donde se vendían postales de Esbjerg. Compró un montón de ellas. No conseguía recordar cuántas. Y en cada una de ellas escribió: «He demostrado la hipótesis de Riemann. G. H. Hardy.» Luego compró sellos, las llevó hasta el buzón y las echó en él.

¿A quiénes se las mandó? A Littlewood, seguro (se acuerda de Littlewood tomándole el pelo después sobre aquello). Probablemente a Russell. Por supuesto, al propio Bohr. Y a Gertrude. ¿O fue a su madre? ¿O a las dos? Puede que le mandara la postal a su madre porque sabía que la guardaría, aun cuando no la entendiera. En cualquier caso, alguien se lo contó al párroco.

Porque la idea, una vez más, era ser más listo que Dios. Ya que si el ferry se hundía, y Hardy moría, las postales llegarían tras su muerte, y la gente creería que había demostrado la hipótesis de Riemann, y que la demostración había naufragado con el barco, lo mismo que la demostración de Riemann había sido pasto de las llamas. Hardy sería entonces recordado como el segundo hombre que había demostrado la hipótesis y perdido la demostración; y eso no lo habría consentido Dios. O eso creía Hardy. Para no ser superado por Hardy, Dios se aseguraría de que no muriese. Se encargaría de que el barco llegara a salvo a su destino, garantizando así que a Hardy se le negara cualquier gloria inmerecida.

Después fue un poco fastidioso tener que dar explicaciones. Recibió un telegrama urgente de Bohr que tuvo que contestar. Luego Bohr se rió de aquello. Y Littlewood también se rió, en cuanto se recuperó del pasmo inicial. Tal vez se quedaran decepcionados, tal vez aliviados. Porque, al menos, la hipótesis de Riemann seguía sin demostrar, lo que significaba que cualquiera de ellos podría ser el hombre que lo lograra. No se había terminado la partida.

Todo esto, evidentemente, había sucedido mucho antes de la llegada de Ramanujan. Era tan sólo una anécdota; y, como muchas anécdotas, había perdido la gracia de tanto contarla. Hardy ya no disfrutaba contándola en las comidas.

Y entonces el párroco la sacó a relucir.

Lo que molestaba a Hardy era que parecía que el párroco pensaba que había obtenido cierta preeminencia sobre él, que había descubierto una falla en la armadura de su ateísmo. ¿Y quién podía negarlo? Porque Hardy sabía que haría el idiota pretendiendo que todo aquello no era más que una broma. Hardy sigue conservando la batería anti-Dios (jerséis, artículos, el enorme paraguas de Gertrude), y la sigue utilizando de cuando en cuando; igual que sigue poniéndose, a veces sin darse cuenta apenas, a rezar oraciones para conseguir lo contrario de lo que desea.

Pero en Cranleigh observa a Gertrude con atención. Lejos de abrazar su nueva libertad, cada día se enraíza más profundamente en la vida del pueblo. Sí, se ha atrincherado, exactamente igual que un soldado, entrando a formar parte del comité de varias organizaciones de caridad y aceptando, además de su trabajo de enseñanza habitual, dar clases particulares a algunas alumnas. Una de ellas la acompaña cuando Hardy llega una tarde de otoño: una niña de catorce años con pinta de bruta y cara de pocos amigos, a quien Gertrude intenta explicarle la conjugación del verbo francés *prendre*. Esta vez dos fox terriers yacen junto al fuego. ¿Dos? Sí, se ha agenciado otro, un macho. Epée. Espera cruzarlo con Daisy.

—Je prends, tu prends, il prend, vous prendez...

—Vous *prenez*.

—Vous prenez, nous prendons...

525

Hardy se escabulle en su dormitorio. Es todo muy raro. Esa noche, a la hora de cenar, ella le dice que ha estado trabajando con el párroco en un plan para recoger fondos para la restauración de una vidriera de la iglesia. ¡Trabajando con el párroco! Entonces quizá sea Gertrude la que se ha ido de la lengua. ¿Estará pensando en casarse con el párroco? Le parece imposible, una locura. En cualquier caso, está jugando sus cartas con mucha discreción. Corta la carne disimuladamente, y evita mirarle a los ojos. Los perros están sentados a sus pies, con la esperanza de que les caiga algo; nunca se acercan a donde está Hardy, como si supieran que es mejor no hacerlo, aunque en realidad a él le importaría menos darles parte de su comida que a Gertrude. De hecho, la perspectiva de socavar los esfuerzos de su hermana por inculcarles cierta disciplina le hace bastante gracia.

No hablan de la casa. Como le ha sucedido todas las veces que ha venido desde la muerte de su madre, ha llegado dispuesto a sacar el tema, pero luego le ha faltado valor. Incluso parece que los perros impiden la mera mención del tema, ahí sentados a cada lado de ella, como centinelas. Duermen en la cocina, donde Hardy, que se despierta en mitad de la noche, les da las sobras del asado frío. Con la satisfacción de estar saltándose una de las normas de Gertrude, les oye tragar la carne de un solo bocado, sin dejar de mirar hacia él, mientras se relamen nerviosos los labios negros.

Antes de regresar a Cambridge, le hace una visita al párroco, que se sienta frente a él en su despacho, con las manos juntas sobre el regazo. Por alguna extraña razón, a Hardy las manos del párroco le dan más grima que cualquier otra parte de su cuerpo: más que sus mejillas perfectamente afeitadas o que el gesto presumido de su boca, o que ese pecho amplio sobre el que pende la cruz. Las manos son regordetas y lustrosas. Lleva un anillo en un dedo. Se echa hacia atrás y sonríe a Hardy, contento por su pizca de autoridad y la buena comida que se acaba de tomar. Cuando Hardy empieza hablar, suelta un eructo. Los dedos entrelazados.

–Disculpe –dice.

–Quiero hablar con usted de la postal –dice Hardy–. Doy por hecho, claro, que no le está permitido decirme quién se lo contó.

El párroco no dice nada; se limita a sonreír.

–De todos modos, me pareció importante explicarle mi razonamiento.

–Entiendo su razonamiento. Dio usted por supuesto que Dios le salvaría por despecho. Y que así no se haría famoso después de muerto.

–Le he dado muchas vueltas. Creo que fue una táctica psicológica, una manera de combatir la arbitrariedad de la naturaleza y del universo. Yo a esa arbitrariedad la llamo Dios, y la he convertido en mi adversario.

–¿Quiere decir que en ese Dios que afirma que es su enemigo..., quiere decir que no cree en Él?

–Dios es simplemente un nombre que le doy a algo... sin significado.

–Entonces, ¿por qué elegir el nombre de Dios?

–Por pura diversión.

–¿Y se divierte?

Hardy aparta la vista.

–Soy un racionalista. Ya se lo dije hace años, cuando era un niño. Una cometa no puede volar en la niebla.

–¿Y el barco aquel día se topó con niebla? ¿O sólo con viento?

–Con lluvia. Y un viento muy fuerte.

–Temió usted por su vida.

–Sí. Aunque me sentía protegido por lo de las postales.

–Así que Dios le protegió.

–No, Dios no...

–Entonces, ¿qué?

–Un talismán. Una manera de evitar el miedo hasta que llegáramos a Inglaterra.

–Dios le protegió. Le salvó. Tal vez Él pretenda que resuelva la hipótesis de Raymond.

–Riemann.

–Perdone. No soy matemático.

Hardy se inclina hacia delante sobre la silla.

–¿Quién se lo contó? Mi madre seguro que no. Se hubiera escapado a su comprensión. Tiene que haber sido Gertrude.

Una vez más, el párroco no contesta. Su sonrisa se hace más amplia.

–¿Pero para qué se lo iba a contar?

–¿Para qué ha venido usted?

–Para asegurarme de que sepa que no ha ganado. Sigo sin creer en Dios.

–Creer o no en Dios es una cosa –dice el párroco–. La otra es si Dios cree en uno.

8

Al principio, al salir de la estación de metro en Queensway con su bolsa de periódicos extranjeros, no está segura de que se trate de él: un hombre demacrado, demasiado menudo para la ropa que lleva, y más delgado de lo que lo recuerda. Está de pie, fuera de la estación, escrutando, con una especie de estudiosa fascinación, el plano que hay allí pegado. Luego se vuelve, y a ella no le da tiempo a decidir si quiere salir corriendo, y mucho menos a hacerlo.

–Señor Ramanujan –le dice.

–Señora Neville –responde él. Y sonríe–. Qué agradable sorpresa.

Ella le coge la mano. No quiere que se le note que, en cuestión de segundos, todas las convicciones a las que se ha agarrado para sobrevivir estos últimos meses se han ido al traste. El pasado ya no es una novela acabada y devuelta a su estante; y ella no es una mujer diferente a la que era, una londinense impermeable a las súplicas de los mendigos y el eco fúnebre de los trenes subterráneos. Porque él ha vuelto, y ahora ella es la misma Alice que vivía en Chesterton Road. Nunca ha dejado de estar enamorada de él.

Lo que ha ocurrido, se da cuenta mientras caminan juntos por Queensway, es que este encuentro casual la ha llevado más allá del momento que temía, el momento en que tendría que reconocer aquellas terribles visitas a sus aposentos. Es como si un viento la hubiera transportado y le hubiese hecho cruzar esa frontera que no se habría permitido cruzar voluntariamente, y ahora ya está aquí, del otro lado. Van caminando juntos hacia el piso. Ella le ha pedido que suba a tomar un café.

Suben las escaleras hasta la puerta. Aunque el piso es un segundo, él se queda sin resuello.

–La señorita Hardy me contó que no se encontraba bien –le dice, mientras lo hace pasar–. Lo siento muchísimo.

–He pasado varios meses en el sanatorio –dice él–. Pero ya estoy mejor. He vuelto al Bishop's Hostel. –La sigue hasta el pequeño cuarto de estar cuadrado, donde han metido como han podido la mayoría de los muebles que tenían en Cambridge: el piano, el canapé Voysey, los sillones como de solterona.

–Disculpe que esté todo tan apelotonado. El piso es mucho más pequeño que nuestra casa.

–Qué va –dice él, sentándose en uno de los sillones–. Es como encontrarse con viejos amigos. –Y acaricia el brazo tapizado con lo que a ella le parece auténtico cariño.

–Voy a traer el café. Me temo que no tenemos leche, y sólo un poco de azúcar, así que no puede ser un auténtico café de Madrás. El racionamiento...

–Comprendo. ¿Y cómo está el señor Neville?

–Como era de esperar –dice ella desde la cocina–. Hoy está fuera, en Reading.

–¿Ah, sí?

–Puede que la universidad de allí le ofrezca un puesto.

–Eso espero.

–Sí, supongo que yo también. Aunque eso signifique dejar Londres ahora que acabo de acostumbrarme a esta ciudad. –Tras poner el café a hervir, regresa al cuarto de estar y se sienta en el otro sillón. ¡Podría decirle tantas cosas (a él o a cualquiera) sobre lo que ha aprendido estos últimos meses! En un matrimonio lo que mata es la rutina: la repetición de las comidas, de las conversaciones, de las riñas («¿Qué tal has dormido?» «Te he dicho que nunca me lo vuelvas a preguntar»), del sexo o la ausencia de sexo, de las costumbres (las gotas de orina de él en el asiento del váter, los gases de ella), del dolor (las largas siestas con el alma en pena), de la lavandería, de la propia rutina (curiosamente, repasar las cuentas dos veces, por culpa de la aritmética de Eric, da peor resultado que repasarlas sólo ella), de la inconsciencia de él y la dureza de ella, de su manía de llamarla «cariño», de la conciencia de que siempre habrá cosas en él que ella nunca entenderá y cosas en ella que él jamás comprenderá, de la absoluta certeza de que, por mucho tiempo o por muy lejos que él se vaya, siempre regresará.

Sí, piensa ella, en un matrimonio lo que mata es la rutina. Y también lo que lo salva.

Se vuelve hacia Ramanujan. Sólo ahora se da cuenta de cuánto peso ha perdido. La cara, despojada de su relleno, es delgada y seria, y ella percibe su belleza como por primera vez: los ojos negros y atormentados, las cejas espesas, la nariz ancha y chata. Ramanujan se ha echado brillantina en ese pelo tan denso y lo ha peinado con la raya a la derecha. Lleva el cuello de la camisa abierto. Lo que en su día escondía una carne firme (los fibrosos tendones del cuello) con la enfermedad ha quedado al descubierto. Nunca le había visto con el cuello desabrochado, salvo una vez, en sus habitaciones.

–Creía que no volvería a verle –dice sin sentimiento alguno, como una mera constatación–. Y, sin embargo, aquí está.

–Sí.

–Es curioso. Han cambiado muchas cosas, pero todo sigue igual. Los mismos muebles en una casa diferente.

–Es un placer sentarse en este sillón otra vez. Su casa fue mi primera impresión de Inglaterra.

–¡Si por lo menos pudiéramos encontrar un sitio para cada cosa! Pero ya ve que es una cosa temporal, lo de este piso. Hasta que Eric consiga trabajo. Es ridículo, la mesa apenas cabe en el comedor. Ni siquiera se pueden retirar las sillas sin que choquen contra la pared.

–¿Y cómo está Ethel?

–Me temo que ya no va a volver con nosotros. Ya sabe que mataron a su hijo.

–No, no lo sabía.

–Se escapó del frente. No podía soportarlo. Lo fusilaron por desertor.

–¿Quiere decir los ingleses?

Alice asiente.

–Intentamos que se viniera con nosotros a Londres, pero ella no quería estar tan lejos de su hija. Lo entiendo perfectamente. Así que ahora sólo tenemos una mujer de la limpieza que viene un par de veces a la semana.

–Por favor, dele recuerdos si le escribe.

–Se los daré. La guerra es tan horrible, señor Ramanujan. Aunque por lo menos he encontrado mi sitio. –Y le habla de su trabajo, de la señora Buxton, de la casa de Golders Green. No para de hablar, hasta que se da cuenta de que lo está dejando a un lado, de que lo está ignorando–. Perdóneme –dice–, ni siquiera le he preguntado qué lo ha traído a Londres.

–Una visita médica.

–Claro, su enfermedad. ¿Y qué le ha dicho el médico?

–¡Ha habido tantos médicos que han dicho tantas cosas! Y por lo visto ahora tengo que ir a un sanatorio. Mendip Hills. Cerca de Wells. El médico que lo lleva es indio. Y la mayoría de los pacientes también.

–¿Pero no es un sanatorio para tuberculosos?

–Sí. Mis síntomas no coinciden con otro diagnóstico, así que por eliminación se ha llegado a la conclusión de que debe de ser tuberculosis.

–Pero usted no tose.

–No tengo nada en los pulmones. Sólo el dolor y la fiebre.

Siempre igual. Todos los días lo mismo. Estar enfermo es un auténtico aburrimiento, señora Neville.

–La rutina... –dice Alice débilmente. Y de repente se acuerda del café y sale corriendo hacia la cocina; lo echa en las tazas y las lleva al salón–. Tengo un poco de azúcar.

–No hace falta. Me lo tomaré así.

Ahí están, sentados en una pequeña habitación cuadrada, en Bayswater, bebiendo un café oscuro y amargo. Ella piensa que la habitación es como uno de esos puestos del mercado de las Pulgas de París que están decorados para parecer habitaciones, pero habitaciones en las que ningún ser humano podría vivir, porque no hay suficiente espacio para moverse. Así son las cosas: sus vidas están a la venta. ¿Qué ocurrirá después? Sólo la separan unos pasos del canapé, de la mesa en que Ramanujan montó el puzzle, del piano... Se queda mirándolo, y luego lo mira a él.

–¿Sigue usted cantando?

Él niega con la cabeza.

–«Soy el mejor prototipo de modernos generales...» ¿Se acuerda?

–«Tanto sé de vegetales, minerales o animales...»

–¡Se acuerda usted!

–Pues claro.

Entonces, los dos juntos:

–«De Inglaterra sé los reyes, y recito las contiendas de Waterloo a Maratón de corrido y a la inversa.»

Terminan la canción riéndose.

–Jamás hubiera pensado que recordase la letra –dice ella.

–La recuerdo entera.

Una vez más, ella se vuelve hacia el piano.

–Hay que afinarlo. No sé qué tal sonará. Hace meses que no lo toco.

–Da igual.

Se levantan y se sientan juntos en el banco. Ella siente el

calor de su proximidad; lo siente hasta los tuétanos. De todos modos, no le toca el brazo. No le toca la mano. Coloca la partitura en el atril.

El sol del atardecer se cuela por la ventana. En alguna otra parte de Londres, una mujer recibe un telegrama con la noticia de que su hijo perdido sigue vivo. Hardy intenta escribirle una carta a su hermana. Russell da una conferencia. Y en el tren que viene de Reading, Eric Neville se ajusta las gafas y abre un ejemplar manoseado de *Alicia en el País de las Maravillas*. Está contento, porque Reading le dará un cargo, y su mujer acaba de decirle que está embarazada.

Los dedos en las teclas: el sencillo acompañamiento suena raro en ese piano desafinado. Y mientras cantan el pasado los envuelve, y los muebles son testigo.

9

NUEVA SALA DE CONFERENCIAS, UNIVERSIDAD DE HARVARD

Esta mañana, caminando por las calles de su hermosa ciudad, este otro Cambridge, he tenido una alucinación muy extraña. Estaba en Harvard Square, mirando el escaparate de una librería, cuando me fijé por casualidad en los reflejos de la gente en el cristal, superpuestos a los libros, y de repente me pareció (o más bien estoy seguro de que lo vi) que una mujer tenía anzuelos colgando de la carne. Los anzuelos le sobresalían de las mejillas, los brazos, las piernas, el cuello. Parte de las heridas eran frescas y sangraban, mientras que en otros sitios la carne parecía haberse endurecido en torno a los anzuelos, como si los hubiese aceptado. Y entonces, cuando me volví (como lo que estoy describiendo es sin duda un ensueño, recurriré a las expresiones de Milton), cuando me volví, semejome que veía pasar a un hombre cuya carne también estaba perforada por anzuelos. Y luego, detrás de mí, otro hombre, otra mujer, hasta que me percaté de que todos los que paseaban por la plaza esta mañana llevaban anzuelos colgando de la carne; algunos arrastraban trozos de sedal, mientras que en otros casos el sedal no estaba cortado: estaba tirante, de modo que estos hombres y mujeres se debatían en sus esfuerzos por librarse de sus captores. Sí, algunos intentaban escapar; en cambio otros parecían felices de seguir la trayectoria marcada por los sedales, como si lo hicieran voluntariamente. Y entonces... semejome que veía, allí en Harvard Square, una maraña de sedal enredando a aquella pobre gente, sus pies y sus cuerpos. Todo el mundo atrapado, enganchado, sujetando su carrete aun cuando estuvieran tirando de ellos por otro lado.

¿Y qué relación guarda esta visión con Ramanujan? Es cierto que, al cruzar Harvard Square esta mañana, iba pensando en mi amigo fallecido, ensayando mentalmente la conferencia que iba a dar en su memoria. Así que tal vez la diosa Namagiri me deparó esta visión, como forma de indicarme el sedal (perdón por la comparación) que Ramanujan, quien a día de hoy seguro que se ha reencarnado en alguna forma superior, quiere que siga. O quizá la alucinación fue simplemente producto de una imaginación cada vez más enfermiza y envejecida. No lo sé. Lo único que puedo ofrecerles es una interpretación: todos nosotros nos pasamos la vida intentando enganchar a los demás. Picamos y hacemos picar. A veces tratamos de liberarnos, otras mordemos el anzuelo agradecidos, nos lo clavamos en la propia carne, y otras intentamos burlar a quienes nos han echado el gancho echándoselo a ellos, como yo intentaba constantemente hacer picar a Dios en mis años de juventud.

Ramanujan, en los últimos meses de 1917 y los primeros de 1918, era un hombre de cuyo cuerpo colgaban muchos anzuelos. De todos ellos, en esa época en concreto, yo sólo era capaz de ver algunos. Había un anzuelo que lo ligaba a mí: a las ambiciones que yo tenía puestas en él, que él se sentía obligado a satisfacer, y a mi temor por su estado, que él se veía obligado a apaciguar; y también estaban el anzuelo de su enfermedad, que le obligaba a confiar en el cuidado de los médicos, y los anzuelos del deber y del amor que lo ligaban a sus tres amigos, Chatterjee, Rao y Mahalanobis; así como el anzuelo rapaz (este último especialmente afilado y amenazador) que le había clavado su madre desde muy pequeño; y los anzuelos de la responsabilidad y el deseo que lo encadenaban a su mujer allende los mares; y el anzuelo de la guerra, incrustado en la carne de todo el mundo en aquellos años; y finalmente, el anzuelo de su propia ambición, que evidentemente él se había clavado a sí mismo.

¿Se dan cuenta de la situación en la que se encontraba? ¿Se dan cuenta de la maraña de deberes, esperanzas y espantos en la que se veía envuelto? Espero que sí, porque yo no, por lo menos en aquel momento. Al fin y al cabo, había tantas cosas de las que yo no estaba al tanto, y por las que no se me ocurría preguntar. A esas alturas ya había salido del sanatorio y estaba viviendo otra vez en Trinity. Su salud había mejorado lo justo como para no verse obligado a guardar cama. Podía volver a vestirse y lavarse él solo, y venir a verme por las mañanas, y en cierta ocasión hasta se sintió lo suficientemente bien como para acercarse hasta Londres, donde se alojó en casa de su querida señora Peterson, a quien pronto le partiría el corazón. Y, sin embargo, no se había recuperado en ningún sentido. Seguía doliéndole el estómago y teniendo fiebre. La enfermedad debía de haberle hecho vulnerable, y tal vez ésa sea la razón de que, en aquellos meses, se sorprendiese pensando más que nunca en su esposa Janaki, la muchacha con la que, de regreso en la India, había podido pasar tan poco tiempo porque su madre (como supe más tarde) les había impedido dormir en el mismo lecho, empleando la operación de él como excusa. Sí, me imagino que en su soledad y confusión (separado de su tierra natal por la guerra, desprovisto —también por la guerra— de todo aquello con lo que se alimentaba, salvo lo más elemental, y a la vista de otro triste y frío invierno de Cambridge) muy bien podría haberse puesto a soñar con aquella muchacha a la que se refería, a la manera india, como su «casa». (Fue en esas semanas cuando le dijo a Chatterjee: «Mi casa aún no me ha escrito», y cuando Chatterjee le contestó: «Las casas no saben escribir.») Pero habría sido un error imaginar que soñaba con ella con auténtico anhelo. Había una gran amargura en Ramanujan, como no tardé en saber por medio de una fuente inesperada.

Lo que ocurrió fue lo siguiente. A principios de otoño recibí una carta de un amigo suyo de la infancia, un estudiante de ingeniería llamado Subramanian, donde me contaba que había ido a visitar a la madre de Ramanujan, y que ella, su padre ciego y sus hermanos se encontraban en un estado de gran agitación porque Ramanujan llevaba meses sin escribirles. Naturalmente, cuando Ramanujan vino a verme esa mañana, le hablé de la carta.

—¿Es cierto —le pregunté— que no le está escribiendo a su familia?

—Ellos apenas me escriben a mí —me respondió.

—¿Y eso?

Entonces me contó, por primera vez, que Janaki había huido de Kumbakonam a la casa de su hermano en Karachi.

—Ahora ni siquiera sé dónde está —me dijo—. Sólo me ha escrito unas cuantas cartas muy formales, pidiéndome dinero. Y mi madre... me ha escrito diciéndome que cree que he escondido a mi esposa en algún lugar secreto de la India, que he alejado a Janaki *de ella* y que Janaki me está escribiendo para ponerme en su contra, a la espera de que yo vaya y me una a ella en ese lugar secreto, sin que lo sepa mi madre, y que yo siempre le hago caso.

—Pero ella es su esposa. Es lógico que le haga caso.

—Mi madre se sintió ofendida cuando Janaki se escapó. Pero lo que no entiende es que Janaki también me ofende a mí, escribiéndome sólo esas cartas formales.

Los celos de la madre me parecían obscenos. Insinué que quizás era aquella actitud irracional la que había puesto en fuga a Janaki, y Ramanujan negó con la cabeza. Fue un no rotundo; no su habitual meneo ambivalente. Estaba claro que los dos anzuelos le daban punzadas.

538

Al final lo convencí, por lo menos, para que les escribiera y les asegurase que se encontraba bien. O, más bien, creía que lo había conseguido. Porque igual que, al mencionar la carta de Subramanian, Ramanujan se había abierto de repente a mí, ahora que volvíamos al tema de escribir cartas, reculó. Fue fascinante observar ese repliegue, parecido al de esas flores que cierran sus pétalos de noche.

—Puede decirle a Subramanian que usted ha conseguido que le prometa que le escribiré a mi gente —dijo. Una petición muy concreta que, como verán, no implica ninguna promesa. La transcribí en mi respuesta, palabra por palabra. De si realmente les escribió no tengo ni idea.

Estábamos en octubre, y él desapareció una temporada. Se marchó a una clínica llamada Hill Grove, cerca de Wells, en las Mendip Hills. Ese centro lo dirigía el doctor Chowry-Muthu, a quien Ramanujan había conocido cuando había venido a Inglaterra desde la India; atendía sobre todo a pacientes indios con tuberculosis. Pero Ramanujan no se encontraba a gusto, y cuando Chatterjee y Ananda Rao fueron a visitarlo, no hizo más que quejarse. Por lo visto, el doctor Chowry-Muthu empleaba curiosos métodos de tratamiento, uno de los cuales consistía en hacerles llevar a sus pacientes inhaladores en forma de máscara que contenían germicidas. Les obligaba a participar en ejercicios de canto y a serrar madera en un taller. Los «chalés» donde vivían eran chozas rústicas. Ramanujan tampoco tenía nada bueno que decir de la comida o de las camas. Y, para colmo de males, se encontraba en un estado de gran agitación, me contó Ananda Rao, porque sabía que muy pronto en Trinity se decidiría si se le nombraría profesor numerario. Como ya dije antes, desde la primavera de 1916 había estado intentando que yo le confirmara que ese nombramiento sería, tal como había afirmado Barnes tontamente, un *fait accompli*. Pero ahora Barnes se había ido, dejándome a mí la responsabilidad de tratar de sacar aquel nombramiento adelante. El problema era, suponía (y con razón, como luego se vio), que, a pesar de lo que había dicho Barnes, a Ramanujan no lo admitirían.

Volviendo la vista atrás, me doy cuenta de que gran parte de lo que ocurrió fue culpa mía. Yo no debería haber sido el que propusiera su candidatura. En pocas palabras, yo no era muy popular en Trinity en aquel momento, debido a mi militancia en defensa de Russell. Especialmente entre la vieja guardia, había hombres que se habrían opuesto a *cualquier* candidatura que presentara, por merecida que fuese. Y tampoco podemos subestimar el recelo irracional, incluso el odio, que la mera visión de una piel oscura puede provocar en el hombre blanco. De paseo con él por la calle, en una ocasión había oído a unos chavales llamar a Ramanujan «negro» con toda la tranquilidad del mundo. Y luego, en la reunión en la que se decidieron los nombramientos, Jackson (con la misma tranquilidad) juró que mientras él siguiera vivo Trinity no tendría «profesores negros». Era la arenga de un tirano, y Herman, dicho sea en su favor, le increpó. Sin embargo al final, cuando se trató de votar, Ramanujan perdió.

Y yo me pregunto: en Hill Grove, ¿él se daría cuenta de lo que pasaba (un tirón en un cordel que atravesaba el paisaje, que cruzaba valles y ríos, para conectar a un indio enfermo en una clínica con aquella estancia de Trinity donde los catedráticos se habían reunido para decidir su destino)? En esa misma estancia, sólo unos meses antes, se había decidido expulsar a Neville. Y seguro que Ramanujan tuvo que pensar en Neville esa tarde, sentado en uno de los porches de Hill Grove, envuelto en una manta, con aquella mascarilla odiosa sobre la cara. Esperaba (o más bien conservaba esa esperanza) recibir un telegrama. Pero no llegó ninguno. No le podía decir, como me habría gustado, que ya era profesor numerario, así que no le dije nada.

Al día siguiente dejó la clínica. Cogió un autobús desde Wells hasta Bristol, donde cogió el tren a Paddington. Probablemente había retrasos; el servicio de trenes se interrumpía constantemente en aquella época, porque cada vez se requisaban más vagones para utilizarlos en la guerra. Aunque al final llegó, y desde Paddington se fue inmediatamente (dos paradas en la línea Bakerloo) a la pensión de la señora Peterson en Maida Vale. Era uno más de la decena de establecimientos más o menos idénticos situados en torno a un estrecho rectángulo de jardín tras la estación. A cualquiera de ustedes que haya pasado algún tiempo en Londres le resultará familiar la distribución de esas casas: el vestíbulo con su perchero y su teléfono, el típico saloncito delantero, las escaleras enmoquetadas que llevan a las habitaciones de los huéspedes, las puertas con sus letreros de «Comedor», «Privado» y «Cocina». Lo único que convertía la pensión de la señora Peterson en un lugar especial era que su clientela estaba formada exclusivamente por indios. No es que lo hubiera planeado, me explicó cuando fui a visitarla en 1921; su marido había muerto en un accidente de tranvía, y ella había tenido que buscarse una manera de ganarse la vida, así que abrió aquella pensión y, por pura casualidad, el primer huésped que llamó a su puerta fue un indio.

–El señor Mukherjee –me dijo–. Estudiaba económicas. Aún me sigue escribiendo. Desde Poona. Y le gustó el sitio, así que se lo dijo a sus amigos, y se corrió la voz.

Fue en una tarde lluviosa de abril cuando la señora Peterson me contó eso. Estábamos sentados en su siniestro saloncito, con sus sillitas rígidas y sus figuritas de Meissen y su papel pintado de flores; una habitación echada a perder por afán de protegerla, por haberla reservado tanto tiempo para alguna ocasión especial que nunca se había dado: una visita de la realeza o un velatorio. De cuando en cuando, me imagino, debía de ir a verla alguien a quien se sentía obligada a recibir en un sitio distinto a la cocina, y entonces descorría las cortinas, fregaba el suelo, y ponía flores frescas en la mesa, con el resultado de que el ambiente de la habitación ganaba un poco. Una jovencita gorda (supuse que se trataba de la hija de la señora Peterson) nos trajo el inevitable té. Aunque la señora Peterson no era gorda; era una mujer menuda, bien proporcionada, de unos sesenta y cinco años, que ya había sufrido muchas pérdidas: dos hijos muertos en la guerra, aparte de su marido.

–Después del señor Mukherjee vinieron el señor Bannerjee, y el señor Singh, y dos señores Rao.

Yo asentí, mientras un indio con un traje de cuadros y un turbante se quitaba en silencio el abrigo en el vestíbulo, lo colgaba en el perchero, y subía sin hacer ruido las escaleras.

Hablamos de Ramanujan. A la señora Peterson se le llenaron los ojos de lágrimas mientras me contaba sus primeras visitas, su timidez con ella, la silenciosa gratitud que manifestaba cuando ella le servía la cena y él veía que los platos le eran familiares.

–Porque, como verá, tuve que aprender cocina india, por consideración a estos caballeros –dijo–. El señor Mukherjee me enseñó a preparar las cosas que le gustaban. Y también me enseñó las tiendas donde podía conseguir los ingredientes. Y como quería que él se encontrase a gusto, pues accedí, a pesar de que aquella comida me resultase rara al principio. Pero aprendo bastante rápido en temas de cocina. –Dejó su taza de té–. Lo único que quise siempre fue hacer felices a mis caballeros. Eso es lo triste. Le tenía tanto cariño al señor Ramanujan... Me parecía que estaba tan solo en Inglaterra... Las últimas veces que vino, cuando venía a ver a los médicos, tenía muy mal aspecto. Había una habitación que era la que más le gustaba, una habitación pequeña del ático, y yo siempre trataba de alojarlo en ella.

Le pregunté si podía ver la habitación.

–Cómo no –dijo la señora Peterson, y me acompañó escaleras arriba, dejando atrás el primer piso, donde los huéspedes permanentes vivían en aposentos más amplios, hasta aquel ático con sus techos bajos y sus reducidos espacios. En su día, habían sido los cuartos del servicio. La habitación que me enseñó estaba bajo el alero, y era acogedora y pulcra; tenía un pequeño escritorio junto a la ventana, y la cama arrimada a una esquina debajo del techo inclinado. Desde la ventana se veían otros tejados. El papel pintado, de rosas trepadoras, no pegaba nada con aquella alfombra de color marrón oscuro con un dibujo de hexágonos entrecruzados. De todos modos, era una habitación bonita, una habitación agradable. A mí tampoco me habría importado nada dormir allí–. El señor Ramanujan era feliz aquí –dijo la señora Peterson, mientras me acompañaba escaleras abajo–. Estoy segura. –Y yo pensé: sí, usted es la clase de persona que puede saber esas cosas. Yo no–. Por eso me pilló tan de sorpresa lo que pasó. Nunca me lo habría esperado. Siempre tengo mucho cuidado con lo que les doy a mis caballeros, ¿sabe? Hasta tengo un juego de cocina aparte para preparar las comidas de los que no comen carne. Nunca se me ocurrió mirar la etiqueta de la lata de Ovaltine.

–Quédese tranquila, nadie piensa que usted quisiese hacerle daño –le dije–. Y Ramanujan ya estaba muy..., digamos muy tenso en aquel momento.

–De todas maneras, lo lamento. Lo recuerdo como si fuese ayer: a él sentado a la mesa de la cocina y a mí revolviendo el vaso. Pensé que le gustaría antes de irse a dormir. «Tómese un vaso de Ovaltine, señor Ramanujan», le digo, «le da sabor a la leche», y él coge el vaso y se lo bebe todo. «¿Le ha gustado, señor Ramanujan?», le pregunto. «Mucho, señora Peterson», dice él. «Pues aquí tiene la lata para que pueda anotar el nombre», le digo yo, «así puede comprárselo usted mismo cuando esté en Cambridge.» «Gracias», dice él, y se pone a leer la etiqueta...

Se quedó callada. Volvieron a saltársele las lágrimas.

–No hace falta que siga –le dije, porque ya sabía la siguiente parte de la historia por los propios amigos de Ramanujan: cómo, tras examinar la lata, miró por casualidad la lista de ingredientes, y vio que uno de ellos era huevo en polvo. Los huevos, evidentemente, los tenía prohibidos. Comer huevos era algo tan contaminante como comer carne.

Entonces me parece que debió de volverse un poco loco. Pegando un salto, gritó «¡Huevos, huevos!», y le tiró la lata a la señora Peterson como si ni siquiera soportara tocarla. Cuando ella leyó la palabra «huevo» se quedó horrorizada.

–Salí corriendo detrás de él –me contó–. Le dije que ni se me habría pasado por la imaginación darle huevo, y que lo sentía muchísimo, pero él no me escuchaba. Para ser sincera, ni siquiera sé si me oiría. Subió a su habitación, y mientras yo me quedaba allí pidiéndole perdón y tratando de tranquilizarlo, hizo la maleta. Le seguí escaleras abajo. Intentó pagarme, aunque yo no quise cogerle el dinero. «¡Señor Ramanujan!», le grité desde la puerta mientras él bajaba por el camino a todo correr (que no creo que le sentara nada bien). «Señor Ramanujan, ¿adónde va?», porque ya eran las nueve de la noche. Pero no me contestó. –Se secó los ojos–. Ésa fue la última vez que lo vi.

La señora Peterson dejó su taza. Miró por encima de mi cabeza a la repisa de la chimenea con su meticulosa decoración de figuritas.

–No fue culpa suya –le dije–. Recuerde que estaba muy enfermo, y seguramente un poco mal de la cabeza. –A lo que debía haber añadido: cosa bastante lógica si tenemos en cuenta tantos meses de enfermedad, no haber sido nombrado profesor numerario, la guerra, sus problemas caseros... Un hombre del que tiraban decenas de anzuelos, como un pez enorme que ha conseguido librarse una y otra vez de su captura, corriendo por Baker Street con veneno en los labios. ¿Adónde se dirigía? A la estación de Liverpool Street, me contó luego. Quería volver a Cambridge. Era la noche del 19 de octubre de 1917 y Londres estaba tranquilo. Hacía tanto tiempo desde que se había producido un ataque aéreo que, cuando la flota de zepelines cruzó flotando el canal y empezó a dejar caer su cargamento, cogió a todo el mundo desprevenido. La reacción fue extrañamente apática; en dos teatros se interrumpió la función y se le dijo al público que podía marcharse si quería, pero que, en cuanto pasara el ataque, continuaría la representación. Mientras tanto las bombas se estrellaban contra la calzada, estallaban las ventanas, y morían algunas personas delante de Swan & Edgar's. Sin embargo, como solía ser el caso en aquella época, la mayoría de las víctimas fueron niños pobres que dormían en las casetas de los obreros.

¿Y qué fue de Ramanujan? Por lo que me contó después, precisamente estaba saliendo del metro cuando oyó las explosiones. Como sabía que Liverpool Street había sido uno de los objetivos favoritos de los alemanes en el pasado, no se volvió a meter en la estación. En vez de eso, echó a correr en dirección contraria. Levantó la vista, pero no vio ningún zepelín. Estaban demasiado altos y oscurecidos por el humo. Si hubiese sido yo, me habría preguntado qué pensaría el piloto al contemplar desde su inmenso comprimido flotante aquellas llamas abstractas. ¿Cómo sonará una carnicería desde las alturas? ¿Qué aspecto tendrá? Pronto daría la vuelta y sobrevolaría el tranquilo canal, pacíficamente allá en lo alto entre las estrellas, para acabar siendo derribado él mismo sobre Francia. Pero Ramanujan no iba pensando en el piloto. Sólo tenía una idea en mente: el huevo en polvo. La mancha en la lengua. Había hecho algo imperdonable, y ahora los dioses impartían su castigo. El ataque aéreo no tenía a Londres por objetivo, sino a él. Así que se agachó, se echó a llorar e imploró piedad. Si no en esta vida, al menos en la otra.

Eso, por lo menos, era lo que contaba. Más tarde le escribió una carta a la señora Peterson describiéndole lo que había sucedido. Ella me enseñó la carta. Mientras la leía, me pregunté hasta qué punto debía creérmela. Y como ya había cansado bastante a aquella pobre señora para un solo día, no me pareció oportuno interrogarla sobre el tema de los escrúpulos religiosos de Ramanujan. Así que me levanté y me despedí de ella, y del mismo modo que unos años antes había visto a Ramanujan echar a correr, ahora me vio a mí encaminarme hacia la estación de metro. Cuando miré por encima del hombro, seguía parada en las escaleras de entrada. Se estaba poniendo el sol. Otro indio subió por el camino, y ella se hizo a un lado para dejarle pasar, antes de volverse y cerrar la puerta a su espalda.

Novena parte
Crepúsculo

1

Hardy odia el teléfono. Desde siempre. Durante el primer año que compartieron su piso de Pimlico, él y Gertrude no tuvieron teléfono. Pero luego su madre cayó enferma, y Gertrude insistió en ponerlo para que la criada pudiera encontrarla en caso de emergencia. Tampoco es que se molestara en quitarlo tras la muerte de su madre, a pesar de que ya no hubiera razón para conservarlo. Ahora reposa en el vestíbulo en su propia mesita; ridículo, piensa Hardy, que haya tenido que inventarse un mueble con el único propósito de sostener semejante aparato. Aunque nunca suena, siempre parece deseoso de hacerlo. No le ha dado el número a nadie más que a Thayer, que jamás lo ha utilizado.

Así que, cuando ese aparatejo negro empieza de repente a sonar estridentemente esa tarde de un martes de octubre, lo primero que se le viene a la cabeza a Hardy es que está sonando una especie de sirena o de alarma: tal vez esté a punto de producirse un ataque aéreo. Una vez identifica el origen del ruido, se le ocurre que hasta ese momento nadie lo ha llamado nunca al piso. Nunca ha escuchado antes la terrible vocecita de ese chisme, tan desesperada en su urgencia. Va corriendo al vestíbulo y se queda mirando el aparato. Está tan excitado como un gato en celo. Vibra. Aunque sólo sea por acallarlo, levanta el auricular.

La voz del otro lado es masculina, gutural, gritona. Hardy apenas entiende lo que dice. No acaban de llegarle las palabras enteras.

–¿Profesor Hardy? Soy (inaudible) de Scotland Yard. –Pero ¿para qué iban a llamarle de Scotland Yard?–. (Inaudible) su hermana.

–¿Mi hermana?

–Trinity College (inaudible) su hermana, y su hermana nos ha dado este número. Siento muchísimo decirle (inaudible) arrestado.

–¿Qué?

La voz repite la palabra mutilada. Y la repite de nuevo. Sólo cuando ya la ha repetido por tercera vez Hardy se da cuenta de que la voz está diciendo: «Ramanujan.»

–¿Arrestado? ¿Por qué?

–No estoy (inaudible) por teléfono, señor. Con todos mis respetos, debo pedirle que se acerque hasta Scotland Yard, porque (inaudible) ha dado su nombre y (inaudible).

–¿Le han arrestado?

Hardy no entiende la respuesta. Deja el auricular, se pone el abrigo y el sombrero, y baja las escaleras para llamar a un taxi. ¿Qué demonios puede haber pasado?, se pregunta mientras el taxi lo lleva más allá de las hordas que se apresuran a entrar en Victoria Station. Lo último que supo de Ramanujan fue que estaba en una clínica en el campo. Conque ¿qué hace en Londres? ¿Y qué puede haber hecho para que lo haya arrestado la policía? Importunar a alguien, es lo primero que se le viene a la cabeza. De pronto se imagina a Ramanujan en uno de los famosos urinarios públicos que quedan cerca de Piccadilly Circus, esos de los que le ha hablado Norton, pero que él nunca se atrevería a pisar. ¿Será sólo porque su propio deseo lo ha llevado de vez en cuando a pasearse por delante de esos urinarios por lo que ve a Ramanujan de pie en uno de ellos, estirando la mano para tocar los pantalones de un agente de paisano? Pero no. No se trata de eso. Entonces, ¿qué otra cosa puede haber sucedido? Ramanujan ya se ha escapado más veces, sólo hay que recordar aquellas cenas en sus aposentos. ¿Habrá publicado la clínica un bando? ¿Se habrá convertido en un fugitivo? ¿Las leyes prohíben fugarse de esos sitios? ¿O quizá se ha ido por su propia voluntad, se ha quedado sin dinero, y lo han detenido por maleante? ¿O se habrá visto envuelto en una pelea? ¿Pero por qué? ¿Por los números altamente compuestos?

Mira por la ventana. Ha empezado a caer un poco de nieve. En Parliament Square una mujer se quita el sombrero y alza el rostro hacia ella. Le echa una sonrisa a Hardy (él se la devuelve) y luego desaparece mientras el taxi enfila Bridge Street, y después Victoria Embankment, donde se detiene delante de la sede de Scotland Yard. Realmente hace demasiado calor para esta nieve; los copos como plumas se derriten en cuanto tocan el suelo. Aun así, se sube el cuello del abrigo y, tras pagarle al taxista, se mete corriendo en esa fortaleza de ladrillo con sus torreones y sus fruslerías medievales. Los pasillos son anchos y resonantes, y resplandecen con tanta luz eléctrica. Le explica a una agente por qué ha venido, y ella le señala una enorme sala de espera. Ve a una prostituta muy pintada y a un soldado borracho. También hay hombres inquietos y hombres callados con la mirada fija en su propio regazo. Y de pie, mujeres orgullosas que le recuerdan a las criadas de su infancia, sin duda esposas y madres que han sido requeridas para buscar a maridos e hijos derrochadores. Uno de los hombres inquietos habla solo. La prostituta muy pintada habla con todo el mundo. El aire huele a cerveza y a fruta podrida, y oye a alguien toser a lo lejos.

¡Menudo sitio! Siempre temeroso de los gérmenes, limpia su silla antes de sentarse y se deja el cuello subido hasta la boca. Se asombra ante el extraño curso que ha tomado su vida estos últimos años: ante que una carta de la que podría haber hecho caso omiso, como hicieron otros, le haya traído desde la seguridad de sus habitaciones en Trinity hasta este lugar.

Espera. Pasa una hora. Nadie dice su nombre. Para matar el tiempo, escucha el monólogo de la prostituta, que es extrañamente fascinante: recargado y sutil y lleno de referencias a hombres y mujeres, como dando por supuesto que el resto de los presentes los conoce de toda la vida. Los ingredientes son los de una novela: una hermana celosa, un marido infiel, un amante casado.

–«A mí no me lo cuentes, Jack», le digo. «Yo no quiero saber nada.» Pero no me hace ni caso. Es igualito que Annie, siempre lo ha sido; él va a su aire...

La historia está llegando a su apogeo cuando la agente entra dando zancadas y grita un nombre.

–Pare el carro –dice la prostituta, y tras haber repasado toda su indumentaria (medias, bolso, collares) sale trastabillando con sus ruidosos tacones. ¡Y qué tranquila se queda la habitación de repente! Aparte de las toses, lo único que oye es el monólogo en sordina del hombre inquieto. ¿Y qué está diciendo? Hardy aguza el oído y sólo capta una palabra («mantequilla»), y luego su propio nombre. Levanta la vista.

–Por favor, venga conmigo –dice la agente, y él se pone de pie y la sigue por un largo pasillo hasta una oficina sin ventanas y con dos sillas situadas frente a una mesa tras la que no hay nadie–. Por favor, espere aquí –dice–. El inspector enseguida estará con usted.

Ella cierra la puerta al salir, y él mira alrededor. Las paredes no tienen más adornos que un calendario y un reloj que hace bastante ruido. *(Tictac, tictac.)* ¿Por qué no se habrá traído algo que leer? ¿Dónde estará el servicio? De pronto se le ocurre que la agente puede haber cerrado la puerta con llave, que lo puede haber encerrado. Sólo pensarlo le da horror. *Querido Dios, que la puerta esté cerrada con llave para que la prostituta no me moleste.* Entonces se levanta, se acerca hasta la puerta y gira la manija. Con gran alivio, ve que se abre. La vuelve a cerrar y se sienta de nuevo.

Diez minutos después entran dos policías en la oficina, los dos corpulentos y bigotudos; uno de unos sesenta y pico años, y el otro de veinticinco como mucho.

–Siento haberle hecho esperar –dice el mayor–. Soy el inspector Callahan. Éste es el agente Richards. –Hardy estrecha sus manos enormes. Luego el inspector se sienta tras el escritorio, y el agente ocupa el tercer asiento, el que queda junto al de Hardy–. Ha intentado tirarse al tren –dice el inspector, mientras abre un libro de registro.

–¿Qué?

–El indio. Ha intentado tirarse al tren en la estación de Marble Arch.

–Dios mío. –Hardy cierra la boca. Dios es un nombre que no quiere que estos hombres le oigan pronunciar–. ¿Pero por qué? ¿Ha saltado? ¿No se habrá caído?

–Ha habido testigos. La estación estaba abarrotada. Una mujer le gritó: «¡No se tire!», pero él se ha tirado.

–¿Se encuentra bien?

–Sí, se encuentra bien –dice el agente más joven, el que se apellida Richards–. He sido el agente al que han llamado al lugar de los hechos. Por lo que me cuentan los testigos, señor, el jefe de estación, al verle saltar, apagó el interruptor, y el tren se detuvo tan sólo a unos metros de él. Ha sido un milagro, como ha dicho esa mujer. Tuve que bajar como pude hasta las vías y ayudarle a subir; cosa difícil, porque se ha hecho un daño considerable en las piernas.

–¿Dónde está? ¿Puedo verle?

–Está retenido en una celda –dice el inspector–. Hemos hecho que le vendaran. Normalmente, en un caso como éste, lo habríamos puesto bajo custodia en un hospital. Pero no hay suficientes camas. Maldita guerra. –El inspector enciende un cigarrillo–. Le seré sincero, no soporto a los suicidas estos. Lo único que quieren es llamar la atención. Son como niños malcriados. Y cuando uno piensa en todos los jóvenes que están muriendo en el frente... Es un delito, ya sabe, intentar suicidarse. Ningún juez se lo va a tomar a la ligera, sobre todo en este momento.

–Pero él no está bien.

–¿Se ha comportado de una forma rara últimamente? –pregunta el agente más joven.

–No sabría decirle. No lo he visto. Ha estado en una clínica. Está muy enfermo.

–¿Qué es exactamente? ¿Estudiante de matemáticas?

–Es el matemático vivo más importante del mundo. Además de F.R.S.: Fellow de la Royal Society.

¿Por qué diría eso?, se preguntará Hardy más tarde. Es mentira. Ramanujan *no* es Fellow de la Royal Society. Y a Hardy nunca se le había pasado por la cabeza hasta ese momento que tal vez *debiera* serlo, o que tuviera que proponerlo como candidato. Si Hardy hubiese pensado antes de hablar, habría podido decir después que se estaba tirando un farol con la esperanza de que el inspector se quedara lo suficientemente impresionado con la idea de que Ramanujan era F.R.S. como para dejarle marchar. Y, de hecho, el inspector *se quedó* impresionado, igual que su teniente. Pero eso fue pura suerte.

–Conque F.R.S. –dijo, y se le notó en la cara: un paso atrás, en atención a la superioridad intelectual ratificada por una institución respetada–. No me he dado cuenta. Lo único que nos ha dicho es que estaba en Cambridge. Vaya, vaya.

–Como ya le he dicho, últimamente no se encuentra bien. Y los genios tienden a ser... temperamentales.

–Desde luego, si se le lleva ante un juez, se presentará algún cargo.

–¿Es absolutamente necesario? Sería sumamente desagradable..., no sólo para él, sino para el *college*. Y podría echar a perder su futuro el tener antecedentes. –Hardy se inclina en plan confidencial–. Le pido que esto quede entre nosotros, porque no es algo que queramos que se divulgue (en los periódicos y esas cosas), pero el señor Ramanujan está a punto de realizar lo que muchos considerarían el mayor avance en la historia de las matemáticas.

–¿En serio? Bueno, veremos lo que se puede hacer. Tengo que hablar con el jefe, por supuesto.

El inspector se va, cerrando la puerta de golpe a su espalda...

–¿Le apetece un té? –pregunta Richards.

–Sí, se lo agradecería mucho –dice Hardy.

–Voy a pedirle a Florence que nos lo traiga. ¡Florence! –Y llama a gritos por la puerta abierta a la agente con la que Hardy ha hablado primero. Ella entra furtivamente, con aspecto de contrariada con ese sombrero hongo, esa falda negra y esa corbata estrecha. Una agente de la ley requerida para preparar un té...

–¿Nos podría hacer un té, querida?

Ella no dice nada; desaparece por el pasillo. Richards entorna la puerta. Es la primera vez en la que Hardy tiene ocasión de mirarlo bien. Es una pena que lleve bigote, porque le tapa los labios, que son finos y húmedos. Tiene unos ojos castaños muy abiertos y curiosos bajo unas cejas finas y una mata de pelo denso y oscuro. Sonriendo, toma asiento y le dice a Hardy:

–Ese avance que ha comentado..., no me importaría nada saber en qué consiste. Siempre me ha interesado la ciencia. Y puede fiarse de que no se lo contaré a nadie.

Hardy se inclina con aire confidencial, y piensa que Richards es realmente joven. Así que ¿por qué no está en Francia? ¿Una herida? ¿Buenos contactos? ¿O simplemente ha tenido suerte y lo han alejado de la guerra para que patrulle las calles de Londres?

–El señor Ramanujan está a punto de demostrar la hipótesis de Riemann –dice Hardy.

–La hipótesis de...

–Está relacionada con los números primos. Mire, durante siglos los matemáticos se han interrogado sobre el misterio de los números primos y su distribución. –Parece la conferencia que les dio a las chicas de St. Catherine's. Sólo que Richards escucha con más atención que las chicas. Se enfada un poco cuando Florence entra con el té, interrumpe a Hardy de vez en cuando para hacerle preguntas, y da la impresión de que está a punto de captar la idea esencial cuando la voz del inspector vuelve a retumbar en el pasillo.

Inmediatamente, con el primer clic de la manija de la puerta, Richards se echa hacia atrás, como para establecer una distancia de seguridad entre él y Hardy. ¡Y qué inmensa, desgarbada e inoportuna es la presencia del inspector! Aquella voz que le ladró por teléfono, se percata Hardy vagamente, era la suya.

–Bueno, he tenido una charla con el jefe –dice, ocupando su sitio tras el escritorio–, y opina, igual que yo, que un intento de suicidio es un delito grave. Le advierto que, si lo ha hecho una vez, lo puede volver a hacer. El que sea delito en este país tiene una explicación, ya sabe, que es proteger a los ciudadanos y proteger de sí mismo a un hombre propenso a perder el control en cualquier momento. –El inspector se frota la nariz, así que se le mueve el bigote–. De todas formas, el jefe tiene en cuenta lo delicado de la situación, así que, dada la reputación del caballero y su estatus como F.R.S. y demás, estamos dispuestos a renunciar a presentar cargos con la *condición* de que ingrese en un hospital directamente y permanezca allí al menos un año. Usted mismo dice que no se encuentra bien, que ha estado en una clínica.

–Sí. Por su tuberculosis.

–Pues devuélvalo a la clínica. Y asegúrese de que no se escape. Porque si lo cogemos paseando por las calles de Londres o al borde de un andén de cualquier estación de metro, no habrá compasión.

–Entiendo. ¿Lo puedo ver ya?

–Richards, vaya a buscarlo.

–Sí, señor. –Richards se levanta de un salto y sale.

–¿Un purito, señor Hardy? –pregunta el inspector. Hardy lo rehúsa–. Bueno, tampoco me importa fumar solo. –Y enciende el puro, estirando las piernas delante de él bajo el escritorio–. Así que matemático –dice.

–Exactamente.

–Yo era malísimo en matemáticas. De chaval apenas podía sumar dos y dos. Y sigo sin poder. Mi mujer ni siquiera me deja tocar el libro de contabilidad. –Se ríe–. Supongo que usted podrá calcular mentalmente el resultado de una suma de cincuenta cifras en medio minuto.

–No, como a muchos matemáticos profesionales, se me da espantosamente mal lo que usted llama «calcular». Aunque Ramanujan sí que podría.

–¿Ahora mismo también?

–Es famoso por sus proezas de aritmética mental. Una vez lo pusimos a competir con el mayor MacMahon, para ver cuál de los dos podía descomponer un número primo en menos tiempo.

–¿El qué?

–Un número primo. Un número que... –Pero, antes de que Hardy pueda rematar su explicación, se abre la puerta y Richards hace pasar a Ramanujan, que cojea mucho. Lleva las dos piernas vendadas. Richards lo sujeta por la cintura con el brazo derecho.

–¡Ramanujan! –dice Hardy, levantándose de golpe. Pero Ramanujan no responde nada. Ni siquiera mira a Hardy a los ojos. Y de repente Hardy comprende que toda esta alegría (explicarle la hipótesis de Riemann al apuesto Richards, hablar de competiciones de cálculo con el menos apuesto inspector Callahan) no ha sido más que una cesura, un respiro. Porque ahora tiene a Ramanujan delante, y en sus ojos no hay lágrimas. Tampoco rabia. Ni dolor. Nada. Simplemente es un hombre que ha intentado matarse.

–Aquí lo tiene, señor Hardy –dice Richards–. Eso es. –Y le entrega a Ramanujan como si fuera un fardo. Un brazo libre,

y el otro rodeando los hombros de Ramanujan, que apenas se
sostiene derecho; por un momento Hardy se tambalea con el
peso hasta que apoya bien los pies. Ramanujan huele ligeramente a sangre, a arena, al polvo y a los gases que emanan de
las estaciones de metro.

–Bueno, amigo mío, ya está a salvo –dice Hardy–. Lo me-
teremos en un taxi y lo llevaremos a casa. –Y lleva a Ramanujan
hasta la puerta, rogando mientras tanto que no diga ni haga
ninguna locura (como gritar: «¡Quiero morirme!» o abalanzarse
contra una pared), algo que haga peligrar el frágil periodo de
prueba que Hardy ha negociado. Pero Ramanujan no dice
nada.

–Recuerde las condiciones –grita el inspector desde la
puerta. Y Hardy dice que sí, que recordará las condiciones.
Luego él y Ramanujan se marchan, seguidos de Richards, que
les ayuda a bajar los escalones y a meterse en un taxi, y se queda
allí de pie mientras el taxi se aleja.

2

Únicamente cuando ya están en el taxi, recorriendo Victoria Embankment en dirección contraria, Hardy se da cuenta de que no tiene otro lugar al que llevar a Ramanujan que no sea su propio piso. Es demasiado tarde para coger un tren a Cambridge. Y, dadas las circunstancias, Hardy tampoco se imagina dejando a Ramanujan en la pensión de la señora Peterson. Ramanujan sigue callado durante todo el trayecto. La nieve ha comenzado a apelmazarse. Hardy la mira caer sobre mujeres con impermeables y uniformes de cobradoras de autobús, sobre hombres de negocios con bombín, sobre soldados de permiso y la prostituta que estaba en la sala de espera de Scotland Yard, ahora protegida por un paraguas sostenido por un oscuro acompañante. Últimamente en Londres al atardecer hay mucho ajetreo, con todos esos ciudadanos peleándose por llegar a casa antes de que se apaguen las luces, de modo que se transforma en otro mundo.

–Estuve una vez en Venecia –dice, y Ramanujan se vuelve y le mira de refilón–. Sí, y fue horroroso. La ciudad está muy animada durante el día, ¿sabe?, y luego por la noche... no hay un alma. Me perdí intentando llegar a mi hotel. Fue como pasearse por la ciudad de los muertos.

¿Debería haber dicho eso? Seguramente no. Porque ¿cómo

se supone que va a reaccionar Ramanujan, que nunca ha estado en Venecia? ¿Y qué se supone que va a decirle Hardy después, cuando el taxi aminora la marcha, mientras el tráfico se espesa y se adelgaza, como una sopa que necesita que la revuelvan? ¡Ojalá llegaran ya a St. George's Square, y Hardy pudiera entretenerse al menos con los preparativos para pasar la noche! Entonces mira a Ramanujan, apoltronado en un rincón del automóvil, y comprende que da igual. Ramanujan no le está pidiendo conversación. Al contrario, parece preferir el silencio.

El taxi se detiene por fin junto al bordillo. Hardy ayuda a salir a Ramanujan, y le sorprende un poco que no haga ningún esfuerzo por escapar, hasta que mira hacia abajo y ve una vez más las piernas vendadas, y se da cuenta de que, aunque quisiera, Ramanujan no podría. Por lo menos ahora.

—Se ha dado un buen golpe —dice, y ayuda a Ramanujan a entrar y a subir las escaleras.

—Me caí a las vías —dice Ramanujan—. Me desgarraron la carne de las piernas.

—Tiene que haberle dolido mucho.

—Pero no me he roto ningún hueso. —¿Hay cierta decepción en su voz?

Un piso, luego otro.

—Ya llegamos. —Y se meten en el piso. La luz sigue encendida desde que Hardy se fue; el libro que estaba leyendo, abierto sobre el sillón; y el auricular del teléfono, colgando cerca del suelo en el pasillo. Lo pone en su soporte—. Y ahora siéntese.

Ramanujan se sienta con mucho cuidado y suspira muy fuerte.

—Nunca había estado aquí, ¿no? En mi piso.

—No.

—O debería decir, más bien, en el piso que comparto con mi hermana, la señorita Hardy.

—Sí.

—Así que hay una habitación de sobra. La habitación de mi hermana. Puede quedarse a dormir esta noche y mañana cogemos el tren a Cambridge.

—¿Qué va a ser de mí? ¿Me van a volver a mandar a Hill Grove?

—No veo por qué no, suponiendo que allí se encontrara a gusto.

—No me encontraba a gusto. No soportaba ese sitio. Me fui hace cuatro días.

—¿Y se vino a Londres?

Ramanujan asiente con la cabeza. Ya ha cogido la manía inglesa de la certidumbre.

—Al principio me quedé en la pensión de la señora Peterson, pero luego pasó... una cosa. Me fui, y me pilló el ataque aéreo. No pude coger un tren de regreso a Cambridge, así que busqué un hotel. Me quedé allí hasta que se me acabó el dinero. –De repente se queda callado. ¿Y cómo se supone que Hardy tiene que animarlo a seguir? Por lo que respecta a la psique humana (y él sería el primero en admitirlo) es el estudioso más inepto que jamás se haya visto. Por algo los matemáticos viven en mundos abstractos. Aunque Ramanujan también es matemático. Eso fue lo que los unió. Entonces, ¿por qué no van a ser capaces de comunicarse el uno con el otro?

—Evidentemente, no tiene por qué contármelo si no le apetece –dice Hardy–, pero..., bueno, excuso decirle que me asusté mucho cuando el inspector me dijo... ¿Es cierto que saltó?

Ramanujan baja la vista unos segundos. Luego dice:

—Da igual.

—¿Por qué?

—Me voy a morir pronto, de todas maneras.

—Eso no se sabe.

—En Hill Grove había un viejo en la cabaña de al lado. Le llamaban chalé pero era una cabaña. El viejo procedía de una aldea que está cerca de la mía. De Kumbakonam. Se había bañado en el río todos los días, como yo, antes de venir a Inglaterra. Durante muchos años tuvo un restaurante en Notting Hill, y luego sus hijos tomaron las riendas. Se pelearon y lo vendieron. Él se puso enfermo con la pelea, y lo mandaron a Hill Grove. Y todos los días tosía sangre, y al final los sonidos que provenían de su cabaña daban miedo.

–Lo siento.

–Da igual. Su destino es igual al mío, sólo que en mi caso se cumplirá antes. Desde niño he sabido que moriría joven. No importa cómo.

–Pero eso es una tontería. No hay razón para que no viva usted hasta los ochenta años. ¡Y aún tiene tantas cosas que conseguir! Tenemos mucho trabajo por delante, Ramanujan, el teorema de las particiones, la demostración de la hipótesis de Riemann.

Ramanujan esboza una sonrisa.

–Sí, he estado pensando un poco en la hipótesis de Riemann.

–¿Ah, sí? Cuente, cuente.

–Pero estoy muy cansado.

–Es verdad, lo siento. –Hardy se levanta, luego se adentra en el pasillo al que da el dormitorio. Abre la puerta del cuarto de Gertrude–. Creo que encontrará cualquier cosa que pueda necesitar –dice–. Aunque me temo que hace mucho que nadie duerme en esa cama. Quizá las sábanas estén mohosas.

–No me importa.

–Ah, pero si tampoco le he ofrecido nada... ¿Le apetece algo de comer o de beber? ¿Un poco de té?

–No. Sólo quiero dormir.

–Está bien. ¿Y no quiere darse un baño antes?

Otro meneo de cabeza muy claro: no. Y luego entra arrastrando los pies en el dormitorio de Gertrude y se quita la ropa hasta quedarse en calzoncillos. Sólo entonces Hardy toma plena conciencia de la gravedad de sus heridas. Las vendas le cubren las piernas desde los tobillos hasta las rodillas, y están manchadas de sangre en algunos sitios.

–Hay que cambiar esas vendas.

–Mañana. –Ramanujan se mete en la cama–. Mire cómo he aprendido –dice, tirando de las mantas hasta la barbilla–. Cuando llegué no entendía sus camas. Me echaba encima de la colcha, y me tapaba con un montón de jerséis y abrigos para no enfriarme. Luego Chatterjee me explicó... que había que *meterse* en la cama, igual que una carta en un sobre. –Se ríe–. ¡Hace falta ser bruto!

–¿Pero cuánto tardó en darse cuenta?

–Meses. Por lo menos hasta noviembre del primer año.

–¡Qué horror! ¡Debe de haberse congelado! –Y sin pensarlo Hardy también se echa a reír. Se ríen los dos.

–Ya hace mucho de eso.

–Claro. Bueno, le dejo entonces. Buenas noches. –Y se mueve para cerrar la puerta.

Pero Ramanujan dice:

–Espere.

–Dígame.

–¿Le importaría dejar la puerta abierta?

–En absoluto. Se la dejo abierta entonces.

–Y la de su habitación... ¿podría dejarla también abierta?

–Pues claro. Que sueñe con los angelitos.

–¿Que sueñe con los angelitos?

–Es una expresión. Buenas noches otra vez.

–Buenas noches otra vez.

Hardy se da la vuelta, y ya va por la mitad del pasillo camino de su propio cuarto cuando se le viene un pensamiento a la cabeza y se para en seco.

–Ramanujan.

–¿Sí?

–No va a intentarlo otra vez, ¿verdad?

–No.

—Bien. Pues buenas noches una vez más.

—Buenas noches una vez más.

Al otro lado de la ventana, la ciudad está oscura. Entra sin hacer ruido en su propio dormitorio, teniendo cuidado de dejar la puerta entornada; se quita la ropa y hace una pequeña pausa, desnudo en la oscuridad, antes de empezar a ponerse el pijama. Luego lo tira a un lado. Ahora las corrientes de aire lo conectan a Ramanujan, corrientes que llevarán cualquier sonido, los gemidos de la intimidad y del dolor, los azotes de la soledad, sus propios ronquidos. Sueño es lo que reclama el enfermo, la misma inconsciencia que esta noche eludirá a su presunto salvador. Hardy oye truenos a lo lejos, y se recrea en esa extraña sensación de la corriente de aire del pasillo rozando su piel desnuda.

3

–Pues qué bien...

Se sobresalta con esa voz y la sensación de que un peso pone tirantes las mantas. Gaye, de traje y corbata, está sentado en el borde de su cama. Tiene a Hermione en el regazo. Para su sorpresa, Hardy se alegra de verlo.

–Hace tanto tiempo que no venías a verme... –dice.

–He estado muy ocupado: ocupadísimo –dice Gaye–. Aquí todas las semanas es fin de curso. Bailes y bailes y más bailes. Y qué lejos has llegado, Harold, desde la última vez que te vi.

–¿Qué quieres decir?

–Otro suicidio en tu haber.

–Intento de suicidio. Y no ha sido por mí...

–Admito el error. Intento. –Gaye acaricia el cuello de Hermione, y ella se pone a ronronear–. El mío funcionó, claro. Pero, por otro lado, nunca pretendí lo contrario. Ya sabes que, si uno los estudia un poco, casi siempre se puede distinguir a los que realmente quieren suicidarse de los que sólo quieren llamar la atención. No suele haber ambigüedades.

–En tu caso no fue ambiguo, desde luego.

–No, yo quería morirme. Soy metódico, ¿comprendes? Lo planeé todo de antemano detenidamente; hice una lista de todos los métodos posibles, cotejando las posibilidades de éxito con el grado de dolor. Desgraciadamente para mí, me da miedo el dolor. A alguna gente no. A Hermione, por ejemplo. Fuiste una chica muy valiente, incluso en tu agonía, ¿verdad? –Y la coge en vilo, para frotar el diminuto morro rosa contra su nariz–. ¿Pero por dónde iba? Ah, sí. Así que anoté las distintas opciones. Empecé a planearlo a principios de febrero, cuando empezaba a estar claro que ya no querías nada conmigo.

–Yo nunca...

–Primero, las pastillas... Las pastillas están muy bien, Harold, porque no provocan mucho dolor, pero por otra parte nadie te puede garantizar el resultado. Si eliges mal, sólo te harán vomitar, y aunque elijas bien, siempre cabe la posibilidad de que alguien se meta por medio y te encuentre espatarrado en el suelo y te lleve a rastras hasta el hospital. Conque las pastillas, descartadas. Luego vienen los cuchillos..., pero ahí el factor dolor es muy considerable, y además es tan fácil cortarte en el sitio equivocado y sólo dejarte lisiado que también me los cargué. Perdona, no pretendía hacer una gracia.

–Por favor, para.

–Luego pensé en tirarme por la ventana..., que es un método mucho más seguro si consigues tirarte de un sitio muy alto. Por desgracia, en Trinity tienes todas las posibilidades de aterrizar en un arbusto, o de pegarte un golpe con la fuerza justa para partirte el cuello y quedarte paralítico de por vida; y encima, cuando estés paralítico, tendrás que pedirle a alguien que te ayude a hacerlo, y los seres humanos son las criaturas más asustadizas que te puedas imaginar; seguro que les da miedo por mucho que te comprendan, porque al fin y al cabo es un asesinato, ¿y quién quiere ir a la cárcel? Tú, por ejemplo, no me habrías ayudado jamás. Hermione sí, si hubiera podido. Los gatos no son nada sentimentales.

–¿Por qué me haces esto?

–De modo que sólo me quedaban las armas de fuego. Voy con las ventajas de una pistola. En primer lugar, suponiendo que te la metas en la boca, la cosa es instantánea, así que no hay dolor. En segundo, el efecto conseguido es realmente impresionante. Ya te imaginas: el joven apuesto tirado encima de su cama con todos los sesos esparcidos sobre la almohada... ¡Y para más inri, el Domingo de Pascua! La pena es que la que me encontró fue la señora de la limpieza.

–¿No querías que fuera ella la que te encontrara?

–¡Pues claro que no! No tenía nada en contra de aquella señora. Pobre mujer, le pegué un susto de muerte.

–Dios mío, debías de odiarme.

–En eso te equivocas, querido. Te amaba. –Gaye señala la puerta abierta con un gesto de cabeza–. Y ése..., no estoy seguro, pero yo diría que también. Así que bravo por ti, Harold. Ya has llevado a dos personas al suicidio.

–No he llevado a nadie a nada. Eso que quede muy claro: los dos sois muy libres. Fuiste *tú* el que se metió una pistola en la boca, y ha sido *él*...

–Pero yo no he dicho que mataras a nadie, sino que nos llevaste a hacerlo. Para empezar, considera mi situación. Yo te quería y tú dejaste de quererme. Te dije que no podía vivir sin ti y te lo demostré. Y en su caso...

–Él no me quiere.

–Te lo debe todo. Lo trajiste a Inglaterra, le diste una oportunidad cuando nadie se la habría dado. «La Calculadora Hindú.» La pega es que se haya puesto enfermo. Y ahora, para colmo de males, Trinity no lo quiere.

–Eso no es cosa mía.

–¿Quién ha dicho que lo fuera? Y, seguramente, el que le quisieran tampoco habría mejorado mucho las cosas. Algunos han nacido para ser famosos. Como yo. Era mi vocación. Tenía esa ambición, por no hablar de todo lo necesario para poder soportarlo. Pero, ay, me faltaban las cualidades. El talento. Qué ironía... Los que pueden soportarlo nunca lo consiguen; y, en cambio, los que lo consiguen no pueden soportarlo.

–¿Y por eso lo ha hecho? ¿Porque no podía soportar la fama?

–Nunca hay sólo una razón. Trinity también me echó a mí, recuerda, gracias a Barnes...

–Barnes no tuvo nada que ver.

–Tuviera que ver o no, perdí mi puesto. ¿Qué se suponía que debía haber hecho entonces? ¿Volver con mi familia? ¿Conseguir un trabajo de maestro en alguna aburrida escuela pública de segunda fila? No tienes ni idea, porque nunca te ha pasado. Trabajas como un negro, y de repente alguien decide que no le gustas, y se acabó, compañero.

–Te puedo asegurar que Barnes no tuvo nada que ver con que perdieras tu puesto, Russell.

–Bueno, hay otras maneras de llegar a ser famoso. Así que terminé la traducción de Aristóteles, la firmé con mi nombre, y dejé instrucciones para que te mandaran una copia. Supongo que la recibirías.

–Sí.

–Pero no fuiste al funeral.

–No podía enfrentarme a tu familia.

–La valentía nunca fue tu fuerte.

–Russell...

–El caso es que llega un momento en que las cosas se acumulan, y un día estás en la estación y te quedas mirando esa raya, ya sabes, la que se supone que nunca vas a cruzar; porque, si la cruzas, estarás demasiado cerca de las vías. Y piensas, ¿y por qué demonios no voy a cruzarla? Al fin y al cabo es tan fácil cruzarla... Como una de tus fórmulas asintóticas, Harold, media pulgada más cerca, luego un cuarto de pulgada, luego un octavo, luego una dieciseisava parte, luego una trigésimo segunda... Y cuanto más te acercas, más claro te va quedando que nadie va a mover un dedo para impedírtelo, porque nadie te está prestando la más mínima atención. Todos están pensando en sí mismos. Y a pesar de que no sabes lo que te vas a encontrar al otro lado de esa raya, por lo menos sabes que tiene que ser algo distinto a esto. Y esto es un infierno, ¿no? Así que... mueves los pies... y la cruzas.

—Nunca he tenido la tentación de cruzarla.

—No, aún no.

—¿Qué quieres decir con eso?

Gaye se echa a reír.

—Deberías saberlo. Tú eres el que ha tenido a Oliver Lodge al lado de la cama. Cuando los muertos vienen a visitarte desde el otro lado suele ser para avisarte de algo, ¿no? Presagios, premoniciones. Y yo no quiero decepcionarte. Así que grábate esto en la lengua. Cuidado con un hombre de negro. Cuidado con la hora del crepúsculo. Puede haber un accidente aguardándote en el futuro. Y no te creas que tú jamás vas a intentar cruzar esa raya algún día...

—¿Intentarlo?

—¡Ah! —Gaye alza la mano en el aire—. ¡El espíritu se ha ido! Una vela se apaga, la médium apoya sobre la mesa la cabeza envuelta en un turbante, agotada por tanto esfuerzo.

—No es justo. Lo único que he querido siempre es ayudar.

—No, tú querías salvar. Es distinto.

—Dios mío...

—Exactamente. ¿Por qué te crees que elegí el Domingo de Pascua?

—Bertie le dijo a Norton que yo te había vampirizado. Ésa fue la palabra que usó: «vampirizado».

—Mmm, Bertie... Ahí tienes a un hombre que sabe cómo manejar la fama. Aprovechó su oportunidad, plantó la semilla, la cultivó. ¡Y mira dónde ha llegado! Mientras que tú, Harold, eres uno de esos que nunca harán nada con los dones que han recibido. —Gaye se sonríe—. Pobre Harold. —Y le pone una mano a Hardy en la mejilla, una mano que Hardy siente. Está fría y seca. ¡Pero cómo lo agradece! Aunque, cuando intenta poner la suya sobre la de Gaye, él la retira. Se levanta de la cama y también levanta a Hermione en vilo–. ¡Estoy volando! ¡Estoy volando! –dice, como si fuera ella–. ¿Te acuerdas, Harold? ¿Te acuerdas de cómo la hacíamos volar?

–Me acuerdo.

–Y ahora se pasa el rato volando. Eres una gata angelical, ¿verdad, Hermione?

Como si le respondiera, ella se retuerce y se suelta de sus manos, echa a correr por el suelo, y se pone a afilar las uñas en las cortinas. Gaye la sigue.

–Eres una niña muy mala –dice, mientras se agacha para desprenderle las garras que rasgan la seda.

–No te vayas –dice Hardy, pero ya percibe el corte, el humo de la vela consumida.

Sale de la cama y enciende la lámpara. El cuarto está vacío. Y aunque sabe perfectamente que no notará ningún arañazo ni ningún desgarrón en la seda, se arrodilla de todos modos delante de la cortina y palpa el dobladillo. En ese silencio tan absoluto no se oyen voces, sólo la respiración de Ramanujan al otro lado del corredor. Y Hardy se agarra tan fuerte a ese aliento como al dobladillo de la cortina. Su ritmo regular es como una barandilla para él, algo que puede guiarle hasta la mañana. A ese hombre también lo ama. Y ese hombre, se recuerda a sí mismo, sigue vivo.

NUEVA SALA DE CONFERENCIAS, UNIVERSIDAD DE HARVARD

Una tarde de finales de 1917 (dijo Hardy en la conferencia que nunca dio), Littlewood y yo nos sentamos juntos para resolver lo que habíamos dado en llamar «El problema Ramanujan». «Problema», pienso ahora, es una palabra que nunca se debería aplicar a asuntos del espíritu humano. Pertenece a las matemáticas, como en el *Problema de Waring:* ¿para cada número natural *k*, existe realmente un entero positivo asociado *s*, tal que todo número natural es la suma de al menos *s k*-ésimas potencias de número naturales? (A la solución de este problema, dicho sea de paso, Ramanujan hizo una pequeña contribución poco conocida.) Las situaciones humanas, en cambio, son complejas y multiformes. Para comprenderlas hay que tener en cuenta no sólo los malentendidos, las coyunturas, las circunstancias, sino también el misterio de la naturaleza humana, que está tan plagada de contradicciones como la base fundamental de las matemáticas. Y el caso es que nadie lo hace. Nosotros tampoco. En vez de eso, cuando Littlewood y yo nos sentamos a charlar (en el mismo café de Londres donde me había hablado del embarazo de la señora Chase) expusimos la situación y buscamos una razón, sólo una razón, por la que Ramanujan pudiera estar deprimido. Y decidimos que estaba deprimido porque Trinity no le había dado un puesto de profesor numerario. Por tanto, para que tirara hasta el octubre siguiente, que sería cuando podríamos volver a proponerlo para ese puesto, teníamos que hacer que recuperara su autoestima. Y, en consecuencia, debíamos conseguir que le llovieran los títulos honoríficos. Bajo nuestro punto de vista, si incitábamos a poderosas instituciones a reconocer su valor, se le levantaría el ánimo y volvería a trabajar. Y entonces el problema estaría resuelto.

Ahora, evidentemente, veo que nuestro enfoque era tremendamente ingenuo; y creo que, en el fondo, lo sabíamos. Los dos despreciábamos los títulos honoríficos. Y lo reconocíamos abiertamente, a pesar de que éramos conscientes de que el nuestro era el desdén de quienes, habiendo ganado un premio, se pueden permitir el lujo de restarle importancia. Tampoco podía pasarnos inadvertida la presumible inutilidad de una «cura» que sólo tenía en cuenta una causa de la enfermedad e ignoraba todas las demás.

Sin embargo, nos pusimos rápidamente a la tarea. Primero hicimos que nombraran a Ramanujan miembro de la Sociedad Matemática de Londres. Luego propusimos su nombre a la Sociedad Filosófica de Cambridge. El primer nombramiento se produjo enseguida, en diciembre. Le telegrafiamos (entonces estaba en otra clínica), y su respuesta, aunque entusiasta, fue un poco apagada. Y a pesar de que sabíamos que aquellos nombramientos reforzarían nuestras pretensiones cuando propusiéramos su candidatura para el puesto de profesor numerario en la reunión de octubre, también sabíamos que ninguno era suficiente para sacar a nuestro amigo de su letargo. Si queríamos resolver el problema Ramanujan, debíamos conseguir un cambio más sustancial, que no era otro que lo nombraran F.R.S.

Permítanme que intente que se hagan una idea de lo que significa ser nombrado F.R.S. en Inglaterra. Para cualquier tipo de científico, es el máximo honor del país. Cada año se propone a cien candidatos de todas las disciplinas, y se elige como mucho a quince. Raramente se elige a un hombre que tenga menos de treinta años. Cuando me nombraron a mí, tenía treinta y tres. Lo mismo sucedió con Littlewood. Sopesamos las posibilidades de Ramanujan. Lo que tenía a su favor era su evidente e innegable genialidad. Y lo que tenía en contra era su juventud (sólo tenía veintinueve años) y el hecho de ser indio. En toda su historia la Royal Society sólo había admitido a un miembro indio. Con toda probabilidad, pensamos, no sería elegido. Aun así, decidimos proponer su nombre. Al fin y al cabo, si fracasábamos, tampoco necesitaría saber nunca que habíamos hecho ese esfuerzo. Y si lo conseguíamos, tal vez sería su salvación.

En aquel momento, el presidente de la Royal Society era Thomson, el físico que había descubierto el electrón (de ahí su apodo, «Átomo») y que al cabo de unos meses sucedería a Butler como rector de Trinity. Yo lo conocía lo bastante bien como para escribirle apoyando a Ramanujan. En mi carta, traté de dejarle muy clara la fragilidad de su situación. Aunque creía que seguramente seguiría vivo de allí a un año, tampoco podía garantizárselo. Y a pesar de que tenía mis dudas sobre apurar un nombramiento para el que, en circunstancias normales, se le habría considerado demasiado joven, bajo mi punto de vista, la fragilidad de su salud y de su espíritu era razón suficiente para que se hiciera una excepción. De sus méritos no cabía duda; estaba mucho más capacitado que cualquier otro candidato matemático.

Para mi gran alivio, la estrategia funcionó. En febrero de 1918, Ramanujan fue nombrado simultáneamente miembro de la Sociedad Filosófica de Cambridge y F.R.S. La coincidencia de los dos nombramientos provocó cierta confusión, porque cuando le mandé un telegrama comunicándole este último, con el que no contaba, lo confundió con el primero, que sí se esperaba, en cambio. De hecho, me explicó luego, tuvo que leer el telegrama tres veces antes de comprender lo que decía realmente. E incluso así, hasta que le confirmé la noticia, no se la creyó. Por aquel entonces, Ramanujan ya no se encontraba en Cambridge, sino que vivía en un sanatorio de tuberculosos llamado Matlock House, en Derbyshire. No estoy seguro de por qué se decidió al final por esa institución en concreto. Puede que fuera porque el doctor Ram, que trabajaba allí, era indio, o porque se suponía que la cocinera estaba dispuesta a preparar platos a gusto del consumidor. En cualquier caso, su decisión fue un alivio para mí, ya que significaba que yo podía cumplir las condiciones impuestas por Scotland Yard sin decirle a nadie que Ramanujan había intentado suicidarse. Sólo tenía que informar a los médicos, con cuya discreción suponía que podía contar. Así que en noviembre de 1917 Ramanujan fue en tren a Matlock, y se quedó allí la mayor parte del año siguiente.

Matlock se distinguía, entre otras cosas, por lo lejos que estaba y por lo difícil que era acceder hasta allí; durante la guerra, sólo se podía ir en un tren que llegaba a las ocho de la mañana. No voy a fingir que me gustase aquel sitio. El propio edificio era inhóspito y tenía todo el aspecto de uno de esos reformatorios donde mandan a los niños a pudrirse en las novelas victorianas. En el siglo pasado, había comenzado su existencia como institución hidropática, lo que explicaba la abundancia de material en desuso (todo tipo de tuberías y piscinas vacías) que plagaba el terreno. Las bañeras eran enormes. Un muro escalonado de ladrillo separaba la casa de la carretera en pendiente que corría junto a ella, dándole aspecto de cárcel, lo que parecía muy apropiado. Porque *era* una cárcel. Lo digo ya de entrada, alto y claro, y para que conste. Ramanujan no estaba allí para que le trataran su tuberculosis, sino porque les convenía a sus amigos y para cumplir una sentencia informal de un inspector de Scotland Yard. Y lo sabía. Tenía que saberlo.

Ya desde el principio de su estancia fue infeliz. El doctor Ram resultó ser un individuo prepotente que disfrutaba ejerciendo el poder que yo había puesto involuntariamente en sus manos. Empleando como arma esa autoridad que los médicos se atribuyen a sí mismos, dejó claro inmediatamente que Ramanujan no debería imaginarse, en ningún caso, que se le permitiría abandonar Matlock. Mientras los médicos dijeran que no estaba bien, no tenía libertad ni derecho alguno. Y tampoco se le permitiría en *ningún* caso, ni siquiera por una mejora de su salud, irse antes de que pasaran doce meses desde la fecha de su llegada. Si el doctor Ram le aclaró, o el propio Ramanujan adivinó, la verdadera causa de aquella condena, no sabría decirlo. Sólo sé que Ramanujan, para gran sorpresa mía, al parecer acató sin más las palabras del doctor Ram. En Hill Grove se había rebelado; en Matlock se dio por vencido.

¿Cómo puedo hacerles entender la peculiaridad de la situación en aquellos meses? Permítanme describirles las dos visitas que le hice en Matlock. La primera tuvo lugar en enero de 1918, la segunda en julio. En la primera ocasión, fui con Littlewood, que consiguió que su hermano le prestara un automóvil, para ahorrarnos cualquier dificultad con los trenes. Era un día muy frío (había nevado la noche anterior) y mientras atravesábamos la verja de entrada me sobresalté al ver a los enfermos de tuberculosis sentados fuera, junto a algunas mesas o en tumbonas, envueltos en mantas de lana. Aunque a Ramanujan lo encontramos dentro, en una habitación sin ventanas: una especie de veranda que debía de haber servido de solario, durante el apogeo hidropático de Matlock. A pesar de que él también estaba envuelto en mantas, temblaba de frío y le castañeteaban los dientes. No le habíamos telegrafiado para avisarle de nuestra llegada, y cuando nos vio avanzando a grandes pasos hacia él, pareció desconcertado. Luego sonrió, se quitó las mantas y se levantó para saludarnos.

Aún había perdido más peso, y tenía la cara muy demacrada. Nos estrechamos la mano, y él enseguida nos llevó a hacer una visita guiada de aquel lugar, cosa que hizo con la misma combinación de indiferencia, disgusto y orgullo típica de un colegial cuando realiza esa misma tarea para sus padres. Primero nos enseñó su dormitorio (sin decoración alguna e igual de helado), luego el comedor con sus largas mesas de refectorio y jarras de leche fría, y después una especie de sala de estar con biblioteca, cuyos estantes estaban atiborrados casi enteramente de novelas policiacas. Al final nos presentó al doctor Kincaid, el director de aquel lugar, un hombre de aspecto apacible, de unos cincuenta y tantos años, que nos saludó con la alegría aburrida de un director de colegio. A sugerencia del doctor Kincaid regresamos a la veranda abierta y tomamos un té. A esas alturas Littlewood y yo estábamos congelados, a pesar de que llevábamos abrigo y guantes, y nos tomamos el té caliente rápidamente. En la veranda también había otros pacientes echados; se quedaron mirándonos, a nosotros y a nuestro té, con cierta envidia.

Después de darle la enhorabuena por haber sido nombrado F.R.S., le preguntamos a Ramanujan qué tal le iba. Debo admitir que esperaba que nos respondiera proclamando que su salud había mejorado, o hasta sacándose del bolsillo algunas hojas de papel cubiertas de apuntes matemáticos. En vez de eso, se puso a quejarse. Primero se quejó del frío. Cuando había llegado a Matlock, nos dijo, le habían permitido sentarse unas horas junto a lo que el personal llamaba un «fuego de bienvenida». Pero desde entonces ya no le habían permitido acercarse a ningún fuego. Incluso cuando le había pedido al doctor Kincaid que le dejase hacerlo un par de horas al día para poder trabajar en sus matemáticas, el doctor se había negado. Se le quedaban los dedos tan helados que ni siquiera podía coger un lápiz.

Lo siguiente fue la comida. A pesar de lo que le habían prometido, la cocinera *no* había accedido a sus exigencias dietéticas. Había estropeado los *pappadums* que le había mandado uno de sus amigos, y aseguraba que no tenía mantequilla con que freírle las patatas. Así que él conseguía subsistir a base de pan y leche. Todos los días las enfermeras intentaban forzarle a comer gachas de avena, aunque él las detestaba. Una tentativa de arroz al curry había sido desastrosa, porque el arroz estaba tan crudo que no se podía comer.

Incluso en el mejor de los casos, hay algo patético en las quejas de los desvalidos, en tanto en cuanto ponen de manifiesto la desolación de su mundo, el grado en que su vida se ha reducido sistemáticamente a una búsqueda incesante de las comodidades más básicas. Y en el caso de Ramanujan la enfermedad no era un factor tan determinante como en la mayoría. Puesto que, si sus esfuerzos por satisfacer sus necesidades de calor y comida concentraban ahora su atención, era sobre todo porque Matlock House le negaba deliberadamente la satisfacción de esas necesidades por ninguna razón especial. Puede que el tiempo frío y la leche fría beneficiaran a los pacientes de tuberculosis, pero no beneficiaban a Ramanujan, cuyo estado, en cualquier caso, seguía siendo el mismo, y quien continuaba sin mostrar síntomas de esa enfermedad.

Lo que me inquietaba más era aquel tono amargo y recriminatorio. En definitiva, aquél era el mismo hombre que se había reído con *¿Fue la langosta?*, que se había sentado en el *pial* de la casa de su madre y deducido, sin ningún tipo de educación previa, el teorema de los números primos. ¡Era un F.R.S.! Y ahora estaba ahí sentado, en otra especie de *pial*, y lo único de lo que podía hablar era de su aversión a los macarrones. Si llevaban queso, decía, aún podían pasar. Pero la cocinera *juraba* que no había forma de encontrar queso, lo mismo que juraba que no encontraba plátanos. En cambio Chatterjee le había contado por escrito hacía poco que en Cambridge todavía podía comprar plátanos a cuatro peniques la pieza. Y si se podían conseguir plátanos en Cambridge, ¿cómo no se podían conseguir en Matlock? Littlewood le prometió que, en cuanto llegase a Londres, haría que le mandaran algunos.

Después de la conveniente pausa, le preguntamos cómo le iba el trabajo. A lo que Ramanujan respondió inclinándose hacia nosotros, como si fuera a hacernos una confidencia.

–He descubierto –dijo– que hay una habitación en este sitio que siempre está caliente, y es el cuarto de baño. Conque todas las tardes me meto en el cuarto de baño con papel y lápiz, echo el cerrojo, y al menos puedo trabajar un rato.

–¿Y en qué está trabajando?

–Sigo con las particiones. –Y se puso a hablar. Mientras lo hacía (Littlewood me contó luego que él también lo había notado) le cambió la cara completamente. No recuerdo nada de lo que dijo. Supongo que se trataría de algún asunto bastante banal; el tipo de asunto al que yo habría respondido en Cambridge alzando una ceja o suspirando cómicamente, o ante el que no habría reaccionado en absoluto. Sólo que no estábamos en Cambridge (Littlewood y yo sabíamos perfectamente cuál era nuestro papel), así que reaccionamos con esa especie de entusiasmo exagerado que uno suele reservar para los niños que necesitan «salir» de su timidez. Abrimos los ojos como platos, abrimos mucho la boca, levantamos las manos y le rogamos que continuara. Y mientras lo hacía, para nuestra sorpresa (y a modo de escarmiento), más que animarse, se deprimió. Imagino que se daría cuenta de la estratagema–. ¡Si por lo menos pudiera pasar más tiempo en el baño! –se lamentó–. Pero hay una tal señora Ripon que parece decidida a molestarme. Cada vez que me meto allí y ya estoy acomodado, se pone a aporrear la puerta porque quiere bañarse. ¡Ojalá se marchara o se muriera! La semana pasada tuvo un ataque de tos tremendo, así que yo tenía la esperanza de que...

Nos fuimos poco después. De regreso a Londres no hablamos mucho. Cada uno de los dos tenía problemas personales que rumiar. Había muchas otras cosas que nos iban mal en la vida, además de aquel pobre indio atrapado en un siniestro balneario de Derbyshire. Venían más personas en el coche, una mujer que vivía en Treen y un soldado que podría haber estado muerto perfectamente.

Esa primavera resurgió el asunto Russell. En febrero, Russell publicó su famoso artículo en *Tribunal*, en donde afirmaba que, tanto si las tropas americanas, ahora en marcha por Europa, demostraban ser «eficaces contra los alemanes» como si no, serían «sin duda capaces de amedrentar a los huelguistas, tarea a la que el Ejército Americano está muy acostumbrado en su propio terreno». Esa frase fuera de tono tuvo como resultado la visita de dos detectives a su piso, la consiguiente detención acusado de hacer «ciertas afirmaciones que muy bien podrían perjudicar las relaciones de Su Majestad con los Estados Unidos de América», el veredicto de culpabilidad por esa acusación, y una condena de seis meses en la cárcel de Brixton, a cuyas puertas llegó en taxi a principios de mayo. Por lo visto la vida carcelaria le gustaba. La rutina de los días, decía, le hacía preguntarse si su verdadera vocación sería ser monje de una orden contemplativa, y al final consiguió escribir un montón de textos filosóficos. Mientras tanto, en Trinity, Thomson fue investido rector, y aunque teníamos la esperanza de que su llegada (y la marcha de Butler) favoreciera nuestra causa tampoco nos fiábamos mucho.

En cuanto a la guerra, parecía que el destino se iba volviendo contra Alemania. Para cualquier inglés que estuviera vivo entonces (incluso para un pacifista como yo) sigue siendo humillante admitir que eso se debió enteramente a la llegada de los americanos. Porque la realidad es que sus tropas supusieron una gran diferencia, y el día en que tuvimos noticia en Cambridge de su victoria en Cantigny no lo olvidaré en la vida. Estábamos a finales de mayo (lo que habría sido la temporada de bailes), y así como recuerdo esforzarme por reprimir en mí una emoción tan imprudente como el optimismo, también me recuerdo pensando: «Sí, la guerra terminará. Volverá a haber una vida sin guerra.» Pero no se confundan, seguíamos teniendo problemas. Seguían muriendo los jóvenes en el frente, mientras en Cambridge un bibliotecario absolutamente inofensivo llamado Dingwall era fusilado por sus ideas pacifistas. Y, sin embargo, el ambiente estaba cargado de algo tan característico como el olor del verano retornando sigilosamente a Inglaterra y barriendo los últimos montones de nieve sucia que habían sobrevivido a la primavera. Y eso, lo reconozco, era como sentirse del lado vencedor, y a pesar de que no renegaba de mis ideas pacifistas, me recreaba en secreto en esa sensación.

En junio regresé a Cranleigh, con Gertrude, cuya resistencia pasiva le había sido útil: yo había abandonado toda esperanza de convencerla para que vendiera la casa. Volvíamos a ser amigos, y retomamos nuestras habituales costumbres veraniegas, hasta las partidas de Vint con la señora Chern y también su nieta Emily, que era una jugadora temible. La señorita Chern, de madre americana, estudiaba matemáticas en el Newnham (tenía sobre su escritorio una foto de periódico de Philippa Fawcett, la mujer que había derrotado al *senior wrangler),* y solía preguntar por Ramanujan, a quien consideraba una especie de profeta misterioso. De hecho, había mucha gente que lo veía de esa forma. De cuando en cuando me llegaban recortes de artículos sobre él, cortesía de amigos de América, de Alemania y de la India, artículos que ofrecían una falsa visión de sus logros y una versión un tanto romántica de su historia. Leyéndolos, cualquiera habría pensado que se pasaba el día dando vueltas por Cambridge haciendo demostraciones de cálculo mental, mientras una corte de admiradores le tiraban flores a su paso, cuando en realidad continuaba encerrado con llave en Matlock.

Yo me preguntaba si tendría la menor idea de que se estaba convirtiendo en un hombre famoso, o si enviarle alguno de esos artículos contribuiría a su mejoría. Porque su salud estaba mejorando, aunque sólo fuera un poco. Tal y como Littlewood y yo habíamos esperado, la noticia de que le habían nombrado F.R.S. le había animado bastante. Desgraciadamente, mis esfuerzos por convencer al doctor Ram de que le levantase la prohibición de viajar y le permitiera ir a Londres para la ceremonia de investidura fueron infructuosos, y Ramanujan tuvo que escribirle a la Sociedad a ver si se podía posponer la ceremonia. Yo no sabía que le importaba tanto. Lo peor del clima invernal había pasado ya, resolviendo, al menos temporalmente, sus problemas con el frío; y a pesar de que proseguían sus problemas con la comida, por lo menos trabajaba. De hecho, había entrado en una nueva época de productividad, y nos mandaba desde los cuartos de baño de Matlock toda clase de nuevas contribuciones a la teoría de las particiones, incluyendo la famosa serie de identidades que hoy en día se conocen como las identidades de Rogers-Ramanujan.

Y eso es sólo un ejemplo. Durante mayo y junio de 1918 todas las semanas iba a recibir al menos dos o tres cartas de él, la mayoría relacionadas con un artículo que estábamos escribiendo juntos sobre las expansiones de las funciones modulares elípticas, otras relacionadas con las particiones, y alguna más donde, casi como reflexiones a posteriori, me brindaba aquellas observaciones aritméticas suyas, aparentemente casuales, que eran su especialidad. Puede que a alguien que no sea matemático le resulte extraño que, cuando me acuerdo de Ramanujan, aparte de su risa perruna, sus ojos negros y su olor, recuerde que en una carta desde Matlock una vez dejó caer, casi como una digresión, esta extraordinaria ecuación:

$$\left(1 + \frac{1}{7}\right)\left(1 + \frac{1}{11}\right)\left(1 + \frac{1}{19}\right) = \sqrt{2\left(1 - \frac{1}{3^2}\right)\left(1 - \frac{1}{7^2}\right)\left(1 - \frac{1}{11^2}\right)\left(1 - \frac{1}{19^2}\right)}$$

Y, sin embargo, era esa clase de identidades con las que se topaba su imaginación en sus devaneos; y él las recogía como si fueran especímenes extraños para examinarlos y conservarlos; y después, con una ingenuidad que siempre me cogía por sorpresa, se los sacaba de la manga y resultaban ser las piezas que faltaban en complicadas demostraciones con las que, en apariencia al menos, no guardaban ninguna relación. Desde que se había puesto enfermo, yo echaba de menos su costumbre de irrumpir por la mañana en mis aposentos trayendo los frutos de sus esfuerzos nocturnos, los mensajes que, según él, le había escrito la diosa en la lengua. Ahora esos mensajes llegaban en forma de cartas, y a pesar de que me daba pena que estuviera tan lejos, eso no impedía que me alegrara de que se encontrase otra vez en forma.

En julio fui a verle de nuevo a Matlock. Para darle una alegría, llevé conmigo a Gertrude y a la joven Emily Chern, que emprendió la excursión con la noble seriedad de una discípula. El tiempo veraniego había reconstruido Matlock, que ya no parecía un balneario fuera de temporada. Los árboles estaban en flor, y la veranda en la que habíamos encontrado a Ramanujan muerto de frío el enero anterior ahora parecía un oasis agradable y relativamente cálido.

No estaba solo. Con él había un joven indio que se levantó para saludarnos tan pronto entramos por la puerta.

–Señor Hardy, qué honor –dijo el indio, estrechándome la mano–. Yo soy Ram, A. S. Ram, pero no me confunda con el médico del señor Ramanujan, que es L. Ram. Me puede llamar S. Ram si cree que le puede ayudar a evitar la confusión.

–¿Cómo está usted? –le dije. Y le presenté a Gertrude y a la señorita Chern, a quienes les besé la mano.

Nos sentamos. Era un joven apuesto, no demasiado alto, con el pelo a la vez más rizo y más fino que la mayoría de sus paisanos. Como nos explicó rápidamente, había conocido a Ramanujan en 1914, cuando Ramanujan acababa de llegar a Inglaterra y los dos se alojaban el Hostal de Estudiantes Indios de Cromwell Road en Londres.

–Nos hicimos amigos –nos contó–, aunque enseguida las circunstancias y la guerra nos separaron. El señor Ramanujan se fue a Cambridge, y yo encontré trabajo como ingeniero ayudante en los ferrocarriles de North Staffordshire. Me olvidaba de decir que vengo de Cuddalore, cerca de Madrás, y soy licenciado en Ingeniería Civil por el King's College; no el famoso King's College de Cambridge, sino el de la Universidad de Londres. El caso es que, cuando estalló la guerra, me uní a las fuerzas armadas de Su Majestad, y tras seis meses en el ejército (una pequeña parte de los cuales pasé entre las filas indias), fui eximido de mis deberes y enviado a trabajar en municiones a la fábrica de hierro y los astilleros de Messieurs Palmers en Jarrow. Aún sigo empleado allí, ¡pero seguramente se estarán preguntando cómo volví a ponerme en contacto con el señor Ramanujan y qué hago hoy aquí! –Entonces se echó a reír; tenía una risa aguda, chillona, que desentonaba totalmente con aquella voz grave, por rápido que hablara.

Hizo una pausa y tomó aliento. Gertrude lo miraba asombrada. Supongo que en aquella época tan triste no estábamos acostumbrados a parlanchines de aquel calibre.

Prosiguió. Mientras hablaba, le eché una mirada a Ramanujan, que a su vez había bajado la vista. Había albergado la esperanza de que tuviera un aspecto más saludable del que tenía; pero en realidad tenía prácticamente el mismo que en enero, incluso parecía un poco más delgado. En cierta forma, sin embargo, aquella delgadez le favorecía, sacaba a relucir su belleza. Llevaba un jersey amarillo que contrastaba mucho con su piel, y la señorita Chern lo estaba mirando con esa clase de adoración que las jovencitas reservan normalmente para las estrellas de cine. Era evidente que no estaba escuchando una sola palabra de lo que decía S. Ram.

En cuanto al tal S. Ram, a Gertrude y a mí nos estaba quedando claro rápidamente que era un admirador, un «fan», si quieren, que había asumido la responsabilidad de supervisar la rehabilitación de Ramanujan. Y como a la mayoría de los fans, le interesaba mucho más hacer gala de sus propias virtudes y su propio altruismo que contribuir al bienestar del amigo en cuyo nombre, según nos estaba contando, había hecho un «viaje realmente espantoso, toda la noche, con el tren parándose a cada paso». Porque, por lo visto, S. Ram había llegado hacía un par de días a Matlock, donde lo habían metido en una habitación vacía.

–¿Saben? –dijo–, desde que entró en vigor el racionamiento aquí en Inglaterra, los buenos de mis parientes de Cuddalore no han dejado de preocuparse excesivamente, me parece a mí, sobre mi estado, y como deben de pensar que me muero de hambre, han cogido la costumbre de mandarme por correo un paquete de comestibles tras otro; hasta el punto de que no tengo ni idea de qué voy a hacer con todos esos paquetes, y les he enviado un telegrama diciendo: «No stop mandéis stop más stop comida stop Ram.» Debería añadir que, aunque soy vegetariano, no soy de la misma casta que el señor Ramanujan, de manera que, desde mi llegada a Inglaterra, no he sido en todo momento un vegetariano estricto. Por ejemplo, tomo huevos de vez en cuando, así como caldo de ternera, y a veces Bovril. Como verán, estoy empeñado en mantenerme sano, porque últimamente he tenido un poco de suerte y, a condición de que pase un examen de equitación en Woolwich a finales de este mes, me han prometido que no se me llamará a filas, conque puede que me vaya en barco a casa a finales de septiembre para ocupar un puesto de funcionario en el departamento de Obras Públicas Indias. Así que últimamente he estado comiendo huevos para tener fuerzas suficientes para seguir con mi trabajo en Palmers, y a la vez practicar un poco de equitación en Newcastle-Upon-Tyne. –Hizo otra pausa. Aparentemente durante todo aquel monólogo no se había parado a respirar. ¿Iba a seguir así toda la tarde? Miré a Gertrude como pidiéndole ayuda, cosa que se dignó prestarme para mi gran alivio. (Como me explicó más tarde, en su trabajo en St. Catherine's se había acabado acostumbrando a tratar con hombres y mujeres de aquella calaña, charlatanes empedernidos cuyo amor al sonido de su propia voz era en realidad un síntoma de un desorden mental llamado logorrea. «Muchos maestros la padecen.»)

Entonces ella se quedó mirando fija y recatadamente a S. Ram y dijo:

–¡Fascinante! Y dígame, ¿cómo retomó usted la amistad con el señor Ramanujan?

Desde el otro lado de la mesa, S. Ram la miró con una especie de gratitud; parecía que agradecía que le hicieran volver al meollo de la cuestión.

–Pues, mire –dijo–, fue la comida. –Y procedió a explicarnos que, al encontrarse con un excedente de «comestibles» que le habían mandado sus padres, se había acordado de Ramanujan y de su afición a los platos típicos de Madrás–. Fue en ese momento –dijo– cuando le escribí..., aunque tal vez no lo recuerde, señor Hardy.

–¿Me escribió usted?

–Sí –respondió S. Ram–. Le escribí preguntándole por la salud del señor Ramanujan y para saber si le apetecería compartir parte de toda esa comida conmigo. Y usted me contestó dándome la dirección de Matlock House, en Matlock, Derbyshire.

–¿Ah, sí? Bueno, eso parece.

–Así que empecé a escribirme con el señor Ramanujan, y en respuesta a su petición de un poco de *ghee* (esa mantequilla india más ligera, señorita Hardy), le reenvié dos paquetes intactos que contenían tres frascos, dos de *ghee* y uno de aceite de sésamo para freír, así como una pequeña cantidad de encurtidos de Madrás. Como sin duda sabrán muy bien la enorme dificultad que supone mandar frascos por correo, ya se pueden imaginar que lo más conveniente fue enviarle los paquetes preparados por los míos, ya sellados.

–Lo más conveniente, desde luego –dije.

–Y, por supuesto, habían mandado mucho más de lo que podía consumir. Así que propuse una visita. Debido a determinados cambios en mi agenda, no pude retrasar mis vacaciones hasta el 31 de julio debido a mi examen de equitación, conque no tuve más remedio que cogerlas quince días antes. Y como no tenía nada especial que hacer estas vacaciones escribí a Ramanujan..., y aquí estoy. –Se sonrió. Ramanujan continuó con la mirada baja.

–Y estoy segura –dijo Gertrude– de que el señor Ramanujan le ha agradecido su compañía. ¿Verdad, señor Ramanujan?

–Sí, sí –respondió Ramanujan.

–Sí, no hemos parado de hablar –dijo S. Ram–. Hemos discutido toda clase de temas, personales, políticos..., hemos hablado sobre la guerra, sobre las costumbres sociales indias, las misiones cristianas, el matrimonio, la universidad, la cuestión hindú, y puedo decir, sin la menor duda, que no me ha parecido en ningún momento que el señor Ramanujan se haya vuelto majareta.

–No me diga...

–También he observado cuidadosamente su temperatura cada vez que se la toma la enfermera, y he hecho gráficas de ella, de sus hábitos alimenticios y sus movimientos intestinales. Esperen, que se las enseño. –Y sacó del bolsillo de la chaqueta tres hojas de papel, que procedió a desplegar sobre la mesa–. Como verán, ayer el señor Ramanujan desayunó unos huevos revueltos con una tostada y un té.

–¿Ha comido huevos?

–Sí, a mí también me sorprendió. En nuestra religión, señor Hardy, los huevos son, por así decirlo, un terreno resbaladizo. Por ejemplo, mis padres no comen huevos, pero mi hermano sí. Mi hermana no, y tampoco se los deja comer a sus hijos. Yo tampoco los tomaría si no estuviera en Inglaterra y necesitara conservar mis fuerzas para montar a caballo, aunque hay que tener en cuenta que no pertenezco a la misma casta que el señor Ramanujan, así que soy menos estricto en la práctica del vegetarianismo.

—Pero nos estaba contando qué ha comido.

—Sí, es cierto. El almuerzo consistió en un arroz blando con guindillas y semillas de mostaza fritas en mantequilla; debería añadir que Matlock tiene una nueva cocinera, mucho mejor, por lo que me ha contado el señor Ramanujan, que su predecesora. Luego el té ha sido práctiçamente una repetición del desayuno, y la cena también una repetición de la comida, pero con el añadido de un vaso de leche. Evidentemente no es un menú muy apetitoso, y con vistas a mejorar las condiciones del señor Ramanujan, le consulté al doctor L. Ram si debería prohibírsele, por razones de salud, comer cosas picantes, como curry. El doctor L. Ram dijo que podía comer lo que le apeteciera. Sin embargo eso contradice lo que me han dicho mis amigos de Jarrow, a saber, que los pacientes tuberculosos deberían evitar las guindillas, los encurtidos y otros alimentos picantes; de todos modos, la cocinera que hay aquí no es una experta en cocina india. Entonces le pregunté a la enfermera jefe si se me permitiría cocinar algo para mí y para Ramanujan, pero fue muy brusca conmigo y se negó a dejarme entrar en la cocina, aunque me permitió escribir una receta para pasársela a la cocinera. Desgraciadamente, cuando la cocinera intentó prepararla (era una sopa madrasí muy sencilla, llamada *rasam)* hizo una auténtica chapuza.

—Qué pena.

—Sí, yo esperaba haberla influenciado más en los tres días que llevo aquí. A pesar de todo, siento que mi presencia ha sido beneficiosa para el señor Ramanujan; tanto, que estoy pensando en alargar mi estancia varios días más.

—No, Ram, no hace falta —dijo Ramanujan.

—Claro que no. Tiene usted que aprovechar sus vacaciones —añadió Gertrude.

—No, ya lo he decidido —dijo S. Ram—. Mis obligaciones

están aquí. Mientras disponga de libertad, antes de regresar a la India, pondré mi empeño en ayudar al señor Ramanujan y mejorar sus condiciones materiales para que pueda obsequiar al mundo con sus maravillosos dones.

Ramanujan se llevó la mano a la frente.

—¿Se encuentra bien? —le pregunté, y él meneó la cabeza y dijo que esperaba que no nos importara que echase una cabezada; volvería a reunirse con nosotros a la hora de comer. Teníamos mucho tiempo por delante, le aseguré; habíamos reservado habitaciones en una pensión de Matlock para pasar allí la noche. Así que se escabulló, dejándonos a los tres solos esta vez con el infatigable señor A. S. Ram.

La verdad es que me doy cuenta de que, al ridiculizar a Ram de esta manera, estoy siendo injusto. Desde luego Gertrude diría que lo soy. Porque, aunque sea cierto que su logorrea podía resultar agotadora, sus intenciones eran buenas, y tal vez hiciera más cosas para ayudar realmente a Ramanujan que cualquier otro que entrase en su órbita durante los años que pasó en Inglaterra, incluido yo mismo. Por ejemplo, como enseguida quedó muy claro, enfocaba el caso de Ramanujan desde una perspectiva distinta (y decididamente más india) que la de Littlewood y la mía; quiero decir que, mientras nosotros veíamos la solución «al problema Ramanujan» en términos de reconocimiento, él lo veía en términos de alimentación.

—He sido un poco duro con él —nos contó—, y he tratado de inculcarle que debe dejar de ser caprichoso y testarudo. Y lo que es más importante, que tiene que elegir entre controlar su paladar o morirse. ¿Qué pasa porque no le gusten las gachas o la avena? A mí tampoco me gustan. Y sin embargo he aprendido a soportarlas, porque quiero estar fuerte para poder aprobar mi examen de equitación. Y él también debe aprender a soportarlas. No puede vivir a base de guindillas y chiles y arroz. Tiene que beber más leche. El otro día le oímos al doctor Ram decirle a un paciente: «Tiene que tomar leche o se irá al diablo.»

—¿En serio?

—Sí. Y aunque sólo puedo ayudarle hasta cierto punto..., voy a ver si encuentro maíz en lata, que es muy difícil de conseguir pero muy sano; y si puedo, también coco desecado, en vez de la pulpa húmeda con la que se hacen muchas tartas y galletas..., que es muy distinta al coco al que estamos acostumbrados en el sur de la India, donde un plato que yo comía mucho de pequeño (y Ramanujan igual, supongo) era un delicioso *chutney* de coco. Lo tomábamos con *sambar*. ¿Conocen el *sambar?* Es un guiso de verduras especiadas con...

—Estaba contándonos cómo podría ayudarle.

—Ah, sí. Pues le puedo conseguir también algunos anacardos, y por supuesto compartiré con él las provisiones que me manden los míos; pero en definitiva cómo le vaya depende sólo de él. Debe tomar muchas gachas, tomates, plátanos si puede encontrarlos, macarrones y nata. Aunque, como yo no esté aquí para obligarlo, me temo que va a seguir tomando únicamente arroz hervido y chiles. Así que he pensado que sería mejor que dejase Matlock y se trasladase a otro centro.

—Interesante idea —dije yo—. Desgraciadamente, el año pasado sus amigos de Cambridge buscaron en vano un sanatorio donde sirvieran comida vegetariana.

—Están en lo cierto, no hay ninguno. Y aquí la cocinera no sirve de mucha ayuda. Por ejemplo, un amigo le mandó unos... *aplams,* les llamamos nosotros, aunque se les suele llamar *pappadums...* Son buenos para su alimentación, ni demasiado picantes, ni demasiado ácidos, ni demasiado amargos. Sólo hace falta freírlos en aceite, igual que las patatas, pero cuando llegué descubrí que Ramanujan los estaba comiendo con algunas verduras secas, crudos, y los frascos de *ghee* y aceite de sésamo que yo le había mandado estaban sin abrir. Dice que prefiere comer esas cosas crudas, pero eso es sólo por defender a la cocinera. No, tiene que irse a otro sitio. Yo tengo tres propuestas.

—Que son...

–La primera es mandarlo al sur de Francia o a Italia. Si nos dan permiso, se le puede trasladar en una ambulancia de la Cruz Roja y un barco hospital. El clima de Italia sin duda le ayudará.

–No creo que eso sea práctico antes de que se termine la guerra.

–La segunda es que busquemos un soldado indio que le haga de cocinero. Creo que se lo podríamos proponer al ejército, y a pesar de que pueden objetar que requerir a un soldado para que haga de cocinero sería desaprovechar soldados, merece la pena señalar cuántos soldados se dedican ahora a fabricar munición, como yo mismo, llevando a cabo en realidad tareas civiles. Estoy casi seguro de que podría hacerme con un par de *lascars* (los operarios de color en los barcos de la marina mercante); hay muchos dando vueltas por Newcastle, pero no son muy de fiar, aunque algunos son grandes cocineros, y probablemente abandonarían a Ramanujan tan rápido como abandonan sus barcos.

–¿Cuál es la tercera alternativa?

–Trasladarlo a alguna institución de Londres. Tengo la impresión de que le gusta bastante estar en Londres, porque allí puede obtener fácilmente condimentos y platos indios. Desde luego, no estoy plenamente convencido de que sea una buena idea; podría hacerle un daño irreparable a su estómago, engullendo comida picante y golosinas. Y, sin embargo, si fuera más feliz en Londres... No sé si viene al caso, pero en el transcurso de mis prácticas militares superé el examen de segundo curso de primeros auxilios en ambulancia, y por el bien de Ramanujan no me importaría sacar el título de enfermero, en cuyo caso pospondría mi partida...

–No, no creo que eso sea necesario –dije–. No queremos que ponga en peligro su carrera. De todos modos, tendremos en cuenta su sugerencia de buscarle un sitio en Londres. –Al fin y al cabo, aunque Scotland Yard había exigido que Ramanujan pasara un año en un centro, no habían especificado un centro en concreto.

–¿Pero Londres sería el mejor sitio para su estómago?

–Hay veces –dijo Gertrude, metiendo baza– en que hay que poner el estado del corazón de un hombre por delante del estado de su estómago.

No parecía que S. Ram pudiera ponerle muchas objeciones a ese razonamiento, así que accedió a ayudarnos. Como supe más tarde, a la mañana siguiente abandonó Matlock en dirección a Londres (para alivio de Ramanujan), donde se dedicó a darse una vuelta por todos los sanatorios y todas las clínicas privadas de la ciudad; y, en base a sus hallazgos, elaboró una lista de los diez lugares que consideró más adecuados para satisfacer las necesidades de Ramanujan. Y, entre todos ellos, el que acabó eligiendo, por la comida y la calidad de sus camas, así como por la atención médica que prometía, fue una clínica llamada Fitzroy House. Conque fue a Fitzroy House donde, a principios de agosto, trasladamos a Ramanujan en el automóvil del primo de la señorita Chern para asegurarnos de que tuviera un viaje agradable.

Fitzroy House estaba situada en Fitzroy Square, al final de Euston Road, y a escasa distancia andando de Regent's Park y del amado zoo de Ramanujan. Al contrario que Matlock, cuya austera fachada recordaba la de un instituto o un orfanato, tenía un aire decadente y señorial. Las habitaciones, con sus alfombras persas y sus cortinas de cretona, me recordaban las de la casa de la señora Chase. La de Ramanujan estaba abarrotada de muebles, incluida una lámpara con muchos volantes que colgaba del techo, una cómoda con espejo, y una especie de sillón mecánico tapizado de brocado, que se transformaba en una chaise-longue cuando apretabas un botón. Aquel armatoste, por lo visto, le gustaba especialmente. En más de una ocasión cuando fui a verle, me lo encontré echado en aquel aparatejo, o abriéndolo o cerrándolo, empeñado en descubrir cómo era el mecanismo con el que funcionaba.

Con todo, las diferencias entre Fitzroy y Matlock eran más que puramente decorativas; eran intrínsecas. Porque, mientras que Matlock era un sanatorio especializado en el tratamiento de la tuberculosis, Fitzroy era sencillamente una casa de reposo para ricos. No tenía médicos entre su personal; los pacientes se traían los suyos. Las enfermeras llevaban delantales que les daban aspecto de doncellas. En conjunto, se trataba de un sitio agradable y sin complicaciones. Allí los médicos tampoco se atrevían a decirle a un paciente que, si no se tomaba la leche, se iría al diablo. En vez de eso, los pacientes comían y bebían lo que querían. Ramanujan encargaba la mayoría de sus comidas a un restaurante indio cercano, que le mandaba los platos formando una curiosa pila de redondos recipientes de lata provistos de un asa, que él llamaba «la campana del almuerzo». Primero abría los recipientes y luego los ordenaba en torno a su bandeja. Uno llevaba arroz, otro encurtidos, otro alguna variedad de verduras al curry, y el cuarto un extraño pan plano de harina integral en el que envolvía las mezclas de los otros tres. Si tomaba esa comida durante el día, la denominaba su «almuerzo». Si la tomaba por la noche (que era menos corriente), la llamaba su «cena». Si por casualidad yo me encontraba allí de visita, a veces me quedaba viéndolo comer, o incluso compartía la comida con él, y me preguntaba qué pensaría S. Ram si se enteraba de que Ramanujan consumía aquellos «comestibles tan picantes». Por mucho daño que le hubiera estado haciendo a su estómago, aquella comida parecía elevarle el ánimo, y eso era lo que importaba.

Empezó a trabajar de nuevo. Cuando el tiempo se volvía más frío (como sucedía a veces, incluso en septiembre) le encendían un fuego en su habitación. Su exposición a los elementos ya no formaba parte de su tratamiento. Porque a esas alturas, creo, nos había quedado claro a todos los que le conocíamos que Ramanujan no padecía en realidad tuberculosis de ningún tipo, y que el régimen que le habían impuesto en Matlock, lejos de hacerle algún bien, seguramente le había hecho daño. Ahora tenía mejor ánimo, pero su estado físico había empeorado. Los ataques de fiebre, tras un largo periodo de remisión, comenzaron a aumentar tanto en frecuencia como en intensidad. Se quejaba de dolores reumáticos, y seguía perdiendo peso aunque comiera más y mejor.

Una vez más se recurrió a toda una serie de médicos. Los antiguos caballos de batalla, la úlcera gástrica y el cáncer de hígado fueron descartados y desechados; se apeló de nuevo al «germen oriental»; y un médico llamado Bolton afirmó que tanto la fiebre de Ramanujan como sus dolores reumáticos se debían a sus dientes, y se podían curar extrayéndoselos. Afortunadamente, el dentista que se suponía que debía realizar la extracción no pudo ir, salvando así la dentadura de Ramanujan, y allanando el camino para que otro médico propusiese una nueva teoría: que Ramanujan sufría un envenenamiento por plomo, que habría tenido su lógica si hubiese habido pruebas de que lo había estado consumiendo. Teorías y más teorías..., y Ramanujan las aceptaba todas con una especie de plácida indiferencia. La verdad es que yo creo que ya se había acostumbrado a su enfermedad. Ya no buscaba una causa ni una cura. Se estaba preparando para morir.

Una tarde de septiembre lo llevé al zoo. Acababa de empezar el ataque aéreo americano, y en Londres había una especie de optimismo en el ambiente que al parecer nadie sabía muy bien cómo explotar. Los cobradores de autobús (mujeres en su mayoría), las enfermeras, los profesores de matemáticas, lo acogían con cautela, igual que una vieja solterona acogería a un bebé en sus brazos. Ramanujan estaba esperándome en la sala de estar de Fitzroy House cuando llegué, vestido con uno de sus antiguos trajes. La chaqueta le quedaba grande, y me di cuenta de las pocas veces que, en aquellas últimas semanas, lo había visto llevando algo que no fuera un pijama. Para darle una sorpresa, le había pedido a Littlewood que me acompañara. Iba de uniforme (Ramanujan se quedó muy impresionado), y salimos de allí los tres juntos tan contentos; a pie, ante la insistencia de Ramanujan, aunque le hice prometerme que me avisara si le fallaban las piernas para coger un taxi. No le fallaron, y veinte minutos más tarde paseábamos por el zoo.

Era una tarde calurosa. Las madres estaban de paseo con sus hijos, y había un hombre vendiendo globos. De repente pensé en el tiempo que hacía que no veía un globo, y esa reflexión me hizo comprender hasta qué punto, durante años, habíamos estado expurgando deliberadamente nuestra vida cotidiana de luz y color. Pero ese día había globos por todas partes, rojos, verdes y de un naranja chillón. Los niños correteaban por los pasillos entre las jaulas, y los globos colisionaban en el cielo como los bombarderos sobre Francia. Miré a Ramanujan, preguntándome si todos aquellos colores le recordarían su hogar, aquel paisaje más vívido del que hablaba a veces, todo él rosas cálidos, entreverados de plata y oro. Para mi sorpresa, sin embargo, parecía que ni se fijaba en los globos. En cambio tenía la atención puesta en los animales, a algunos de los cuales llamaba por su nombre. A pesar de que llevaba años sin verlos, los recordaba, en especial a una jirafa bastante vieja y a una leona llamada Geraldine. Pero había un animal al que le gustaba sobre todo visitar, y hasta la jaula de aquella criatura se lo llevó Littlewood con la habilidad de un guía de la selva. Se quedaron allí, agarrados a los barrotes como los niños; y Ramanujan, con la cara radiante de puro asombro, sonrió y dijo:

—¡Cuánto has crecido, Winnie!

Era cierto. La osita que había conocido era ahora una enorme osa negra, y estaba sentada en una esquina de la jaula quitándose piojos de los pelos. Si se acordaba de Ramanujan, no dio ninguna muestra de ello. Ni siquiera se dio por enterada de su presencia. En vez de eso, se concentró en sus piojos, soltando de vez en cuando un gruñido que parecía un eructo. De todos modos, Ramanujan siguió sonriendo.

–Recuerdo la primera vez que la vi –dijo–. Era así. –Y puso la mano a la altura de su abdomen donde le dolía.

Después fuimos a tomar el té. Intenté recordar la última vez que habíamos estado a solas los tres juntos, y supuse que debía de haber sido antes de que empezara la guerra, durante aquel breve verano en que Ramanujan había sido feliz, su «verano indio»;[1] me vinieron las palabras a los labios antes que a la cabeza.

–¿Se acuerda de su verano indio, Ramanujan? –le pregunté. Y para alivio mío sonrió y me dijo que sí, que se acordaba: los globos, los resultados del *tripos* expuestos a la luz pública y *¿Fue la langosta?* Luego, durante una hora más o menos, hasta que Littlewood tuvo que regresar a su puesto, hablamos de la función zeta. Y también de la señora Bixby, de Ethel, de Ananda Rao. Le conté a Littlewood lo de S. Ram–. Pocas veces en mi vida me he encontrado con alguien que hablase tanto –le dije.

Y Ramanujan, con gran entusiasmo, añadió:

–¡Pero si acabo de recibir una carta de él!

–¿Ha vuelto a la India?

–Sí, llegó hace un par de semanas.

–Menos mal... ¿Es muy larga la carta?

–Tiene veintisiete hojas. Casi toda está dedicada a darme consejos de alimentación: lo que debería tomar, lo que no. Parece que ha estado consultando a algunos médicos en Madrás sobre mi caso.

–Qué hombre más curioso.

–Sí. Y al final de la carta dice: «Y ahora apúrese y empiece a comer mucho y a engordar un poco. Como los niños buenos.» –Ramanujan le dio un sorbo a su taza–. Ya saben que quería llevarme con él a la India. Me prometió que me cuidaría du-

---

1. Literalmente en inglés, *indian summer:* el equivalente del veranillo de San Martín. *(N. del T.)*

rante el viaje. Lo único que pude hacer fue impedir que me comprara un billete.

–¿Pensó en algún momento en marcharse con él? –le preguntó Littlewood.

–Habría tenido que tirarme por la borda... Nos reímos. Se hizo el silencio. Entonces Littlewood dijo:

–Bueno, siga sus consejos. Póngase bien, engorde un poco y vuelva a Trinity. Tenemos mucho trabajo que hacer. Aún no hemos demostrado la hipótesis de Riemann.

–Ya, pero creo que debo regresar a la India cuando termine la guerra –dijo Ramanujan–. Por lo menos para ver a mi mujer...

–Claro –dije yo–. Una visita larga.

–Eso, una visita larga –repitió Littlewood.

Y Ramanujan se quedó mirando los posos de su té.

En octubre, lo propusimos por segunda vez para un cargo docente en Trinity. Era un asunto complicado. Dado lo que había sucedido un año antes, Littlewood pensó que habría muchas posibilidades de que nombraran a Ramanujan si era él, y no yo, el que proponía su candidatura. Daba la casualidad de que Littlewood se encontraba precisamente en Cambridge en aquel momento, recuperándose de una conmoción cerebral que había sufrido, según él, cuando una caja de balas le había caído en la cabeza; aunque yo creo que más bien se habría emborrachado y se habría caído, y luego se inventaría lo de la caja de balas para justificar el daño que se había hecho.

No podíamos dejar escapar la ocasión. En aquel momento había una camarilla de miembros de Trinity que consideraban su deber oponerse a la candidatura de Ramanujan por motivos raciales. Pero, casualmente, Littlewood tenía un espía en el campo, su antiguo tutor Herman, que también se oponía a Ramanujan aunque era demasiado ingenuo como para disimularlo. Por él nos enteramos de lo peor. R. V. Laurence, por ejemplo, había dicho que prefería dimitir a ver cómo nombraban miembro de Trinity a un negro. Sus aliados, valiéndose de los rumores sobre el intento de suicidio, apelaban a un estatuto que prohibía que se nombrase profesores a los «enfermos mentales». Aquellos cerdos hasta consiguieron convertir el estatus de Ramanujan como F.R.S. en una «jugarreta» que les habíamos hecho Littlewood y yo, con la sola intención de presionar a Trinity. Como si tuviéramos el poder de manipular a la Royal Society para nuestros propios fines... De todas formas, con los años he aprendido que los prejuicios los llevamos en la sangre. No hay lógica ni alegato que pueda imponerse sobre ellos. A un enemigo así sólo se puede combatirlo con sus propias armas.

Gracias a Herman, teníamos una ventaja: sabíamos qué tácticas iban a adoptar, y eso significaba que por lo menos podíamos escoger las armas adecuadas. Visto lo cual, Littlewood consiguió dos certificados médicos que decían que la salud mental de Ramanujan era perfecta; certificados que, al final, ni siquiera hubo que leer. Porque el voto, para mi sorpresa y mi alivio, fue a nuestro favor, a pesar de la ausencia de Littlewood en la reunión, dado que se encontraba «indispuesto». O tal vez su ausencia nos ayudara. Herman, como representante de Littlewood, leyó en voz alta un informe que había preparado, donde se detallaban los logros de Ramanujan que culminaban con su nombramiento como F.R.S. Que fuera F.R.S. funcionó, creo, no tanto porque el título en sí mismo o por sí mismo impresionara a los miembros, sino porque previeron la mala publicidad que podría suponerles rechazar a un F.R.S. De modo que Ramanujan fue el primer hindú al que se nombró profesor numerario de Trinity.

Littlewood me dio la noticia. Luego, cuando salí corriendo a mandarle un telegrama a Ramanujan, me tropecé con McTaggart, que como siempre iba andando sigilosamente, pegado a la pared.

—Esto sólo es la punta del iceberg —me dijo; y antes de que

597

pudiera contestarle, se escabulló hacia donde tenía aparcado su triciclo.

Envié el telegrama. Al día siguiente me llegó una carta de Fitzroy House, pidiéndome que les diera las gracias a Littlewood y al mayor MacMahon de parte de Ramanujan. En conjunto, su reacción fue bastante menos aparatosa de lo que habría esperado, y desde luego menos alegre de lo que habría sido si lo hubieran nombrado el año anterior. «Me han dicho que en algunos *colleges* hay dos clases de plazas docentes», escribió, «unas que duran dos o tres años, y otras que cinco o seis. Si eso es así en Trinity, ¿la mía es de las primeras o de las segundas?» Se daba el caso de que la suya era de seis años, y así se lo comuniqué inmediatamente. En ese momento di por supuesto que quería que se lo confirmara porque quería quedarse en Trinity todo lo que pudiera; aunque ahora me pregunto si ya estaba pensando en su familia y en lo que sería de ellos tras su muerte.

La parte más interesante de la carta era matemática. Ramanujan, tal como sospechábamos, volvía a trabajar, y a trabajar en las particiones. Decía que se le habían ocurrido algunas ideas nuevas sobre lo que él llamaba «congruencias» en el número de particiones de los enteros terminados en 4 y en 9. Tal como explicaba, si empiezas por el número 4, el número de particiones de cada quinto número entero será divisible entre 5. Por ejemplo, el $p(n)$ de 4 es 5, el $p(n)$ de 9 es 30, y el $p(n)$ de 14 es 135. Del mismo modo, si empiezas por el 5, el $p(n)$ de cada séptimo número entero será divisible entre 7. Y aunque Ramanujan no se había parado a pensar qué pasaba con el número 11 «por puro aburrimiento», tenía la intuición de que, si empiezas por el 6, el $p(n)$ de cada undécimo número entero sucesivo será divisible entre 11. Como, en efecto, al final resultó ser. El siguiente número que habría que comprobar, evidentemente, sería el 7, tras el cual, según la teoría de Ramanujan, cada trigésimo número entero sería divisible entre 13. Desgraciadamente, la teoría se desintegra en el 7, porque el número de particiones de 20 (7 + 13) es 627, y los factores primos de 627 son 19, 11 y 3. Una vez más, las matemáticas nos habían tentado con un patrón para arrebatárnoslo luego. La verdad, era como negociar con Dios.

¡Cómo se acelera la historia a medida que se aproxima el final! ¿Se han fijado en que los primeros días de las vacaciones transcurren mucho más despacio que los últimos? Pues esa sensación teníamos en el otoño de 1918. Cierto es que algunos empecinados seguían cavilando y murmurando sobre un plan alemán para sacar un arma secreta, una monstruosidad tan poderosa que nadie podía siquiera imaginarse su potencial destructivo. Sin embargo los alemanes se replegaron. Austria envió un mensaje de paz a Woodrow Wilson, Ludendorff dimitió, y se acabó todo. Yo estaba en Cambridge en ese momento. Me acuerdo de escuchar desde mis habitaciones un bramido distante en el que me parecía que no tenía derecho a participar, no sólo porque me había opuesto a la guerra desde el principio, sino también porque no me apetecía mucho ponerme a bramar. Un fuego horroroso se había apagado por fin, un río de sangre al fin se había detenido. ¿Hay que festejar tanto esas cosas? No creo. Así que me quedé en mis aposentos, y a medianoche, cuando me acosté, caí en un sueño tan profundo que me pareció que sólo duraba unos minutos. Al despertar, el sol entraba a través de las cortinas, eran las diez de la mañana, y por primera vez en cuatro años no me sentí cansado.

Esa tarde vino a verme la señorita Chern. Se había enterado del nombramiento de Ramanujan, y se preguntaba cuál sería la mejor forma de felicitarle. Le ofrecí un té y me enseñó su álbum de recortes de periódico, casi todos recopilados en América, donde había pasado la mayor parte de su infancia. Había un artículo del *New York Times* (uno antiguo que le había dado su padre) en el que una amiga de Philippa Fawcett aportaba un relato personal de su victoria en el *tripos*. Otro del *New York Times* (transmitido por el radiotelégrafo transatlántico de Marconi) anunciaba la llegada de Ramanujan a Cambridge en 1914, e incluía una entrevista conmigo que yo no recordaba haber concedido. Otros dos (del *Washington Post* y del *Christian Science Monitor*) también anunciaban la llegada de Ramanujan a Inglaterra, pero lo curioso de estos artículos era que daban menos importancia a su trabajo sobre la teoría de los números que a su habilidad para realizar cálculos a la velocidad del rayo. El primero de ellos lo comparaba con un muchacho tamil llamado Arumogan, de quien yo nunca había oído hablar, y que había sido el tema de una reunión especialmente convocada por la Real Sociedad Asiática. «Multiplicar 45.989 por 864.726», empezaba el segundo.

Bueno, ese problema no habría anonadado a S. Ramanujan, un joven hindú que el año pasado dejó la India e ingresó en la Universidad de Cambridge. Sólo le llevaría unos segundos multiplicar 45.989 por 864.726. Y en menos tiempo aún podría sumar 8.396.497.713.826 y 96.268.393. En el tiempo que le llevaría a un alumno corriente dividir 31.021 entre 12, Ramanujan podría hallar la raíz quinta de 69.343.957, o proporcionar la respuesta adecuada al siguiente problema: ¿Cuánto pesa el agua de una habitación inundada hasta una altura de 2 pies, si la habitación mide 18 pies con 9 pulgadas por 13 pies con 4 pulgadas, y el pie cúbico de agua pesa 62 libras y media?

Este artículo concluía comparando a Ramanujan con un «niño calculadora» americano conocido como «El Fabuloso Griffith».

—¿Ramanujan podría realizar de verdad esos cálculos? —me preguntó la señorita Chern, y yo me eché a reír. No me parecía muy probable; o, mejor dicho, no me parecía que tuviera ninguna relevancia. Y me pregunté, como tantas otras veces, si así sería como acabaría siendo recordado mi amigo: no como un genio de primera fila, sino como una atracción de barraca de feria, el monstruo a quien miembros del público le lanzarían números para que los engullera como peces, sólo por ver si escupía las sumas sin tener que recurrir al lápiz y al papel.

Yo no solía acercarme mucho a Londres. De todas formas, nos escribíamos como mínimo un par de veces a la semana. Aparentemente a Ramanujan le había dado otro de aquellos ataques de productividad que interrumpían su abulia, y estaba trabajando en un montón de cosas a la vez: las particiones, el Problema de Waring para las cuartas potencias, las funciones theta. Una vez más sacó a relucir la posibilidad de regresar a la India (como la guerra había terminado, ya no se corría ningún riesgo –al menos ningún riesgo material– cruzando el océano), y con su permiso escribí a Madrás en su nombre. Bajo mi punto de vista, no había ninguna razón para que se quedara si deseaba irse. Su cargo no requería que residiera en Trinity, ni tampoco lo vinculaba a ninguna obligación en concreto. Y a pesar de que él seguía calificando su viaje inminente de «visita», creo que yo sabía incluso entonces que se iba a morir.

Ganó un poco de peso. La fiebre, decía, había dejado de ser irregular. Ya no sufría dolores reumáticos. Tal vez por esa razón, en noviembre dejó Fitzroy House y se trasladó a una casa de reposo llamada Colinette House, en Putney. Era un sitio mucho más modesto (y barato) que Fitzroy: un robusto edificio de ladrillo con ocho dormitorios, completamente separado pero indistinguible de la mayoría que se alineaban en Colinette Road hasta que entrabas en él y veías el despliegue de aparatos médicos que se amontonaban en la sala de estar. Una escalera impresionante llevaba hasta el primer piso y a la habitación de Ramanujan, que tenía un ventanal saledizo y daba al jardín delantero. Los techos eran altos y las molduras recargadas. En la época de su estancia, sólo había otros dos residentes aparte de él: uno era un coronel retirado cuya demencia le hacía creer que seguía en Mangalore, y la otra una viuda mayor, la señora Featherstonehaugh, que le cogió mucho cariño a Ramanujan, y le hacía reír cuando explicaba que su nombre se pronunciaba «Fanshawe».

Como podía llegar allí enseguida desde Pimlico, le hice más visitas a Ramanujan en Colinette House que en Fitzroy Square. Normalmente cogía un taxi. Su salud se había estabilizado por aquel entonces, sólo que en una invariable rutina enfermiza; igual que había sucedido durante sus meses de estancia en Thompson's Lane, las noches febriles dejaban paso a apacibles días de cansancio. Y, sin embargo, estaba menos irascible e intolerante de lo que había estado en Matlock. Todas las mañanas tomaba huevos en el desayuno, y cuando una mañana le interrumpí en mitad de esa comida (había ido a ayudarle a repasar ciertos detalles financieros), levantó la vista del plato y meneó la cabeza igual que antes, como diciendo: «Sí, me he rendido. Qué más da ya todo. Qué más dan los huevos.»

Luego su salud, con la llegada del frío, empezó a flaquear. Aunque por lo menos le permitían hacer fuego en la chimenea. Cuando llegué una mañana de enero, me sorprendió encontrarlo todavía en la cama. Me saludó con la mano, y me dijo que había recibido una carta de la Universidad de Madrás (la misma universidad que en su día le había dado con la puerta en las narices), en la que le ofrecían un salario de 250 libras al año a su regreso a la India (eso además de la misma cantidad que le pagaría Trinity).

—Pero, Ramanujan, ¡qué maravilla! —le dije, mientras me quitaba el abrigo y me sentaba—. Quinientas libras al año deben de ser una auténtica fortuna en la India. Se va a hacer rico.

—Sí, ése es el problema —me contestó.

—¿Pero por qué?

—No sé qué voy a hacer con tanto dinero. Es demasiado.

—Tampoco tiene que gastárselo todo en usted. Quizá tenga hijos. Y lo que le sobre se lo puede dar a la beneficencia.

—Sí, eso es precisamente lo que estaba pensando —dijo—. Oiga, Hardy, ¿le importaría escribir una carta en mi nombre? Me siento demasiado débil como para coger un lápiz.

—En absoluto. —Cogí papel y lápiz del escritorio—. ¿A quién va dirigida la carta?

—A Dewsbury, el registrador de Madrás.

—Ramanujan, no irá usted a...

—Por favor, escríbala...

—Pero sería usted tonto si les pide que bajen la oferta...

—Por favor, haga lo que le digo.

Solté un suspiro, lo bastante fuerte, supuse, como para mostrar mi desaprobación. Luego dije:

—Está bien. —Y cogí un lápiz—. Estoy listo. Vamos allá.

—Querido señor Dewsbury —me dictó—, por la presente acuso recibo de su carta del 9 de diciembre de 1918, y acepto gustoso la generosa ayuda que la Universidad me ofrece.

—Muy bien —dije.

—Pienso, sin embargo, que tras mi regreso a la India, que espero se produzca tan pronto se puedan hacer los preparativos necesarios, la suma total de dinero que se me asignará será mucho mayor que la que realmente necesito. Confío en que, una vez se hayan pagado mis gastos en Inglaterra, se les paguen 50 libras al año a mis padres, y que el dinero sobrante, una vez cubiertas mis necesidades básicas, se destine a algún fin educativo, en especial a la reducción de los gastos escolares de los huérfanos y los niños pobres y a abastecer de libros las escuelas.

—Muy generoso de su parte, ¿pero no le gustaría controlar cómo se distribuye el dinero?

—Sin duda se podrá llegar a un acuerdo sobre eso a mi vuelta. Siento mucho no haber sido capaz, al no haber estado bien, de dedicarme tanto a las matemáticas estos dos últimos años como los anteriores. Espero poder dedicarme más dentro de poco, y desde luego haré todo lo posible por merecerme la ayuda que me han prestado. Le ruego, señor, que me siga considerando su seguro servidor, etcétera, etcétera.

—Etcétera, etcétera —repetí, pasándole la carta para que la firmara—. ¿Está usted seguro de lo que hace? —le pregunté, metiéndola en el sobre.

—Sí, estoy seguro.

Evidentemente estaba decidido a que el dinero no cayera en manos de sus padres.

Supongo que ahora también puedo contar la famosa anécdota. No es que me guste mucho contarla últimamente. Se ha contado muchas veces, y es como si ya no me perteneciera.

Cualquier especulación, matemática o de otro tipo, sobre lo que podría esconderse tras la respuesta de Ramanujan la dejo a su imaginación.

Había ido a verle a Putney. Creo que debió de ser en febrero, más o menos un mes antes de que cogiera el barco que lo llevaría a casa. Y no debía de encontrarse muy bien, porque tenía las cortinas cerradas, y sólo las cerraba los días malos.

Estaba en la cama, y yo me senté en la silla que había al lado. No decía nada, y yo tampoco tenía nada especial que contarle. No había un motivo concreto para mi visita. De todos modos, sentí la necesidad de romper aquel silencio. Así que dije:

—Hoy he cogido un taxi en Pimlico con el número 1729. Me ha parecido un número bastante aburrido.

Entonces Ramanujan sonrió.

—No, Hardy —dijo—. Es un número muy interesante. Es el número más pequeño que se puede expresar como la suma de dos cubos positivos de dos maneras diferentes.

Compruébenlo matemáticamente si quieren, y verán que tenía razón. 1729 se puede escribir como $12^3 + 1^3$. Pero también como $10^3 + 9^3$.

¡Ojalá hubiera estado allí el *Christian Science Monitor!*

Aquí la historia de Ramanujan deja de ser la mía. De lo que le restaba de vida (poco más de un año) apenas les puedo contar nada, porque vivió esos meses en la India, mientras que yo me quedé en Inglaterra.

Lo que sé lo sé por terceras personas. Parece que, en vez de ponerse mejor a su regreso a la India, como era de esperar, empeoró. Los mandamases de la universidad lo alojaron en un sitio muy lujoso, toda una serie de espléndidas casas en préstamo por un tiempo indeterminado, con una interrupción en el verano, en el que fue trasladado de la ciudad a las orillas del río Cauvery, donde había jugado de pequeño. Luego, de vuelta a Madrás. Ni me imagino lo que Komalatammal, acostumbrada a vivir en una choza con paredes de barro, debió de hacer con la espléndida villa de rajá en la que su hijo vivió los últimos meses de su vida. He visto una fotografía del lugar. La escalinata, con la balaustrada de teca tallada, desciende hasta una amplia sala de estar con molduras también talladas y suelo de granito. Gometra se llama esa villa en las afueras de Chetput, que Ramanujan llamaba «Chetpat», en tamil: «Pronto sucederá.»

Enseguida apareció allí Janaki con su hermano. No les sorprenderá saber que Komalatammal no se alegró en absoluto de verla. Incluso trato de prohibirle la entrada en la casa, pero Ramanujan insistió en que su esposa se quedara con él, y en consideración a su estado de salud, supongo, su madre se reprimió, o al menos fingió haber llegado a un acuerdo con su nuera. (Me imagino los desagradables comentarios que le haría a la muchacha en privado.) Por consiguiente, era una situación cargada de tensión, y Ramanujan debía de percibir la corriente de malestar entre las dos mujeres mientras competían por el codiciado lugar junto a su cama. Sin duda, la preocupación por saber quién se beneficiaría más de su herencia intensificaría esa lucha a la desesperada para ver a cuál de las dos le permitía cuidarlo, cambiarle el pijama empapado en sudor, darle la leche con cuchara.

Ahora ya no había aquellos periodos de mejoría que en Inglaterra jalonaban el largo torpor de su enfermedad. El mapa de su vida tenía su centro en un colchón que descansaba sobre el frío suelo de granito, y del que se levantaba únicamente cuando había que cambiarle las sábanas. Y sin embargo, a pesar del deterioro de su salud, todavía le daban ataques intermitentes de productividad. En uno de ellos se le ocurrió la idea que, imagino, acabará siendo una de las más fructíferas suyas, la de la «falsa función theta». Ése fue el tema de la última carta que me escribió, una carta escrita en la cama, y que trataba enteramente de matemáticas.

Me han contado que, a su regreso, en la India lo recibieron como un héroe, y que la India lloró la noticia de su muerte. Un final grandioso para una historia que empezó tan modestamente, y que con toda probabilidad aún seguiría desarrollándose igual de modestamente de no haber sido por mi intervención.

Si Ramanujan se hubiera quedado en la India (y hubiese sobrevivido) ahora estaría a punto de cumplir cincuenta años. En cambio, se murió a los treinta y tres.

Su muerte se atribuyó a la tuberculosis.

¿Y qué fue de los demás?

Al terminar la guerra, Littlewood se reconcilió con la señora Chase. Y ha nacido otro niño. Supongo que será suyo.

Mi hermana, la querida y entregada Gertrude, continúa formando parte del profesorado de St. Catherine's School a día de hoy.

Daisy y Epée han dado origen a varias generaciones de fox terriers.

Los Neville viven en Reading.

La señora Chern es tutora en el Newnham.

Russell fue readmitido en Trinity.

Fiel a mi palabra, en 1920 dejé Cambridge por Oxford, disfruté dando clases allí hasta 1931, y luego regresé (atraído, como la polilla del refrán, por la llama que le chamuscará las alas) al *college* donde había empezado mi carrera, el *college* que me había traicionado e intimidado sin descanso, el *college* en cuyos dominios estoy destinado a acabar mis días.

Aún colaboro con Littlewood.

El hospital del campo de críquet fue desmantelado. Nunca volví a ver a Thayer, ni a saber nada de él.

Sólo me queda una historia por compartir.

A principios de este año (creo que fue en abril) di un paseo por Piccadilly Circus. Estaba anocheciendo y caía una lluvia fina, y cuando me bajé de la acera para cruzar Coventry Street me golpeó una motocicleta.

Déjenme que reconozca ya de entrada que la culpa del accidente fue enteramente mía, y no del conductor. Sin duda tenía la cabeza puesta, como me sucede a menudo últimamente, en la hipótesis de Riemann.

Lo siguiente que recuerdo fue que estaba tirado en la calzada a unos diez metros del lugar por el que iba paseando (la motocicleta me había arrastrado hasta allí) y un joven rubio me miraba angustiado a los ojos.

–¿Está usted bien, señor? –me preguntó. Y su cara desapareció rápidamente, sustituida por la de un policía.

–¿Está usted bien, señor? –preguntó el policía.

–Sí, estoy bien –respondí.

–Vamos, vamos –dijo el policía–, déjenle espacio al caballero, venga, muévanse.

Entonces el policía me levantó de un solo impulso.

–Creo que estoy bien –dije–. Sólo me he quedado sin respiración un momento. –Pero, en cuanto dije eso, me fallaron las piernas, y el policía tuvo que sujetarme.

Se había formado un corro.

–¡Quítense de en medio! –les ordenó, y luego me ayudó a cruzar la calle para guarecernos de la lluvia, hasta que llegamos a los arcos del Prince of Wales Theatre.

–Gracias –le dije.

–Debería mirar por dónde va, señor –me dijo él, poniéndome derecho y quitándome el polvo, como si fuera un niño.

–Sí, tiene razón.

–Ya está. –Dio un paso atrás y se quitó el casco–. Es usted el señor Hardy, ¿verdad?

–Sí –respondí–. ¿De qué me conoce?

–¿No se acuerda de mí, señor?

–¿Debería? –Y le miré a la cara: los ojos marrones, el bigote espeso.

Entonces me acordé.

–Richards.

Su boca esbozó una sonrisa.

–Exactamente, señor. Soy el que estaba allí cuando fue usted a buscar al señor Ramanujan. ¿Cuánto tiempo hará?

–No sé... ¿Veinte años?

–Un poco menos. Fue en el otoño de 1917, antes de que terminase la guerra.

–Sí. ¡Qué feliz coincidencia! Me alegro de verle. Me habría gustado volver a encontrármelo en esa época.

–¿De veras? A mí también me habría gustado. Una pena. De todas formas, mejor tarde que nunca, como dice mi mujer.

–¿Está casado entonces?

–En efecto, señor, y con tres hijas. Es curioso, pero siempre he sabido que algún día me tropezaría con usted. Es que lo sabía... Y, ya ve, aquí estamos.

–Sí, delante del Prince of Wales Theatre.

Se sonrió. Me sonreí. De repente se puso serio.

–Qué triste lo del señor Ramanujan... Evidentemente, ya se veía entonces que no estaba bien. Y luego leí las necrológicas, y pensé: bueno, ahora encaja todo.

–Sí, supongo que sí.

–Y pensar que no lo hicieron F.R.S. hasta 1918.

–Hasta 1918, sí.

–Pero cuando usted fue a vernos, señor, nos dijo que ya era F.R.S., y eso fue en 1917.

–¿Eso dije? –Y volví a sonreír; no tanto porque me hubieran

pillado en una mentira como porque me hubiera olvidado de haberla dicho hasta ese momento–. Bueno, casi era un F.R.S.

–Así que ¿reconoce que mintió?

–No creo que tenga mucha importancia.

–¿Insinúa que la ley no tiene importancia, señor? –Richards frunció el ceño–. No es ninguna tontería mentirle a Scotland Yard, señor. Perjurio. Podría detenerle por eso.

–¡Tonterías! ¡Hace muchos años de aquello! Y además –señalé vagamente hacia Coventry Street–, acaba de atropellarme una moto.

Richards se echó a reír. No paraba de reírse.

–Se lo ha tragado, ¿eh?

–Sí, totalmente.

Y entonces sucedió algo realmente extraordinario. Quizá fue una alucinación producida por el impacto del accidente (ni siquiera ahora estoy seguro), pero me pareció que me empujaba hacia abajo por los hombros. Y ya fuera porque me apetecía o porque estaba débil, caí de rodillas.

De repente se apagaron todos los ruidos de la calle. Pude ver los últimos rayos de sol ensanchándose en un charco de agua embarrada. Y también, a lo lejos, paraguas que se cerraban al cesar la lluvia.

Con mucha calma me puso las manos en la cabeza, me clavó las uñas en el cráneo, y me metió la cara en la negrura animal de los pantalones de su uniforme de lana.

Sólo un momento. Luego me soltó.

–Vamos, levántese. –Me puse de pie, tambaleándome todavía–. Porque querrá irse a casa, señor –dijo y, dándome la vuelta, me orientó hacia la calle, las bocinas sonando, caras mojadas emborronadas en el crepúsculo

–Gracias –le dije. Y a modo de respuesta me dio un ligero empujón, haciéndome bajar la acera de Coventry Street, en dirección a las escaleras que llevaban al metro.

5

Hardy descendió del estrado. El aplauso que llenó la sala fue como el ruido de la lluvia contra el techo de los coches.

De repente estaba rodeado. Había manos que le estrechaban la suya, bocas que se le acercaban insoportablemente a la cara, susurrando enhorabuenas y preguntándole cosas. Las preguntas las contestaba con la voz que había empleado para dar la conferencia, mientras que en su interior la otra voz, la voz secreta, rememoraba aquella noche en Pimlico cuando el espíritu de Gaye, invocado o surgido de la nada, dependiendo del punto de vista de cada uno, se había sentado en el borde de su cama y le había avisado de que tuviera cuidado con un hombre vestido de negro y la hora del crepúsculo.

Precisamente, era la hora del crepúsculo. Voces a las que no podía poner nombre le preguntaron si le apetecería descansar antes de cenar, y él respondió que sí. Otras se ofrecieron a acompañarlo al hotel, y les dijo que no con la mano. No, iría solo. El paseo le sentaría bien. Y así, al fin en soledad, salió deprisa de la Nueva Sala de Conferencias al aire vespertino, y cruzó rápidamente los patios entre las sombras de los edificios de ladrillo rojo, sin preocuparse de hacia dónde se dirigía. Porque en realidad no quería ir a ninguna parte, sino alejarse lo más posible de los fantasmas que había invocado.

Pronto se encontró en Harvard Yard. Dos estudiantes con guantes de piel que se lanzaban mutuamente una pelota le llamaron la atención. Desde su primer viaje a los Estados Unidos, el béisbol americano le había fascinado. Así que se detuvo en el camino de cemento que cortaba en diagonal el campo, y se quedó viendo jugar a los jóvenes, hipnotizado por la postura inclinada que cada uno adoptaba mientras retrocedía para lanzar la pelota, el arco que describía la pelota sobre la hierba verde, el placentero golpe del duro cuero blanco de la superficie de la pelota contra el suave cuero marrón del guante. Daba igual que el sol fuera a ponerse enseguida; sabía que aquellos jóvenes seguirían jugando hasta que el cielo se vaciase de luz completamente, apurando hasta el último rayo de aquel crepúsculo.

¿Por qué iba a sorprenderle saber tan poco de Ramanujan? Era demasiado viejo como para continuar creyendo que había entrado en contacto con algo más que un fragmento de aquella vasta mente infernal. Ninguno de ellos lo había hecho; ni Littlewood, ni Eric, ni Alice. Ramanujan se había introducido en su mundo, y durante un tiempo sus vidas habían girado en torno a él, igual que los planetas remotos giran en torno a una estrella de la que apenas consiguen distinguir una vaga penumbra. Y sin embargo esa estrella, a pesar de su lejanía, rige sus órbitas y regula su gravedad. Incluso ahora, Hardy se despertaba soñando con Ramanujan todas las mañanas. Y cuando se iba a la cama un brillo afilado bañaba sus sueños, como la luz reflejada en el barniz de un bate de críquet o en un cuchillo *gurkha* alzado en el aire.

FUENTES Y AGRADECIMIENTOS

Mientras me documentaba para escribir *El contable hindú*, consulté cientos de fuentes; y tengo una deuda de gratitud con los muchos historiadores, archiveros, matemáticos y bibliotecarios cuya paciente labor sacó a la luz esas fuentes.

Dicho esto, ésta es una novela basada en hechos reales, y (como muchas novelas basadas en hechos reales) se toma libertades con la verdad histórica, mezcla realidad y ficción, y transforma figuras históricas en personajes literarios. Lo que sigue es una breve relación de algunas de las lecturas que emprendí y adónde me llevaron.

Tengo la esperanza de que, al terminar *El contable hindú*, algunos lectores quieran saber más cosas de los tres eminentes hombres en torno a cuyas vidas gira la novela. El mejor punto de partida es la magistral biografía *The Man Who Knew Infinity: A Life of the Genius Ramanujan* (Crown, 1991), que no sólo aporta un relato lúcido y detallado de la vida de Ramanujan, sino también de la de Hardy.

Afortunadamente para mí, cuando me puse a escribir *El contable hindú*, la mayoría de las fuentes primordiales que necesitaba consultar (cartas, recuerdos, fotografías, documentos) ya habían sido recogidas en una serie de volúmenes compilatorios. Entre ellos, los primeros, publicados en 1967 (seis años después de que la India emitiese un sello en memoria de Ramanujan), fueron *Ramanujan: The Man and the Mathematician*, de S. K. Ranganathan (Asia Publishing House) y *Ramanujan Memorial Number,* de P. K. Srinivasan, editado por la Muthialpet High School en dos partes: *Ramanujan: Letters and Reminiscences* y *Ramanujan: An Inspiration*. En 1995 vio la luz el excelentemente documentado *Ramanujan: Letters and Commentary*, seguido en 2001 de *Ramanujan: Essays and Surveys*. Ambos fueron publicados conjuntamente (en una soberbia edición de Bruce C. Berndt y Robert A. Rankin) por la Sociedad Matemática de Londres y la Sociedad Matemática Americana.

Mi relato de la enfermedad de Ramanujan tiene en cuenta la exhaustiva investigación sobre el tema llevada a cabo por Robert A. Rankin y el doctor A. B. Young. Sus ensayos («Ramanujan como paciente» y «La enfermedad de Ramanujan») se encuentran ambos en *Ramanujan: Essays and Surveys*. Concuerdo con el doctor Young en su sospecha de que Ramanujan no padecía en realidad tuberculosis, y he basado en parte mi relato del intento de suicidio de Ramanujan y de sus consecuencias en el interesante trabajo detectivesco del doctor Young.

Nada menos que un escritor de la talla de Graham Greene alabó las extraordinarias memorias de Hardy, escritas en 1940, *A Mathematician's Apology*, que continúan reimprimiéndose en la Cambridge University Press. Ese volumen contiene también una conmovedora semblanza de Hardy de su amigo el novelista C. P. Snow.

Ramanujan: Twelve Lectures on Subjects Suggested by His Life and Work (el texto de las conferencias que Hardy dio en Harvard en 1936) se puede conseguir en un reedición de AMS Chelsea Publishing, lo mismo que *Collected Papers of Srinivasa Ramanujan*, en edición de G. H. Hardy, P. V. Seshu Aiyar y B. M. Wilson. Los ensayos reunidos de Hardy (Oxford University Press, siete volúmenes) se pueden encontrar en muchas bibliotecas universitarias. De sus textos matemáticos, el más famoso es probablemente *A Course of Pure Mathematics*, que la Cambridge University Press ha seguido reimprimiendo todos estos años.

El mejor relato del «asunto Bertrand Russell» en Trinity College sigue siendo el del propio Hardy, *Bertrand Russell and Trinity*, publicado por su cuenta, pero reeditado por la Cambridge University Press. Tres artículos publicados en *Russell: The Journal of the Bertrand Russell Archives* hicieron que comprendiera más profundamente la relación entre Russell y Hardy: «Russell y el Club de Ciencias Morales de Cambridge», de Jack Pitt (New Series, vol. 1, n.º 2, invierno de 1981-1982); «La cesantía de Russell en Trinity: un estudio de la política de la High Table», de Paul Delaney (New Series, vol. 6, n.º 1, verano de 1986); y «Russell y G. H. Hardy: un estudio de su relación», de I. Grattan-Guinness (New Series, vol. 11, n.º 2, invierno de 1991). Además, leí cartas entresacadas de la voluminosa correspondencia de Russell, algunas publicadas por Routledge en *The Selected Letters of Bertrand Russell* (dos volúmenes, en edición de Nicholas Griffin), y otras, incluyendo varias de Hardy, puestas a mi disposición gracias a la generosidad del personal de los Archivos Bertrand Russell en la McMaster University.

No es de extrañar, dada la propensión de Russell a querer controlar su legado intelectual, que su autobiografía (Atlantic Monthly Press, 1967) aporte menos información sobre su despido de Trinity que Ray Monk en *Bertrand Russell: The Spirit of Solitude, 1872-1921* (Free Press, 1996) y Ronald W. Clark en *The Life of Bertrand Russell* (Alfred A. Knopf, 1976).

Para documentarme sobre los Apóstoles de Cambridge, confié en el valorado *Moore: G. E. Moore and the Cambridge Apostles* (Oxford University Press, 1981) y, en menor grado, en el exhaustivo pero polémico y a menudo homófobo *The Cambridge Apostles: A History of Cambridge University's Elite Intellectual Secret Society*, de Richard Deacon (Farrar, Straus & Giroux, 1986). *The Cambridge Apostles, 1820-1914*, de W. C. Lubenow (Cambridge University Press, 1998), también resultó ser una fuente de un valor incalculable. (Le estoy personalmente agradecido al profesor Lubenow por haberme ayudado a clarificar las tinieblas que rodeaban el asunto de si Hardy «atestiguó» o no durante la Primera Guerra Mundial.)

A través de las cartas de los *hermanos* (en especial las de Russell, Lytton Strachey, James Strachey y Rupert Brooke) conseguí hacerme una idea de cómo sería el ambiente que se respiraba en las reuniones de la Sociedad. Muchas de las cartas de Lytton Strachey sobre los Apóstoles están incluidas en *The Letters of Lytton Strachey*, seleccionadas y editadas por Paul Levy (Viking, 2005), mientras que la correspondencia de Brooke con el menor de los Strachey se puede encontrar en *Friends and Apostles: The Correspondence of Rupert Brooke and James Strachey, 1905-1914*, en edición de Keith Hale (Yale University Press, 1998). *The Neo-Pagans: Rupert Brooke and the Ordeal of Youth*, de Paul Delaney, arroja luz no sólo sobre Brooke, sino también sobre su rival húngaro, Ference Békássy, mientras que la magistral *Lytton Stra-*

chey: The New Biography de Michael Holroyd (W. W. Norton, 2005) merece ser leída porque, además de constituir un prototipo del arte de la biografía, ofrece un retrato sumamente penetrante del personaje. Finalmente, las memorias de John Maynard Keynes «Mis primeras creencias», incluidas en *Two Memoirs* (Rupert Hart-Davis, 1949), describen con sentimiento e ingenio la profunda influencia, tanto moral como filosófica, de G. E. Moore en los Apóstoles.

Para documentarme sobre J. E. Littlewood recurrí a su propio libro de memorias y ensayos, *A Mathematician's Miscellany* (Methuen, 1953), y a *Littlewood's Miscellany*, de Béla Bollobás (Cambridge University Press, 1986), que añade al contenido del primer libro otros escritos de Littlewood y una fascinante remembranza del matemático por parte del propio Bollobás.

El relato de suicidio de Russell Kerr Gaye (y su efecto en Hardy) proviene de las cartas de Lytton y James Strachey sobre el tema y, en menor medida, del obituario de Gaye en el *Times*, aunque la historia de la enfermedad de su gata y de la artista de circo que atrapaba ratas con los dientes procede de las memorias de Leonard Woolf, *Sowing* (Harcourt, Brace & Co., 1960).

El poema de Gertrude Hardy «Versos escritos por una provocación» se publicó en octubre de 1933 (unos treinta años más tarde de la fecha que le atribuyo yo en la novela) en la *St. Catherine's School Magazine*. Robert Kanigel incluye esa vivaz obrita satírica en *The Man Who Knew Infinity*. Kanigel es también la fuente de numerosos detalles de la vida de Hardy que he dramatizado en la novela; entre ellos, el «bazar indio», la representación de *Noche de Reyes*, la conversación con el párroco sobre la cometa y la trágica historia del ojo de cristal de Gertrude. Kanigel también localizó el acertijo exacto de la revista *Strand* que Ramanujan resolvió tan rápidamente.

A aquellos que pretendan una amplia comprensión del mundo en el que nació Hardy (y a lo que dio lugar), nunca les recomendaré lo suficiente *The Edwardian Turn of Mind*, de Samuel Hynes (Princeton University Press, 1968); su continuación, menos conocida, *A War Imagined: The First World War and English Culture* (Atheneum, 1990); y *The Great War and Modern Memory*, de Paul Fussell (Oxford University Press, edición del vigésimo quinto aniversario, 2000) [hay trad. esp.: *La Gran Guerra y la memoria moderna*, Turner, 2006].

Las actitudes que se tenían hacia la homosexualidad en la Inglaterra de esos años son astutamente cuestionadas por Graham Robb en *Strangers: Homosexual Love in the Nineteenth Century* (W. W. Norton, 2004) y por Matt Houlbrook en *Queer London: Perils and Pleasures in the Sexual Metropolis, 1918-1957* (University of Chicago Press, 2005). Aunque fueron una serie de novelas, la trilogía *Regeneration* de Pat Barker *(Regeneration, The Eye in the Door* y *The Ghost Road*, todas ellas publicadas por Plume), las que me permitieron hacerme una idea muy clara del modo en que se expresaba, explotaba y manipulaba el amor homosexual en Inglaterra durante la Primera Guerra Mundial.

Afortunadamente para los lectores, cuatro libros muy buenos sobre la hipótesis de Riemann han visto la luz estos últimos cuatro años. De ellos, los que recomendaría más vivamente son *The Music of the Primes*, de Marcus du Sautoy (HarperCollins, 2003) [hay trad. esp.: *La música de los números primos*, Acantilado, 2007], y *Stalking the Riemann Hypothesis*, de Dan Rockmore (Pantheon, 2005). Hardy y Ramanujan aparecen también en la entretenida biografía del matemático Paul Erdös, *The Man Who Loved Only Numbers*, de Paul Hoffman (Hyperion, 1998) [hay trad. esp.: *El hombre que sólo amaba los números*, Granica, 2000].

Mi investigación sobre la historia del *tripos* matemático y la lucha de Hardy para abolirlo se centró en información de primera mano, incluyendo las cartas al *Times*, artículos pertenecientes a la columna «University Intelligence» de ese mismo periódico, y obituarios. También leí (y aprendí mucho de él) «Matemáticas en Cambridge y más allá», de Jeremy Gray, en *Cambridge Minds*, en edición de Richard Mason (Cambridge University Press, 1994), y varios de los ensayos personales recogidos en los tres volúmenes de *Mathematics: People, Problems, Results*, en edición de Douglas M. Campbell y John C. Higgins (Wadsworth, 1984): «Los viejos días del *tripos* en Cambridge», de A. R. Forsyth; «Los viejos días de Cambridge», de Leonard Roth; «John Edensor Littlewood», de J. C. Burkill; *«A Mathematician Apology* de Hardy», de L. J. Mordell, y «Algunos matemáticos que he conocido», de George Pólya.

Hablando de Pólya, el entretenido *Pólya Picture Album: Encounters of a Mathematician* (Birkhäuser, 1987) contiene la mayor selección de fotos que he encontrado hasta ahora de Hardy, que siempre se resistió a dejarse fotografiar.

La historia del triunfo de Philippa Fawcett en el *tripos* matemático se mencionó sólo de pasada en el *Times* de Londres, pero fue una auténtica noticia en el *New York Times*. Agradezco a Jill Lamberton el haber compartido conmigo una carta de 1980 en la que Helen Gladstone le describió el acontecimiento a Mary Gladstone Drew.

Gran parte de lo que D. H. Lawrence dice a Hardy en la novela proviene de cartas que él mismo escribió a David Garnett y Bertrand Russell, antes y después de su desastrosa visita a Cambridge. Se pueden encontrar en *The Letters of D. H. Lawrence*, volumen II, junio de 1913-1916, en edición de George J. Zytaruk y James T. Boulton (Cambridge University Press, 1981). Que Lawrence «tuvo una larga discusión amistosa» con Hardy durante su visita, y que por lo visto sólo le cayó bien Hardy entre todos los catedráticos que conoció, lo confirman distintas fuentes, incluyendo *D. H. Lawrence: A Composite Biography*, de Edward Nehls (University of Wisconsin Press, 1957-1959).

La mayoría de los platos vegetarianos a los que hago referencia figuran realmente en libros de cocina vegetariana de la época. A aquellos interesados en explorar este tema tan fascinante, les recomendaría vivamente *Vegetarianism: A History*, de Colin Spencer (Four Walls Eight Windows, 2002).

En cuanto a las cosas inventadas y las medias verdades:

Aunque mi relato de la iniciación de Ludwig Wittgenstein en los Apóstoles es fiel a la realidad a grandes rasgos, retrasé ese acontecimiento tres meses para ajustarlo a la cronología de la novela.

Eric Neville tuvo realmente una esposa llamada Alice, cuya amabilidad con Ramanujan, y preocupación por su bienestar, recordó Ranganathan con cariño en su libro. Dicho esto, no hay razón para sospechar que Alice Neville hablase sueco, se enamorase de Ramanujan, trabajase para Dorothy Buxton, cantase a Gilbert y Sullivan, o leyese a Israfel.

Israfel existió de verdad; los párrafos citados están extraídos de su libro *Ivory Apes & Peacocks* (At the Sign of the Unicorn, 1899). Dorothy Buxton también existió, y tras dedicarse durante toda la Primera Guerra Mundial a publicar sus «Notas para la Prensa Extranjera» en la *Cambridge Magazine*, procedió a fundar el Save the Children Fund con su hermana, Eglantyne Jebb.

Si bien el grupo de amigos de Ramanujan en Cambridge incluyó a hombres llamados Chatterjee, Mahalanobis y Ananda Rao, no hay motivo para suponer que se asemejaran en absoluto a los personajes a quienes he dado su nombre. Y a pesar de que Ramanujan se escapó de verdad de la cena que dio en honor de Chatterjee y su prometida, Ila Rudra, ninguna fuente insinúa que Hardy estuviera presente.

«S. Ram» también fue, por sorprendente que parezca, alguien de verdad. Sus monólogos proceden de las largas cartas que escribió a Ramanujan y a Hardy.

A pesar de ser un personaje totalmente inventado, Anne Chase está vagamente basada en la «señora Streatfeild», una señora casada residente en Treen, con la que Littlewood tuvo un largo idilio y, al menos, un hijo. Sin embargo, el auténtico Littlewood, por lo que yo sé, no conoció a la señora Streatfeild hasta después de la muerte de Ramanujan.

Thayer es completamente ficticio, igual que Richards.

Y soy el único responsable de todos los demás errores, adornos o fallos imaginativos que puedan aparecer. La musa de la historia probablemente no me los perdonará; espero que el lector sí.

Por su ayuda y apoyo en muchos aspectos, quisiera dar las gracias a Krishnaswami Alladi, del departamento de matemáticas de la Universidad de Florida; a George Andrews, Amy Andrews Alznauer, Liz Calder, Dick Chapman, Vikram Doctor, Maggie Evans, Michael Fishwick, Sunil Mukhi, K. Srinivasa Rao, John Van Hook de la biblioteca de la Universidad de Florida, Greg Villepique, y al generoso cuerpo docente de la Sastra University, Kumbakonam, Tamil Nadu.

Por la cuidada edición de esta novela, les estoy inmensamente agradecido a Colin Dickerman y Beena Kamlani. También quiero agradecer a Prabhakar Ragde que hiciera una lectura tan cuidadosa y atenta de la novela y corrigiera algunos de los errores matemáticos más llamativos.

Estoy especialmente en deuda con el infatigable R. Balusubramanian («Balu»), del Instituto de Ciencias Matemáticas de Chennai, quien me llevó de paseo en un rickshaw eléctrico por Triplicane, me permitió sostener los cuadernos originales de Ramanujan en las manos, y me presentó al hijo adoptivo de Janaki.

Como siempre, agradezco a mis agentes, Jin Auh, Tracy Bohan y Andrew Wylie, su apoyo y aliento infinitos.

Adenda a la edición de bolsillo:

Desde la publicación de la primera edición de *El contable hindú,* me han escrito numerosos lectores para advertirme de una serie de pequeños errores (matemáticos, gramaticales, de puntuación e históricos) en el texto original. He hecho todo lo posible por corregirlos en la edición de bolsillo. Mi más sincero agradecimiento a dichos lectores.

ÍNDICE

Primera parte
LA COMETA EN LA NIEBLA.   9

Segunda parte
EL CUERVO DEL COMEDOR.   115

Tercera parte
LA GRACIA DEL CUADRADO DE CUALQUIER HIPOTENUSA .   177

Cuarta parte
LAS VIRTUDES DE LA ISLA   229

Quinta parte
UN SUEÑO HORRIBLE   277

Sexta parte
PARTICIÓN   351

Séptima parte
EL TREN INFINITO.   443

Octava parte
EL RAYO TIRA UN ÁRBOL.   479

Novena parte
CREPÚSCULO.   547

Fuentes y agradecimientos   613